东床

——旺宅萌妻（上）

予方／著

当代世界出版社
THE CONTEMPORARY WORLD PRESS

图书在版编目（CIP）数据

东床：旺宅萌妻 / 予方著 . —北京：当代世界出版社，
2016.10

ISBN 978-7-5090-1139-3

Ⅰ . ①东… Ⅱ . ①予… Ⅲ . ①言情小说—中国—当代
Ⅳ . ① I247.5

中国版本图书馆 CIP 数据核字 (2016) 第 235832 号

书　　　名	：	东床：旺宅萌妻
出版发行	：	当代世界出版社
地　　　址	：	北京市复兴路 4 号 (100860)
网　　　址	：	http://www.worldpress.com.cn
编务电话	：	(010) 83908456
发行电话	：	(010) 83908409
		(010) 83908377
		(010) 83908455
		(010) 83908423 (邮购)
		(010) 83908410 (传真)
经　　　销	：	全国新华书店
印　　　刷	：	三河市泰丰印刷装订有限公司
开　　　本	：	787 毫米 ×1092 毫米　1/16
印　　　张	：	46
字　　　数	：	900 千字
版　　　次	：	2016 年 11 月第 1 版
印　　　次	：	2016 年 11 月第 1 次
书　　　号	：	ISBN 978-7-5090-1139-3
定　　　价	：	86.80 元

目录

第一章　中了阴招

　　京城的六月天，已经相当炎热，烈日炙烤着大地。一辆厚实华丽的马车在千佛寺大门前停了下来，不一会儿，从车上下来两位豆蔻年华的少女。

　　"九王爷今天会过来，你先在厢房里等着。若是见到他了，我便让人与你通风报信。"其中一个稍微年长、生得秀美清丽的姑娘低声地说道。

　　这是盛家三姑娘盛佩音。

　　另一个年幼些的少女轻轻地点头，眼中闪过一抹复杂的情绪。她是沈家的三姑娘，叫沈梓乔，今年十五岁，长得俏丽可爱，性格却刁钻任性。她十三岁开始就恋慕九王爷，但凡九王爷在哪里出现，她都势必追随。

　　今日的她看起来与往常却有些许不同，盛佩音看了她一会儿，心里说不出哪里奇怪。

　　"怎么了？"盛佩音亲切地挽住她的手，柔声问道。

　　沈梓乔圆圆的脸蛋露出一个灿烂如骄阳的笑容，"我就是紧张了。"

　　盛佩音微笑，替她整理了鬓角的发丝，柔声说："我们沈三姑娘美若天仙，但凡有眼光的男子见了都会心动。"

　　九王爷见过她无数次，依旧见她厌烦不喜，难道是九王爷没眼光？沈梓乔在心里冷笑，就算要哄她，也要找个好一点的理由啊。

　　两人进了千佛寺。

　　千佛寺后面有一排给香客准备的厢房。因为九王爷今日要过来听方丈讲课，许多闲杂人等都被请到别的地方去了，故而显得这后院安静非常。

　　盛佩音将沈梓乔带到其中一间厢房。屋内燃着檀香，轻烟袅袅，香味淡淡的，静人心脾。

　　"将窗帘放下来。"盛佩音吩咐身后的丫环，转身又指着屏风对沈梓乔说，"你就躲在那儿后面吧，我到外面去瞧瞧。"

不等沈梓乔回答，盛佩音已经将她推到屏风后头。

沈梓乔只来得及看到她半截银白闪珠纱裙拖曳而过，又听见了关门声。

外头骄阳似火，房间里阴凉如春，光线昏暗，连周围的摆设都看得不太清楚了。

出生高贵的盛家三姑娘竟然帮着她做出这种偷偷摸摸的事情。

今日盛佩音找了她，对她说要撮合她跟九王爷，让她躲在九王爷休息的厢房里，趁着他不觉意的时候将他缠住。然后盛佩音会跟方丈一道过来，让九王爷为她沈梓乔的名声负责……

沈梓乔单纯任性的名声早就传开了，所以做什么都不会让人觉得惊讶。倒是盛佩音为了报仇，还真是无不所用其极啊。

若真是为了她，沈梓乔倒也就罢了，偏偏今日只是设好的一个局。她知道，事情根本不会如盛佩音所说的那样发展，这只不过是一场精心策划的阴谋而已。

她为什么会知道被盛佩音算计了？说来可悲又可笑，是她自认为最好的姐妹盛佩音，竟然是恨自己恨到要敲骨吸髓的死敌！更可悲的是，使盛佩音恨自己的"始作俑者"，不是自己，而是自己最尊重的父亲大人！

那一日，沈梓乔径自跑去盛佩音家里玩，由于自己与盛家下人都已经熟络，便告诉盛家下奴婢不必通传，自己跑去找盛佩音。结果她才到门口，便听得屋内有啜泣之声。

沈梓乔觉得奇怪，正想推门进去问盛佩音发生了何事，手刚碰到门板，便听得屋内一声恶狠狠的诅咒，"沈梓乔，我一定让你们全家不得善终，永无宁日！"

沈梓乔一惊，这是盛佩音的声音啊！她怎么得罪这个平日里待自己如亲姐妹的姐姐了？她悄悄地走到窗口，用手指将糊窗的竹篾纸抠出来个小洞，往屋里一看。只见盛佩音一身素白的衣裙，手持一位男子的画像，哭成了泪人，"刘郎，可怜你枉死于刑场之下，我会让沈家老小全都为你陪葬的！从今起，我盛佩音不再是个活人，是具行尸走肉。我一定要舍掉此生性命，用尽全力为你报仇！"

沈梓乔虽是待字闺中的一介女流，却多少也能听得几丝国事之风。盛佩音暗中喜欢的刘衡山，是自己父亲沈萧手下的一名副将。这个年轻的男人素日言行谨慎，并无任何枉法之举。然而，因其父亲贪赃欺君，而被沈萧等大臣几次奏书上报皇帝。龙颜盛怒之下，下旨刘家男丁均斩，女眷没为官奴。

虽然盛佩音对此事从来没有与沈梓乔发生任何争吵，也知道以沈家三小姐的能力，根本无法改变圣意。但心仪之人的死，仍然使盛佩乔性情大变，对沈梓乔的态度也越发冷淡。然而虽然冷淡，但由于与沈梓乔的故交仍在，盛佩音仍然保持着与沈梓乔的正常走动，并没有因此彻底与她断绝交往。

沈梓乔看得窗内盛佩音的悲愤之貌，便彻悟到，原来那件事到底还是成了盛佩音恨绝自己的理由。她要报复的，并不是自己一人，而是整个沈家！对爱人死去的痛苦，盛佩音对自己的极度痛恨竟然能在极强的情绪控制之下让自己无法察觉，沈梓乔很是佩服。看今日盛佩音的状况，怕是日后与她交往，自己也要打起十二分的精神，防备她的明刀暗箭了。

沈梓乔已然明了盛佩音对自己的真实心态，便无法再以最初的心态面对她，于是悄然地离开了盛佩音的闺房。

撞见盛佩音暗中咒骂自己，沈梓乔恍然彻悟。她好似换了一个人般，对凡事都有了一种素日不曾有过的防备之心。她知道盛佩音应该不会如此平静地坐视沈家慢慢走向灭亡。她心中升起的，并不止一股寒意那样简单。作为十五岁的她而言，往日平静的生活和单纯的人事，好似一下子抽离了她的身边。

"看来，我无论如何也逃不过盛佩音的算计了！"沈梓乔苦笑着，忧愁着自己以及沈家所有人未卜的命运。

沈梓乔从屏风后面走出来，明知是盛佩音设计的陷阱，但她是活的。人为刀俎，她不愿意为鱼肉。

她推了推门，发现竟然被锁在里头。果然，盛佩音今日是非要毁了她不可的！

她正想着怎么从这里离开，门外已经传来窸窸窣窣的脚步声。

沈梓乔无奈，只好重新躲在屏风后头，想着一会儿不要出现就行了。

门被打开了，一阵沉稳坚定的步伐响起，接着便是关门的声音，有男子低低的说话声传来。

"大少爷，您且在这儿歇息，小的就在外面候着。"

"嗯，你下去吧。"应话的男子声音低沉醇厚。沈梓乔听着愣了一下，这声音真好听。

接着，一阵轻微的关门声，屋里重新安静下来。

光听声音沈梓乔判断出外面的男人不是九王爷，这个人到底是谁啊？

沈梓乔还在暗自思考着，猛然间发现，怎么一点声音都没有了？

沈梓乔耳朵贴着屏风，想听清楚外面有什么动静。

忽然，屏风被用力地推倒，一抹高大的黑影站在沈梓乔面前。不等她反应过来，脖子已被对方用力地掐住了。

"你是谁？"那男子冷声问道。昏暗中，他的五官模糊不清，沈梓乔只隐约能看到棱角分明的轮廓。

沈梓乔被掐住脖子，一句话都说不出口，只能用力拍打着那男子的手臂。

他的手臂结实如铁，她根本无法撼动分毫。

"救……命……"沈梓乔艰难地挤出两个字。

男子见是个手无缚鸡之力的女子，猛然松开手，眼中凌厉的光芒立刻敛去，变得呆滞茫然地看着沈梓乔，"我……我以为是小贼。"

沈梓乔大口喘着气，听着这男子如丝竹般好听的声音，急忙说道："我不是贼，你是谁？"

"你是谁？"那男子跟着问。

这对话……沈梓乔神情一凛，走过去将土黄色的窗帘拉开。

耀眼的阳光透过菱形窗格照射进来，激滟的光芒落在那个男子身上。沈梓乔迎面见到一双乌黑的瞳仁，眸如深潭。

这是一个身材高大挺拔的男子，穿着一身靛蓝色素面圆襟杭绸直裰，腰系藏青玉带，长得……很英俊。沈梓乔不知道要怎么形容他，这男子约有二十岁上下，脸上棱角分明，剑眉星目，显得英气俊朗。

只可惜……他的眼神呆滞，表情幼稚，让沈梓乔一下就猜到他的身份——他不是亲戚中以痴傻而著名的齐铮吗？

"你怎么在我房间里？"男子看着沈梓乔，又看了看倒在地上的屏风，俊美的脸庞一片茫然。

"你是齐铮？"沈梓乔问道。

男子点了点头。

果然是齐铮……沈梓乔来不及有其他想法，转身就要打开门离开。

盛佩音的声音在外面传来，吓得沈梓乔又重新关上门。

齐铮狐疑地看着她。

"齐铮，我是被别人故意带到这里来的。你能不能帮我一个忙？"沈梓乔知道眼前这个男人神智跟年龄不相符，生怕他听不懂自己的意思，特意又解释道，"帮我对付坏人。"

"我不是坏人。"齐铮英俊的脸庞浮起幼稚的神情。

还来不及要跟齐铮细说，厢房的门已经被撞开了。

站在门边的沈梓乔被撞得往齐铮身上扑去。

"哎呀，梓乔，你…… 你怎么……"盛佩音震惊地看着在齐铮怀里的沈梓乔，痛心地指着她，"佛门清净之地，梓乔你怎能……"

沈梓乔飞快打断她的话，"我在外面遇到齐少爷，他身子不适，又找不到服侍的人，我只好带着他到这里来休息。正要打发人去找你，没想你就来了。怎么连方丈都来了？"

齐铮低眸看着沈梓乔，他们这个姿势……倒是有几分像是沈梓乔在搀扶着他。

盛佩音身后还有其他女子，听到沈梓乔的解释，都嗤笑出声，"还当梓乔你以为九王爷会在这里，躲着想要饿狼扑虎呢。"

"胡说八道，我怎么会做出这样的事情。"沈梓乔怒道，回头对齐铮道，"齐少爷，你不舒服就赶紧坐下休息，我要回去了。"

齐铮看了看她，又看向门外的盛佩音等人，露出个虚弱的神色，"我肚子痛。"

盛佩音秀美清丽的脸庞闪过一抹冷色，她关切地说："梓乔，你也真是的，就算遇到齐少爷，也不该孤男寡女共处一室。这……可对你声誉不好，将来还要怎么嫁人？"

"我不过是日行一善，怎么就损坏声誉？莫非见死不救才好？"沈梓乔似笑非笑看着盛佩音，不以为然地说道。

"你和齐少爷今日独处一室……传出去到底不好。"盛佩音道。

"让齐傻子娶了她不就行了。"不知谁喊了一声。

沈梓乔含笑看着盛佩音，两人目光在空中交汇，彼此都知道对方心思，"盛姐姐管家时也经常跟男子共处一室，难道就要嫁跟那人不成？我可是学的盛姐姐。"

盛佩音眼神骤然一冷，她知道沈梓乔早晚会识破算计她的事，却没想到她被撞到跟齐铮搂抱在一起还能这么冷静。

"何况，婚姻大事哪能自己做主？你们别闹我了。方丈，您还是赶紧为齐少爷找大夫过来，免得真的出了什么事。"沈梓乔说道。

方丈双手合十，"阿弥陀佛，老衲这就让人去请大夫。"

他听说有人在佛门清净之地行苟且之事，愤怒之下跟着众人前来，没想到竟然是一场误会。

盛佩音知道今日计划失败，心里愤怒，却不得不强扯一抹微笑，"梓乔今日真是跟以往不同，让人大开眼界。"

"那是跟盛姐姐学的呢。"沈梓乔微笑道，眸色清寒。

两个花般秀丽的姑娘，各怀心事，均说着言不由衷的话。

第二章　沈家

　　方丈离开了，随着盛佩音前来围观的人们也散去了，只剩下盛佩音和沈梓乔相对浅笑。而在沈梓乔身后的齐铮则是一副茫然的模样，看得盛佩音心头起火。

　　一个仆从打扮的中年男子急急地走了进来，担忧地看着齐铮，"大少爷，您怎么了？"

　　齐铮痛苦地皱眉，"我肚子痛。"

　　那仆人看向沈梓乔她们，眼中的逐客令毫无掩饰。

　　沈梓乔的眼睛在齐铮英俊的脸庞一扫而过，笑着说道："不打搅齐少爷休息，我们先走了。"说完，转向盛佩音，"盛姐姐，我们出去吧。"

　　盛佩音将心头的怒火强行压下，跟齐铮轻轻颔首后，转身走了出去。

　　厢房的门在她们身后关上。

　　沈梓乔斜睨了盛佩音一眼，心里并没有真正松一口气。她知道盛佩音绝对不会因此放弃，说不定还会继续找方法算计她。

　　傻子……沈梓乔想起之前听到的简短对话，还有齐铮掐住她脖子时冷冽的眼神，他哪里像个傻子啊？

　　难道齐铮是装傻？她感到困惑。据她所知，齐铮是安国公的嫡子，只是天资愚钝，是个无知的傻子。

　　盛佩音看着沈梓乔变换神色的脸庞，心里同样充满了怀疑，难道沈梓乔早就知晓自己要算计她？不可能，沈梓乔这傻女人除了痴迷九王爷，哪里还会注意到其他事情？可方才她所表现出来的，却跟以前的作为完全不同。

　　在盛佩音惊疑之间，沈梓乔已经从困惑中回过神来。

　　此时正值晌午，耀眼的阳光穿过路边的大树，被树叶剪碎洒在盛佩音美丽的脸庞上，她白皙莹润的肌肤看起来更加吹弹可破。

就此跟盛佩音翻脸对自己似乎无益，还不如继续装作什么都不知道，知己知彼才好反败为胜。沈梓乔问道："盛姐姐，在想什么？"

她在明处，盛佩音在暗处，不知道她如何计划暗害自己，就此跟盛佩音硬碰硬肯定赢不了。还不如继续示弱，万事听从盛佩音的安排，她才好见招拆招，为自己找到退身之路。

盛佩音凝望着沈梓乔单纯无知的笑脸，绣有绿色枝藤的袖子在微风中轻轻浮动。她第一次觉得自己无法完全掌控沈梓乔，因为她不确定今日沈梓乔到底是好运还是早已经看穿她的算计。

不管怎样，总要虚与委蛇。为了给自己的爱人报仇，她一定要让沈家家破人亡。

"梓乔，是我对不住你，以为那是九王爷的房间，没想到……九王爷却临时有事来不了了。"盛佩音愧疚地低下头，露出如白天鹅般优美的白皙脖子。

这模样让人看了真不忍，沈梓乔亲切地挽住她的胳膊说："怎么能怪盛姐姐呢，你也只是想成全我，都怨我在里面待不住。"

"下次我一定帮你。"盛佩音温柔一笑，牵住沈梓乔的手。

两人相视一笑，彼此目光皆另有含意。

从千佛塔门前跟盛佩音分手，沈梓乔上了自己的马车回沈家。

马车进入威严的城门，沈梓乔透过竹帘看着外面的景象。街上人来人往，吆喝声一阵阵传来，看得她脑仁突突地疼。

沈梓乔摇了摇头，这时候没有观看热闹街景的闲情了，她得仔细想想到了沈家后该怎么办。毕竟自己从盛佩音的阴招之中算是全身而退，但嘴巴长在别人身上，今天的事情说不定会在人们的渲染之下传成什么样子呢！

沈梓乔有一个哥哥、一个弟弟和两个姐姐。父亲沈萧是朝廷的护国大将军，哥哥沈子恺是都尉，弟弟还在读书，两个姐姐均是个善解人意的玲珑人儿。沈家是沈老夫人在管家，沈夫人因生梓乔时伤了身子，三年后就去世了。沈萧原是想再娶继室，无奈每次即将成亲，梓乔都大病一场，还不让旁人照顾，非要沈萧抱着她。沈萧被耽搁了几次婚事，也就不想再娶继室了。

沈萧和故去的沈夫人本来就夫妻情深，对梓乔这个唯一的一个嫡出的女儿更是宠爱。但沈老夫人对梓乔却非常冷漠，认为是她克死自己的母亲，又连累沈萧没能娶填房，平时对她总是爱理不理。沈萧常年在外征战，就算宠爱女儿，也难免疏于照顾。

沈梓乔便是因为如此，才任性刁钻，说话有些随意，不太顾及大局。其实沈梓乔并不是完全不懂人情世故，只不过自己性格要强，不想让自己活得不舒服而已。说自私也有一些，毕竟父亲为一介武将，母亲又早早离逝，如果说自己没有家教——沈梓乔自嘲——也当然可以这么说自己。毕竟在一个大家族里，没了娘的女儿要想活得自在，只能自私一些，别无他法。

"三小姐，到了。"车厢外赶车的小厮声音传了进来，打断了沈梓乔的沉思。

沈家大门三间五架，门用绿油，有石狮一雌一雄蹲坐左右两边的基座上。雄狮右前爪踩着绣球，雌狮左前爪按着幼狮。双狮神情凶猛，有一种无形的威慑力。

到了！沈梓乔看着门楣上写着遒劲有力的"沈府"二字，深吸了一口气——船到桥头自然直。

"三小姐您回来了？老夫人到处找您呢。"当沈梓乔站在院子之中，不知道要不要直接回房之时，有个衣着鲜艳丫环急急走了过来。

"老夫人在何处，快带我去。"沈梓乔忙道。她确实要见到那个老太婆，想看看她都听到了怎样的闲言碎语。

那丫环眼角挑了沈梓乔一眼，"三小姐真是越来越有本事了，四个丫环都看不住你。"

沈梓乔只是抿了抿唇，只笑不语。现在且先看看情形再说，她知道，从盛佩音对她下手设阴招开始，她必须要开始正视自己在沈府、盛佩音处，甚至在这个世上的处境了！那个简单的沈梓乔，应该自今天起彻底死了罢！

她很快被带到一处院子。刚进了院门，沈梓乔便见到正房前的台阶上坐着两三个穿红着绿的丫环。其中一个穿着桃花褙子的丫环站了起来说："哟，是三小姐回来了。"

说着，其他人都站了起来，掀起了帘子让沈梓乔走了进去。

一股细细的胭脂香味传来，只见正中央的檀木榻上有一妇人斜歪着，左右两旁有丫环轻轻为她扇风。屋里中间摆放着冰块，难怪这里面完全没有夏日的炎热感。

"你还舍得回来？"那老妇人身上穿着红色暗花缎右衽褂子，正拿着冰过的瓜果在吃着。见沈梓乔进来，老妇人便将瓜果放下。丫环递了铜盆绫巾上前，给她洗手拭嘴。

沈梓乔低下头，"祖母。"

"哼，你这个不要脸的东西！"沈老夫人忽然发怒，将手里的帕子扔到沈梓乔脸上，"沈家的脸面都被你丢尽了，就你这德性还想九王爷对你另眼相看，你是不是嫌你父亲在朝堂被人耻笑还不够？"

沈梓乔头一歪避开了，心里猜着沈老夫人发怒定是与她去千佛寺有关，暗想怎么消息传得这么快，这就已经知道她跟那个齐铮的事了？

因对沈老夫人的脾性不了解，沈梓乔也不敢为自己申辩，只是低着头不语。

这时，外面有丫环禀话，道是大小姐跟二小姐来了。

第三章　姐妹

沈家的大小姐和二小姐都是沈萧的妾室所出，两人性情与沈梓乔不同。她们自幼养在沈老夫人身边，不说贵气端庄，品格也是端方温柔的，比起沈梓乔要更像大家闺阁。

"祖母，听说您得了一块美玉，我们姐妹俩特意来求您赏给我俩看看。"人未见声先闻，一道脆嫩嫩的声音传了进来。

沈梓乔侧头看过去，湘妃竹门帘一掀，有两个十四五岁的少女走了进来。走在前面的是沈家大小姐沈梓雯，穿着桃红色绣双蝶戏花纱衫，下面是一条马面裙，生得俏媚丰满。她梳着螺髻，可谓青螺如髻秀堪餐，发型看起来秀丽复杂，上面插金戴银。

跟在沈梓雯身后的是二小姐沈梓芬。她的身材没有大小姐丰润，长得小巧玲珑，肌肤白皙，穿着琵琶领绊丝裙衫。她脸上带着微笑，嘴角有两个小小的梨涡。

"咦，三妹妹也在这儿，不是去了千佛寺吗？"沈梓雯斜乜了沈梓乔一眼，走到沈老夫人身边，接过丫环手里的蒲扇为沈老夫人扇风。

"三妹妹见到九王爷了？"不等沈梓乔回答，沈梓雯开口问道。

沈老夫人沉着脸哼了一声。

但凡她们说什么，沈梓乔只是低着头不语。

"祖母，您不是说想吃清炒莲子心吗？我已经学会了，晚膳给您炒一碟试试。"沈梓雯笑颜如花，挨着沈老夫人说道。

沈老夫人最疼爱的是自己的两个孙子，但和沈梓乔相比较，她对两个庶出的孙女还比较和颜悦色。

"有心思去千佛寺丢人现眼，不如留在家中跟你两个姐姐一样，学着厨艺和女红。"沈老夫人冷眼看着沈梓乔，从炕桌上拿了一本《贤媛集》递给她，"抄不足十遍不许踏出房门半步。"

这样就完事了？竟然没有提到齐铮的事情，难道沈老夫人还不知道？

"是，祖母。"沈梓乔接了过来，暗想这样也好，正好借此段时间去思考一下以后到底应该以怎样的方式去面对未知的生活与问题。

回到自己的院子，沈梓乔见到两个梳着双丫鬟的丫环心虚地站在石阶前面。一见到她，丫环们立刻迎了上来，"三小姐，您回来了。"

沈梓乔心知肚明，这院子里起码有八成的下人是别人的眼线。

不然怎么才一转身，沈老夫人就知道她去了千佛寺？若不是在盛佩音的帮忙下摆脱了四个贴身丫环，说不定她现在就不止是抄《贤媛集》这么简单了。

暂时不要打草惊蛇，先静观其变，再决定下一步。

沈梓乔虽然不得沈老夫人疼爱，但沈萧对她却十分宠溺，所以在沈家她的处境还算不错，有自己独立的院子。只是她性情刁蛮，对待下人苛刻严厉，下人们也都不喜欢她。

院子是坐北向南，有三间大正房，两边是厢房。沈梓乔走进内屋，屋内设有隔扇，临窗的大炕上是猩红洋罽，地面西一溜四张椅上都搭着殷虹撒花椅搭，椅的两边设有高几，几上茗碗花瓶具备。炕的左边高几上的汝窑美人觚插着时鲜花卉……

"三小姐，大小姐来了。"沈梓乔才在炕上坐下，外面就进来一个丫环禀道。

"哦，让她进来。"沈梓乔急忙坐直身子说。

不一会儿，沈梓雯撩帘走了进来，俏媚的脸庞带着笑意，声音清脆，"三妹妹，我刚刚亲手煮了雪梨炖木耳糖水。知道你喜欢喝凉的，我让人用井水冰镇过了，特意拿来给你的。"

"你不是陪着祖母吗？"沈梓乔看了看她手里的填漆托盘，看不出来沈梓雯对她还这么用心啊。

沈梓雯瞅了一眼大炕的另一边空位，却不敢走上前坐下。她将托盘放到炕桌上，眼中带着担忧，"你怎么就将祖母的几个丫环给使开了？要不是她们，祖母也不知道你去了千佛寺。"

"嗯。"沈梓乔淡淡地应着，看起来蔫蔫的，一点精神气儿都没有。

以为沈梓乔是因为被老夫人罚了抄写才这样提不起神，沈梓雯笑着安慰道："不就是十遍么？姐姐替你写就是。父亲不在，你可千万别顶撞了祖母，不然谁都保不了你。"

"反正父亲在不在，都是祖母说了算。"沈梓乔不喜欢吃甜的东西，所以碰都没碰沈梓雯送的雪梨炖木耳糖水。

"你今日倒是听话，该不是已经怕了祖母？"沈梓雯心中疑惑。往日她说了这么多，梓乔早已经大怒大叫说自己不会怕了那老妖婆，今日竟一点反应都没有。

她在炕边的木机坐下，声音温柔，"你别怨祖母偏心，你再忍些时日，父亲和大哥回来了，自然就好了。"

沈梓乔不耐烦听这种话，小手挥了挥，冷声说道："我累了，姐姐要是没事，就先回去吧。"

听着沈梓雯的意思，好像不是来劝她听话，更像添柴加火让她讨厌老夫人。

沈梓雯愣了愣，脸上温柔的笑容微僵，"那我先回去了。"

出了沈梓乔的乔心院，沈梓雯便见到沈梓芬踩着碎步走了过来，"大姐，怎么样，那蠢人是不是在里头大骂老夫人？"

"今日她看着不对劲，怕是在千佛寺发生了什么事。让丫环去打听打听。"今日的沈梓乔简直变了个人。

"听祖母说，父亲和大哥就要回来了。"沈梓芬说道。

"在他们回来之前……"必须让沈梓乔身败名裂，否则她作为庶女，就别指望有合心意的亲事了。

她今年已经十七岁，早已经到了议亲的年纪。可父亲却只为沈梓乔打算，根本没为她想过。

第四章 顶嘴

沈梓乔思考了整整一个晚上，她还没想出接下来自己该怎么做。虽然自己知道盛佩音恨自己入骨至髓，但自己确实内忧外患，这活得实在是太憋屈了！沈梓乔想大叫，但却又叫不出声音来！心中仿佛压着一大块巨石，无法挪动丝毫。

"我到底是怎么了？"沈梓乔从来没有过现在这样的心情。受那天盛佩音的打击太大了？整个脑袋完全都不属于自己了？不管如何，我不应该坐以待毙！

"兵来将挡，水来土掩！"沈梓乔猛地从床上坐起来，"管他是谁呢！放马过来！我不怕！"

沈梓乔越来越清醒，脑袋中的一团乱麻，似乎都有了可以捋清的几丝头绪。而此时，天边泛起鱼肚白。已然又是一个让人操心劳命、步步为营的一天啊！

沈梓乔知道，其实首先要做的是将身边的牛鬼蛇神都换掉，被别人盯着的感觉如坐针毡，让人不舒服到了极点。无奈她如今却是瞎子摸灯，什么都不清楚。都怪以前活得太过自我，并不想真正了解那些下人们的真实想法。

沈梓乔有些懊恼，谁能信任谁不能信任，她怎么知道啊……

无语泪凝噎，望着菱形雕花窗棂，沈梓乔摊尸一样不愿意起身。

外面阳光明媚，蝉鸣声一阵阵地吵得沈梓乔烦躁不已，"来人，把外面的知了给我赶走！"

守在外面的丫环应了一声："三小姐，已经让人去粘了。"

粘了半天也没粘走半只！这些丫环对她是阳奉阴违，沈家没有正经的当家主母，如今还是沈老夫人在管家。因她不得老夫人疼爱，下人见风使舵，待她自然不上心。

反正她本来就是苛刻狠辣的主人，叫几个丫环进来骂两声出出气。别以为她真的好欺负随便当包子捏。

沈梓乔才刚想开口，便有丫环进来。那丫环神色似有鄙夷，不冷不淡地说道："三小姐，老夫人请您过去德安院。"

沈梓乔怔了怔，不是让她禁足么？才想问问老夫人找她有什么事，那丫环已经小蛮腰一扭，撩帘走了出去。

问不到个所以然，沈梓乔只好提着心来到沈老夫人的德安院。

屋内寂静无声，沈老夫人端坐在大炕上，歪在八成新的青缎靠背迎枕上，手里拿着银箸插着雪梨在吃着。见到沈梓乔走进来，她眼底毫不掩饰浮起一抹厌恶。沈老夫人将银箸扔到炕桌上，冷眼看着从来不得她欢心的孙女。

"祖母。"沈梓乔抬眼扫了一下，见那老夫人脸色阴沉得跟墨汁似的。她的小心肝颤了颤，暗想不会又干了什么事被发现了吧。

沈老夫人恨不得将眼前这张故意装委屈的小脸蛋刮几个耳光，沈家是将门世家，不知造了什么孽才生出这么一个祸根。

"你昨天在千佛寺做了什么？"沈老夫人问道，声音很平静，腮边微微抖着的肌肉泄露了她的怒火。

她知道了！沈梓乔心中一惊，盛佩音果然将她和齐铮独处一室的事情宣扬开了吗？她还以为经过昨天自己的一顿反问，会改变一下盛佩音的做法。

"昨天去千佛寺祈福啊。"沈梓乔耸了耸肩，一副轻松自在的样子。

如果想要在沈家有好日子过，她就该讨好老夫人。可是沈老夫人早已经认定她是个不祥的人，不管她做什么都不会领情，她又何必浪费心思。

沈老夫人心头的怒火蹭蹭地上涨，"祈福？祈福到人家齐少爷屋里去了？你是沈家嫡出的三小姐，竟然做出这种伤风败俗的事情！你这是存心要恶心我，还是要你父亲在京城成为笑柄？"

"难道见死不救就能让父亲的声望更好一点？"沈梓乔皱眉反问。她知道男女授受不亲，问题是她跟齐铮没有做出什么见不得人的事情，怎么到了别人眼中，好像她做出来的都是十恶不赦的行为？

"你还敢顶嘴！"沈老夫人用力地拍了一下炕桌，手腕的赤金镯子都不知道会不会被敲崩了一角。

沈梓乔撇嘴道："我说的本来就是事实。盛姐姐还经常跟男子出去巡铺，难道这也是伤风败俗？"

"你能跟盛三小姐比吗？也不看看自己是什么德行。"沈老夫人冷嘲热讽，丝毫没想过维护自己孙女的面子。

沈梓乔真的一点讨好沈老夫人的想法都没了，"我没有杀人放火，到底哪里不对了？"

"外面如今都知道你是想接近九王爷，结果误入齐少爷的房间，跟一个傻子勾肩搭背，半点女子该有的矜持都没有。你可知道外面如今都怎么说你父亲教女无方？"沈老夫人大骂道。

"当时情景如何，千佛寺的方丈也看到了，您大可找他对证。"沈梓乔说道。

沈老夫人没想到沈梓乔不但一点悔改的意思都没有，还理直气壮地跟她辩驳，气得她全身都颤抖起来，"你作践自己是你的事，别连累了家里的其他姐妹。外人若是以为我们沈家的姑娘都跟你一般，你看我怎么收拾你。"

说来说去，都是怕她连累了沈梓雯她们，沈梓乔没想到老太婆对待两个庶出的孙女比她这个嫡出的还要上心。

"我无愧于心。"沈梓乔道，却觉得事情肯定不会这么简单，估计盛佩音还会有后招。

沈老夫人差点想开口说滚，她深吸了几口气说道："你做得出这样不要脸皮的事情，就怨不得我不替你着想。虽说你排行小，但为了不影响你两个姐姐和妹妹，只能让你先出阁了。"

什么？沈梓乔一怔，"祖母，您的意思是要把我嫁给齐铮？"

"哼！不这样还能如何？"沈老夫人失态地讽刺。

这话太过分了！不应该是祖母跟孙女说的话嘛，她辩道："就算要我嫁人，也要等父亲回来再做决定。我母亲虽没有了，但还有父亲。"

沈老夫人嘴唇微动，不知还想说什么，被外面丫环的禀话打断，"老夫人，盛家三小姐来了。"

盛佩音这时候来做什么？沈梓乔心头一凛。

"盛三小姐是来找你的，你且去见了她。至于你的事，我还能替你做主。"沈老夫人眼神阴沉地道。

沈梓乔皱了皱眉，转身走了出去，且去听听盛佩音会说什么。

第五章　责骂

　　盛佩音一只手里拿着茶碗，一只手拿着茶盖刮着茶末。看着陈设奢华低俗的房间，她杏眸飞逝，闪过一抹懊恼和厌恶。

　　她没想到那个房间是齐铮的，还以为只是普通的书生香客，这才引了**沈梓乔去的**。若真让沈梓乔嫁给齐铮，以安国公在皇帝心目中的位置，岂不是给沈萧增加了助力？

　　可不将沈梓乔的名声毁了，又怎么消她心头之恨，她就是要沈萧的子女没有好下场。

　　"盛姐姐怎么来了？"沈梓乔在门外观察了盛佩音一会儿，将她的神情都看在眼里，不由哀叹自己不知能不能逃过金牌女主的算计。

　　盛佩音姣好美艳的脸浮起温柔的笑，"皎皎，你去哪里了？"

　　皎皎是沈梓乔的小名。

　　"刚从祖母那里过来。"沈梓乔的声音听起来无精打采，盛佩音来找她断然不会有什么好事。

　　"今天听到些不太好的传言，所以过来……沈老夫人可是责骂你了？"盛佩音端详着沈梓乔的脸色，她是知道沈老夫人向来不喜欢这个孙女的，听了那些传言，只怕是更加厌恶她了。

　　就是不知道会怎么处置。

　　沈梓乔斜倚在大炕上，神情看起来毫不在乎，"我问心无愧，身正不怕影子斜。外面怎么说是外面的事情，难不成救人一命反倒成了罪过。"

　　盛佩音没想到这个草包竟然还能说出这样一番话，"你是好心之举，我们都知道。外人哪里知晓内情，只怕连累了你的名声。"

　　"怎么会，盛姐姐管家的时候不也经常跟男子同进同出吗？只要你替我解释几句，别人自然就不会误会了。"沈梓乔露出一个灿烂天真的笑容，盛佩音既想要毁了她，又不想撕破脸皮，她来个反利用又有何不可？

"我替你解释？"盛佩音一怔，她巴不得沈梓乔身败名裂，怎么可能替她解释。

"盛姐姐昨日不是亲眼看到，亲耳听到齐少爷说的吗？"沈梓乔圆润可爱的眼睛无辜地看着盛佩音，"昨天那么多人在场，也不知道是谁传出这样诛心的话，看来这人跟我有深仇大恨啊。"

这个草包……盛佩音后悔今日来这一趟了。她不愿意替沈梓乔出面解释，可她昨日的确是在场的。

"谣言止于智者，说得越多，只会让人觉得是在掩饰。"盛佩音微笑说道。

沈梓乔笑了笑，"盛姐姐说得对，那就不理会了。"

盛佩音抬眼看着沈梓乔，还没完全长开的小圆脸，眼睛不大却莹润有神，容貌不算特别出色，却也纤巧可爱，总是不顾形象露齿大笑，是京城人人皆知的草包，爱慕九王爷成痴，成了闺阁小姐眼中上不了台面的笑话。

她会跟沈梓乔成为闺蜜，不知令多少人困惑。她自认没人比她更清楚沈梓乔的无知幼稚，可昨日在千佛寺，她却觉得似乎对这个草包了解还不够。

"皎皎，不如我陪你出去散心？"盛佩音柔声道。

沈梓乔摇了摇头，"祖母不让我出去。"

"让我去跟老夫人说。"盛佩音轻轻拍了拍她的手背，自信只要她出马，沈老夫人一定会同意沈梓乔随她出门。

"还是不要了，下次吧。"沈梓乔并不领情，她担心盛佩音又要算计她。

防不胜防啊，既然已经是盛佩音心中的死敌，她哪里会善罢甘休呢？

盛佩音只好笑着点了点头，心中失望。

德安院，内屋。

沈老夫人怒火未消，还没将沈梓乔骂个够。若不是盛佩音突然到来，她今日绝对没那么容易就放过那个上不了台面的孙女。

服侍她多年的李妈妈送上清茶，劝道："老夫人且消消气，不值得为三小姐这样的顽劣性情伤了身子。"

"她不要脸不要皮就算了，做出这样的事情，让沈家都跟着一起丢人。"沈老夫人怒道。她倒是想对那个克母的东西眼不见为净，偏偏她做的事情无法让她置之不理。

"四小姐不在京城，不会被三小姐连累的，您放心。以后四小姐回来，别人一见她端方贤惠，只说她的好，更衬得三小姐不够温柔和平。"李妈妈拍着沈老夫人的后背，温声细语地替她顺气。

"梓歆早晚是要回来的，怎么不会被影响？不过那孩子自幼聪慧，跟那祸根全然不同。"提到自己最钟爱的嫡出孙女，沈老夫人终于露出笑意。

沈梓歆是沈家二爷沈仲的女儿。沈仲和沈萧都是老夫人所出，沈仲在庆乐府任知府，今年就该回京述职了。

沈仲有一子一女，年纪尚幼，被沈二夫人周氏带着随丈夫一同到任上。

周氏是沈老夫人的内侄女，为了区别身份，外人都称为小周氏。

"可不就是，三小姐跟四小姐是没得比的。不如将三小姐的亲事定下来，奴婢觉着，齐少爷就是个好佳婿。"李妈妈含笑说道。

沈老夫人挑了挑眉，"安国公的长子？"

"是个傻子。"李妈妈说，"和安国公成了亲家，不但对老爷和少爷们的前程有好处，三小姐那样的性情，还不是由着老夫人您拿捏么。"

"安国公还没请旨立世子……"听说是想将世子之位留给长子，她不愿意让沈梓乔嫁得那么好，免得将来梓歆见了她还要行礼。

李妈妈笑道，"哪能将世子的位置给一个傻子？安国公愿意，齐夫人还有儿子呢。"

齐铮虽是嫡长子，但并非如今的齐夫人所出。他的生母在十五年前已经病逝，如今的顾氏是继室，有二子一女。

沈老夫人沉吟了片刻，低声对李妈妈吩咐道："你去打听打听，安国公最属意哪个儿子承继世子的位子？还有，那顾氏跟齐铮关系如何？"

李妈妈应了一声是。

第六章　草包

　　沈梓乔和盛佩音说了一会儿的话，滴水不漏地并没让她试探出什么来。好不容易将那尊大神送走，沈梓乔泪流满面地开始抄写《贤媛集》。

　　盛佩音接下来会做什么？在外面传出她跟齐铮孤男寡女共处一室之后，估计就是要想办法让齐铮娶她吧。

　　如果齐铮真是傻子的话，倒有可能娶她，可人家未必是真的傻啊。

　　沈梓乔在发呆的时候，盛佩音已经来到齐家后院，正跟安国公的夫人小顾氏在说话。

　　"……真的跟沈家那个草包单独在一起了？"小顾氏歪在猩红靠背大迎枕上，似笑非笑地看着一旁的盛佩音。

　　小顾氏看起来三十来岁，一双精明的柳叶吊梢眉，狭长妩媚的丹凤眼，鼻梁过于坚挺，令她面庞看起来很硬气。身材偏瘦，穿着紫色薄纱圆襟衫蜜合色裙子。整个人看起来矜持贵气，不好亲近。

　　盛佩音为难地说，"说是齐大少爷身子不舒服，扶着他回去。"

　　"哼，这话谁相信，沈家草包眼里除了九王爷，还能看上其他人？"小顾氏对盛佩音这个解释嗤之以鼻。

　　"不管什么原因，总是让沈三小姐的名声毁了。"盛佩音道。

　　小顾氏冷笑了一声，"草包还要什么名声。"

　　盛佩音低头沉默，似乎很尴尬的样子。

　　谁都知道她跟沈梓乔是闺蜜，如今她来找小顾氏，别人只当她是来替沈梓乔解释。

　　"草包跟傻子，倒是天生一对，倒可以成全他们。"小顾氏自是不愿意替齐铮找一门好亲事。虽然沈家是名将之后，但沈梓乔一个草包，就算真的进门了，也逃不出她的五指山。

盛佩音闻言，心中一喜，"这……合适吗？"

小顾氏掩嘴一笑，眼中带着鄙夷，"怎么不合适了？难道那草包还指望当王妃。"

这些对话内容很快传到齐铮耳中。

齐铮正拿着玉米粒在喂鹦鹉，神情呆滞幼稚。听着旁边小厮愤愤不平地说完，他也只是呵呵笑笑。良久，他才低声交代了站在角落沉默不语的中年男子一句话。

因齐铮是带着傻笑在说话，外人看着也没起疑。

不出两天，沈老夫人便打听到安国公有意将世子之位传给齐铮，是担心嫡长子将来无所依靠，所以才将爵位给他，而将齐家的管家大权交给次子齐锋。

"将来那东西不是成了侯爷夫人？"沈老夫人不愿意将沈梓乔嫁给齐铮了。

"老夫人，只是个傻子。"李妈妈道。

沈老夫人更来气，"让梓欣跟个草包和傻子低头，我怎么舍得？不行，随便找个人嫁了，让她远远地离开京城。我不想见到她。"

李妈妈见沈老夫人满脸都是厌恶，不好再劝，只说："大老爷该是要回来的时候了……"

沈萧回来，自然不会将最疼爱的女儿随便嫁了。

沈老夫人脸色阴沉得快要滴出墨来，"我还不能做孙女的主了？"

沈梓乔闭门思过两天了，除了更清楚自己的悲剧处境之外，什么收获都没有。

"在想什么呢？"盛佩音温婉的声音在她身后响起。

沈梓乔吓得差点掰断手里的羊毫笔，见鬼一样看着盛佩音，"你……你怎么在这儿？"

"丫环在外面喊了几声，见你一点反应都没有，我就自己进来了。看你愣得如此出神，我进来都不知道，可是想起九王爷了？"盛佩音笑着问。

是想着怎么样让你害不了我哪！沈梓乔干笑几声，"盛姐姐找我有什么事？"

"刚刚从沈老夫人那里来的，老夫人已经答应让你出门了。今天尚品楼开张，我找你去试试口味。"盛佩音说道，已经伸手拉起沈梓乔。

她不要出去啊！去尚品楼被当绿叶一样受虐，打死她都不去。

"盛姐姐，我头疼……"沈梓乔支着额头，弱不禁风地小声叫道。

盛佩音笑着捏了捏她的鼻尖，"你这不是头疼。等你到外面去，什么疼都没了，我还不知道你呢。"

沈梓乔忙说："我真的头疼。"

"皎皎，皎皎……"外面传来一道稚嫩高亢的声音。门帘微动，走进来一个半高的男孩，不到及冠年龄，看着大约十三岁左右。

敢这么直呼她的名字，是沈家排行第三的沈子阳。虽妾侍所出，却因那小妾是沈老夫人娘家的，又是贵妾，故而沈子阳虽是庶子，实际是被当嫡子养着。

"做啥？"沈梓乔瞪着已经跑到她面前的小屁孩，一双秀眉紧蹙起来。

"带我一起去尚品楼，我已经跟祖母说了，祖母让你带我去。"沈子阳比沈梓乔矮了半个头，长得圆润可爱，肌肤白皙如玉，身上穿着秋香色杭绸箭袖，大红对襟褂子，腰间系着五色穗绦玉佩，看着沈梓乔的眼神略带着不屑和鄙夷。

娇生惯养的小屁孩！沈梓乔道："要去你自己去。"

沈子阳用力扯住沈梓乔的胳膊，"祖母让你陪我去，你就必须跟我去。"

盛佩音含笑道："皎皎，既然老夫人让你陪着阳哥儿，那就一起去吧。你已经几天没出去了，快憋坏了吧？"

"就是，你要是不陪我去，我就去告诉祖母，说你又打我了。"沈子阳笑嘻嘻地道。

"闭嘴！"沈梓乔没好气地瞪了他一眼。

沈子阳耍赖地跺脚，"我要你陪我出去，我就要你陪我出去。"

啊！沈梓乔想大叫，为什么会有个这么让人抓狂的弟弟！

第七章　出门

沈梓乔最后还是没能成功拒绝盛佩音和沈子阳，她被带着来到京城最繁华热闹的东大街。盛佩音是尚品楼的幕后老板，今日来给她捧场的是非富即贵，完全展现了作为女主该有的万丈光芒。

"今天客人比较多，只怕招呼不周，千万别介意。"盛佩音满意地看着自己的酒楼人来人往，转头对着沈梓乔说道。

您就别招呼我了！沈梓乔心里默念，笑道："盛姐姐尽管忙去，不用管我，我自己找个位置坐下就行了。"

盛佩音嗔了她一眼，"你要是不想被沈老夫人再罚你禁足，你就随便找个位置。我已经给你安排了厢房，你跟阳哥儿到厢房里去吧。"

沈子阳兴奋好奇地到处张望，蹭到盛佩音身边，小声问道："盛三小姐，听说九王爷今天也来了。我仰慕他的文采风华，能不能让我见一见他？"

"你怎么知道九王爷今天会来这里？"盛佩音微惊，眼睑一抬扫了沈梓乔一眼，见她并没有听到他们的说话，心下稍安。

她没有告诉沈梓乔今天九王爷会出现，是不想让这个草包去打搅他，免得他真的对自己生气了。

沈子阳得意地挺胸叠肚，大声说道，"本少爷自有知道的办法。佩音姐姐，你就让我见一见九王爷吧。"

盛佩音急忙道，"你小点声，一会儿他来了便告诉你。"

"好！"沈子阳笑着点头。

"皎皎，我们去楼上的厢房吧。"盛佩音对沈梓乔道，将沈梓乔的注意力拉了回来。

沈梓乔回过神，对盛佩音微微一笑，"好啊。"

她看到齐铮了……没想到会在这里见到他，看他左顾右望茫然无知的样子，还跟个傻子一样。

盛佩音将他们安置在二楼的一间临窗厢房里。沈梓乔发现这酒楼的规格不小，按陈设什么的来看，在这里而言应该算五星级了吧。

"刚才上来的时候，我见有些客人是往后面去的，他们是去哪里？"沈梓乔随口问道。

"哦，那里面是贵宾厢房。"盛佩音担心沈梓乔说要到后面去，急忙又道，"就是些想要安静的老大人在里头煮茶对弈。"

沈梓乔"哦"了一声，看起来并不怎么感兴趣。

盛佩音让人准备了些酒菜点心上来，便借口有事忙离开了。

沈子阳人小鬼大地坐在鼓椅上，拿着酒杯假装在品酒，摇头晃脑地说，"好酒好酒，没想到盛三小姐一介女流，竟然这般有出息。皎皎，你跟盛三小姐站在一起，都不觉得羞耻吗？"

"我跟你一起比较羞耻。"沈梓乔站在窗边，看着街上的风景凉凉地说道。

"你是应该要羞耻的，我明年就要参加童试了。先生说我资质聪颖，将来必定作为不差。你看你像什么，大字不识一个，整天就知道跟别人打架闹事。要不是父亲和大哥疼着你，你比二姐她们还不如。"沈子阳鄙夷地嫌弃沈梓乔。他自幼就在沈老夫人身边长大，受了沈老夫人影响，根本没将沈梓乔当姐姐，只当是沈家的耻辱。

沈梓乔懒得跟这个臭小子吵架，假装听不见他说什么。

沈子阳没有看到沈梓乔气急败坏地跳起来，以为自己说得还不够，继续道："你这种草包，也就适合嫁给齐家那个傻子。"

"谁说我要嫁给那个傻子？"沈梓乔闻言回过头，瞪着沈子阳问道。

"齐夫人都来找祖母拿你的八字了，这事难道还有假。"沈子阳幸灾乐祸地说，不小心将杯子里的酒喝进嘴里，辣得直吐舌头。

沈梓乔震惊了，无语了，原来让她嫁给傻子的竟然是那个老太婆在背后推波助澜。

"我才不要嫁给齐铮。"不管齐铮是不是傻子，她都不想在这个时候结婚。开什么玩笑，抱一下就结婚？

"你跟那傻子孤男寡女的在一块，除了他你还能嫁给谁？"沈子阳笑嘻嘻地说，"之前传出安国公要将世子之位传给那傻子，祖母才犹豫起来。可人家齐夫人都说了，安国公是不可能让一个傻子继承爵位的。"

沈梓乔明白了，如果齐铮真的是世子，那就是未来的侯爷。沈家老太婆不甘心她成为侯爷夫人，所以不会将她嫁给齐铮。如今齐铮不可能成为侯爷，沈老太婆估计心里很欢喜呢。

看到沈梓乔的脸色一阵青一阵白的，沈子阳更加欢乐，"你该不会还没对九王爷死心吧？"

沈梓乔突然觉得很没趣，九王爷……九王爷……要不是因为之前对他的过分痴迷，她也不至于被盛佩音害到名声败裂！突然她觉得很没趣，九王爷到底哪里值得她付出这么多？她自己也怀疑，其实对九王爷的迷恋，也无非是贪图境中花、水中月而已。清醒之后，沈梓乔觉得以前的自己非常的可笑又可悲；她也突然间意识到，自己也许并不是真的喜欢九王爷本人。

沈子阳见到她这副若有所思的样子，以为她的心思被自己猜中，于是仍然得意地讥讽道："全京城的人都知道九王爷心里只有盛家三小姐，你还往他跟前凑，这不是自取其辱吗？"

"什么？"沈梓乔诧异地转过头，"你这话什么意思？"

"你果然还什么都不知道，也难怪，你被祖母禁足了。谁敢将这事告诉你。"沈子阳斜乜着她，"我就大发慈悲告诉你好了。"

啊啊，真想揍这毛都没长齐却自以为了不起的臭小子一拳。瞧瞧他那是什么眼神，好像她是垃圾似的。

"快说！"见沈子阳有意要吊她胃口，沈梓乔没好气地敲了他的头一下。

沈子阳大叫："不许打我，不许拿你的脏手打我。"

"我的手脏？那你是什么手，剁出来让我看看。"沈梓乔冷笑道。

"哼，难怪九王爷看不上你。人家只是一眼就对盛家三小姐一见钟情，还说娶妻当娶盛佩音。你无地自容了吧？你羞愧了吧？天天缠着盛三小姐去见九王爷，结果人家九王爷前几天才看到她一眼，就已经说要上门提亲了。沈家有你这样的姑娘真是丢人。"沈子阳讥讽地叫道。

是啊，差点忘记了，盛佩音说过自己是具"行尸走肉"，要"拼尽全力"替刘衡山报仇的！"报仇"，用自己的身体去报仇吗？沈梓乔突然觉得盛佩音无比可惜，又无比可怜。刘衡山之死确实不是他本人的错，但是对于他父亲的徇私枉法，作为儿子却不能在一开始的时候就尽力劝阻他的父亲。往小了说，他没有对父亲尽孝；往大了说，他更做不到对皇帝尽忠。若忠于当今圣上，又岂能对父亲的胡作非为视若无睹？而当下，沈子阳这长不大的小屁孩子并不是沈梓乔需要用心去解决的角色，但是也不能小视这娃娃的破坏力啊！

沈梓乔低眼看向沈子阳，莞尔一笑，"你这话敢在父亲面前说吗？敢在大哥面前说吗？"

沈子阳最怕的就是沈家的大少爷沈子恺了。他瑟缩一下，哼了一声没有回话。

第八章　巧遇

沈梓乔并不是看不上齐铮，而是如果真嫁了，那在齐家的日子还不一定怎么糟心呢！

怎么办？等死？逃跑？

沈梓乔并不想跑，她只想哭。

齐铮！对了，齐铮应该不会想娶她的。只要他不愿意，这门亲事应该就不可能成真！沈梓乔笃定地认为齐铮是装傻的，所以相信他有办法反对这门亲事。

"你在这里等我，我出去一下。"沈梓乔叮嘱沈子阳一声，已经开门走了出去。

沈子阳在她身后大叫，"你去哪里啊？"

"小孩子别问那么多！"沈梓乔回道，人早已经下了楼。

齐铮应该是在后面的什么贵宾厢房吧。

沈梓乔下楼便找了个伙计问可否看到盛佩音。有伙计认出她是沈梓乔，许是得了盛佩音的吩咐，皆都说没见到盛三小姐。

是想避开她？沈梓乔挑了挑眉，往后面的厢房走去。

"沈三小姐，您这是去哪里？"掌柜的早在沈梓乔出现的时候就盯着她，见她脚步要走向后头，想起盛佩音的吩咐，立刻将她拦了下来。

"哦，我去找盛姐姐呢。"沈梓乔笑道。

掌柜说："我们三小姐不在那里。"

"这样啊，那我去别的地方找她。"沈梓乔笑着说，转头走上二楼，看到那掌柜回过头，她立刻闪身往后面跑去。

所谓贵宾厢房，不过是后花园两侧的房舍改建的。这后花园小巧别致，树木山石皆有，环境倒是很不错。

齐铮会在哪里？总不能一间一间地去找吧……

她沿着走廊慢慢地走着。这边的房舍只有一层，左右各有五间厢房，中间是花园，园中设有凉亭假山。沈梓乔暗中思忖：不愧是贵宾房啊。

"咿呀——"

在她前面的厢房门忽然打开，一个小二一边退身从里面走出来，一边客气地说道，"齐少爷您请慢用，有什么需要的，只管吩咐小的。"

齐少爷？不会是齐铮那么巧吧！

沈梓乔急忙走上前，却见里面的齐少爷并不是她见过的齐铮，不由感到失望。

正要抬脚转身，听到一道低沉的声音从身后传来。她惊喜地转头，果然见到齐铮被一个中年男子牵着往这边走来。

"齐铮！"沈梓乔欣喜地叫了一声。

齐铮好像没听到似的，跟着那个中年男子进了另一间厢房。在房门要关上之前，沈梓乔大步走了过去，笑靥如花地伸手挡住两扇就要合上的门。

"齐少爷，我有事请你帮忙！"沈梓乔压低声音开口，眼中带着恳求。

"你……你是谁，你想做什么？"齐铮站在中年仆人后面，警惕地看着沈梓乔。

沈梓乔推开那仆人走了进去，问道："你还认得我吗？"

齐铮长得剑眉星目，身材高大，美服华冠。如果不是脸上那呆滞无知的表情，不管他怎么看都是个英挺帅气的男人。

"你……你……"齐铮怔怔地看着沈梓乔，"我不记得了。"

中年仆人关上门，皱眉看着沈梓乔，"沈三小姐，您有何事？"

沈梓乔道："我有话跟齐少爷说。"

齐铮自然认出了她是前些天在千佛寺遇到的女子，更知道她就是京城有名的纨绔小姐，名声很大，却不怎么好听。

他有些好奇那日她怎么会说有人要害她，还三言两语就让他跟着一起演戏了。

"我没话跟你说。"齐铮说道，他知道这个女子肯定怀疑自己，所以不能给她机会接近他。

"那你就听着不用说。"沈梓乔立刻说，"你肯定不想娶我这种名声不佳的女子当妻子，我也不愿意嫁给你。如今有人想算计我们，我是没什么办法的了，但相信你肯定有办法。拜托你了，千万别让这事成了。"

她坚信齐铮既然装傻，就不会任由别人决定他的人生。

娶妻是一辈子的事情啊，哪能随随便便就决定。

"沈三小姐，我们少爷的婚姻大事是父母之命，如何能自己做主？"一旁的中年男子不悦地说道，眼睛和齐铮对看了一下。

沈梓乔不知道这个仆人是不是齐铮的心腹，不敢透露半点知道齐铮装傻的消息，只好可怜兮兮说道："反正……反正我就是不要嫁给你。"

"全京城的人都知道您只想嫁给九王爷。"中年仆人面无表情地说道。

虽然这话听不出有什么嘲讽的味道，但沈梓乔还是小脸一红，觉得挺丢人的。确实她还真有过嫁给九王爷的想法，可现在没这想法了，可谁又知道她的变化呢？

"刚刚见到九王爷跟盛家三小姐。"齐铮好像在自言自语地说道。

沈梓乔知道他这话是说给自己听的。

"齐少爷！"沈梓乔希望他真的能阻止齐家跟沈家联姻。

"群叔，我要回去了。"齐铮避开沈梓乔的手，走到那个群叔身后。

"是，少爷。"群叔瞪了沈梓乔一眼，认为是她打搅他们少爷的雅兴，才出来没一会儿，又要回去了。

沈梓乔还来不及说什么，齐铮就已经开门走了出去。

看来只能靠自己了！

在心里暗叹一声，沈梓乔打算去跟沈子阳说一声后回家，得回去探探那老太婆的口风啊。

从厢房出来，经过花园时听到熟悉的声音，抬头就见到盛佩音跟一个身材俊俏、面如冠玉的年轻男子从对面走来。沈梓乔心头一惊，躲到一旁的假山后。

"……那日跟您约了在莲花山见面，可不知皎皎从哪里听说了这事，我只好跟她去千佛寺，让您空等了一场。"盛佩音的声音若隐若现地传到沈梓乔耳中。

"本王并没有怪你，能够避开那个疯子，本王要感谢你才是。"说话的男子声音柔润。

"九王爷，皎皎其实挺好的。"盛佩音笑道。

"莫要再提她了，本王不想做噩梦。"九王爷厌恶地说道。

沈梓乔望天，原来在那九王爷眼中，她都成噩梦了啊。那自己还自作多情个什么劲？她的多情，只会成为盛佩音手中的把柄和自己被中伤的要害罢了！

不过，千佛寺那件事……盛佩音果真是算计得好啊，那边跟九王爷搞暧昧，这边还口口声声说要帮她勾引人家。

第九章　瞎了眼才喜欢你

在盛佩音和九王爷进了厢房之后，沈梓乔去找了沈子阳，想带着他一起回沈家。

沈子阳还没见到仰慕的九王爷，无论如何也不肯回去，"要回你自己回去，我还要再等一会儿。"

"你以为真能见到九王爷啊？我们快回去啦。"沈梓乔拉住沈子阳的手腕。这地方她一点也不想多待，再过一会儿她就该出丑了。

"我见九王爷是仰慕他的才华，与你不同。他不见你，却不一定不会见我。"沈子阳满眼都是对沈梓乔的不屑。

沈梓乔冷笑了一声，"那你就好生等着吧。"

既然九王爷都说自己是噩梦了，那自己还巴巴儿地送上去让人恶心吗？算了！爱咋咋地，咱不给人添堵，回去抄经去！

从厢房里出来，沈梓乔头也没回地往楼下走去。

盛佩音正欲上楼，见到她下来，诧异了一下，"皎皎，你要去哪里？"

沈梓乔心中暗道，盛佩音果然是掐好了时间出现啊，"我想起还有事没做好，想先回去呢。"她说着，眼睛瞄着下楼的楼梯。

"我让厨房做了你喜欢吃的酱板鸭，不如吃过饭再回去？"盛佩音笑道，今日她带沈梓乔到这里来，可不是让她坐一坐就回去的。

沈梓乔笑着说："下次再来吃。"就在此时，沈子阳脚步嗒嗒地从楼上下来，"佩音姐姐，佩音姐姐，九王爷呢？"

声音很高亮，一下子引起了所有人的注意。

周围的目光刷刷地落在沈梓乔身上，带着鄙夷和嘲笑，等着看她的笑话。

沈梓乔在心里将那臭小子暗骂了一句。

盛佩音笑着挽住沈梓乔的手，"难道你不想见一见九王爷再走？"

沈子阳惊喜地看着盛佩音身后，一个身着白色直裰、腰系五色彩绦的男子翩翩而来，绣着暗纹的袖子随着他的脚步微微浮动，衬得他天生的贵气更添几分优雅。

"九王爷！"他大叫出声。

沈梓乔觉得自己脑仁突突疼了起来。得，又中招了吧！

九王爷约二十五六岁的模样，身材俊才，气质高贵，看起来温雅斯文。他眼中本来只看着盛佩音，被沈子阳大声一喊，才注意到其他人。

在看到沈梓乔的时候，脸色都绿了。

"哎哟，沈三小姐，听说你为了找九王爷，结果误入齐大少爷的房间是不是呐？"不知谁带着笑意问了一句。

哄笑声响了起来。

沈梓乔转头看了盛佩音一眼，今日她让自己到尚品楼，实际上就是想要将她跟齐铮独处一室的事情让更多人知道吧。

盛佩音为了毁掉她的名声，真是努力。

九王爷冷着脸，跟沈梓乔的名字扯到一起，他觉得是奇耻大辱。

沈梓乔听着大堂里的笑声，并没有为自己辩解，她知道不管自己说什么都没有用。

盛佩音尴尬地看向九王爷，解释道："皎皎那时候只是遇到身子不舒服的齐少爷。"

"跟本王有什么关系，不过是个下作没脸没皮的女子，跟哪个男子在一起都跟本王无关。"九王爷冷冷地说。

沈梓乔闻言，对这个九王爷的印象更加差了，远观时觉得像条龙，近瞅瞅，无非是条自大的虫子！沈梓乔觉得九王爷这话说得太过分了，还当着那么多人的面。

"是啊，的确跟九王爷无关，不过我还是第一次见到堂堂七尺男子竟然跟个泼妇一样见识。"沈梓乔冷笑，声音不高不低地说。

这话一出，不但九王爷愣住了，连盛佩音也惊讶得瞪圆了眼睛。

"举手之劳原来是下作没脸没皮，不知道怎样才是有脸有皮？还望九王爷赐教。"沈梓乔本身是个不容易动怒的人，但不代表别人踩她的脸，她还屁颠屁颠地凑上去。

盛佩音心里大喊奇怪，一直以来，沈梓乔只要见到九王爷就只会脸红羞涩，唯唯诺诺地想讨九王爷欢心，今天竟然还敢顶撞他？

九王爷同样没料到沈梓乔会顶嘴，他瞪着她，"你无耻。"

沈梓乔嗤笑，"原来在九王爷看来，帮助他人是无耻的行为，今日我真是长见识了。当初瞎了眼才喜欢您！您放心，往后我再也不会出现在您面前。"

全场寂静无声，连沈子阳都说不出话了。

本来还想慢慢地在大家面前改变对九王爷花痴的形象，可今天沈梓乔觉得一点都不想等了，她怎么可能看上九王爷这么一个二货。

"皎皎，你怎么了？"盛佩音小声地问道。

沈梓乔拉开盛佩音的手，"我好着呢，盛姐姐，今天不给你扫兴，我先走了。"

说完，她头也没回地走出大堂。

盛佩音微微迷眼看着沈梓乔的背影，眸中闪过一抹异样的光芒。

九王爷的脸色一阵青一阵白。

沈子阳张大了嘴巴，直到沈梓乔在外面喊了他一声，他才回过神，急忙追了出去。

上了马车后，沈梓乔松了一口气。

"你……你竟然冲撞了九王爷！"沈子阳在马车行走了一段路之后，才从震惊中反应过来，指着沈梓乔结结巴巴地叫道。

沈梓乔心情很好地看着车窗外的景色，"那又怎样？"

"那又怎样？"沈子阳声音拔高，"你今天疯了吧。"

"你就当我疯了。"沈梓乔笑道。

沈子阳狠狠地说："回去我定要跟祖母告状，你等着吧。"

"随你。"反正那老太婆本来就不喜欢她。

回到沈家后，沈梓乔也没去给沈老夫人请安，就径直回了自己的房间，让人去给她准备午膳。在尚品楼那么一闹，她还什么都没吃呢。

"三小姐，这时候灶上都熄火了。"她的贴身丫环翠屏说道，好像很不高兴沈梓乔这时候还要吃东西。

沈梓乔笑了笑，"那就让人起火，我要吃清蒸鱼和八宝饭。"

翠屏不愿意动身，沈梓乔看了她一眼，"怎么，我这个主人要吃东西还得经过你这个丫环同意不成？"

"奴婢不敢，奴婢这就去吩咐厨房给您做吃的。"翠屏撇嘴回道。

第十章　仗势欺人

沈子阳将沈梓乔如何顶撞九王爷的经过添油加醋地告诉了沈老夫人，愤慨地说要不是她这样无礼，九王爷说不定还会指点他学业。

沈家是武将出身，就算沈萧已经是一品大将，但比起文官始终差了那么一点。唯一的嫡孙又天生不爱读书，虽然次子如今是三品知府，膝下两个儿子却还年幼，如今只有沈子阳年纪轻轻已经能够参加童试，沈老夫人还指望他将来考个状元回来，以弥补当年沈仲只考得进士十六名的遗憾。

而九王爷的文采冠绝京城，能够得到他的指点，不知多少人梦寐以求，没想到竟被那个不祥的东西给搅和了。

"她还会顶撞九王爷？"沈老夫人冷笑，"是不是故意想要引起九王爷注意？"

"这方法太蠢了。"沈子阳同样觉得这是沈梓乔想要吸引九王爷的伎俩。

沈老夫人问："九王爷怎么说？"

"气得都不会说话了，哪见过这么不要脸的姑娘，竟是用这样……这样上不了台面的方法吸引别人注意。"沈子阳觉得自己的脸面都被沈梓乔丢光了。

"这可不好……"沈老夫人说，"你父亲和大哥都不在京城，虽说九王爷在朝中并没有身居要位，但他始终身份金贵，得罪他对我们沈家无益。我看，还得亲自去跟他赔礼。"

沈子阳立刻道，"祖母，让我去吧，我去赔礼。"

"也罢，只是那死丫头不能再出去了。最近不知着了什么疯，尽是闯祸。"沈老夫人怒道，越发讨厌沈梓乔。

"祖母，她就是故意的。"沈子阳道。

沈老夫人厌恶地说，"要不是她，你父亲何至于今日还没有个正经的夫人。"

没有才好啊……沈子阳心里默默地想着。

"祖母，孙儿不打搅您歇午觉，我回去看书了。"沈子阳恭顺地行礼告退。

沈老夫人满意地点头，"去吧。"

未等沈子阳离去，一个丫环神色匆忙地进来，"老夫人，三小姐那边闹起来了。"

"她又闹什么？"沈老夫人没好气地问，已经不耐烦听到沈梓乔的消息。

丫环翠柳犹豫了一下，才道："三小姐是与厨房的李娘子闹起来，三小姐还……还让人打了李娘子。"

沈老夫人怒道，"她想反了不成！"

确实是有人反了，不过反的人是沈梓乔身边的丫环。

话说沈梓乔让翠屏去给她准备午膳，翠屏原是在沈老夫人身边服侍的，跟着刁钻任性又不得老夫人疼惜的三小姐，她是满肚子的不愿意。主人在家里没地位，她跟着没体面。不说以前见了她都恭敬叫一声姑娘的婆子媳妇，就连小丫环都不叫她姐姐了。

可三小姐却好像不觉得自己惹人讨厌，依旧我行我素，整天惹老夫人生气。不像其他两位小姐，做小伏低地将老夫人哄得高高兴兴的。

翠屏知道自己去厨房叫人开灶做菜肯定讨不了好，她掀起软帘走了出来，瞧见台阶下站着两个小丫环，是刚从家生子中选来的下人。

"红缨，红玉，你们去厨房交代一声，说三小姐的午膳还没吃，让婆子们蒸一条三小姐喜欢吃的鲈鱼和八宝饭。"翠屏指着两个小丫环吩咐道。

红缨是刚留头的丫环，红玉是她的姐姐，是乔心院的三等丫环，都没有近身服侍沈梓乔的机会。

两人听到翠屏的吩咐，立刻就往厨房去了。

厨房的管事媳妇是沈老夫人的陪房李妈妈的媳妇，仗着有沈老夫人撑腰，从来没将沈梓乔放在眼中。平时的饭菜份例克扣严重，也是以前的沈梓乔脑子简单，从来没发觉自己被下人们暗地里欺负着。

"这都什么时候了还开灶，三小姐的午膳早让人送去了，还吃什么清蒸鱼跟八宝饭。这都是挑功夫的菜，这时候做不出来。"李家的听到红玉来传话，脸一沉往旁边坐下，让几个准备干活的婆子都停下。

红玉讨好地笑道，"李娘子，三小姐刚回来，这会子还没吃饭呢。"

"那就随便下个面条，吃什么不是吃。"李家的撇嘴道。

"可是……李娘子，三小姐想吃蒸鱼和八宝饭呢。"红玉小声地说道，"您就给三小姐蒸条鱼吧。"

李家的斜扫了红玉一眼，"回去告诉三小姐，厨房的灶火都熄了，要么在小炉给煮碗面，要么就等晚膳的时候再吃蒸鱼。"

这时候到晚膳的时间还有两个时辰……三小姐不得饿坏了？

"到底你是主人还是三小姐是主人，主人要吃什么，还轮得到你唧唧歪歪的？哪里有规矩规定主人们要在什么时候吃午膳的？"红缨却是个性子厉害的，一听到李家的对自己主人不恭敬，也不管她是沈老夫人的心腹，张嘴就质问起来。

李家的在沈家这么久，哪里被人这样呵斥过，就连正经的小姐都不敢对她大声说话，一个小丫环还敢当着大家的面质问她，"哎哟，了不得了不得，你什么东西敢对我指三道四，一个狗奴才，还真以为拿了鸡毛当令箭啊。"

"我是狗奴才，那你是什么？"红缨不顾红玉扯住她的衣袖，脆声地反问道。

"反了你了！"李家的恼羞成怒，"把这下贱的丫头给我拿住，老娘今天就好好告诉她，奴才也有个三六九等的。"

红玉求饶地道，"李娘子，红缨刚到乔心院，还什么都不懂，您大人不计小人过，别人小孩子计较。"

李家的冷笑道，"三小姐不懂管教奴才，今天我就替三小姐好好管教一下你们。"

"姐，我又没说错，是她们仗势欺人，不给三小姐做午膳。"红缨毫不畏惧地大叫道。

"你以为攀上三小姐就能替你撑腰不成？这沈家是谁在当家作主你还不知道吗？"李家的说完，一巴掌打在红缨娇嫩的脸上。

红缨被打得脸颊泛红，哭叫着挣扎，"我是三小姐的丫环，你凭什么打我？"

"那就看我今天打不打得你。"李家的又一掌打了过去。

"李娘子，别打我妹妹……"红玉哭着跪下求饶，"是我妹妹冲撞了您，您别生气。"

"这都怎么回事？"打发红玉两姐妹出来的翠屏听说这边出事，便过来瞧一眼，没想到竟见到这么一幕。

红玉一见到翠屏，犹如见到救星，哭着将事情的经过都说了。

翠屏在心底松了口气，还好不是自己到厨房来交代午膳，她端起脸色，"你们两个也真是的，既然李娘子说这时候没法蒸鱼，那就等晚膳，一点规矩都没有。"

红玉和红缨都没想到翠屏竟然不帮她们说话，不由得感到绝望。

"李娘子，多谢你为三小姐教训不成材的丫头了。"翠屏笑着对李娘子说道。

李家的刚想说话，便听到一道似笑非笑的声音传来，"我倒是想知道，我的丫环谁还敢教训了。"

第十一章　教训

　　沈梓乔在屋里等着丫环给她送午膳。其实沈梓乔知道，沈家当家的是老夫人，那老太婆又不喜欢她，可想而知，下人们会怎么对待她。只不过因为自己过于懒散自我，并没有把这些下人的不尊重放在心上。没想到这一大意，竟然也能生出来那么多是非。

　　沈梓乔在沈家的地位虽然不低，但许多用度份例都跟身份并不符合，更别说她还是个嫡出的千金小姐。衣裳什么的，竟然还不如那两个庶出的。沈梓乔自己又素来不爱什么花儿啊粉儿的，故而也就睁一只眼闭一只眼的，没把这些当回事而已。

　　现在看来，自己的大大咧咧马马虎虎，确实让别人的中伤有了"丰厚"的土壤根基啊！不行！跟盛佩音斗之前，还得跟沈家一群牛鬼蛇神斗！先把"内部问题"给解决了，再集中精力解决盛佩音！

　　"翠屏姐姐，红玉在那边跟李家的吵起来了。"外面有小丫环的声音传了进来。

　　"那个臭丫头怎么得罪了李家的？"翠屏恼怒地问道，"不知道李家的是李妈妈的儿媳妇么？"

　　沈梓乔还想再听清一些，却只听闻脚步声渐远。

　　她掀开帘子走了出来，头上的散发只挽了个簪儿，身上换了一套比较凉快的薄荷绿轻纱裙衫，看起来俏丽清爽。她朝着院门边的小丫环招了招手，问道："红玉怎么了？"

　　这小丫环叫平儿，跟红缨一样，都是刚进来乔心院服侍的，跟红缨关系很好。便是她来跟翠屏说了厨房发生的事情，希望翠屏去救救红缨。

　　平儿红着眼睛将厨房发生的事情一五一十地告诉了沈梓乔。

　　沈梓乔不听则已，听了，一时怒火攻上心头，"红缨只是要厨房给我蒸鱼，就招了那什么李家的打耳光了？"

　　"红缨是个直性子的，可能……可能冲撞了李家的……"平儿以为沈梓乔生气红缨没大没小，红了眼睛说道。

"那也轮不到那李家的教训我的丫环。"沈梓乔冷笑一声，"带我去厨房。"

当他们来到厨房门外的时候，正好听到李家的那嚣张的话，而翠屏身为她的丫环，不但没护着乔心院的人，还讨好那姓李的，沈梓乔的火气又腾腾地冒了上来。

李家的听到沈梓乔的声音，脸上并无一丝慌乱，还当着沈梓乔的面又踢了红缨一脚，"三小姐，你来得正好，我正替你教训这两个没规矩的小蹄子。"

沈梓乔秀眉挑了挑，一步一步地走了过来，看着红缨的小脸蛋被打得红肿青紫，又看了看扬着下巴丝毫不将她放在眼里的李娘子。

她忽然一笑，"李家的，我这两个小丫环怎么不懂规矩了？"

李家的看准了沈梓乔不敢跟她拿架子，笑着说道："三小姐，厨房有厨房的规矩，过了午膳的时候，灶上都不开火的。这两个小蹄子自己嘴馋，竟借着三小姐的名头，到厨房这里要八宝饭，我这才教训了她们几下。"

她以为这样说便是给沈梓乔台阶下，不会承认其实是她自己要吃八宝饭。

沈梓乔从来不敢跟老夫人的人撕破脸。

沈梓乔哪里听不出李家的是什么意思，她没有顺着她的台阶下，而是冷笑着问："八宝饭是我要的，蒸鱼也是我要的。什么时候主人还要跟着奴才的规矩吃饭了？"

李家的笑容僵在脸上，"三小姐，这厨房的规矩……可都是老夫人知道的。"

"什么规矩？"沈梓乔笑了笑问，"我肚子饿了不能让你们给我开灶做饭？这就是你们的规矩？"

"三小姐，您别为难我，厨房每天的事儿最多了。万一耽搁了老夫人的膳食，我可担当不起。"李家的不以为然道，其实是瞧不起沈梓乔给脸不要脸地在这里跟她理论。

沈梓乔眼色清寒地看着她，"我？李家的，您真是好大的面子啊。"

李家的撇了撇嘴，"不敢当三小姐的敬语，奴婢这都是说实话。"

"去给我蒸鱼，我还要吃姜蓉焗鸡和八宝饭。"沈梓乔睥睨着李家的，傲慢地吩咐道。

李家的脸色铁青，"三小姐，奴婢这会儿做不出来。"

"做不出来养你们作甚？给我撵出去，沈家不养废人。"沈梓乔脸上笑容不减，却没正眼看着李家的。

"还不知道谁是废人呢。"李家的心里纳闷这三小姐从来不敢为丫环出头，怎么今日就变了个样儿，听到她要撵走自己，更是羞恼得一时没遮掩回了嘴。

沈梓乔脸色一沉，"红玉，给我掌嘴。"

红玉闻言，吓得脸色发白，"三小姐……"

这李家的是老夫人的配房媳妇，不是轻易就能打的。

"红缨，还动得了吗？"沈梓乔扫了红玉一眼，转头看向红缨。

"三小姐吩咐的，奴婢如何动不了。"红缨强忍着脸上的痛，爬了起来抡起手就往李家的脸上狠狠打了两巴掌。

李家的不敢置信地瞪着沈梓乔，"你敢打我？"

"我怎么打不得你？今日便是让你记清楚了，到底谁才是主人。"沈梓乔冷冷地说，"红缨，给我继续打，打到她知道该怎么尊重我这个三小姐为止。"

红缨应了一声，又是打了两巴掌。

李家的尖叫一声，跟红缨厮打起来，"你一个丫头敢打我。"

"把她给我架住！"沈梓乔吩咐旁边的平儿和红玉。

两人不敢怠慢，一人一边架住李家的的手。

翠屏一见沈梓乔竟然敢打人，连忙喝住红缨："三小姐，您别胡闹了。"

"谁胡闹了！"沈梓乔厉声问道，看着那几个想要上前拉开红缨的婆子，"谁敢动我的人？真以为我撵不得你们？"

就算沈梓乔再怎么不得宠，她还是沈家的嫡出小姐。

大老爷和大少爷是将她如珠如宝一般疼爱着的，听说他们就要回来了。

难不成沈家真要变天了？

被沈梓乔这么一喝，竟真的无人敢动了。

李家的被打得鼻青脸肿，呼天叫地地嚷着："救命啊，三小姐打死人啦，救命啊……"

红玉转头看向沈梓乔，"让李家的这么叫下去，会惊动老夫人的吧。"

沈梓乔冷冷地说，"让她叫。"

翠屏看着沈梓乔在阳光下显得白皙晶莹的侧脸，心里隐隐觉得不安。

三小姐……好像不一样了，是因为老爷和少爷快回来了，所以觉得有了依仗，不甘心再被欺负？

就算以前老爷和少爷在家，三小姐也不会这么为丫环出头啊。

第十二章　怨愤

　　李家的被红缨打得头昏脑涨，心里又羞又恼，竟然没人会出来救她。

　　"这究竟怎么回事？"在李家的快绝望的时候，她终于听到一声熟悉的声音，这是她婆婆李妈妈的声音。

　　李妈妈来了，老夫人必定已经知晓这边的事。李家的"哇"一声大哭出来。

　　"奴婢没法儿活了，教训两个不听话的小蹄子，就恼了三小姐。三小姐要将奴婢打死了。"李家的大声号叫着。

　　红缨和红玉看向沈梓乔。

　　"继续打，看什么？"沈梓乔望都不望李妈妈一眼，吩咐红缨手下不要停。

　　李妈妈脸色一变，强扯着笑容走到沈梓乔身边，"三小姐，这没规矩的下人是怎么惹了您？奴婢替您教训她便是，不劳烦您亲自动手啊。"

　　沈梓乔低头看着自己纤细葱白的手指，淡淡地说："我不辛苦，动手的又不是我。"

　　这话的意思是不给她几分老脸了？李妈妈深吸了一口气，"三小姐，有什么不高兴，不如到老夫人那儿去说？"

　　"老夫人年事已高，这点小事就不要去打搅她老人家。不就是撵几个奴才出去，难不成我还没这个权利？"沈梓乔眼角微扬，似笑非笑地看着李妈妈。

　　这话是什么意思？所有人都脸色顿变，惊恐地看着沈梓乔。

　　家里大小事情都要过老夫人那一关的，虽然大小姐跟二小姐跟着老夫人学管家，可大权到底在老夫人手里。三小姐说这话，难不成是想跟老夫人作对？

　　沈梓乔不耐烦地看着不为所动的几个下人，"是不是我使不动你们了？撵走几个目中无人的奴才还不行了？"

　　是来真的……李妈妈眼中浮起一丝怒色，三小姐今天是着了什么魔？

她使了个眼色给自己的媳妇。

李家的闻音知雅，哭得更大声了。

这不成器的东西，李妈妈恨不得上前刮自己媳妇两巴掌。她是要她先低头认错，不是要她变本加厉。

沈梓乔笑意盈盈地看着李家的在嚎叫，转头问李妈妈，"李妈妈，你是家里的老人了，你来告诉这下人，是不是主人想什么时候吃饭就什么时候吃饭？告诉她，狗仗人势是要不得的。"

还知道打狗也要看主人就不会这样对待李娘子了，众人在心里腹诽，却无人敢开口。

李妈妈上前打了李娘子一巴掌，"闭嘴，还不到三小姐面前求饶？"又笑着对沈梓乔说道，"三小姐，奴婢会管教好这些奴才的，不会再冲撞您。"

沈梓乔微笑着点头，"你是老夫人身边最得力的妈妈，有你管教这些不长眼的奴才，我自是放心。家里没有正经的夫人，老夫人年事已高还要管着这许多事，难免有些人浑水摸鱼。李妈妈，你说是吧？"

李妈妈心里涌起一股子怨愤，"是，三小姐说的是。"

"我们回去吧。"沈梓乔满意地点了点头，带着红玉和红缨等人回到了乔心院。

翠屏还不能从沈梓乔今日的彪悍中回过神，她小心翼翼地看了李妈妈变幻莫测的脸色一眼，纳闷怎么老夫人由着三小姐这样闹都没出声，难不成老夫人是打算不管事了？

李娘子哭着看向自己的婆婆。

"还不去给三小姐做饭！"李妈妈瞪了她一眼，冷声喝道。

"李妈妈，三小姐这算什么？"翠屏走到李妈妈身边，压低声音问道。

"算什么？算翅膀硬了！"李妈妈冷笑，捏紧了手中的帕子，忍着心中的怨愤转身走开了。

翠屏怔在原地思索着李妈妈的话。

李妈妈已经回了德安院，沈老夫人听着贴身丫环翠柳在说话。屋里光线微暗，看不清她的脸色，只看到她一双眼睛闪过一抹凌厉的神色。

"老夫人。"李妈妈将怒气都收进心里，面色平静地走到沈老夫人身边。

沈老夫人微微地抬起头，翠柳福了福身退下去。

"她为自己的丫环出头了？"沈老夫人闭上眼睛，入定般神情如千年古井。

李妈妈低声应是，"都是雪心太不懂规矩了。"

雪心是李娘子的名字。

"她还能替自己的丫环出头……还能说出那样的话……"沈老夫人笑了几声，声音嘶哑，在这寂静的屋里透着几分冷意，"是谁跟她说了？"

"会不会是大少爷写信给三小姐了？"李妈妈低声问。

沈老夫人说，"就算如此，往日老大和恺哥儿在家，她也就将我的话当耳边风，从来没这样大张旗鼓地为自己的丫环出风头，还敢打我的人……"

想起方才翠柳的回话，沈老夫人的脸色添了几分深冷。

李妈妈想到沈梓乔当众不给她面子，心里的怒火翻滚了起来，"老夫人可要敲打三小姐一下，免得她以为自己真的能跟您作对。"

"不必，让她去蹦跶，我看她能跳出个什么花样儿来。"沈老夫人缓缓地睁开眼睛，嘴角吟着一丝轻蔑的笑。

"也不知大老爷到底怎么想的，纵得她无法无天，连大少爷也将她当宝。"李妈妈想到待大老爷和少爷回来后，沈梓乔会比如今更嚣张，不由觉得烦躁。

这是沈老夫人心底的一个伤疤，她咬牙切齿地道，"都是那个贱妇……若非她迷得老大找不着北，会到如今还没娶填房吗？三丫头就是长得太像她了！"

李妈妈点头，若非沈梓乔长得太像故去的大夫人，大老爷不至于念念不忘亡妻，连填房都不愿意娶进门，就怕委屈了沈梓乔。

沈老夫人呼了口气，"刘侍郎的妹妹今年二十了，之前眼界高没看上的，一直没定亲。刘家似乎有意要将刘小姐嫁过来。"

"这……那刘姑娘可是京城里有名的才女，比起当年大夫人丝毫不逊色，大老爷说不定会喜欢。"李妈妈欣喜地说。

"择个时间见一见那个刘姑娘。"沈老夫人道，生子哪不知子心思，只怕大老爷未必想再娶。

李妈妈说："可不能再让三小姐捣乱了。"

"她敢！"沈老夫人冷哼。

第十三章 丫环

沈梓乔带着红玉两姐妹回到乔心院，让人找了药，亲手给红缨抹脸。

红缨受宠若惊地避开沈梓乔的手，"三小姐，奴婢……奴婢不敢当。"

"坐下！"沈梓乔拉着她的手，按着她坐了下来，"有什么不敢当的，你这是为了我才挨的打。有你这么忠心护主的丫环，我高兴还来不及呢。"

"三小姐，让奴婢来吧。"红玉接过沈梓乔手中的金疮药。

沈梓乔看着她们两姐妹，听说她们为了她跟老太婆的心腹吵架，又看到红缨脸上被打得红肿，却依旧为了自己跟李家的抗辩，她心里还是感动的。至少，她知道了有两个丫环还是站在自己这边的，算是两个小帮手吧！

沈梓乔是什么人？是沈家的嫡女，是沈萧最疼爱的女儿。不应该活得太憋屈，不能是个人都可以能欺负她。如果不先在沈家得到尊重和地位，又怎么踹掉盛佩音？如果自己都不保护自己，还指望谁保护？

沈梓乔并没有特别深的主仆等级思想，直到今天红缨对她的维护，才让她明白，如果想要在跟盛佩音的斗争中取得绝对的胜利，她就要改变自己，改变一直以来凡事毫不在乎的姿态；事事用心，处处留意，才有可能保护自己的同时，进行足够力量的反击。

"你们两个以后就在我身边服侍吧。"沈梓乔低声说道，"红缨好好养伤，等脸上消肿了再来服侍我。"

红玉和红缨都愣住了，她们连二等丫环都不是，怎么就能近身服侍三小姐了？

翠屏掀起帘子要走进来，正巧听到沈梓乔的话，脸色僵了僵，"三小姐，饭菜都做好了。"

沈梓乔看都没看她一眼，轻声让红玉扶着红缨出去。

"三小姐，奴婢替您布菜。"翠屏心里七上八下，疑心沈梓乔是不是打算将她和翠红几个都撵走了。

她们都是老夫人以前安置到三小姐身边的，三小姐连李家的都敢撵，更别说是她们了。

"不用了。"沈梓乔淡淡地开口，"放下就行了。"

翠屏感到一阵害怕，"三小姐，奴婢不是不去厨房。只是刚好有事忙，所以才让红缨她们去的。"

"嗯。"沈梓乔漠然地点头，"我知道了。"

就这样？翠屏看了看沈梓乔的脸色，不知怎么，竟有一股无形的威势压来。

她真的是那个只会大呼小叫的三小姐吗？

翠屏怀着忐忑的心情退了下去。

外面同样是老夫人安排在沈梓乔身边的翠红凑了上来，低声在她耳边问："怎么样？"

"将那两姐妹叫到身边服侍了……"翠屏小声说。

翠红急忙道，"赶紧跟老夫人说。"

"说了又如何？你没看见她连李家的都不给面子吗？老夫人有说什么吗？"翠屏啐了一口，想起今日三小姐怎么对待李家的，她还是感到一阵心虚。

"会不会是大老爷要回来了？"沈萧和沈子恺已经离家快一年了，只怕也应该要回来了吧。

翠屏轻轻摇头，"就算是大老爷要回来，三小姐也不至于……跟以前完全不一样了。"

"那……那是有人在背后教她？"翠红惊讶地问。

沈梓乔跟盛佩音走得很近啊，翠屏心里惊疑不定，"我去找一找李妈妈。"

李妈妈听了翠屏的猜测，同样感到可疑，"你的意思，是盛佩音教坏了三小姐？"

翠屏轻轻点头，"怕就是了。"

"你先回去盯着三小姐，她想提拔那两个丫环就让她提拔。总会让她知道，这个家还不是她在做主。"李妈妈的语气还夹杂着不甘。

"诶。"翠屏应下。

次早，李妈妈将红玉和红缨都提了当二等丫环，将老夫人安置在沈梓乔身边的另外两个二等丫环调去了别处，只留翠屏和翠红。

沈梓乔对于李妈妈的安排不置可否。

红玉和红缨欣喜万分，没想到会这么快升了二等。两人要给沈梓乔磕头，被沈梓乔拦住了。

翠屏和翠红两人一大早就进来服侍，只是却原该她们做的事，沈梓乔都交给了红玉，她们两人被晾在一旁尴尬着。

翠屏端了茶上前，笑容满面，"三小姐，您这几天心情真好，可是因为那件事？"

沈梓乔接过她的茶，拿着茶盖有一下没一下地刮着茶碗，"我看起来像心情很好吗？哪件事能让我高兴了？"

她以为要找到能够真心为自己的丫环要花费很大的力气，有衷心维护自己的丫环，是很幸运的事情。

乔心院的一切，自然传到沈家另外两位小姐耳中。沈梓芬来到沈梓雯的房间，开口就问，"大姐，你听说了吗？乔心院那位还敢赶走老夫人的人了。"

沈梓雯正在用蔻丹染自己的指甲，听到沈梓芬的话，斜乜她一眼，"大惊小怪。"

"可不是我胡说，乔心院那位真厉害，你没听说吗？连李家的都敢打。"沈梓芬在沈梓雯身边坐了下来，脸上带着忧心。

"那又怎么样，每次父亲和大哥在家里，她不也是这样么？"沈梓雯满意地看着自己的指甲，对于沈梓乔，她从来都不放在心里。

"你说得倒轻松，我听着她的意思，是想代替老夫人管家呢。"沈梓芬说，"要真是她管家，我们还有什么好日子过。"

沈梓雯哈一声笑了，"就凭她？"

"大姐，你是不是知道了什么？"沈梓芬问道。

"齐夫人都已经将她的八字拿走了，只怕再过不久亲事就该定下来了。"这件事让沈梓雯心情畅快无比。

沈梓芬脸上难掩喜色，"将她嫁给那傻子？"

"她还想嫁给什么人？"沈梓雯嗤笑。

"父亲会同意吗？"沈梓芬想到沈萧是怎么疼爱沈梓乔的，又觉得不能抱太大希望。

沈梓雯说："我今天早上从祖母那儿回来，祖母今天要去刘家。"

"啊？去刘家干什么？"沈梓芬愣声问道。

"刘侍郎的妹妹云英未嫁……"沈梓雯压低了声音。

沈梓芬猜到是什么，掩了嘴浅笑。

第十四章　报仇

盛佩音独坐在闺房中，在她的面前，刘衡山的画像如他的本人般，英俊硬朗。她用冰冷的手抚摸着墨染的线条，洁白的宣纸之上，那个男人在向她微笑。盛佩音知道，真实的刘郎，早已经成为一抔黄土之下的白骨孤魂。

刘衡山的出现，对于她来说是温暖的春天；刘衡山的死去，对她来说又无异于将她重置于冰窖之中。这令人心寒的高墙红瓦、死气沉沉的亭苑楼台、生与死、大家闺秀所应恪守的礼节与矜持，都在那寒光凛凛的屠刀落下之时，灰飞烟灭！

一切都变得毫不重要，重要的，是当她将沈家奉上，给自己的心爱之人陪葬。

只有这，才是她活下去的唯一目的。

可是，沈萧位高权重，手握兵权，她凭什么跟他斗呢？

唯一的办法，就是从那个草包入手。

盛佩音想起前两日沈梓乔在尚品楼对待九王爷的态度，不知为何，心里一阵烦躁。

那日的沈梓乔，完全不是她熟悉的草包。

为什么会这样？沈梓乔到底发现了什么？

想到这一点，盛佩音坐不住了，她猛地站了起来。

她故意接近九王爷是为了什么？无论如何，都不能让沈萧跟天家结亲。

"三小姐，三小姐！"丫环急切的声音在外面传来。

"怎么了？"盛佩音深吸了一口气，按捺住心中汹涌的怨愤。

丫环走了进来，低声说："李管事来了，在大厅等着您。"

盛佩音神情一凛，面色沉静如水地走了出去。这两年来，她培养了不少自己的心腹，李世年就是其中一位。

"三小姐。"李世年约二十岁，身形挺拔，样子俊美。他一看到盛佩音袅娜的身影，眼底毫不掩饰流露出爱慕的神色。

"什么事？"盛佩音对他微微一笑，轻声问道。

李世年低声温柔地说，"沈家的老夫人去见刘夫人了。"

对于男子的爱慕眼神，盛佩音早已经习惯了。她听到李世年的话，眼皮一跳，"哪个刘夫人？"

"青桐胡同的刘家，刘侍郎的夫人。"李世年说道。

盛佩音脸色微变，缓缓地闭上眼睛，刘家……刘侍郎明年就会提拔为户部尚书，他的妹妹年底若是真的嫁给沈萧，他们就会开始对付盛家了。

"我知道了。"她低低声说着，"她们在哪里见面？都说了什么？"

李世年说："刘夫人亲自去了沈家，至于说了什么……这……"

"你先下去吧。"盛佩音揉了揉额头，声音充满了疲倦。

"三小姐？"李世年心疼地看着她。

盛佩音挥了挥手，"下去吧。"

李世年应了一声，无奈地退了下去。

绝不能让沈萧娶了刘小姐！

"去沈家。"盛佩音吩咐丫环，让人套了马车准备出门。

沈梓乔此时正在听着平儿在跟她说今天刘夫人来找沈孝夫人的事。

"这么说，老夫人是张罗着要给我找继母啊。"沈梓乔穿着薄纱裙，摊开四肢躺在大炕上，一点形象都没有地懒懒问着。

沈梓乔说话向来没有大家闺秀的样子，下人们早就习惯了。平儿听了只道："听说刘小姐性情温和，才情横溢。"

她知道这件事，刘家小姐已经二十岁了，眼界很高，所以到现在还没嫁出去。难不成，老太婆真看上刘家小姐了？

"三小姐，三小姐，那齐夫人又使人来了。"红缨急步走了进来，还喘着气儿地小声说道。

沈梓乔挑眉，"谁来了？"

"齐夫人身边的得力妈妈，前些天不是让人拿了您的八字，这会儿怕是来说结果的。"红缨说道。

齐夫人想要沈梓乔当儿媳妇的事早已经不是秘密了。

"想办法将人带到我这儿来。"沈梓乔低声道。

红玉几人脸上一惊，"三小姐，这不好吧？"

她们都以为沈梓乔是想将那人大骂一顿，不许齐家的人再上门。

"怎么不好了？"沈梓乔纳闷地看着她们。

红玉正要劝沈梓乔，便见翠屏踩着碎步走了进来，"三小姐，老夫人让您过去德安院一趟呢。"

哎哟，这么巧？沈梓乔笑盈盈地站了起来，"走吧！"

红玉急忙将她拉住，"三小姐，您好歹换了一套衣裳再过去。"

沈梓乔低头看了看自己一身穿着，鹅黄色的薄纱圆襟灯笼袖衫子，因为天气热得不行，她没有穿中衣，若隐若现能看到她里面穿的红色抹胸。

沈梓乔重新换了衣裳，来了德安院。

沈老夫人正和一个穿着靛蓝色布衣的妈妈在说话。那妈妈坐在炕边的木杌上，生得肌肤白皙，脸若银盘，看着就觉得和蔼可亲。

那妈妈听到响动，抬头看了过来，便见一个长得可喜精致的少女走了进来，身上穿着薄荷绿的琵琶襟衣裳，下着月牙色百褶裙，裙角绣着浅绿色连枝叶，衬得整个人玲珑娇憨，分外讨喜。

若是跟大少爷站一起，那还真是一对璧人，至于性格什么的，就不必去深究了。

沈老夫人见到沈梓乔，眼中的笑意渐渐淡去，"这是齐家的顾妈妈。齐夫人和你母亲是旧识，特意让顾妈妈给你送了些稀罕的小玩意儿。"

这借口找得太牵强了吧！沈梓乔笑盈盈地谢过，在另一边的太师椅坐了下来。

顾妈妈拿眼端详着沈梓乔，越看越满意，"三小姐的样子长得真好。"

"谢顾妈妈夸奖。"沈梓乔大方客气地回道，"齐夫人真是有心，有什么稀罕玩意都忘不了我。顾妈妈千万要替我多谢她。"

谁知道那齐夫人跟沈梓乔的母亲是不是真的相识，今日这顾妈妈到来，就是想摸一摸沈梓乔究竟是个什么人而已。

"老奴一定为三小姐带话。"说着，转向沈老夫人，"您教导有方，几个孙女都品行端方，这京城哪里能找到这么让人喜欢的姑娘了。"

沈老夫人睨了沈梓乔一眼，觉得今日这丫头表现奇怪，装得太像大家闺秀了。

第十五章　克母克夫克婆婆

不等沈老夫人说话，沈梓乔感激地看向她，笑着说："那是，都多亏了祖母，不然哪有我们三姐妹过得这样好。"

顾妈妈随口就问："是吗？还是老夫人教导有方呢！"

"我这克母克夫克婆婆的命要不是有祖母的悉心照顾，哪能活到现在呢？我呀，心里对祖母真是感激不尽。"沈梓乔诚心地说道，脸上那感激涕零的表情更是让人动容。

"克母……克婆婆？"顾妈妈一愣，表情跟吞了苍蝇一样难看。

"是啊，我虽然年纪小，可都知道呢，我母亲是因为生了我身体落下病根，没几年就死了。祖母让人给我算过命，说我生来命硬，克母克夫克婆婆。也亏得祖母不嫌弃我，还将我拉扯这么大。就是我不懂事，常惹祖母不高兴。"沈梓乔内疚地说。

顾妈妈的脸色绿了，"是……是吗？"

她瞄了沈老夫人一眼，这事怎么没跟她们家夫人说过呢？只怕是想早点将沈梓乔这不祥的孙女赶紧嫁出去吧，这才一点都不在乎大少爷是不是傻的。

万一夫人被这儿媳妇克了呢？

顾妈妈越想越气，脸上的表情越来越难看。

沈老夫人寒着脸，目光阴鸷地看着沈梓乔，那眼神简直想将沈梓乔吃了。

"是呢。"沈梓乔只当没看到沈老夫人的脸色，自说自话，看着顾妈妈笑得特别蓝天白云般灿烂。

顾妈妈笑容越发勉强，她站起身，对沈老夫人说："沈老夫人，奴婢还得回去给我们夫人回话，就不多留了。"

沈老夫人这才终于挤出一句话，"李妈妈，送送顾妈妈。"

李妈妈应了一声，送了顾妈妈出门。

沈梓乔含笑看着顾妈妈出去，拿起茶碗刮了两下，抿了一口茶，满嘴的清冽茶香。

看着她这满足享受的模样，沈老夫人气得心肝都颤疼起来。她压着心头翻滚的怒火，平声问道："你今日这番话，是谁教你说的？"

"没人教我啊，我就实话实说。祖母，难道我说错了？"沈梓乔张着无辜的大眼睛，笑着说道。

沈老夫人冷笑一声，"你以为自己翅膀硬了？"

"祖母，我没翅膀。"沈梓乔一本正经地说。

"你别以为说这些话就能称你的心，更别想着还要嫁给九王爷。凭你什么东西，还想嫁入天家。你给我滚，滚出去。"沈老夫人震怒，再不将沈梓乔撵出去，她都想掐死这个孙女了。

沈梓乔笑道："祖母，我年纪还小，不担心亲事。再说了，大姐跟二姐都还没议亲呢。"

沈老夫人阴着脸看她，"糟蹋自己的名声就是你对付我的办法？你还嫩着呢。"

"祖母，这话不是您一直说的吗？怎么是我自己糟蹋自己了？"沈梓乔说道，她不想被别人算计嫁给齐铮，更不愿意嫁给什么九王爷或其他男人。

想嫁给什么人得由她自己决定。

"我不想见到你。"沈老夫人闭上眼睛，"回你屋里去，想一想你今天的所作所为。待你父亲回来后，你要怎么跟他说。"

"我父亲要回来了？"沈梓乔一怔，原来真是沈萧要回来了，难怪老太婆对她的态度这么隐忍。

沈老夫人只当沈梓乔是在故意装不知情，冷哼了一声，"你父亲若是知道你是什么德行，指不定活生生被你气死。"

"祖母说笑了，父亲身强体壮，哪里就容易气死了？再说，我再怎么样，父亲也不至于让我嫁给一个傻子啊。"沈梓乔含笑说道。

"那你想嫁什么人？你以为你还能嫁什么人？"沈老夫人问。

沈梓乔笑道，"祖母，我都说年纪小，不担心这事儿。既然父亲要回来，那我先去让人收拾屋子。不打搅您了。"

冷眼看着沈梓乔走出去，沈老夫人捏紧的拳头才慢慢地松开了。

李妈妈走进来，看到沈老夫人气得铁青的脸色，忙递茶上去，"老夫人，别跟三小姐置气，她就那样的性子。"

"不，她跟以前不一样了。以前她嚷嚷喊喊，跟个没脑子的草包一般，如今倒是精明了不少。"看她今日的说话气度就知道不同了。

"难道真是因为盛佩音？"李妈妈疑惑地问。

沈老夫人皱眉摇头，她一直认为自己对三个孙女的脾性都一清二楚，更是将她们拿捏在手里，没想过这沈梓乔有一天还能让她看不透。

"我看她能翻出什么浪来。"沈老夫人淡淡地说。

这么说，是不想敲打三小姐了？李妈妈低下头，轻声地说："那齐夫人那边……只怕听了三小姐这话，会打消定亲的念头。"

沈老夫人却是一点都不担心，"齐夫人是什么人？就这样相信那臭丫头几句话？她当初怎么成为安国公夫人的？"

李妈妈"唉"了一声，主仆二人一时无话。

且说顾妈妈从沈家离开后，立刻就回了齐家，脚步匆忙，神色紧张，没有注意在她进门的时候，有人在角落盯着她。

她来到齐夫人的房间，见齐夫人站在窗边悠闲自在地修剪花枝，这才慢下脚步，"夫人。"

齐夫人穿着蜜合色薄缎衫裙，面向窗口而立，过于精明凌厉的眼神此时看起来柔和了不少。听到顾妈妈的声音，她的眼角淡淡一挑，"嗯？"

顾妈妈一见就知道今日齐夫人心情很好，她走上前，"奴婢从沈老夫人那儿回来了，见到沈家三小姐了？"

"如何？"齐夫人问。

"是……沈三小姐说自己是个克母克夫克婆婆……夫人，这亲事怕是不合适，对您不好呢。"顾妈妈小心翼翼地说道。

齐夫人轻笑出声，"克母？克夫？还克婆婆？"

"诶。"顾妈妈点头，"沈家三小姐的八字太硬了。"

"她要是真能将那傻子给克死了，我还感激她呢。"齐夫人放下剪子，嘴角吟着一丝嘲讽的笑，"我不怕她八字硬，她不愿意嫁进来，可沈老夫人偏要她嫁，我怕什么？她若真天生克婆婆的，那贱妇不早被她克死了吗？"

论起来，齐铮的亲生母亲才是正经的婆婆。

顾妈妈不敢答话，低着头不语。

第十六章　绣锦苑

　　沈梓乔从德安院出来，心情如外面的阳光一般，灿烂明媚。

　　红缨站在台阶上见到她回来，忙迎了上去，"三小姐，您回来了？没事吧？"

　　"我能有什么事？"沈梓乔笑着问，"今天我心情好，不如出去走走吧。"

　　"那齐家来人，难道不是说那件事吗？"红缨是个直肠子的人，听说老夫人要将三小姐嫁给一个傻子，正替三小姐不值。知道三小姐是去见齐家的人，她心里着急得不行，就是不知道该怎么办。

　　沈梓乔笑着道："说什么事？齐家来的顾妈妈已经回去了。"

　　不是来说那件事的就好！红缨的笑容重新回到脸上，"三小姐，那您想去哪里走走？"

　　"随便哪里都行，我又不熟悉。"沈梓乔说，她也就去过千佛寺，其他地方还没走过呢。

　　"那我们去绣锦苑，如今那里的莲花开得正好。"红缨说道。

　　沈梓乔没听说过这地方，笑着点头，"那就去那里。"

　　平儿在旁边说，"奴婢去让人套马车。"

　　待她们主仆几人欢欢喜喜出门的时候，翠屏干笑着挡在沈梓乔前面，"三小姐，老夫人吩咐过，不管您去哪里，都要带上奴婢。"

　　"是吗？那就一起去吧。"沈梓乔无所谓地说。

　　齐家，外书房。

　　小顾氏将两份写着八字的庚帖放在红木大书案上面，"老爷，您看，这是铮哥儿和沈家三小姐的八字，我找人算过了，两人是天生一对。"

　　"沈家和我们齐家也算门当户对。"安国公齐思霖看了八字一眼，头也不抬地问："那姑娘的品性如何？"

还挑品性？人家愿意将女儿嫁给一个傻子就不错了。小顾氏在心里腹诽，笑着说道："让顾妈妈去亲自看了一眼，说是长得娇憨可喜，言行举止大方，跟谣言不大一样。"

"哦？还有什么谣言？"齐思霖淡声问。

小顾氏咬了咬唇，"这个……"

"给铮哥儿找媳妇，还是用心些。"安国公抬起头，看了小顾氏一眼，站了起来。

高大魁梧的身躯让小顾氏感到一股无形的压力迎面而来，她低下头，"是，老爷，我知道了。"

不过是一个傻子，还能怎么挑人？小顾氏觉得齐思霖对长子实在太偏心了。

就算将所有宠爱和注意力都放在那个傻子身上，难道就真的能够让他继承爵位？能够成为世子的，只有她的儿子，她的铮哥儿！

安国公走到门边，回头见小顾氏站着不动，浓眉一挑，"你还有事？"

小顾氏回过神，对他抿唇一笑，"没事了，老爷，您要去哪里？"

"我去铮哥儿那里坐坐。"安国公说道。

齐铮正在屋里一个人斗蟋蟀。

见到齐思霖走进来，他面无表情地继续玩着，只当没看到自己的父亲。

安国公在心里叹息，在一旁坐了下来。他的这个长子小时候聪明伶俐，资质绝佳。若非亡妻离世，而他疏于照看，导致铮哥儿生了一场大病，又怎么会变成傻子？

这么多年来，他一直负疚。

"你母亲想要帮你说一门亲事，是沈家的女儿，听说品行端庄，样子也不错。"安国公轻咳了一声，"你喜不喜欢？"

低着头的齐铮眸色深邃了几分，他呵呵地笑了笑，"不喜欢。"

安国公没想到儿子会回答他的话，这么多年来，铮哥儿对他好像心中有怨气似的，极少跟他说话，"那，那让你母亲再去找别的姑娘？"

齐铮嘴角掠起一抹嘲讽的笑，没有回答。

"那你喜欢什么样的姑娘？"安国公又问。作为一个父亲，他完全没将铮哥儿当傻子，只是觉得……儿子比较单纯罢了。

安国公又问了好些话，齐铮却一句都没回答。

"那我先走了。"最后，安国公只能再一次失望地离开。

齐铮放下手中的竹签，微微眯眼看着安国公的背影消失在门边，那个女人还没死心要给他定亲啊……

沈家三小姐？齐铮脑海里浮现出一个娇憨可爱的少女身影。

她也很不想嫁给他吧！听说她对九王爷痴心一片的。

沈梓乔带着红缨姐妹跟翠屏已经来到绣锦苑。

绣锦苑是天下首富贺家的地盘，依山而建，环山绕水，四通八达，显得轩昆壮丽，奇花异草，处处美景怡人。

沈梓乔倚在湖边的水榭栏杆上，看着满池莲花呆呆地发愣。

"贺家竟将这样的园子送给朝廷，还任由游客随意进来玩耍，这……这也太……"红玉听说这地方是贺家建造后无私开放给百姓进来欣赏的，惊讶得不知道说什么好。

沈梓乔哈哈一笑，"太有钱了？"

翠屏撇了撇嘴，"寻常老百姓可不敢进来。"

红缨指着远处的山峰，"三小姐，你看，那像不像佛像？"

"像。"沈梓乔点头，喃喃道，"这多好的地方啊，地皮一定不便宜。贺家家主可真是如佛祖般的菩萨心肠啊！不过菩萨好像是乐善好施救济苍生的，而不是弄个什么园子让大家来玩的吧？"

红缨虔诚地合十一拜，听到沈梓乔的自言自语后问道："三小姐，您说什么？"

沈梓乔笑着摇头，"没什么，你们自去周围看看吧，不用在这里陪我，我在这里坐坐就行了。"

翠屏脸色一变，"三小姐，您不能再支开奴婢们了。九王爷今日一定没在别庄里，您千万不能再去了，老夫人会打死奴婢们的。"

"嗯？九王爷的别庄在这附近？"沈梓乔好奇地问，好像有那么一点印象。

"三小姐……"翠屏一副你别装了的样子看着沈梓乔。

沈梓乔嘿嘿笑着，"我不去，真不去。"

不过，显然翠屏并不相信她。红缨这小丫头说要去摘些罕见的鲜花回去插在花瓶里，红玉性格比较稳重，没有因为好奇就到处去，留了下来服侍沈梓乔。

翠屏并不相信沈梓乔今日来绣锦苑只是为了看莲花，两只眼睛眨都不眨地盯着她。

第十七章　打断好事

红缨摘了好些连沈梓乔都叫不出的时令鲜花回来，并且告诉她，方才见到盛家三小姐了。

盛佩音到这里干什么？沈梓乔纳闷着。

"身边还有一个男子，不过奴婢没瞧清楚是谁。"瞧见了估计也不认识，看穿着应不是普通人家出身的。

"难道是九王爷？"

沈梓乔天生有着异于常人的好奇心，九王爷那么贬低自己，对盛佩音情有独钟，我这倒有看看他俩到底在干些啥？顺便看看能不能抓到盛佩音的什么把柄来，也算是未雨绸缪啊！

"盛姐姐也在这里啊，那我得去跟她打个招呼才行啊。"沈梓乔笑眯眯地站了起来，"红缨，我们去找她。"

红缨脆声应了一句。

翠屏脸色难看地拦住沈梓乔，"三小姐，时候不早了，我们还是回去吧。"

"还早着呢，没事，我们很快就回来。"沈梓乔小手挥了挥，不顾翠屏的阻止，拉着红缨往她刚才见到盛佩音的方向走去。

"三小姐！"翠屏不死心地要跟上。

沈梓乔沉下脸，"不许跟来。红玉，看着她。"

红玉看了翠屏一眼，小声地应是。

"我们走！"沈梓乔跟红缨走出了水榭，往另一边的竹林走去。

绣锦苑除了莲花池让人惊艳，竹林也是景点之一。大片各种不同种类的竹子，风吹过来沙沙作响。

"三小姐，说不定盛三小姐已经离开了。"红缨见沈梓乔仍然想往里面走，急忙小声说道，"再里面就是山林了。"

沈梓乔不死心地继续走着，"再走走，再找找！不急，不急。"

竹叶将阳光都挡在外面，小路的光线略显阴暗。她们不知走了多久，才终于见到前面有一大片日花。沈梓乔脸上一喜，"哎呀，到了。"

主仆两人加快了脚步，在快要到尽头的时候，沈梓乔眼明手快地急忙将红缨拉住，两人躲到一排竹子后面。

"三小姐？"红缨不明沈梓乔的举动，疑惑地看着她。

沈梓乔低声说，"小声点，那里有人。"

在竹林不远处是一个天然小湖，湖边植种着一排柳树，在向东的地方有一间简单的草屋。红缨正想问哪里有人，眼睛便看到在柳树下站着一对身姿动人的男女。

女子容颜艳美，身段袅娜绰约，亭亭玉立面对着男子；男子身材颀长挺拔，面如冠玉，正温柔地看着女子，不知在低声说着什么。

那女子是盛佩音，可男子是谁？红缨不认识。

沈梓乔却认识，那男子正是冠盖京城的九王爷，是不少女子的梦中情人。

这地方果然是谈情说爱的好地方。

沈梓乔笑眯眯地看着那对璧人。九王爷不知说了什么，盛佩音娇羞地低下头，露出白皙纤细的脖子，然后……九王爷的眼睛直了。

接着，九王爷搂主盛佩音的纤腰，慢慢低头。

红缨还是个刚留头的丫环，什么世面都没见过，但也知道对面是在发生什么事情，脸蛋都红了。

哎呀！接吻了！沈梓乔的好奇心倒是完全压制住了作为姑娘家的害羞。这能算个"好"把柄吗？她心中暗自得意……

"小姐，非礼勿视，我们是不是要走了？"红缨瞪大眼睛看着盛佩音被那个男子吻着，脸蛋红扑扑地小声提醒沈梓乔。

"说的是，我们再看两眼就走了。"沈梓乔说道。

红缨说，"盛小姐是不是被欺负？小姐，我们要不要去帮忙？"

那边，九王爷已经粗喘着气将盛佩音打横抱了起来，大步往草屋走去。

沈梓乔松开红缨，说道："走，咱们偷偷过去瞅瞅。"两人便猫着腰慢慢地往草屋走去。

还没走到草屋，就听到盛佩音呼痛的呻吟声传了出来。

红缨惊叫出声，"小姐，我们要不要喊救命。"

"谁？"草屋里面传来九王爷粗哑的声音，还有盛佩音的惊呼声。

沈梓乔也吓了一跳，"被发现了，还不快走！"她拉起红缨拔腿就跑。

当草屋里的九王爷手忙脚乱套上衣裳追出来时，已经不见了人影。

盛佩音想到自己放荡的样子被别人看到了，又羞又恼，哪里还愿意跟九王爷继续下去。她埋怨地瞪了九王爷一眼，"要是传了出去……我还怎么活……"

九王爷搂住她，"本王让皇兄立刻下旨赐婚。"

"皇上未必会答应。"盛佩音暗恨，怎么会让人看到，不是让人守在路口了吗？这会儿她没了名声，还怎么进天家的门？

"你别担心，一切交给我。"九王爷道。

盛佩音在羞恼，沈梓乔也在懊恼。她拉着红缨跑了一大段路，见后面没人追来，才停下来喘口气，"差点被你害死了。"

红缨不知道自己做错了什么，只能愧疚地看着她。

"红缨，这件事就你知我知，不能说出去知道吗？"沈梓乔正色严肃地说道。

"奴婢记住了。"红缨狐疑地点头，不过既然三小姐这么说了，她当然不会怀疑。

沈梓乔回到莲花池，翠屏沉着脸地问她们去了哪里。红缨面不改色，"三小姐去哪里不需要跟你说吧，翠屏姐？"

翠屏脸色铁青。

第十八章　名声

回到沈家，沈梓乔才知道自己在德安院说自己克母克夫克婆婆的话已经被人传了出来，走到哪里都能接收到异样的目光。

"三小姐，您怎么能这样说自己？"红缨气急败坏，恨不得将那些在角落窃窃私语的人都打耳光甩几下，让她们都闭嘴。什么叫三小姐只能无儿无女孤独终老，呸她们个乌鸦嘴！

沈梓乔既然说出来就不怕别人会知道，一点都无所谓。"嘴长在别人身上，爱怎么说就怎么说吧。"

红玉替沈梓乔将头发散了下来，低声说："就算如此，也不该从德安院里面传出来，老夫人……"

整个沈家都觉得老夫人对沈梓乔并不真心疼爱，否则的话，早就下令禁止下人们传播了。

沈梓乔笑了笑，"泡个澡去。"

红玉和红缨无奈地看着她。

沈老夫人其实并不愿意让别人知道沈梓乔克母克夫克婆婆的命格，她还想将这臭丫头嫁给齐铮呢。这些话是李妈妈跟别人闲嗑的时候不小心说出去的，结果一传十，十传百，整个沈家都知道了。

"老夫人，奴婢罪该万死。"李妈妈跪倒在沈老夫人脚下。若非她大意，怎么会坏了老夫人的好事。

"我知道你心里对三丫头有怨恨，怨她当众落了你的面子。再怎么样，她也是主人。背后议论主人的事情，你不知道是死罪吗？"沈老夫人冷眼看着服侍自己几十年的李妈妈，气她不够隐忍。

李妈妈泪流满面，"奴婢知道错了。"

沈老夫人叹了一声，"你起来吧，你不说出去，那臭丫头自己也会说出去的。"

"三小姐这话说出去，对她可没好处。"李妈妈抹去脸上的泪水，额头磕得都已经发红了，她小心翼翼地捧茶上前，听到沈老夫人这话，一时没想明白。

"她不就是故意想要败坏自己的名声么？"沈老夫人冷笑，"她以为这样就不用嫁给齐铮，自己就能讨了个好？"

李妈妈说，"三小姐一心只想嫁给九王爷。"

沈老夫人露出讥讽的笑，"九王爷如何能看上她。"

"那老夫人如今该怎么办？"李妈妈问。

"等。"沈老夫人吐出一个字后，拿起茶盏抿了一口茶，没再说任何话了。

不出两天，这些话就传到外面去了，连齐铮都听说了。

于是，很多人都知道沈家三小姐原来是准备跟齐家的大少爷议亲，背地里笑话她的人越来越多，笑她这样的命格和性情，也就只能配个傻子。

齐铮这个傻子闻言只是呵呵笑了几下，大声说："娶媳妇，娶媳妇！"

他旁边的群叔确实满脸悲愤，在无人的地方，才低声抱怨："小顾氏这分明是想要少爷你早点……太过分了，一定不能娶那样的女子。夫人要是知道了，九泉之下该多伤心。"

"这件事未必就成的。"齐铮淡声说道。狭长黝黑的眼眸沉静如深潭，薄唇紧抿，棱角分明的脸庞显得坚实而成熟，全身透着一股慑人的气势，如宝剑出鞘，钻石生辉，和在人前的傻子模样截然不同。

"老爷定不会答应。"群叔说道。

提到安国公，齐铮嘴角扬起冷漠嘲讽的笑，"我的婚事还轮不到旁人做主。"

"少爷如何也不能娶一个克夫的女子。"若只是克婆婆，那就赶紧娶进门，让那个恶毒的女人早点去死。

齐铮轻笑，"这些话，是有人故意传出来的吧。沈梓乔应该不愿意嫁给我。"

"少爷的意思？"群叔不明白了，"这些话是沈三小姐自己说的？那怎么可能，一个女子说自己克夫，那是一辈子都嫁不出去了。"

"所以说，这个沈梓乔挺有意思的。"齐铮笑道。

群叔一点都不觉得一个克夫的女子有什么意思。

盛佩音听说了这件事，顾不得自己的事情，急忙来找沈梓乔问个清楚。

"……这话是你自己说的？之前怎么没听说过？皎皎，你知不知道，名声对于一个女子究竟有多重要？你就算不想嫁给齐铮，也不应该说出这些话让齐夫人打退堂鼓。"

盛佩音很不满地责骂沈梓乔。

大热天的，还穿着这么多衣服，连脖子都包住了，沈梓乔还是察觉出了盛佩音的异样。只是不知道为什么，她并不想马上问她和九王爷亲吻的事，毕竟偷看人家幽会也不是什么光明正大的行为。

"皎皎，你到底有没听我说话！"盛佩音怒了，不允许自己设计那么久的计划落空。

如果沈梓乔不能嫁给齐铮，会不会在沈萧的势力影响下，皇上会将她赐婚给了九王爷？不可以，她绝不会将自己的男人白白送给这个草包！

九王爷会是盛家的靠山！

沈梓乔吃着白糖糕，喝着井水镇过的酸梅汤，心不在焉地听着盛佩音的训话，"听啊，我在听。"

"你……"盛佩音泄出心口的怒火，"你脑子到底怎么想的？"

"没怎么想啊，就实话实说啊，我不想嫁给齐铮。"沈梓乔半是装无知，半是认真地说道。

盛佩音瞪着她，"如今这事还没有一撇，你就将自己毁了，值得吗？"

"怎么不值得，我只想嫁给一个人啊。"沈梓乔甜甜地笑着道，娇憨可爱的脸庞看起来一点心机都没有。

这纯真娇憨的笑容看在盛佩音眼里，就跟一个蠢货没什么两样，"你还想着嫁给九王爷？"

沈梓乔咬着糖糕低下头，委屈地说，"他不愿意娶我。"

"你那天不是说已经不喜欢他了？"盛佩音挑眉看着她。她以为自己很了解沈梓乔，如今却发现越发捉摸不透了。

"跟齐铮比起来，当然九王爷比较好。"沈梓乔说，眼角瞄着脸色变幻不定的盛佩音，心里嘿嘿地笑着。

跟这个草包说话，迟早会将自己气死！盛佩音将她拉了起来，"婚姻大事，父母之命，媒妁之约，轮不到我们自己做主；且你年纪还小，不急。不如我带你去一个地方？"

"去哪里？"沈梓乔立刻问。她可是时刻谨防着盛佩音的，这女人的心机不能小看，谁知道什么时候就被她卖了。

盛佩音笑道，"你跟我来便知道了。"

沈梓乔被带着来到青桐胡同的刘家。盛佩音牵着她的手说："不久前才在唐夫人那里认识了刘小姐，为人温和，你见了一定喜欢。"

刘侍郎的妹妹，沈老夫人打算给沈萧娶进门的继室？沈梓乔瞬间明白盛佩音打算做什么了。

是不想让沈萧娶刘小姐吧。

因为沈萧最疼爱她这个女儿，所以才打算从她这里算计，让她阻止沈萧娶刘小姐。

"好啊。"沈梓乔笑眯眯地点头，"听说刘小姐才华横溢，我仰慕她很久了呢。"

盛佩音在心里嗤笑，一个识不到几个字的人还仰慕别人的才华？草包就是草包，就算穿得多光鲜华丽，都是个上不了台面的蠢货。

听说沈萧就要回来了，本来还想通过报复沈梓乔让沈萧痛苦，但现在盛佩音改变主意了。她不能拿九王爷去冒险，万一九王爷迫于沈萧的势力，被皇帝逼着娶了沈梓乔怎么办？

先让九王爷爱上她，然后再将沈梓乔嫁给齐铮那个傻子，这才是最好的办法。

只是没有想到沈梓乔会自毁名声也不要嫁给齐铮。

第十九章　刘小姐

　　刘小姐闺名云梦，虽然和盛佩音一样，都是京城有名的名媛，但她不像盛佩音经常活动在他人的视线中。她低调地展露自己的才华，给人一种润物细无声的美和惊艳。

　　沈梓乔喜欢这样的女子。

　　"听说你来了，我不知多高兴，快进来。"刘云梦亲自到院门迎接盛佩音，她没见过沈梓乔，不知要怎么称呼。

　　盛佩音亲切地挽住刘云梦的胳膊，"就怕不请自来，招了你的不喜。"

　　刘云梦嗔了她一眼，"说什么话，你能来陪我说话，我欢喜还来不及。"说着，眼睛看向沈梓乔，对这个年纪比盛佩音还要小、长得讨喜可爱的姑娘很是好奇。

　　"这是沈家的三小姐，小名皎皎。"盛佩音笑着介绍，"皎皎，这位就是你想见很久的刘姐姐了。"

　　她什么时候说很想见刘云梦了？沈梓乔心中嘀咕着，还没完全张开的小脸蛋露出娇憨的笑，客客气气地叫了一声"刘小姐"。

　　自家嫂子想将她嫁给沈萧做填房，刘云梦是知道的。乍一见有可能会成为自己继女的沈梓乔，她白皙的脸颊飞起两团红云，难掩尴尬地点了点头。

　　沈梓乔这时候才认真打量着刘云梦。

　　这是一个长得很精致的美人，没有盛佩音妍媚，比较小家碧玉，柳眉凤眼，肌肤莹润白皙，嘴角好像总带着笑，透着一股让人想要靠近的亲切感。

　　"我们到屋里说话吧。"刘云梦到底不是十二三岁的小姑娘了，虽然还觉得羞赧，但已经恢复了正常。

　　三人进了屋里，有丫环端了茶果上来。

　　"皎皎，这是你最喜欢的白糖糕呢。"盛佩音将桌上的糕点推到沈梓乔面前，"云梦姐姐也喜欢吃白糖糕吗？"

刘云梦笑着道，"我不太喜欢吃甜食。"

沈梓乔咬着白糖糕，一句话都不说。她就想看着盛佩音如何让她打心里讨厌刘云梦，让她阻止沈萧娶刘云梦进门。

盛佩音最擅长的就是利用沈梓乔，将沈梓乔当枪使对付沈萧。

"皎皎，别只顾着吃，喝口茶。"刘云梦柔声说道，她并不是因为沈梓乔有可能是自己的继女而刻意讨好，而是一种本能，本能地去照顾年纪偏小、还像个孩子一样的沈梓乔。

沈梓乔喝了一大口茶，对刘云梦笑嘻嘻地说谢谢。

盛佩音眼色微闪，深深看了沈梓乔一眼，和刘云梦说起了诗词女红。

这些都不是沈梓乔擅长的，所以她安安静静地听着，不插嘴也不打断。

平时的沈梓乔怎么可能这么安静？盛佩音发现自己越来越不了解这个草包了。

刘云梦自然不是那种会怠慢客人的，她转头看向沈梓乔，"皎皎，我新制了些梅干和蜜汁酸梅，你可要试试？"

沈梓乔点了点头，"好啊。"

刘云梦让人取来她亲手酿制的梅干和蜜汁酸梅拿了过来。

"味道如何？"刘云梦含笑看着沈梓乔用手捻了一颗酸梅放进嘴里，眼睛鼻子都皱到一起了。

"又酸又甜，很好吃。"沈梓乔笑道，她其实很喜欢吃这种酸酸甜甜的东西。

既精通女红，又有心思酿制这种小零嘴，看来刘云梦是个很懂得生活的人，这样如水般温柔的女子，最适合沈萧那种行军打仗的大老爷们了。

要是这亲事被盛佩音给搅黄了，那多可惜。如果刘云梦成了她的继母，沈家就不是那个老太婆说了算，相信刘云梦会比老夫人对她更好一些吧。

盛佩音见沈梓乔跟刘云梦有说有笑，跟她之前设想的完全不一样。她清楚沈梓乔是个什么样性子的人，如果知道刘云梦会嫁给沈萧，她一定会觉得是刘云梦故意要见她，刻意在讨好她，怎么可能还会和颜悦色地说这么多话？

难道沈梓乔真的愿意让刘云梦嫁给自己的父亲？

其实刘云梦确实有点想跟沈梓乔先打好关系的想法。她已经过了定亲的年纪，并非她哪里不好，是她看不上那些男子，总觉得他们配不上她。一年前，她见过沈萧，那是她见过最有魅力的男子。何况他还为亡妻至今未娶，这样深情的男子，她如何能不仰慕？

嫂子探出她的心思，主动接近沈老夫人，想要替她圆了心愿。

她知道，就算沈老夫人喜欢她，没有沈梓乔的同意，沈萧也不会娶她的。

　　三人各怀心思地说着话，直到夕阳西斜，盛佩音才跟沈梓乔告辞离开。

　　马车辘辘行走在晚霞下，盛佩音看着沈梓乔身边的两罐梅干，觉得无比碍眼。她虽然气恼，却还得挤着笑容问，"皎皎，你似乎很喜欢刘小姐？"

　　沈梓乔点头，"喜欢啊，你看她送我这么多吃的。"

　　蠢货！吃货！盛佩音在心里暗骂，"她真是懂得投其所好，将来她成了你的继母，定能跟你情同母女。"

　　"你的意思，她今日所作所为都是故意的，只是为了讨好我想嫁给我父亲？"沈梓乔顺着盛佩音的话意问着，仿佛没发觉这全然是盛佩音故意挑拨离间。

　　盛佩音皱眉，为难地说，"这个……我也不好说啊。怎会那么巧就知道你喜欢白糖糕，还送你这么多梅干。"

　　沈梓乔终于如盛佩音所望地说："看来她真是有目的的，真是太讨厌了。"

　　"或许她真是喜欢你呢？将来成了你的母亲，再给你添几个弟弟妹妹，你们一家人可以更热闹了。"盛佩音含笑说，若是平时，她一个未出阁的女子定然说不出这样的话，今日她是失了分寸。

　　是啊，刘云梦为沈萧生儿育女，沈萧自然不会再将沈梓乔当掌上明珠。有后母自然有后爹，这个道理谁都知道。盛佩音非常有把握这样说可以令沈梓乔阻止沈萧娶刘云梦。

　　沈梓乔低头沉思起来。

　　盛佩音不希望刘家跟沈家结亲，所以才打她的主意。如果她不按照盛佩音的期望表现出很讨厌刘云梦，说不定她还会想到别的什么方法阻止这件事吧。

　　一动不如一静！

　　反正一定不能让盛佩音将沈家变成所有人的敌人。

第二十章　喜欢

沈梓乔觉得自己其实很难做人。

盛佩音想要她讨厌刘云梦，可若是老太婆知道她不喜欢刘云梦，肯定无论如何也要沈萧娶了她进门。

真是为难啊……

到底要怎么做才能不让盛佩音如意，又能让那个老太婆添堵呢？

盛佩音这几天常常来找她，虽然不是经常说刘云梦的事，言语之间却时不时提到她，多是称赞欣赏。若是换了以前的沈梓乔，最是听不得别人称赞那些想要嫁给沈萧的女子，此时哪里还会继续笑眯眯地听着盛佩音赞美刘云梦，肯定不知多厌恶，说不定都已经亲自到刘家将刘云梦骂了十八遍了。

难道沈梓乔其实很喜欢刘云梦？盛佩音心里怀疑着。

这边两人各自打着小心思，那边沈老夫人已经和刘云梦在千佛寺非常巧合地见面了，还顺便赏了一个翡翠手镯给了刘云梦。

沈老夫人对刘云梦非常满意，这样性情温和柔软的女子才容易控制，就算跟她不是一条心，也容易拿捏。不像以前的那个媳妇，性子刚强好胜，偏偏大儿子就是喜欢她，至今儿子跟她不同心。

想到沈梓乔的生母潘氏，沈老夫人的心情差了不少。

"你刚才说甚？"从千佛寺回沈家的路上，沈老夫人不知怎么就想起了以前的往事，连李妈妈说什么都没注意听。

李妈妈低声又将方才说的话重复了一遍，"奴婢方才听刘小姐身边的丫环说起，三小姐前些天去过刘家。"

沈老夫人问，"那又如何？"

"听说……三小姐十分喜欢刘小姐，刘小姐还给她送了亲手酿制的梅子。"李妈妈说道，"两人似乎很合得来。"

"三丫头知道我见过刘夫人？"沈老夫人神情一肃，声音沉冷了三分。

李妈妈说，"怕是早就知道了，不然怎么会和盛三小姐去见刘小姐？听翠屏那丫头说，过两天还要一起去赏莲。"

沈老夫人闻言，手里的念珠"啪"一声断开了。

"就怕到时候刘小姐进门是跟三小姐一条心。"李妈妈继续说道。她就是见不得三小姐好，三小姐要是过得好了，那她们这些帮老夫人做事的奴才就别想有好日子过了。

"哼。"沈老夫人冷哼一声，不祥的东西就是不祥，什么事都让她操心。

回到沈家，听说盛佩音在沈梓乔那里，沈老夫人的脸色又沉下几分。

看来三丫头的变化都是因为这个盛佩音。

盛佩音今日也是来跟沈梓乔说沈老夫人去千佛寺见刘云梦的事情。

"……本来想去找云梦姐姐，不过听说她去了千佛寺。"盛佩音看着沈梓乔的脸色说道。她今日本来是想去找刘云梦的，刘家的下人却说她跟刘夫人去了千佛寺。

她听沈梓乔说过，今日沈老夫人也会去千佛寺，所以马上就到沈家来打探一二了。

"这么巧，我祖母今日也去了呢。"沈梓乔今日心情不错，正在练字。她听到盛佩音的话，只是心不在焉地应了一句。

盛佩音在心里不断跟自己说要淡定、要淡定，不能让沈梓乔看出她的用意，"你似乎一点都不紧张？"

沈梓乔笑着问，"我紧张什么？"

"老夫人今日是特意去见云梦姐姐的吧，你不知道吗？"盛佩音道。

"见就见呗。"沈梓乔道，她相信沈老夫人一定会喜欢刘云梦的，就是不知道父亲自己喜不喜欢。

这个草包！难不成她真以为只要她不想刘云梦成为继母，沈老夫人就真的由着她不成？

盛佩音气得想敲开她的脑袋，看一看她究竟是怎么想的。

"三小姐，老夫人回来了，知道盛三小姐在家里，让人送了些冰镇过的瓜果过来。"翠柳端着填漆托盘掀帘走了进来，笑盈盈地说道。

"替我多谢老夫人。"沈梓乔说道。

盛佩音说，"老夫人真客气，一会儿我亲自去跟老夫人请安道谢。"

沈梓乔放下手中的笔，似笑非笑地看了盛佩音一眼，走到桌旁拿起一片西瓜吃了一口，真甜！"我好些天没去给祖母请安了呢。"

沈老夫人在马车上颠簸了好些时候，在千佛寺又跟刘夫人应酬了大半天，全身疲软，回来只想好好歇一歇。听说盛佩音在沈梓乔那儿，又不得不打起精神，让人送了瓜果过去，顺便打探一下两个小丫头究竟在说什么。

还没等到回话，盛佩音和沈梓乔携手一起来给她请安了。

"祖母今日精神真好，好些天没来给您请安了。"沈梓乔进门的时候，见到沈老夫人满脸疲惫地歪在迎枕上，笑眯眯地开口说道。

李妈妈在旁边瞄了她一眼，这是什么眼神，哪里看出老夫人今日精神好了？

盛佩音福了福身，"老夫人近来可好？"

沈老夫人淡淡地看了她们一眼，"今日怎么都有空往我这地方来？"

"老夫人让人送了瓜果过去，我们要是不过来请安，那怎么说得过去。"盛佩音笑着说，"老夫人，我替您捏捏腿？"

"不敢当，盛三小姐请坐吧。"沈老夫人被盛佩音这么讨好，脸上的神色缓和了几分。

沈梓乔在旁边的太师椅上坐了下来，晃着双腿，"祖母刚从外面回来呢？"

"嗯，去了一趟千佛寺。"沈老夫人眼角扫向沈梓乔，淡声说道。

"千佛寺是个好地方。"沈梓乔笑呵呵地说。

沈老夫人说，"本来早该回来了，遇到了刘家的姑嫂二人，耽误了些时间。"

"祖母遇到云梦姐姐了？"沈梓乔惊讶地问，又自言自语道，"原来云梦姐姐是去千佛寺了，难怪盛姐姐你找不到人。"

盛佩音听到沈梓乔这话，就知道刚才她说的那些话根本进不了她的耳。

第二十一章　谁算计了谁

沈老夫人扶着李妈妈的手坐直了身子，拿起炕桌上的茶碗，却没有喝茶，只是低着头看着在旋转的茶末，"你和刘小姐很熟稔了？"

"见过几次了，云梦姐姐是个很和善的人。"沈梓乔眼睛都笑成一条线了，声音真挚地说，"我很喜欢她呢。"

不止沈老夫人的脸色不好看，连盛佩音也难以维持微笑。

这些天沈梓乔明明口口声声说不喜欢刘云梦刻意讨好她，怎么到了沈老夫人面前，就变成很喜欢刘云梦了？

难道这草包看出了什么？故意糊弄她的？

"像她这年纪的姑娘都当母亲了，有什么好的。"沈老夫人嫌弃地说道，"我累了。"

盛佩音勉强笑了笑，"那我们就不打搅老夫人您休息了。"

沈梓乔站了起来，脸上带着娇憨的甜笑，"祖母，那我们先回去了啊。明天再来给您请安。"

是来给我添堵吧！沈老夫人在心里哼了一声。

从德安院出来，盛佩音沉着脸脚步飞快地走着。她心里感到一股从未有过的愤怒，觉得自己这些天就跟个傻瓜一样在沈梓乔面前闹尽笑话。原来人家早就觉得那刘云梦很好，说什么讨厌不喜，原来只是在敷衍她，在戏弄她。

沈梓乔知道盛佩音在气什么，如果可以，她真想就这样跟有金手指的女主从此绝交。

只是，还不是时候！

"盛姐姐，盛姐姐，你等等我。"沈梓乔无奈叹息一声，假装焦急地追了上去。

"不知道沈三小姐还有什么要说的？"盛佩音冷冷地看着她问道。

沈梓乔拉着她的手，小声地问道，"你这是怎么了？"

　　盛佩音冷笑一声，"我怎么了？难为我唱了那么久的红脸，你肯定在心里鄙夷我竟然在背后说云梦姐姐坏话吧，你既然这么喜欢她，又何必在我面前做戏？"

　　"盛姐姐，你误会我了，我是真不想她成为我的继母。"沈梓乔笑出声，撒娇地说道，"你又不是不知道，我们老夫人一向看我不顺眼。若是知道我不喜欢刘云梦，她肯定非要我父亲娶了她，如今我说了喜欢，老夫人肯定就不喜欢了。"

　　她们站在花园里说话，虽然没有丫环经过，却难保角落站了什么人。

　　盛佩音急忙捂着她的嘴，"说什么胡话，让老夫人听见了，不狠狠打你几板。"

　　沈梓乔得意地翘起下巴，"我才不怕呢，我父亲就要回来了。"

　　假山后面，有一截翠绿的裙摆一闪而过。

　　"你可真是……"盛佩音转怒为笑，她是熟知沈老夫人如何不喜沈梓乔的，所以沈梓乔的这个解释一点都不奇怪，"总是和你祖母作对，就不怕她真的恼了你？"

　　沈梓乔嗤笑了一声，"难道她现在就不是恼我了？但凡哪点做得不好，她都能说出长篇大论的错处来。"

　　"老夫人是为了你好。"盛佩音含笑说道。

　　"那我求着她别对我这么好了。"沈梓乔撇嘴道，"盛姐姐还去我那里坐会儿吗？"

　　盛佩音摇头道，"不了，我还有别的事要忙，过两日再来找你？"

　　"好的。"沈梓乔笑眯眯地送了她到垂花门。

　　看着盛佩音上了马车，沈梓乔才优哉游哉地走回乔心院，连翠幄青釉车都不坐了。

　　自己真是个聪明的人儿啊！平时怎么没发现自己有这么多的心眼儿会算计人？大家都觉得自己是个简单刁钻的草包，差点就认了别人送的这顶"高帽"。

　　盛佩音想要她讨厌刘云梦，她就如愿地不喜欢；可是如果她不喜欢的话，老夫人就一定会让沈萧娶刘云梦。为了防止盛佩音中间搞鬼，她只好在老夫人面前说很喜欢刘云梦。

　　方才在花园里跟盛佩音解释的那些话，应该已经传到老夫人耳朵里了吧。

　　如此一来，老夫人应该还是会中意刘云梦这个儿媳妇的。

　　就不知道父亲自己什么想法。

　　应该会喜欢吧。

　　沈梓乔喜滋滋地想着，回到乔心院后，又继续拿笔练字了。

　　练字能陶冶性情，她如今最需要的就是遇到任何事情都有个冷静的心态。

　　沈老夫人果然很快就从心腹口中得知沈梓乔在花园说的那些话，她气得笑了出来，"看不出三丫头还有这样的心思。"

　　李妈妈替她捏着肩膀，"老夫人，三小姐说话时真时假，都不知道那句话能相信。"

　　"她也就这点小心思，蹦跶不到哪里去。"沈老夫人放松了身子，感觉胸口的闷气消散了不少，"我瞧着刘家小姐就跟她走不到一块儿去的。"

"不知大老爷中意不？"李妈妈最担心的还是沈萧像以前一样，不肯再娶。

沈老夫人沉下脸，"都这么多年过去了，他还想守着她的牌位过不成？"

"老夫人……"李妈妈低声叫道，这话传出去可不好。

"齐家有什么消息没？"沈老夫人只要想起那个短命的媳妇就一肚子气，只好转移了话题。

李妈妈回道："说是安国公不同意，让齐夫人再挑选挑选。"

沈老夫人嘴角浮起嘲讽的冷笑，"虽说出身尊贵，可到底是个傻子，还想要娶什么样的好姑娘？就是出挑的姑娘家，也没有想嫁给一个傻子毁了自己一生的。"

"不就是，安国公没掂量自己的儿子是什么货色。"李妈妈附言道。

"我们不急，齐夫人是个精明厉害的，迟早会给我们回话。"沈老夫人看人看了一辈子，一眼就看出小顾氏是个什么性子的人。

李妈妈看了看沈老夫人的脸色，见她心情似乎好了不少，小心翼翼地说道，"老夫人，您看，三小姐出嫁，会不会要回夫人的那些嫁妆？"

沈老夫人闻言神色微变，眉毛紧紧地蹙了起来。

潘氏的嫁妆……那可真不是一笔小数啊。

第二十二章　银子在哪里

潘家是东越大商贾，东越临海，是唯一海上贸易的口岸。东越有二十四行，俗称牙行。各个牙行负责内陆商物的缴税和出海，又将海外的商物带到内陆买卖。因牙行是官营性质，所以多半商贾都能获得厚利。

东越几乎承载着整个经济的命脉，潘家是二十四行里的行商，虽比不上贺家的财雄势大，但也不可小觑，是东越排行第二的牙行了。

贺家是行首，也是当地首富。

潘氏是潘家唯一的女儿，潘家家主潘世昌将这个女儿视为掌上明珠。当年潘氏出嫁的时候，可说是"十里红妆"，那嫁妆数都数不过来。

这也是沈老夫人在潘氏进门那几年，虽然不喜，却一直客客气气没有找她不是的原因。

嫁妆就是一个女子的底气。

潘氏病逝之后，将三分之一的嫁妆给了长子沈子恺，其他不管是奇珍异宝，还是田产房产，全部留给沈梓乔当嫁妆了。

如今田产和铺子都是沈老夫人在管理，其他珍贵的珠宝和书画都在库里收着。虽然沈家是名将之后，家里用度并不缺，但潘氏那些田产每年的收益还是令人眼红。

要沈老夫人将这些已经属于沈家的财产白白送给沈梓乔，这跟割她的肉有什么区别？

沈梓乔还不知道自己有多少嫁妆吧。

潘氏已经嫁到沈家了，她的东西理所当然都是沈家的。沈家要给沈梓乔多少嫁妆，自然是由长辈决定的。

这么一想，沈老夫人的心里总算舒服了一点。

"大老爷就要回来了，不能让三丫头留在京城，免得到时候又要什么小心机。"沈老夫人歇下之前，低声跟李妈妈吩咐道。

“诶。”李妈妈轻快地应了一声。

沈梓乔当然不知道自己到底有多少嫁妆，她连远在东越的潘家究竟是什么背景都不清楚，更别说其他了。

沈梓乔最近因为常常练习写字，笔墨宣纸很快就用完了。她让红玉去跟管事要新的，那管事却说三小姐的份例用完了，要新的，得下个月。

这个月还有大半个月呢。

“这些每个月还有限定的份例？”沈梓乔觉得莫名其妙。她好歹堂堂一个嫡出的小姐，要几张纸都被下人刁难，这算什么啊？

红玉因没能拿来三小姐需要的东西，愧疚得不行，低着头说道：“每个月是有份例限定，但三小姐已经大半年没去领过了，应该将之前的都还回来才是。”

“那管事的是谁？”沈梓乔明白了，又是一个将她当面瓜的。

“是冯妈妈。”红玉回道，“是老夫人的陪房。”

沈梓乔并没有立刻就去找冯妈妈，她琢磨着自己首先要做的事是应该将沈家复杂的关系网都搞明白了，“这么说，家里各个重要的职责都是老夫人的人在管事了？所以刁难我一下也没什么稀奇的。”

“话说回来，我银子放哪里去了？”沈梓乔问道。

红玉愣了愣，“三小姐，您不知道自己的银子放哪里吗？”

沈梓乔自己已经翻箱倒柜找了起来，“我平时哪里会去在意银子的事，你们帮忙找找吧。”

“三小姐，您看，这些是不是？”红玉指着红木三脚梳妆台上一个填漆匣子，连锁都没有，里面放着好几锭银子和碎银。

沈梓乔抱过那个匣子，“这有多少银子啊？”

“称一下就知道了。”红缨笑着道。

沈梓乔想，这点银子实在不足以干什么，万一将来被沈老夫人赶出去，她靠什么养活自己？

得想想后路才行。

“将银子收好，我们去找那个冯妈妈。”沈梓乔说。

她要将之前没领的份例都一次拿回来。

冯妈妈正在仓库的台阶坡上嗑瓜子，见到沈梓乔来了，将手里的瓜子壳儿扔到地上，站起来懒懒地拍了拍衣服，“三小姐来了，不知道有什么吩咐。”

沈梓乔斜乜了她一眼，见冯妈妈穿着靛蓝色的布衣，套着青色长背心，满脸都是横肉，看着就知道是个欺善怕恶的老女人。

"听说你不让我取纸墨？"沈梓乔个子娇小，仰着头看冯妈妈，气势却不输给她。

冯妈妈笑着道，"三小姐前些天就取了不少去，这都是有份例的……"

"那我以前没来拿，你怎么不让人替我送去？"沈梓乔声音清脆响亮，丝毫不肯退让，"既然我这个月没份例了，你就把我之前没领的全给我送来。"

"三小姐，您要那么多纸墨作甚？"冯妈妈问。

沈梓乔笑了笑，"我做什么还要跟你汇报吗？"

冯妈妈悻悻笑道："不用，奴婢哪里敢当，只是怕老夫人问起……奴婢不好交代。"

"交代什么？难道我拿自己的东西都需要跟老夫人说一声不成？"沈梓乔冷冷地问。

她才不要过那么憋屈的生活，该享受就享受，该干吗就干吗！

冯妈妈的脸色变了变，怪声怪气地说："三小姐的东西可没在奴婢这里。"

库里有个媳妇打开门走了出来，听到冯妈妈的话，诧异地看向沈梓乔。察觉到沈梓乔注意到她，她又急忙低下头，匆忙地离开了。

沈梓乔对那个娘子并没有放在心上，笑眯眯地将视线投回冯妈妈身上，"冯妈妈，不过是一些纸墨小东西，没必要让我端出主人的架子来吧。"

纸墨比银子还金贵，怎么会是小东西？难道这样质问她不是端着主人的架子？冯妈妈在心里腹诽着，却想到这些日子三小姐的不同寻常，连李妈妈的脸都敢打，更别说是她了。

"三小姐，您等一会儿。"冯妈妈道。

冯妈妈心想：以前就算短了她什么东西，她从来没直接找上门来过，怎么也要顾忌她是老夫人的陪房不是？现在怎么成这样了？本来还不相信三小姐变了个人，没想到是真的。

第二十三章　齐铮的亲事

沈老夫人发现这些天总是有各种各样的事情让她闹心，早上起来发现耳鬓的花白似乎多了些。她一想到都是因为沈梓乔，她对这个臭丫头更厌恶了。

齐家迟迟没有消息，沈老夫人想如若再过两年，沈梓乔知道潘氏给她的嫁妆，指不定还不知要怎么闹。

不能让她知道潘氏给她留了那么多东西。

反正潘氏的人这些年都被她找了各种错处撵到别处去了，家里的下人多是她的心腹，不怕有人会到沈梓乔面前嚼舌根。

李妈妈神色慌张地走了进来，见沈老夫人歪在大迎枕上若有所思的样子，脚步放缓，轻声低唤了一句，"老夫人……"

沈老夫人回过神，听是李妈妈的声音，眼睛忽地睁开，一抹精明的光亮在她眼中飞逝而过，"从齐家回来了？"

"齐夫人病了，这才一直没给您传消息。"李妈妈让屋里的丫环都退了出去，低声在沈老夫人耳边说道。

怎么就病了？沈老夫人一听就知道不寻常，"发生什么事？"

李妈妈说，"安国公原是已经动摇了心思，宫里却忽然来了皇后娘娘的懿旨，说齐大少爷的亲事她自有主张，不让齐夫人插手齐大少爷的亲事。"

小顾氏这是气病了！

沈老夫人听完，眉毛紧紧皱起，"皇后怎么就……"

"您忘记了，齐大少爷是皇后娘娘的亲外甥。"李妈妈提醒道。

"倒是忘了这一桩，罢了，再重新找吧。"沈老夫人说，喉咙有痰意，掩嘴咳了几声。

李妈妈忙拿了白玉痰壶上前，轻轻拍着沈老夫人的后背，"冯家的说，昨天三小姐去跟她要东西，好像是知道了些什么。”

沈老夫人神色微变，“谁在她面前碎嘴？”

“怕是她自己胡猜的。”李妈妈说。

“想个法子，让三丫头去庄子里住几天。”沈老夫人冷声说道，本来还想多等两年，如今看来是不能等了。

李妈妈看着老夫人的神色，便知道她想要作甚，忙点了点头应诺。

要让沈梓乔去庄子里住两天，若换了以往，随便就能找出她的错处撵走了，近些日子却不知怎么回事，她仿佛变了个人，不说去找她的错处，还要时刻谨防别招惹了她，否则被撵走的不一定是谁呢。

沈老夫人感觉到沈梓乔的变化，但并没觉得有什么值得在意。李妈妈却不这样想，她总觉得如今的三小姐很不同，就似换了个人。看着虽然还是三小姐，但其实不是三小姐。

当然，这种话她是不敢说出口的。

她只是个奴才，沈梓乔再怎么不得老夫人的欢喜，还是个主人。

李妈妈服侍沈老夫人歇午觉后，从屋里走了出来。她满脑子正想着该找什么借口让沈梓乔去庄子里，便见到沈子阳从院门外走进来。

“四少爷，您下学回来了？”李妈妈“哎呦”了一声，笑着迎上去。

沈子阳今日穿了绛红色长衫，腰间系玉腰带，脸庞还带几分稚嫩之气，称不上玉树临风，却也是富贵公子的打扮。他朝里屋看了一眼，问李妈妈，“祖母歇下了？”

李妈妈道：“刚歇下，这两天老夫人这里闷气。”她拍了拍胸口，语气叹息。

“谁气着祖母了？”沈子阳两眼一瞪，怒声问道。

“还能有谁？”李妈妈叹了一声，“四少爷别恼火，三小姐就是那样的脾气，老夫人都已经习惯了。”

沈子阳因为沈梓乔的原因得不到九王爷的指点，满腔怒火还无处可发。听到她还将老夫人气得胸口疼，他更觉得这个沈梓乔太不懂事，“父亲不在，她越发地不像话了。”

李妈妈暗喜在心，若能由沈子阳出面那是再好不过了，她可以袖手旁观。

作为妾生的庶子，沈子阳在沈老夫人的宠爱下根本没有一点要尊敬沈梓乔的意思。他觉得自己跟沈子恺一样，将来有机会成为沈家的家主。

沈子阳怒气冲冲地来到乔心院，在门前被翠屏拦下来，“四少爷，您找三小姐吗？”

“皎皎呢？”沈子阳问道。

“三小姐去了大少爷的书房。”翠屏说道。

沈子阳一手拍在门板上，“岂有此理，大哥不在，她竟然敢到他的书房去捣乱。”

翠屏“呵呵”干笑两声，心里其实在说就算大少爷在这里，知道三小姐要去他的书房，只怕会帮着她开门。全家上下谁不知道大少爷只将三小姐当自己的妹妹？沈子阳和其他两个妹妹，他根本就不在意。

"我去教训她。"沈子阳说完就转身去了前院，来到沈子恺住的院子。

沈子恺是个洁身自好、严于律己的军人，他今年十八岁，尚未娶妻，屋里没有收通房，只有两个服侍他起居的丫环。因为沈子恺的关爱，他的丫环对沈梓乔自然是客客气气的。只是沈梓乔脾气不好，对她们两个奴婢向来呼呼喝喝，这才没有太亲近。今天沈梓乔主动到来，她们自然秉承大少爷的吩咐，好生伺候着她。

两个丫环一个叫水莲，一个叫水盈。

"皎皎在哪里？"沈子阳赶到的时候，喝住端着茶果的水莲，询问沈梓乔在什么地方。

水莲转身见识沈子阳，俯了俯身，"四少爷。"

"我问你，皎皎呢？"沈子阳大声问道。若不是这里是大哥的地方，他肯定早就闯进去了，哪里会这么客气地问话。

"四少爷找三小姐有什么事？"水莲问。

"把皎皎给我喊出来。"沈子阳不悦地叫道。

水莲笑了笑，说道，"四少爷好大的威风，对三小姐连一声姐姐都不叫了。大老爷拢共就两个嫡出的子女，不知情的……还以为四少爷您也是嫡出的。"

沈子阳脸一热，恼羞成怒，"放肆，你一个狗奴才也敢来教训本少爷？"

"奴婢不敢。"水莲说完，端着填漆托盘走了，气得沈子阳直跺脚。

以为不说他就找不到沈梓乔吗？沈子阳跟在水莲身后来到沈子恺的书房。

沈梓乔正在里面看书。

第二十四章　打架

"皎皎！"沈子阳大叫了一声，推开想要拦住他的红缨，大步走到沈梓乔面前。

沈梓乔正在看关于这个国家的地方志，被沈子阳吼了一声，吓了一跳。她抬头就见到已经来到她面前的小屁孩，她秀眉蹙了起来，"怎么，见鬼了？"

"沈梓乔，你没有一点大家闺秀的样子就罢了，竟然还顽劣地将祖母气得病倒，你简直无药可救了。"沈子阳指着沈梓乔的鼻子大骂，那眼神就像在看一坨扶不起墙的烂泥。

"老夫人病倒了？"沈梓乔挑眉，老天对她有这么好？

"你看你，一点反省的样子都没有，你就不觉得愧疚吗？不觉得自己没脸见人吗？"沈子阳痛心疾首，恨自己没能骂醒这个朽木。

沈梓乔打开他的手，懒懒地靠着太师椅，"关我屁事！"

那老太婆病倒了跟她一毛钱的关系都没有。

沈子阳长篇大论开始说教，老夫人如何辛苦地操持这个家，作为子孙要孝敬她，不能惹她生气，要如何让老夫人天天高高兴兴，接着又引用"二十四孝"的故事企图感化沈梓乔，说得唾沫横飞，情感激昂。

书房里几个丫环都听得瞪大了眼睛。

沈梓乔当他是在唱歌，专注地看着自己的书，懒得去听这小屁孩废话。

说得都已经口干舌燥了，沈子阳以为沈梓乔至少应该知道自己错在哪里，没想到她竟然……只顾看自己的书。沈子阳气得差点仰倒，猛地上前抢走沈梓乔手里的书，"你不懂得如何端庄贤淑就罢了，还这般不孝顺，活该你嫁不出去，连个傻子都不要你。"

"我不孝顺？"沈梓乔好笑地看着他，不急着抢回自己的书，"我对老夫人怎么了算不孝顺？"

"你……你做过什么自己清楚。"沈子阳憋着气，他其实也不知道沈梓乔到底做了什么惹了老夫人，只听李妈妈说老夫人心口不舒服，就想到了沈梓乔。

沈梓乔冷笑，靠着椅背鄙夷地看着沈子阳，"你脑子都是装什么的？是被人怂恿了来我这里找骂吧？"

一定又是那个老太婆看她不顺眼了！

"你明明就不孝顺祖母。"沈子阳叫道，他经常见到沈梓乔跟祖母吵架，哪个做孙女的会跟祖母吵架。

"古人曰，于礼有不孝者三，谓阿意曲从，陷亲不义，一不孝也；家贫亲老，不为禄仕，二不孝也；不娶无子，绝亲祖祀，三不孝也。我，我既没有陷老夫人不义，又没能入仕，更没说不嫁人，怎么算不孝了，你说来给我听听。"沈梓乔拿了一颗新鲜枣子咬了一口，笑眯眯地问着沈子阳。

沈子阳愣了一下，没想到沈梓乔会说出这样一番话来反击他，"你……你强词夺理。"

"哎哟，这可是古人之言，你居然说是强词夺理，看来你比古人还要圣明。那你说说，我这话哪里错了？"沈梓乔差点就想将双腿翘起来放到桌上，幸好及时忍住了。

这会儿不同以前，不能太随意啊。

沈子阳一张脸涨得发红，接着又发白，忽然"哇"一声哭了出来，"你强词夺理，你胡说八道。你大字不识几个，怎么知道圣人说的话？你胡说，你胡说！"

"说不过别人就哭，你还真是个男人！"沈梓乔没有因为这个小屁孩哭出来就心软，谁叫他要来先惹她。

"你住嘴！"沈子阳吸着鼻子吼道，随手抓起桌面的东西砸向沈梓乔。

沈梓乔闪防不及时，被打中了额头，立刻就红肿起来，"你这个小臭小子，竟然还敢跟我动手，活得不耐烦了你。"

骂完，她将手里咬了一半的枣子扔了过去。

水莲和水盈见两位主人竟然打了起来，急忙过来拉架，一人拉住一个，"四少爷，有话好好说，可不能动手。"

"三小姐，四少爷还是个小孩子，您别跟他计较。"

红缨却不管对方是谁，立刻站到沈梓乔前面，帮忙递上又大又红的桃子。

沈子阳哭着叫道，"你们都帮她，你们都帮她！"

"自己找上门来丢人还有脸撒泼了！"沈梓乔没好气地瞪着他，她已经忍了这小崽子很久了。

"我要告诉祖母，你欺负我！"沈子阳被水莲拉着，抬脚用力踢了书桌一下。

沈梓乔拿过桃子狠狠地砸了过去，"滚！"

真当她好欺负，随便个人就想蹬着她鼻子往上踩！

沈子阳被桃子砸中鼻子，两条殷红的鼻血流了出来，滴在他的胸口。

水莲等几个丫环都吓傻了，这……怎么闹成这样？

沈子阳说起来也不过是个十来岁的孩子，平时就是被老夫人纵得以为在家里是最了不起的，如今见满手都是自己的血，吓得连哭都哭不出来了。

好像有点闹大了！沈梓乔也有些傻眼，没想到能砸的这小子流鼻血。

实在是……

好歹自己已经是成年人了，怎么今天就跟个没长大的孩子似的跟沈子阳打架了？

越活越回去了！

"把头仰起来，红缨，拿手帕沾了水……"

第二十五章　被赶

　　沈子阳最后在沈梓乔的处理下终于止住了鼻血，不过衣裳上的血迹和红肿的鼻头依旧让人看了触目心惊，沈老夫人见了更是气得腮边肌肉发抖。

　　"还不赶紧扶着四少爷去换衣裳，再请大夫回来看一看，今晚交代厨房做些补品给四少爷补补身子。流了这么多血，都不知道要吃多少补品才能补回来。"言语之间充满了心疼。

　　沈子阳的亲生姨娘在一旁抹泪，哀哀凄凄，梨花带雨地哭着，"我可怜的四少爷，怎么就被打成这样。老夫人，您一定要为四少爷做主啊。"

　　"嚎什么丧！还不回去照顾四少爷！"沈老夫人被哭得脑仁突突疼，没好气地瞪了她一眼，将她给赶了回去。

　　那姨娘离去之前，目光怨恨地瞪着沈梓乔。

　　沈梓乔望天无语，不知道还要被老太婆骂多久。

　　"你越来越有能耐了，连自己的弟弟都能打成这样，是不是哪天你连我这个老家伙都敢打了？"沈老夫人厉眼扫向一点内疚都没有的沈梓乔，沈家怎么会有这样的姑娘。

　　"不敢，我怎么敢打您呢。"沈梓乔嘿嘿说道。

　　沈老夫人怒道，"你少给我嬉皮笑脸，再不惩罚你，你真以为自己能无法无天了。看看你自己像什么样？跟自己的弟弟打架，还打得他满身是血。你父亲要是回来了，我如何跟他交代？"

　　"要不是他先动手，我怎么会揍他。"沈梓乔小声嘀咕着。

　　"你还有理了？"沈老夫人震怒问。

　　沈梓乔低下头，装作认错的样子，"没有，我错了，不该打弟弟。"

　　"不让你去庄子里反省反省，你是不会改过的。回去收拾东西，今天就启程去流云庄。

没有我的允许，你不许回来。"沈老夫人端着脸，严厉冷漠地下令。

"我不去！"沈梓乔想也不想地反对，让她离开这里，那她还有回来的机会吗？不随时紧盯着盛佩音，她迟早会被算计得渣都不剩。

沈老夫人冷冷地看着她，"由不得你！再不教训你，你的性子就野得不成话了。"

"祖母，你可以罚我闭门思过，不用让我去什么庄子吧。"沈梓乔叫道，她真是没想到这老太婆会把她赶出沈家。

"你若是不想去，我会让人亲自送你。"沈老夫人一点都不心软。

真是……想一口血喷死这个老太婆！

"那我什么时候能回来？"沈梓乔问。

沈老夫人端起茶碗，看都不看她一眼，"你什么时候成为大家闺秀了，什么时候就让你回来！"

她想讲粗口了！

这是什么抽象的概念，难道老太婆一辈子觉得她不像个大家闺秀，她就永远都别想回来了？

"送三小姐回去收拾东西，别让她收拾漏了重要的物品。"沈老夫人嘴角浮起一丝冷笑，低声吩咐李妈妈。

李妈妈虽然面无表情，眉梢眼角却带着飞扬的笑意，"是，老夫人。"

沈梓乔回到乔心院，沉着脸吩咐红玉收拾细软。李妈妈在一旁紧盯着，好像怕沈梓乔要什么招数不去流云庄似的。

翠屏和翠红两人满肚子的委屈，想到要跟着三小姐去乡下受苦，她们连死的心都有了。

"你们两个不用跟我去了，让红缨和红玉陪着就行。"沈梓乔不想去哪里都被那老太婆盯着，指着翠屏两人命令道。

"那怎么行呢，三小姐，奴婢得服侍您……"翠屏心中暗喜，却不得不说着反话。

沈梓乔不耐烦地摆手，"少啰嗦，去那种地方还需要多少人伺候？你们要是想跟着去，那我就留在这里让你们服侍个够吧。"

李妈妈飞快地瞪了翠屏她们一眼。

翠屏和翠红曲膝一礼，"是，三小姐。"

沈梓乔臭着一张脸被半强迫地送上马车，马车飞快地出了城门。

流云庄在京城郊外的焦山，至少也要大半天的路程，且那里地处偏僻，人烟稀少。沈老夫人连一个晚上都不肯宽松给沈梓乔，可见是多不喜她。沈家的下人原以为三小姐会不同……结果……

果然沈家还是在沈老夫人的控制中。

马车在日落之前走上山路，崎岖颠簸，沈梓乔被颠得想吐。

"老夫人为什么……这么讨厌我？"沈梓乔咬了咬牙，问着一直在给她扇风的红玉。

红玉小声说道，"老夫人是您的祖母，怎么会讨厌您呢？三小姐，您别想太多了。"

"老夫人就是偏心，她对大小姐跟二小姐就是好。"红缨叫道，她比较心直口快。

沈梓乔忽然想起一个问题，"家里都是老夫人的心腹，难道没有老爷和我大哥的人？"

红缨才刚进府没多久，并不了解，她看向红玉。红玉在沈家已经好些年了，应该知道的比较多。

"三小姐，您好像什么都不知道？"红玉奇怪地看着她，怎么会突然问起这个。

沈梓乔苦笑道："以前总是过着混混沌沌的日子，整天就想着……我今日才算真的清醒了。"

红玉听了，眼睛微微一亮，"三小姐，您真的不同了。"

"再不改变自己，我在沈家连站的位置都没有了。"沈梓乔说道，"就算父亲跟大哥常年在外，不管内院的事，那我母亲的人呢？总不能我母亲连个陪房贴身丫环都没有吧？"

红玉眼中似有亮光浮起，哽咽说道："夫人的陪房……都被赶去别的地方了，有好些还是三小姐您赶走的。"

什么叫自作孽不可活，就是这样了！沈梓乔懊恼之前的刁钻与任性，是敌是友都分不清楚，搞得现在她没钱没权又没人，还能干什么？

"三小姐是不是想要那些人回来服侍您？"红玉小声地试探问道。

"有什么办法能让他们回来？"沈梓乔连忙问道。

红玉咬着下唇，"奴婢……也不知道。"

沈梓乔深深看了她一眼，这个红玉对她肯定有所隐瞒。

夕阳渐渐西沉，夜幕降临。车内主仆三人都没再说话，只有辗转的车轮声在这寂静的山路突兀地响着。

好困……

沈梓乔昏昏欲睡，她是真的很累了啊。

沈梓乔突然觉得，自己的母亲能够嫁给父亲，应该跟沈家算门当户对吧？怎么母亲去世后就没人来找她？就由着她在沈家被欺负？

先睡一会儿，醒来再问问红玉吧。

突然，马车一阵剧烈的颠簸，马的嘶鸣声划破宁静的夜空。

"发生什么事情了？"沈梓乔被吓得睡虫全部消失了，惊叫地问道。

不是遇到打劫这么倒霉事了吧！啊？

第二十六章　路遇熟人

　　赶了半天路的小厮感到眼皮沉重，他强撑着精神，想着再过不久就该到流云庄子了，又觉得有了些力气。他揉了揉眼睛，打了个哈欠，吆喝一声，继续赶路。

　　忽然，一道黑影在他眼前掠过。

　　他吓了一跳，以为是看错了，急急地勒住绳子，瞪大眼睛看着周围。寂静的山路只隐约听到虫鸣，周围都是黑压压的，只有月光下能看到模糊的山影。

　　车里传来沈梓乔的问话。

　　一股森寒的惧意爬上他后背。

　　后面怎么感觉有人？小厮手脚颤抖起来，脖子僵硬地转过头，只见到车帘在微微动，并没有什么人或其他东西。他松了一口气，加紧赶路，一边回道："三小姐，没事，是有只兔子跑了过去。"

　　车内没传出任何声音，他以为是沈梓乔不高兴了，便不敢再说话。

　　沈梓乔并不是不高兴，虽然她确实高兴不起来，但并不是因为外面的小厮，而是眼前这个忽然钻进他们车里的黑衣人。

　　"你是谁？想要做什么？"沈梓乔面对着黑衣人，将心头的恐惧强压下去。

　　红玉和红缨吓得脸色发白，不过两人还是挡在沈梓乔前面，战战兢兢地喊道："你别过来，不许伤害我家小姐。"

　　只是气势太弱了，根本不是人家黑衣人的对手。

　　黑衣人的眼眸黝黑深邃，在看到沈梓乔的时候，明显愣了一下。

　　沈梓乔发现了他眼神的变化，仔细地观察他，眉眼还真有几分眼熟的样子。

　　"姑娘，借你的马车躲避一会儿，在下不会叨扰你太久。不便之处，还请见谅。"黑衣人微微低下头，声音低沉地说。

这声音？沈梓乔眼睛微亮，醇厚又充满磁性的声音……是齐铮！

从小到大，沈梓乔就喜欢声音好听的男人，所以她当初在千佛寺听到齐铮说话的声音，就将他记住了。

"我知道你是谁！"沈梓乔将已经到舌尖的"齐铮"两个字咽了回去，将瑟缩着的红玉和红缨推到自己身后，扬唇一笑对黑衣人说道。

黑衣人的身子一僵，眼睛冷冽地看向沈梓乔。

沈梓乔被他这眼神吓得一怔，糟糕！既然他蒙着脸，肯定是不愿意让别人知道他是谁。她不怕死地爆了人家的身份，搞不好会被杀人灭口。

马车在这时候又急急停了下来，沈梓乔一个不稳往前面扑了过去。

幸好，小脸没撞在地板上，而是整个人贴住黑衣人。掌心下，是结实微温的肌肉，鼻息间是充满雄性阳刚气息，沈梓乔脸颊莫名地烧红起来。

赶车的小厮害怕的声音在外面传进来，"三小姐，前面好多人拿着火把，不知道是不是山贼。"

应该跟这男人有关吧！沈梓乔抬头看着他。

"你没事了，起来吧。"黑衣人托着沈梓乔的细腰，闻着她身上少女特有的馨香，眼神微微一沉。

红缨和红玉就没有那么好运，两人一起撞向车壁，额头都起了一个包。两人见沈梓乔被黑衣男子抱在怀里，顿时什么恐惧都没有了，像母鸡护着小鸡一样，将沈梓乔从黑衣男子怀里拉了出来，一起警惕地瞪着他。

齐铮淡淡地扫了他们一眼，拉开一线车帘观察外面的情景，发现果然是跟自己有关，剑眉紧锁起来。

沈梓乔轻咳了一声，"外面发生什么事情了？"

"道路被封了。三小姐，我们过不去。"小厮说道。

"是想找你？"沈梓乔看向依旧没露出真面目的黑衣人。

黑衣男子侧头看了看沈梓乔，如今能够帮他的，就只有眼前这个小姑娘了。

他将脸上的黑布拉了下来，露出一张英挺俊朗的脸庞。

沈梓乔笑眯眯地看着他，"果然是你啊。"

真的是齐铮！他果然是装傻。

"你们……你们要作甚？这里面是我们家三小姐，没有其他人！"小厮焦急的声音在外头响起。

齐铮手掌握成拳，那些人不是好糊弄的，必定会检查马车，他看了沈梓乔一眼。

红缨和红玉都没见过齐铮，不知道他是谁，只是见他样貌俊美，气势凛人，仿佛不是寻常人家出身。而且，三小姐是认识他的，应该不是坏人吧。

齐铮听见外面的脚步声在接近，来不及再多说，动作利落地将身上的黑衣脱了下来，塞到坐榻下的箱子里。

在他解开腰带的时候，红玉和红缨都羞红了脸低下头，只有沈梓乔直勾勾地看着他。

黑衣下，齐铮原来还穿着一套深蓝色圆襟绸衫，衬得他更加添几分优雅贵气。只是，他那凛冽冷漠的气质仿佛在脱下黑衣时就跟着消失了，完全变成了另外一个人。

齐铮俊美的脸庞带着傻笑看向正充满兴趣望着她的沈梓乔时，眼角抽了一下，这小姑娘……不知道什么是非礼勿视吗？

在齐铮看来，只有十五岁的沈梓乔就是个还没长大、有些任性的小姑娘，只是没想到她会这么与众不同。

红玉和红缨脸蛋潮红地拉住沈梓乔，"三小姐……"

车帘在这时候已经被用力掀了起来，两个身材魁梧的男子凶神恶煞地站在外面。一看到齐铮，他们双眼露出凶光，"你出来！"

齐铮用力地摇头，假装害怕地躲到车内角落。

红玉和红缨诧异地看着他。

沈梓乔生怕这两个什么都不知道的丫环会说出不合时宜的话，故作骄矜地瞪着那两个男子，"你们是谁，竟然敢拦住本小姐的车，还不让开！"

"他是谁？"两个男子根本不将沈梓乔放在眼里，其中一个满脸都是大胡子的男子指着齐铮大声问道。

后面又有几个男子走了过来，其中一个穿着天青色的长衫，文质彬彬的，看起来应该是个书生，"怎么了？"

"车里有个男子。"大胡子说道。

第二十七章　北大营

"沈三小姐，这么晚了还要去哪里？"书生旁边一个高瘦年轻男子轻佻地看着她。

"关你什么事，快让开！"沈梓乔说道，指着大胡子，"要是耽误了我的时间，我要你们好看！"

"三小姐，方才有窃贼偷走了我们府里贵重的物品。我等追那窃贼到这里就失去踪影，冒犯了您，还请多多见谅。"书生温文尔雅地开口道歉，眼睛却是盯着齐铮。

沈梓乔哪里知道他们是什么人，她怒斥道："你们被偷了东西，跟我有什么关系？我还要赶着去庄子里，别烦我。"

"三小姐这时候去庄子里？"书生似笑非笑地看着她，明显不相信。

"难道我会告诉你，我是被掳走的吗？"沈梓乔道。

书生嘴角似乎有了笑意，"既然如此，三小姐的车里怎么会有一个男子？"

"对啊，他是谁？"高瘦男子跟着问道。

沈梓乔回头看了看齐铮，见他演技比自己还好，真的跟个心智未开的孩子一样，害怕地缩在角落，不由得笑了，"他啊，叫齐铮。"

"齐铮什么东西，怎么会在你车上面，分明就是有……"高瘦男子嘴里奸情两个还没说出口，就被那个书生给拉住了。

书生笑着跟齐铮作揖，"原来是齐大少爷，失礼了。"

高瘦男子不悦地看着他，"什么齐大少爷？"

沈梓乔回道，"齐家的大少爷，安国公的长子，怎么？你们觉得你们的东西是他偷的？"

书生含笑摇头，"耽误沈三小姐跟齐大少爷了，夜路小心。"

说着，让人给马车通行了。

沈梓乔甩下车帘，娇哼一声，"我们走！"

赶车的小厮急忙坐上车辕，忐忑地驾车离开。走近了那些人才看清楚，山路两旁都是壮丁，个个长得都不像善类，吓得那小厮双脚直抖了起来。

"啧啧，这到底是干吗啊。"沈梓乔透过细竹窗帘看到外面的情景，同样被震惊了，目光狐疑地看向坐在角落仿若面瘫的男人。

红玉和红缨两人维持同样的姿态一直没动。

沈梓乔困惑地看着她们，怎么方才见到那些人，她们也不紧张害怕的，"你俩怎么了？"

齐铮淡淡地看了沈梓乔一眼，伸手飞快地在红玉姐妹身上点了两下。

红缨立刻就尖叫出声，声音还带着哭腔，"三小姐！"

"没事了！没事了！"沈梓乔搂住红缨的肩膀，低声安慰着。她眼睛瞪向齐铮，"你……你对他们做了什么？点穴？"

传说中的点穴，她刚才怎么没看到齐铮出手啊？

红玉惊惧地看着齐铮。

她跟什么都不知道的红缨不同，自然是听说过齐家大少爷的名字，但没想到这个人就是那傻子……

可怎么看都不像傻子！

齐铮目光森然地落在红缨身上，薄唇微启，"只是不想她们坏我的事。"

沈梓乔拍了拍红玉跟红缨的肩膀，笑着说："别怕他，他有把柄在我们手上，怕也应该是他怕我们。"

这话太自不量力了！齐铮深邃的眼眸似闪过一抹笑。

"那些都是什么人？"沈梓乔问道。

齐铮怪异地看了她一眼，沉声开口，"你不知道他们是谁？"

"不熟，忘记了。"沈梓乔说道，虽然那些人的态度好像跟她挺熟悉的样子。

红玉挪到沈梓乔身边坐着，眼睛却仍盯着齐铮，低声地解释，"三小姐，那些人是北大营的。"

"北大营？都是军人啊？看着怎么像土匪啊。"沈梓乔道，难怪会认识她，她家父亲大人是将军呢，"你怎么知道？"

"刚才那个吕先生……以前在沈家见过，听其他人说过，他是北大营的军师。"红玉小声说。

沈梓乔一副了然的表情，她笑眯眯地看向齐铮，"齐大少爷，你偷了人家什么东西，要人家出动那么多人来抓你。"

"你为什么装傻啊？当傻瓜难道特别有成就感？"

"你应该不是干那种劫富济贫的蠢事吧？"沈梓乔问道，她其实挺好奇齐铮为什么要装傻的，而且还被军营的人追着跑……

齐铮的表情随着她的问题越来越冷。

"不想说就算了。"沈梓乔熊熊的八卦之火终究战胜不了胆小的心态，搞不好齐铮为了不让别人知道他是装傻的，会把她给灭了。

不对，她要是出了什么事，刚才那北大营的人不都知道是齐铮干的？

沈梓乔又挺直了腰板，理直气壮地问道："你还不走啊，难不成要跟着我去庄子里？"

齐铮低声说："他们还跟着呢。"

"啥？"沈梓乔一愣，抬手就要掀开窗帘，被齐铮按住了手腕，"别看，会打草惊蛇，明日自然有人来接我的。"

"让你跟着我去庄子，我还要不要名声啊。"沈梓乔没好气地叫道，她好不容易才跟他撇清关系了。

齐铮薄唇轻挑，那神情就像在嘲讽沈梓乔，她还有名声可言？

红缨和红玉在沈家都听说三小姐可能会跟齐家的大少爷定亲，她们当时都以为齐大少爷是个傻子，没想到就是眼前这个男子。

看起来跟三小姐好像还很熟悉，三小姐难道早就知道他是装傻的？

今晚惊吓太多，两个丫环此时大脑都跟不上变化，只是怔怔地看着沈梓乔跟齐铮在说话。

"你到底偷了他们什么东西？"沈梓乔问道。

齐铮却问："她们都是你的丫环？"

沈梓乔知道他担心什么，撇嘴道："你放心，她们不会将你装傻的事说出去的。"

红玉和红缨被齐铮那双不怒而威的眼睛看了一眼，两人都心生惧意，用力地点头表示绝对什么都不会说出去。

"你还没回答我，你偷了他们什么东西？"沈梓乔的八卦之火还在燃烧着。

齐铮淡淡地瞥了她一眼，闭目不语。

沈梓乔悄声嘀咕着，"装什么深沉！"

第二十八章　流云庄

约莫过了一个时辰，他们终于来到焦山的流云庄。远处的山影在月光的照射下犹如泼墨画，不过，沈梓乔如今身心疲惫，根本没心思去欣赏夜景，只想躺下好好睡大觉。

庄子里的人哪能想到这么晚了，京城还会有人过来。仆妇下人们完全没有准备，一时间乱成一团。

沈梓乔站在院子里看着红玉指挥丫环婆子们打扫房子，拿新的被褥过来替换，红缨吩咐小丫环去烧水。

忙碌的下人们手里干着活，眼角余光不时扫向沈梓乔，及她身边那位气宇轩昂的男子。

齐铮的性格沉稳淡定，看到眼前的混乱场面，他还是被惊愕了一下。他转头看着还不及他肩膀的小姑娘，稚气还没完全脱去的小圆脸，在灯火的照射下，肌肤白皙莹润，仿佛吹弹可破。可她眼睛却都已经快睁不开了，要不是扶着旁边的大树，只怕站都站不稳。

这到底是个什么样的姑娘？

他以前没听说过她，要不是在千佛寺跟她被人误会，他也不会去打听她的事情。

都说她是个嚣张跋扈，简直可说是纨绔千金，痴迷九王爷，待人刁钻，极难相处。但凭他跟她仅有的两次接触，发现她其实和传闻中并不怎么像，虽然说话行文很不像个真正的大家闺秀，倒称不上嚣张刁钻，就是……鬼灵精怪，像个小孩子。

"为什么大半夜离开京城来这里？"他忍不住开口问她。他藏入她马车里的时候，一见是她，是真的感到惊讶。

沈梓乔觉得自己站着都能睡着了，听到齐铮的问话，自嘲说："都说了是被赶出来的。"

齐铮见她摇摇欲坠的身子，差点想伸出手去扶住她，"就算赶你来这里，也该天亮了再出城，夜路不好走，万一遇到什么意外……"

"就好像遇到你这样的意外？"沈梓乔笑着问。

"我无意打搅。"齐铮说。

"嗯，你是偷了人家的东西，被追得没办法才躲到我车里的。"沈梓乔嘲讽地说道。

齐铮峻眉微挑，不再说话了。

沈梓乔抬头看着他俊美的轮廓，发现其实他长得比那什么九王爷好看多了。那九王爷就跟个娘娘腔似的，她喜欢这样充满气势的男人。沈梓乔问："你为什么要装傻？"

不过萍水相逢，齐铮自然不会跟她说自己的秘密。

"你不说就算了，每个人心里都有别人不可侵犯的秘密。"沈梓乔无所谓地说道，"我向来不是强人所难的人。"

齐铮低眸看她，听见她继续说着。

"不过，你刚刚利用完我，如今又打算吃我的住我的睡我的，难道我不该问清楚吗？谁知道你是不是坏人？万一你半夜又把我的什么东西也偷了，我找谁说去。"沈梓乔神情认真，很计较地说着。

"你有什么东西能让我偷？"齐铮反问道，低沉的嗓音如醇厚的老酒，充满诱人的魅力。

沈梓乔不自觉地撅着嘴，"谁知道你对什么有兴趣。"

齐铮低声笑了出来，看着她摇了摇头，"明日自有人来接我。"

"明日？你没看到那些人的眼神吗？我本来所剩无几的名声是全毁你手里了。"沈梓乔撇嘴说，"孤男寡女的跑到这鬼地方来，不知道的还以为我私奔呢。"

"不算孤男寡女，还有你两个丫环。"齐铮低声说，"而且，私奔也不可能到家里的庄子里。"

沈梓乔没好气地瞟了他一眼，没一点幽默感！

好不容易屋里总算收拾好了，红玉过来请沈梓乔休息，犹豫地看着齐铮。

三小姐好像还没说要怎么安置齐大少爷。

沈梓乔听说能够休息，差点感动得泪流满面，"太好了，我都快困死了。"

红玉还带着一点胆怯地看着齐铮。

"唔，随便找间房间给齐大少爷吧，要是房间不够了，柴房凑合一下。"沈梓乔小手挥了挥，飘飘然地进了内屋。

齐铮挑了挑眉，不置可否地看着沈梓乔的背影。

红玉尴尬地干笑几声，让堂堂齐大少爷去住柴房？这事只有她们三小姐想得出来。

红缨已经将热水准备好了，沈梓乔舒舒服服地泡了个澡，随口吃了些面条。她看着欲言又止的两个丫环，"有什么话明天再说，我现在只想睡觉。"

有很多疑问的不止是红玉两姐妹，还有在睡梦中被叫醒、忙了大半天的下人们，她们还在猜测三小姐怎么会忽然到这里来，还带了个看起来好像不太对劲的男人。

齐铮在人前依旧是傻子。

红玉将他安排在隔壁院子的西厢房里，房间简单打扫了一下，还带着一股多年不住人的阴凉，但已经比柴房好多了。

在沈梓乔住的院子后面，有一排后罩房，是庄子里的下人住的。靠北的一间屋里点着蜡烛，微亮的光芒从糊纸的窗户透出来，隐约能听到一阵窃窃私语。

"三小姐怎么突然出现在这里？难道……"有个简单挽了簪儿的妇人双手放在双膝上，肌肤微黑的脸庞带着一丝紧张，她看着另一个已经上床躺下的妇人，"京城发生什么事了？"

"是被赶出来的吧。"床上的妇人声调平淡，语气透着冷漠，"跟我们又有什么关系？睡吧，明日不知道她会怎么折腾我们。"

"京城那边有人欺负三小姐了？这怎么好，三小姐身娇肉贵，怎么能住在这种乡下地方，一定是那老泼妇看她不顺眼了。"妇人继续说着，根本无心睡眠。

睡着的妇人冷漠说道："那也是他们祖孙的事情，与我们这些奴才有什么关系，我们不过是他们养着玩的一条狗。"

那妇人猛地站了起来，咬了咬唇，"你还介意当年三小姐那些话？她那时候还是个孩子，指不定是被教唆的……"

"三岁定一生，三小姐本性如此，你别对她有太多期望。"

"可是……"

"有什么可是的，连老夫人都对她失望了，你我又能做什么？睡吧！"

妇人嘴里的老夫人指的自然是潘家的老夫人。

第二十九章　以身相许

次日，沈梓乔抱着被子睡得身上出了一层细汗，幸好这山下的地方还算凉爽，睡得倒也舒服。若不是红玉进来叫醒她，她还不知要睡到什么时候。

"三小姐，齐家的人来接齐大少爷了。"红玉替沈梓乔梳着头发，她是不得已才叫醒沈梓乔。齐铮的下人来接他了，还说要当面谢谢三小姐。

她原是该推了的，但昨日见三小姐跟齐大少爷好像很熟悉的样子，她得先问过三小姐的意思才行。

"那就让他走啊，难道还要我放鞭炮送他？"沈梓乔道。

红玉替沈梓乔穿上秋香绿绣长枝花卉的薄缎纱衫，下着月牙白百褶裙，红缨端来一碗洁白如玉的白粥和几样酱瓜。

沈梓乔吃得津津有味，"这味道比家里的好吃多了，谁做的啊？"

"是孟娘子。"红玉说完，小心翼翼地打量沈梓乔的脸色。

"嗯，手艺很好。"沈梓乔若无其事地称赞着，"一会儿得跟这里的人认识认识。"

红玉愣住了，怔怔地看着她。

"怎么了？"沈梓乔疑惑问道，"我脸上有东西？"

或许是过去许多年，三小姐把孟娘子她们都忘记了，红玉心想着，"三小姐，齐大少爷在外面等您。"

沈梓乔拖拖拉拉地磨蹭了好一会儿，才带着红玉出来见齐铮。

齐铮身后站了数个仆从打扮的年轻男子，见沈梓乔走来，都抬手行礼，"沈三小姐。"

"齐大少爷要走了，一路顺风啊！不送了，出门左转。"沈梓乔笑眯眯地跟他们挥手致意，又皮笑肉不笑地对齐铮说道。

齐铮一脸傻笑地看着她。

他身边的群叔微笑道："昨日还多谢沈三小姐出手相助我们大少爷，都怪奴才不小心跟大少爷走散了，真不知怎么报答三小姐您。"

"报答啊？"沈梓乔咧嘴一笑，那笑容非常狡黠，她指着齐铮，"让你们家大少爷以身相许，给我使唤几天。"

听到"以身相许"的时候，群叔的脸色都绿了，幸好后面那句听出是开玩笑，他表情僵硬地扯出一个笑容，"三小姐真爱开玩笑。"

"我可不是开玩笑。"沈梓乔一本正经地说，"你们家大少爷把我连累得多惨，总得给我一点精神赔偿吧？我半路救了他，免他被野兽给叼了，好吃好住地供着他，你们肯定不好意思只说一声谢谢就算的吧。"

就算本来只想说一声"谢谢"，如今也说不出口了。

站在沈梓乔身后的红玉更是觉得尴尬，三小姐您昨天不是还要齐大少爷住柴房么，怎么隔了一个晚上就变成好吃好住了？

齐铮黝黑的眸子看着她，仿佛有一抹淡笑在眼底深处闪过。

群叔大概没想到沈梓乔这么……不客气，竟不知说什么好了。

"群叔，谢谢要给银子。"齐铮天真地对群叔说道。

沈梓乔眼睛一亮。

齐铮身后的一个仆从难为情地说："大少爷，沈三小姐不会要银子的。"

哪个千金小姐会那么看重这等俗物？更何况还是沈家花钱如流水的沈三小姐，说拿银子答谢肯定被嘲笑的。

"谁说的！"沈梓乔笑嘻嘻地说，眼睛看向齐铮的时候仿佛在说你果然很上道，"银子是个好东西。大少爷，你要拿多少银子还给我啊？"

怎么就变成还了……

红玉风中凌乱了，三小姐好像脸皮厚了不少。

"一千两如何？"齐铮故作不确定地问，俊脸犹如十岁孩童般纯真。

"太客气了，就这么说定了。"沈梓乔道。

群叔大概没想到沈梓乔竟然真的要银子，脸上是一阵青一阵白的，今天他是长见识了。

在齐铮的催促下，群叔拿了一千两银票给了沈梓乔。

沈梓乔笑眯眯地送他们出了大门，"好走不送啊。"

齐铮走在最前面，听到她这句话忽然回头，露出一个灿烂的笑容，"这一千两算不算聘金？"

看到一个超级帅哥在面前笑得这么阳光灿烂，沈梓乔的小心肝颤了两下。听到他的话，她的小脸立马黑了，"聘你妹！谁想嫁给你这个傻子。"

群叔脸色难看地瞪了她一眼，幸好大少爷不用娶这么市侩的女人，一点端庄贤淑的大家闺秀样子都没有。

齐铮薄唇微挑，心情愉悦地上了马车离去。

红玉忍住捂脸叹息的冲动，拉着沈梓乔的衣袖，"三小姐，您怎么真的跟……齐大少爷拿银子了？"

"不拿岂不是白不拿了吗？"有银子不拿会被雷劈的吧。

"三小姐，您……"红玉看着沈梓乔拿着银票高兴的样子，无奈说道："您以前不是这样的。"

沈梓乔轻咳了一声，转身郑重其事地拍了拍她的肩膀，语重情深地说："红玉，人都是要变的，你看我以前的样子好吗？每天混混沌沌地过日子，最后还差点被设计了。我这是为了更好地生存下去啊。"

红玉大惊，"谁敢设计三小姐？"

"你以为我在千佛寺的时候怎么进了齐铮的房间？肯定有人想害我啊。"沈梓乔道。

"三小姐知道是谁吗？"红玉紧张地问。

不就是盛佩音么，不过说出来没人相信而已。她笑了笑，"知道的话，我怎么会在这里。"

红玉已经自认为是沈家的人要害三小姐，不由得更加同情怜惜沈梓乔，"三小姐，奴婢一定会护着您的。"

沈梓乔感动地点头。

回到院子里，在台阶坡下站了好几个穿着粗布衣裳的妇人，红缨正跟其中一个说得眉飞色舞，连沈梓乔进来都没有发觉。

"三小姐，那几位都是庄子里干活的媳妇婆子，不知道您还记得不？"红玉试探地问道。

沈梓乔点了点头，在红玉惊喜的目光下回道，"昨天晚上见过啊，当然记得。"

红玉失望地在心里叹息，"那是孟娘子跟林家的，是……"

"三小姐来了。"红缨终于发现了他们，欣喜地喊了出来，打断红玉即将出口的话。

一排人齐齐矮下身子给沈梓乔行礼，"三小姐。"

沈梓乔笑眯眯地点头，伸手虚扶，"都起来都起来，别客气，初来乍到，还请多关照。"

所有人都愣愣地看着她。

她说错什么了？沈梓乔纳闷地想，这会儿才发现好像有点不太对劲，她们看着她的目光……眼神中似乎很感慨，却带着……怨怼？

怨她？

红玉走到她身边，小声地介绍，"三小姐，这是孟娘子、林家的、海棠、之水……她们都是夫人以前的陪房和贴身丫环。"

沈夫人的陪房？怎么会在这里？

沈梓乔愣住了。三岁之后的生活中，沈梓乔根本没有机会……不，有机会，可她放弃了去了解自己身边的人和事。搞成现在这种被动的局面，她自己都会骂自己一句"活该！"

第三十章　伤心往事

　　母亲的陪房怎么会在这里？沈梓乔很快就明白了，母亲当初肯定在家里一手遮天，跟老夫人并不和谐。她去世之后，沈萧又不肯再娶，那家里的大权自然就落在祖母的手里。那老太婆还不将一直看不顺眼的媳妇那些心腹给从家里拔走，难道把他们留在家里教育自己接着和祖母对着干？

　　"那个……我有点记得不太清了，不过我心里还是想着你们的，就是样子不记得了。"沈梓乔哈哈笑两声，"你们在这里生活得怎么样？"

　　那个姓孟的娘子抬起头直视沈梓乔，目光冷漠，"三小姐身份尊贵，记不住我们这些奴才是应当的，委屈您在这地方住着了。"

　　气氛不太对啊！沈梓乔眼睛看向红玉，她和这些人难不成有什么深仇大恨？

　　红玉笑着对孟娘子说，"孟娘子，三小姐如今已经长大了，跟以前不同。她心里确实惦记着你们，大家别多想。"

　　孟娘子冷笑一声，"奴婢能多想什么？三小姐若是没有其他吩咐，奴婢先下去干活儿了。"

　　沈梓乔不清楚状况，不好多说什么，笑着让孟娘子下去了。

　　其他人见孟娘子走了，陆陆续续跟着离开。

　　只剩下那个林家的，她看着沈梓乔的眼神似乎很激动，眼底浮起了泪花。

　　"三小姐，您跟夫人长得真像。"林家的拭去眼角的泪水，慈祥和蔼地看着沈梓乔，"奴婢以前是夫人身边的丫环。"

　　沈梓乔摸了摸自己的脸，"我已经不记得母亲的样子了。"

　　林家的闻言，眼泪又忍不住了，"夫人走的时候，您才三岁，记不住也是正常的。"

　　"外面热，我们到里面说话吧。"沈梓乔牵住林家的的手，笑眯眯地说道。

"怎么好啊，三小姐。"林家的激动地看着沈梓乔牵住自己的手，激动得不知说什么好。

沈梓乔不怎么理解她这样激动的原因，示意红玉和红缨跟着进来。

屋里比外面阴凉许多，虽然没有冰块散热，好在山区里本来就没那么炎热，沈梓乔倒住得习惯。

"林妈妈，你说一说我母亲以前的事给我听吧。"沈梓乔让林家的做在木机上，感兴趣地让她多说说沈夫人的事情。

"不敢当三小姐这句妈妈，您唤奴婢林家的就行了。"林家的受宠若惊，她从来没见过三小姐这样和颜悦色对过奴才。

林家的看向红玉，如果不是红玉这小丫头是她以前在府里看着长大的，她都怀疑眼前这个是不是三小姐了。

三小姐根本就像换了个人啊。

沈梓乔对母亲的过去还有母亲娘家都很感兴趣，潘家或许能成为她的靠山，她催促着林家的跟她多说一些关于母亲娘家的事情。

林家的并不奇怪沈梓乔对潘家一无所知，夫人走的时候，三小姐还懵懂幼小。这些年身边有没有个知根知底的，老夫人对潘家向来看不起，自然不会让人跟三小姐提起；想来潘家舅爷这些年也没看望过三小姐的……

当初跟老爷闹得那样厉害，舅老爷他们心里的气儿都没消吧。

忆起往事，林家的悲从心来，好不容易止住的眼泪又淌了下来，"可怜见的，三小姐这些年定是过得不好。"

沈梓乔不太明白她忽然说出这句话是什么意思，委屈地说："没娘的孩子都这样。"

林家的说道，"三小姐还该跟老太爷去信，老太爷那般疼爱夫人，定然会倍加怜惜您。潘家是东越的富甲，虽是行商，但潘家祖上却是士族，只不过后来落拓，才不得已经商。"

"您有三个舅父，他们小时都是非常宠爱夫人的。夫人去世，几位舅老爷愤怒心痛，从东越到京城质问老爷，老爷与他们一言不合便打了起来。老夫人怒骂潘家没有教养，三小姐您也……舅老爷这才一怒之下离开京城，与沈家断了来往。"林家的想起当年的一幕幕，心中对沈家那老太婆的怨恨只多不少。

林家的虽然说得不够直白，但沈梓乔多少还是能听出来。

当初母亲病逝，父亲已经是伤痛欲绝。潘家的人来了京城，自然要先找他算账。如果没有猜错，老妖婆肯定在父亲面前挑拨了不少话，这才令潘家舅父跟父亲打了起来，以此绝了潘家这门亲戚。

最可怜的还是沈梓乔这个刚失去母亲，又没了潘家做靠山的小姑娘。

林家的将东越潘家详详细细地说给沈梓乔听。

作为东越首屈一指的富商，潘家的影响力并不亚于贺家。若是能够得到潘家保护，谁还敢欺负三小姐。

沈梓乔听得津津有味，她没想到自己的母亲娘家竟然这么有钱。

"那你们怎么不回潘家？是谁把你们赶到这儿的？"沈梓乔问出自己一直很疑惑的问题。

林家的愣了愣看着她，又看向同样愣住的红玉。

"三小姐忘记了？"林家的小声问道。

沈梓乔神色一怔，"是我赶你们出来的？"

林家的低下头，语调尽量平稳，"当日奴婢和芍药……就是孟娘子劝您跟老太爷去信报知夫人的遗言，您以为奴婢们挑唆，告诉了老夫人……老夫人让人将我们打得说不出话，让人将我赶了出去。好在大少爷及时赶回来，将我们安置在这里。"

"至于其他人……奴婢就不知下落了。"林家的声音暗淡下来。

沈梓乔无言以对，片刻后，才喃喃道："年幼无知，才蠢事一箩筐，妈妈别怪我。"

林家的心中憋了十年的委屈仿佛因为沈梓乔这句话得到了发泄的出口，双手用力捂住嘴，眼泪涌了出来。若非她强忍着，只怕已经号啕大哭出来。

沈梓乔看得心酸，背过身子抹泪。

红玉已经泣不成声，她之前还担心三小姐到了这里，见到孟娘子他们，会不会发脾气将她们赶走。如今看来，三小姐是真的长大了。

"林妈妈别伤心，是我欠了你们。以后的日子，我会还给你们的。"沈梓乔拿出手帕亲自给林家的抹泪，她决定了，这次回京城，一定要将母亲的这些陪房丫环都带回去。

第三十一章 感动

林家的震惊得连哭都哭不出来了。

三小姐今日肯平心静气听她说过这些，她已经觉得很震惊。在她的印象中，三小姐是从来不会跟她们这些下人多说几句话的。说句难听的，是将她们当成了狗，从不将她们当人看。

今日竟然说出欠她们的这句话……

"三小姐，三小姐……"林家的激动得不能自已。

沈梓乔被她哭得都傻眼了，她没说错什么话吧？至于哭成这样吗？

"红缨，去打水让林妈妈洗个脸。"沈梓乔吩咐红缨，回头又对林家的说道，"小时候大家都宠着我，我是无法无天闹惯了，不懂体谅别人。这些年没有母亲的陪伴教导，才知道日子多难。林妈妈，都是我，才让你们受了委屈。"

林家的忍不住跪了下来，"三小姐，能够有您这句话，奴婢什么委屈都值了。"

红缨绞了绫巾过来给林家的拭脸。沈梓乔笑着说，"好吧，我们都别说了，免得林妈妈又掉眼泪。"

洗干净了脸，大家又重新坐下。

林家的问起沈梓乔怎么会到流云庄里来，听到沈梓乔说是被老夫人撵来的，气得林家的说沈老夫人欺负人。

虽然还有许多话想问，但总不能一天就将十年来的事情都说完。林家的平复了情绪之后，说是要去跟孟娘子等人说一说三小姐如何在沈家被欺负，便跟沈梓乔行礼告退了。

沈梓乔在林家的走了之后，一个人躺在长榻上发怔，看起来萎靡不振的样子。

红玉从屋外回来，见到沈梓乔这个样子，心中担心，轻手轻脚走了过去，"三小姐，您怎么了？"

"红玉，那个孟娘子说那话，是在怨我吧。"听了林家的那些话，沈梓乔才明白那孟娘子一开始充满怨气的话是因为什么。

在流云庄的这些人，心里多少都是怨她的。他们本来是她母亲的心腹，结果她不但没有珍惜，反而帮着那个老虔婆将他们都赶走了。要不是这次她被撵到这儿来，估计一辈子都见不到他们了。

"三小姐，您那时候年纪小，受人蛊惑在所难免。"红玉小声安慰她。

沈梓乔侧头看着年纪比她大两三岁的红玉，"你好像知道得很多，难不成你以前也是我母亲身边的？"

红玉轻笑出声，"哪能呢？夫人在世的时候，奴婢才五六岁。奴婢的母亲是夫人以前的小丫环，因为不起眼，所以还能留在府里。"

"不是这么简单吧？"沈梓乔坐直身子，目光清亮地看着红玉。如果不是红缨为了自己跟李娘子顶嘴，她根本没注意到她们两姐妹。红玉只是乔心院一个不起眼的丫环，她怎么可能什么都知道，连林家的和孟娘子都认识！

就算是她老子娘告诉她的也说不过去，不是说她娘只是个小丫环吗？

红玉被沈梓乔看得有些心虚，她低着头，双手绞在一起，"三小姐，这些年来，大少爷都让奴婢的娘给孟娘子她们送东西，照拂她们一二，奴婢……这才知道的多一些。"

沈梓乔"哦"了一声，"大哥既然知道母亲的陪房在这里，怎么不将她们带回京城啊？"

"家里是老夫人在做主。"红玉说道。

也是，老妖婆怎么可能容得下她们？让她们留在这里，反而比在京城安全。

"你将你知道的都告诉我吧。"沈梓乔说道。

红玉"诶"了一声，坐在榻边的木杌上，说起了她从她娘那里知道的关于潘氏的事情。

林家的怀着兴奋的心情去厨房找了孟娘子。

"芍药，你听我说，三小姐真的不同了。她刚刚主动问起了夫人的事情，还说要将我们接回京城。夫人在天有灵，见到三小姐性子转变得如此端惠，必定很高兴。"林家的拉着孟娘子的手，激动不已地说着。

孟娘子神情冷漠，"本性难改，只有你才相信。"

林家的摇了摇头，"若是你听到三小姐所说的，你就不会这样想了，三小姐说她欠了我们。"

"她真的这样说？"孟娘子怔住了，三小姐会说出这样的话？

"你也不相信吧，可三小姐真的这样说了……"林家的将沈梓乔方才在屋里说的话一五一十地告诉了孟娘子。

"……小时候被老太婆教唆，这才不知道我们是真心对她好。如今已经长大了，自然是明白谁才是真心的。这些年，三小姐在京城里肯定不好过。"林家的说着说着，又哽咽了。

孟娘子漠然的脸色虽有所触动，只是，想到当年被沈梓乔那样辱骂不屑地赶走，再多的期待也生不出来。她平淡地说："你太容易相信人了，且再过些时日吧。三小姐究竟是个什么本性的人，到时候就知道了。"

林家的知道孟娘子心中的心结比她还深，于是便不再多说，自顾去干活了。

转眼，沈梓乔在这里已经住了几天，渐渐习惯了庄子朴实的生活。只是每天吃饱了睡，睡饱了吃，日子实在过得很无聊。

庄子里的下人她基本都熟悉了，这里没有沈老夫人的心腹，所以她做什么都不怕被那老太婆知道。

尽管那些下人对她的态度很冷淡，但非不恭敬，只是不亲近。

或许是还记着当年她将她们赶走的事吧。

沈梓乔此时深知，有对自己忠心耿耿的心腹是多重要。在京城的本家，除了红玉姐妹二人之外，她根本没人值得相信。若是有林家的等人去帮她，那她对付盛佩音的陷害岂不是容易很多？

至少能保证不会被沈老太婆算计了去。

可怎样才能将林家的这些人带回京城呢？这是个大问题，凭她在沈家人微言轻，就算将她们带回去，也不能保证她们的安全啊。

还是等父亲他们回来再说吧。

实在闲得不知做什么好，沈梓乔从屋里走了出来，心想不知道自己不在京城的这些天，盛佩音将复仇大计都进行到什么程度了，她现在一点都不担心会被算计嫁给齐铮。

齐铮又不是傻子，怎么可能会被算计！

第三十二章　本性

　　这几天，沈梓乔除了找林家的说话，还找过其他人聊天。就是那个孟娘子对自己恭敬有余，亲切不足，心里还存了不少怨气。听红玉说，孟娘子本来可以嫁出去做正经妻子的，但当时夫人身体不好，她担心年幼的主人没人照顾，便绝了嫁人的心思，只愿能够在沈梓乔身边当个妈妈，护着她一辈子。

　　哪料到……竟是沈梓乔小的时候当着所有人的面，将她给辱骂赶了出去。十多年过去了，她连孟娘子的长相都忘得一干二净了，这让人多伤心，多失望！

　　红缨和红玉被她打发去给林家的当下手帮忙整理刚收的果实，院子里只有两个洒扫小丫环坐在走廊台阶坡上聊天。见到沈梓乔出来，她们急忙站了起来，"三小姐。"

　　沈梓乔笑眯眯看着她们，"你们都是在这儿长大的？"

　　两个小丫环还没开始留头，看起来就十来岁，肌肤虽不是那么白皙，五官稚嫩，眉清眼秀，倒是挺可爱的，两人都穿着莲青色布衫，神情看起来有几分紧张。

　　她们本来在果园帮忙捡果子，因为沈梓乔突然到来，才被叫了过来服侍，从来没服侍过主人的两个小丫环自然欠缺规矩。

　　"怎么了？干吗那么紧张？"沈梓乔好笑地问。

　　"回……回三小姐，奴婢，奴婢是在这里长大的。"她们两个是附近佃户卖给沈家的丫环，是活契。

　　那对这里周围应该很熟悉了，沈梓乔问："你们的父母呢？"

　　两小丫环只听说过三小姐是个极难相处的人，如今听到她问起自己的父母，以为是她们在这里说闲话没好好服侍她，三小姐要找她们父母责罚，吓得眼泪都要掉下来了。

　　"奴婢……奴婢的爹娘在外面田地里干活儿。"其中一个脸蛋比较圆的说完"哇"一声就哭了。

把沈梓乔给吓得瞪圆了眼睛，"你哭啥，哭啥啊？"

"三小姐，奴婢不敢了，再也不敢了，您别责怪我们。"两人跪了下来，猛给沈梓乔磕头。

这都是哪跟哪啊……沈梓乔急忙扶起她们，"别哭别哭，起来说话，我又没骂你们，你们哭什么呢？"

"奴婢再也不敢在这里嗑闲话了。"另一个抽抽搭搭地说。

沈梓乔忍不住笑了起来，"多大的事儿啊，不就是聊个天么，谁不聊天啊。我就是问问你们，对这儿附近熟悉不，要是熟悉的话，就带我去走一圈。我在屋里都快被闷出蘑菇来了。"

小丫头们一双眼睛湿漉漉地看着她。

"你们叫什么名字？"沈梓乔笑着问。

"奴婢叫招弟。"小圆脸说道。

"奴婢叫银花。"另一个跟着说，两人脸上的神情还是怯怯的。

沈梓乔点了点头，伸了个懒腰说道，"这附近有什么好玩的？带我去走走吧。老是在屋里，人都没精神了。"

招弟和银花看出沈梓乔是真的没生气，两人破涕为笑，指着后面的山峰说道："三小姐，上面有个道观，去年有人出银子修葺，如今又请戏班在上面唱戏。附近好些村的人都去看了，很热闹呢。"

"你俩去看过没？"沈梓乔含笑看着她们，竟然还有人请戏班到道观唱戏？这么奇葩的事情到底是谁干的？

"没。"她俩被叫到这里做事，哪里有时间去看。

沈梓乔看出她们眼底的渴望，这地方身处乡下，又不是京城，能够看一场大戏已经是非常难得的了，难怪这么渴望去山上。

"刚才你们就在说这个啊？"她问道。

招弟和银花已经将心底对沈梓乔的惊惧减淡了，有说有笑地点头，"道观可热闹了，从来没这么热闹过。在上面还可以看到果园，一大片一大片的，可好看了。"

沈梓乔来了兴趣，拉着她们的手，"走走走，我们也去瞧瞧。"

三人兴高采烈地走了出去，没有发觉在走廊的玄关处一直站着一个身穿松花色布衣的妇人。

那妇人两只手攥得紧紧的，咬着下唇强忍眼泪，最后还是用手捂着，怕会忍不住哭出声音被外面的三个人听到。

这几天，不止林家的，连海棠她们都在说三小姐跟以前不一样了，不再是那个刁钻任性、随便打骂下人的小姐了。她听了总是嗤鼻一笑，她相信本性难改。从来不对沈梓乔抱什么希望，她曾经被沈梓乔当成狗一般赶出沈家，那刻骨铭心的怨和痛还留在她心底深处。

她只是经过这里，见到沈梓乔在跟招弟她们说话，以为是在训斥她们。她知道沈梓乔骂人的时候从来不会留情，生怕那两个小丫头被她骂得厉害，想过来帮忙说两句。

见到招弟她们哭着求饶时，她仿佛看到了以前的自己。

那年三小姐才满三岁，夫人去世没多久。她为了照顾三小姐，狠心绝了嫁人的心思，却没想到自己只是不小心打碎了老夫人送给三小姐的一个花瓶，三小姐就当着众人的面责罚她，还在老太婆的怂恿之下将她赶出了沈家。

当时，她死的心都有了。

人生在世，最绝望的莫过于真心错付。若不是大少爷，她不知道会被卖到什么地方去。

虽是如此，她秉持着对夫人的忠心，偶尔还是会到京城去偷偷地打听三小姐的消息，所听到的都是她如何刁钻霸道，不曾听过她的一句好话。

她真的对三小姐失望了。

如果夫人在世，肯定会好好教导她，让三小姐成为温婉贤良的大家闺秀，只可惜……

但今日所见的沈梓乔，仿佛变了个人。

她从来没见过三小姐对哪个下人笑得那样亲切！

她从来没听过三小姐这样温和地跟下人说过话！

原来是真的！

三小姐真的不一样了。

孟娘子双手掩着脸，眼泪从指缝溢了出来。想到已经去世十年的潘氏，她哭得更厉害。

不管是谁让三小姐改变了性子，她都对那个人充满了感恩。

一定是夫人显灵了。

“芍药，你在这里做什么呢？三小姐呢？”林家的声音在后面传来，她走近发现孟娘子哭成了个泪人，不由得吓了一跳，“你怎么了？不是三小姐又骂你了吧？”

孟娘子哭着又笑了，“三小姐会那么容易骂人么？”

“当然不会，三小姐如今性子可好了，那你到底怎么了？”林家的关心地问道。

“就是……想念夫人了。”孟娘子看着碧蓝如洗的天空，低声说道。

第三十三章　青松观

道观叫青松观，依山而建。一路走来，山路两旁古木参天，浓荫覆地。周围山林青翠，景色清幽。她们沿着山路走了一会儿，便见到一座碑亭，后面就是道观了。

这个道观虽然不如京城中的道观气势磅礴，但透着庄严整洁，让人肃然起敬。

至于清静……

大门后面传来阵阵叫好声，显然这时候不可能跟清静有什么关系。

"平时这里都这么热闹？"沈梓乔被招弟她们带到正宫前的广场上，入眼便是一座竹子搭建的戏棚，正在做八仙过海的戏曲。

招弟和银花眼睛都直了，盯着戏棚转不开眼。听到沈梓乔的问话，招弟片刻才反应过来，急忙回道，"平时不这样的，就这两天才热闹些。"

"一年能看几次唱戏？"沈梓乔对于她们的走神并不在意，只觉得亲切，她小时候也是这样的。

"村里没人请得起，庄子里又没有主人常来，没有大戏看的。"银花说道。

放眼这山下的村庄，唯一的大户人家就是沈家了。只是别庄几年没个主人来小住，自然没请戏班来唱戏。

沈梓乔笑着摸了摸她们的头，"你们去看戏吧，我在附近走一走。"

招弟惶恐地说："不行不行，奴婢陪着您去走走。"

"我这么大个人了，难道还能走丢了？你们去吧，一会儿看完了，就在大门那边等着我。"沈梓乔笑着道。

"三小姐……"两个小丫环到底不敢真的抛下沈梓乔去看戏，左右为难地看着她。

沈梓乔径自往正殿走去，不让她们跟着。

招弟和银花对视一眼，怯怯地看着沈梓乔的背影。两人才确定三小姐其实是为了带她们来看戏，所以才上山的。

三小姐真好！

她们欢喜地跑到戏棚下面，两个小肉团蹲在角落喜滋滋地看着上面的铁拐李在唱曲。

沈梓乔在道观的正殿走了一圈，上了一炷清香，发现道观表面看着虽不怎么宽敞，后堂的地方却还挺大的。

正殿后面是后堂、斋堂跟厢房，她当然不会无聊地都去走一遍。

她来到可以远眺山下的虚境亭，果然看到招弟她们所说的果园，如今已经快要接近收获的季节。在这里望出去，可看出果园的树上硕果累累，想来今年应有个好收成。

这里空气真好啊！一眼望去，周围的青山植着各式各样的树木，层层落落，混交成林。山风徐徐清爽，静静的山林在风中舒卷迴荡，她一时间将所有的烦恼与担忧抛到了脑后。

"你怎么会在这里？"身后忽然传来一道不悦的质问，打断了沈梓乔的享受。她回过头，看到一个穿着深蓝色圆领布衫的中年男子，却见那男子充满警惕防备地瞪着她，她想了想，才记起这男子是谁。

是齐铮身边的仆人，好像听齐铮叫他群叔。

沈梓乔抹去眼角的泪水，狠狠地瞪回他，"我在这里关你什么事？"

群叔因为沈梓乔上次大言不惭地讨要功劳，还不要脸地跟他要了一千两，对她十分看不起，以为沈梓乔出现在这里是为了齐铮，所以立刻就心生厌恶了。

"我们大少爷已经不欠你了，你不许再纠缠我们大少爷。"群叔说。

沈梓乔呸了一声，"谁稀罕你们家大少爷。"

群叔以为沈梓乔是看不起齐铮，误会齐铮是傻瓜，气得一张老脸都涨红了，"你……你配不上我们家大少爷。"

齐铮并没有将沈梓乔已经知道他是装傻的事情告诉群叔。

"我配不上他？"沈梓乔忽而一笑，看着出现在群叔后面的轩昂身影，"他脑子又不灵活，到底是我配不上他，还是他痴心妄想啊？"

"无知小儿！"群叔哼了一声，"总之你休想嫁给我们家大少爷。"

沈梓乔微微一笑，"你求我我都不嫁他。"

群叔大怒，竟敢这么看不起他的少爷？正要开口斥骂，齐铮的声音传来，"群叔，你在这里做什么？"

"大少爷！"群叔一听是齐铮的声音，收敛了所有怒火，回头温声地跟齐铮说话，"您怎么出来了？"

齐铮走到群叔身边，低声交代他些话，深幽的眸子却是盯着沈梓乔。

"可是……"群叔皱眉瞪着沈梓乔，不放心将齐铮一个人留在这里——那个沈家三小姐可不是一般的大家闺秀！

"去吧。"齐铮拍了拍他的肩膀，抬步走向沈梓乔所在的凉亭。

沈梓乔扬着小下巴气势凌人地看着他，发现自己的气势在他走近的时候，完全被击得支离破碎，齐铮的气场太强了……

他站在她面前，居高临下地望着她，如刀刻般的俊脸不带一丝笑容。双眸深邃犹如两泓深潭，看得久了，不小心会溺死其中。

"不要欺负群叔，他是个老实人。"齐铮的声音低缓地说道。

沈梓乔挑了挑秀美的眉尖，"我才是个厚道人呢，齐大少爷您也别欺负我。"

"厚道的人不会要一千两。"齐铮淡淡说着。

"小气鬼！"沈梓乔鄙视他。堂堂齐家的大少爷，还在乎那点小银子。

齐铮凝视她白皙如凝脂的脸，"娶妻当娶贤，不用担心以后群叔会求你。"

这话的意思，是她不够贤淑不够大家闺秀，完全不符合他娶妻的标准，群叔根本不用求着她嫁给他？

沈梓乔真想一屁股坐死他！

第三十四章　有毒

　　山风吹过，周围的树叶沙沙作响。沈梓乔抬头瞪着面色冷峻沉稳的齐铮，最后只能败下阵来。她如今一屁股还坐不死他，气场没人家的强大，个子没人家的高，打架肯定也打不过，还是算了。

　　沈梓乔撇开脸，斜乜着齐铮，"你到这儿来做啥？不会外面的戏班就是你请的吧？"

　　齐铮薄唇一抿，眼底深处闪过不悦，语调平平，"母亲说要到这道观祈福。"

　　"噗！"沈梓乔差点没忍住大笑出声，"所以，这么二的事情果然只有你干得出。你祈什么福？保护你早日成亲吗？你装傻到底是给谁看啊？是不是给你后母看啊？

　　话真多！齐铮看了她一眼，转身就走。

　　沈梓乔忍着拉住他的冲动，没好气地道："嚣张什么啊，谁稀罕你家的破事儿！"

　　齐铮在前面听到她的话，嘴角微挑，往前面的斋堂走去。

　　没想到会在这里见到齐铮，沈梓乔顿时没什么心情继续欣赏山景。听见外面唱戏的声音已经停了，她便打算去找两个小丫环下山回去。

　　才刚走到正殿，就见到招弟和银花携手过来。

　　"三小姐，斋堂的午膳已经做好了，不如我们吃过再走？"看完一场戏，招弟对沈梓乔的害怕明显已经减少了，说话比之前放得更开。

　　银花见沈梓乔有所犹豫，便急忙道："这里的斋菜可好吃了，外面的都没这么好吃。"

　　沈梓乔含笑看着她们嘴馋的样子，哈哈一笑，"好吧，吃完再下山。"

　　主仆三人高高兴兴来到斋堂，招弟和银花熟门熟路地带着沈梓乔到临窗的位置坐下，没一会儿，就已经亲自摆好了碗筷。

　　有小道姑端了饭菜进来，七菜一汤，看样子非常可口。

　　斋堂里的人不少，多是山下的村民。来了道观便没有身份尊贵贫贱之分，所有人同坐一堂。沈梓乔笑眯眯地观察着众人，虽是没有贵贱的区别，她这一桌和那些乱哄哄的村民们还是不一样的，至少有小道姑端菜倒茶的。

哦，不止他们这一桌，对面桌好像也受到了特别对待。

沈梓乔灿烂的笑脸在看清对面桌的人时，立刻沉了下来，怎么走到哪儿都能遇到齐铮？

跟齐铮一起的群叔也发现沈梓乔了，不悦地看了她一眼，竟往前面一站，将她的视线给挡住了，不让她看见齐铮。

气得沈梓乔一口豆腐差点哽在喉咙里。

当她是什么人啊，真以为她花痴他那个什么大少爷啊。

齐铮眼睑微抬，将沈梓乔愤懑的样子看在眼里，被糊弄来到这破观的郁闷心情顿时好了不少。

"大少爷，您尝尝这个豆腐汤，很鲜甜的。"群叔笑着给齐铮盛了一碗汤。

接过豆腐汤，齐铮正欲将汤送入口中，忽地又停了下来，放下汤碗，"先吃菜再喝汤。"

他拿起筷子翻动着青菜，脸上充满了嫌恶，"吃的都是什么东西？让人重新做过。"

群叔道，"少爷，都是素菜。"

齐铮摔下筷子，大叫道："不吃了，这不是给人吃的！"

沈梓乔没想到这个男人竟然这么幼稚，他是装傻又不是真傻，怎么能在大庭广众之下挑剔道观里的菜式，她忍不住说道："浪费食物是可耻的！"

"多管闲事！"群叔回头冷扫了她一眼。

齐铮没有多看沈梓乔一眼，他大力一拍桌子，"把菜换了，我要吃烤鸭酱鸡！"

群叔显然被齐铮这么无理取闹的样子怔住了，一时没反应过来。

斋堂里所有人都被吓住了，愣愣地看着齐铮，见他将盛豆腐汤的碗摔到地上，眼底露出不满的神色。

沈梓乔忍无可忍地走了过来，指着齐铮，"你发什么疯，要吃什么回家吃去。"

齐铮冷冷地瞪着她。

"这些有什么不好吃的，难不成你还想在道观里吃香喝辣，汤哪里不好喝了，外面哪里喝得到这么好喝的豆腐汤？"沈梓乔没好气地拿过碗给自己盛了一碗豆腐汤。

"滚开！"齐铮打掉她手里的豆腐汤，眼中藏着怒意。

沈梓乔差点被汤水烫到，心里火大，微微眯眼看着他，"你这个混蛋！"

"怎么了？发生什么事了？"刚刚给齐铮端菜过来的小道姑及时地出现了。

"你把汤喝了，难喝。"齐铮指着她，要她将那碗豆腐汤喝下去。

小道姑干笑几声，"这些都是我们厨房做的，施主不合胃口，我再去重新给您拿一碗。"

群叔是看着齐铮长大的，他的大少爷从来不是无理取闹的纨绔子弟，更不会随意刁难他人，今日一反常态必定有异常。他看向桌面上的素菜，难道……

"用不着再给他端上来，他吃空气就行了，你不吃是吧，多的是别人吃。"沈梓乔瞪了他一眼，叫招弟银花过来将汤菜都拿去给其他人吃。

齐铮在招弟和银花没过来之前，给群叔递了个眼色。

群叔心领神会，拿起盘子将所有的菜都倒进汤里，"大少爷不喜欢就不要吃了，奴才陪您下山去吃别的。"

"你……"沈梓乔气得想拿起圆凳砸死这两个主仆。

小道姑都快哭出来了。

齐铮拉着沈梓乔的手，傻里傻气地说道，"看在你帮我的分上，我带你下山去吃吧。"

"谁稀罕你……"沈梓乔还没说完，就被齐铮拉着出去了。

她的力气不如齐铮，手腕被他握着根本动弹不得，一直被他拉着来到大门外。

招弟和银花愣了一会儿，才气喘吁吁地追了出来，"三小姐。"

齐铮淡淡看了满脸怒意的沈梓乔一眼，松开她的手，"群叔？"

群叔走上前，从怀里拿出一根银针，"大少爷，汤里真的有毒，奴才方才试探过了，以免打草惊蛇，才没在里面说出来。"

有毒？沈梓乔瞪圆了眼睛看着那根变黑的银针，这是怎么一回事！

"去查查，是谁下的毒。"齐铮低声说。

群叔应了一声，眼睛却看向沈梓乔，顿时紧张起来，糟糕，他和大少爷都太大意了，这下被这个女人知道大少爷并不是真的傻子了！

齐铮转头低眸看着沈梓乔，"我跟你回去。"

"啊？"跟她回去哪里？

第三十五章　又见书生

齐铮要跟沈梓乔回庄子里，沈梓乔黑着一张脸拒绝了。

"你是不是看我长得特别老实，所以很好糊弄是吧？你看到你家那个群叔没有，他防色狼一样防着我呢。你跟我回去，一会儿他以为我垂涎你，那我找谁哭去？"沈梓乔坚决不肯，带着两个小丫环径自下山。

"三小姐，我们还没吃饭……"招弟恋恋不舍地说道，她们的斋菜才吃了一半。

沈梓乔猛地停了下来，回头看着跟她们一直保持十步距离甩也甩不掉的齐铮。她大步走到他面前，低下声音，"那里的饭菜真的有毒？"

"真的。"齐铮点头。

"我刚刚吃了几口菜喝了几口汤，怎么一点事都没有？"沈梓乔摸了摸自己的肚子，好像没什么感觉啊。

齐铮含笑道，"毒性发作有慢有快……"

"你吓我的吧！"沈梓乔闻言脸色发白，她可不想什么都没做就先被毒死。

"对方应该只是想毒害我。"齐铮低声说，眼尾扫到山路前方，似有人影，立刻又换上一副呆滞无知的神情。

沈梓乔回头看了过去，却见一个大胡子和一个书生结伴走来。

是那天夜里遇到的北大营的人。

肯定和这个家伙有关吧！

"沈三小姐，别来无恙，近来可好？"穿着湖青色薄绸的书生斯文儒雅地跟沈梓乔作揖，又跟齐铮见礼，笑容亲切得像隔壁家的大哥。

"几天前你才拦我的马车，这一别真不是太久。"沈梓乔斜睨着他，语调带着讥讽地说道，觉得这书生脸上的笑容跟笑面虎似的，真讨厌。

　　书生笑得越发亲切斯文，"三小姐这次怎么被撵到这样偏远的地方，以前最多就是罚到庙里抄写经文，这次是犯下极大的错了？"

　　"关你什么事！"沈梓乔忍着翻白眼的冲动，她跟他很熟吗？

　　"吕家胜，你跟她说那么多干吗？有话快放！"大胡子看起来脾气不怎么好，听着书生……也就是吕家胜跟沈梓乔说些不着边际的话，早就不耐烦了。

　　原来这娘娘腔叫吕家胜。

　　"三小姐，您那日路上真的没有见到什么可疑的人？或是，这两天可曾遇到行迹有问题的人？"吕家胜说这话的时候，眼角余光却观察着齐铮的神情变化。

　　沈梓乔听了轻笑一声，嘲讽地看着吕家胜，"那天乌漆抹黑的，谁能看到什么可疑的人？你们不是还拦住了我的马车吗？还有，什么样的人是行迹有问题的？你举个例子呗？"

　　大胡子推开书生，嘴里嘀咕着，"什么乱七八糟的，跟三小姐说话干吗咬文嚼字的？三小姐，我们怀疑偷我们东西的人就在沈家的庄园里，你让我们进去搜一搜行不？"

　　"当然不行，让你们进去搜，我还要不要脸面了，别毁了我名声。"沈梓乔二话不说就拒绝了。

　　"你还有什么名声！"大胡子吼了一声。

　　沈梓乔被他的大嗓门吓得小心肝抖了几下，"你管我，我的地盘我做主。"

　　吕家胜拉住已经瞪圆眼的大胡子，"三小姐，他是粗人不懂说话，您别怪他。"

　　"我们回去！"沈梓乔跟银花和招弟说了声，"回去让守门的提神些，别把阿猫阿狗放进来，果园里的也一样。"

　　阿猫阿狗的吕家胜跟大胡子，一个笑容僵住，一个脸色涨红。

　　齐铮看了他们两人一眼，跟着沈梓乔的方向一起下山了，待快要回到庄子的时候，沈梓乔才发现他跟在后面。

　　"你听不懂我的话？"沈梓乔皱眉看他，难道他以为她真的还会再帮他？

　　"我是傻子。"傻子当然听不懂。

　　沈梓乔皮笑肉不笑地说，"你好像从来不担心我将你装傻的事情说出去，或许，姓吕的想知道那天到底是谁偷了他们的东西？"

　　齐铮一步一步缓缓走到沈梓乔面前，面色沉静如水，眼眸深幽，他盯着沈梓乔，忽而轻声开口，"你真是沈萧的女儿吗？"

　　"原来你连我是谁都不知道，看来是真傻了。"沈梓乔心里微惊，难不成齐铮看出什么异样？他以前应该不认识她的吧。

　　"你不知道沈将军的铁骑营跟杜继堂的北大营是死对头？你还想帮杜继堂？"齐铮

凑近沈梓乔的耳边，低而缓地说道。

这件事……她还真的不知道，她连沈萧到底在哪个兵营都不清楚。

"你跟杜继堂有深仇大恨？"沈梓乔挑眉，不为所动地问道。

齐铮当然不会真的认为沈梓乔不是沈萧的女儿，他薄唇微扬，没有回答沈梓乔。

"你偷了杜继堂什么东西？"沈梓乔又问。

"知道太多对你没好处。"齐铮说。

沈梓乔嗤笑一声，"我知道你是装傻的，难不成你要杀人灭口？"

齐铮忽然笑了起来，醇厚磁沉的嗓音好像会蛊惑人心，深邃的眸子顿时如钻石生辉，如刀刻的脸庞看起来没有那么严肃冷冽，仿佛一下子阳光帅气了许多，看得沈梓乔微微怔了一下。

其实他已经不需要装傻，只是已经习惯了这种状态，暂时没去恢复正常而已。

第三十六章　人情

沈梓乔在齐铮大笑的时候就转身进了大门，吩咐招弟将门关上。

这场景正好被红玉见到，她忙阻止了招弟，将齐铮请进了大厅。

怎么能得罪齐家的大少爷……齐大少爷又不是真的傻子，将来一定会是世子，三小姐要是能嫁给他，那，那就是世子夫人了。

想到这点，红玉看着齐铮的眼神都发亮了。

沈梓乔不愿搭理他，自己跑到小厨房缠着孟娘子给她做好吃的。孟娘子此时对沈梓乔已经不再有怨恨，见到她撒娇时的娇气模样，心软得不行，二话不说就给做了好几样沈梓乔喜欢吃的小菜。

"三小姐，外面那位公子真的是您的未婚夫？"孟娘子听说了沈老夫人有意要将沈梓乔许配给齐家大少爷，刚刚红玉过来取了吃食，说是要给齐大少爷吃的，她心里好奇极了，忍不住问正在吃饭的沈梓乔。

"咳！"沈梓乔差点被白饭给呛到，"谁说的？红玉还是红缨那死丫头？"

孟娘子笑道，"那是真的了？不知道那位公子样貌品性如何？"

沈梓乔急忙说，"当然是假的，他是个傻子，老虔婆会让我高嫁以后压她的宝贝孙女吗？"

说的也是，沈家老夫人绝对不会这般为三小姐着想的！孟娘子失望地在心里暗叹，若是夫人在世，一定事事为三小姐安排妥当的。

孟娘子失望地走了。

沈梓乔直到快吃撑了才放下筷子，腆着小肚子在院子里散步消食，不知道那个齐铮走了没。

她其实对这个男人很好奇。

为什么装傻？为什么会去偷杜继堂的东西？谁要害他？齐家应该没人知道他是装傻的吧？

最可恶是那个男人一问三不说！

沈梓乔揉了揉撑得打嗝的小腹，说起来，她对杜继堂这个人一点印象都没有。

哎，好纠结，好闹心。

"三小姐，齐大少爷的仆人来了。"红玉踩着碎步过来找沈梓乔回话。

沈梓乔小手挥了挥，"让他赶紧将齐铮领走。"

红玉说，"齐大少爷说天色不早，今晚就在庄子里歇下。"

"什么？"沈梓乔惊叫，差点没跳起来，"他还想住在这里？混蛋，他以为我这里是客栈啊！"

气呼呼地来到大厅，沈梓乔不等齐铮开口，纤纤玉手已经指到他鼻尖前，"齐铮，你一个大男人还怕天色不早，你那天怎么就不怕了？本姑娘这里不欢迎你，你走！"

"住口，不许对大少爷无礼！"群叔没见过像沈梓乔这么无礼的千金小姐，脸色难看地站到齐铮面前去。

沈梓乔将群叔一把推开，揪住齐铮的衣襟，仰着小脸蛋，咬牙切齿地道，"你知不知道你在这里住下，我就别想再回京城了？你不要名声，我还要呢。"

到时候孤男寡女住在这小庄子里的消息传到老虔婆耳朵里，就算她不愿意嫁也必须嫁了，这岂不是成全了盛佩音的诡计！

齐铮低头看着她气得通红的小脸，这小姑娘脾气真的不怎么样，或许是因为性情使然，不够沉稳。他低声说："我住在外面的厢房，一定不会让你清白名声受损。"

"我不同意。"沈梓乔明确地拒绝。

"沈三小姐，我想查出是谁要毒害我后再离开。"齐铮沉声说道，明明是有求于人，偏偏一点求人的样子都没有。

齐铮虽然被人认为是傻子，但沈梓乔却觉得他这个人有一股天生的自信和笃定，好像不管做什么说什么，别人都一定会听他的。

这种从容不迫的自信并非人人都有，齐铮绝对不是那么简单的。

"让你留下，欠我一个人情。"沈梓乔不是只会斗气的人。虽然她觉得自己总被齐铮利用很不爽，但她清楚自己最重要的是什么。她要完全打败盛佩音的阴谋，说不定齐铮就是唯一能够帮她的缺口。

看来这小姑娘并不只会耍小脾气而已，齐铮答应了她的条件。

沈梓乔带着丫环们回了内院，下令任何人都不许到厢房去，任由齐铮主仆自生自灭。

"三小姐，这样似乎不太好吧。"红玉和红缨知道齐铮不是真傻，早将他当做沈梓乔最适合的如意郎君，自然是不希望自家主人跟齐铮的关系变得不好。

"红玉，男女大防，我是被老夫人叫来反省的，没看我整天在背《女则》吗？我要是对齐铮太好，别人会怎么想？"沈梓乔严厉地说道。

小姐您每天拿着《女则》有看进去么……书都拿倒了！红玉心里想着，嘴上说道："只是寻常招待客人，庄子里的下人也不是碎嘴的，三小姐不必担心。"

沈梓乔叹了一声，"红玉，我知道你心里怎么想的。老夫人向来不将我当嫡孙女，认为我丢了沈家的脸面，就连费心替我寻个好亲事都不愿意。千佛寺的事情不过他人以讹传讹，她连听我辩解都没有便定了我的罪。不管齐铮是不是傻子，非要将我嫁给他。若他真是傻子，倒也就罢了。你那夜也看到了，齐铮绝对不是一个寻常人。你觉得他日老夫人知道了，会甘心将我嫁给他吗？你别忘了，齐家还有小顾氏，她更加容不下齐铮……"

"若我真是嫁到齐家，恐怕后半生的日子会如同在水火之中，稍一放松就被生吞了。你别不信，听我说完，安国公有三个儿子，齐铮是嫡长子，生母已亡，可他那两个兄弟同样是嫡出的。小顾氏还年轻着，她能眼睁睁看着齐铮成为世子？就算齐铮不想争，她会真的放心吗？所以，齐铮并非我的良配。"

红玉听得惊心动魄，额头冒出一层细汗。她只看到齐铮一表人才，家世显赫，跟三小姐郎才女貌，没想到齐家的水会这样深。以三小姐这样的脾性，嫁去齐家这样的地方，恐怕连骨头都……

"那三小姐想嫁给什么人？"一直在旁边听着的红缨小声问道。

沈梓乔看着窗外的星空，俏丽的脸庞浮起一丝向往，"我想住在南方，嫁一个平凡的男子，相亲相爱，一起经营一个美好的家庭，生一对可爱的儿女……"

"原来三小姐是想去夫人的故乡。"红玉笑道，心里不再想着要促成沈梓乔跟齐铮了。

红缨两眼冒光，期待地说，"我也没去过东越呢。"

沈梓乔心中微微一动，原来东越在南方啊……

主仆三人说着话，都没有发现窗外有一道颀长的黑影飞闪而过。

第三十七章　昏倒

入夜，前面厢房传来几声零碎的声音，沈梓乔睡得不熟，一下子就惊醒了。在外面守夜的红缨听到动静忙掀开湘妃竹帘子走了进来，揉了揉惺忪的睡眼，点了油灯，光芒扫走了室内的黑暗。红缨看着坐在床榻上的沈梓乔，"三小姐，要喝水吗？"

"前头发生什么事了？我怎么听到打斗的声音？"沈梓乔穿着白色的丝绸中衣，柔软的丝质衣料紧贴她的身躯，少女刚刚发育的身材已经稍显玲珑，乌黑亮泽的发丝披在后背，映衬得她的肌肤更加莹润白皙。

红缨睡得沉，方才什么都没听到。她拿了件外衣给沈梓乔披上，"奴婢去前头看看。"

沈梓乔拉住她，捋了捋落到脸颊的发丝，摇头说，"不用去了，如今什么声音都没有，想来那齐铮不会有什么事。"

齐铮就是一头披着羊皮的狼，他既然非要在这里过夜，想来不会什么准备都没有，这会儿恐怕吃亏的是那些想要害他的人。她不想参入太多是非，假装不知道最好了。

红缨低声应了一声，重新服侍沈梓乔睡下。

厢房那边，齐铮一身靛青色薄缎绸衣，目光沉静，气势凛人冷漠地看着试图来刺杀他的两个黑衣人。

在他身后站了四个护卫打扮的年轻男子。

"谁让你们来的？"群叔拔剑抵住其中一个男子的脖子，厉声喝问道。

"原来齐大少爷是装傻！"黑衣男子脸上毫无惧意，只是诧异原来傻了十几年的齐铮竟然深藏不露，怨他们自己不小心。

齐铮注视着他们，目光冷睿，那张英挺俊朗的脸庞仿佛罩上一层千年寒冰，"北大营的人。"

两个黑衣人眼神闪烁，大声说："齐铮，你杀了我们，就是跟我们将军作对！"

"把他们送回顾家。"齐铮站了起来，全身上下都散发着一种慑人的张力，他转身往里面的房间走去。

黑衣人看了他一眼，只看到宽厚坚挺的背脊消失在门边。接着，他们觉得脖子一疼，两眼抹黑失去意识。

那四个护卫抬起他们，飞快出了庄子，没一会儿就见不到身影了。

群叔进了屋里，见齐铮站在窗边沉默不言。冷峻的剑眉微蹙着，薄唇抿成一线，两只手负在身后紧握成拳，乌黑深邃的眸子看不出什么情绪。

"大少爷？"看到站在阴影中的齐铮，群叔不知想起什么，眼中浮起泪花，他急忙低下头，哑声地叫了一句。

"小顾氏既然已经出手，自然会有后招，最近要小心些。"齐铮将所有情绪都收敛起来，平静地看着群叔说道。

群叔说，"大少爷，这件事必须跟老爷说，否则岂不是由着小顾氏继续变本加厉。"

齐铮缓缓一笑，言辞冰冷，"这次且当是警告，若再有下次，我自会以牙还牙。"

他从来不是心慈手软的人，他不为人知的一面是如何绝情狠辣，只有他知道。

群叔走到圆桌旁，给齐铮倒了一杯水，"大少爷，早点歇息吧。"

"你也下去休息吧。"齐铮低声说着。

"是。"群叔是看着齐铮长大的，知道他不怎么喜欢别人服侍，揖了一下就离开了。

齐铮低头看着手里描金绘花草的瓷杯，烛火在杯中激滟出一抹光芒。他仿佛看到一张娇憨俏丽的小脸笑得狡黠逗人，自认为目光如炬从不会看错人的他，竟然会看不透一个小姑娘。

他以为沈梓乔在知道他是装傻之后，会对他改变以前的想法，会因为他的身份而想要嫁给他。坊间的传闻，不都说这小姑娘爱慕虚荣，狂傲自大么？没想到她居然会说出那样剔透的一番话。这哪像个只会痴恋九王爷的无知姑娘，分明有一副水晶心肠。

还知道齐家这潭浑水不能搅进去。

次日，沈梓乔带着红玉过来瞧瞧齐铮还在不在，还没走近的时候，就见到群叔已经让人套了马车，和齐铮准备离开了。

齐铮穿了一身天青色薄缎长衫，领口袖口绣着暗底色的祥云图案，腰带缀着白玉，成熟英武中更添几分高贵优雅。他背对着沈梓乔她们，身旁站着一个中等个子的男子，不知低声跟他说些什么。

沈梓乔看了房间一眼，不知道昨晚有没发生什么血案。

"沈三小姐。"齐铮似是听到脚步声，回头目光熠熠地看着沈梓乔。

"齐大少爷精神不错，昨晚睡得好吗？"沈梓乔笑眯眯地走上前，在群叔警惕的目光下，故意凑到齐铮的跟前去。

齐铮知道她指的是什么，看着她清澈明亮的眼波，眸子飞过淡笑，低声说，"虽然差强人意，但总算勉强能入睡。下次若是能改进，会更感激沈三小姐。"

差强人意？沈梓乔嘴角抽了抽，"您身娇肉贵，下次就别到这种乡下地方来麻烦别人了，金窝银窝好生待着去吧。"

"我倒挺喜欢这里，听说你们果园好些果子要熟了。"齐铮慢悠悠地说道。

为什么那么想揍他一拳！沈梓乔深呼吸，告诉自己要冷静，打不过人家的呀！"齐大少爷，早点上路吧，别耽误了吉时就不好了。"

齐铮眸光熠熠地看着她，一点瞳芒绚烂得像夜空的辰星，温声问她："可要我帮忙救你回京城？"

回去？沈梓乔心一动，她当然想回去，至少能够时刻知道盛佩音做了什么。

"你有什么方法？"她狐疑地问道。

齐铮微笑，"跟沈家提亲，沈老夫人说不定就让你回去待嫁了。"

沈梓乔心中的期盼熄灭，忍不住抬手揍了过去，"谁想嫁给你啊！"

以两个人的身高，身手各方面数据而言，沈梓乔很确定自己这一拳绝对会被轻易挡开。齐铮是个深藏不露的高手，这点她很清楚。所以当她的手揍到他脸上的时候，惊讶的人反而是她。

"大少爷！"群叔大叫了一声，眼睁睁看着沈梓乔将身高七尺的齐铮一拳揍得倒了下去。

她什么时候成为大力水手？沈梓乔看了看自己的手，又看向躺在地上一动也不动的齐铮，开什么玩笑？她明明力气很小好不好！

在场的人目瞪口呆地看着娇小玲珑的沈梓乔将高大结实的齐铮一拳揍得昏倒过去，竟无人能反应过来。

"快请大夫！"群叔惊吼了一声。

第三十八章　生命垂危

她力大无穷？

沈梓乔看着在房间里进进出出的大夫，郁闷地看着自己的拳头，忽然一拳揍向旁边的一棵大树。

疼！她甩着破皮红肿的手，泪眼汪汪地看着手背。别说树干一点断掉的痕迹都没有，连一片树叶都没掉下来。

明明生得强壮高大，武艺还很高强，怎么可能被她轻轻揍了一拳就重伤倒地了？

群叔面色沉重地送着一位胡须花白的大夫出来，只见那大夫一边走一边摇头叹息，好像是说齐铮已经没救了……

不会那么严重吧？沈梓乔小步蹭了过去，正好听见那大夫让群叔给齐铮准备后事的话。

"你这个庸医，我家大少爷长命百岁，一定不会有事的。"群叔一脸悲痛地怒喝大夫，让人将他赶走，发现罪魁祸首沈梓乔就站在一旁，狠狠地瞪了她一眼。

沈梓乔愁得眉心紧蹙。

红玉从里面走了出来，"三小姐。"

"那傻子怎么样了？"沈梓乔抓住红玉的手，着急地问道，可千万别死在她手上啊。

"大夫说是内伤，救不了。"红玉比沈梓乔还担忧，一双眼睛通红水肿，显然是哭过的。

内伤？不会她刚刚那一拳揍得他脑震荡了吧？沈梓乔真的有点担心了。

"准备马车！"里面有人喊了一声，是方才站在齐铮身边说话的年轻男子。这人长得平凡普通，沈梓乔看了他几眼都没能记住他相貌长什么样子。

"要马车做什么？"沈梓乔问道，其实她没那么怨恨齐铮的，至少不想他英年早逝。

群叔沉着脸走出来，他本来就不喜欢沈梓乔，如今看着沈梓乔的眼神更加厌恶，"这里的庸医都治不好大少爷，我们要回京城找御医。"

"不好吧，人昏迷不醒，最好不要动他。万一真是脑子受到了撞击……"沈梓乔小声说道，话还没说话，就被群叔冷冷地打断。

"难道沈三小姐有神医能够治好我们大少爷？"群叔冷冷地问道。

她没有……

"我又不是故意的。"沈梓乔委屈地叫道，谁让齐铮说那些话刺激她。

最后，不管沈梓乔怎么劝说人的脑袋受到撞击是不能移动的，群叔都没将她的话听进去，执意要将齐铮送回京城。沈梓乔没法阻止，只能眼睁睁地看着齐铮被马车送走了。

"红玉，要是他真被我打死了怎么办？"杀人要偿命么？

"三小姐，您放心，京城里的大夫比这里的厉害，说不定很快就能治好齐大少爷的。"红玉安慰着失魂落魄的沈梓乔。

沈梓乔哀怨地望着天空，"天啊！我怎么这么倒霉啊！"

红玉听不明白沈梓乔为什么说自己倒霉，但作为奴婢，是没有资格去询问究竟的。她扶着沈梓乔的手，"三小姐，奴婢陪您回去吃饭吧，都已经过了午时了。"

"哎，听天由命吧。"沈梓乔忍着心里的伤感，颓丧地回了屋里。

接下来的数天里，沈梓乔一直睡不好吃不好，整个人看起来精神萎靡，眼下一圈黑色，看得红玉和林家的都紧张起来，生怕她愁坏了身体，不停地安慰着她："齐大少爷福大命大，肯定不会有事的。"

沈梓乔勉为其难地打起精神，样子却还是闷闷的。她让红缨悄悄地回京城去打听消息，结果得知齐铮还昏迷不醒，更加忧愁起来。

"三小姐，果园的梨子成熟了，不如我们去摘梨子吧？"招弟见沈梓乔这无精打采的模样，小心翼翼地提议到果园去走一圈。

红玉在旁边道，"三小姐，您不是说想看一看咱们家的果园吗？"

沈梓乔抬眼见几个小丫头一脸关切的模样，知道她们都很担心自己，便点了点头，"走吧，去散散心也好。"

如果齐铮真的那么倒霉被她一拳打死了，那……那她也没办法了。本来还以为齐铮可以为自己所用呢！结果成这样了……沈梓乔暗自叫苦：她简直已经不能用倒霉来形容了！

沈家的果园种了好几种果实，好些沈梓乔都叫不上名字。看着果园里忙活的果农们笑容灿烂的样子，她的心情稍微好转了些。

"三小姐，你看，梨子长得多好。"红玉指着前面的果园，满树的梨子黄澄澄的，压得树枝低下头。

梨树亭亭玉立，果实累累，若是花开时节，花色淡雅。春风过时，这里该多漂亮。

“这梨子可甜了，三小姐，您试试。”银花摘了个梨子，用手帕擦干净递给沈梓乔。

沈梓乔接过就咬了一口，肉脆汁甜，果香浓郁，确实不错。

“这梨子还能酿酒。三小姐，您若是喜欢，奴婢给您酿一些。等到了冬天就能喝了。”招弟说道。

“真的？那你给我酿一些，我喜欢喝果酒呢。”沈梓乔眼睛发亮，她以前睡前都喜欢喝一杯红酒，没有红酒有梨子酿的酒也好啊。

见到沈梓乔终于露出笑容，几个丫环心头都松了一口气，“那我们去选些梨子酿酒。”

主仆几人兴高采烈地摘起梨子来，沈梓乔暂时忘记了齐铮昏迷不醒这件糟心事，一边摘一边吃，没一会儿肚子就被填满了。

“这果园收成这么好，老夫人应该很重视吧？”沈梓乔问着红玉。

红玉知道沈梓乔的话是什么意思，笑着道，“都是庄子里的管事去回话，管事不说，老夫人不知道林妈妈他们的事。”

“哦，这里的管事是大少爷的人？”沈梓乔道，除了是沈子恺的人，谁还会袒护着林家的跟孟娘子她们。

“大少爷说等姑娘长大了，这些人都是您的。”红玉道。

“你倒是清楚。”沈梓乔看了她一眼，如果不是因为红缨那件事，她才将这两姐妹拉到身边服侍，红玉还是会想办法让自己注意到她吧。

唉，当初自己太无知，没有一个真正贴心护着她的丫环；又有翠屏等老夫人的心腹在中间搞鬼。这一来二去的，自己才那么容易被盛佩音给算计了。

“是大少爷让奴婢服侍姑娘您的。”红玉低声说道，“大少爷救过奴婢的命，奴婢的命就是三小姐的。”

“别这么说……”沈梓乔怔了一下，让她去背负别人的命……这责任太重了，她背不起。

“三小姐，三小姐，救命啊！”忽然，尖锐紧张的呼叫声从不远处传了过来。

第三十九章　撞伤

疾驰的马车飞奔出了果园，带出一路尘土飞扬。

沈梓乔的脸色如同蒙上一层寒冰，她挺直腰板坐着，双手握紧了又分开。虽是一句话都没说，但她的眼底却充满了虑色，心里更是万分焦急，恨不得立刻回到庄子里。

"小五，快点，再快点！"她忍不住催着赶车的小厮。

马车颠簸了一下，沈梓乔的身子撞上车壁。

"三小姐！"红玉急忙扶住她，担心她受伤，"很快就到了，您别急。"

怎么可能不着急呢？沈子阳那混蛋竟然敢到这里来欺负她的人，真把她当面瓜了吗？

幸好果园距离庄子并不是很远，不消一会儿就到了。沈梓乔不等马车稳住，掀开细竹车帘滑下车辕，拉起裙摆往正房跑去，耳边已经隐约听到哭泣的求饶声。她听得出这是林家的和海棠的声音，一股怒火蹭蹭地在胸口冲上来。

"沈子阳，你在做什么？"沈梓乔微喘着气，脸蛋因为奔跑而红彤彤的。

几乎整个庄子里的仆妇都在这里，跪在正房前面的空地上。站在她们面前的，是趾高气扬的沈子阳，还有两个沈梓乔没见过的少年。那两人衣着光鲜华丽，可见出身不俗，只是脸上却带着嬉笑，对那些仆妇的泪流满面视而不见。

"子阳，这就是你那个被老夫人撵出去的姐姐啊？"其中一个穿着绛红色杭绸料子长衫的少年眼神轻佻无礼地打量着出现在门边的沈梓乔。

沈梓乔没空去理会这两个少年是哪号人物。她铁青着脸走到沈子阳面前，看到林家的抱着一个七八岁的小男孩在痛哭，急忙问，"铁蛋怎么了？"

铁蛋是林家的的儿子，此时正在他母亲怀里细声叫疼。

孟娘子面色难看，她细抚着铁蛋的双脚，愤怒地道："铁蛋在田里帮他老子干活，这些人骑着马到田地里捣乱。铁蛋赶走他们，他们竟然将他给撞了，伤了双脚，还不知道会不会伤着筋骨。"

沈子阳抬脚要踹孟娘子，"狗奴才，你那是什么语气！"

"滚开！"沈梓乔将沈子阳就要提到孟娘子身上的脚给踢开，冲着招弟道："快去请大夫过来。"

"一个奴才，死了就死了，请什么大夫？敢拦着本少爷，就活该被马踢了。"沈子阳不但不觉得自己有错，还认为是铁蛋咎由自取。

沈子阳怎么说还是她所谓的弟弟，沈梓乔一直以为他不过是有些被惯坏了，不懂得尊重别人罢了，没想到竟然坏到这个地步。

"你将他撞成这样，他这是活该？"沈梓乔努力地平息翻腾的怒火，一字一句地问道。

"皎皎，你这是做什么？难不成你要为个奴才打抱不平？你以前不也经常欺负奴才吗？比起你，我这算什么？"沈子阳不能理解地质问，只觉得沈梓乔这样护着奴才的态度太可笑了。

"我什么时候将他们的命不当命？要是铁蛋有什么三长两短，我不会放过你的。"沈梓乔冷声说道。

沈子阳大笑起来，"不放过我？真是太好笑了，你们瞧瞧，这就是我们沈家大名鼎鼎的三小姐，简直就跟活菩萨转世一样了。"

"啪！"沈梓乔忍无可忍，终于不想再忍，一巴掌狠狠地刮在沈子阳的脸上。

不但沈子阳被打蒙了，另外两个少年脸上的嬉笑也僵住了。

"大夫来了。"红玉带着一个大夫匆忙地走了进来。

沈梓乔不去理会沈子阳，让大夫立刻给铁蛋看脚。招弟和银花要过来帮忙移动铁蛋，被沈梓乔给阻止了，"不能再动他了，先让大夫看看。"

"你敢打我？你竟然又打我！"沈子阳回过神，气得呱呱大叫，又羞又怒。沈梓乔竟然敢当着他朋友的面打他，这是在下他的脸面，他将来要怎么在外面行走。

沈梓乔瞥了他一眼，"亏你读了圣贤书，不但一点圣贤的胸怀都没有，反而像个流氓痞子。沈家的脸都被你丢光了，我这是替父亲教训你！"

"大夫，可有骨折？会不会伤急筋骨？"骂完沈子阳，沈梓乔回头低声问着大夫。

"小腿骨折了，且不注意移动了身体，要接骨恐怕有点难。家里可有好人参？先切几片给孩子含着。"大夫说道。这大夫恰好擅长骨伤，一摸铁蛋的腿就知道该怎么医治。

林家的哭得眼睛都水肿了，"人参？"

孟娘子急忙道："庄子里没有人参，只能到前面镇上刘员外家去借……"

沈梓乔冲着红玉叫道："快去。"

"银子！"孟娘子叫道。

庄子里又没有账房，想拿出几百两的银子没那么容易。沈梓乔问道，"要多少银子？我只有几十两，怎么办怎么办？"

红缨及时提醒她，"三小姐，银票，银票也可以。"

沈梓乔没发现她在说出只有几十两的时候，孟娘子和林家的脸上怪异的神情，"红缨，快去拿银票，不管多少钱，都要把人参借来。"转头又问大夫，"大夫，还需要什么药您尽管说，多珍贵我们都买。"

"接骨要用的药，老夫还是有的。"大夫看了沈梓乔一眼，没想到这千金小姐竟然为了个奴才这样尽心尽力，不由添了几分好感。

沈子阳却在一旁气急败坏，"你竟然给一个狗奴才用人参，沈梓乔，你疯了。"

"你给我滚！别逼我再揍你。"沈梓乔冲着沈子阳狠狠地警告道。

"这里是沈家的地方，难不成我不能在这里？"沈子阳左脸被打得红肿，偏偏还不知死活，认为沈梓乔到底不敢对他怎样。

沈梓乔冷笑一声，"红缨，把这些个流氓痞子给我打出去！"

"你敢！"沈子阳大叫。

第四十章　嫁妆

沈梓乔不耐烦地瞪着沈子阳，"你走不走？"

"你一个行事不检点的人，有什么资格赶我走？"沈子阳眼角瞄到两个朋友看他的眼神带着鄙夷，恼羞成怒，哪里肯在沈梓乔面前示软。

"这是我的地方。"沈梓乔道。

"呸，这是沈家的庄子，什么时候成了你的！"沈子阳骂她不知廉耻，将来这里指不定祖母会送给谁，怎么可能是沈梓乔的。

孟娘子闻言猛地抬头，神情伤痛，自责地看着沈梓乔。

"你不走？"沈梓乔笑了起来，不待沈子阳有反应，她迅速地操起地上的扫帚，迎面就往他脸上砸去。

沈子阳惊得大叫，急忙躲闪，"你敢打我！"

"给我滚！"沈梓乔将他们三人都给打了出去。

所有人看得目瞪口呆，从来没见过沈梓乔这么彪悍的时候。

将沈子阳赶出去后，沈梓乔扔下扫帚，拍了拍手，呼了一口气，一口郁气总算松开了。

红玉很快拿了尾指大的百年人参回来，一千两银票原封不动地拿了回来，"刘员外听说是您要用人参，不但没收银票，还说有需要用什么别的药材，只管去他家里取。"

沈梓乔感动地大呼，"真是善人啊。"

孟娘子等人都深知刘员外跟善人扯不上什么关系，他是这附近有名的吝啬鬼。这次他大方地拿出人参，无非就是觊觎沈家的权势，想要趁机攀附沈萧罢了。

大夫替铁蛋接骨之后，让人拿来木板，将铁蛋小心翼翼地抬了回去休息。

"幸好没被马蹄踩到身子，否则这条小命就没了。"大夫感慨地道，"届时是吃再多再好的人参都没用了。"

　　林家的对着大夫和沈梓乔拼命地磕头。

　　沈梓乔将林家的扯了起来，对大夫道了谢，让红玉封了十两诊金。她请大夫这几天对铁蛋多上心些，每天都过来看一眼，以防有什么意外。

　　大夫没有客气地收了诊金，表示一定会每天来诊脉。

　　送走了大夫，沈梓乔看过铁蛋后回了房间，整个人疲倦地蜷缩在靠窗一张宽大的梨花木錾福兽纹圈椅里。

　　红玉站在门外，掀起一条缝看到沈梓乔闷闷不乐的样子，犹豫了一会儿，到底没有进来打搅她，只是担忧地叹了一口气。

　　孟娘子的身影出现在台阶坡，见到红玉在门外，特意放轻了脚步，招手让红玉出去。

　　"孟娘子，三小姐心里不舒坦，您找她有事？"红玉压低声音问道。

　　"红玉，我有话问你，你且实话跟我说。"孟娘子拉着红玉往角落一站，小声地问道，神情严肃。

　　"您问。"红玉点点头。

　　孟娘子朝门内睇了一眼，"方才三小姐说没银子，这话是真是假？"

　　红玉没想到竟是问这个，"您以为三小姐舍不得给银子医治铁蛋呢？您错怪三小姐了。三小姐的私己钱拢共就五十几两，再多都没有了。就是珍贵些的首饰都没多少，因出来时时间不充裕，什么都没带来。"

　　听到红玉这话，一向刚强的孟娘子眼睛都发红了，"三小姐的私己……只有五十两？那，那夫人留给她的嫁妆呢？"

　　"什么嫁妆？不曾听说过。"红玉疑惑地问。

　　孟娘子再忍不住落泪，眼底的自责更加深了。她万万没想到，夫人留给三小姐的嫁妆竟然一个子儿都不见了。

　　原来是这样……

　　当初夫人病逝，老夫人非要将三小姐养在德安院。不过两个月时间，就不知灌输什么东西在三小姐脑海里，将她们这些夫人的贴身丫环都赶走了。

　　老夫人算计的就是夫人留给三小姐的嫁妆吧！

　　因为她们都是知情的，清楚夫人到底有多少嫁妆，所以才被不由分说赶了出来。

　　她们竟然都没想过三小姐还没四岁，怎么可能懂那么多……

　　都是她们的错！

　　孟娘子无法忍住心中的自责伤痛，流着眼泪急步走进了屋里，嘶哑地叫了一声，"三小姐！"

　　沈梓乔被孟娘子的样子吓了一跳，"怎么了，是不是铁蛋发生什么事情了？"

"奴婢对不起夫人，对不起您！"孟娘子哭着跪了下去，重重地磕着头，没两下就将额头磕得肿红。

"快起来，快起来。什么事需要这样，起来说话。"沈梓乔跳下圈椅，拉着孟娘子的胳膊要她站起来，"红玉，快来帮忙，怎么说跪就跪，又是什么大事！"

孟娘子不肯起来，"三小姐，您听我说，奴婢错了，大错了。"

"你起来说话，不然我不会听你说。"沈梓乔沉下脸说道。

红玉将孟娘子硬拉着站了起来，心里戚戚焉不知孟娘子到底做错什么事。

"若非奴婢当时被猪油蒙了心，没仔细去想那老虔婆到底有什么阴谋诡计，又怎么会被她算计了去。"孟娘子哽咽着，"是奴婢害得夫人留给三小姐的嫁妆被她霸占，是奴婢的错。"

沈梓乔愣住了，她是头回听说母亲竟然留了嫁妆给她，"你再说清楚一点，什么嫁妆？"

孟娘子说，"夫人过世的时候，将她的嫁妆全部都留给你三小姐，撑着一口气要老爷答应她，在您及笄之时，便要将嫁妆全部都还给您。老爷是个大男子，怎么会亲自管理这些俗事……那些珍贵的珠宝和田地，怕都在老夫人那里。"

潘家家境不是一般的殷实，母亲的嫁妆应该不少吧。

沈梓乔问道，"我娘有多少嫁妆？"

孟娘子深吸了一口气，"且不去说那些极少见的宝石珍珠，也不去说在京城外地的良田。就是这庄子、果园，附近得几千亩田地都是夫人生前置下的。京城里的北大街五间顶好的铺面每年的进项都不少了。三小姐，夫人当年的嫁妆轰动了整个京城，那可真数得上是十里红妆。"

"我娘……都留给我了？"沈梓乔不可思议地问，"大哥难道不是娘亲生的？"

怎么全都留给女儿不给儿子啊？

孟娘子说，"夫人说了，大少爷是嫡长子，将来自有老爷的家业给他，夫人只担心她死后您会吃亏。"

沈梓乔心中仿佛有暖流淌过，母亲还真是深爱自己啊。

第四十一章　母亲的安排

沈梓乔确实没有想到自己的母亲竟然为自己留了那么多的嫁妆。

"孟娘子，你再与我说清楚些，母亲当年到底留了多少东西给我？还有，多少人是被老夫人给撵走的？我虽年纪小不懂事，但也不是什么都不知道。母亲哪里就只有你们几个贴身服侍的，其他的陪房呢？"沈梓乔坐直了身子，摆出严肃的姿态出来。

"三小姐总算想通透了。没错，夫人的心腹不是只有我们这些没用的。"孟娘子已经抹干了眼泪，在一张乌木如意小圆墩坐下，低声说起沈梓乔不知道的过去，"夫人未出嫁时，老太爷总喜欢教她些生意经。夫人这方面天赋极好，小小年纪已经懂得哪样的铺子好赚钱，哪样的买卖有盈利……若非夫人是个女子，老太爷指不定将潘家的生意都交给她。"

原来母亲还这么厉害的啊！沈梓乔第一次对自己的母亲产生了强烈的敬佩之情。因为母亲的过早离世，她对于母爱并没有任何深刻的记忆，更谈不上对母亲产生超越血缘之情之外的任何情感。而今，她突然觉得自己的母亲确实是一个不一般的女人。

若是母亲在世，她自己又怎么会沦落成这样子？

孟娘子接着说道："夫人出嫁时，亲自挑选了四户陪房，皆是潘家铺子里的大掌柜和二掌柜，老夫人还笑说夫人这是想将潘家都给掏空了。"她轻轻一笑，又说，"夫人来到沈家后，将陪嫁的铺子和生意都交给张掌柜和范掌柜。短短几年，已经翻了几番，就是整个沈家的家产，恐怕都没有夫人的多。"

这么厉害？沈梓乔不由咋舌，"这些都全部被那老虔婆给霸占了？"

孟娘子听到沈梓乔竟叫自己的祖母老太婆，心里觉得解恨，"老夫人夺了三小姐的嫁妆只怕没有夫人留下的一半。"

没有一半也有三分之一，沈梓乔对沈家那老太婆更加反感，偷了自家孙女的东西，还总是摆脸色给她看，实在是太过分了。

"母亲还留了后手？"沈梓乔问。

孟娘子说，"夫人便是猜到老夫人会觊觎她留给您的嫁妆，撑着最后一口气将张掌柜和范掌柜叫到跟前，吩咐他们拿着十万两另起炉灶。实际上是让他们躲过沈家的眼光，到东越去替夫人打点那些年置下的产业和生意。"

"老夫人不知道？"沈梓乔诧异地问。这都多少年了，那两个掌柜不会卷款私逃吗？母亲当初的决定是不是太草率大胆了些。

"她只知道夫人的嫁妆有多少，又怎么知道夫人在嫁入沈家之后，将她的嫁妆又翻了几倍出来。"孟娘子接过红玉端来的茶水，喝了一口，又道，"这些年张掌柜他们没有联络您，恐怕就是担心被老夫人知晓了，找了什么由头要霸占您的产业。"

"那……那这事我爹和大哥知道吗？"沈梓乔结结巴巴地问着，她确实有些接受不了自己一下子会有那么多钱的事实。

孟娘子说，"老爷不知道，大少爷是知道的。只是为何至今都没跟您说，奴婢不好猜测。"

沈梓乔努力地将孟娘子的话在脑海里消化，"你说张掌柜他们去了东越，这么说，潘家是知道的？"

"老太爷跟老夫人是知道的。"孟娘子点了点头，"只是因为当年的事……他们断了跟沈家的联系，对大少爷和三小姐却做不到真的狠心，自是时常派人打听的。若非如此，张掌柜他们在东越没有潘家的扶持，如何能那么快站稳脚跟。"

"我外祖父外祖母之所以这些年没找我，是以为我朽木不可雕，认为我被沈老夫人养歪了。他们想着若是我无法跟他们同心，便将我娘留给我的东西都给我大哥，是这样吧？"沈梓乔想猜这或许是潘家的意思。

沈老夫人不知道母亲在外面还有产业，沈萧也不知道。沈梓乔心中一动，突然间想到了盛佩音。刘衡山未死之前，盛佩音就与自己姐姐长妹妹短地相互称呼了好久。关键自己之前的性格，并不是那种特别讨人喜欢的人。可为什么盛佩音能够如此包容自己的粗心与刁钻，还很愿意和自己做朋友呢？难道盛佩音知道我母亲给我留下了嫁妆的事？可这钱她又拿不到，接近我又有什么意思呢？除非……她想利用接近我的机会，趁机接近我哥沈子恺？不对啊！她如果想通过沈子恺来抢我的嫁妆，那刘衡山又怎么能入得了她的眼？

想到这里，沈梓乔顿时觉得事情变得越来越复杂蹊跷。

至于盛佩音为什么会知道嫁妆这件事，那就只有天晓得。

孟娘子许是没想到沈梓乔一下子想得那么多，接着说道："老太爷跟老夫人若是知道三小姐您如今行事明理，为人端方贤惠，必定十分欣慰。"

沈梓乔不好意思，因为她知道自己跟端方贤惠还是有距离的。她问："不是说四户人家吗？那另外两户呢？"

"除了张掌柜和范掌柜两户人家，还有潘三多跟梁建海两个以前在潘家商行当跑商的，跟着夫人来了京城以后，就替夫人打点京城的几间铺面生意。"孟娘子说。

"嗯？"哪里会这么简单，沈梓乔含笑望着孟娘子，等着她继续说下去。

孟娘子没想沈梓乔这么不好蒙混，只好实话实说，"夫人到底还是怕沈家亏待您，将他们留在沈家，至少还能护着您。"

沈梓乔揉了揉眉心，"你多久没跟这两个人联系了？你确定他们还能留在沈家吗？"

"这……有大少爷护着，想来应该不会有什么事。"孟娘子迟疑了一会儿，她一年前亲自去找过他们，见他们还留在铺子里当掌柜的，她以为老夫人应该不会去动夫人留下的陪房才是啊。

"我还有父亲护着呢，你看老夫人怎么对我？"沈梓乔自嘲地说，"这件事真不好说，先让人去跟他们联系上吧。"

沈梓乔潜意识里觉得，这件事估计没孟娘子说的那么简单。

孟娘子所知道的都是十年前安排的，这十年会发生什么变故，谁也不敢肯定。孟娘子和林家的等几人被撵到庄子里这么久，所知道的都是悄悄去打听来的，打听跟实际还是有差别的。别说是十年，就一天，哪怕是一个时辰，都能让人改变原来的固有看法。那盛佩音，若不是自己无意中听到她的诅骂，沈梓乔现在还觉得她是自己最好的姐妹呢！

在东越的张掌柜他们还好，有潘家在，他们不敢背叛潘氏。可在京城的就不一定了，沈子恺不是个精通庶务的人，沈老夫人觊觎儿媳妇的嫁妆，两个下人难道就没有别的想法？

"是，得想办法从老夫人那里拿回三小姐的东西。"孟娘子也发现自己无法确定事情是否如同夫人在世所希望的那样发展，她必须了解一下才行。

第四十二章　背叛

　　得知自己成了有钱人，沈梓乔感觉自己踩在云端轻飘飘的，非常不实在，跟做梦似的。可是也不能高兴过头，毕竟如今还只是个虚名。要不是她天性乐观，日子准过得苦哈哈的。

　　要怎么拿回母亲留给她的嫁妆？这是个技术活！

　　指望沈萧和沈子恺回来帮她讨回来？不太行得通，这俩人都是孝子贤孙，就算疼爱她，也不大可能跟老夫人撕破脸。说不定他们还会劝她将嫁妆交给老夫人保管，将来出嫁再还给她之类的话。

　　能够理直气壮帮她要回嫁妆的只能找潘家帮忙。

　　找潘家啊……沈梓乔身子蜷缩在乌木雕花卉的圈椅里，好像有点难。

　　"三小姐，今日外面风和日丽，您不出去走走吗？"红缨端着小茶盘进来，上面放着一盏描金鲤鱼纹的茶盅走了进来。

　　沈梓乔接过茶盅打开盖子喝了一口红枣煮酸梅粉蜜茶，酸酸甜甜很好喝，"红缨，京城有没什么消息传来？"

　　她虽然为怎么讨回嫁妆的事纠结，可真正烦着的还是齐铮昏迷不醒的事。

　　红缨知道沈梓乔指的是什么，轻轻地摇头说没听到任何消息。

　　沈梓乔叹了一声，"什么时候能回京城啊！"

　　"三小姐别担心，只要老爷和大少爷回来，马上就会接您回去了。"红缨劝着道。

　　关键是她将沈子阳打走了，不知道他回去怎么在沈老夫人面前编排她，那老虔婆肯定更不会答应让她回去的了。

　　"但愿吧。"沈梓乔并不抱太多希望。几天前就说沈萧父子要回来了，到现在都还没见到人影。

　　"孟娘子回来了。"红玉在外面喊了一声。

紧接着，细竹门帘掀了起来，孟娘子脸颊红扑扑地出现在沈梓乔眼前。

"红缨，快请孟娘子坐下。"亲自倒了茶送上去，"孟娘子，先喝口茶润润喉，怕是累坏了吧。"

孟娘子没有客气，接了茶杯大口喝了茶，才喘了气说道，"三小姐，奴婢没能跟潘三多和梁建海他们见面。找了个相熟的伙计打听了才知道，潘三多在半年前就被老夫人找了借口赶到别的地方去了；至于梁建海，如今只怕成了老夫人的狗腿子……"

看着孟娘子气得咬牙的样子，沈梓乔并不意外听到这个消息。

背叛是在所难免的，只要给出足够的利益，再多的忠心都可能抵不住诱惑。

"所以，京城那五间铺子进了老夫人的口袋了？"沈梓乔嘲讽地问道，见过贪心的，没见过这样贪自己孙女嫁妆的老贼婆。

孟娘子愧疚地道："都怪奴婢这些年太信任他们，以为他们不会出卖夫人。"

沈梓乔笑道，"这就跟天要下雨娘要嫁人一样，不是你能左右的。好了，别想太多了，京城的暂时不要去理会，等大哥回来再说。"

红玉在旁边听了说："算一算时间，老爷和大少爷该回来了。"

"孟娘子先去休息吧，我们不急。心急吃不了热豆腐，万一打草惊蛇，反而更加不好行事。"沈梓乔说道。

孟娘子知道这个道理，只是想到夫人留给三小姐的东西都被那老太婆霸占了，她的心就像被人用刀子剜了一口似的。

沈梓乔确定京城两人其中一个被老夫人收买，另一个不知去向，心里倒也不再浮躁，反而冷静了下来。

铁蛋的伤势并没有恶化，大夫看过，说骨头已经在渐渐愈合了。

庄子里所有人都松了一口气。

林家的两口子给沈梓乔磕头谢恩，要不是沈梓乔及时赶回来，铁蛋的脚只怕就救不回来了。

沈梓乔没有受他们的礼，让林家的不用干活，好好在家里照看铁蛋。

这边日子慢悠悠地过着，京城却热闹起来。

却说安国公府的大少爷齐铮不过是出来道观受礼，没想到回去的时候就成了活死人，安国公府里有人欢喜有人忧。

小顾氏心里当然是希望齐铮这一睡下就不要再醒过来，面上却不敢露出半点欣喜来，忙前忙后，将京城最有名的大夫都请来了，所有大夫都束手无策。

安国公更是震怒伤痛，他心里最钟爱的就是长子齐铮了，原以为他脑子不好使已经很伤心，没想到忽然会昏迷不醒。

齐铮的病惊动了皇后，皇后下令要御医院的御医治好齐铮，否则便要问罪。

整个安国公府乱成一团，安国公叫来群叔仔细询问齐铮为何变成这样，群叔遮遮掩掩，只说那日在沈家的别庄休息，大少爷跟沈三小姐有几句不愉快，两人不知说了什么，大少爷就昏倒了。

原来是沈家那个丫头！

安国公立刻开始自己脑补了，肯定是那个丫环刁钻可恶，看不起铮哥儿是个傻子，不愿意嫁给他，所以才故意说了什么话刺激他。

当下，安国公就亲自去找沈老夫人质问了。

沈老夫人也在为沈梓乔感到头疼，沈子阳被赶出庄子回到京城后，立刻到沈老夫人面前告状。

听到沈子阳说起庄子里竟然有那个林家的，老夫人当真是吓了一跳。

竟然还有漏网之鱼？当初不是已经将潘氏的人都撵得干干净净了么？是谁敢背着她阳奉阴违？

眼见儿子跟孙子都要回来了，老夫人正愁着找不到理由将沈梓乔困在庄子里，没想到安国公就找上门了。

"齐大少爷的伤……跟我们三丫头有关？"沈老夫人惊住了，那丫头竟然敢这么大胆？

安国公怒不可赦，"那就要问问你们家的三小姐了！"

沈老夫人是很想找沈梓乔的错处，但若是齐铮真的醒不过来，那就是杀人的大罪，她沈家的女儿不能让名声被沈梓乔败坏了。

她的宝贝孙女梓歆还要议一门好亲事的。

第四十三章　老泼妇

沈老夫人心中暗恨，既想要以此狠狠惩罚那丫头，又不得不为了沈家而维护她。

这简直跟让她吞苍蝇一样恶心。

"安国公，这是不是误会？我们三丫头虽然调皮淘气了些，却是知道分轻重的。齐大少爷高大健壮，哪里是三丫头轻易就能打伤的？"沈老夫人干笑了几声，其实仔细一想都晓得这是不可能的事情，沈梓乔个子娇小，就算跟齐铮打架，也只有被打的份儿吧。

安国公冷哼一声，儒雅斯文的脸庞怒意未消。他怒声道，"若只是拳脚打架便算了，只怕是老夫人您那孙女说话不知自重，刺激了我儿子。"

沈老夫人愠怒地暗想，你儿子难不成是纸糊的，几句话就能刺激得一睡不起了？

"说了什么话使得令公子昏迷不醒？安国公，这怕是欲加之罪吧。"沈老夫人沉声说道，安国公府就算身世显赫又如何，沈家也不是吃素的。

彼此尊重日后相见才不会面上难看。

安国公不肯就这样罢休，非要见沈梓乔不可。

沈老夫人纵使恨不得将沈梓乔叫来家法处置，却还是要为她说话。她当然不相信沈梓乔几句话就让齐铮变成活死人，她只是恼怒这丫头平白无故为何要去招惹齐铮？必定是那短命的齐铮命数如此，只是恰好遇到沈梓乔罢了。

其实安国公清楚一个小姑娘不可能对儿子有什么致命的伤害，他就是想知道沈梓乔究竟对铮哥儿说了什么，导致他受了那么大的刺激，竟昏迷过去。

都已经好几天过去了，完全没有醒来的迹象，若从此……就这么去了，他连铮哥儿最后说什么都不知道，那会成为他这辈子最痛的遗憾。

沈老夫人坚决不肯让人去将沈梓乔带回来，好不容易才让她离开京城，怎么能轻易就让她回来？许多事情都还没做好……

更何况，她怎么都没想到潘氏的那些心腹竟然在流云庄，早知道的话，就不该让梓乔去那里！

安国公放软了语气跟沈老夫人说，"老夫人，不如您将沈三小姐先请出来，我只是问她几句话。犬子与她究竟起了什么争执，总该让我这个老父知晓，那或许是犬子的心病……"

沈老夫人再一次拒绝，"三丫头不在家里，国公爷，您请回吧。"

这个……老泼妇！安国公的火气腾了上来，他之前就听说沈家的老夫人出身并不高，当年不知耍了什么腌脏手段才嫁给沈老太爷。为人蛮横专断，连沈萧对这个生母都不怎么亲近。他还当是外人以讹传讹，没想到却是真的。

"无论如何，沈家都必须给我们齐家一个交代，老夫人，您也不想闹到皇上面前去，皇后为了她这个外甥，可天天差人来询问，若是让她知道这件事与沈家有关……"安国公不得不搬出皇后娘娘震慑沈老夫人。

沈老夫人脸色微变，怒道，"你休得血口喷人，说什么几句话就刺激得令郎昏倒，这说出去谁相信？令郎人高马大，还能被一个小丫头欺负不成？他是傻的，不是废的，论拳脚功夫，我家三丫头还不够他打。"

"你……"安国公一口气哽在胸口，猛地剧烈咳嗽起来。

随同安国公一道前来的仆人听到沈老夫人这话，脸上都显出怒意。

欺人太甚了！

"老爷，老爷……"外面群叔的声音急切地传来。

安国公以为是齐铮出事了，阴冷地看了沈老夫人一眼，连告辞都没有说一声，转身就出去了。

群叔在院子外面见安国公出来，神色一喜，"老爷，大少爷醒了，让奴才过来请您赶紧回家。"

"铮哥儿醒了？"安国公大喜，脚下几乎没有停地大步走出沈家大门。

沈老夫人在安国公离开后，紧绷难看的脸色依旧没有舒缓，手中的念珠几乎要捏烂了。

李妈妈将屋里的丫环媳妇全都打发了出去，端详着老夫人的面色，轻声地唤了一句，"老夫人……"

"真是天生的孽障！"沈老夫人大怒地抓起手边的大迎枕狠狠地砸了过去。迎枕打落旁边几上的葫芦掐丝珐琅香炉，"噼里啪啦"一阵刺耳的声音。

"老夫人消消气，自己的身子要紧。"李妈妈被吓了一跳，不敢去心疼被打坏的东西值多少钱，低声细语地安抚沈老夫人。

"她是不是打量着我年岁大了，不将我气死不罢休？我知道她什么心思，以为让那齐家恨了她就不用嫁给齐铮，当初她怎么不死在她娘的肚子里。"沈老夫人恶毒地咒骂着，只要想到她是潘氏的女儿，她的心就搅成一团，恨得咬牙切齿。

李妈妈急忙端茶上前，"老夫人，这话可不敢说。"

沈老夫人推开她的手，"我有什么不敢说的？潘氏死了活该，那些年她是怎么对我的？怎么当沈家的儿媳妇？仗着自己有那些嫁妆，何曾将我放在眼里，不过是让她拿出点银子贴补一下小叔，她就恨不得赶紧分家。你不是不知道，进门才多久，就将我的人全换了。"

潘氏在世并主持沈家中馈的时候，沈老夫人过着犹如与世隔绝的生活，连请安都被她免了，每天就在德安院过着自己的日子。她跟潘氏虽然没有红过脸，但婆媳两人都心知肚明，一山容不下二虎。

沈老夫人出身自家境不怎样的武官家庭，父亲原是沈老太爷军营里的步兵，因在战场上救过老太爷，这才娶了沈老夫人为正妻。沈老夫人大字不识几个，却因自小过着节俭的生活，对钱财看得比谁都重，恨不得家里每一个子儿的开销都要经过她的同意。

潘氏虽是商贾出身，打小却以千金大小姐养着，不但请了西席教她读书写字，琴棋书画也不亚于名门闺秀，而且更精于打点自己的银财，晓得如何以钱生钱。这样精养出来的姑娘，怎么可能事事被沈老夫人压着？潘氏的性子倔强，不肯被老夫人拿捏，进门不到半年，手段麻利地将沈家整顿一通，将老夫人的臂膀全都换成了自己的心腹，美其名曰要老太太颐养天年地供了起来。

沈老夫人不甘心被架空，又认为潘氏既然已经嫁到沈家，那她的嫁妆就是沈家的。要潘氏拿出些田产给二房，潘氏自然是不愿意。一场争斗下来，导致沈家二爷宁愿外放也不愿意留在京城，从此沈老夫人就将潘氏恨上了。

第四十四章　醒来

远处夕阳潜下西边山峰，只留一抹红霞留恋着天边不去。

沈梓乔穿一件姜黄色绣遍地白兰花连枝薄缎纱衫，下面是软缎素面细折长裙，鸦羽般的头发松松散散挽了个簪儿，站在庑廊依着凭栏，小圆脸蛋比在京城的时候瘦了些，一双明亮清澈的眼睛直勾勾地看着前方。

前面红缨领着一个穿明紫色锦绣褙子的年轻姑娘走来，那姑娘细眉凤眼，生得艳美无双，头上的双凤嵌红宝石累丝珠钗光芒闪烁，闪得沈梓乔泪差点流满面。

"皎皎！"盛佩音见到沈梓乔，白皙雪凝的脸庞绽开欣喜的笑容，急急地走了上来。

"盛姐姐，你怎么来了？"沈梓乔步下台阶，笑盈盈地迎向她。

盛佩音拢住沈梓乔的双手，语气怜悯地说，"我听说了你到这里，原是几天前就要过来陪你，哪知遇到些麻烦事，耽误到现在才过来。你这是怎么回事？好端端的就到这地方来了？"

沈梓乔哀怨地叹了一口气，"到里面说话吧，盛姐姐从京城赶来，怕是累极了，红玉，赶紧去准备些酸梅汤，让盛姐姐先润润喉。"

两个姑娘携手进了屋里，盛佩音见这屋内陈设简单，不像是常年来度假的，不由得细眉轻蹙，"皎皎，你是又惹恼老夫人了？"

"把我弟弟揍了。"沈梓乔简单说了一下自己为什么会被赶到这里，眼角余光却打量着盛佩音，疑惑她千里迢迢地来找自己，肯定不会只是关心她这么简单，说不定又想出什么阴谋诡计来算计她了。

"你这是何苦，跟自己的弟弟计较什么。"盛佩音嗔了她一眼，凤眸流光溢彩，真是美人面一日多变，喜嗔皆宜。

"我也不想跟小孩子计较，是他太欺负人了。"沈梓乔歪在圈椅里，"还要麻烦盛姐姐专程来看我。”

盛佩音在另一张圈椅坐下，拿眼仔细看着沈梓乔，却见这丫环不过半个月没见面，竟变得轻盈秀丽了些，脸上的稚嫩青涩不见了，反倒添了几分娇慵俏丽。

“我看你在这里过得挺开心的。”盛佩音笑道。

“自然还是京城住得习惯。”沈梓乔说，其实她想问一问齐铮的情况。只是不知盛佩音的来意，她只能强忍着好奇不问出口。

盛佩音问，“除了我，还有谁来看过你？”

沈梓乔撑着下颌闷闷地说，“我这破地方还有谁会来？”

“小坏蛋，连我也不说实话，没人来？那齐大少爷怎么就在你这里出事了？”盛佩音点了点她的额头，佯装生气地说道。

“那家伙怎么了？”沈梓乔急声问道，可千万别死了，那她的祸可就闯大了。

盛佩音呵呵笑了起来，只是笑不达眼，“瞧你急的，还以为你心里不喜欢齐大少爷，原来早就跟他是相识的，连我也瞒着，你可真行。”

沈梓乔跟齐铮认识这件事让盛佩音差点折断了一支九王爷送的价值千两的珠钗。

她绝对不能让齐铮和沈梓乔熟络起来！这样的话沈家与齐家联合起来，她更难以报仇了！好不容易把九王爷拉到自己这边，不能再树立一个难以扳倒的劲敌！她自己做不到！太难了！

“什么相识，就那次在千佛寺见过一面，他是来道观斋戒的，我恰好遇到了，好心让他在庄子里住了一晚。谁知道……那家伙真是讨厌，傻不拉儿的，说他几句就昏倒了。”沈梓乔提到齐铮，真是恨得牙痒痒的，自己当初就不该让他住下。

盛佩音将信半疑，“真的是这样？”

“不然还能如何？他要是真出了什么事，指不定我还被他连累了。”沈梓乔咬牙道。

“那你倒是放心，我出城的时候，听说齐大少爷已经醒过来了，而且连痴傻多年的病都好了……”盛佩音说着听说来的消息，没有察觉到沈梓乔顿变的脸色。

沈梓乔猛地站了起来，眼睛瞪得圆圆的，“你说什么？齐铮好了？还不傻了？”

“是啊，说起来还真是稀奇，那么多御医都治不好，他竟然自己好了。”盛佩音暗暗庆幸他跟沈梓乔的亲事没有成，不然安国公府跟沈家成为亲家，那她想要扳倒沈家就更难了。

“那天杀的大笨蛋！”沈梓乔气得尖叫。

她又被他利用了！

窗外，一片月明如水，屋内，满室烛火光芒柔和。

安国公儒雅斯文的脸庞挂着两道清泪，神情紧张喜悦，几次想开口说话都哽咽着说不出来，只是看着靠在青缎背枕上的齐铮激动拭泪。

"父亲……"齐铮苦笑地看着他，自从他醒来，父亲就平静不下来，一直拉着他想说话，又不知道说什么。

安国公点头，"铮哥儿，父亲高兴，我盼了这一天不知盼了多久，你总算好了，我……我将来就算到了地下，对着你母亲也不会太愧疚了。"

齐铮眼底飞过一抹嘲讽，"这些年让您忧心了。"

"只要你能好起来，什么都不值一提。"安国公说道，他今日听说铮哥儿醒来已经十分高兴，没想到回来之后发现铮哥儿双眸不再呆滞，对着御医他们说话也清晰明理，跟小顾氏说话更加进退有度，跟之前的呆傻全然不同，简直跟换了一个人是的，御医也说不出个所以然，只是含含糊糊说受了刺激，激发了什么斗志，这才正常了。

他不管是什么原因，只要铮哥儿好好的就行了。

"听说父亲去了沈家？"齐铮低声问道。

安国公脸色一沉，"沈梓乔害得你这样，我不去替你讨回公道如何甘心？"

"父亲误会了，如果不是沈三小姐，我如何能好起来？其实是沈三小姐的帮忙，我们得感谢她。"齐铮认真地说道。

一旁面无表情的群叔听到齐铮这话，轻咳了一声，眼睛看向窗外。

望着英挺俊朗的儿子，安国公心中油然升起一股骄傲，"我知道，只是沈家那老泼妇……老夫人不肯让她回来，为父也没办法多谢她。"

齐铮俊脸满是倦意，虚弱地说，"总会有机会的。"

安国公不忍再打搅儿子休息，叮嘱几句要他好好休息，便依依不舍地离开了。

群叔摇了摇头，对着已经坐直身子，恢复一脸淡漠冷意的齐铮说道，"大少爷，以沈三小姐的性子，怕是知道之后，会立刻找到家里来的。"

齐铮眼中难得浮起一丝浅笑，"我等她。"

第四十五章　暴走

沈梓乔暴跳如雷，她要将齐铮那该死的家伙割肉凌迟、挫骨扬灰，不然她这几天的担惊受怕就白受了。

又借她过桥！那混蛋啊啊啊！

他根本就是装昏倒，以此来找理由变得不傻而已。

不要脸！这种幼稚可笑的方法他到底是怎么想出来的，还把她给拖下水了。

气死她了！

盛佩音细眉微皱地看着沈梓乔暴怒的样子，暗想难不成沈梓乔跟齐铮有什么不为人知的秘密，怎么听说他醒来反而气成这个样子？

她莫名感到惶恐，好像有什么事情脱离了她的掌控。

不该是这样的！对于沈梓乔，她有十足的把握。这个草包根本不是她的对手，应该是她想要怎么摆布就怎么摆布，可事实似乎并非如此。

沈梓乔在什么时候开始变得陌生起来了？

"皎皎，你这是怎么了？齐大少爷醒来你不高兴吗？"盛佩音忍住心里的惊诧和莫名的惶恐，笑得十分勉强地问道。

"我怎么了？我怎么了？我能怎么了？"沈梓乔气得几乎不能控制自己的愤怒。如果齐铮站在她面前，她肯定扑过去咬死他。

盛佩音从来没见过沈梓乔这个样子，好像被踩中尾巴的小猫，全身的毛都竖了起来，充满敌意和愤怒。

"我不知道原来你跟齐大少爷有这样深的仇恨。"盛佩音讪讪一笑，很不高兴沈梓乔有事情瞒着她。

沈梓乔讥嘲地冷哼，"我和他不共戴天！"

盛佩音拉着沈梓乔坐了下来，柔声地说道，"你跟他有什么计较的，是不是千佛寺那次？难道他后来又惹了你？"

"他当然惹了我，要不是他，我祖母怎么会让我嫁给一个傻子。"沈梓乔愤怒地差点疯了，但脑海里还仅存最后一丝理智，不能轻易被盛佩音套出什么话。

她是生气齐铮利用了她，害她白白担惊受怕了那么多天，以为他真的被她一拳给揍成脑震荡，没想到他是借她过桥。

可真正威胁到她的敌人是谁，她还是清楚的。

"我要回京城！"沈梓乔攥紧双拳，恨不得立刻到齐铮面前揍他几拳。

盛佩音讶然地看向沈梓乔，不明白她又是发什么疯魔，"这时候回京城？天已经黑了，你回去又能如何？"

"那明天回去！"沈梓乔看了外面一眼，只有一轮圆月挂在天空，她没勇气再走一次夜路回京城了。

"红玉，让人将西厢房收拾一下，给盛姐姐歇息。"沈梓乔已经将火气压了下来，她不会让盛佩音知道她早就知道齐铮是装傻的事情。

盛佩音正想说今晚跟她凑合着一起睡，便听沈梓乔说，"盛姐姐，短什么缺什么只管吩咐丫环去拿，千万别跟我客气。"

"皎皎……"盛佩音开口，她还有许多话想要问。

"盛姐姐赶了一天的路，应该是很累了，赶紧休息，明日我们再好好说话。"沈梓乔在她没说之前就堵住了她下面的话。

沈梓乔都已经这么说了，盛佩音也不能继续试探下去。

随后，红玉亲自领着盛佩音下去休息，并将屋里内外的小丫环们都打发了下去，只留了红缨在里面服侍沈梓乔。

待盛佩音一走，沈梓乔气呼呼地开口大骂齐铮扮猪吃老虎，卑鄙无耻不要脸。

红缨眨巴着眼睛，看着沈梓乔像只炸毛的小猫发了一通脾气，听到她说自己是老虎，终于没忍住捂嘴笑了出来。

"你笑什么？"沈梓乔瞪圆眼睛，哼哧哼哧地问道。

"三小姐说齐大少爷扮猪吃老虎，那岂不是说您就是那头母老虎，齐大少爷哪里就吃了你？"红缨并不是想笑话自己的主人，主要是沈梓乔说的话让人仔细回味起来实在好笑。

沈梓乔气哼哼地拿起杯子喝了一口茶，"他就是一只不要脸的狐狸精。"

红缨笑道，"三小姐又说错了，齐大少爷怎么会是狐狸精呢？"

"你是我的人，为何总帮他说话？"沈梓乔不乐意了，指着红缨气呼呼地问道。

"三小姐，奴婢不是在帮他说话，只是……"红缨想到那男子有一股不怒而威的慑人气势，幽黑深邃的眼睛仿佛带着杀气的血色，她背脊一阵发凉，"齐大少爷不好惹。"

能够装疯卖傻十几年，还有那样凛人的威势，很难想象这十几年间不知做过什么。

沈梓乔不是不明白齐铮的厉害，她就是不甘心被利用了。

红缨替沈梓乔斜了珠钗，乌黑发亮如丝绸般的发丝服帖地披在背上，换了一套轻松方便的中衣，人疲懒地在架子床靠着，听着红缨说起铁蛋的伤势来。

"才好了一点就想过来给您磕头，被孟娘子给拦住了，说三小姐菩萨心肠，知道他的心意就是了，让他好全了再来谢恩。"

"铁蛋的老子听说姑娘喜欢喝梨子酒，让人送了梨花酿制的花干脯……"

沈梓乔有一搭没一搭地应着话，心想，红玉怎么去了那么久还没回来。

正想着，红玉便掀起帘子走了进来，面上似带不虞。

"盛姐姐可安顿好了？"沈梓乔问道。

红玉过来拿起薄被盖住沈梓乔弱在裤子外面的白嫩小腿，低声说，"都安置好了，三小姐放心。"

"她都拉着你问了什么？"沈梓乔清楚盛佩音在她这里问不到什么，必定会从她身边的丫环下手。

"三小姐猜得到。"红玉叹了一声，"以前觉着盛三小姐人极好，不但蕙质兰心，端庄高贵，待人和气，对您更是没话说，却没想原来这样喜欢打听别人不愿意说的隐私。"

"问起齐铮了？"沈梓乔一猜就中。

红玉撇了撇嘴，"可不就是，一直问着三小姐跟齐大少爷是不是经常往来，是否早就相识……这话能问吗？没的让人误会，不知道的还以为三小姐德行……"

她想说德行有亏，但猛然记起三小姐虽然跟齐铮没什么来往，却曾经口口声声说爱慕九王爷的事。

沈梓乔没在意红玉的尴尬，她抱着软被滚到床榻里面，"不管她怎么试探，你们都不能漏了半句话。"

听到两个丫环应是，她才道，"回去休息吧，明天我们回京城。"

第四十六章　回去

没有得到沈老夫人的允许就要回京城，沈梓乔不是没想过后果。但她已经等不下去了，并非在这里住着不好，而是她有许多事情要做。盛佩音都已经找上门了，瞧她那一身光鲜的打扮，在京城的日子应该过得很顺风顺水吧。

让盛佩音过得太好了，那就预示着她未来的日子即将过得更加不好。权衡之下，沈梓乔非常自私地认为别人好不如自己好。

红玉劝着沈梓乔，"三小姐，这时候回去会惹老夫人生气的，不若等老爷回来了，您再回去？"

"爹和大哥回来，老夫人指不定会找什么借口不让他们来接我。我回去了，将来他们回来，我自己能解释清楚；由着老夫人说，我是罪大恶极。"沈梓乔的声音带了几分倦意，听着十分甜糯慵懒，语气却很坚决。

细想老夫人对待三小姐的态度，确实会这么做。红玉只好沉默下来，不再相劝。

次日清晨，天微亮，七月末的清早已经带了几分秋意，幽幽清风从窗外吹来，身轻舒爽。沈梓乔在红玉的服侍下，洗漱净面穿衣梳发，收拾整齐正欲去找盛佩音时，一道亮丽的身影出现在门前。

盛佩音今日玫瑰色绣遍地暗纹褙子，下头是一条粉色水纹百褶裙，映衬得她身段袅娜，格外妩媚动人。她款款走了进来，未语先笑，"皎皎今日起得真早。"

进了屋里，盛佩音拿眼打量了沈梓乔一眼，细长的眼睛眸光闪动。

沈梓乔让红缨去将早膳端来，对盛佩音道，"今日有要紧事做，所以得起早些。"

盛佩音在红木雕花圆桌旁坐下，"有什么要紧事？"

"回京城。"沈梓乔接过红玉送上来的茶碗，语气缓缓轻声说着。

"嗯？"盛佩音微愣，"老夫人同意让你回去了？"

沈梓乔眼睛盯着盛佩音端着杯子的纤纤细手，葱白细长，真是好看，反观她自己一双胖爪子，一点美观都没有，哎！

"她同不同意我也是要回去的，这里住得可闷了。"沈梓乔说道。

盛佩音只说了一句"回去也好"，便没多说了。

红缨端来了孟娘子亲手做的枣泥糕和两笼捂在蒸笼里的小笼包子，两碗洁白如玉的小米粥，几碟酱瓜。沈梓乔吃得津津有味，直叹孟娘子的手艺真是厉害。就连盛佩音也眼睛一亮，没想到这地方还能有这般手艺的下人。

"你带了厨子一起到这儿来？"盛佩音问，深信做出这味道的人定是从京城来的。

"哪里，是这里的厨娘，以前在大户人家帮工的。"沈梓乔含糊地敷衍过去，不让盛佩音知道潘氏的陪嫁就在这边。

吃过早膳后，盛佩音去收拾自己的东西。

沈梓乔知会红玉准备回京城。

孟娘子和林家的来找她，她们得知沈梓乔今日就要回京城，感到十分惊讶，亲自来问一问。

"我爹和大哥应该就要回来了，上次我将四少爷给打了，他回去必是在老夫人面前告我一状，如果我不回去自己跟爹解释清楚，恐怕有人会添油加醋让爹恼了我，无论如何，我也该回去自己辩解。"沈梓乔跟她们解释着，声音压得极低。

红缨就在外面守着，不让人靠近屋子。

孟娘子舍不得沈梓乔，却知道她不可能长久住在这里，"三小姐定要保重。"

沈梓乔轻轻一笑，对她们说，"别以为我会放过你们，等我见过父亲，一定将你们都接回去。"

林家的眼中有泪花闪动，"三小姐……奴婢不知道如何感谢您，是铁蛋拖累了您。"

"别说这种话。"沈梓乔皱眉严肃地说，"我离开后，你们切记要小心，不论是谁来叫你们回去，没见到我的信物，你们都不能走，若是有人想对你们不利……你们大可联合起来跟他们拼了，凡事有我替你们撑腰，只当那些人是贼人，就是打了也没关系。"

"如若老夫人派人来，那也打？"林家的犹豫着问。

沈梓乔冷冷一笑，"你们怎么知道那是老夫人派来的？谁都没见过。"

孟娘子看着沈梓乔的目光既有赞赏又有欣慰，当年三小姐若是肯这般维护她们，而不是听信那老贼婆的挑唆，不知今日是什么情景。

"奴婢晓得了，三小姐，您回去后，也要事事小心，嫁妆的事情，千万别跟老夫人扯破脸。"孟娘子说着，"打草惊蛇的话，只会给他人机会。"

沈梓乔点点头，低声说，"这个道理我是知道的，你们放心，我就当什么都不知道，等大哥回来了，我再跟他商量对策，总之，一定要将母亲的嫁妆都拿回来，不能便宜了那老贼……老夫人。"

孟娘子道，"就算跟大少爷说，最后还是要麻烦潘家舅老爷出面才行。"

"所以我想亲自去一趟东越。"沈梓乔叹了一声，"就是不知道舅父他们可否原谅我，与我相认。"

"三小姐要去东越？"孟娘子和林家的惊喜地对视一眼。

沈梓乔说，"这事暂时不能张扬，我确实有这个打算，一切等我将你们接回京城再说。"

孟娘子和林家的应了一声。

太阳金芒渐盛的时候，沈梓乔和盛佩音已经离开庄子。马车辘辘走在官道上，直奔京城。

"连喘口气都没有，更没带着到周围去玩，盛姐姐千万别生气，等以后有机会了，再请你过来。"沈梓乔跟盛佩音赔罪，人家昨晚才到庄子里去看望她，结果还没休息足够，又重新上路了。

盛佩音笑了笑，"说哪里话，我们姐妹不需要这种客套。"

要是不客套一点，她怎么死都不知道。沈梓乔心中暗想。

"回了京城，你打算怎么跟老夫人说？"盛佩音问道。

沈梓乔咬了咬牙，恨声道，"先不回家里，我要去找齐铮。"

别以为她不在京城就什么都不知道，她早就听说了，齐铮昏倒的时候，到处都在传言是她害了他。她倒是想知道，她到底怎么害他了！

而且，想要躲过老夫人再把自己撵到庄子的怒意，她还真得那混蛋帮忙。

盛佩音听说沈梓乔要去找齐铮，忽地眼睛微闪，嘴角若隐若现浮起一抹娇媚的浅笑。

齐铮如果不傻了，应该就是安国公府的世子了吧。

第四十七章　遇见

　　马车进了京城，窗外热闹的声音一阵阵传来。沈梓乔虽然很想打开窗口欣赏一下，不过碍于有盛佩音在这里，她努力地维持端庄的形象。

　　她是跟端庄贤惠扯不上关系，却不想被盛佩音看笑话。

　　红玉从车辕处爬进车内，眼角扫了盛佩音一眼，小声地问沈梓乔，"三小姐，我们是直接回家里吗？"

　　"不回，去齐府转转，听说齐大少爷醒了，总得去瞧一眼才安心。"沈梓乔语气柔和关切地说着。

　　服侍沈梓乔已经有一段时间，对她的脾性了解七八分的红玉却是不相信她这话，低声地劝，"三小姐，眼见就要日落了，不若改日再去齐家如何？"

　　沈梓乔知道红玉是担心她没忍住脾气冲着齐铮发火，她嘴角弯起一个可爱的弧线，"那怎么行，不都说是我害得他昏睡不醒么？如今他什么病都好了，总该要替我澄清一下吧。"

　　红玉想说的是，一个姑娘家不好随意抛头露面，却碍于盛佩音在这里，她不能在外人面前下自家主人的脸面，只能自己干着急。

　　不由埋怨盛佩音有自己的马车却不去坐，偏要跟三小姐挤一起。

　　最可恼的是，听到三小姐说要去齐家，她竟然连开口阻止一下都不曾，分明是准备看三小姐笑话。

　　红玉憋不住紧张，凑近沈梓乔的耳边，"三小姐，齐大少爷始终是个男子，我们这样上门去……似乎不太好。"

　　沈梓乔恍惚了一下才明白红玉这话是什么意思。

　　那怎么办？她岂不是见不到齐铮了？

红玉说的虽是悄悄话，盛佩音却还是隐约听到了一些，笑着道，"若是皎皎不嫌弃，我倒是有一个办法。"

沈梓乔疑惑地看向她。

盛佩音柔声说："我与安国公府的国公夫人还说得上话，不如就说是去给齐夫人请安，到时再借口问一问齐大少爷的身子，指不定能见到面呢。"

这个时辰去请安？太牵强了吧！

沈梓乔犹豫起来，盛佩音这么热情肯定没什么好事。虽然她对齐铮是恨得咬牙切齿，但还是不愿意被盛佩音算计了什么。"还是算了，时候不早，我还是先回家，改日再找机会去给齐夫人请安吧。"沈梓乔改口说道。

盛佩音微微一笑，敛下眼睑，"也好。"

这般决定，两人便在前面的大街路口分道扬镳。沈梓乔在车内跟盛佩音辞别，盛佩音带着不甘下了马车。她正要走向后面自己的马车时，听到一阵车轮滚动的声音自不远处传来，盛佩音好奇地看了一眼。

大街的另一头，嗒嗒地走来一辆木质厚实青釉顶的马车。她的眼睛在看到那辆马车的时候，瞬间迸发出异样的光彩。

那马车她认得，安国公府的齐夫人也有一辆，只是比这辆要小一些。

"皎皎，齐大少爷的马车呢。"盛佩音走到沈梓乔的马车旁，隔着车厢跟沈梓乔说道。其实她不知道那是不是齐铮的马车，不过只要是齐家的，总有可能的，反正……拦下的不是她，出丑的自然就不是她了。

沈梓乔掀开车帘，微微眯眼看向迎面而来的马车。

果然见到群叔坐在车辕上，视线和她对上。

齐铮那臭男人肯定就在马车里！

怎么办？拦车吗？虽然街上行人不若北大街那么热闹，但并不是一个都没有，她真要下去拦车，明天她的名声就更臭了。

盛佩音期待地看着沈梓乔，讶异她竟然如此沉得住气。

沈梓乔在心里将齐铮咒骂十八遍，狠狠地甩下车帘，不能拦车！

齐家的马车跟她们的马车擦肩而过，盛佩音尴尬地站在街上，脸色忽红忽白。

"盛姐姐，我们改日再聚吧。"沈梓乔闷闷的声音从车里传出来。

盛佩音恨不得揪她下来怒骂几声。

"沈三小姐可在车内？"一道中年浑厚的男子声音从她们身后响起，阻住了沈梓乔要下令赶车的话。

是群叔！沈梓乔放在膝头的双手倏地一紧。

红玉见沈梓乔在平复怒气，便大胆替她回话，"不知可有何事？"

一听不是沈梓乔的声音，群叔浓眉微皱，转头看向停在前面的马车，心里嘀咕不知大少爷是怎么知道沈家三小姐在车里的，难道是猜的？

盛佩音在心里暗骂沈梓乔这时候别扭个什么劲儿，怎么还不下车。

就在这时候，齐家马车里走下一个人。

落日的余晖落在那抹高大的身影上，紫金高冠镶嵌的暗红宝石在余晖下闪烁璀璨，锦袍玉带映衬得那人更加成熟优雅。他步履沉稳缓慢，容貌俊美英武。比之九王爷，眼前这男子更充满男子气概，让人见了不由怦然心动。

原来齐铮竟然有这样的英姿。

盛佩音脸颊微红，半是含羞赧然地看着越走越近的男人。

齐铮幽黑深邃的眸子却不曾在她身上落下眼光，只是盯着那辆始终不曾有人出现的马车。他在车窗外站定，醇厚低沉的声音从他薄唇传出，"憋得不辛苦，还不下来！"

腾！好不容易压下的怒火一下子蹭了上来，沈梓乔几乎要咬断牙根了。

红玉急忙转头要劝住她，却见沈梓乔已经"呼啦"一声掀开车帘，见齐铮就站在自己眼前，再也忍不住恨声叫道，"齐铮，你这个混蛋，你敢耍我！"

只见眼前这少女穿着一套鹅黄色折枝绿萼梅花对襟褙子，下着素面马面裙，看着娇慵可爱，一张软乎乎的小脸气得涨红，真像个鼓鼓的包子。

齐铮漆黑的眸子闪过一抹促狭笑意，面色依然冷凝，声音淡淡地说，"我何曾耍过你？被你打了一拳，好不容易死里逃生，你还不知悔改？"

她呸他一脸血！

"是啊，齐大少爷被我打了一下，反而不傻了！我已经成了你齐家的大恩人了，这个恩你要怎么报答我？"沈梓乔很想破口大骂你算哪门子傻子，偏偏盛佩音一脸文静娴雅地站在旁边，她什么话都哽在喉咙说不出来。

齐铮忽而一笑，"大恩不言谢。"

"我呸！"沈梓乔忽然明白了，不是我太无能，是对方太无耻了。

"你怎么现在才回京城？"齐铮皱眉问道，原以为她在听说他昏倒了就会立刻回来的。

沈梓乔瞪了他一眼，"关你什么事？我赶回来给你送帛金吗？"

群叔听了这句话，不悦地看向沈梓乔，重重地咳了一声。

齐铮冷锐的眸色渐渐放柔，忍不住伸手揉了揉沈梓乔的发心，"我要是死了，你怎么办？"

沈梓乔拍开他的手，"我高兴。"

"回家去吧。"男人如陈酒般醇厚的声音在头顶上钻入她耳中，听起来仿佛格外温柔。

　　群叔看着齐铮，脸色微微一变。

　　当了大半天布景板的盛佩音终于确认一件事，齐铮眼里压根没有看到她，他所有的注意力都在沈梓乔身上。

　　那草包有什么好？竟然比她还吸引他的目光？

　　从来没有哪个男子会这样无视她。

　　盛佩音恼恨地咬紧一口银牙。

　　沈梓乔心神一阵恍惚，他的声音很好听，难得让人觉得温柔如沐春风，可她不由自主警惕起来。

　　他一定又想利用她了。

　　齐铮绝对不是那种会随便对哪个女子温声细语的人。

第四十八章　　小顾氏

群叔驾着马车，脸色依旧不悦。他回头看了车里的齐铮一眼，说道，"大少爷何必理会沈家三小姐，若是让人误会了，岂不是又惹来闲话。"

齐铮微微闭眸歇息，听到群叔的话，睁开眼睛盯着铺了青色细绒的车顶，眸子深处蕴藏着一抹血色杀气，他沉声道，"能有什么闲话？"

"她配不上您。"群叔说。

齐铮薄唇弯起一抹浅笑，眸光微闪，"她……"

后面却没再说什么，群叔皱眉，忧心地叹息，难道大少爷对那个女子刮目相看了么？

那个市侩粗鄙的女子如何有资格成为大少奶奶？只希望大少爷不要糊涂了才好。

马车进了安国公府的西侧门，齐铮面色冷凝地下车，在几个神情复杂的小厮目光中阔步昂扬地走进垂花门。

"大少爷好像真的不傻了……"有小厮低声地跟旁边的人咬耳朵。

"何止不傻，看着还……还……"另一个小厮不懂形容，他方才不小心抬头跟齐铮对视了一眼，只消一眼，他就被震慑得脸色发白，仿佛他一个眼神就足以让人感到卑微战栗。

"大少爷跟老爷真像！"

几个小厮低声议论，没察觉身后走来一个穿着深灰色衣衫的管事。那管事重重地咳了一声，"不要命了你们这些兔崽子，主人也是你们能议论的？"

吓得小厮们急忙求饶，只道再也不敢了。

"都滚下去做事。"管事喝道。

小厮们立刻散开了。

这位神情复杂的管事是安国公府的总管，姓吴，原是老夫人栽培出来的心腹，后来小顾氏进门，便成了小顾氏的左右手。他从来没想过有一天大少爷会好起来，他已经将二少爷当世子爷一般忠心对待了。

明明已经痴痴傻傻的一个人，怎么说好就好了？

不止吴总管想不明白，安国公府里没想明白的人多得是，但大概没有一个人会跟小顾氏一样觉得愤怒添堵。

"夫人，大少爷从宫里回来了。"顾妈妈踩着碎步走了进来，对着歪在软榻上的小顾氏低声说道。

小顾氏自齐铮醒过来，就觉得全身都不舒畅。她穿一身松花色绣遍地连枝梅花褙子，病快快地躺在软榻上，脸色微白，精明锐利的眼中不复往日神采，添了几分郁色和怨气。

"哼，这才好起来，就死赶着进宫去巴结皇后。他无非就是想让皇后给他撑腰，好将我锋哥儿挤开。"小顾氏提起齐铮，真是恨得咬牙切齿，"他怎么不死！还醒过来做什么！"

"夫人，这话可说不得。"顾妈妈急忙劝道，这要是传到老爷耳中，后果可不敢想象。

谁都知道如今大少爷是老爷心中的第一位。

"我怎么说不得了？我就是恨不得他去死，没的在眼前添堵，还挡了我锋哥儿的路。"小顾氏恨得咬牙切齿，本来以为齐铮再也醒不来，心里暗自欢喜，没想到转眼就醒了，不但醒了，还不傻了，这才是小顾氏最恨的事情。

顾妈妈软言相劝，"夫人，您还暂且要忍忍，老爷正高兴呢。让他知道您心里跟大少爷不对付，他对您又生反感。到时候连带着对两个哥儿不上心，岂不是让别人如意。"

小顾氏只要想到齐铮，心口就一阵刺疼，"你是没看到……那傻子睁开眼睛的时候，我正巧就站在旁边，他都像要吃了我似的。顾妈妈，他……他这些年未必是真傻。"

"这怎么可能！"顾妈妈大惊，"哪有人装傻能装十几年的？夫人，您切莫多想，还是想想怎么让咱们两个哥儿的前途更好。"

"前途？哼，难道锋哥儿还能是世子，你看国公爷这几天脸上的笑容成什么样了，他的心一直就是偏的。"小顾氏心底忽起一股委屈难受，声音都哽咽起来。

自从齐铮醒来，国公爷脸上都笑成一朵花了，小顾氏见了自然愤恨。

顾妈妈听了心里难受，却还是说，"国公爷到底是当父亲的，原以为大少爷治不好了，哪知忽然就不傻了，换了是谁都高兴。待这股欢喜劲儿过去了，夫人再劝两个哥儿多到国公爷跟前露面，投其所好。都是自己的儿子，国公爷不会厚此薄彼的。"

"何况，大少爷痴傻了这么些年，好多学识都跟不上，就连大字都不识几个，怎么跟我们哥儿比呢。"

齐铮醒来后，安国公见他神志清晰，便考了他学问，结果一问三不知，就算不傻了，实际没多少出息。

"这些年锋哥儿算是长进，可他连多看一眼都不曾。那贱人的儿子痴痴傻傻反而让他怜惜，更别说如今齐铮不但不傻不痴，还有皇后娘娘这座大山。这么多年夫妻了，我早看透他是个什么人。你瞧着吧，他为了补偿，一定会将那贱种立世子的。"小顾氏并没有因此觉得舒心，她将手里的绢帕绞成一团，仿佛这样才能宣泄她心底的怨恨。

"大少爷……还不知道他母亲是怎么死的？"顾妈妈眼皮一挑，小声问道。

小顾氏嘴角逝过一抹讥嘲冷笑，"若是知晓了，他还能留在这里？"

顾妈妈眼神微闪，"夫人，不如……"

"还不到时候！"小顾氏松开绢帕，声音轻柔下来，"且等等，我想看看，齐铮他这十几年来究竟是真傻还是假痴，莫要忘了，他是皇后的亲外甥。"

若是假的……

小顾氏眼底深处有浓浓的恨意。

顾妈妈没有察觉到小顾氏眼中的神色，她愤愤不平地骂道，"都怪那个沈梓乔，要不是她将大少爷给打了，大少爷如何能被打清醒了。"

提到沈梓乔，小顾氏嘴角的冷意更甚。

"……方才大少爷回来的路上，还遇到沈家的马车。他跟沈梓乔就在大街上卿卿我我，真是不知羞耻。"顾妈妈说着从眼线那里听来的消息，她脑海里浮现一个娇憨明媚的身影，眼底尽是厌恶。

"老爷呢？"小顾氏淡声问道。

"在书房。"顾妈妈说。

小顾氏坐直身子，拢了拢鬓角的散发，站起来想要去书房陪丈夫说话。

顾妈妈低下头，小声说，"大少爷也在书房里。"

正要迈出去的脚顿时僵住，小顾氏胸口上下起伏，脸色变了变，须臾，才缓缓在鼓凳上坐下，半天不曾说一句话。

第四十九章　被挡在外

说回眼睁睁看着齐铮离开的沈梓乔和盛佩音。

沈梓乔这时候却没空去理会盛佩音的怨气，她也很郁闷啊！

光顾着生气，该说的都没说，怎么可能不郁闷？她还想借着齐铮的身份，让老夫人不要赶她回庄子里呢。

盛佩音见沈梓乔连跟她解释一句都没有，脸色不虞，转身就走向自己的马车。

沈梓乔还待在原地，怔怔地回想齐铮刚才的所作所为。

沈梓乔清亮的眼睛闪着莹润的光芒，她觉得自己委屈，想哭＝！可是，又总觉得齐铮跟自己就那么温柔地说着话，感觉很舒服，又想乐！

"三小姐？"红玉叫了好几句，见沈梓乔一会儿低落一会儿咧嘴咯咯笑的样子，心里觉得很担心。

"没事，我们回去吧。"沈梓乔哈哈笑道。

待上了马车，她才终于想起盛佩音，问着红缨，"咦，盛姐姐呢？怎么走了也没跟我说一声。"

红玉默默地转过头，只当没听到沈梓乔的问话。

"盛三小姐好像很生气地走了。"忠心的红缨回道。

沈梓乔"哦"了一声，后知后觉想起盛佩音生气肯定是因为齐铮的事情。

回到沈家门前，沈梓乔细眉紧皱，眼睛直直地盯着紧闭的大门，旁边的西侧门也关着，外面连个守门的小厮都不见。

"去敲门。"沈梓乔低声说。

西斜的金辉已经渐渐淡去，深蓝的天幕浮出几点星芒，沈家门上的两个大灯笼依旧沉暗。

红缨敲了半天的门，却无人应声。

沈梓乔嘴角浮起一丝冷笑，高声问道，"这是不让我回家的意思么？原来沈家的嫡女如此不值钱，连自家祖母都不顾沈家的脸面也要让我露宿街头了。"

红玉心疼地看着沈梓乔，暗觉老夫人做事太没有分寸，怎么能将三小姐拒之门外。

"无妨，我们住客栈去。"沈梓乔笑了笑，"有本事，就一辈子都不要开门。"

话才刚落地，西侧门开了一条缝，李妈妈的身影出现在暮色中，她朝着沈梓乔福了福身，"三小姐莫要气恼，老夫人让奴婢问你三句话。"

沈梓乔讥嘲地看着这个老婆子，没有应声。

李妈妈轻咳了一下，"第一句，你无端打骂幼弟，可已知错？"

她只恨当初没狠狠胖揍沈子阳一顿，知什么错？

见沈梓乔不回答，李妈妈又问，"第二句，让你在庄子里思过，你不但没有约束自己，反而惹出事端，不思体谅老夫人的用心，你可知错？"

我才没错！

李妈妈借着夜色观察沈梓乔的表情，脸上浮起一丝得意，"第三句……"

沈梓乔手一摆，"回去告诉老夫人，不管我知错还是不知错，今天我就要进这个门。除非她将我打死了，否则谁也拦不住我。"

真是太可笑了！那老太婆究竟什么奇葩思想，居然把自己的亲嫡孙女拦在门外不让进去。这都已经快要夜禁了，真怀疑她是不是沈家上辈子的宿敌，这辈子来坏沈家门第名声来的。

父亲不是她亲生的吧，否则怎么舍得为难他儿子的女儿。

李妈妈铁青着脸，瞪着不知悔改的沈梓乔，怒声道："三小姐，老夫人都是为了你好。她只盼你早日开窍，知书明理，莫要再因一点小事与自家兄弟打架，你……"

"你算哪门子的东西，要我们小姐站在门外听你唧唧歪歪的。"红缨没好气地骂道，她们想过几百种回到家里的后果，却没想到连家门都进不了。

沈梓乔知道是老太婆要给她下马威，想要压住她，让自己不敢提起嫁妆一事，只是，这做法实在太不要脸了！

"我年纪小倒是无所谓，不过老夫人的老脸是想在今日给丢尽了不成？将嫡孙女挡在门外不让进去，这种事传出去，别人笑话的可不是我任性不听话，而是老夫人教导无方。哪像个名门大家的主母，跟大街上无理取闹的泼妇有什么两样。"沈梓乔冷笑地讥讽道。

李妈妈倒抽了一口气，"你……你敢辱骂老夫人，太不像话了，太不像话了！"

沈梓乔嗤之以鼻地哼了一声，"你这狗仗人势的老婆子，仗着老夫人器重你，你竟做出这样欺主的事情，敢瞒着老夫人不让我进门，待我进去禀明了老夫人，不将你撕了才怪。"

说完，沈梓乔给红缨和红玉打了个眼色。

两个早已经怒火直烧的丫环心领神会，上前将李妈妈给拉开了。

李妈妈高声尖叫，"把人给我拦住。"

"谁敢挡着我！"沈梓乔目光森冷地看着要上前拘住她的几个粗使婆子，娇憨明媚的脸庞冷凝着，竟透出一股让人畏惧的威严来。

这一下子就将那些婆子给镇住了。

沈梓乔一步一步缓缓跨过门槛，"我今日就要看看，哪个没长眼的东西敢将我赶出去！"

李妈妈脸色涨得发紫，她今日是想借着老夫人的威严来震吓沈梓乔的，没想到反而被她给镇住了。

红玉和红缨松开李妈妈的胳膊，趁机用力地推了她一下。李妈妈一个不注意，身子撞在一旁的门柱上，疼得她吱哇乱叫。

沈梓乔进了沈家的大门后，并没有去德安院请安，而是径自回了乔心院。她让红玉将院门关上，懒得去理会外面李妈妈的大呼小叫。

德安院的沈老夫人从翠柳嘴里知道外面发生的事情，一张老脸沉得能滴出墨水来。

"把李妈妈给我叫回来。"沈老夫人忍着怒气说道，捏着念珠的双手指关节微微泛白。

翠柳应了一声，低头出去了。

第五十章　失眠

"你用没用脑子？让你问她话，你竟将她给关在大门外！我就算再怎么不喜欢她，她也是沈家的嫡女，你这威风是要给谁看？大老爷回来了，知道你不让三小姐进门，你当以为他还念着你是我身边的老人给你薄面吗？"沈老夫人指着李妈妈破口大骂，直觉今日若是不能压一压沈梓乔，往后就更别想了。

李妈妈心底万分委屈，却一句话都说不出，适才老夫人吩咐她去打压三小姐的时候，明明说若是不能让那个臭丫头服软，就不许她进门，怎么转了个身，话就不一样了。

"你吃了几十年的盐，竟然还应付不了吃几年米的小丫头片子，前面的下人以后还当你是个人？"

"平时教训小丫环你倒厉害，遇到个比你狠的，你就啥都不懂说了！"

沈老夫人没有给李妈妈辩解的机会，巴拉巴拉一通大骂，将心口的郁气纾解了大半才停下。

李妈妈被骂得老脸涨红，羞愧地直想去死。特别方才她一路走回内院，底下那些丫环媳妇看着她时充满鄙夷嘲笑的眼神，这么多年来，她在沈家的脸面在今日是彻底没了。

"老夫人……"李妈妈几欲落泪，跪着上前捧茶。

沈老夫人接过茶碗喝了一口茶润喉，冷冷地瞥了李妈妈一眼，让她站了起来，"她当真在众人面前那样说了？"

李妈妈拿着绢帕摁去脸上的泪水，咬紧牙根将委屈吞回肚子里，将沈梓乔在门外高声说的话一句一句地告诉沈老夫人，"……家下人都听见了，不但不知悔改，还不将您放在眼里，老夫人，怕是她都知道了。"

"她以为自己有底气了？"沈老夫人听完李妈妈的话，气得脸色忽白忽青。

"老夫人，咱们该怎么办？"李妈妈的语气多了分焦急。这些年她一家子替老夫人在外头做事处理潘氏的嫁妆，当然有份额外的好处。若是闹开了，她一家子怕是到头了。

沈老夫人这个人没什么才学，只靠一点走到今日，那就是一个勇字。她什么都不怕，什么都敢豁出去。反正沈梓乔还没出阁，该遮掩的应该是她。若是闹出个不孝长辈，那沈梓乔这辈子都不用想嫁个好人家了。

"去把她叫来。"沈老夫人决定亲自出马了。

李妈妈精神立刻醒了过来，清脆地应了一声"是"，便出去打发丫环唤沈梓乔。

不多时，丫环就回来了，禀道，"三小姐说她累了要睡觉，有什么话明日再说。若是老夫人要训她，也请明日再训。"

这话简直是大逆不道！

沈老夫人气得心肝肺都疼起来。

李妈妈愤愤道，"老夫人，您瞧瞧，这还是当晚辈的吗？私自回来不说，连请安都懒了，您都还没歇下，她竟说要睡了。"

"她金贵。"沈老夫人只是从嘴里冷冷吐出三个字，满是皱纹的眼角仿佛一道道深壑，令她本来就不怎么慈祥的脸庞看起来更加阴沉。

"老夫人，庄子里那边的人……该怎么办？"李妈妈并不担心沈梓乔会在沈家闹出什么，最紧要的是不能让老爷见到夫人以前的丫环，否则麻烦就大了。

沈老夫人淡淡地说："找几个人去一趟，该怎么做就怎么做。"

总之就是不能留下了。

安排一通之后，沈老夫人才终于上榻歇下，只是翻来覆去，心口总有一口气哽着，怎么都无法入睡。模模糊糊间，她仿佛见到潘氏一脸鄙夷不屑的嘴脸出现在眼前，接着潘氏的脸换成了沈梓乔的样子。

沈老夫人猛地睁开眼睛，急喘几口气才平静下来。

在外面守夜的翠柳听到动静急忙进来，"老夫人，可是要喝水？"

"李妈妈呢，去把她叫来。"沈老夫人叫道。

翠柳见老夫人的脸色不好，不敢迟疑，马上转身就走。

刚走到门边，又听见老夫人叫住她，"罢了，不必去了。"

纵使心中疑惑，翠柳也不敢问出来，转身服侍老夫人重新睡下。

和沈老夫人的失眠不同，沈梓乔吃饱喝足之后，张开大字型在床榻上躺下，全身舒服得想要哼叹几声。

红玉忧心忡忡地站在一边，"三小姐，您怎么也得去跟老夫人请安，这……您要是不去，理儿就不在你这边了呀。"

沈梓乔不屑地摇头，"我若这时候过去了，只怕立刻就被扭回庄子里。"

　　"难不成能避着不见？"顶多就到明日，老夫人肯定要将三小姐叫过去训话的。

　　"待我想好个法子，明天去对付那起子妖魔鬼怪。"沈梓乔翻了个身，后背对着红玉，声音幽幽地说，"红玉，就算我怎么讨好老夫人，她也是不会喜欢我的。我又不需要靠她养活，她要说我不孝就不孝好了，就这么着吧。"

　　红玉却觉得这是沈梓乔心灰意冷的话，心中怜惜，"三小姐，老爷不曾娶填房，老夫人便是家里的主母。将来您选夫嫁婿，还要老夫人替您做主，何必做绝了。适才在门外您已经得罪了她，再不去请安，只怕……"

　　沈梓乔轻笑出声，这个世上会强忍心中委屈伏小做低的人必是有所求有所顾忌，她求什么顾忌什么？

　　她根本不屑嫁人，反正不可能嫁给自己想要嫁的人，至于她如今所求……便是能够讨回嫁妆，然后带着一大笔银子跟孟娘子她们找个山清水秀的地方住下，安安乐乐地过一辈子，总比在京城跟别人算计来算计去的强。

　　那老虔婆只要将嫁妆给吐出来，管她喜欢与憎恶，沈梓乔一点都不在乎。

　　热脸去贴人家冷屁股，这种事情她不会做的。

　　"红玉，你以为老夫人让李妈妈到门前训我，真是因为我擅自回家的事吗？她是想要震吓我，让我没有胆量跟她提我娘的嫁妆。"想到母亲那么辛苦为自己筹谋一切，结果却被这个老贼婆截胡，这就算了。可那老太婆却一点不知内疚，不但没有用心管教孙女，还任由她野着性子到处惹祸，这还配当人家的祖母吗？

　　"可三小姐如何跟老夫人对抗……"红玉低语，家里一切都在老夫人的掌握中，三小姐除了她们两姐妹，根本无人可依啊。

　　"无论如何，都要再见一见齐铮。"沈梓乔说。

第五十一章　来了

翌日，沈梓乔睡到自然醒，窗外阳光明媚，红玉进来服侍她洗漱净面。

红缨去端来早膳。

翠屏扭着细腰走了进来，一身桃红色绣缠枝褙子衬得她鲜艳娇媚。她瞥了沈梓乔一眼，"三小姐，老夫人让李妈妈亲自过来催了您几次，让您到德安院呢。"

身上的衣服是全新的呢！沈梓乔笑吟吟地看了看翠屏，只顾喝粥吃糕点，对她的话置若罔闻。

"三小姐……"

红缨道："翠屏姐姐，三小姐正在用膳呢。"

翠屏怒道："你个臭丫头，我和三小姐说话，你搭什么嘴。"

沈梓乔懒洋洋地问："我在吃早饭，你在我耳边吠什么话？已经不是小丫环了，还不懂规矩吗？"

当她是死人么？在她面前骂她的人。

翠屏抿了抿唇，不悦地道："三小姐，奴婢这是在教小丫环规矩。"

沈梓乔抬起头，似笑非笑地觑视着翠屏。敢情她离开沈家几天，这里的丫环又开始不把她当回事了？"我还没开口说什么，你就替我教训小丫环？翠屏姐姐，你好大的威风啊。"

"奴婢只是遵从老夫人的吩咐，管教些不听话不懂规矩的丫环。三小姐，这都是老夫人的一片苦心。既然老夫人看重奴婢，奴婢自是不能让她老人家失望。"翠屏下颔微扬，语气骄傲地说道。

"看来你很敬重老夫人。"沈梓乔放下筷子，从红玉手里接过干净的帕子拭手擦嘴，声音轻松寻常。

翠屏打量着沈梓乔的脸色，昨晚她就听说了，三小姐在门外狠狠地将李妈妈给得罪了，还连带着出言不逊讽刺老夫人。哼，是太多天没有受到教训，以为自己翅膀硬了吧。

就算不像以前那般好糊弄，可家里到底还是老夫人在主持中馈，三小姐想跟老夫人斗气？还嫩着呢。

等着吧，一会儿这小丫头就该在老夫人那里哭了。

翠屏嘴角弯起一抹得意的笑，再抬举红玉两姐妹又如何？乔心院到底还不是她说了算。

"奴婢敬重老夫人，老夫人说什么就是什么，在奴婢心里，老夫人是顶重要的。"翠屏大声地表示自己对老夫人的忠心，更想让沈梓乔知道，她是老夫人器重的人，最好不要不当她一回事。

沈梓乔弯唇浅笑，笑容明媚可爱，像一只娇慵的小猫眯起眼睛，"既然如此，那你就去伺候老夫人吧。"

翠屏正欲说是老夫人吩咐她到乔心院当差的，却听沈梓乔转头对红缨说道，"看着翠屏姐姐收拾东西，老夫人若是晓得她这般听话，心心念念都是她老人家，定是十分欢喜。作为孙女，我怎能让老夫人跟前得用的人在我这边使唤。"

"三小姐！"翠屏脸色顿变，声音焦急起来，"奴婢不是那个意思。"

"哦？难道翠屏姐姐说老夫人在你心里很重要是假的？还是说，老夫人说的话你都是阳奉阴违？"沈梓乔微笑问道。

"奴婢是老夫人吩咐照顾三小姐的……"翠屏干巴巴地回道。

"老夫人体恤晚辈，晚辈岂能不懂孝敬老人家？红缨，还不去帮翠屏姐姐收拾东西？"沈梓乔睇了红缨一眼，低声说道。

红缨忍着笑应了一声，"翠屏姐姐，我们走吧。"

翠屏瞪着红缨，转头想要再跟沈梓乔解释清楚。

沈梓乔站了起来，"该去给老夫人请安了。"

理都没理会翠屏，在她愤愤不平的目光中离开乔心院。

走就走！看你一会儿怎么跟老夫人说。翠屏一想到老夫人训骂三小姐的情景，翠屏巴不得立刻就走，还要让所有人知道她是被三小姐给逼走的。

跟在红缨的后头走了出去，翠屏在院子里开始抹泪。

"是我不懂服侍三小姐，不过是教个小丫环规矩，就惹了三小姐不快。奴婢有负老夫人的吩咐……"翠屏一边走一边高声诉说自己的委屈。

红缨走在前面听得一肚子火，猛地回头骂道，"三小姐给你脸面，你还当自己是根葱？就算是老夫人跟前的丫环，到了乔心院，就应该听命于三小姐。不就是个奴婢，还当自己比三小姐都金贵了，连一句都说不得，难道老夫人的丫环就跟嫡出的小姐一般了？"

因为沈梓乔不得老夫人喜欢，翠屏自来了乔心院之后，就托大不怎么尊重沈梓乔，渐渐地忘了本分，还以为自己才是乔心院的主人。

被红缨当着大家的面一说，她又羞又恼，恨不得上前撕了这个小丫头。

"臭丫头，你等着，我定让老夫人把你给卖出去。"翠屏狠狠地叫道。

红缨嗤之以鼻，"原来老夫人还要听你的吩咐办事，怪不得连三小姐都不放在眼里。"

翠屏气得摇摇欲坠，"你，你这个臭丫头。"

"你也没高贵到哪里去。"红缨不客气地反击。

"你！"翠屏指着红缨，她平日竟没发现这丫头牙尖嘴利，这么能说。

红缨头一扭，"翠屏姐姐还是赶紧收拾东西吧。"

"你等着，我一定不会放过你的。"翠屏怒道，待她到老夫人面前说一说，这小贱人就不必在沈家待着了。

沈梓乔并不知红缨跟翠屏这边的对话，她已经来到德安院。

李妈妈沉着一张脸站在门边，见到她缓缓走来，阴阳怪气地冷笑，"三小姐的架子越发地大了，连给老夫人请安都不用了。"

"要不是昨日你堵着我不让进门，我何至于受了打击，一直到这时候才缓过气。"沈梓乔低头叹息，仿佛受了天大的委屈一般。

"不要……""脸"字李妈妈掐死在喉咙里，她冷笑，"三小姐好厉害，装模作样的本事见长了。"

沈梓乔抬起头，露出一张明媚笑脸，"找个容易生存下去的法子而已。"小样儿，老虎不发威真当我是病猫啊！

李妈妈手一摆，"三小姐请吧，老夫人等您呢。"

"等"字语音咬得特别重。

第五十二章　质问

德安院正方有五间上房，左右是梢间和次间，左梢间是老夫人的睡房，中间做客厅使用，后面的抱厦是丫环婆子住的。

翠柳打起帘子让沈梓乔进了屋内。

屋里弥漫着淡淡的檀香，一股阴凉气息迎面而来。南窗下是大炕，炕上铺着大红毡条，中间横设一张大炕桌，上面垒着几本经书。靠东边板壁立着一个锁子锦靠背与一个迎枕，旁边有雕漆痰盒、填漆茶盘、小盖钟等物。

挨炕一溜三张椅子搭着丝竹编织的坐垫，椅和椅之间有一对高几，几上茗碗瓶花具备。

端坐在炕上的，是身着石青缎地三蓝平针蝶恋花女褂的沈老夫人。

她的领口对襟下摆及左右开裰处镶双层织锦花边，开裰处各饰如意云头，映衬得越发高高在上，端严精明。

沈老夫人的眼角满是皱纹，眼睛冷冷盯视着沈梓乔。

沈梓乔笑眯眯地看向沈老夫人，"祖母今日看起来精神不错呢。"

几乎整夜没有合眼的沈老夫人闻言脸色一沉，她哪点看起来精神不错？昨晚她胸口被一口气堵着，怎么都没法安心睡觉。天微亮就起来了，让人去将这臭丫头叫来，竟然说还没起床，等起身了再来请安。

沈老夫人的心被怒火烧得火辣辣地疼。

"还不跪下！"沈老夫人怒声喝道。

"祖母，年纪大了千万不能老发火，不然影响身子，要身心愉悦才能长命哦。"沈梓乔娇笑如银铃，压根不在乎老夫人的怒火。

沈老夫人气极反笑，"你是巴不得我早点死。"

"祖母多虑了，孙女不敢这么想。"沈梓乔笑着道，她其实也想当个孝顺孙女，无奈老人家不领情，非要逼着自己跟她作对。

沈老夫人阴郁的视线在沈梓乔脸上端详了半刻，知道眼前的三丫头不如以往那般好糊弄，再多说几句，怕自己都被绕进去，"谁允许你回来的？"

"祖母，孙女听闻齐家大少爷在流云庄出来之后便一直昏迷不醒，心里害怕，让人打听都打听不到消息，只好自己回来了。"沈梓乔愧疚不已地说着，好像真的很担心齐铮的死活。

"你还敢说！"沈老夫人震怒地骂道，"让你到庄子里去反省自己，你不但不思悔过，还打伤齐大少爷。幼弟同朋友路过，你连住宿都不曾安排，竟然还将他赶出来。这是一个大家闺秀该做的吗？你简直……简直……"

沈梓乔说，"齐大少爷那是意外，至于子阳……祖母，是他纵马伤人在先，错不在我。"

"啧啧，好个天仙女神下凡，一个低三下四的奴才都比自己的幼弟重要，你真是你父亲的好女儿，沈家好小姐啊。"沈老夫人皮笑肉不笑地讽刺道。

奴才又怎么了？奴才的命就不是命吗？沈梓乔很想反问回去，她却很清楚，说这些并没有什么用，在所谓的主人眼里，一个下人可能都比不上一匹马重要。

"子阳小小年纪就歹毒跋扈，长大了怎么办？祖母难道认为他纵马伤人是对的？"沈梓乔冷静地问道。

沈老夫人瞪着沈梓乔，"就算他做错了，跟他说一说便是，何至于将他打出来？你让他在友人面前如何自处？你这是在下他的脸子。"

沈梓乔嗤笑一声，"他若是还要脸皮，就不会带着那些纨绔子弟到处伤人。"

"他不要脸，那你要不要脸？你就不怕外人笑话沈家的千金没有家教吗？"沈老夫人气怒地问道。

"祖母，到底谁没有家教？"沈梓乔似笑非笑地问道，"沈家的千金没有家教，是我的问题吗？"

沈老夫人一口气差点没提上来，她冷冷地注视着眼前这个少女。

梳着倭堕髻，一身轻烟淡柳色的对襟纱衣，细绸素面长裙，柔嫩白皙的脸庞不匀脂粉，唇不点而红，一双眼睛毫无惧意地回视着她，眸光清亮，态度温和，和记忆中那个刁蛮任性、懒散自我的沈梓乔全然不同了。

究竟从什么时候开始改变的？沈老夫人心中暗惊，难道不知不觉中，三丫头已经长大了么？

站在一旁的李妈妈见沈老夫人脸色变幻莫测地看着沈梓乔，以为她被气得说不出话，便开口道，"三小姐，奴婢原是不该开这个口，只是到了这地步，奴婢只好托大地说一句了。

这些年来，老夫人待您是没话说的，您自小就失去母亲，老夫人一手将您带大，吃的穿的用的，哪一样您不是最出挑的？只是三小姐您性子向来倔强，老夫人为了您，是操碎了心。如今您已经成人懂事，怎能事事与老夫人作对？”

沈梓乔噗嗤一笑，随即冷声问："既然李妈知道不应该开口，那怎么还开口了？"

沈老夫人一手将她带大？一手带大就可以把母亲的嫁妆全部收入自己囊中？

她这不是为了孙女好，而是在捧杀！

沈老夫人回过神，目光越发冷漠，她这时候才发现，眼前这少女跟死去的媳妇越来越像了。

"连我身边的人你都想骂就骂，很好很好！"不知是被沈梓乔气得全身抖动，还是想起曾经被潘氏压得退避三舍的恨，沈老夫人冷笑几声站了起来。

"祖母……"沈梓乔还想再说。

沈老夫人气愤地问，"你到底知不知错？"

"祖母指的是哪件事？"沈梓乔反问。

"无端伤了齐大少爷，又赶走幼弟；不但没有反省自己，还擅自从庄子里回来；回来就罢了，你还当着下人的面辱骂家中长辈……"沈老夫人咄咄逼人地质问。

沈梓乔双手紧紧抓着袖子，在心里直冷笑，面上却不敢露出来，"我擅自回来是我错了，至于昨日在门外……我没错！"

第五十三章　刁奴

一句"我没错"轻飘飘地从沈梓乔嘴里出来，沈老夫人瞠目看去，以为自己听错了。

"你没错？"沈老夫人不确定地再问一次，"你敢说自己没错？"

沈梓乔目光明亮清澈，腰板挺直，气势不弱，"就算孙女擅自离开庄子里是错，祖母也该先问明缘由，而不是让人关起大门，将孙女关在外头。我做错什么事，祖母要打要骂，自可关上门教训。'家丑不外扬'，祖母不知道这个道理吗？"

不等沈老夫人说话，沈梓乔又凛然说道，"不说让外人看不起沈家的作风，就说祖母这般作为，外头会怎么想？哪个名门世家有这样管教闺女的？祖母就算恨极了我，也想想家里还有其他姐妹，将来我嫁不出去不要紧，她们怎么办？"

"再说了，我自幼丧母，爹爹常年在外，教导我规矩的都是祖母。外面的人议论我如何不懂事，最终还不都是祖母您教导无方，我粗鄙无知，难道是我的错了？"

沈老夫人被气得趔趄，指着沈梓乔的手指在半空中抖动，"你，你能说会辩，我现在都教训不得你了。"

李妈妈见状急忙上前扶住老夫人坐了回去，"三小姐您少说些吧，老夫人年纪大了，经不起您的折腾。"

她倒了碗温茶给老夫人喝了一口。

沈梓乔淡淡地扫了李妈妈一眼，嘴角弯起讥嘲的冷笑，"老夫人若是宽怀一些，就不必自己折腾自己了。"

"好！好！好！"沈老夫人连说了三声好，她匀了匀气，"我现在说不得你，说你一句你能回十句，是我不懂管教。"

"我只是实话实说，只怕祖母被奴才给蒙蔽了，拿着鸡毛当令箭，故意要刁难孙女。祖母向来和气温柔，端庄明理，怎么会做出这等糊涂的事情。"沈梓乔看着李妈妈的脸色越来越难看，嘴角的弧度越来越弯。

沈老夫人粗重的呼吸瞬间就平稳了，胸口的怒火仿佛一下子就平息下来，那股羞恼被抛之脑后，她厉眼瞪向李妈妈，"李妈妈，究竟怎么回事？是谁不让三小姐进门的？"

李妈妈扑通急忙跪了下来，满嘴苦涩，满心委屈，却不敢说就是老夫人您呐，明明是您说要在门外给三小姐下马威的啊，"是奴婢自作主张，老夫人着老奴去问话，老奴看着您这些天为了三小姐气得茶饭不思，心疼您的身子，才……才想代您教训一下三小姐的。"

"老夫人，老奴知错了，都是老奴自作主张，才令三小姐误会了老夫人，令老夫人名声受损。求您饶了老奴，老奴再也不会犯了。"李妈妈哭着求饶，眼泪四溢，看得老夫人心都软了。

正要假意斥几句，然后就这么揭过去时，又听沈梓乔的话音响了起来。

"你代替老夫人教训我？你是什么身份，没有老夫人的吩咐，就仗着自己是家里的老人，随意地将主人关在门外？哪天是不是连我爹爹和大哥都敢打了？祖母，这等刁奴向来目中无人，继续留着只会养虎为患，还不如早早打了出去，沈家才真正清静了。"沈梓乔脆声说道。

李妈妈闻言脸色发白，抱着沈老夫人哀声求着，"老夫人，求您饶老奴吧。"

沈老夫人自知李妈妈是在全她的脸面，她万万想不到平时横冲直撞的沈梓乔这次竟然能冷静地挑错。换作以前的她，早已经咋咋呼呼地大呼小叫一顿，然后就忘到九霄云外去了。

"李妈妈，你这是以为老夫人良善好欺，所以才得寸进尺么？"沈梓乔凉凉地问道。

"知错能改善莫大焉，既然她已经知道错了，就给李妈妈一次机会。"沈老夫人沉下脸子，不容抗拒地说道。

沈梓乔笑道，"祖母果然有容人之量。李妈妈，你以后可要尽心服侍老夫人，切莫再做出什么让老夫人没脸的事了。也亏是老夫人，换了是我，早掌你几十嘴巴，贱卖出去。"

李妈妈心里将沈梓乔骂了十八遍，却只能打断牙齿吞进肚子里，"老奴再也不敢了。"

沈老夫人冷眼看着沈梓乔，听完她的话直冒心火，"你且莫说旁人，你自己擅自离开流云庄又怎么说？欺负幼弟又知不知错？"

"祖母，我离开庄子实在是万分不得已。我知道错了，以后一定改过。"沈梓乔低头小声地认错，"以后也不打子阳了。他做错事，我一定好好跟他说。祖母这般宽宏大量，孙女以后一定跟您学习。"

想要再将沈梓乔责罚的话怎么也说不出口，这头她宽宏大量地原谅李妈妈，那边就要责罚孙女，怎么都说不过去，还会打自己的脸。

她从来没想过自己有一天会被这个最看不起的孙女算计。

"那你说说，齐大少爷是怎么回事？"沈老夫人问道。

沈梓乔说："那日齐大少爷在庄子里歇脚，孙女跟他几句不愉快，没想到……"

"胡闹！你一个姑娘家，怎可收留一个男子过夜，你还要不要脸？"沈老夫人没听沈梓乔说完就已经开口训话。

"祖母……"沈梓乔欲解释清楚，齐铮是住在厢房里，连内院都没进去过，怎么就是她不要脸了？

"若是让别人知道你跟齐铮孤男寡女在庄子里会怎么想？你做事就不能用点脑子？多为家里想一想吗？你自己适才也说了，你名声若是不好了会影响其他姐妹，你是不是要其他姐妹跟你一样才甘心？"沈老夫人不给沈梓乔开口，她是好不容易找到错处责骂沈梓乔。

沈梓乔乖乖地低头听着训示，不让老夫人出一口气，真怕她会憋得脑充血。

老夫人骂了大半个时辰，骂得口干舌燥，声音都嘶哑了。

李妈妈赶紧倒了碗温茶给她润喉。

"罢了，你最近长大不少，就不罚你去流云庄反省。你明日起就去南云庵思过抄写经书，待我托人找一个管教规矩的嬷嬷后，你再回来。"沈老夫人说道。

沈梓乔心里冷笑，"祖母，您这是非要赶我离开沈家不可？"

"我是为了你好。"沈老夫人怒道。

"若非是我，齐家大少爷的病还好不了呢！我做错什么了？庄子里奴仆那么多，他住在前头，我不过是与他寒暄了一会儿，怎么就丢了沈家的脸？"真不明白这个老虔婆，为什么就当自己的孙女是仇人，才刚回来就要赶走，对待个下人都比孙女好。

沈老夫人自然知道拿这个理由将沈梓乔支开太牵强，只恨昨日不该想着震慑她而误事被抓住把柄。

"你不去南云庵也行，那就在乔心院闭门思过。没有我的同意，一步都不许出门。"沈老夫人沉着脸说。

沈梓乔笑眯眯地应"是"，带着红玉高高兴兴地回去了。

在地上跪得双腿发麻的李妈妈可怜兮兮地望着怒火中烧的沈老夫人，"老夫人……"

"起来吧，以后不许再自作主张了。"沈老夫人瞥了她一眼，淡声说道。

李妈妈在心里狂躁地大喊我是冤枉的，面上却老老实实地应着，"老夫人，如今该怎么办？"

"那边派了谁去？"沈老夫人低声问道。

"让崔管事去了，您放心，他是靠得住的。"李妈妈回道。

沈老夫人一夜没有休息好，此时身心俱疲，脸上的疲软一展无遗，"他回来后，让他过来一趟。"

李妈妈轻声应是，"老夫人，我服侍您歇会儿吧。"

"嗯。"

沈老夫人正要睡下，便听到外面一阵啼哭声。李妈妈见沈老夫人脸色不虞，忙道，"这些小丫头越发不懂规矩了，我出去瞧一瞧。"

是翠屏在外面哭着要找沈老夫人。

"老夫人正在气头上，你这会儿进去讨不了好，三小姐如今已经不同了，你有什么话，过几日再说。"李妈妈听完翠屏的话，恨不得扇她几下，这个只会添乱的蠢货。

翠屏正呜呜哭着，听了李妈妈的话，顿时傻眼了，"那我怎么办？三小姐不会让我回乔心院的。"

李妈妈不耐烦地说，"先在这边住下，找个时机再跟老夫人说。"

打发了翠屏，李妈妈回到屋内，沈老夫人已经歪在炕上睡下了。也不知是今日被气得太狠了，还是心口的郁气发泄出来，她竟睡得极沉。

醒来的时候，金乌西坠，灰蓝的天空只余几抹艳丽的红霞。

"老夫人，您醒了？"李妈妈从外面走了进来，轻手轻脚走到炕边，取过坎肩给沈老夫人披上。

"什么时辰了？"沈老夫人问道。

"酉时。"李妈妈拢了拢沈老夫人鬓角掉下来的散发，轻声回道。

沈老夫人眼睛微眯，"人回来了吗？"

"该是在路上了。"李妈妈说，"您一天都没吃东西了，奴婢让人去取晚膳过来。"

沈老夫人经李妈妈提醒，果真感到肚子饿了，便让丫环去小厨房端来晚膳。

吃了一半，外头便有人回禀，崔管事来了。

李妈妈忙让人进来。

"老夫人，老仆差点就回不来了！"崔管事刚进来，就哭着扑倒在沈老夫人脚下。

第五十四章　寂寞

　　沈老夫人震惊地看着眼前的崔管事，只见他眼角淤青，脸颊红肿，头发散乱，看起来狼狈不堪，好像被打的。

　　李妈妈惊呼，"你怎么鼻青脸肿的？路上发生什么事情了？"

　　崔管事伏在地上叫道，"老夫人，庄子里那起子没长眼的仆人们反了。老仆还没开口说话，只说是老夫人派来的，那些婆子媳妇就把奴才们给打出来了。"

　　沈老夫人闻言脸色变了变，几乎以为是自己听错了，"你说什么？"

　　李妈妈同样吃惊不已。

　　崔管事抬起头，让沈老夫人将他脸上的伤势看得更清楚一些。他神情凄惨，泪流满面，"奴才去到流云庄，只说老夫人要传孟娘子几个问话。谁知，孟娘子等人听了，却说大少爷早就交代过，除了他和三小姐，谁叫他们都可以不用理会，老夫人若是有什么事吩咐他们，让……让大少爷去说……"

　　话还没说完，沈老夫人已经大怒拍桌，"反了他们！"

　　李妈妈惊呼，"他们敢说出这样的话？"

　　崔管事说道："不等老仆再多说，孟娘子便招呼了庄头把我们都给打了。"

　　沈老夫人越听越气，怒火从心底直蹿上来，"好得很啊！三丫头才在那儿住多久，就已经调教得这些贱奴敢反抗我了，果真是有其母必有其女啊。"

　　李妈妈紧忙上前在沈老夫人背后顺气，"老夫人，不值得为那些奴婢们生气。他们再硬气又如何，打一顿就老实了。"

　　"他们可有说别的？"沈老夫人大口喘着气，连声音都尖锐不少。

　　崔管事犹豫地低头，支支吾吾不知该怎么开口。

　　"还磨蹭什么，快说。"沈老夫人怒道。

"那诛心的话，老奴不敢说。"崔管事低声道。

沈老夫人脸色阴沉地看着他。

崔管事心头一颤，说道，"奴才在混乱中仿若听到有人说了一句，叫那黑心肝不要脸的老货别想着霸占儿媳妇的嫁妆，人在做天在看……"

这话确实是字字诛心！谁都听得出是在骂沈老夫人。

沈老夫人气得一口血想喷出来。

李妈妈见她的脸色不好，整张脸都涨得发紫了，急忙用力地在她背后拍了一下。

一口浓痰在沈老夫人嘴里吐了出来。

沈老夫人重重咳了几声，脸色缓了过来，却气得手指发颤，厉声问道："这话是谁说的？"

崔管事说，"老奴没……没看清楚。"

李妈妈给沈老夫人倒了碗温茶，说道，"不管是谁说的，都是庄子里那些贱人！老夫人，真是留不得了。"

"我知道留不得，能怎么办？让人去将他们打死吗？"沈老夫人大声问道，"他们敢打我的人，仗的是什么？"

能够将潘氏的人收留在庄子里那么多年都不叫老夫人知道，除了大少爷还能是谁？说不定连大老爷都是知情的，若是无端将人打死，大老爷和大少爷肯定不会干休。

李妈妈说，"不若找个由头……"

沈老夫人瞪了她一眼，对崔管事说，"你先下去吧，好好疗伤。"

示意李妈妈拿了个精美的靛蓝色荷包给他。

崔管事接过沉甸甸的荷包，高兴地磕头谢恩，低着头退了下去。

李妈妈将门外的翠柳打发到外面去守着，"老夫人，那边怕是……猜到了。"

如果不是猜到老夫人的目的，哪敢这样豁出去地拼命？

沈老夫人粗重的呼吸渐渐平息下来，她阴沉地看着窗外乔心院的方向，"三丫头必然是知道了，只是清楚凭她一人之力是于事无补的。"

李妈妈说，"若是她跟大老爷一说，大老爷说不定会为了她跟老夫人您讨回潘氏的嫁妆。"

"什么潘氏的嫁妆！"沈老夫人不悦地怒喝，"她既嫁入我们沈家，她的嫁妆就是姓沈的！人都已经死了，她的东西就该给沈家的人！三丫头一个外嫁女，哪里需要这么多的嫁妆？她潘氏的心不在沈家，我却不能不为子孙着想。"

关键潘氏的嫁妆是要留给三小姐的，而不是其他姓沈的。

这话李妈妈自然不敢说出来，她也是不希望沈梓乔拿回嫁妆的，"如今怎么办？"

沈老夫人阴冷一笑，"她想等着她老子给她拿回嫁妆，那就等着瞧。"

沈梓乔并不知道沈老夫人派人去流云庄的事，她离开的时候交代过孟娘子，不用对那些人客气，凡事有她和沈子恺。

她想，沈子恺既然敢瞒着老夫人将人收留在庄子里，应该就不介意替她们撑腰的。

被罚在家里闭门思过，沈梓乔根本无法去找齐铮。只好祈祷父亲和哥哥赶紧回来，他们可是她最期待的大靠山了。

"三小姐，这都一整天过去了，老夫人那边怎么半点动静都没有呢？"红玉疑惑地问着，眼睛看向歪在窗边长榻上，拿着蒲扇在优哉游哉扇风的主人时，苦笑一下。

她的这位主人，好像不管遇到什么事情，都一副无所谓的样子，按照她自己的说话，天塌下来有高个子顶着，她不用操那么多心——这也确实是她的性子使然。

沈梓乔不怎么优雅地打了个哈欠，"能有什么动静？说不定已经使人去庄子里那边了。"

红玉一惊，"老夫人会怎么对待孟娘子她们？"

沈梓乔笑眯眯地道，"老太婆说不定想杀人灭口了吧。"

"三小姐！"红玉被吓得脸色发白。

"说笑说笑。"沈梓乔笑道，"放心吧，我吩咐过了，那边的庄头和佃户个个都壮得很，除非老夫人派一支军队去，否则奈何不了他们。"

老太婆肯定不会这样做，因为她也不想闹大了。

红玉没好气地嗔了沈梓乔一眼，"三小姐真是喜欢吓人。"

沈梓乔叹了一声，"那是因为人生太寂寞了。"

盛佩音一整夜都睡不好，她的心挠得厉害。

齐铮英挺成熟的身影，如影随形地在她脑海里不断地浮现。只要她闭上眼睛，她仿佛就看到那张俊美的脸庞，他冷漠稳重的气质，高大结实的身躯，低沉磁沉的声音……

她迷迷糊糊间梦到自己依靠在他宽厚温暖的肩膀上，感到从未有过的安心和喜悦。

这种感觉就连九王爷都不曾给过。

盛佩音猛然惊醒，懊恼地发现自己竟然会对一个见面不到一个时辰的男子念念不忘。不是决定为了刘郎当具行尸走肉的吗？怎么能够在这么短的时间内改变自己的心意？对一个陌生男人动了情？难道自己对刘郎的感情就那么脆弱吗？还是自己根本不懂得爱！

盛佩音有些迷惑了，她并不是一个单纯的女人。多年在盛家养成的见风使舵的习性，使得她八面玲珑，精明到让人很难看穿她到底是怎样的女人。原本以为刘衡山的出现，能够让她摆脱自己复杂的一面，生活会从此简单一些。哪怕像那没心没肺的草包沈梓乔也行啊！可是他却死了，死得不值！死得连盛佩音自己都觉得太不甘心！一名武将，哪怕战死沙场马革裹尸，也让自己觉得爱上的是一名热血英雄！可偏偏死在自己亲爹的贪赃枉法之下！不！这不是她想看到的结局，这不是她设计好的爱情！

第一次，盛佩音觉得累了，她真的想找一个稳定而宽厚的肩膀靠上一靠。忘掉心机，忘掉复仇，忘掉自己曾对刘郎暗自许下的海誓山盟……

齐铮到底哪里让她感觉到了一丝心动了？他只不过是个傻子而已……傻子？可他又已经好了啊！

盛佩音想起昨日傍晚的那一幕。

他昂首走来，犹如青松挺直的身姿，落日的余晖洒在他深邃漆黑的眸中，莹润明亮如黑曜石般好看。他俊美的薄唇似含着轻轻浅浅的淡笑，是那样从容不迫，高贵威严得让人窒息。

她心跳加速地面对着他，他在向她走来。

他看都没看她一眼，低哑的声音带着促狭的笑意在跟沈梓乔说话。

从来没有哪个男子会这么漠视她。

沈梓乔算什么东西！她哪一点比得上自己？齐铮是瞎了吗？

盛佩音恼恨地将手里的盏盅重重放到桌面，秀眉轻蹙看着窗外人来人往的街道，她在家里憋闷得很，所以到酒楼来透气。

只顾着生闷气的她没注意到厢房的门被打开了。

一双温柔的臂膀将她圈在怀里，"怎么了？"

是九王爷温润如水的声音。

盛佩音回过头，敛去眉眼间的恨意，浅笑温柔地回视着九王爷，"九郎，你回来了？"

九王爷细吻她的唇角，低声喃喃，"嗯，我回来了，音儿，我无一日不想你。"

"我也是。"盛佩音空虚的心暂时得到安慰，她微启双唇，主动舔了舔九王爷的唇瓣。

"音儿……"九王爷低声喘了口气，用力抱紧怀里柔软的身躯，用力地吻住她的唇，双手迫不及待地解开她的腰带。

盛佩音扭动着身体，娇羞地叫道，"九郎，九郎，这里不行。"

九王爷将她横抱起来，压在窗边的软榻上，滚烫如火的身体贴着她的柔软，"放心，不会有人进来的，也不会有人听到的。"

"可是……"盛佩音在他耳边吐气如兰。

还没说出口的话被九王爷堵在嘴里。

思念已久的心爱女子就在身下，他如何能把持得住。

她闭上眼睛，双手环抱着肌肤细嫩的肩膀。

如果是那个男人……

他的身体一定会更结实更温暖。

如果是他……

第五十五章　霓虹郡主

沈梓乔以为盛佩音不会再来找她了，至少不会那么快。

昨天在大街上，她并没有忽略盛佩音脸上难以置信的神情，好像很不明白齐铮为什么对她视而不见。那么大一个光芒万丈的美人就站在他面前，他却只跟哪一方面都不怎么样的她说话。

说实话，连她都觉得有点不太可能。

盛佩音可是人见人爱啊，哪个男人不会被她迷得神魂颠倒的？只要她想要的男人，应该没有不被她"收入囊中"的吧！或许……齐铮真的不太一样。

"皎皎，在想什么？"正在说话的盛佩音发现沈梓乔眼神游离，根本无心听她说话，心中暗恼，没好气地扯了她一下。

好疼！沈梓乔回过神，吃疼地揉着手臂。死女人，竟然拧她！

"盛姐姐，我在听，在听。"沈梓乔蹙眉没好气地说道。

"那你是想和我一起去了？"盛佩音问道。

沈梓乔一脸茫然，她根本没听盛佩音说话，哪里知道她在说什么，"去哪里？"

"明日霓虹郡主寿辰，你与我一道去给她贺寿吧。"盛佩音凝视着沈梓乔一张稚气还没完全褪去的脸蛋，论容貌品性才华，她都在沈梓乔之上，她不相信齐铮会真能看上她。

"不好吧，霓虹郡主没有给我请帖，我贸然前去，会不会不太好？"沈梓乔立刻拒绝，她知道这个郡主，是当今皇上的表妹，为人冷漠高傲，家里两个儿媳妇都很惧怕她。

只有她最疼爱的幼子尚未娶妻。

"谁说郡主没有给你请帖，只怕是家里有人不想让你出去吧。"盛佩音笑着道，霓虹郡主不请别人都一定会让沈梓乔去的。

"我如今还在闭门思过。"沈梓乔苦笑道。

盛佩音说，"让我去跟老夫人说一说，明日你就可以和我一块去了。"

能够不要关在房间里，那当然是最好，不过沈梓乔真心不太喜欢去霓虹郡主那里。

"那就多谢盛姐姐了，我要闷死在家里了。"沈梓乔笑着说。

盛佩音嗔了她一眼，故作生气地说，"我掏心掏肺这般对你，你这个没心肝的小蹄子，有什么事都藏在心里，一句都不透露给我听，你还当不当我是姐妹啊？"

沈梓乔瞪圆眼睛，无辜地看着盛佩音，"我哪里不当你是姐妹了？"

她哪里敢当盛佩音是姐妹，这种姐妹是带毒的。

"你跟齐铮……到底是怎么回事？你可别说不认识他。我不是瞎子，昨天他只跟你说话。"盛佩音心里冒着酸意，声音却亲切温柔，"在千佛寺之前，你就已经认识齐铮了？"

看来盛佩音对齐铮的冷落很介怀，沈梓乔觉得好笑，难不成所有稍微优秀一点的男人都必须爱上盛佩音，必须对她俯首称臣？稍微有一个对她冷淡一点，就好像受了多大的委屈？

"我真的不认识他，千佛寺之前我见都没见过他。"沈梓乔无奈地说。

盛佩音不相信沈梓乔说的话，"黑心肝，到如今还不跟我说实话，你若是之前跟他不相识，他在千佛寺怎么会帮你？还跟着你去了庄子里，昨日齐铮只跟你说话……"

沈梓乔似笑非笑地看着她，"盛姐姐怎么会认为在千佛寺是齐大少爷帮了我？"

不等盛佩音回答，沈梓乔又笑着问，"盛姐姐今日真奇怪，开口齐铮闭口齐铮，难不成……"

"胡说什么！"盛佩音激动地瞪了她一眼，"我这还不是关心你，之前齐沈两家不是在议亲么？不打听清楚，怎么放心让你嫁给他？"

沈梓乔故意羞赧地叫道："什么嫁不嫁的，盛姐姐也说得出口。"

盛佩音看着沈梓乔这娇羞的模样，恨不得想拍掉她脸上的笑容。

未出阁的女子说起婚嫁的事自然会羞涩，可盛佩音不是普通女子，她自然不会扭捏作态，平时她或许会故作羞赧，今日却忘记了遮掩。倒是见到沈梓乔害羞的样子，她以为齐铮跟这草包真的有什么她不知道的秘密，嫉妒得心尖抽疼。

"你现在是懂得害羞了，当初对着九王爷怎么就不知道害羞了？"盛佩音忍不住拿九王爷来刺激沈梓乔。

她以为九王爷是沈梓乔心中的痛，就算当日沈梓乔在尚品楼说什么不再喜欢九王爷，盛佩音一点都不相信，她认为那只是沈梓乔为了面子才强撑的。

沈梓乔叹了一声，"别提九王爷了。"真的别提了……那都是啥事儿啊！

盛佩音满意地看着好像很伤心的沈梓乔，"听说他就要定亲了。"

关她什么事啊！沈梓乔在心里翻白眼，"盛姐姐，还是不要说他了，不如你跟我说一说，明日去霓虹郡主那里该做什么吧。"

"好。"盛佩音嘴角笑容加深，心情好了起来。

不知道盛佩音跟沈老夫人说了什么，沈老夫人竟然真的同意沈梓乔去参加霓虹郡主的寿辰宴席。

霓虹郡主的夫家是罗家，丈夫是荣安侯。听说罗侯爷非常惧内，别说是纳妾了，连个通房都没有，只守着霓虹郡主一个人过日子，家里大小事情都是霓虹郡主在做主。

沈梓乔是第一次到霓虹郡主家，虽然她自幼便认识霓虹郡主，但上门贺寿还真是头一次。要放在以前，她谁的寿都不贺！根本就不想搭理这茬儿……

她坐着翠幄青釉车上进了垂花门。经过花园的时候，她抬头看了一眼，花园树木山石皆有。屋宇轩峻壮丽，四通八达。果然是名门世家的大宅，感觉就是不一样。

她们被领着来到霓虹郡主的院子，正房大厅里已经坐了好些女眷，身穿玫瑰色五福捧寿纹褂子的霓虹郡主端坐在正面的太师椅上，保养得极好的面庞带着淡淡的笑。虽是在笑，实则带着疏离，由着旁边的人你一言我一语的，她也只是点头应付两声，并没有太热诚地去应话。

大厅左右两旁各一溜四张椅子，中间有高几，上面摆放着茶碗点心。

沈梓乔跟在盛佩音身后走进来，大厅上的说话声都安静了下来，眼睛直打量着她们。

这里没有一个人是沈梓乔认识的，但她相信所有的人都认识她——当然，她那"坏名声"全京城谁不知晓？即便是不知道的，盛佩音也肯定会"绞尽脑汁"地让他们知晓。

今日盛佩音穿一身簇新的明紫色羽纱衣衫，下着月白色绣连枝百褶裙，梳着小流云髻，插着一对珊瑚绿松石蜜蜡珠花，右耳后是压着玲珑的立体蝴蝶金坠脚，窗外的阳光从缝隙中洒落进来，照射在她身上，光芒闪烁，更显得妩媚大方，美不可方物，一出场立刻夺走所有人的目光，反观她身后的沈梓乔只是穿着八成新的秋香绿绣长枝花卉的薄缎纱衫，梳着双丫髻，脸上稚气未脱，跟盛佩音站在一起，犹如绿叶衬红花。

"恭祝郡主福如东海，寿比南山。"盛佩音屈膝福了福身，甜甜地说着给霓虹郡主贺寿，"这是佩音亲自绣的百寿图，还请郡主不要嫌弃。"

霓虹郡主微微一笑，"盛姑娘有心了，这百寿图该花了你不少时间吧。"

盛佩音笑着说，"郡主不是佩音这样的俗人，随便的物件自是瞧不上眼，唯有献丑给您亲自绣上一幅。"

"京城哪个不知道你的绣功无人能比。"霓虹郡主眼中的笑意暖了些。

趁着盛佩音跟霓虹郡主说话的空当，沈梓乔低头将在座的人都打量了一眼，差点被她们头顶的金钗给闪瞎了眼睛。

　　还真全是盛装出席啊！幸好自己也用心收拾了一番，否则的话不是失了礼节，让人白捡笑话看？虽然自己平日里并不注重穿衣打扮，但沈梓乔还是知道一些基本的礼仪穿着的。哪像盛佩音，得体到令人"不忍直视"，衣着打扮就差点压过霓虹郡主了……

　　"你后面那小泼猴今日是怎么了？竟然一句话都不说了？"霓虹郡主的声音仿佛多了些促狭，眼睛含笑地看着沈梓乔。

　　小泼猴？说她？沈梓乔诧异地看向霓虹郡主，见她在看着自己，不由干笑几声，傻呵呵地说道，"郡主生辰快乐。"

　　霓虹郡主一点都不介意沈梓乔的傻气，"就知道这些天把你给憋坏了，沈老夫人还说不让你出门，免得又闯祸。今日多亏了你盛姐姐，不然你别想出门，还不过来？"

　　"郡主娘娘……"沈梓乔忐忑地蹭到霓虹郡主身边，小心翼翼地叫了一句。今天人多，她得谨慎一点，别又在众目睽睽之下失了分寸，让盛佩音轻易抓到什么把柄。

　　"这才多久没见，你怎么变了个人？"霓虹郡主拉着沈梓乔的手在身边的木机坐下，"瘦了点，都怨你自己调皮淘气，总是惹怒你祖母。"

　　"我没有……"沈梓乔辩解，"我最近可乖了。"

　　沈梓乔说完，眼睛瞄了瞄已经在一旁坐下的盛佩音，见她脸上神色微僵，虽然笑容依旧灿烂，看起来却十分勉强，只怕……盛佩音根本不知道霓虹郡主为什么对自己这么好吧。

第五十六章　闺蜜

霓虹郡主亲切地问着沈梓乔最近的情况，与适才对待其他人的冷淡不同，教在座的好些女眷都讶异不已。

在右手下方第二张椅上的妇人掩嘴浅笑，"郡主对沈三小姐真好，不知道的，还以为你们是母女呢。"

"她母亲对我有大恩，我是将皎皎当女儿一般疼爱了。"霓虹郡主淡声说道。

"当女儿疼爱还是当儿媳妇看待呢？郡主，听说您幼子还未婚配呢。"另一边左上手的少妇笑着说道。

两个说话的妇人……沈梓乔都不认识，不过她听得出，第二个说话的女人是带着讽刺的。

沈梓乔低下头，在心底叹息。

是针对她吧。

霓虹郡主神色不变，声音却透着疏离，"北堂夫人说笑了，皎皎和棠哥儿感情跟兄妹一般的。"

沈梓乔很识趣地暗想，这句话的另外一个意思：别开玩笑了，沈梓乔这样的性子，这样的名声怎么能当儿媳妇？当女儿疼爱倒是无所谓，可让心爱的儿子娶一个不够温柔体贴的女子，那是万万不能的。

北堂夫人轻笑，眼角斜了沈梓乔一眼，眸中似很满意霓虹郡主这个回答。

霓虹郡主轻轻拍了拍沈梓乔的肩膀，柔声道，"快去找你昭妹妹吧，她前两天还念叨着你怎么还不来找她。"

她转头看向盛佩音，甜甜一笑，"盛姐姐与我一道去吧。"

盛佩音似乎正在等沈梓乔开口，听到她这么说，笑盈盈地站了起来，"我也很久没有见过昭妹妹了，正好找她说点话。"

沈梓乔松了口气，跟霓虹郡主告退之后，便跟着沈梓乔出去了。

"盛姐姐，刚才说话的那两个人是谁啊？"沈梓乔跟着盛佩音朝左边的院子走去，疑惑里面刚刚有些针对她的两个妇人，小声地问道。

"你不知道？"盛佩音讶异地看着沈梓乔，"北堂夫人跟申夫人你忘记了？"

沈梓乔讪讪笑了几下，"哪里记得那么多，我是大忙人。"谁记得那些张三李四王二麻子的？

盛佩音扑哧一声笑了起来，"我看除了九王爷，你心里谁都记不住。"

"呵呵。"沈梓乔干笑两声。

"北堂夫人是英武侯的夫人，为人……"盛佩音冷笑一声，"眼高于顶，总觉得全天下的姑娘都比不上她的女儿；至于另外一位申夫人，不过是两边摆动的墙头草，没什么好说的。"

沈梓乔点头如捣蒜，心里却想，那是因为这两位夫人不跟别人一样捧着她，所以盛佩音才不喜欢她们吧。

哦，她记起来了，北堂家！

"北堂夫人的女儿……叫贞景吗？"沈梓乔试探地问道。

"原来你认识啊。"盛佩音撇嘴，似乎不太喜欢提到北堂贞景。

沈梓乔决定了，她要跟北堂贞景相亲相爱，当好朋友！

盛佩音与北堂贞景相互看不顺眼，那么——敌人的敌人就是朋友！这句话永远都不会有错的。

她们走上长廊，来到一座精巧别致的院子。正房前面的空地置放着一个大水缸，里面种着水莲。水缸左边架着秋千，另一边是葡萄架，绿藤在风中微微飘动。

院子布置得很精致，可见住在这里的人心思细腻。

"沈三小姐和盛三小姐来了。"石阶上有个丫环见到她们，笑着叫了起来，"我们小姐正在说起你们呢。"

这丫环刚说完，从里屋走出一个身着浅紫云纹折枝莲花的纱衫，下头是百褶裙，梳着双丫鬟的小姑娘，长得秀丽可爱，模样约莫十四五岁，跟沈梓乔年龄差不多。

小姑娘站在门边瞪着沈梓乔，气呼呼地说，"你不是说再也不来找我了？"上次吵架的事她还记得哪……因为给一只猫起什么名字的事才拌了几句嘴而已嘛！

"昭妹妹，怎么这样生气？是不是皎皎又惹恼你了？"盛佩音亲切地走了过去，挽住罗昭花的胳膊。

罗昭花粉嫩的小嘴一撇，将头扭到一边，就是不理睬沈梓乔。

沈梓乔有点尴尬，她打量着眼前这个罗昭花，眼睛虽然带着恼意不看她，但其实眼角余光还时不时地瞟过来，小嘴都要翘到天边了。

其实并不是真的讨厌自己，是在等着自己先低头吧。

沈梓乔低着头走了过去，脸上带着讨好的笑容，"哎呀，小花，别生气了，我错了还不行么？"

罗昭花猛然回过头，没好气地瞪着她，"跟你说过多少次了，别叫我小花。还有，本来就是你的错，别说的你那么委屈。"

沈梓乔笑嘻嘻地拉着她的手，"好好好，我错了，你别跟我计较，好不好？"

"哼，就你最嬉皮笑脸了，还不进来。"罗昭花牵住沈梓乔的手，跟盛佩音笑了笑，"盛三小姐请。"

跟对待沈梓乔的态度是不一样的，比较客气。

沈梓乔因由着她牵着自己手走进屋里，听着她在耳边小声说道，"虽然你有错在先，不过我大人有大量，还是给你留了母亲从宫里带来的新款珠花。一会儿你回去带一匣子走，都是你喜欢的款式。"

好人呐！沈梓乔感动地在心里默泪，"小花你真好。"

罗昭花怒嗔道："别叫我小花。"

沈梓乔笑嘻嘻地说："小花挺好听的啊，又上口容易记，别挑剔了啦。"

"不理你了。"罗昭花甩开沈梓乔的手。

被忽略的盛佩音面色如常地看着她们，她认为是罗昭花她们嫉妒她在京城的盛名，所以才故意冷落她的。

"谁那么大的面子还要你出去亲自迎接？"大厅里响起一道洋洋盈耳，婉转轻柔的声音。

沈梓乔抬头看了过去，只见一个穿着绣金丝百蝶穿花薄缎轻纱褙子，下着翡翠撒花百褶裙妙龄少女走了过来，项上带着赤金盘螭璎珞，裙边系着双蝶宫绦，全身看起来彩绣辉煌，明丽美艳，一双狭长的丹凤眼透着严厉的光芒向沈梓乔她们看了过来。

"景姐姐，我跟你介绍，这是我跟你说过的皎皎，这是盛三小姐。"罗昭花虽然跟沈梓乔还在斗嘴，不过该有的礼仪并没有忘记。

回头跟沈梓乔说，"你还没见过景姐姐吧，都半年没来找我了。景姐姐以前住在东洲，三个月前才回了京城。"

沈梓乔对着北堂贞景甜甜一笑，"景姐姐。"

北堂贞景淡淡地点了点头，视线看向在沈梓乔身后的盛佩音。

"盛三小姐，我们又见面了。"语气冷漠，神情倨傲，看着盛佩音的眼神带着不屑。

咦？好像有不太友好的火花摩擦出来了。

盛佩音下巴微抬，矜贵而清傲地回视北堂贞景，清冷漠然地微笑，"是啊，又见面了，最近时常听到北堂小姐的盛名，没想到竟还能在这儿见到你。"

沈梓乔蹭到罗昭花身边，用眼神询问究竟怎么回事？

罗昭花回她一个我什么都不知道的眼色。

盛佩音的仇恨值越大，对她越有好处，沈梓乔默默地将头转向别处，期待两个同样出色的女人最好上演激烈一点的戏码。

"不如……"罗昭花笑着开口，"我们先到外面去吧，宴席就该开始了。"

北堂贞景收回不屑的目光，对罗昭花点了点头，"走吧。"

似乎是自己有意狗腿讨好，可人家不领情啊。沈梓乔察觉到北堂贞景对她的态度淡淡的，也就不去贴人家的冷屁股，跟在罗昭花身后走了出去。

盛佩音见沈梓乔这不分敌我的态度，心头直冒火，伸手将她给扯了回来。

"怎么了？"沈梓乔诧异地看着她。

"那小贱货仗着自己有皇后娘娘喜欢，就把自己当根葱了。你瞧见没，人家连眼角都不看你一下，你还巴巴儿地跟上去。"盛佩音没好气地骂道，草包就是草包，连别人的脸色都不会看。

人家北堂小姐好像没对她做什么啊，不就是态度冷淡了点么？

她长得又不是人见人爱，才第一次见面的人对自己冷淡不是很正常吗？

"她怎么得罪你了？"沈梓乔小声问道。

盛佩音哼了一声，"上次在九王爷府里见过她，她竟说我……"声音戛然而止。

那时候，她跟九王爷在房里说情话，哪知北堂贞景忽然出现，竟当着九王爷的面说她不知廉耻，说她不懂避嫌，孤男寡女共处一室有辱女子名声，还要九王爷以后离她远一点。

简直岂有此理！

这些话却不能对沈梓乔说，沈梓乔若知道她跟九王爷来往，一定会生气的。

沈梓乔一双清亮天真的眼睛还在等着她说下去。

盛佩音笑了笑，"没什么，以后再跟你说。"

哦了！沈梓乔点点头，其实她已经猜到原因了。

一山不能容二虎啊。

第五十七章　敌对

不管盛佩音跟北堂贞景究竟会斗成什么样子，沈梓乔都乐于所见——她只等着坐收渔利，就万事大吉了。

他们来到宴客的大厅，满室的珠光翠影，胭脂香味扑鼻而来，豪门女子的派对是什么样，一向远离这类活动的沈梓乔终于大开眼界了。

"没想到皇后娘娘竟然还派了何尚宫来给郡主贺寿。"盛佩音站在门边，看着霓虹郡主身边一个长得一张圆脸、一脸和气的妇人感慨道。

"何尚宫？"沈梓乔茫然地顺着她的视线看去。

盛佩音瞥了沈梓乔一眼，心想草包果然什么都不懂，"是宫里的女官，何尚宫是尚衣局的女官。京城还从来没有哪个女眷寿辰，皇后会派尚宫来贺寿的。"

盛佩音语气有几分酸溜溜的。

"皎皎，你没事吧？"罗昭花不知什么时候来到沈梓乔身边，见她脸色发白，有些担心地问道。

沈梓乔回过神，见身边的盛佩音已经走到何尚宫身边去了。

"小花，何尚宫好像跟盛姐姐很熟悉的啊。"见盛佩音跟那何尚宫有说有笑的，沈梓乔好想去搞破坏。

罗昭花说道："盛三小姐为人温柔和气，在京城颇有盛名，大家都喜欢她。"

"那景姐姐怎么就不喜欢她？"沈梓乔小声问道。

"还不是因为九王爷！"罗昭花凑到沈梓乔耳边低声说着。提到九王爷，她咬唇停下了，看了看沈梓乔的脸色，拉着她往庭院的角落走去。

"咋了？咋了？"沈梓乔急忙问道。

罗昭花找了个没什么人的角落，认真严肃地瞪着沈梓乔，"我上次跟你说的，你都听进去没？九王爷不是什么良配，像你这样的性格，嫁入天家只会被连皮带骨给吞了，不要再去想什么九王爷了。"

沈梓乔感动地点头，这才是闺蜜啊，"我听进去了，我死心了。"

"真的？"罗昭花怀疑地斜睨着她。

"我发誓，我要是还喜欢九王爷，就让我一辈子都嫁不出去。"沈梓乔郑重地发誓。

"呸呸呸！"罗昭花拉下她的手，"胡说八道。"

沈梓乔笑眯眯地看着她，觉得这么久来，第一次感到不孤单，有朋友的感觉真好啊。谁是真姐妹谁是假姐妹，她第一次分辨得如此清楚。要不是盛佩音被她无意中看穿真相，还不知道自己要被她要到什么时候。

"前些天，景姐姐在九王爷那里遇到盛三小姐，两人一言不合，彼此看不顺眼，所以见面都这样。"罗昭花一副我已经习惯了的样子。

"难道景姐姐也喜欢九王爷？"沈梓乔惊呼，这关系不要太复杂了好么。

罗昭花送了她一个鄙夷的眼神，"你以为每个人都跟你一样，九王爷哪里就那么好了。"

娘娘腔一点都不好！沈梓乔笑着说，"我也没说他多好。"

"我听说，皇后很喜欢景姐姐，可能会让景姐姐成为太子妃呢。"罗昭花压低声音，"这件事还没准信的，你不能出去乱说，我就是听别人说起，自己猜的。"

沈梓乔重重地点头，"你放心，我不是大嘴巴的人，才不喜欢到处乱说呢！"

罗昭花说："你想想啊，要是景姐姐真的成为太子妃，盛三小姐成了九王妃，那……那她们的辈分要怎么说啊。"

九王爷是太子的叔叔……

北堂贞景这么讨厌盛佩音，如果盛佩音真的跟九王爷在一起，那不是成了她的长辈？

其实北堂贞景之所以讨厌盛佩音，盛佩音看北堂贞景不顺眼，那是这两个女人都非常出色，都是属于喜欢别人捧着、赞美着的女王。

不管如何，这两个人都不能深交。

"我们赶紧回去吧，母亲一会儿见不到我们，就该让人出来找我们了。"罗昭花牵着沈梓乔往回走。

才走出长廊，便见到一个妈妈走了过来，"哎哟，两位好姑娘，总算找着你们了。"

罗昭花笑着叫人，"苏妈妈。"

"宴席开始了，郡主找你们呢。奴婢去瞧瞧戏台那边准备得怎样，一会儿小姐可要点戏？"

"那是一定要的。"罗昭花笑道，跟沈梓乔进了大厅。

霓虹郡主已经坐在主位，左手边是北堂夫人，右手边是一个陌生妇人，沈梓乔先前并没有见过。那妇人脸型偏长，一双精明的柳叶吊梢眉，狭长妩媚的丹凤眼，鼻梁坚挺，令她面庞看起来很硬气，身材偏瘦，穿着杏黄色绣遍地金妆花褙子，整个人看起来雍容贵气，却透着几分冷漠。

"娘，我们回来了。"罗昭花和沈梓乔走到霓虹郡主身边，跟北堂夫人等人福了福身。

"北堂夫人，齐夫人。"

沈梓乔本来正低着头装文静，听到罗昭花的声音，抬眼看了过去，却见那位应该是齐夫人的人正目光冷厉地打量着她。

这齐夫人自然就是小顾氏了。

"这位就是大名鼎鼎的沈家三小姐吧。"小顾氏似笑非笑地睨着沈梓乔。想起最近安国公整天跟那贱种不知在书房说什么话，她心口的怒火嗖嗖直冒上来。

都是因为这个沈梓乔，要不是她，齐铮说不定一直还是傻子。

"齐夫人。"沈梓乔给小顾氏行了一礼。

"不敢当，沈三小姐客气了。"小顾氏冷笑一声，"不敢受你的礼。"

霓虹郡主诧异地看着小顾氏，微微皱眉。

沈梓乔笑了笑问，"齐夫人似乎对我有什么误会。"

"误会？沈三小姐害怕别人对你有什么误会啊？这边说天生克母克夫克婆婆的命，那边却跟我们大少爷在庄子里见面，你如何让人不误会你？"小顾氏冷笑一声，无比刻薄地说道。

她的声音并不十分高，却足以让周围的女眷们都听到。

克母克夫克婆婆？所有人以惊恐的眼神看着沈梓乔。

沈梓乔尴尬地笑了笑，当初她说这话只是为了不想嫁给齐铮，不是想替自己找不自在。

"我没有特意和齐铮在庄子里见面，齐夫人，你真的误会了。"沈梓乔严肃地说。

小顾氏轻笑几声，"京城谁人不知道沈三小姐你是什么性子的人，跟一个男子在庄子里见面有什么出奇？"

这话对沈梓乔来说，实在太侮辱人了。

霓虹郡主脸色一变，微笑说道，"齐夫人，皎皎虽然调皮淘气了些，可不至于像你说的这样。今日是我的寿辰，你就别在这里训示晚辈了。"

小顾氏恨极了沈梓乔。她认为都是沈梓乔，齐铮才会莫名地治好了病，更恶毒不留情面的话因为霓虹郡主的脸色给哽在嘴边，只能生生吞了回去，"我也是从下人那里听来的，都说沈三小姐对九王爷一往情深，却没想到原来跟我们大少爷也有来往。"

话里意有所指，分明就是想指沈梓乔不知检点，不懂廉耻跟男人私底下来往见面。

沈梓乔确定眼前的小顾氏并不是对她有误会，而是专门针对她来着，这女人不会以为齐铮是因为她那一拳才好起来的吧？

不管小顾氏为什么讨厌她，沈梓乔都觉得自己不应该站在这里傻傻被嘲笑，这样实在有违她的雄图壮志。

"齐夫人，看来你恨极了你的继子啊。"沈梓乔叹了一口气说道。

小顾氏冷凝着她，平静地笑了，"沈三小姐想说什么？"

"听说齐大少爷已经痊愈，如今跟个常人一般了？"沈梓乔笑眯眯地问，"齐大少爷是从我流云庄回来后痊愈的，你以为跟我有关系，所以第一次见面就摆着臭脸给我看？"

"看你眼角皱纹增多，肌肤干燥松弛，面色发黄，明显老了十岁的样子，想来这几天心情一定很差，怎么？嫡长子不是傻子，齐夫人心里难受了？"沈梓乔在小顾氏还没反驳之前又清脆地说道。

周围传来一阵窃笑声，就连霓虹郡主都差点没忍住笑出来，没好气地瞋了沈梓乔一眼，"皎皎，不得放肆，齐夫人是长辈。"

小顾氏气得天旋地转，恨不得撕烂沈梓乔一张利嘴。

第五十八章　被揍了

　　小顾氏最近确实吃不好睡不好，她因为齐铮进宫的次数越来越多，心底的怨恨越来越深，因此，对间接令齐铮好起来的沈梓乔也恨之入骨。

　　今日她便是瞧着全京城有身份有地位的女眷都在这里，才故意说出沈梓乔克母克夫克婆婆的话，让沈梓乔本来就岌岌可危的名声更加臭不可闻。她要沈梓乔这辈子都嫁不出去，只能留在沈家孤独终老，如此才能消她心头的火气。

　　偏偏没想到霓虹郡主会祖护沈梓乔，不是说自从潘氏死了之后，霓虹郡主跟沈家的来往也渐渐少了吗？

　　最恨的是沈梓乔那张伶牙俐嘴！居然当着众人的面奚落她。

　　若不是霓虹郡主最后和稀泥将沈梓乔给打发出去，她一定不会放过那个贱蹄子。

　　沈梓乔被罗昭花拉着到另一边的桌子坐下，这一桌坐的都是年轻姑娘，盛佩音和北堂贞景都在这里。

　　"没事吧？"盛佩音在沈梓乔坐下后，关心地询问。实则她心里暗喜，巴不得小顾氏将沈梓乔再多骂几句。

　　小顾氏这般厌恶沈梓乔，肯定不愿意娶她当儿媳妇了。

　　沈梓乔面无表情地点了点头，并没有回答她。

　　北堂贞景拿着绢帕揾了揾嘴角，轻声说："以前齐大少爷神志不清，齐夫人对他态度如何别人不关心。如今却是不同了，安国公的世子之位……多半是齐大少爷的了。你添了她的堵，怪不得她当着众人这样说你。"

　　"齐铮傻不傻关我什么事，我又没欠他们家的。"沈梓乔恨得牙痒痒的，齐铮这混蛋别让她碰到。

　　遇到他就是没好事。

罗昭花拍了拍她的手背，"别生气了，不管齐夫人说什么，大家都不会相信的。"

"小花，你真是好人。"都已经在这么多人面前说她克母克夫克婆婆了，别人还能当没听见吗？

"忍一时风平浪静，当面报仇对自己没好处，你啊，就是傻气。"罗昭花在桌底下轻拧了沈梓乔一下，在她耳边低声说道，"你刚刚就应该装可怜，哭哭啼啼地让我娘给你做主，博取同情。当面跟小顾氏吵架，只会让人觉得你厉害过头。"

"小花，你太腹黑了。"沈梓乔眼睛发亮地看着罗昭花，这小心眼儿，确定比我小两岁？

"什么什么黑？"罗昭花疑惑地问。

沈梓乔嘿嘿笑着，"我夸你聪明呢。"

罗昭花嗔了她一眼，"我这都是在宫里看来的。你不知道，那些娘娘们都是千年老鬼投胎的，个个精得很。"

"什么时候带我见识见识啊。"沈梓乔说。

"好啊，不过要我娘同意了才行……"

这两个小姑娘在小声地咬耳朵，北堂贞景和盛佩音两人的眼神仿佛刀光剑影，其他同席的姑娘都要坐不住了。

"食不言。"北堂贞景淡淡地开口。

罗昭花跟沈梓乔对视一眼，正襟危坐地低头吃菜。

盛佩音撇了撇嘴，视线看向在跟霓虹郡主说话的小顾氏。

散席之后，罗昭花叮嘱沈梓乔经常来找她玩，得到沈梓乔的答应后，才送她上了马车。

北堂贞景跟着北堂夫人已经先行离去了。

"皎皎，不如我们一道走吧。"盛佩音跟着上了沈梓乔的马车，笑着说，"适才家里的下人来说才知道马车在路上撞坏了。"

盛家难道就一辆马车么……沈梓乔歪在座榻上，发困地微眯着眼睛，"盛姐姐的家好像跟我的不太顺路呢。"

"我去尚品楼。"盛佩音说。

沈梓乔没有答话，她知道盛佩音肯定巴不得自己说要跟着去。

等了许久，盛佩音都没等到沈梓乔蹭着说要跟去尚品楼，心底暗恨，嘴角弯起温柔的笑，"这两天尚品楼新请了个厨子，酱肘子做得一流，许多顾客都说能跟御膳房差不多了。"

"御膳房的酱肘子随便就能吃到吗？"沈梓乔诧异地问，不然怎么知道就跟御膳房的差不多。

盛佩音没好气地说，"我就是打个比喻。"

沈梓乔"哦"了一声。

须臾，盛佩音又似不经意地提起，"对了，适才齐铮似乎也在荣安侯家，九王爷也在。"

沈梓乔猛地坐直身子，提高警惕，谨防盛佩音又要来试探她什么话，"齐大少爷跟九王爷在罗家跟我有什么关系。"

盛佩音叹了一声，"你就不担心九王爷知道你跟齐大少爷在庄子里见面么？"

"九王爷知道了又如何？"沈梓乔好奇地问，他是她什么人？她跟谁见面跟他有一毛钱关系么？

"你……"这个草包！"万一九王爷误会你呢？"

沈梓乔伤心绝望地看向窗外，"我已经不在乎了。"当初自己怎么那么迷九王爷……真蠢！她暗自骂了自己一句。

看到她这个样子，盛佩音心里满意了，只要沈梓乔心里还有九王爷，那她就有办法控制这个草包。

尚品楼很快就到了，来往皆是衣着鲜丽的顾客，看起来确实是生意兴隆。

"我让掌柜的给你准备两个酱肘子带回去吧。"盛佩音笑着说。

盛情难却，沈梓乔跟着下车，她其实是想知道盛佩音想要搞什么名堂。

来到后面所谓的贵宾区，盛佩音笑容越发温柔，轻声细语，走路袅娜绰约，看得沈梓乔背脊一阵发寒。

"盛三小姐，没想到能在这里见到你。"从花园的另一边，走来一个身穿宝蓝色暗紫纹云纹团花直裰的年轻男子，那男子长得眉目并不出色，就是看着盛佩音时那轻佻猥琐的表情，让人印象深刻。

"王二少爷，您怎么在这儿？"盛佩音含笑地回道。

"陪九王爷来的，咦，他们出来了。"王二少爷指着西面对着花园的厢房，数个衣着光鲜的年轻男子走了出来，走在最前面的就是九王爷。

沈梓乔眸中神色微闪，她看到齐铮表情木木为难地站在那些人中间。

盛佩音也看到了九王爷身后的齐铮，她回头看了沈梓乔一眼，故作担忧地说："哎呀，九王爷怎么跟齐大少爷在一起了？不知道齐大少爷会不会跟九王爷说些什么。"

他们在那边做什么？沈梓乔秀眉紧蹙，这样子看在盛佩音眼里，却以为她是在担心齐铮跟九王爷说他们在庄子里的事。

王二少爷高声喊了起来，"九王爷，盛三小姐也来了。"

听到王二少爷的声音，九王爷嘴角弯了起来，目光熠熠地看向盛佩音，眸中的欢喜和爱恋竟丝毫不掩藏。只是在看到心爱女子身后的沈梓乔时，那张阴柔俊美的脸庞立刻沉了下来。

她又不是妖魔鬼怪，看到她至于这副表情吗？沈梓乔郁闷地在心里想着。

盛佩音牵着沈梓乔的手走了过去，笑盈盈地跟九王爷他们福了福身，"九王爷今日好兴致，在荣安侯那边儿酒还没喝够呢？"

九王爷贪婪地看着她美丽的脸庞，连个眼角余光都吝啬分给沈梓乔。

沈梓乔没去在意这只花孔雀，她挑眉看向齐铮。

正好齐铮深邃黝黑的眸子也看向她。

有人笑着说道："都听说齐大少爷不傻了，大家帮他庆贺一下。朱六少爷适才听齐大少爷说以前练过几下，出来跟他过两招呢。"

王二少爷轻佻地说，"那是因为齐大少爷大字不识几个，想跟他文斗也不行。"

沈梓乔听明白了，这些人是故意要消遣齐铮。

他们根本就不相信齐铮痊愈的事情，所以在找法子试探齐铮，其实就是给自己找乐子。

这些纨绔渣子，沈梓乔眼中闪过不屑。

齐铮将她眸中的不屑看在眼里，薄唇不留痕迹地上扬，这个小姑娘果然跟传言所说的不一样。

她一直就没看过九王爷一眼。

若她真是对九王爷有情，怎么会将注意力放在别人身上。

"齐大少爷，我们来切磋几下。"朱六少爷喝了些酒，满脸潮红，将袖子挽了起来，蠢蠢欲动地想跟齐铮动手。

齐铮挺拔如松地站在众人面前，他穿了一身宝蓝底鸦青色万字穿梅团花茧绸直裰，发髻用羊脂玉的簪子固定，既英挺成熟又不是贵气，岂是周围那些纨绔少爷可比的。

沈梓乔压抑着心里的不满，期待齐铮将这一干人等揍成猪头。

最好将九王爷也揍一顿，把花孔雀扁成山鸡。

结果……

沈梓乔傻眼地看着齐铮被那个叫朱六少爷的二货揍得趴在地上。

开什么玩笑！她可是见识过齐铮神差鬼使地出现在她马车里的，这样的身手连个二货都打不过？

"你……你没事吧？"沈梓乔见无人过去搀扶齐铮起来，忙走过去看他几眼，别又被揍傻了啊。

九王爷沉着脸走过来，斥着朱六少爷，"朱六你怎么下手这样重，齐大少爷好不容易才痊愈，你应当手下留情才是。"

盛佩音看着齐铮的眼神从火热变得冷淡下来，原来齐铮只是长得好看，实际上一无是处啊。

"就是啊，你别将齐大少爷又给打成傻子了啊。"不知是谁大笑出声。

沈梓乔平静地看着低头不语的齐铮，不明白他到底是怎么想的。

盛佩音不再理会齐铮，笑着请九王爷等人继续到厢房里喝酒。

第五十九章　我负责

　　盛佩音在前面敷衍地叫了几声皎皎，沈梓乔没去理会她。

　　齐铮抬起头，目光微沉地看着沈梓乔。即使他输给了那个二货，他却不见狼狈，依旧是神情自若，笃定自信的样子。

　　沈梓乔低眸看着他，嘴角弯起一抹冷笑，"你跟那些人特意到这个地方，就是为了这样，是吧？"

　　如果她之前不认识齐铮，或许她会认为这真是个扶不起的阿斗，不傻了又怎样？十几年的人生空白，除了吃就是睡，就算是不傻了，一样还是废人一个，有什么值得在意的？

　　这就是齐铮想要别人对他的看法吗？

　　齐铮站了起来，弹了弹衣袂上的灰尘，深邃沉静如海的目光落在沈梓乔包含讥诮的脸上，"在荣安侯家的事我已经知道了，连累你，我很抱歉。"

　　男人的声音波澜不惊，平静得有些淡然，低缓的声线听起来却很悦耳。

　　沈梓乔抬起头，只看到他优美的下颌，"哦，原来齐大少爷知道您那位继母是怎么羞辱我。难道这不是在你的预料之中吗？"

　　齐铮似乎早料到沈梓乔会这么说，薄唇微抿，"我知道。"

　　回答得真是理直气壮！沈梓乔愤怒地瞪着他，"你知道？你知道还陷害我？你不知道被你那好继母当众辱骂的感觉很难受吗？你不知道会影响我的闺誉吗？我嫁不出去怎么办？你负责啊？"

　　"我负责。"齐铮认真而严肃地说。

　　沈梓乔愣了一下，随即大怒，"你负责，你负责个鬼啊，谁要嫁给你！我不需要你负责。"

　　齐铮冷漠的眸子多了一丝笑意，"我是说，我负责给你找个东床快婿。"

"谁要你多管闲事！"沈梓乔脸颊微红，狠狠地瞪了他一眼，"你离我远一点，碰见你总是没好事，我已经够倒霉了。"

齐铮峻眉微挑，不置可否。

"你还进去？"嫌不够丢人吗？

目的达到了，没必要跟那些人在一起。齐铮凝视沈梓乔一眼，低声说，"小顾氏今日这么对你，我会替你讨回来的。"

笃定而自信的声音在她耳边低缓地响起，沈梓乔只觉得心尖微微一颤。她诧异地看了过去，男人俊美的脸庞透着坚决和自信，漆黑的眸子闪烁着让人惊心动魄的凛冽寒芒。

沈梓乔一阵恍惚，其实齐铮也很有魅力啊！她的小心肝啊，扑腾扑腾……这咋了！

"我先走了。"齐铮没有回头去看九王爷他们一眼，在沈梓乔身边走了过去。

沈梓乔没去跟盛佩音辞别，她在原地站了一会儿，跟着离开了尚品楼。

在厢房里的九王爷透过雕花镂空窗棂看着沈梓乔离开，眼中闪过厌烦和不屑，像这种不知廉耻的草包，也就只配齐铮这种蠢货。

若是让沈梓乔知道这位花孔雀这么想她，肯定指着他的鼻头大骂，他跟盛佩音无媒苟合，难道就不是不知廉耻？

沈梓乔回到沈家，才刚坐下喘口气，沈老夫人就将她叫到德安院。

听到老虔婆召唤，沈梓乔觉得身心疲惫，她实在不耐烦总是跟这个脑子不清醒的老家伙吵架了。

不是她不想尊老爱幼，实在是这老虔婆让她尊敬不起来。

"你到底要给沈家丢脸丢到什么时候？当着那么多人的面跟齐夫人吵架，你还知道自己是晚辈吗？"沈老夫人不知从哪里得知沈梓乔跟小顾氏在荣安侯那里剑拔弩张的情景。一见到沈梓乔，她又当面一顿大骂。

沈梓乔无语，难道别人打她左脸，她再将右脸送上去叫人家别客气来个左右平衡，这才叫不给沈家丢脸？

作为自己的长辈，不应该先关心孙女受伤的小心灵么？

见沈梓乔面无表情一副不受训的样子，沈老夫人气不打一处来，"你是不是觉得自己委屈了？"

"是。"沈梓乔回道，理直气壮。

沈老夫人冷冷一笑，"你觉得自己哪里委屈了？"

"如果我有母亲就好了。若是我有母亲，她一定不会看着我在外面受委屈，回到家里连一句安慰都没有，就要被莫名其妙地受训。"沈梓乔同样冷漠地回道。

"你这么有本事，就算没有你母亲同样没人敢委屈你。"沈老夫人哼道。

沈梓乔抬眼，眸中冷光激溅，对这个老太婆仅有的尊敬都已经不存在了，"祖母，您有什么话直说好了，我有今日，不是都拜您所赐么？"

"放肆！"沈老夫人震怒，指着沈梓乔骂道，"你看看你这是什么德行，还知道我是你祖母吗？"

"再清楚不过了。"沈梓乔淡声道。

沈老夫人还想发怒斥骂，旁边的李妈妈赶紧给她使了个眼色。

没错，还有更重要的事情要问。

"我问你，你把流云庄的那些人带到哪里去了？"沈老夫人目光凌厉地瞪着沈梓乔，不放过她脸上任何一丝表情变化。

沈梓乔脸色一变，怀疑地看着沈老夫人，"祖母这话是什么意思？您将孟娘子她们怎么了？"

看样子似乎不知情？反而怀疑她了，沈老夫人不悦地说，"你以为我能将她们如何？所以便将她们带走了是不是？"

"我要是能带走她们，我还留在这个家做什么？"沈梓乔冷嘲回道。

沈老夫人冷笑道，"你还想着离开，你以为离开沈家你还是千金小姐吗？"

"怎么我如今看起来就是千金小姐吗？"沈梓乔笑着反问。

"我再问你一次，孟娘子她们到底在哪里？她们偷了庄子里的贵重物品去私卖，这是死罪！你再不将她们交出来，我让人去报了官，她们这辈子就完了。"沈老夫人厉声恐吓，她当沈梓乔还是没见过世面的小姑娘，吓两句就会说实话。

沈梓乔在心里冷笑，这老家伙还能再无耻一点吗？

"在庄子里住了那么久，我倒是不知道原来那里有什么贵重的物品。"沈梓乔笑了笑道。

沈老夫人脸色沉了下来。

第六十章　晕倒

昨天半夜，在崔管事回来告知孟娘子等人与庄头将他们打跑的事后，沈老夫人又让人去暗中解决掉这几个贱婢。哪知道人是到了流云庄，可那些人却都不见了，沈老夫人认定是沈梓乔暗中将她们藏起来了。

沈梓乔并不在乎老太太的脸色好不好看，她现在只想好好睡一觉。昨晚睡得并不多，一大早就起来，在荣安侯还要提起十二分精神对付小顾氏那个神经病，现在她好累。

"祖母要是没别的事交代，我想回去休息了。我头晕脑涨，快撑不住了。"沈梓乔摇摇欲坠地说道。

"皎皎，我知道你这次去流云庄必是听了不少闲言闲语。那些人都是你母亲的陪房，若不是他们照顾不周，你母亲不会年纪轻轻就去了，你忘记了吗？当年还是你亲自将他们赶走的，这些贱蹄子，肯定找了许多的借口和好话哄你，你别耳朵轻轻就信了他们。"沈老夫人嘴角抽了抽，最后努力扬起一个和蔼的笑脸，柔声地对沈梓乔说道。

沈梓乔真想大声痛骂这居心叵测的老虔婆一顿，可惜她不能。

她还需要依仗沈家对付盛佩音。

"我真的不知道他们在哪里。"沈梓乔神情委顿，脸色不太好看。

沈老夫人微笑，"那你就站在这里好好地想一想，什么时候想起来了，你什么时候回去。"

我靠！沈梓乔差点想骂娘。

死老太婆！

沈老夫人不顾沈梓乔明显疲惫的脸色，扶着李妈妈的手进了内室。

李妈妈扶着老夫人的手，"您瞧，三小姐是不是真的不知道？"

"哼，这个孙女我最了解了，她哪里不知道，她一清二楚！"沈老夫人坐到床边的长榻上，将手里的念珠放到一旁的几上。

"芍药那贱婢怎么知道半夜有人去……"李妈妈目光恶毒，声音压得低低的，"三小姐昨晚一直在家里。"

沈老夫人面无表情地看了看外面的方向，"她心里是把我恨上了。"

"老夫人……"李妈妈低声叫了一句。

"指不定其实什么都知道了，就是压在心里不说。"沈老夫人说。

李妈妈道，"那是三小姐有自知之明。潘氏的嫁妆既然进了沈家，自然就该由老夫人您说了算。三小姐年纪还小，又是外嫁女，将来是嫁到外头的，凭什么带着那么多嫁妆便宜别人。"

这话说到沈老夫人心坎里面去了，"可不是，嫡亲的儿子不给，偏生留给一个丫头。潘氏是故意的，她不愿意让沈家好过。"

"三小姐就算知道了，她能如何，她敢如何？还不是老夫人您说得算。"李妈妈轻轻地给沈老夫人捶腿，挑着老太太喜欢的话说。

沈老夫人阴沉的脸色总算舒缓下来，"不知道大老爷和恺哥儿什么时候回来。"

李妈妈笑着道，"大老爷和大少爷都是孝顺您的，不会听三小姐乱说话。"

想到长子长孙，沈老夫人嘴角浮起一丝微笑。

"三小姐晕倒了……"外面忽起一阵尖叫声。

沈老夫人和李妈妈对视一眼，李妈妈急忙撩起帘子出去，"鬼叫什么，三小姐昨夜里贪玩不睡累着了，赶紧抬回去休息。"

李妈妈走到倒在地上的沈梓乔旁边，有些发怵地看了几眼，见沈梓乔脸色发白，唇淡无色，眸色闪过冷笑，趁着无人注意，用力在她手脚踩了一脚，嘴里大声招呼，"翠柳呢，都死哪去了，还不来扶三小姐回去。"

在外面的丫环惶恐地跑了进来，将沈梓乔扶了起来。

"李妈妈，要不要找大夫？"翠柳忧心地问道。

这……李妈妈不敢拿主意，只好请示沈老夫人。

沈老夫人犹豫了一下，让翠柳去请相熟的大夫过来。

被抬回乔心院的沈梓乔在德安院的下人都离开之后，立马坐直身子，眼底含着两泡泪水捧着自己的手在呼疼，该死的李妈妈！竟然偷偷踩她一脚，别以为她不知道。

"三小姐……"红玉不知该说什么，前一刻见到沈梓乔被抬着回来，她差点吓得掉魂；转身一看，本该昏迷不醒的人已经泪眼汪汪地在骂人了。

沈梓乔怒道，"我要装死，看那老家伙想怎样。"说完，又直接躺下去挺尸了。

红玉无语地看着她。

"李妈妈来了。"红缨在外面低声说道。

是带了大夫过来。

李妈妈亲自服侍沈梓乔让大夫诊脉，红玉和红缨只能在旁边干瞪眼。

沈梓乔的手臂被掐了好几下。

"李妈妈，怎么劳您做这些，还是让我们来吧。"红玉察觉到沈梓乔的眼角抽了抽，担心地想要隔开李妈妈。

李妈妈冷声说，"老夫人担心三小姐的身子，特意让我过来照顾三小姐。你们几个小蹄子，定是没用心照顾三小姐，你们都等着，看我不扒了你们的皮。"

李妈妈的话吓得红玉和红缨脸色发白。

红缨叫道，"三小姐明明是在老夫人那里晕倒的，还不知道是什么原因呢。今天出门的时候，还好好的。"

"放肆，你这是责怪老夫人让三小姐晕倒了？"李妈妈厉眼一瞪，直把红缨给看得胆怯倒退了两步。

"我没这么说。大家都是有眼睛看的。"红缨小声嘀咕道。

李妈妈狠狠地瞪了她一眼，"三小姐都是你们两个照顾的。若是三小姐真有什么事，你们两条命都不够打。"

沈梓乔越听越火大，正打算不装晕倒的时候，外面传来平儿的声音。

"大老爷和大少爷回来了。"

啊！沈萧和沈子恺终于回来了！沈梓乔安心地闭上眼睛睡觉了。

李妈妈闻言却是大惊，呼地站起来直奔了出去，"大老爷，大少爷，你们回来了。"

一道深沉粗豪的声音传了进来，"皎皎怎么了？"

"妹妹！"帘子被掀了起来，属于年轻男子的爽朗声音响起。

"大少爷！"红玉和红缨同时惊喜地叫道。

第六十一章　大靠山

大步走进来的男子身穿靓蓝色杭绸箭袖袍子，约莫十七八岁的模样，浓眉大眼，肌肤黝黑。看着就不像是娇生惯养的大少爷，这英挺俊朗的少年便是沈梓乔的同胞大哥沈子恺了。

"皎皎，皎皎？"沈子恺不顾男女有别，着急地来到床榻边，看着昏睡不醒的妹妹，焦急地大声问，"这是怎么回事，三小姐怎么会晕倒了？"

红玉正要回答，李妈妈的声音已经在门边响起。

"三小姐是昨天夜里没睡好，今天一大早去了荣安侯给霓虹郡主贺寿，大夫说是疲累所致，不碍事的。"李妈妈小心翼翼地说着，跟着一个身材魁梧的中年男子走了进来。

中年男子刚过不惑之年，浓眉如利剑飞入鬓中，鼻梁高挺，薄唇如削，一身藏青色袍子，全身散发着一股军人特有的凛冽气势，让人不敢抬头直视。

沈子恺的样子与这中年男子有七八分的相似。

这中年男子便是沈萧了。

红玉知道有大少爷在这里，李妈妈肯定不敢将她们如何，大胆说道，"三小姐出门的时候还精神爽利，回来的时候也好好的，从德安院那里回来就这样了。"

李妈妈冷眼扫向红玉，"你这话的意思，是以为老夫人怎么对待三小姐了？"

"不敢。"红玉低下头，不敢直视沈萧投来的严厉目光。

红缨忽然"哎呀"了一声，"三小姐的手怎么肿成这个样子？"

沈萧闻言立刻走上前，在床沿坐了下来，温柔地捧着沈梓乔胖乎乎的小手。只是本来白嫩的小手却红肿一片，一看就知道是被人用力地踩过。

"皎皎？"沈萧心疼地叫了一声，回头漠然看了一眼李妈妈，吩咐红玉去拿金疮药来。

"大夫呢？这是疲惫所致吗？怎么脸色这么难看？"沈子恺大怒地问道。

那大夫早在他们父子进来之前就被李妈妈打发出去了，正在外面等着。

沈梓乔原只是不想被罚站才故意晕倒的，她没想到沈萧父子会在今日回来，再装下去好像没什么意义了。

"三小姐醒了。"红缨眼尖看到沈梓乔眼睫动了几下，明白这是三小姐给她的暗号，惊喜地叫了出来。

"皎皎？"沈萧和沈子恺同时唤了一声。

沈梓乔"艰难"地睁开眼睑，一脸茫然地看着面前的人，渐渐地由诧异转为惊喜，"爹，大哥，你们回来啦？"

真是盼了你们这两个大靠山好久了哇！沈梓乔泪眼汪汪地想着。

沈子恺见妹妹似乎没有什么大碍，放心地笑了笑，"你啊，又调皮了是不是？"

沈梓乔笑眯眯地看着他们，"什么叫我又调皮？爹，大哥真坏，一见面就教训人，也不关心一下我。"

沈萧温柔地笑了起来，伸手揉了揉沈梓乔的头顶，"你是怎么回事，莫名其妙就晕倒了？"

"我不知道啊，都跟祖母说我很累想休息。祖母不相信我，非要我站着，我站着站着就不省人事了。"沈梓乔眼神清澈无辜，看起来可怜兮兮的，忽地大叫起来，"哎呀，我的手好疼，怎么会这样？"

沈子恺皱眉看向李妈妈，"三小姐的手是怎么回事？"

李妈妈支吾地说，"许是方才抬回来的时候，不小心碰撞到了……"

她要是知道大老爷和大少爷会在今天回来，就是给她十个肥胆，她都不敢碰沈梓乔一下。

哪有人出门半年才回来，不是先去给家里长辈请安，反而是来看个小妮子的。

大老爷和大少爷就是太宠三小姐了，才把三小姐养得这么刁钻。

这话李妈妈只敢在心里嘀咕，此时她背脊都是冷汗，沈萧看着她的眼神越来越冷。

沈梓乔已经冷笑开口，"我都晕得什么都不知道了到底是怎么碰撞能碰到别人脚下啊？"

红玉拿眼看了李妈妈一眼，拿着创伤药递给沈子恺。

沈萧摇了摇头，对李妈妈淡声说，"李妈妈先回去吧，跟老夫人说一声，一会儿我们就过去请安。"

李妈妈如释重负，福了福身后急忙退了下去。

沈梓乔伸出那只被踩得红肿的爪子在沈萧面前晃了晃，"疼！疼！"

竟然不帮她报仇，这当爹的太不负责任了。

沈萧轻笑地摇头，"该！谁让你装晕倒。"

这都看得出来？沈梓乔悻悻然地收回手，在嘴边轻呼着，得不偿失啊，让李妈妈那老货踩得好痛。

早知道靠山要回来，她就不会晕倒了。

"爹，你们回来怎么没让人先回来说一声？"沈梓乔小声地问道。

"那就不知道你这半年到底闯了多少祸！"沈萧瞪了她一眼，这个女儿就没让他顺心的时候，偏偏又最得他的心。

"爹，不关皎皎的事。齐铮人高马大，就是十个皎皎都打不伤他，活该他那天运气不好，这才在咱们庄子里出事，不能怨皎皎。"沈子恺替妹妹解释，对于唯一的同胞妹妹，他比任何人都袒护。

沈梓乔用力点头，这才是当哥哥应该说的话。

"那何姑娘的脸是怎么回事？给杜将军的马放巴豆是怎么回事？在千佛寺又是怎么回事？"沈萧沉声问道，他原是想将女儿教成琴棋书画无不精通的千金小姐，哪里知道竟然成了混世小魔王。

沈梓乔沉默了，确实，之前的确干了很多让自己很爽的"混蛋"事儿，关键爹咋知道的？

"爹，不如我们先去给祖母请安吧。"沈子恺适时替沈梓乔解围。

第六十二章　　和谐的一家人

　　既然被看出是装晕倒的，沈梓乔不好意思继续躺着，只好跟着沈萧他们一起去德安院。

　　沈老夫人早已经得知沈萧父子回来却先去了乔心院，心里堵得难受，索性歪在炕上。她听到丫环回禀他们父子三人已经在外面了，只说不舒服不想见他们。

　　"老夫人不舒服？"沈萧浓眉一挑，不太相信眼前这丫环战战兢兢的回话。

　　翠柳低着头小声地回道，"是，老夫人她……"

　　沈萧没有继续听下去，直接越过她走了进去，在门边沉声开口，"母亲，儿子回来了。"

　　内屋久久没有声音传出来。

　　沈子恺和沈梓乔站在沈萧身后面面相觑，都知道老夫人这是在生气了。

　　不就是在气她么？老太婆真是矫情！沈梓乔心里暗暗抱怨。

　　"母亲，您哪里不舒服？可要让御医院的李御医给您诊断一下？"沈萧平静地问，对于母亲总是装病不见他的招数早已经见怪不怪了。

　　"等我死了你再来看我。"赌气的声音从屋里传了出来。

　　沈萧无奈地叹息，"母亲，儿子半年没在您跟前伺候了。"

　　这话说得好啊，离家半年了，好不容易回来，老太婆你不跟儿子好好说话，还摆着架子装病，跟个孙女吃干醋，太没风度太没胸襟了。

　　李妈妈小声劝着已经心软的沈老夫人，"您瞧，大老爷还是关心您的。老夫人，您千万别跟大老爷置气。"

　　"他这是在讨我高兴吗？他是为了他的女儿。"沈老夫人气呼呼地说。

　　"不管怎样，您都得见一见大老爷啊。"李妈妈说。

　　沈老夫人哼了一声，扶着李妈妈的手坐直身子，"让他们都进来吧。"

　　李妈妈亲自过来打起帘子，"大老爷，您请进。"

看到沈萧身后的沈梓乔，李妈妈的笑脸僵了一下，眼睛不自觉地扫过沈梓乔的手。

跟着沈萧给沈老夫人行礼之后，沈梓乔眼观鼻，鼻观心地站在一旁。

沈老夫人斜乜了她一眼，淡淡开口，"三丫头不是病了吗？这会儿看着精神似乎不错。"

"祖母，皎皎是疲惫过度才晕倒的，休息了一会儿就没事了。"沈子恺恭敬地替沈梓乔回话。

"既然身子这么虚弱，就不要到处乱跑。"沈老夫人端着脸说道。

沈梓乔小声地应"是"。

"母亲这些日子过得可好？"沈萧知道这个小女儿向来不得老夫人的欢心，含笑岔开了话题。

"无病无灾，还没被气死。"沈老夫人哼道。

沈萧说，"皎皎让您头疼了，您放心，儿子这次可在京城多住些时日，会亲自管教这小泼猴的。"

"不需要再去边境巡视了？"沈老夫人诧异地问，心底说不出是欢喜还是失望。

"暂时不需要我亲去。"沈萧回道。

沈子恺笑着上前，"祖母，这次爹给您带了好几张皮子，都是爹亲自打的。"

"都是你爹打的，那你呢？"沈老夫人终于露出一丝微笑。

"我给您带了别的好东西……"沈子恺笑着说起了边城的趣事，将沈老夫人逗得欢笑连连。

真是温馨和谐的一幕啊。

沈梓乔觉得自己很多余，沈老夫人压根就不愿意跟她说话，眼中只看到父亲和大哥，虽然她自己也不太愿意去讨好那老太婆，不过站在这里当摆设的滋味也不太好。

"那些人原是从家里赶走的，不知怎的竟然被藏到流云庄，最近庄子里不见了不少东西，这些人都不见了。"沈老夫人不知什么时候提起孟娘子等人，眼睛在沈萧和沈子恺脸上观察着。

父子俩皆是大吃一惊的样子，沈萧更是惊讶，"若微的丫环怎么会在流云庄？"

沈子恺诧异地呼道，"那些人不是都被赶走了吗？"

"看来你们都不知情。"沈老夫人淡淡地说。其实她心里很清楚，如果不是这对父子的其中一人，没人敢将那些人留在流云庄。

"母亲，您是说，他们偷了庄子里的东西跑了？"沈萧问道，心里却狐疑，他不相信亡妻的丫环竟然会做出这样的事情。当初赶走他们的时候，他恰好不在家里，若是在的话，绝对不会允许这事发生。

他愧对亡妻。

"祖母非说是我将孟娘子她们藏起来的，还罚我站着不准回去休息。"沈梓乔一听沈老夫人不要脸地提起孟娘子，马上装可怜无辜地告状。

沈萧瞪了女儿一眼，"大人说话小孩不要插嘴。"

"我是说实话嘛！再说了，庄子里有什么值钱的东西好偷的，我在那儿住了半个多月，吃的用的都是最差的。孟娘子他们什么时候不走，偏要在这时候偷了东西走，有脑子的人都知道不寻常。"沈梓乔没好气地道。

"你是说我没脑子？"沈老夫人震怒。

"祖母深明大义，怎么会跟一般人一样的看法，肯定有脑子的。"沈梓乔立刻露出娇憨的笑容，呵呵地说道。

沈子恺深深看了她一眼，小丫头半年不见长进了不少，心里顿时说不出什么滋味，又欣慰也有辛酸。

妹妹终究是长大了。

"母亲，那些人我会找出来的，您放心。"沈萧在沈老夫人要发火之前急忙说道，眼神警告沈梓乔不许再惹老太太生气。

沈老夫人气呼呼地说："这些狗东西，找到了直接打死，竟然敢偷主人庄子里的东西。"

"他们偷了什么？"沈梓乔不肯罢休，她知道这老太婆为什么要冤枉孟娘子他们偷了东西，先定下莫须有的罪名，让沈萧对他们有了先入为主的意见，以后孟娘子他们再说什么，也没人会相信了吧。

"祖母，这件事交给我吧，我一定会将他们找到的。"沈子恺说道，他知道孟娘子他们会在哪里。

沈老夫人正要说内宅的事不需要爷们插手，沈萧已经点头同意，"反正恺哥儿暂时没什么事，就交给他吧。"

"好吧，你们先回去吧，风尘仆仆的，也该好好梳洗一下。晚些时候再一家人好好吃一顿。"沈老夫人心口堵得更难受了，沉着脸将他们都打发下去。

沈梓乔当然喜欢赶紧在这老虔婆面前消失。

"四少爷、大小姐，还有二小姐来了。"李妈妈笑着禀道。

都是听说沈萧回来了，特意过来请安的。

除了沈子阳和沈梓雯他们，连几个姨娘也来了。

大概是太久没有见到沈萧，三个姨娘看着沈萧的目光温柔得能滴出水来。

特别是高姨娘，含情脉脉地看着沈萧，那样子露骨得让沈梓乔一阵恶寒。

因为他们的到来，沈梓乔又只能继续在角落待着。

"边境的生活果然不好过，瞧老爷跟大少爷都瘦了。"高姨娘一脸心疼地看着沈萧和沈子恺，声音温柔亲切。

沈子恺淡淡地说："边城自然是不能跟京城相比，但男子志在四方，到外面也是锻炼。"

这话的意思是说她的阳哥儿娇生惯养，比不得他这位会吃苦耐劳的大少爷？高姨娘心里嘀咕着，脸上的笑容却越发温柔。

"可不是，大少爷看起来强壮不少。"

沈子阳在这个家最惧怕的人就是沈萧，不管高姨娘怎么暗示，他都不敢上前跟沈子恺一样大大方方地跟沈萧说话。

"大哥，你说这次回来给我们带外族人的钗子呢？"沈梓雯笑着问沈子恺。

"还在屋里，一会儿让人送去你们那里。"沈子恺笑着说，眼睛却看了沈梓乔一眼，见她低着头不知在想什么，心里微微感到讶异。

若换了以前，皎皎应该站出来大叫沈梓雯不许抢她的大哥了。

今天……不知是不是自己错觉，皎皎很不一样，她就站在那里，明明距离很近，却仿佛周围的一切都与她无关。

沈子恺心一沉，究竟发生什么事情了？

"你们都先回去吧，老夫人倦了，别在这里吵着。"沈萧在接受三个小妾的温柔目光，接受子女的问安后，终于开口让他们都退下去了。

沈老夫人心中有事未解决，确实没心情在这里强颜欢笑享受天伦之乐。

高姨娘低头，"老爷，您累了，妾身服侍您……"

"不必了。"沈萧不等她说完，就开口断了她的话。

高姨娘咬牙应"是"，眼中深藏幽怨。

出了德安院，沈子恺和沈梓乔走在后头。兄妹俩对视一眼，沈梓乔不自觉心虚避开。

沈子恺炯亮的双眸闪过一丝笑，抬手敲了她的额头一下。

"好痛！"沈梓乔吃疼地瞪他。

"皎皎。"沈萧在前面停下脚步，开口叫了沈梓乔一声。

沈梓乔怯怯地走到他身边，"爹……"

"齐铮的事跟你有关吗？"沈萧低声问道。

他不是早已经调查过了吗？老夫人刚刚不也跟他说过了？怎么还要问她？

"不关我的事。"沈梓乔小声说，虽然不知道自己的亲爹到底信不信她。

"嗯。"沈萧点了点头，阔步向前走去。

第六十三章　相信

沈梓乔回到乔心院，红玉和红缨急忙迎了上来，担心地望着她。

"三小姐，您没事吧？"红玉将她上下打量一遍，生怕她在老太太那里又受伤。

"没事没事，好着呢。"沈梓乔跳了两下，表示自己好好的。

红玉拍着自己的心口，"三小姐您真是吓死人了，见您被抬着回来，奴婢还以为……您以后可不能这样吓人。"

沈梓乔大笑，"我就是不想被罚站，没想到被李妈妈那老货踩了一脚，疼死我了。我记住她了。"

红缨捧着沈梓乔的手检查了一遍，心疼地说："不止踩了，还偷偷掐了好几下，三小姐，奴婢一定替你报仇。"

"好孩子。"沈梓乔感动地摸了摸红缨的头。

主仆三人一前一后进了内屋。红缨不一会儿出来站在门边，拦住想要去给沈梓乔送茶果的平儿。

沈梓乔和红玉正在说话。

"……都安置在城外的别院，那是大少爷的地方，老夫人都不知道的。三小姐，您放心，大少爷回来了，他们不会有事的。"红玉声音低低地说着。

屋里寂静，只有窸窣的说话声，若不仔细听，都不知道在说什么。

"我还以为是自己小人之心，没想到老太婆还真下得了手，半夜让人去……是要灭口吧。"沈梓乔仍然觉得不敢置信。

杀人灭口……这种事情她想都不敢想过，老太婆为了贪母亲的嫁妆，居然要杀人。

红玉小声说："幸好三小姐您有先见之明，交代孟娘子若是老夫人派人前去，将人打走后就立刻离开庄子。"

并非她有先见之明，只是觉得生活处处都是陷阱，以防万一点好。

没想到还真发生了万一。

如果不是父亲和大哥刚好回来，说不定老太婆会不管她生死，强迫她说出孟娘子他们的下落。

"不知道孟娘子他们怎么样了。"沈梓乔揉了揉眉心。

"三小姐，一会儿还要去老夫人那里用膳，不如先梳洗吧。大少爷回来了，一切都有大少爷呢。"红玉觉得有沈子恺在，什么问题都不是问题了。

才刚收拾妥当，平儿在外面禀话，是大少爷来了。

沈梓乔忙迎了出去。

"大哥！"沈梓乔笑眯眯地望着这个英挺俊朗的阳光帅哥。洗去满身风尘，换了一身家常石青色杭绸直裰，他整个人看起来清爽干净。

"过来，坐下。"沈子恺板着脸，走到大厅的首位坐下，指着旁边的椅子要沈梓乔过来。

沈梓乔脸上带着恰到好处的心虚和胆怯，乖乖地走了过去，拘谨地准备听训示。

红玉识趣地拉着红缨出去守门。

"你自己说，到底怎么回事？"沈子恺见到妹妹这样子，又好气又好笑。

"大哥是要我从哪里说起啊？"沈梓乔摸摸鼻尖。刚刚沈老夫人在他们父子俩面前将她这半年来干过的坏事数落了一遍，连她自己听了都觉得汗颜。

沈子恺瞟了她一眼，"之前的事就不计较了，你说说孟娘子她们到底是怎么回事？"

这件才是重中之重的大事！沈梓乔立刻打起精神，"大哥，我什么都知道了，孟娘子已经全都跟我说了。"

沈梓乔将被老夫人撵去庄子里、遇到孟娘子等人，包括怎么知道有嫁妆的事都跟沈子恺说了。

"您是不是一开始就知道娘给我留了那么多东西？所以才将孟娘子她们安置在流云庄？"沈梓乔说完，已经是口干舌燥，拿起高几上已经放凉的茶喝了一口。

沈子恺低下眼睑，拿起茶碗，"皎皎，你以前不会相信下人们说的话，这次怎么就相信了？"

"我相信母亲。"沈梓乔说道。

沈梓乔深知，最能依赖的人，也就只有大哥沈子恺了。依赖父亲吗？他又不是只有她一个女儿，他对她的感情仅仅是对亡妻的思念，而思念之情是会消逝的。

只有沈子恺和她才是最亲的亲人。

沈子恺听到沈梓乔的回答，露出一丝微笑，"我都要认不出你就是皎皎了。"

只是半年时间，变化竟这么大。

"大哥，我……我只是不想让娘失望。"沈梓乔干笑几声，总不能现在就告诉他盛佩音企图要毁了沈氏一家吧，说了谁信啊！

沈子恺站了起来，抻平衣裾，"孟娘子他们的事我会处理，至于怎么拿回嫁妆……皎皎，这事得跟父亲说说，若他觉得放在老夫人那里没问题，我们再想别的办法。"

言下之意，沈子恺也认为不能将母亲的嫁妆给那老太婆保管？

沈梓乔开心地点头，她有预感，最终还是需要东越的潘家出面才能让沈老夫人交出母亲的嫁妆。

兄妹二人一起走去德安院。

"大哥，您年纪不小了吧，这次回来是不是该给我找个大嫂了呢？"沈梓乔亲昵地走在沈子恺旁边，笑眯眯地问道。

沈子恺曲起手指敲了她的头一下，"你不是怕我被大嫂抢了吗？"

"大哥最疼我，我才不怕。"沈梓乔挽住沈子恺的胳膊，笑得掐媚讨好。

"鬼灵精怪。"沈子恺笑着摇头。

来到德安院的时候，其他人已经到了，正陪着沈老夫人说话。沈老夫人脸上的笑容在看到沈梓乔时，沉了下去。

沈梓乔好像毫无所察，恭恭敬敬地请安后，坐到一旁去了。

不多时，沈萧就来了，一家人看似和谐温馨地吃了一顿团圆饭。

沈老夫人没让另外两个姨娘来服侍布菜，只让高姨娘在一旁伺候沈萧。其中深意，稍微有点脑子的都知道怎么回事。

只可惜，面对高姨娘的热情，沈萧的反应有点冷淡。

用过晚膳，沈萧陪着老夫人说话，沈老夫人说不到几句就说自己乏了，让大家都回去了。

高姨娘脸上含着羞涩的娇媚，跟在沈萧身后出去。

在家里等了半年，干涸的田地需要雨露的滋润。高姨娘目光脉脉情深，要不是有晚辈在场，只怕她早已经贴上沈萧了。

"皎皎。"沈萧仿佛没看到高姨娘热情如火的暗示，沉声将走在最后的沈梓乔叫上来。

"啊？"沈梓乔愣愣地抬头。

"跟我到书房。"沈萧淡淡说道。

走在他身后的高姨娘那张妆容精致的脸庞瞬间涨得通红，一抹羞恼尴尬浮现在眼底。

沈子阳回头瞪了沈梓乔一眼。

"爹？"沈子恺诧异地看向沈萧。

“你也来。”沈萧说。

余下三个子女嫉恨地看着沈梓乔兄妹跟着沈萧离开。

“父亲是要教训三妹妹吧？”沈梓芬咬着唇说道，心里其实不甘因为她是庶出的，所以得不到沈萧的重视。

论品格论长相，她哪里比不上沈梓乔？

沈梓雯冷笑一声，“你何时见过父亲教训三妹妹？”

父亲只会维护沈梓乔。只有对着沈梓乔的时候，父亲才像个真正的父亲。

高姨娘的脸色一阵青一阵白的，她回头瞪了她们一眼，“你们父亲做什么也是你们能议论的？还不回自己屋里去！”

沈梓雯和沈梓芬悻悻地离开。

“娘。”沈子阳面色阴沉地看着沈萧离开的方向，“一定是皎皎故意的。”

“那个贱丫头！”高姨娘愤恨地低声咒骂，每次都这样！好像是故意跟她作对似的，每次都在紧要关头将老爷给抢了过去。

“娘，父亲才刚回来，想来听说皎皎闯祸了，这是要教训她。来日方长……父亲会想起您的。”沈子阳见自己的生母气得脸色大变，忙低声安慰。

高姨娘绞着手帕，“阳哥儿，你父亲要是再娶填房进门，我们母子二人只怕就更加没地位了。”

沈萧对她并没有太多宠爱，这点她再清楚不过了。如果新夫人进门是跟潘氏一样厉害的，她……她该怎么办？

“不会的，娘，一定不会的。”沈子阳握住高姨娘的手，心底其实并没有那么自信。

在父亲心目中，难道他比不上总是闯祸的皎皎吗？

“早日让皎皎嫁出去，这个家就太平了。”沈子阳对高姨娘说。

高姨娘眸色一闪，不知想起什么，视线看向德安院的院门。

第六十四章　登门道歉

　　书房的气氛有些压抑，这压抑来自坐在书案后面太师椅上的沈萧。

　　大概是军人身上特有的肃杀气势，沈梓乔不自觉地变得谨慎心虚。

　　"……这么说，齐大少爷的事跟你无关？"听完沈梓乔自己说完怎么导致齐铮晕倒到恢复正常的经过，沈萧才沉声开口。

　　只要提起齐铮，沈梓乔心底就有一股无名火烧上来，"当然跟我没关系，我就是轻轻打了一下。爹，我又不是力大无穷，齐铮长得人高马大的，怎么会被我打一下就重伤呢？"

　　沈萧看着挥着两个小胖爪气呼呼喊冤的女儿一眼，严肃的眼眸浮起淡笑，"你是没用，但你偏偏打了，还把他给打重伤了。"

　　重伤他的鬼！沈梓乔觉得自己比窦娥还冤，"你们怎么都怪我呢，要不是我，齐铮现在还是个傻子呢。"

　　"哦？你觉得你还是齐家的大恩人了？"沈萧挑了挑眉问道。

　　那当然！沈梓乔撅着嘴儿，虽然没有回答，表情却表示就是那么回事。

　　沈子恺被她逗得笑出声，刻意板起脸色，"今日我们进宫复命时，遇到安国公了，齐铮能醒过来是万幸；若是醒不来，你就麻烦了。"

　　"明日你跟我去一趟国公府。"沈萧不理会脸色一阵红一阵白的沈梓乔，声音坚定地打消她还想继续辩解的想法。

　　去就去吧，她就不相信齐铮敢不要脸地接受她的道歉。

　　"再说说流云庄那些下人的事，皎皎，你真的不知道他们去了哪里？"沈萧问道。

　　沈梓乔面不改色，"我真不知道。"

　　"爹，我知道孟娘子他们在哪里，这件事……我正想这次回来跟您说的。"沈子恺正了正神色，少年的脸上出现与年龄不相符的严肃，"是关于母亲的。"

与亡妻有关？沈萧沉稳的眉眼间瞬间多了几分悲伤，"你母亲怎么了？"

沈子恺并没有将母亲临终前交代他的话全盘托出，"母亲的嫁妆，不知道父亲可有印象？"

当年潘氏的嫁妆轰动整个京城，十里红妆，没有哪个名门小姐能够比得上她，因此让她招来不少人的嫉妒，这点沈萧自是知道的。

"母亲临终的时候，将她所有的嫁妆都留给了皎皎。如今皎皎已经长大了，是应该还给她了。"沈子恺目光温和，只有眼底深处暗藏着的几抹打量。

并非不相信自己的父亲，只是母亲已经过世那么多年了，父亲的深情是有限的。

"便是因为嫁妆的事，孟娘子那些人才不见了？"沈萧何尝不知道儿子的心思，眼神凌厉地扫了他一眼，明白了流云庄到底发生了什么事。

沈梓乔说："他们要是不走，半夜就该被人灭口了。"

沈萧瞪向沈梓乔，"胡说什么！"

"我没胡说。"沈梓乔撇了撇嘴，"我小时候就是被忽悠了才将孟娘子他们赶走的。"

"你是打算为了那些嫁妆跟你祖母反目成仇吗？"沈萧怒声问道，"谁让你插手这件事的？"

沈梓乔被喝得脸色微白，委屈地说，"我又没去找祖母要回来，只是不想孟娘子他们出事而已。"

"爹……"沈子恺要开口为妹妹解释。

"这件事我会去跟你们祖母说，你们谁都别插手。至于孟娘子他们，将他们接回来吧。"沈萧说道。

沈梓乔脸上一喜，眼睛发亮，巴巴地看着沈萧。

"怎么也要找个理由，别让你们祖母下不来台。"沈萧想到老母亲的性子，不由感到头疼。

"爹，儿子晓得怎么做。"沈子恺笑着说道。

沈萧"嗯"了一声，让他们都下去了。

望着这对子女离去的背影，沈萧心中顿生一股萧瑟的寞落，若微……他想起亡妻，眼中的淡漠变成悲凉。都是他的疏忽，才令妻子劳累过度，没有好好调养身子，导致最后药石无灵过世的。

恺哥儿跟皎皎都长大了。

他也老了。

翌日，沈梓乔不情不愿地跟着沈萧去了齐家，沈子恺见妹妹这么委屈的样子，笑着说陪她一起去。

是安国公亲自招待他们。

"……小女向来调皮顽劣，安国公，还请您多包涵。"寒暄过后，沈萧单刀直入地点明这次上门的原因。

安国公看了看站在沈萧身后那个身材娇小长相清秀的姑娘，这么一个怯怯胆小的孩子，跟传言倒是不太相似。

"小孩子调皮了些不要紧。"安国公其实并没有责怪沈梓乔，何况齐铮因祸得福，他其实很欣慰的，之所以找沈萧抱怨两句，开玩笑的成分比较多，笑着问候起沈老夫人，"老夫人身体可好？"

"家母都好。"沈萧笑着回道。

沈子恺跟安国公见礼之后，提出要去给齐老夫人请安。

安国公叫了丫环领他们兄妹二人去齐老夫人的院子。

齐老夫人这些年来深居简出，跟沈老夫人的霸权不同，她并不插手家中的事情，由着小顾氏去主持中馈，平日极少走出自己的院子。

听说小顾氏是齐老夫人娘家的亲侄女，但婆媳二人的关系并不十分好。齐老夫人在几年前就免了小顾氏的晨昏定省，似乎有不想见到这个儿媳妇的原因。

"大哥，您好像对齐家挺熟悉的啊。"见沈子恺从容自若的模样，沈梓乔心中怀疑起来。

"哦，以前来过几次。"沈子恺微笑道。

沈梓乔心里有说不出的奇怪，却不知哪里不对劲。

这边去给齐老夫人请安，小顾氏不一会儿就知道了，"那小贱人还敢到齐家来？"

"夫人，她在老夫人那里呢。"顾妈妈低声说。

"我们也过去。"那老贼婆平时连她都不见，见那沈梓乔做什么？

顾妈妈忙道："夫人，您就这样过去？老夫人会不会不高兴？"

"她高不高兴跟我没关系。"小顾氏迟疑了一下，最后还是想知道那沈梓乔到底来做什么，还是去了齐老夫人那里。

沈萧昨日才回了京城，今天就马上到国公府了，要说没猫腻，她是如何都不会相信的。

第六十五章　齐老夫人

沈梓乔在荣安侯府见过小顾氏，对那个尖酸刻薄的女人一点都没好感。听说齐老夫人是小顾氏的姑妈，她心里很忐忑，生怕这个齐老夫人跟小顾氏一样难对付。

结果却跟她想象的大相径庭。

齐老夫人长得团团的圆脸，发丝银白，肌肤白皙，说话温和，很和气的样子，她亲切地拉着沈梓乔的手，"小姑娘长得真好看。"

"老夫人，您过奖了，我这个妹妹调皮捣蛋得很呢！"沈子恺笑着说，看起来似乎跟齐老夫人挺熟稔的样子。

"皎皎再怎么调皮也没有你小时候淘气。"齐老夫人嗔了他一眼，"当哥哥的调皮淘气，还好意思说妹妹。"

为什么沈子恺跟齐家的老夫人这么熟稔呢？

"来，皎皎，这个给你拿去玩。"齐老夫人往沈梓乔手里塞了一只羊脂白玉的手镯。玉色莹润没有半点瑕疵，质感细腻温润。就算沈梓乔不懂玉，也看得出这手镯价值不菲。

"老夫人，这……这太贵重了。"沈梓乔吓了一跳，这么贵重的东西她不敢拿。

"贵重什么，就是个小玩意。"齐老夫人将手镯戴到沈梓乔手腕上，"我这个老太婆这里平日没什么人来，你们能想起我，我很高兴。"

沈子恺笑道："老夫人说哪里话，您要是不嫌弃，以后我天天来陪您说话，只是……怕您到时候会嫌我们烦。"

"只要你别把我这个老太婆的棺材本都搬走了，你天天来，我赏你碗茶。"齐老夫人笑眯了眼。

"太小气了，起码得一碗饭啊。"沈梓乔故作认真地说。

齐老夫人大笑，伸手拍了拍沈梓乔的手背，"这丫头还真是调皮。"

正说着，外面有丫环来禀话，说是夫人来了。

沈梓乔发现齐老夫人脸上开怀的笑容明显滞了一下，和气的目光似乎闪过一丝厌恶。

小顾氏的身影出现在门边，穿着大红遍地金水草纹褙子的她看起来精明利落。她一进门就见到站在齐老夫人身边的沈梓乔，一双丹凤眼闪过一抹凌厉。

"娘，听说昨日您胃口不太好，是不是饭菜不合口味呢？媳妇担心您今日还吃不好，所以过来看看。"小顾氏福了福身，恭敬地对齐老夫人说道。

齐老夫人和气的圆脸笑容敛去，端着严肃冷漠的表情对着小顾氏，淡淡地说道："我已经好几天胃口不好了，你今天才关心？"

竟是完全不给小顾氏脸面？沈梓乔诧异地抬头看了一眼，齐老夫人这是故意的？

小顾氏似乎已经习惯齐老夫人这样的冷脸色，笑容还是那么恭敬，"怕娘您不喜欢我到这里来，所以……"

"我确实不喜欢。"齐老夫人不客气地说。

再怎么不喜欢，被当着沈梓乔的面这样打她的脸，小顾氏心底愤恨，暗骂了一声老贱货，勉强维持着笑，"娘，原来您这里有客人呢。哟，这不是大名鼎鼎的沈家三小姐吗？"

啊，原来是针对她的。沈梓乔捕捉到小顾氏眼中的忿恨，敌人心情不爽快，她心情就很爽快。沈梓乔羞赧娇憨地笑了起来，"齐夫人安好。"

"可不敢当沈三小姐的大礼，免得又让人以为我欺负晚辈了。"小顾氏只要想起沈梓乔在荣安侯那里让她丢脸，她就恨不得撕了沈梓乔。

好多年了，自从那个贱人死了之后，她从来没这么讨厌一个人。

沈梓乔笑眯眯地说，"齐夫人真是喜欢开玩笑，是不是我哪里惹您不高兴了呢？"

哪里惹她不高兴？这样的话都问得出来，小顾氏不屑地看着沈梓乔，"娘，您平日连家里的子孙都不大见，今日怎么……可是有人打搅您了？"

这意思是说他们打搅了齐老夫人？沈梓乔似笑非笑地看着小顾氏。

"沈三小姐第一次到家里做客，难得记得我这个老人家，怎么了？"齐老夫人看出小顾氏对沈梓乔的敌意，奇怪小姑娘怎么得罪了她。

小顾氏说："娘还不知道？铮哥儿就是被三小姐打的，今日怕是来赔罪的吧。"

沈子恺沉声说："齐夫人，舍妹跟齐大少爷之间只是误会。"

"误会？"小顾氏掩嘴尖声笑了起来，"沈三小姐什么名声还当别人不知道呢，娘，这姑娘在京城很有名，也就您平时深居简出才不知道。"

"再有名也比不上齐夫人您呢。"沈梓乔淡淡地说。

这个死女人，真是阴魂不散，她到底哪里得罪小顾氏了？怎么跟疯狗一样咬她。

"你说什么？"小顾氏瞪着沈梓乔。

　　沈梓乔笑眯眯地看着她，却回答得驴唇不对马嘴，"我觉得我是齐铮的大恩人才是，要不是我，他还是傻子呢！老夫人，您说是不是？"

　　"你还敢打我的大孙子？"齐老夫人挑眉问道。

　　"这……都是齐铮的错，他惹我生气的。"沈梓乔不好意思地低下头，一副愧疚的样子，"我就不小心揍了一下，很轻很轻的，是他身子太破了……"

　　小顾氏不等齐老夫人开口，满嘴恶毒地说，"真是不要脸，未出阁的姑娘家跟男子厮混在一起算什么？自己的名声不要就算了，还连累我们家的大少爷。整个京城再找不出这样不要脸不要皮的姑娘了，你过世的母亲若是知道你这模样，还不气得从棺材里跳出来。"

　　声音尖锐响亮，骂得大厅所有人都听见了。

　　沈梓乔面无表情地看着小顾氏，确定这女人对她是恨之入骨了。

　　沈子恺气得全身发抖，"齐夫人，休要侮辱我妹妹。"

　　小顾氏冷笑，"我哪里说的不是实在话？是谁追得九王爷不敢出门？是谁在千佛寺跟铮哥儿孤男寡女共处一室的？是谁……"

　　"再怎么样，也比某些人要强些。"冷冽低哑的声音从外面传来，打断了小顾氏愤慨的说话声。

　　齐铮挺拔颀长的身影出现在众人视线中。

　　沈梓乔心中翻滚的怒火暂时强压下来，看也不看齐铮，只是平静地望着脸色顿时涨红的小顾氏。

　　"你先回去吧，这里有孩子们陪我就够了。"齐老夫人在心里叹了一声，对于自己这个侄女，她已经失望得不想说什么了。

　　小顾氏冷冷地盯着齐铮。

　　齐铮身着石青色湖绸素面直裰，如青松般英挺俊朗的身姿，剑眉冷峻，目如点漆，冰雕一般的脸庞冷漠俊美，跟以前只会傻笑的样子完全不同了。

　　小顾氏莫名感到一股无形的压力。

第六十六章　误会

小顾氏并没有听从齐老夫人的话离开，她端着冷冰冰的脸色对着齐铮，"你这是什么态度？人不傻了，反而规矩没了？"

沈梓乔觉得小顾氏太神奇了，人家齐铮摆明了没把她当回事，她反倒拿自己当根葱了，指望齐铮给她立规矩，傻了吧，齐铮看起来是好欺负的么？

"够了！"齐老夫人喝住小顾氏，"这里没你的事了，你回去吧。"

真是给脸不要脸。

齐铮漠然看着她，"我的事不需要您插手，希望您以后别再让你那些外甥女侄女出现在我院子里，下次……我就不会手下留情了。"

这话说出来，小顾氏气得摇摇欲坠，脸色一阵青一阵白的；而齐老夫人却不知想起什么，神色悲伤地低下头。

"婚姻大事，父母之命！你想要娶这种不三不四的女子进齐家的门，我是不会允许的。"手指直直地对着沈梓乔，小顾氏以为齐铮非沈梓乔不娶。

沈子恺大怒，"齐夫人，你休要血口喷人，我妹妹怎么就不三不四了？"

"大哥，齐夫人年纪大了难免胡说八道，不要跟她一般见识。"沈梓乔笑眯眯地劝着沈子恺不要跟小顾氏吵架，免得失去风度。

对付这种疯女人，当然还是要女人来。

小顾氏恶狠狠地瞪着沈梓乔。

沈梓乔笑得娇憨可爱，"让未婚姑娘去继子的院子里……啊，齐夫人，你比不三不四还要不五不六，有什么资格说别人啊？再说了，过门是客，如此这般对待客人，究竟是谁丢了齐家的脸面？"

"何况，在长辈面前这么蛮横霸道……"沈梓乔难过地看着齐老夫人，"老夫人平时在家里的日子一定很难过吧。"

小顾氏差点被气得七窍生烟，竟然说她不孝了？

齐老夫人对着沈梓乔微微一笑，"小丫头眼睛好使。"

"姑母……"小顾氏委屈地尖叫一声。

"你再不回去，就让老爷亲自来带你走。"齐老夫人板起脸色冷声说道。

小顾氏没想到齐老夫人都不帮她，明明是沈梓乔放肆无理在先，为什么老夫人对她却特别宽容？而自己只是做错了一件事，她就记恨到现在？

想不通，因此小顾氏更加恨齐铮和沈梓乔了。

她以为齐老夫人今日见沈梓乔，是将沈梓乔当做孙媳妇相看的。

齐铮喜欢沈梓乔是吧？她一定不会让他如愿的。

小顾氏挺直胸膛，抬高下巴，一副矜贵不可冒犯的模样，跟齐老夫人告了一声后，昂首离开。

沈梓乔松了一口气，朝着齐老夫人露出一个不好意思的笑容，"老夫人，在您面前失态了。"

齐老夫人并没有将她方才那么对待小顾氏的态度放在心上。

不管哪个姑娘家被这样说都会生气的。

"铮哥儿，你怎么来了？"齐老夫人温和地看向面色依旧冷峻的齐铮。

"父亲让我来的。"齐铮平淡地说，看了沈子恺一眼。

是让齐铮来招待沈子恺的吧。

沈梓乔清亮明澈的眼睛盯着齐铮，要不是有齐老夫人跟沈子恺在场，她真想再一拳揍过去，看看这混蛋会不会再次重伤变傻。

"皎皎陪我说话，你们两个年轻人去吧。"齐老夫人含笑说道，对于齐铮这个长孙，齐老夫人心中是有愧疚的。

"祖母，那我跟沈大少爷到外面花园走一走。"齐铮说道。

沈梓乔心中觉得诡异。

总觉得齐家老夫人对她的态度很不寻常。

"皎皎，你跟铮哥儿认识多久了？"齐老夫人拉着沈梓乔坐到自己身边，"你别怪老婆子失礼，铮哥儿……不一样，以前从来没听他提过哪个姑娘。他能够好起来，都是多亏了你。见到他好好的，将来我死了，也有脸面去见那无缘的儿媳妇了。"齐老夫人说着说着眼眶都红起来。

跟沈梓乔说这些话，齐老夫人想了一个晚上。她知道跟未出阁的女子说这些太失礼，但作为祖母，她真的希望齐铮能过得好。

不是没听说过别人怎么说沈梓乔的，但不管外面的人怎么说，她都觉得应该亲眼见一见这孩子。

她不相信沈梓乔会是他们说的那样。

虽然性子倔强不愿吃亏，但绝对不是德行有亏的姑娘。

更难得的，是铮哥儿心里念着她，不然不会赶来护着她。

"老夫人，我……我和齐铮不是您想象的那样。"沈梓乔一脸难堪，敢情老夫人这是替齐铮在相看她啊。

"我明白，明白。"齐老夫人笑着看沈梓乔满脸通红的样子，"如今铮哥儿不同了，我会让他父亲上奏折，请求皇上将世子给他，将来他就是世子爷了。"

她不是在乎齐铮是不是世子爷这个问题好么。

"我身子越来越差，只怕时日无多。唯一能为铮哥儿做的，也就是这些了。"齐老夫人在沈梓乔打算明确自己的态度时，忽然伤感地叹息。

"老夫人，齐大少爷一看就非池中物，将来一定飞黄腾达平步青云，娶到自己心仪的姑娘，您放心吧。"就齐铮那样的人物，想要左拥右抱是多简单的事啊，不用您老人家担心他娶不到老婆啊。

齐老夫人以为沈梓乔这是在暗示她跟齐铮将来会越过重重坎坷困难在一起，心情顿时大好，握着沈梓乔的手一直点头，"没错没错，我铮哥儿一定会出人头地的。"

沈梓乔在心里将齐铮再次骂了一百八十遍。

他装傻就装傻吧，把她拖下水算怎么回事啊？

一老一小各说各的，说了好半天。齐老夫人身体见乏，眼皮都快耷下来了，被身边的妈妈劝了许久，才终于答应先歇下休息。

沈梓乔如释重负，急忙说不打搅老夫人休息，终于能够告退了。

出了齐老夫人的院子，迎面走来一个衣着鲜丽的丫环，眼中带着不屑和鄙夷，"沈三小姐，我们夫人请您过去说话。"

沈梓乔扫了她一眼，"跟你们夫人说，我！没！空！"

切，小顾氏算什么东西，她要见她，自己就得送上门去么？

第六十七章　欠一辈子

那丫环大概没想过有人会这样不客气地拒绝国公夫人的邀请，还是一个名声臭到极点的姑娘家。换了别人，知道夫人请她过去说话，肯定是客客气气地跟着去了。

沈梓乔竟然还直接说没空。

这丫环是小顾氏跟前的大丫环，走出齐家的大门比一般小家小户的姑娘还要有面子，今天是第一次被人看不起。

没错，沈梓乔眼里根本没有她。

想要别人尊重你，至少要懂得尊重别人！沈梓乔无意为难一个下人，但这个下人对自己不礼貌就是另外一回事了。

又不是靠齐家吃饭，甩什么脸面给她看！

沈梓乔越过脸色铁青的丫环，嚣张地走开了。跟在她身后的红玉从目瞪口呆中回过神，暗叹她家三小姐真是越来越厉害了。

而旁边替沈梓乔引路的齐老夫人的丫环看得眼睛晶亮，对沈梓乔的态度更加恭敬了。

"皎皎。"沈梓乔并不想去找沈子恺，她打算直接去跟沈萧说一声后回家，哪知没走出几步，就听到沈子恺在喊她。

两个同样出色的男子并肩而立，沈梓乔犹豫了一下，才走了过去。

"大哥。"甜甜地叫了一声沈子恺，眼睛对上齐铮的时候，目露凶光，不情不愿地喊了声："齐大少爷。"

齐铮目光熠熠地看着她，嘴角微扬。

"皎皎，你上次打了齐大少爷，应该好好跟人家道歉。"沈子恺板着脸严厉地对沈梓乔说道。

道歉？沈梓乔表情僵住，"大哥，明明是他的错。"

被齐铮利用过桥就算了，她还要给他道歉？这算什么啊？

齐铮瞥了她一眼，对沈子恺说，"沈大少爷，只是一场误会，道歉就不必了。"

"皎皎，平时你任性就算了，但这次不能无礼。幸好齐大少爷没事，若醒不过来的话，你该怎么办？"沈子恺皱眉看着自己的妹妹。他宠爱皎皎没错，但不允许她做错事不承认。

"这不是醒了吗？"沈梓乔咬牙切齿，真恨不得狠狠咬齐铮一口。

"你还找借口！"沈子恺生气了。

齐铮见沈梓乔一脸委屈，心中终于生出一丝愧疚，"其实是我不好，不该出言莽撞。沈大少爷，真的不关沈三小姐的事。"

沈子恺以前只听说安国公的长子痴傻呆滞，见面的次数寥寥无几。今日一番谈话，发现这齐铮脑子好了之后，谈吐胸怀比不少名门少爷强多了。

他觉得齐铮是个值得深交的人。

"皎皎！"声音严厉不少。

士可杀不可辱！沈梓乔想要干脆说齐铮是装傻的事出来，可对上齐铮那双深邃漆黑的眼睛，她好不容易养肥的胆子又缩了。

万一她说出齐铮一直隐瞒的秘密，会不会被灭口？

沈梓乔胆小怕死，只好认命地嘟囔了一句，"对不起！"

齐铮眼眸灼亮，嘴角弯起一个好看的弧度，"是我冒犯你在先。"

"你知道就好，你欠我的这辈子都还不了！"沈梓乔没好气地凶道。

"皎皎，不得无礼。"沈子恺瞪了她一眼。

沈梓乔狠狠地瞪了回去，"我走了！"

这什么哥哥啊，净帮着外人凶自己的妹妹，沈梓乔决定将这笔账记起来。

"要还一辈子吗？"齐铮忽然轻声问道，声音低沉徐缓，听得人头皮发麻。

沈梓乔从来没听过哪个男人的声音这么好听。

"一辈子算便宜你了。"这个人情大着呢。

齐铮微笑不语。

沈子恺尴尬地笑了笑。

很多话今天不方便说，沈梓乔只好憋在肚子里，用眼神暗示齐铮不许再给她添麻烦，齐铮如辰星般的眸子坦然面对，看样子根本就没收到沈梓乔的暗示。

沈梓乔郁闷地跟沈萧回了沈家。

因一路上沈萧父子跟沈梓乔不同坐一辆马车，她的八卦之火燃烧不起来，只好等回到家里再问一问关于小顾氏的故事。

齐老夫人很明显不喜欢这个儿媳妇，应该有原因的吧。

他们没有在安国公府用午膳，回到家里后，父子三人先用了午膳，沈子恺将小顾氏在齐老夫人那里怎么侮辱沈梓乔的事说给沈萧知道。

"小顾氏？"沈萧听完，面无表情地点了点头，"不足畏惧。"

"她跟齐家老夫人是怎么回事？"沈梓乔捧着茶碗，睁着一双晶亮的眼睛巴巴看着沈子恺，期待他能满足她的八卦之魂。

沈萧看了她一眼，"皎皎，你觉得齐铮为人如何？"

"卑鄙无耻，阴险狡诈，绝对不能轻易得罪这种人。"简直腹黑得不能再腹黑，太可怕了。

这评价跟沈子恺完全相左。沈子恺道："胡说！齐铮为人胸怀坦白，正大光明，为人处世如日月皎然，你这是女子见识。"

啊啊呸！还如日月皎然呢，沈梓乔嗤之以鼻，"大哥你今日才见到他，很容易被他的外表迷惑，他真是个卑鄙小人。"

沈萧对着沈梓乔摇头轻笑，"为父看人看了一辈子，齐铮这个人……一定不像你们想象的简单，不过，是个可以依靠的人。"

说完，父子二人同时看向沈梓乔。

沈梓乔顿时有一种不太好的预感，她警惕地问，"你们怎么忽然关注起齐铮了？"

"皎皎，你年纪不小了。"沈子恺意味深长地说。

这话的意思沈梓乔再听不出来那就是白痴了，她猛地站了起来，"你们休想把我嫁给齐铮，大姐二姐都还没定亲呢，轮不到我。"

沈萧沉着脸道，"你一个姑娘家开口闭口都是嫁不嫁的，到底知不知羞？"

"将门女子，哪来那么多讲究？"沈梓乔小手一挥，豪爽的程度让沈家父子瞪圆了眼睛。

这话竟然也说得出口！沈萧愤怒之余，觉得自己对不起死去的亡妻，没想到女儿的性子这么野，行事不如别的深闺女子就算了，说话还这么粗俗，立刻下命令，"从明日开始，你给我留在家里学规矩，什么时候变成知书明理的大家闺秀，什么时候才准出门！"

沈梓乔彻底傻眼了。

第六十八章　接回来

沈梓乔强烈抗议学什么规矩，她觉得自己已经很好了。

"很好？"沈萧挑眉看她，"待你学了规矩，你才知道什么才是规矩。"

说来说去，还是说她没规矩！

"爹，你不会是让我跟老夫人学规矩吧？"那还不如把她扔到庄子里去吧，她一辈子都不回京都了。

不是怕老夫人折磨她，是担心自己没忍住将那老货给活活气死了，到时候她就彻底不孝了。

"你放心，爹会请以前在宫里当差的姑姑来教你规矩。"沈子恺一副幸灾乐祸的样子。

啊！这下惨的是她了。

完全没有抗衡的力量，沈梓乔认命地回了乔心院。她前脚才刚进门，沈子恺后脚就来了。

"这是哪来的？"沈梓乔好奇地看着桌面上好几套款式新颖、布料上乘的秋衣，这几套比她如今穿的衣裳要好太多了。

"老夫人让李妈妈送来的，是今年的秋衣，有五套。"红缨回道。

翠柳觑着沈梓乔的脸色，又添了一句，"这都是老夫人亲自选的布料和款式，都是京城如今最时兴的，只给三小姐做了几套。"

哟，天要下红雨了吗？老夫人居然还亲自给她挑衣服了？

"只给我做？"沈梓乔拿起一套鹅黄色折枝玉兰花薄缎衫裙，确实挺好看的啊。

翠柳急忙点头，"是啊。"

"老夫人对我真好啊。"沈梓乔用力地感慨道。

"老夫人对您一直都是最用心的，给三小姐选的不管哪样都是最出挑的。"翠柳道。

　　沈梓乔惊讶地看向翠柳，"我怎么没发现我用的东西都是最好的？"

　　那日李妈妈说她的吃穿用度都是最出挑的，指的是沈萧在家的时候吧。

　　翠柳笑容僵住，不知接下来要怎么颂扬老夫人对沈梓乔的用心。

　　在旁边一直没什么表情的沈子恺挥手让翠柳等丫环都下去，对沈梓乔说道："你自己总是把好东西拿出来炫耀，是不是又让周家表妹拿了不少东西？"

　　周家表妹？沈梓乔愣了一下，好像是有这么回事。毕竟她本人对衣着首饰并不上心，自己有什么东西，自己从来不记着，忘了也就算了！

　　沈子恺并不知道妹妹在想什么，他接着又问，"皎皎，齐铮为人确实不错，比九王爷强多了。"

　　说完，沈子恺看着她，等着沈梓乔应话。

　　"那又怎样？"沈梓乔疑惑地问，齐铮为人如何，跟她有一毛钱的关系吗？

　　沈子恺气闷，想不明白皎皎为何对九王爷那样的男子情有独钟，"九王爷一点男子气概都没有，像个娘们。"

　　"这点我同意。"沈梓乔表示赞同，"大哥，你就那么不待见我，恨不得我赶紧嫁出去是吗？"

　　"胡说什么？"沈子恺没好气地骂道。

　　"那就是了，大姐二姐还没出嫁呢，我急什么啊。"沈梓乔笑眯眯地说。

　　沈子恺叹了一声，"这不是怕将来你抢不过别人么？齐铮如今虽然还不是世子，但前途不可限量。"

　　"大哥……"沈梓乔听得恼火，她没那么差好么。

　　"你好好想想。"沈子恺说，"我先去将孟娘子他们接回来。"

　　沈梓乔并没有将这件事放在心上，让她嫁给齐铮是不可能的，她才不要从一个火坑跳进另外一个火坑呢。

　　到了傍晚，沈子恺真的将孟娘子和林家的所有人接回了沈家，并不顾老夫人的反对，安排孟娘子她们到乔心院服侍。

　　这下将之前老夫人安排的人手都调走了。

　　沈梓乔忍不住感慨，有靠山的感觉果然是不一样的。

　　"……那天将崔管事打跑后，我们就按照三小姐之前的吩咐，趁夜离开庄子，到大少爷的别院去了。幸好当时离开了，否则，今日恐怕就见不到您了。"孟娘子讲着那两天发生的事情，"崔管事一见面就说老夫人要我们回去，那架势哪像是来让我们回去的，带的都是年轻力壮的护院……"

　　"大少爷跟奴婢们说了，以后就在家里服侍三小姐。"林家的激动地说。

沈梓乔笑着点头，"是啊，以后我罩着你们。"

"三小姐，那……老夫人怎么说？"问的是嫁妆，老夫人是那种吃进去吐不出来的人，应该不会那么容易就将嫁妆还给沈梓乔。

"跟父亲说过了，若是他出面都拿不回来……"沈梓乔的声音低了下去，"我亲自去一趟东越。"

孟娘子心里对沈萧并不抱太大希望，若是沈萧能拿回三小姐的嫁妆，当初就不会被老夫人抢走了，"老爷会让您去东越吗？"

沈梓乔笑道："总有办法的。"

和乔心院的主仆相见欢喜不同，沈老夫人因为沈子恺将孟娘子接回来的事气得脑仁抽疼。李妈妈一边替她揉着额心，一边劝着，"大少爷这是顾念着夫人，这才将那些贱奴才接回来。您别担心，大少爷的心始终是向着您的。"

沈老夫人因为愤怒，呼吸都有些粗重，"他眼中什么时候有我了，他这是在替自己的妹妹打算。"

"瞧您说的，大少爷每回有好东西不都先孝敬您么？"李妈妈笑道。

沈老夫人沉着脸不说话。

"再说了……"李妈妈低声说，"家里都是您说了算，想要处置一两个奴才不都是您一句话吗？"

"随便挑个错处，就别想在沈家待着了。"

沈老夫人冷笑，"你当恺哥儿不会护着他们。"

"能护得了多久？"李妈妈笑道，"老夫人您这是气过头，没想明白。"

沈子恺不可能长期待在家里，要对付孟娘子这些奴才，其实容易得很。只要找到机会，直接杖毙了。三小姐能怎么样？她有什么能耐跟老夫人作对？

"你说的是。"沈老夫人终于想通了，脸上的皱纹松开，为几个奴才生气不值得。

这时，翠红在外面告禀，"老夫人，大老爷来了。"

第六十九章　商量

沈萧魁梧挺拔的身影出现在沈老夫人视线中，她脸上阴沉的神色渐渐缓和，微笑着问道："这么晚了，怎么还过来？"

此时已是华灯初上，沈家大宅灯火明亮，仿佛因为男主人的归来，到处都显得鲜活起来。

"有件事和母亲商量一下。"沈萧在炕上坐了下来，接过李妈妈送上来的茶碗。

"这才刚回来，先好好休息，有什么事不能以后再办？"沈老夫人笑眯眯地说，笑容慈祥和蔼。

沈萧点了点头，"这件事刻不容缓，母亲，皎皎今年就该及笄了，这性子却一直跟孩子一样。我想着给她找个宫里出来的嬷嬷教她规矩，也好让她早日行为端庄，知书明理。"

原来是为了女儿……

沈老夫人笑道，"是该给三丫头找个嬷嬷了，我可教不了她。"

"母亲说的是哪里话，这些年不都是您在费心费力吗？只是，您年事已高，她又调皮顽劣，怕会让您太累。"

这话说得沈老夫人心里似有一根针刺着，"那你心里可有人选？"

沈萧笑着问道："母亲在京城人面甚广，要说人选，还应该请教您才是。"

"听说前些年从宫里放出来的钟嬷嬷不错，京城不少名门世家都请她上门去教导家里的姑娘。"沈老夫人说。

"这位钟嬷嬷的为人如何？"沈萧眸色微闪，笑着问道。

沈老夫人看了他一眼，"既想让女儿学好，又想找个好说话的嬷嬷？舍不得女儿受苦，何必请嬷嬷回家。"

"哎，皎皎自幼没有母亲，我对他疏于管教，自是对她宽容了些。"沈萧说道。

　　"知道你最宠爱她。"沈老夫人知道这个儿子是什么想法，觉得不能对不起死去的妻子，所以对她的一双儿女多有宠爱，眼里都看不到其他子女了。

　　沈萧拿起茶碗，掩饰眼中的犹豫，"还有一件事……"

　　"什么事？"沈老夫人笑着问。

　　"皎皎差不多就及笄了。潘氏之前留下的嫁妆一直都是您在帮她打理，我想着，不如让皎皎自己学着怎么打理，将来成了当家主母，也不会什么都不懂。"说完，沈萧低下头，眼角余光观察沈老夫人的面色。

　　沈老夫人听完，心底一股怒火涌了上来，烧得她脑海里一片空白，耳边一阵嗡嗡声。

　　说了那么多，其实就是为了要替三丫头讨回潘氏的嫁妆。

　　李妈妈在旁边担忧地看着她，生怕一个激动说出不合时宜的话。

　　"大老爷，奴婢多嘴说一句。"李妈妈福了福身，恭敬地开口，"老夫人这些年替三小姐打理那些嫁妆实则费尽心思，这两年还收益不少，这时候让三小姐接过去……怕是不妥。"

　　沈萧厉眸一扫，"如何不妥？"

　　若不是李妈妈是服侍老夫人的老人了，沈萧是不会这么和气说话的。

　　"三小姐毕竟年纪还小，万一打理得不好，那……得不偿失。"李妈妈被沈萧一眼看得心尖发抖，说话更加伏地小声。

　　沈萧淡声说："不管皎皎会不会打理，这都是她的东西，是亏是赚，都由她自己承担。"

　　说来说去，都是为了自己的女儿！沈老夫人气得指尖发颤，是用了极大的力气才忍着没将茶碗摔到沈萧身上。

　　"你那死去的媳妇当时脑子不清醒，将所有东西都给了皎皎，那恺哥儿怎么办？你这个当爹的不为儿子着想，我得为我的孙子想。"沈老夫人半天才僵硬地开口。

　　沈萧说："恺哥儿是男子汉大丈夫，自会去打拼自己的江山。皎皎不同，她已经没有母亲了，将来嫁人了，有这份嫁妆握在手里，在夫家也硬气些。"

　　"你知不知道潘氏有多少嫁妆？"沈老夫人气不打一处来，硬气？拿着沈家的东西送给别人就是为了硬气？

　　那还不如一辈子留在沈家不要嫁了！

　　沈萧知道亡妻的嫁妆不少，但沈家又不是破落户，并不需要潘氏的嫁妆补贴家用，而且，他对潘氏的情，也跟嫁妆无关。

　　"潘氏的嫁妆并不是我们沈家的。"沈萧低声说。

　　怎么不是沈家的？进了沈家的门，连人都是沈家的了，更别说嫁妆了，沈老夫人气极儿子的迂腐。

"要给皎皎可以，不过，不能就这样给她，得她有能力管理了，才能全部还给她。否则，全给她败光了，将来我没脸面去见潘氏了，潘家的人说不定还以为是我们沈家贪了那些嫁妆。"沈老夫人眸色一闪，敛去所有愤怒，平静地说着。

"母亲的意思是？"沈萧挑眉问。

沈老夫人淡淡地说："先让她看着两间铺子的买卖，主持家里的大小事。若是铺子能够盈利，家里不出乱子，我才相信她有能力接管潘氏的嫁妆。"

这是要皎皎管家？沈萧为难地皱眉，"皎皎从来没管过家……"

"那她就敢要回嫁妆？"沈老夫人冷声问。

这是故意要为难皎皎。沈萧心里暗叹，不明白自己的母亲为什么就不能喜欢皎皎，"我跟皎皎说一说吧，若她真有那个能耐，还望母亲将潘氏的嫁妆还给她。"

"难不成我还贪那些嫁妆不成？"沈老夫人气得倒仰。

沈萧忙作揖赔礼，"儿子不是那个意思。"

"你先回去吧，我乏了。"沈老夫人脸色难看地捂着胸口，一眼都不看沈萧。

"母亲早点歇息，儿子告退。"沈萧知道老夫人这是在气他，他在心里叹息，行礼后默默地退下了。

待沈萧离开德安院，沈老夫人手里的茶碗用力砸到地上，"我养的好儿子！"

李妈妈忙说："老夫人息怒。"

"他这是在挖我的肉！"沈老夫人气得落泪，让她将相当于沈家半个身家的东西都给那臭丫头，她的心痛得如刀子在割着。

"三小姐是什么性子的人您不是不了解，不必跟大老爷撕破脸。待他知道三小姐是烂泥，自然会死心的。"李妈妈说道。

"去，写信，让老二媳妇回来。"沈老夫人抹着泪水叫道。

第七十章　小花带来的八卦

翌日，沈萧告诉沈梓乔，老夫人答应将嫁妆交还给她保管了。

沈梓乔顿时有种天上掉馅饼的漂浮感。

接着，沈萧又将条件说了出来。

"……爹，这是在为难我。"沈梓乔默泪，这馅饼太不好啃了。

这么大的家哪那么容易当啊！

"皎皎，老夫人是为了你好，不想你将你母亲的嫁妆都保管不好。"沈萧替自己的老母亲辩护，实在不想让女人认为自己的祖母想要贪了她的嫁妆。

这理由冠冕堂皇，实际上却很勉强。

"我知道了。"沈梓乔没有拒绝。沈老夫人越是刁难，她越要将母亲的嫁妆抢回来。

沈萧望着自己的幼女，发现皎皎在他不知道的时候已经长大了，看她眉目清秀，长得和潘氏十分相似。

只是性子却相差十万八千里。

潘氏沉稳内敛，端庄大方，而皎皎……除了调皮淘气就是任性刁钻。

"你要切记不可再跟以前一样轻易就发脾气，凡事要冷静思考，沉稳应对。"沈萧沉声说道。

"是，爹爹。"沈梓乔认真地应着。

沈萧还想说些什么，却发现似乎没什么话题。总觉得这次回来，女儿对她生疏了许多，不像以前会跟他撒娇耍赖。

其实沈梓乔倒是想撒娇来的，偏她现在脑袋里全是什么盛佩音、齐铮惹出来的破烂事，一时间也没那心气朝父亲讨讨亲近了，反正知道父亲是最疼爱自己的就行了。

父女俩一时相对无话，都在绞尽脑汁地想话题。

屋外有下人告禀，荣安府的大小姐来了。

是罗昭花……

沈梓乔脸上一喜，是她让人去将罗昭花请来的。想知道八卦该找谁？当然是找闺蜜！

"去吧。"沈萧叹息，心想，不知女儿将他的话听进去多少，只希望她不要让他失望才好。

"爹爹，那我先回去了。"沈梓乔迫不及待地离开书房。

沈萧大手一挥，沈梓乔已经一溜烟似的出去了。

罗昭花已经在乔心院等她了，见到沈梓乔不顾形象地奔跑过来，眼角抽了抽，无奈地摇头，"你就不能慢慢走吗？"

"我急着见你啊。"沈梓乔理直气壮地回道。

"啧啧，你这小嘴越来越能说了啊。"罗昭花伸手捏了捏沈梓乔的脸颊，两个小姑娘嘻嘻哈哈地进了内屋。

沈梓乔示意红玉守着门，拉着罗昭花聊起天来。

"……你说小顾氏是因为嫁给安国公，齐老夫人才对她冷淡的？"沈梓乔诧异万分，一般正常来说，老夫人们不都喜欢将自己的侄女啊外甥女啊什么的嫁给儿子么？

罗昭花压低声音，"这件事别人不知道，我也是从我娘那儿偷偷听来的。听说以前安国公在外面有个外室，过世的齐夫人孟氏并不知道，就在安国公打算将外室送走的时候，小顾氏将这事告诉了孟氏。后来，外室带着孩子找上门……孟氏被活活气死，安国公一怒之下，将那外室给送走了。十几年过去了，还没见过呢。"

这……这小道消息简直太猛了！

"你这是从你娘那里听来的？"沈梓乔十分怀疑，霓虹郡主会在罗昭花面前说起这个。

罗昭花"嘿嘿"笑了两声，"这件事都过去十几年了，只有几个人听说过，我不是听说你想知道么？特意去问了我娘身边的妈妈，软硬兼施才知道一点的。"

"那齐铮知道自己的母亲是被气死的吗？"沈梓乔想起齐铮那张冷漠的俊脸，或许他装傻跟这件事有关吧。

"不知道吧，不是傻了吗？而且齐家里面没什么人知道这事，知道的都被安国公送走了，齐老夫人应该不会跟齐铮说的。至于小顾氏……更加不会，齐铮若是知道，还能留在齐家吗？"该恨死安国公了。

沈梓乔想起安国公沉稳儒雅的样子，摇头感慨，"真看不出来啊！"

"听说齐老夫人因为这件事将小顾氏狠狠骂了一顿，但还不至于不认这个侄女，还是后来小顾氏勾引了安国公……安国公不得不娶她，才让齐老夫人不准小顾氏去她的院子。"罗昭花压低声音继续说道，说到勾引，她一张小脸都红了。

　　为了打听这件事，她可费了九牛二虎劲。

　　沈梓乔直摇头，"小顾氏果然不是好货色啊。"

　　罗昭花问道，"你是怎么惹上她的？"

　　"我怎么知道！"沈梓乔哀怨地叹息，"大概就是看我不顺眼吧。"

　　其实跟齐铮是脱不了干系，可是她有苦说不出，她心里虽然恼怒齐铮利用她，就是没那个胆将他装傻的事情说出来。

　　她的胆子还不够肥。

　　"你以后可别再让我去打听这些事，让我娘知道了，不将我打死才怪。"罗昭花一本正经地说。

　　沈梓乔斜乜了她一眼，"行了吧，其实你也很想知道。"

　　罗昭花虽然是土生土长的闺阁千金，但绝对有一颗熊熊燃烧的八卦之心。

　　"呸，我才不像你呢。"罗昭花坚决不同意，她捻了一颗腌制梅干丢进嘴里，口齿不清地问，"听说沈大将军回来了，该不是你如今又被禁足了吧。"

　　"老夫人让我管家。"沈梓乔淡淡地说。

　　噗！罗昭花差点将口水喷出来，"你把老夫人给气狠了吗？让你管家？沈家不是要乱成一团？"

　　这是赤裸裸地看不起她啊！沈梓乔不悦地瞪她，"我管家怎么就乱成一团了？"

　　"皎皎，不是我瞧不起你，且不说你没管过家，你连学都没学过吧？老夫人何曾教过你？你会看账本吗？什么都不会不是？"

　　原来的沈梓乔或许不会，但现在就不一定了，"我有我娘留下的人帮我。"

　　罗昭花愣了一下，"沈夫人的人？以前你不是很讨厌他们？"

　　"以前不懂事。"沈梓乔认真地说。

　　"你不懂的问我，我跟我娘学着管家也有一年了。"罗昭花说。

　　沈梓乔心中微暖，不同于盛佩音对她的利用，罗昭花是真心为了她好，这才是值得依靠的朋友啊。

第七十一章 管家

第二天清早，沈家各房各院的管事照样去德安院回事。哪知沈老夫人却没有见他们，只说从今日开始，由三小姐主持中馈，让他们有什么事都去回了三小姐。

众人听了面面相觑，不明白到底发生了什么事情。

这些管事婆子多是老夫人提拔上来的，是沈老夫人的心腹，听说以后要听从一个黄毛丫头点派，都不服气地嚷开了。

李妈妈含笑看着她们，慢慢道："老爷也是同意让三小姐管家的，老夫人最近身子不爽利，往后你们有什么事，就去问三小姐拿主意。三小姐聪明伶俐，必是能将家里管理得条条顺顺的。"

这话的意思……老夫人是被迫交出管家大权了？

大老爷真是的，三小姐哪里是管家的料儿，那丫头除了胡闹就是发脾气，哪能将家里的大小事情管好？

虽然都不服气，可毕竟是大老爷同意的，她们只能去沈梓乔那边。

不过，她们都明白李妈妈的暗示，既然三小姐想胡闹，她们奉陪就是了，反正有老夫人呢。

沈梓乔替代沈老夫人管家的事很快就传到各人耳中，反应最激烈的非高姨娘莫属了。

"让那个臭丫头管家？老爷究竟怎么想的，竟然交给她管家！"高姨娘气得无法冷静，在屋里来回地走着，心里埋怨老夫人为何会答应这样荒唐的事情。

凭什么是沈梓乔？就算老夫人身子不好，想将家里大权交出来，那也得交给她吧，怎么会给一个臭丫头。

气死她了！

"姨娘，少安勿躁。"高姨娘身边的王妈妈劝着她，"这并非是坏事啊。"

"怎么不是坏事？我进这个家都多少年了，老爷对我从来没给一个好脸色。那贱人都死了那么久，我在这个家还一点地位都没有。"高姨娘的委屈终于忍不住爆发了。

只要想到潘氏，她吃人的心都有了。当初她好不容易成了沈萧的贵妾，以为凭她的身世和美貌，一定能够将他抓牢，就算不是正室又何妨，男人的心才是最重要的。

潘氏却在她进门后，立刻又抬了两个姨娘，根本无视她是贵妾的身份。

还说什么妾就是妾，贵贱之分没有区别。

沈萧一年中来她屋里不到几次，他心里眼里就只有潘氏那个贱人。

好不容易潘氏死了，她依然走不进沈萧的心。

"三小姐什么都不懂，老夫人只会袖手旁观看着她出丑，怎会出手帮她？将来待三小姐闯祸，姨娘您再站出来帮忙，老爷到时候必定对您高看的。"王妈妈低声说道。

高姨娘将王妈妈的话听了进去，颓丧地跌坐在软榻上，眼眶含着泪水，"我不甘心……我是不甘心啊。"

原本她能嫁给小家小户人家当正室的，若不是沈老夫人非要她进沈家的门当妾，她如今又何至于过这么憋屈的日子？

她从来就不是想过富贵荣华的日子，她只想有个结实的肩膀能够给她依靠。

"姑娘……"王妈妈心疼地抱住高姨娘，"都这么多年了，再忍忍。"

"我怎么忍，王妈妈，你没看到……"高姨娘骤然落泪，"他眼里根本没有我。就算我在他面前宽衣解带，他还是面无表情……他是怨我，怨我让潘氏不高兴了。"

王妈妈拭去她的眼泪，"大老爷不懂您的心，只要他明白你不是贪慕虚荣的，自然会对您好的。"

高姨娘冷笑，"我不稀罕了，王妈妈，那老贼婆和潘氏害了我，我一定不会就这样算了的。"

"姨娘！"王妈妈大惊，"姨娘切莫想岔了，您如今有四少爷，只需要忍耐几年，待四少爷将来出息了，谁还敢看不起您？眼下可不能跟老夫人作对。"

"我是还需要老贼婆才能有好日子过，阳哥儿才能有个好前程。可是潘氏的女儿……我就想看着她怎么死。"高姨娘眼中闪烁着刻骨铭心的恨意。

王妈妈说，"大老爷疼爱三小姐，姨娘，您千万别惹恼了大老爷。"

高姨娘哼了一声，"我知道。"

管事婆子媳妇们来到乔心院的时候，沈梓乔还没起身，正抱着软被睡得只差没流口水。

"这都什么时候了，三小姐还在睡觉？哎哟，这还得听派回话，要是耽搁了一天的活儿可怎么办？"说话的是管采办的林妈妈。

针线房的陈妈妈跟着嘀咕，"老夫人从来都是一大早就起来的。"

"就是……"

数十个婆子媳妇七嘴八舌说了起来，言语中对沈梓乔至此时还在酣眠极有意见。

红玉在旁边看着干着急，只希望红缨能赶紧将三小姐唤起来。

孟娘子冷眼旁观，将这些人的话都听在耳里。

她认得这些管事的婆子媳妇，都是老夫人一手提拔起来的心腹。当初夫人在世的时候，这些人还不知道在哪里，有两三个还是犯了错，被夫人撵到庄子里去的，没想转眼老夫人就将这些人弄回来了。

大老爷让三小姐管家，又要看着铺面不亏本，根本就是在为难三小姐。

"孟娘子，三小姐若是还没睡够，那我们就先下去做事了，免得耽误了时辰，误了几位主人的午膳就不好了。"林妈妈站出来说道。

孟娘子冷冷瞥了她一眼，正欲开口说话，沈梓乔笑眯眯地从外面走了进来，"大家早啊。"

"不早了，三小姐。"林妈妈双手放在身前，语气带着嘲讽。

沈梓乔在主位上坐了下来，将厅里的人都打量了一遍，慢慢地说："我今天才知道，原来我该睡到什么时候，是由你们说了算。"

林妈妈和陈妈妈脸色微变。

"虽然……"沈梓乔笑得娇憨可爱，"我是起得晚了些，不过，有资格来说我的，轮不到在场的几位吧。"

这么说，方才那些话都被三小姐听去了？林妈妈撇了撇嘴，不自在的神色很快就平静下来。

她们有老夫人撑腰，根本不需要怕三小姐。

其实沈梓乔也挺郁闷的，她知道管家不轻松，一定要晚睡早起，对于喜欢睡懒觉的她来说是个超级大折磨，但她没想到老夫人会连交接都没有就直接把担子撂下了。

至少得跟她提点几句吧。

好吧，指望她对自己好一点是不可能的，沈梓乔只能在心中郁闷不已。

这帮牛鬼蛇神肯定巴不得自己出错，她是绝对不会那么容易认输的。

不认输……沈梓乔在心里默念，可她不懂管家啊。

"你们有什么要回禀的，一个一个慢慢说。"沈梓乔从容不迫地说着，心里虽然纠结，但外表看起来却很自信。

林妈妈和陈妈妈几个对视一眼，她们都认为沈梓乔是个草包，什么都不懂，今日看

7777777777777

她气势，却仿佛胸有成竹，她们斟酌着要怎么禀话。

"回三小姐，眼见就要中秋了，往年这时候都已经开始准备游园事项，还有老夫人的寿辰也要到了，不知道三小姐今年有何安排？"这话是一直沉默不语的崔妈妈说的。

崔妈妈是后院的总管。

"往年怎么安排，今年还是怎么安排吧。"沈梓乔说。

"是，三小姐。"崔妈妈眼神一闪，嘴角含笑地应下，接着又回了几件无关重要的事，沈梓乔让旁边的红玉一一记下。

其他人见崔妈妈都客客气气地回禀，也都将心底的不服气按下，将家里的大小事情禀知沈梓乔。

沈梓乔强打精神听完，按照孟娘子刚才教的，以暂时守旧的方式给他们派事。

"哦，对了，家里的账册都给我送一份过来，我要看看。"沈梓乔在众人要告退离去的时候，又加了一句。

掌管内院账册的崔妈妈脚步一滞，一心忽起怒气，暗想，这草包能认得几个字，居然还要查账册。

"有问题吗？崔妈妈？"沈梓乔含笑问道。

笑容看起来异常碍眼，崔妈妈低头，"奴婢一会儿就让人送来。"

沈梓乔满意了，"那你们都去做事吧，别耽误了啊。"

待众人一走，沈梓乔立刻摊开双手无力地趴在桌子上，大呼真是比打架还累。

一旁的红玉和红缨忍俊不已。

唯有孟娘子表情严肃，眉心紧皱，似乎很凝重的样子。

"孟娘子，怎么了？"沈梓乔见她这个样子似乎不对劲，忙出声问道。

"三小姐，这才刚开始，夫人当年要面对的比你如今可难得多。"孟娘子看着稚气未脱的沈梓乔，心里暗叹一口气，她总觉得今日崔妈妈等人这般顺从实在诡异。

沈梓乔可以想象当年娘亲的艰难，"孟娘子，你一定要帮我啊。"

她从来没管过家，更不是特别聪明厉害不学自通的人，这么重的担子突然落到自己的肩上，确实心里七上八下的！

"三小姐，您放心，虽然这些年奴婢不在沈家，但夫人教的本领却还是有七成的。"孟娘子说。

沈梓乔用力地点头。

第七十二章　巡铺（上）

崔妈妈让人将厚厚的三大本账册送了过来。

红缨将账册送到沈梓乔面前，不悦地嘀咕："真是不长眼的奴才，连送账册都打发个小丫头拿来，自己端着架子。凭她也敢在三小姐面前端架子？"

孟娘子正跟沈梓乔说着管家必须知人善用，疑人不用，用人不疑，且要眼观全局，耳听四方……

听到红缨的抱怨，沈梓乔笑了起来，"她肯送过来就不错了。"

孟娘子道，"不如奴婢替三小姐读账册？"

"我看得懂。"沈梓乔笑道。

"三小姐不如先休息一会儿？"沈梓乔和那些婆子媳妇们听派后，就一直听着孟娘子给她讲该怎么管家，并将家里一些特别要注意的下人指出来。

连口水都没喝上呢。

沈梓乔点了点头，"是该休息了，我们出去看一看铺子吧。"

两间铺子分别在东大街和西街，一间是卖笔墨纸砚，一间是卖米，都是非常赚钱的生意。

以老夫人对她的态度，不应该这么好给她两间明显不会亏本的铺子啊。

"三小姐，您在想什么？"红玉问道，因见沈梓乔看着铺子发愣。

沈梓乔回过神，笑了笑，"没什么，就是觉得老夫人怎么那么好，把这两间铺子给我看着。"

孟娘子说："表面好未必真的好，这两家看着应该一本万利，但实则我们什么都不清楚。"

"让人去查查潘掌柜被撵到什么地方去了，想办法将他带回京城。"沈梓乔想起潘氏留下的人，潘三多。

之前打听过这个人，因不肯听从沈老夫人的话，被撵走了，如果能够将他找回来，沈梓乔觉得自己在生意这方面会多个好帮手。

"奴婢会让人去暗中打听的。"找潘三多回来的事还不能让沈老夫人知道。

她们来到东大街的铺子，是卖文房四宝的。

如今已经快要日上中天，铺子的大门却只开了一条缝，里面乌黑一片。

"这都什么时候了，怎么还没打开门做生意？"红缨皱眉说道。

沈梓乔给红玉使了个眼色，"去看掌柜在不在。"

红玉上前叩门，半晌都没有人应声。

"看来确实不是好果子。"不好啃啊，就知道那老太婆不会对她好的。

"三小姐，怎么办？"红玉回头看着沈梓乔。

沈梓乔哼了一声，"总不能躲着不接招啊，红缨，上去把门给我打开。"

姐妹二人不再犹豫，上前将只开了一条缝的木板门架开。

"谁啊谁啊，这一大早的做啥呢。"铺子里终于传出一道不耐烦的声音，便见一个伙计打扮的年轻男子一边打哈欠一边走了出来。

一见门外站的都是陌生的年轻姑娘，不耐烦地骂道，"干吗干吗，想买东西也得等我们开门了不是？"

"你知道现在什么时辰了吗？居然到现在还不打开门做生意。"孟娘子不悦地喝道。

"我们什么时候开门做生意关你们什么事，去去去，到对面买去。"伙计挥手赶人。

沈梓乔笑眯眯地将里面看了一眼，"你们掌柜呢？"

"走了。"伙计叫道，竟要将门板重新关上。

"那你也可以滚了。"沈梓乔笑着说，眼睛却冷漠异常。

伙计大怒，"你凭什么叫我滚。"

"凭我们三小姐是沈家的。"孟娘子冷声说道。

沈家三小姐？伙计吓了一跳，"你……你们是沈家的……"

沈梓乔走进铺子里，笑了笑，"你们掌柜是谁呢？他走了怎么没人去跟我说？"

那伙计脸上的不耐烦被巴结讨好代替，他走在沈梓乔身后，"今天一大早的，崔管家找了陈掌柜说话，掌柜听完气呼呼地就说自己不干了。"

"陈掌柜不是沈家的人？"若是沈家的奴才，哪里敢说不干就不干。

"是崔管事从外面请回来的。"伙计老老实实地回答。

沈梓乔嘴角笑容更盛，这就是沈老夫人为什么那么爽快将这间铺子给她的原因吧。

孟娘子脸色难看，"他为什么走？"

"说……让三小姐……一个什么都不懂的丫头指指点点，还不如回去耕田……"伙计支支吾吾，看着沈梓乔的脸色说道。

"耕田啊。"沈梓乔一副我明白了的表情，"很有前途啊。"

孟娘子心中对沈梓乔一片怜惜，自幼失去母亲的孩子如今竟然被自己的祖母算计，为了那些嫁妆，沈老夫人半点亲情都不顾了。

三小姐心里是该多难受。

这种情况沈梓乔早就有预料，所以并没有太意外，沈老夫人这么对待她，她心里并没有觉得难过，因为她根本就没有将那个老太婆当成自己的奶奶。

没有哪个祖母会这么对待自己的孙女。

"就算没有掌柜，谁允许你关门不开店的？"沈梓乔笑着问那伙计。

"小的这就开门，开门。"伙计忙说道，他就是想偷个懒罢了，不敢跟沈梓乔顶嘴。

沈梓乔说："原来的掌柜留下的东西在哪里？"

真是一点素质都没有，想要辞职最起码也要跟她交接一下。

伙计急忙到柜台后取了账册，"三小姐，在这里。"

红玉接了过去。

"你叫什么名字？"沈梓乔看了那讨好巴结的伙计一眼。

"小的叫张耀祖。"张耀祖说道。

沈梓乔点了点头，"好好看店，明天自会有掌柜过来。"

张耀祖点头哈腰地将沈梓乔送上马车，直到马车消失在街尾，他才呸了一声，一脸痞子的无赖样子，"还真以为自己了不起，不用老夫人出手，肯定自己先受不了。"

说毕，他骂骂咧咧地重新进了店内。

第七十三章　巡铺（下）

"三小姐……"孟娘子心疼地看着沈梓乔，很想说几句话安慰她，却不知要怎么开口。

沈梓乔歪着头，笑容依旧明媚灿烂，"怎么了？多难得出来走一走啊，别愁着一张脸。"

"三小姐，您若是心里难受，您说出来，别憋在心里，对自己身子不好。"孟娘子只当沈梓乔是在强颜欢笑，哪个姑娘家被家人这般算计会心里好过的。

何况，三小姐小时候对老夫人还十分依赖，百依百从，其实心里是非常在意沈老夫人如何对待她的吧。

沈梓乔好笑地摇头，她真的一点感觉都没有，"又不是第一次……我已经习惯了，无所谓，兵来将挡，老夫人无非就是不想我拿回嫁妆，我偏要在她手上抢回来。"

明明已经是嘴里的肥肉，还没吞下去就被抢走了，这种感觉一定更加锥心难受。

她就是要老太婆难受。

"万一……要是……"红玉迟疑地开口，毕竟三小姐什么都不懂啊，怎么跟老夫人斗呢。

说起这个，沈梓乔嗤之以鼻，"就是陪老夫人玩玩，她真以为我输了，那些嫁妆就是她的了？就算我同意，我外祖父还不同意呢。"

老夫人不要脸霸占她的嫁妆，她难道不能耍赖啊？

孟娘子和红玉都轻笑出声，"三小姐果然是长大了。"

沈梓乔低头看了一眼自己的胸脯，扁扁嘴嘀咕，"其实也没长大多少啊。"

把红玉羞得满脸通红。

"三小姐，您真的要写信给潘家老太爷？"孟娘子低声问道，其实她是十分赞成沈梓乔找潘家撑腰的。

"当然啦，回去就写，马上寄出去。"沈梓乔坚定说道。

有靠山不找是笨蛋。

"哦，对了，红玉，让你老子来见一见我。"沈梓乔忽然对红玉说道，"既然东大街的铺子没有掌柜，让你老子去吧。"

红玉惊讶地瞪圆眼睛，"我爹……他……他……"

沈梓乔笑道，"孟娘子和我说过了，你爹以前是帮我母亲跑腿的。虽然这些年被老夫人刻意打压，但也偷偷帮大少爷办过不少事情，就让他去当掌柜吧。"

"多谢三小姐。"红玉和红缨二人知道这是三小姐要提携她们老子了，感激得直磕头。

"行了行了，别磕头，不疼啊。"沈梓乔将她们拉了起来。

她本就是个护短的人，红玉两姐妹对她又很是忠心。她要是不护着她们的家人，她算什么主人啊。

孟娘子感慨地看着眼前这一幕。

三小姐跟夫人真是越来越像了。

"尚品楼的生意真好，盛家三小姐果然好本事，不少达官贵人都只去尚品楼呢。"马车经过东大街的尚品楼，红玉透过窗缝看人来人往的大门，感叹了一声。

盛佩音……

沈梓乔心里"哎呀"了一声，最近都把她给忘记了。

"大少爷？"红缨咦了一声，"三小姐，大少爷进了尚品楼呢。"

不好！盛佩音跟沈子恺……糟了啊，盛佩音该不是要勾引大哥吧？

沈梓乔焦急起来，不行不行，绝不能让大哥被盛佩音给骗了。

"大少爷和谁在一起？"沈梓乔故作镇定地问道。

红玉低声说："跟齐大少爷。"

不知为何，听说是跟齐铮在一起，沈梓乔松了一口气。

要加强对沈子恺的保护才行啊。

不多时，她们便来到西街的米铺。

米铺的生意似乎不错，铺子里有两个伙计、一个掌柜，三个人都忙得不乐亦乎。

沈梓乔没有进店去，而是让红缨去买一斗米，借此观察一下掌柜等人的态度和表情。

生意这么好，怎么每个月的盈利都那么少？勉强只是不亏本而已。

没有猫腻才怪！

红缨买了一斗米回来，沈梓乔看了看米质，还是挺好的。

"今天就到这里，我们回去吧。"沈梓乔说。

孟娘子等人愣了一下，"三小姐，不进店里看看吗？"

"你们知道那个掌柜是谁吗？"沈梓乔指着那个在打算盘的掌柜笑问。

她可不是什么功课都没做就来巡铺的，早就跟沈子恺打听过了。

"李妈妈的侄子，老夫人的人。"进店去干吗呢，又抓不到什么把柄。

"这么说……"

沈梓乔笑了笑，"不将这个掌柜换了，米铺这个月肯定要亏本。但要怎么换，我们还得详细计划一下。"

孟娘子心口堵了一把火，"老夫人真是……真是……"

"好了，别气了，回去吧。"沈梓乔打道回府，反正已经预料到了，没什么好生气的。

刚回到沈家，沈梓乔让红缨先把米去称一称，是不是足称的，说不定没赚钱是多勺米给顾客了。

"大小姐跟二小姐来了。"还没喝上口茶，就听说沈梓雯她们过来了。

稀客啊！这两姐妹平时从来不到她这儿来的，今天不知吹了什么风，竟然还一起过来了。

"皎皎，你回来了。"沈梓雯笑盈盈地走了进来，她穿着葱绿色的绣连枝薄缎短襦，下面一条素色马面裙，显得亭亭玉立。

"是大姐二姐啊，两位姐姐怎么有空过来呢？不用陪着老夫人吗？"沈梓乔对她们的态度不冷不热，她们是怎么对她的，她就怎么对她们。

沈梓芬长得不如沈梓雯好看，行为举止不够大气，透着一股卑微感。她将沈梓乔屋里打量一圈，果然每次父亲回来，皎皎屋里就会添置些东西，而且每一样都比她的好不知多少。

"皎皎，听说早上那些管事婆子不给你面子啊？"沈梓芬努力让自己的语气听起来没有嫉妒的味道。

沈梓乔招呼她们坐下，让红玉拿了沈子恺带回来的杏仁果和其他零嘴出来待客。

"大哥对皎皎真好。"沈梓芬看得出这些零嘴都是京城买不到的。

"我是大哥的亲妹妹啊。"沈梓乔笑着说。家里就她跟沈子恺最亲，他不对她好还能对谁好。

沈梓雯道："你这话就不对了，难道我们不是大哥的亲妹妹？"

"是，你们都是妹妹。"沈梓乔笑了笑。

她们不是来找沈梓乔吵架的！沈梓雯温婉地拉着沈梓乔的手，"管家不容易，你从来没学过，若是有什么需要帮忙的，只管跟大姐说。"

"如果有需要的话。"沈梓乔点头，怕的是她们帮倒忙。

"难道你如今不需要？好歹我们跟着祖母学了些日子，帮你是不想看到你被下人欺负。"真是一点都不领情，沈梓芬撇了撇嘴。

沈梓乔喝了口茶，"还没人敢欺负我。"

"如此甚好。"沈梓雯瞪了沈梓芬一眼，不许她再多说话。

她们是心里不舒服，为什么老夫人会突然将家里的大权交给这个草包？就算她是嫡出的，可她什么都不会，至少应该让三姐妹一起管吧。

一定是父亲和大哥的主意。

她们就是想过来看看沈梓乔怎么被下人无视，但好像事实上并不是这样。

"哦，对了，还有一件事，今年的秋装好像不太对数，皎皎，您看是不是重新发配呢？"沈梓雯笑着说。

秋装？不是几天前的事吗？"怎么不对了？"

"我们只有三套。"沈梓芬愤愤不平地说。

"往年有几套？"沈梓乔问，却不是问她们，而是问红玉。

红玉看也不看沈梓雯她们，恭敬地回答沈梓乔，"往年都是这样，三小姐有五套，大小姐和二小姐都是三套。"

沈梓雯笑道："今年不同，老夫人说了，今年我们都长个子了，而且年纪也不小……"

言下之意，就是年纪不小，该为将来做打算，要懂得打扮自己了。

"既是老夫人说的，便按照老夫人的话去办吧。"沈梓乔说。

沈梓雯和沈梓芬脸上一喜，"那我们这就跟崔妈妈说一说。"

姐妹二人去找了崔妈妈，却说是沈梓乔答应给她们多做几套秋衣，若是不信，只管去问三小姐。

崔妈妈什么都没说就应下了。

沈梓乔并不知这件事。

她正忙着给潘家老太爷写信。

"外祖父收到信会不会帮我呢？"沈梓乔纠结起来，"万一他们还不肯原谅我怎么办呢？"

"不会的，老太爷那么看重夫人，对您一定爱屋及乌。"孟娘子安慰道。

"希望如此。"沈梓乔叹道。

才让红玉将信送到驿站，便有小丫环来告禀，三位姨娘来了。

这么巧又是结伴一起来？

"请三位姨娘到茶厅看茶。"沈梓乔吩咐，让孟娘子陪着她去了茶厅。

第七十四章　她很满意

高姨娘带着刘孙两位姨娘一起到乔心院，这还是第一次呢。

沈梓乔看了看茶厅里已经优雅地坐在太师椅上拿着茶碗品茶的高姨娘，又扫了一眼低眉顺耳站在一旁的刘姨娘和孙姨娘，嘴角弯起一个好看的微笑。

"三位姨娘今日好闲情啊。"沈梓乔慢慢地走了进去，在首位上坐了下来，看也不看高姨娘一眼。

高姨娘见沈梓乔根本不将她当一回事，心底暗恼，每次都这样，只要老爷和大少爷回来，这臭丫头就谁都不放在眼里了。

"怕再不过来，三小姐都忘记我们几个了。"高姨娘将茶碗放到高几上，斜眼看着沈梓乔。

沈梓乔笑眯眯地转过头，"高姨娘不是会让人忘记的人。"

"三小姐如今贵人事忙，能记得我们实在太难得了。"高姨娘看着沈梓乔，仿佛看到曾经事事压她一头的潘氏，心里的火气涌了上来。

"不如直说吧，三位姨娘到底有什么事？要说你们是来我这里吃茶聊天的，别说我不相信，你们肯定也说不出这样的话。"沈梓乔最不耐烦藏着掖着说话，反正本来就没什么交情，何必绕弯子。

孙姨娘和刘姨娘猛地抬头，欲言又止地看着沈梓乔，眼角瞟了瞟高姨娘，没有说话。

高姨娘本来还想奚落沈梓乔两句，无奈人家并不接招，只好说道，"今天崔妈妈让人送了秋季的布料，我看着不太对。三小姐，老夫人当家的时候，可从来不会苛待我们，不能您如今当家了，却不将我们当人看啊。"

"怎样的布料让高姨娘觉得自己不是人了？"沈梓乔真想四十五度忧伤望天，她才第一天管家而已啊，怎么就问题那么多。

这接下来的日子要怎么活啊。

高姨娘闻言，怒火冲天，"三小姐，虽然我是个妾，可不是随随便便让人骂的。"

"嗯？谁骂你了？"沈梓乔一脸纳闷地看着她，说自己不是人的明明是她自己嘛。

"你……"

刘姨娘急忙小声插嘴，"三小姐，其实是这样的，往年秋季奴婢们都有四匹布料，今年却只有两匹……奴婢们以为是下人那边搞错了，去问了一问，只说是三小姐的意思……"

沈梓乔转头问红玉，"是谁在管这事儿？"

"是崔妈妈。"红玉低声回道。

高姨娘重新坐了回去，摆出一副今天不给她个说法就不离开的样子。

"那就找崔妈妈来问问吧。"沈梓乔说道。

她就知道今天那些管事婆子们那么好说话肯定有问题。

早就想好在背后拖她后腿了吧。

老太婆养的一帮好心腹啊。

崔妈妈很快就被叫了过来，进门的时候眼观鼻、鼻观心，多余的眼光不投向高姨娘。

"三小姐，不知有什么事吩咐奴婢？"崔妈妈不卑不亢地矮下身子行礼，语气虽然算是恭敬，但还是听得出很勉强。

当然了，在沈家做了几十年的老人了，忽然让一个被公认为草包的刁蛮小姐指挥做事，难免心里不服气。

沈梓乔从没想过要让这些婆子们服她。

她是主人，她的仆人不管服气还是不服气，她吩咐的事情她们必须做好。

"高姨娘她们说今年的布料数目不一样，是怎么回事？"沈梓乔问道。

崔妈妈挺直了腰板，眼帘低垂，"奴婢送去给几位的时候，都仔细清点过，并没有出差错。"

"是吗？"沈梓乔眉宇间染着淡淡的俏皮笑意。

"而且，都是按照三小姐您吩咐的去做，奴婢不认为哪里有错。"崔妈妈一板一眼地说。

高姨娘哼了一声，当沈梓乔是故意要针对她。

沈梓乔抬眼，将崔妈妈面无表情的脸色看在眼底，微笑问："我吩咐的？"

红玉想站出来呵斥崔妈妈胡说八道，被旁边的崔妈妈给瞪了回去，既然崔妈妈敢当众说出这样的话，自然是有对策的。但三小姐并没有紧张，想来知道怎么应付。

"早上的时候，奴婢问了三小姐该怎么安排秋季各房的衣物布料，您说一切按照往年的份例。"崔妈妈不紧不慢地回答，似乎早料到会有这样的情况。

"高姨娘，你不是说四匹吗？你们不要欺负我是小孩子，又是刚开始管家，什么都还是两眼一抹黑，所以趁机来糊弄我哦。"沈梓乔笑眯眯，神情似在开玩笑。

在场的人没人当她是开玩笑。

高姨娘只当沈梓乔是在责骂她无中生有，想要趁机贪小便宜。

她用得着贪她两匹破布吗？

崔妈妈更不会将沈梓乔的话当作玩笑，但更不会表现出惶恐的样子，她巴不得沈梓乔发怒，最好惩罚她，如此一来，便能将事情闹大了。

一个只会呼呼喝喝的黄毛丫头，也敢跟老夫人作对，真是不自量力。

"崔妈妈，那到底是四匹还是两匹呢？"沈梓乔问道，她其实很不耐烦管这种小事。

后宅的女人吃饱了都没事做吗？为了一点东西都能闹起来，难道她们的人生除了宅斗就没有别的追求吗？

"崔妈妈，你可要想好了才能回答，别年纪大了，一些事情记不住，闹出笑话。"高姨娘冷冷睨着她，声音略尖地说。

"去年是老夫人自己拿了私己钱给各位姨娘小姐少爷添的布料衣裳，没有动用公家的一分银子，三小姐。"崔妈妈看也不看高姨娘，只抬眼直视沈梓乔。

面对这样带着挑衅和得意的眼神，沈梓乔表示很想叹息。

老太婆有什么私己钱，她的私己钱不会就是潘氏的嫁妆吧？以她的性子，估计舍不得拿自己棺材本出来的。

是想逼她也拿银子出来无私贡献吗？

她吃饱撑着才会这么干。

"既然这样，那就去问问老夫人，今年还要不要拿银子出来给大家添衣料，做事不能半途而废啊，第一年有了，第二年也应当有。崔妈妈，这件事就交给你了。"沈梓乔没有如崔妈妈预料的，同样拿出银子给其他人添衣，竟然是让她去跟老夫人要银子。

这么不要脸的话她怎么说得出口？

崔妈妈气得脸色涨红。

她错估了沈梓乔，沈梓乔不是死要面子的人，没银子就是没银子，干吗要打肿脸充胖子？既然老夫人有银子，那就让她继续去散财吧。

沈梓乔很满意看到崔妈妈的表情终于有了变化，她侧头看向高姨娘，"高姨娘，你们也真是的，一点小东西也计较，以后下人们哪里做得不周到，你让个丫环说一声就是了，没必要自己来，没的辱没了身份。"

一个小妾能有什么身份！崔妈妈在心里狂叫。

"好了，事情都解决了，你们都回去吧。"沈梓乔拍拍手站了起来，感觉自己有一天会成为治家高手。

高姨娘一脸茫然，她根本没看出来事情哪里解决了？

"三小姐！"崔妈妈叫住她，脸色阴沉，"让老夫人拿银子……只怕不妥，奴婢开不得这个口。"

沈梓乔纳闷地看她，"怎么开不了这个口啊？你不是管家吗？有什么问题要及时反映给老夫人知道。"

"三小姐，三小姐……"沈梓乔已经施施然地离开了。

崔妈妈憋了一股闷气，只觉得这个三小姐越发不像话了，哪有晚辈整天算计长辈的银子，居然还想让老夫人再掏银子出来……

高姨娘气得跺脚，瞪着崔妈妈用力哼了一声，气呼呼地离开了。

孙刘两位姨娘已经习惯了卑微和逆来顺受，见高姨娘离开，自然也是跟着离开。

崔妈妈平息了翻滚的怒火，深吸了一口气后，踩着碎步从乔心院出来，脚下一转，来到了德安院。

沈梓乔回到屋里哼着小曲歪在长榻上，顺手从旁边的矮几捻了一块红豆糕吃。

孟娘子看着她无奈摇头，"三小姐，您今日这么做，会惹恼老夫人的。"

"我又没做什么啊，是她自己有钱没地方花，想让我出钱给别人花，不如割我的肉吧，何况我没钱。"沈梓乔一点都不在乎，她有心想要将家事管理得漂漂亮亮，让谁也抓不到把柄，可是她只是个普通人啊。

到目前为止，她觉得很满意。

至于老太婆满不满意，那是她的事情。

"今日才刚开始，往后还不知道那起子奴才还要找什么麻烦为难三小姐。"红玉忧心忡忡地说。

沈梓乔安慰她，"船到桥头自然直，麻烦来了，我们接着就是。"

"对了。"沈梓乔笑嘻嘻的脸忽地敛去笑容，"除了写信给外祖父，还有两个人要联系上……"

"张掌柜和范掌柜。"孟娘子心领神会地说。

沈梓乔甜甜一笑，"孟娘子真厉害。"

"三小姐，大少爷来了。"

东床

——旺宅萌妻（中）

子方/著

当代世界出版社
THE CONTEMPORARY WORLD PRESS

目录

第七十五章　我不喜欢她

一个英挺伟岸的身影从外面走了进来，穿着宝蓝色律紫团花茧绸袍子的年轻男子散发着朝气勃勃的阳刚气息，脸上还带着爽朗的笑容。

看样子，是从外面刚回来。

"大哥，什么事这么高兴？"沈梓乔迎了上去，笑眯眯地看着沈子恺。

沈子恺手里提着两个油纸包，递给一旁的红玉，"酱肘子，给三小姐晚膳吃的。"

"大哥真好。"沈梓乔撒娇地蹭了蹭他的胳膊，"大哥去哪里了？怎么给我带酱肘子了？"

"跟齐铮去喝酒了，那家伙酒量真好。"沈子恺笑容满面，显然跟齐铮喝酒喝得很开心。

沈梓乔小声嘀咕道："怎么和他去喝酒了？大哥，你不要跟他走得太近。"

"小姑娘懂什么！"沈子恺敲了敲沈梓乔的额头，"齐铮是个值得深交的人，而且，他身手真不错，下次一定要找他切磋切磋。"

沈梓乔认真严肃地说："大哥，齐铮这个人心思太重了，以前装傻就不说了，在人前还装无能。上次他跟别人打架还打输了，怎么到了你这边就变成身手不错了。你看，这个人是不是很有问题？"

"真的？他是装傻的？"沈子恺很惊讶，他之前也见过齐铮，可一点都看不出来他是装傻的，"你看出来了？"

"是啊，是啊。"沈梓乔用力地点头，她一定要保护好大哥不被盛佩音缠上，也不能让齐铮给利用了。

沈子恺轻笑一声，斜视着妹妹，"我都没看出来，你就看出来了？皎皎，你就这么讨厌齐铮啊？就算他装傻又怎样，他不这样的话，能活到现在吗？每个人都需要为了活下去选择生存的方式。"

就像他，如果不是自己选择从军，严冬酷暑地跟着军队在外面吃苦，他现在会被养成什么样子？

他永远忘不了当年刚刚失去母亲，他心情不好在外面将一个混账揍得剩下半条命。老夫人不但没有责怪他，反而说他打得好，说他是沈家的嫡长子，不能被他人欺负；只能他打人，没有人能打他。

当时他觉得这话说得没错，直到他看见那个被他打的人……鼻青脸肿就不说了，连小腿都骨折了，他震惊自己居然那么狠。

老夫人的话是错的。

不管他是谁的儿子，都没有资格无缘无故地打人，谁也不欠他的。

他想去跟老夫人说，却听到了令他震怒并下定决心离开家的话。

老夫人跟二婶说："……潘氏那贱人终于死了，我这心终于舒坦了，你要争气一点，把两个哥儿都养好了。恺哥儿没了潘氏，他父亲又常年不在家，将来必定成不了气候，沈家的担子他挑不起来，还得指望二房……还有潘氏的嫁妆，她不是不肯帮你们吗？哼，以后我就拿着她的嫁妆给歆姐儿添箱……"

听完这些话，沈子恺第二天就跟沈萧说要从军去了。

沈萧没有反对。

就因为跟齐铮的处境太相似了，所以他很理解齐铮的做法，更理解齐铮的艰难。

沈梓乔知道自己一时说服不了沈子恺，她决定另外找时间跟齐铮谈谈。要是那家伙有半点想伤害沈子恺的心，她一定会公开他装傻的事。

"大哥今天和齐铮去哪里喝酒了？"沈梓乔明知故问，齐铮会不会利用沈子恺还不清楚，她也相信沈子恺不是真的笨蛋。

他最大的问题是过不了美人关而已！

"去了尚品楼，还遇到了盛家三小姐。"沈子恺从回忆中醒来，笑着不去想早已被他遗忘的事情。

沈梓乔的心提了起来，"你……你遇到盛佩音啦？那……那你觉得她怎样？"

"盛三小姐为人温婉和气，且才华横溢，知书达理。皎皎，你应该跟她学一学。"沈子恺的语气中带着欣赏。

只是欣赏，还不至于痴迷。

但这已经令沈梓乔感到很担心了，她小心翼翼地说："大哥，其实……上次在千佛寺，是盛佩音带我去的，你不觉得，她有点让人觉得……"

沈子恺皱眉道："是不是你求着她带你去的？"

"反正我不喜欢她。"沈梓乔哼了一声，"她要是为了我好，就不该带我去千佛寺，也不跟我说那是齐铮的房间。她应该劝我不要去私会男子，在我不知情的时候，不但不劝我，还帮我。大哥，你觉得她是为了我好吗？"

沈子恺没想到妹妹还能说出这样一番话，他诧异地看着她，"你也知道自己这件事是错的？"

"以前不知道，现在知道了。"要不是为了试探盛佩音才不得已跟着她去了千佛寺，哪个姑娘会做得出来的事？沈梓乔不想现在完全拆穿盛佩音的阴谋，毕竟要出手时，一定要做到一招制敌的准备。她暗藏玄机地对大哥说："我觉得，盛佩音未必真心为了我好。"

"那你还跟她……来往？"沈子恺发现自己不太了解妹妹的心思了。

"来往是一回事，只是不再像以前那么相信她了。"沈梓乔笑了笑说，希望大哥能够尽量避开这个女人的魔爪。

"皎皎，大哥不在家里的时候，你受委屈了。"沈子恺叹息，明白他从小呵护着的妹妹已经长大了，不再是他以为的那个任性幼稚的妹妹。

沈梓乔不知道这样说对事情有没有帮助，她只能试一试。

只要能够让大哥远离盛佩音，沈家就不会被盛佩音害得家破人亡。

"对了，大哥，有件事还得请你帮忙呢。"沈梓乔没有说太多盛佩音的坏话，怕适得其反，如今在沈子恺心底留个印象就行了。她提起另外一件事。

沈子恺此时对盛佩音并没有心动的感觉，只是纯粹欣赏那是个与众不同的女子，听了妹妹说不喜欢她，他更加没什么想法，"什么事？"

"我想找回娘以前的陪房，还有在东越的张掌柜和范掌柜。"沈梓乔说。

"这个容易，我知道潘三多在哪里；至于梁建海，这人就不要再用了，东越那边的我会安排。"沈子恺一听就知道沈梓乔想找的是谁。

"谢谢大哥。"有大哥真好啊。

沈老夫人听完崔妈妈的回禀，原本不错的心情瞬间阴沉下去。她脸色铁青，眼角的皱纹仿佛更深了几分。

"高氏真是蠢笨！"沈老夫人狠狠地骂道，"她会缺那点布料吗？第一天就找事，到底是打我的脸还是想给那丫头找麻烦。"

崔妈妈不敢应话，低着头不语。

沈老夫人将高氏一通大骂，怒火稍微平息了一点才问："三小姐真的那么说了？让我出银子给家里各人添衣？"

"是。"崔妈妈低声应道。

亏三小姐说得出口。

沈老夫人气极反笑，转头对李妈妈说："你瞧瞧，你瞧瞧她这耍赖的德行都跟谁学的？

是不是跟潘氏一个样儿？"

李妈妈怎敢说是，只是点了头，不敢言语。

"真不愧是她的女儿。"沈老夫人哼道，"她想让我出银子，那我就出。今年寿辰该怎么花销，都我自己出。"

崔妈妈和李妈妈一惊，知道沈老夫人这是真的动怒了，"老夫人，何必跟自个儿过不去？大老爷知道了，定不会让三小姐胡闹的。"

"你们暂时不用让大老爷知道。"沈老夫人眼中闪着愤怒的光芒，"让他知道，他究竟有个什么好女儿。"

这是打算借着寿辰的事彻底让三小姐没脸了。

崔妈妈和李妈妈心中一阵畅快，最好是让三小姐从此不敢再管家了。

"今天三小姐去巡铺了？"沈老夫人转眼就将脸上的阴狠敛去，嘴角的微笑看起来很和蔼慈祥。

李妈妈回道："三小姐去了东大街的铺子，没去西街，想来是知难而退了。"

东大街的铺子掌柜已经跑了，那丫头是怕了吧。

沈老夫人拿起一颗蜜枣放进嘴里，慢慢地咀嚼着，眼中透出一丝满意的笑，"且看看，她究竟想怎么做。"

李妈妈又低声说："老夫人，那梁建海想求见您。"

"梁建海？"沈老夫人皱眉，一时没想起这人是谁，仔细一想，才知是潘氏以前留下的人，"他有什么事？"

"听说是东越那边有消息了。"李妈妈看了低眉顺耳的崔妈妈一眼，知道对方不会轻易泄露秘密，这才低声在老夫人耳边说。

沈老夫人眼睛一亮，"当真？"

"千真万确，只是，奴婢问他了，什么都不肯说，非要见您才肯说。"李妈妈道。

"让他来见我。"沈老夫人淡淡地说。

她早就怀疑潘氏留下的嫁妆不止她手上的那些，说不定还有别的产业。

李妈妈应了一声。

"别让大老爷和大少爷知道。"沈老夫人又吩咐道，若是让他们知道了，是不会允许她继续插手管潘氏的产业。

沈老夫人说完，面无表情地拿着茶碗不动了。

如果不是沈梓乔忽然要拿回潘氏的嫁妆，她也用不着这么急。

是谁跟三丫头说起潘氏留下的东西？

一定是那些贱奴才……

第七十六章　滚出沈家

　　梁建海卑微地跪在沈老夫人面前，一身藏青色粗布衣裳松松垮垮地搭在身上，显得他瘦骨嶙峋，眼睛却是炯亮有神，透着一股商人的精明。

　　"你是说，潘氏在东越有个商行，不过是交给潘家的人在打理？"沈老夫人盯着梁建海，仿佛想从他脸上看出这话的真实性。

　　"回老夫人，奴才查到的确实如此。"梁建海抬起头，瘦削的脸仿佛还带着余惊，"奴才差点就被潘老太爷抓去了……"

　　若是被潘家抓到，不死也去了层皮，谁叫他出卖自己的主人。

　　沈老夫人并不在意地"嗯"了一声，心里却有些懊恼，如此一来，东越那边的商行她是不能插手了。

　　潘家跟沈家的关系已经如同水火，她不想给潘家机会对付沈家。

　　"行了，你下去吧。"沈老夫人挥了挥手。见到梁建海去了一趟东越，回来变得不成人形，她连一句关心的话都没有。

　　梁建海眼色平静，低头应了一声"是"，便退了下去。

　　在沈老夫人眼中，他不过是一条狗。

　　梁建海从德安院出来，他急步地走着，仿佛身后有饿虎在追他。

　　从这里看去，好像能看到潘氏以前住的院子。

　　想到潘氏，梁建海脸上浮现一抹怪异的表情，像愧疚，亦像痛苦，他加快脚下的步伐，想要赶快逃离这个令他窒息的地方。

　　"梁瘦子！"在他即将走出垂花门的时候，一道凌厉的声音喝住了他。

　　已经十几年没人叫过他这个外号了，梁建海脸色微变，身子僵住了，不敢回头看一看究竟是谁在喊他。

"是不是心虚了，怕没脸见人啊？"嘲弄的声音越来越近。

梁建海僵硬地回过头，看着已经走到两米远的女子，他仿佛看到她当年站在潘氏身后，娇俏伶俐的模样。

"芍药……"梁建海苦笑，眼睛不敢直视孟娘子。

"还以为这些年你当狗至少也得狗模狗样，没想到竟然比狗还不如。不知道夫人在天之灵，是不是心里会高兴些。"

孟娘子恨梁建海背叛潘氏和沈梓乔，言语恶毒不留情，即使梁建海当初与她是旧人。

梁建海脸色铁青，嘴唇动了动，终究是没将辩解的话说出来。

"我对不起夫人。"梁建海低声说。

"你还知道你对不起夫人？那三小姐呢？夫人临终之前是如何交代你的？你居然出卖三小姐，你将来死去怎么去见夫人？你有脸吗？"孟娘子恨声质问。

梁建海涨红了脸，"我自会去跟夫人请罪，但三小姐不思进取，夫人的嫁妆若是留在她手里，只会被她败尽了。"

孟娘子瞪着他，"放屁！三小姐若是不思进取，怎么会被逼到如今的地步？你不帮三小姐夺回嫁妆，反而帮着那老贼婆，你的良心被狗吃了吗？"

离开京城有三个月的梁建海并不知道沈梓乔的变化，他这时才反应过来，孟娘子不是被三小姐给赶走的吗？怎么会出现在这里？

"芍药，你……你怎么在这里，谁让你回来的？"他惊讶地问道。

孟娘子冷笑几声，"自然是三小姐让我们回来的，若不是三小姐，我们这时候都已经跟夫人团聚了。"

梁建海震惊地睁圆眼睛，三小姐怎么可能会让芍药回来，不对，她说他们……"你们？所有人都回来了？"

"那是当然，梁建海，我们看着你呢。"孟娘子本不想来找这个狗腿子说话，但她忍不住。

听说梁建海去见老夫人的时候，她就忍不住到这里等他了。

就算骂不醒他，也要骂一顿出气。

三小姐怎么会……梁建海觉得不可思议，难道在他离开京城的这几个月发生了什么事情？

"你们回来就好了，我先走了。"梁建海不敢再直视孟娘子，转身飞快地走了，瘦削的背影看起来孤单颓丧。

孟娘子恨恨地瞪着他，眼眶浮起一层湿意。

沈老夫人得知沈梓乔让林义去当纸铺的掌柜，只是冷笑一声，并不言语。

不出三天，沈子恺就将潘三多给找回来了。

沈梓乔当天就将米铺的李掌柜给换了，李掌柜不服气，在铺子里当场闹了起来。

"他敢闹？"沈梓乔听说李掌柜要求给他一个解释，不由地笑了起来，"给顾客称米短斤缺两且不说，铺子这三天居然还亏本了，你真以为我脑子都是装水的？告诉他，要闹可以，咱们到衙门去。到时候他吃进去的，一个子儿都不少地给吐出来，至于衙门会怎么判他，那就不知道了。"

仗着李妈妈是沈老夫人身边的得力心腹，便不将其他人放在眼里，偷铺子里的米不说，连银子都贪墨了，账册上一堆问题，就这样还敢理直气壮地闹事？

这话很快传到李掌柜耳朵里，当下就不敢再闹了。

沈梓乔怎么会知道他每次称给顾客的斤两有问题？称米的秤盘有一层蜜，只有他跟称米的伙计知道而已……

以为是那伙计出卖他，李掌柜找人将那伙计教训了一顿，才知道并非伙计出卖他，而是沈梓乔早就试探过他。

李掌柜将这件事跟李妈妈说了，并没说自己贪墨的事，只说沈梓乔知道他跟李妈妈的关系，便容不下他，故意找了错处将他弄走，让李妈妈一定要替她做主。

李妈妈听了，气得一佛出世二佛升天，认为沈梓乔完全是在针对她。先前就已经当着众人的面狠狠地打了她的儿媳妇，如今还对付她的侄儿了？

如果真让三小姐一直管家，或是拿回嫁妆，只怕她在沈家连站的地方都没有了。

李妈妈心里又急又恨，觉得自己不能再袖手旁观。

这些人的想法，沈梓乔一点都不知道，也没必要知道。她做事本来就图个爽快，该怎么做就怎么做，要是顾忌太多，人活着多没意思？

当然啦，沈梓乔的危机意识还是有的，所以她不以为沈老太婆会对她近日的作为毫无动作。

沈梓乔难得起了个大早，她坐在大厅上，身边站着孟娘子和林家的几人，她在等家里的那些管事婆子媳妇们来回话。

眼见中秋就要到了，沈老夫人的寿辰就在中秋后的第三天，事情都赶在一块儿，她觉得有点压力。

"这都什么时辰了，怎么一个人都没来？"红缨走到门外去看了看，觉得今日那些婆子们好像有点迟了。

沈梓乔一手撑着下颔笑了笑，"再等等。"

约莫过了半个时辰，才断断续续来了几个人，脸上都带着犹豫和紧张的神色，心不在焉地回着沈梓乔的话。

沈梓乔很有耐心地又等了半个时辰。

已经在大厅的只有五个妈妈和两个媳妇，这些人以前都是跟过潘氏的人，所以当其他人都不来乔心院的时候，她们犹豫了下，觉得还是不要跟三小姐作对为好。

她们见识过潘氏的能耐，认为潘氏的女儿不会差到哪里去，何况，家里还有大老爷跟大少爷呢。

"看来不来的人以后都不会再来了，我真失望。"沈梓乔叹了一声，将手里的茶杯放了下来，"连这种平时回事都不能守时的人，又怎么能做大事，家里不需要一群不服从主人的奴才。"

"孟娘子，清点一下，没来的有几个人，都各自负责什么工作的。"沈梓乔的脸色非常平静，平静得让所有人感到有些害怕。

她们仿佛见到了年轻时候的潘氏。

"回三小姐，一共有八个人没到，崔妈妈是内院的管家，陈妈妈是针线房的……"孟娘子不一会儿就将缺席的人清点出来，各自负责什么地方都回给沈梓乔听。

沈梓乔笑了笑，"跟她们说，让她们收拾东西滚出沈家，别让我再看到她们。"

"三小姐？"震惊的是那五个妈妈，她们还以为沈梓乔会服软。

"至于你们几个，虽然今天迟到了，不过……算了。该做的事做好，别让我失望。"沈梓乔不理会她们惊恐的表情，转头跟孟娘子吩咐，"你们以前都是帮我母亲做事的，家里的事情应该难不倒你们，这八个人的空缺就从你们几个补上去。我听说海棠的针线很出挑，就让海棠去针线房；孟娘子，内院的大小事情就交给你了。崔妈妈老了，好些事情安排得都不怎么妥当……"

干脆，果断，凌厉！沈梓乔一下子就将没有到场的几个人的空缺给填补上去，毫不手软地换上了自己的人。

是谁说三小姐是草包没用？是谁说三小姐好欺负？

瞎了她们的眼！

孟娘子听完沈梓乔的话，眼睛亮得惊人，她直直地屈膝行礼，"是，三小姐。"

她的手在轻抖。

终于……

夫人，我们终于回来了！

沈梓乔很满意自己终于等到了这个机会。

让她管家？有什么问题，就别怪她趁机安放自己的人手进去，老太婆有意见吗？有意见又能如何？

让流云庄的人回到沈家，沈梓乔早想好了会有这么一天，只是没想到来得这么快。

七个直冒冷汗的妈妈媳妇偷偷松了口气，庆幸自己有来乔心院之余，心底都生出一个想法。

沈家这是要变天了。

第七十七章 怒气

沈梓乔一口气将沈老夫人的心腹全都给赶了，将潘氏留下来的人手重新顶替上去，这件事在第一时间就传到了沈老夫人耳中。

如今沈家的情况就跟当初潘氏在世的时候一样。

看着崔妈妈等人跪在面前述说沈梓乔的恶行，沈老夫人一口气提不上来，直接闭气过去。李妈妈眼疾手快地按住沈老夫人的人中，崔妈妈顾不得诉苦，急忙找了薄荷油给老夫人摸额头。

大家手忙脚乱地才将沈老夫人给救醒了。

"孽障！孽障！"沈老夫人气得直哆嗦，"她敢！她居然敢！"

崔妈妈等人磕头求着，"老夫人一定要给奴婢们做主，三小姐太狠了，一句话都不问就将奴婢们赶了出去。"

沈老夫人扶着李妈妈的手下了炕，头上一金一玉的压发簪因为她剧烈的动作而轻颤着。

"老夫人……"李妈妈生怕她气出个好歹，急忙用力抓住她的虎门，"老夫人莫要动气。三小姐不过是爱面子逞威风，过不了几天还不是要求到你面前来，她哪里能管好这个家。"

三小姐管不好，可底下的人会管不好吗？

那都是潘氏以前的心腹，早在崔妈妈她们来之前就在这个家里做事了。

沈老夫人的怒火渐渐地平息下来，此时已经带着李妈妈和崔妈妈来到乔心院。

这是沈老夫人第二次踏足乔心院，第一次还是十年前，潘氏过世后，她来将沈梓乔带着去了德安院。

沈梓乔正在屋里跟孟娘子她们商量怎么安排中秋节和老夫人的寿辰。

老夫人连让人通传一声都没有，直接掀起帘子走了进去，一张老脸沉得能滴出墨汁了。

"祖母？"沈梓乔一脸诧异，明知老夫人的来意，仍是假装惊讶，"您怎么亲自来了，有什么事让人喊我过去就是了。您年纪大了，可千万不能劳累。"

年纪大了这句话仿佛触到老夫人的逆鳞，沈老夫人将红玉才送上来的茶杯给砸到沈梓乔身上。

屋里众人都惊呼一声。

孟娘子二话不说立刻上前护着沈梓乔，"三小姐，有没有烫着？"

沈梓乔瞥了沈老夫人一眼，轻笑一声，将粘在肩膀上的茶叶慢斯条理地拿开，茶水在她白底水红领子对襟印花夹衫晕开一朵茶渍，"什么事让老夫人这么动怒？是我又做错什么事了？"

"你不知道你做错了什么？"沈老夫人无视沈梓乔的狼狈，心里犹然不解恨，森冷的眼神几乎要撕了沈梓乔。

"愿闻其详。"沈梓乔对孟娘子笑了一下，示意她不用担心。自己优哉游哉地在旁边的太师椅坐下，跟沈老夫人对峙起来。

沈老夫人从来没在哪个孙子孙女身上看到这样的嚣张气焰，她仿佛看了总一脸嘲弄望着她的潘氏，心底的邪火仿佛怎么也压抑不住。

"是谁允许你赶走崔妈妈等人的？你眼底还有没有我这个祖母了？"沈老夫人厉声问道。

"我为什么赶走她们？"沈梓乔睨了低头不语的崔妈妈一眼，"我记得当初赶走孟娘子她们的时候，是以她们不懂尊卑为由。崔妈妈，你自己说说，你是什么东西？"

崔妈妈脸色一变，看了孟娘子一眼，见她面色如常，丝毫不因沈梓乔的话有任何意动，才低声回道，"我是奴婢。"

"我是谁？"沈梓乔又问。

"您是三小姐。"崔妈妈不明白沈梓乔究竟想问什么。

"我是主人，你是下人，你眼里有我这个主人吗？"沈梓乔的声音不知不觉已经沉了下来，清亮的眼睛逼视着崔妈妈。

崔妈妈知道沈梓乔这是要拿今日的事说事了。

"奴婢今天早上……"

"今天早上我等了你们两个时辰，不要说你们八个人今天都那么凑巧地病倒了，就算是病倒了，也该有个人来跟我说一声。谁怂恿你们不给我面子，我不在乎。但是，如今这个家是我在管理，谁不给我面子，就别怪我连里子都不给她。"沈梓乔的声音不大，娇气的声音清脆动人，却听得崔妈妈和李妈妈冷汗直冒。

今天的事，是李妈妈挑的头，她是想给沈梓乔一个厉害，警告她家里的事不是她一个黄毛丫头能做主的。

哪里想到她居然什么都不怕……

沈老夫人听得快两眼冒火了，"你好大的口气，连我的人你都敢赶走！"

"老夫人的人就不是奴才了？老夫人的人就能够给我脸色看了？老夫人的人就能够想做事就做事，不想做事就摆谱给我看？那我成什么了？老夫人若是看我不顺眼，当初就别把家里的差事交给我。既然交给我了，就该给我这个孙女面子，别动不动就让下人爬到我头上作威作福。"沈梓乔冷笑地回道，这时候还跟她讲什么派别，她打的就是老太婆的人，怎么样？

李妈妈见老夫人的脸色倏地大变，忙开口斥道，"三小姐，你怎能如此跟长辈说话，老夫人是您的祖母。"

"闭嘴，你是什么东西，我说话也是你能随便插嘴的？"沈梓乔冷冷地瞪了李妈妈一眼。

这些人，以为她好欺负的时候就联手对付她，早上那一出无非就是想要她服软，最后跟老夫人低头，令沈萧对她失望。

不过就是想算计潘氏留下的嫁妆而已。

她就偏不如她们的愿！

了不起就是再被赶走，反正她有大哥，就算真被赶到别的地方去，也饿不死她。

她从来就没想过要依靠沈家过下半辈子。

最重要的一点，她耗得起啊，老太婆没几年好活的吧，看谁命长而已。

李妈妈像被当众打了一巴掌，脸色涨得发红，委屈地站到老夫人身边。

沈老夫人阴恻恻地笑了起来，"你好本事，好本事啊！"

一定是潘氏以前的人教坏了这个臭丫头，以前她哪里敢这样明目张胆跟自己作对。

老夫人暗恨当初没赶尽杀绝。

"这些年多得老夫人教导，我有什么本事，老夫人不都知道吗？"沈梓乔笑着说，娇憨甜美的脸庞没有一丝凛人的气势，却就是让人觉得不敢再小觑她。

自从潘氏死了之后，从来没哪个人敢跟她作对。

沈老夫人十年来第一次被气得心口发疼，除了潘氏，也就沈梓乔这个本事了。

"三丫头，你要将崔妈妈等人赶出去，你可想好了，将来别求着她们回来。"沈老夫人知道今日沈梓乔无论如何都要杀鸡儆猴，强忍火气说道。

"我做得不好，不是有您吗？我还至于去求几个奴婢么？"沈梓乔笑眯眯地说，反正这些人的去留她不在乎，她只要将自己的人安插进沈家就行了。

沈老夫人笑了起来，"但愿你有你母亲的本事。"

"我有娘三成的本领就够了。"

沈梓乔活了这么久，还没见过哪个当祖母的会这么不要脸算计儿媳妇和孙女的东西。

对付极品的方法就是要比对方更极品。

沈老夫人盛怒中离开乔心院。

"三小姐，赶紧把衣裳换了吧。"红玉担心沈梓乔会着凉，已经取了干爽的衣裳出来。

虽然天气还有点热意，但被湿透的衣裳穿在身上还是会着凉的。

孟娘子心疼地说："三小姐，今日何必跟老夫人闹僵了，往后……往后该怎么办？"

"该怎么办就怎么办。"沈梓乔淡淡地说，并不后悔刚才将沈老夫人气成那个样子。

可外人知道了，只会说三小姐不孝啊。

"我知道你们想什么，怕我的名声更差了是不是？"沈梓乔笑着看屋里的几个人，"反正已经那样了，再差也差不到哪里去，我今日要是不这样跟老夫人硬碰硬，走的就是你们了。"

"谁对我好，我就对谁好，就这么简单而已。"

沈老夫人对她没有亲情就算了，只会算计她这个孙女；孟娘子她们是真心对她好的，她不可能为了讨老夫人高兴再次将孟娘子她们赶走。

孟娘子不知道该说什么，只是咬紧下唇，忍着眼中的泪水。

沈老夫人回到德安院后，对着李妈妈大骂了一顿。

"……是谁让你怂恿她们不去乔心院的？你不知道那丫头天不怕地不怕吗？你跟她作对，你凭什么跟她作对？不就是把你侄子给撵了，你就怀恨在心了，你以为她真怕你啊？你这是白白把机会送到她手上！"

李妈妈哭得泪流满面，跪在地上直磕头认错。

崔妈妈等人知道连老夫人都保不了她们，脸色发白地站在外面，不知如何是好。

"去跟她们说，想留下……只能求大老爷了。"沈老夫人无力地挥手，她这次不会去找儿子的。

根本就是太丢人了，她一个老太婆竟然还拿不住一个十几岁的黄毛丫头。

"你别再去惹那丫头了，她现在连我都不怕，还怕你一个奴才。"到底是服侍自己几十年的，沈老夫人没再骂李妈妈了。

李妈妈哭着应"是"，心里却更加怨恨沈梓乔。

第七十八章　聚众闹事

金乌西坠，一抹金黄色的夕阳铺洒在沈家青瓦上，沈萧回到了家里。

"大老爷，您回来了。"他书房的小厮在角门等着他，一见到他，便急忙迎了上去。

"家里发生什么事了？"见到书房的小厮居然在角门等他，沈萧心知有异，疑惑是家里出了什么事。

小厮叫墨香，这名字还是以前潘氏给起的。他跟在沈萧身后，将今日家里发生的事情一五一十地告诉主人。

"……崔妈妈带着家里的婆子媳妇们不去给三小姐回事，三小姐等了好些时辰，家里的事情都耽搁了，好在有夫人以前的人……崔妈妈到老夫人那儿诉苦，也不知如何辩解自己，老夫人一杯滚烫的茶砸了在三小姐身上……"

沈萧脚步一滞，身上陡然散发出森寒的怒意，"三小姐被打了？"

"被泼了一身茶。"墨香低声说道。

"大老爷，大老爷，您一定要给奴婢们做主啊。"外书房外，崔妈妈一行人跪在石阶下面，见到沈萧的身影出现，立刻嚎哭着磕头，嘴里直喊着冤枉。

沈萧冷眼看着她们，额头青筋浮现，这群欺主的狗奴才，还敢到他面前喊冤？

"大老爷，奴婢们对老夫人对您都是忠心耿耿，求您替奴婢们做主。"崔妈妈的额头已经红肿，可她仿佛不知道疼痛，更用力地磕头。

如果大老爷不能给她们做主，她们真的就完了。

"你们联手欺负三小姐，还敢叫我替你们做主，这是要我欺负自己的女儿吗？"沈萧的声音不大，带着一股威严的深沉。声音落在崔妈妈等人耳中，却如雷鸣，嗡一声不知说啥。

崔妈妈含恨地瞪了一直低头不语的墨香一眼，都是这个见风使舵的臭丫头！

"冤枉啊大老爷，天可怜见，奴婢们怎敢对三小姐放肆，都是……都是受了挑唆，奴婢才犯下这等弥天大错。大老爷，奴婢知错了，求大老爷给奴婢们一次机会。"崔妈妈不敢再说自己没错，只能拼个鱼死网破，既然老夫人已经舍弃不救她们了，她们只能自救。

"谁挑唆你们的？"沈萧沉声问道。

崔妈妈咬了咬牙，犹豫着到底要不要说。

后面的陈妈妈和林妈妈已经哑声叫道："是李妈妈！是她，是她说只要我们逼得三小姐不管家，自有好处给我们。"

好处？一个奴才能给她们什么好处，必然是跟老夫人有关。

沈萧的脸色越发铁青，恨不得抬脚踹过去。

如果将这些下人们留下来，那岂不是告诉府里的所有人，他沈萧是允许下人欺负自己的女儿，那以后皎皎在沈家还要怎么让下人服从她？

他真想不明白，老夫人为什么对皎皎就这么不喜欢。她明明很喜欢歆姐儿的，皎皎哪里比不上歆姐儿？

"把她们都撵出去。"沈萧转身走开，毫不留情。

崔妈妈脸色煞白，身子一软，如一摊烂泥倒在地上。周围的仆妇们都大声嚎哭起来，将李妈妈骂了个透。

沈萧将崔妈妈她们撵走的事很快就传到沈老夫人耳中。

"他始终在乎的是潘氏留下的贱种……"沈老夫人几乎是咬牙切齿地从嘴里挤出这句话。

李妈妈哭丧着一张脸，她也没想到沈梓乔会用这么不留余地的方法将崔妈妈她们赶走，最后还连累老夫人这些年的心血。

如今半个身家的人手都被沈梓乔掌握了吧。

这个草包从什么时候开始变得这么厉害了，不到一个月，居然就做到这个地步。

沈老夫人的样子看起来苍老了许多，她的心情烦躁。当初潘氏管家的时候，她就是这样整天透不过气似的，总觉得沈家处处都不顺眼。

"老二媳妇什么时候回来？"沈老夫人问道。

"已经在路上了，少说也要半个月才能回来。"李妈妈回道。

"这阵子不要去惹她。"沈老夫人冷声说道。

沈萧来到乔心院，沈梓乔正在喝姜茶。

"孟娘子，我又没着凉，不用喝姜茶啦，好难喝。"沈梓乔哭着一张脸，哀怨地瞪着孟娘子手里冒着轻烟的姜茶，不就是被泼了茶么，没那么容易感冒吧。

她的身子没那么差。

沈萧的身影出现在门边，声音低沉地传来，“快把姜茶喝了，再难喝也比药好喝。”

“爹，您怎么来了？”沈梓乔立刻站起来相迎。

“来看看你怎么捣蛋。”沈萧严肃的脸浮起一丝宠溺的笑。

沈梓乔不乐意地噘嘴，“我哪里捣蛋了？我可能干了好么，您问问她们，我这几天把家里的大小事情处理得多好。”

“还把老夫人的几个仆妇给撵了？”沈萧笑着问。

“我这是没办法中的办法。”沈梓乔一本正经地说。

沈萧无奈地叹息，“你跟你娘一样，做事只凭气性，也不怕跟老夫人往后相处不好。”

“老夫人也不喜欢我，我何必到她跟前讨人嫌呢。”沈梓乔撇嘴说道。

“你啊……”沈萧不是不希望女儿跟母亲好好相处，但老夫人的心结是在潘氏，所以不管皎皎做什么都无济于事，他也不再费那个心思了。

以后皎皎嫁出去了，或许会好一点吧。

崔妈妈等人被撵走之后，沈家的风一下子往乔心院这边吹了，再没人敢小瞧沈梓乔，更别说故意给她使绊子了。

连老夫人的心腹都敢撵走，且老夫人跟大老爷都没出来训斥三小姐，这沈家还有谁敢跟三小姐作对？

沈梓乔处理家事更加得心应手，有孟娘子她们的帮忙，她完全可以当甩手掌柜了。

正觉得日子很悠哉快活的时候，令沈梓乔糟心的事又发生了——米铺的米出问题了。

沈梓乔诧异地问着红缨扶着红玉的手上了马车。“怎么回事？你说有人在我们铺子前面聚众闹事？”

“说是吃我们铺子的米后中毒了，要将把我们告到衙门去。”红缨说道。

“快去看看。”沈梓乔说。

来到西街的时候，沈梓乔只看到米铺前面站满了人，每个人都义愤填膺地叫着要沈家给他们一个公道。

“三小姐，您不能过去，别被他们伤到了。”红玉脸色微白，怕沈梓乔冲动跑到铺子里去。

“这些人都是昨天来我们这里买米的？”沈梓乔皱眉问道。

红缨说：“潘掌柜只让人来说，是有人故意要陷害沈家。”

沈梓乔微微眯眼看着人群中某个有几分熟悉的身影，轻笑一声，“我知道是谁了。”

“我们下去。”沈梓乔说。

红玉和红缨急忙阻止她，"那些刁民野蛮起来不长眼，三小姐，别被伤了……"

话还没说完，就听到那边有人在怂恿大家冲进米铺去砸店了。

沈梓乔脸色一沉。

"沈家三小姐在那里，我们去找她讨回公道！"不知谁高喊了一声，将所有人的注意力都引到沈梓乔这边。

红缨和红玉吓得脸色发白，两人一前一后站在沈梓乔身边。

赶车的小厮紧张地拿着脚凳瞪着那些已经冲到面前来的众人。

沈梓乔认得出喊话的人是之前米铺的掌柜。

真是不死心！还想撞上来找死！

"大家请少安勿躁！"沈梓乔高声对数十个愤怒的人们喊道。

可惜无人理会她。

"沈家欺诈良民……"

"仗着是将军府就用毒米害人……"

"不得好死！"

"……"

众人越骂越情绪高涨，沈梓乔被团团围住。

这些人不可能都是在沈家买过米的，肯定有不少人是受人指使的。

沈梓乔此时对李妈妈的侄子恨得咬牙切齿。

"沈家三小姐也不是什么好东西，欺善怕恶，没少欺负我们。"不知谁在人群里又大叫出声。

"我们把沈家三小姐抓去衙门。"

"好！"

沈梓乔沉下脸，冷冷地看着两个伸手到她前面来的大汉。

"你们碰我一试试。"她目光冷冽，声音森寒地开口。

"我们小姐是大将军的千金，你们谁敢动手！"红缨尖叫喝道。

"难不成沈家还能将我们都打死！"

沈梓乔微微眯眼，这是想趁着人多将她给弄死吧。

她无比后悔不该冲动跳下马车，这根本就是自找死路，应该回去搬救兵，最好带一支军队过来。

让这些人知道什么是真正的欺善怕恶。

两个大汉被后面的人一怂恿，脑子顿时热了起来，大手往沈梓乔身上抓来。

沈梓乔抓过那小厮手上的脚凳，狠狠地砸到其中一个大汉脸上，冲着围在她面前的人叫道，"你们试试将军府敢不敢将你们全部治罪？碰我一根汗毛，你们等着全家陪葬！"

那个大汉被沈梓乔用脚蹬砸出一脸的血，正双手捂着脸嗷嗷叫着。

周围的人被惊住了。

他们没见过一个姑娘家下手这么狠的。

"老子就看看沈家敢不敢……"另一个大汉大吼一声，被鲜红的血刺激得理智全无。

"啊——啊——"大汉哀嚎出声。就在那大汉的手伸出来的瞬间，一只宽厚的大手握住他的手腕。

第七十九章 一笔勾销

沈梓乔惊喜地看向那只大手的主人，一张冷硬英俊的脸庞映入眼帘，是齐铮！

齐铮全身散发着凛人的杀意，他冷眼看着眼前的人，"滚回去！"

"你……你是谁？"大汉扶着自己的手，惊惧地看着齐铮。

"你想怎么做？"齐铮不去看其他人，低头询问着沈梓乔，态度分明地告诉所有人，他就是来帮沈梓乔的。

沈梓乔从没像这一刻觉得齐铮是个好人！她咬了咬牙，看了那些敢怒不敢言的众人一眼，"中毒的人在哪里？"

"三小姐，在医馆里。"潘掌柜从人群中挤了出来，他的额头眼角都受了伤，身上被鸡蛋和番茄砸得狼狈不堪。

"有几个人中毒？"沈梓乔压抑着心底的愤怒，沉声问道。

"一个。"潘掌柜脸上并没有惊慌，只有平静和从容。

沈梓乔眼中闪过嘲弄的冷笑，一个人中毒能引发这一大群人来围攻米铺，看来这幕后指使人费了不少心思。

"人呢？"沈梓乔不紧不慢地问道。

齐铮负手站在她身边，不言不语，但那高大的身材和慑人的气势却让人无法忽视。

他打量着她的侧脸，还带一点稚气的脸庞隐隐有怒意，乌黑明亮的眼睛直视着前方，不畏惧不退缩，并没有因为铺子出事就露出慌张的神色。

是不是仗着自己是沈萧的女儿，所以才无所畏惧？

不，不是这样的。

她是在找方法解决问题，她不是那种会仗势欺人的千金小姐。

"在医馆里，已经醒来了。"潘掌柜是个中年人，有一张和气的圆脸，他恭敬地回答沈梓乔，一如他当年对待潘氏一般。

沈梓乔让人去将中毒的人和他的家属请来。

"真黑心，都已经中毒了，还不让人休息，这是要活活逼死人啊。"李妈妈的侄子，李俊杰见场面被控制下来，心有不甘，又开始煽风点火。

"我说是谁呢，原来是李掌柜。说起来，李掌柜跟这件事也有关系，铺子里的米都是李掌柜你一手进货的，若是米有问题，最难辞其咎的可就是你了。"沈梓乔早就盯着这个王八蛋了，待他开口，她立刻瞪了过去，并示意旁边的小厮去将人揪出来。

李俊杰大叫："我早就被你三小姐赶出沈家了，你们沈家杀人填命，跟我有什么关系。"

"有没有关系，一会儿就知道了。"沈梓乔冷笑道。

不知谁去报了官，十数个官兵步伐整齐地出现在众人跟前，将闹事的人全都围了起来。

沈梓乔对齐铮感激地睇了一眼。

"不知道各位是不是都在我们米铺买过米？什么时候买的，买的什么米，我们要做个登记。如果真是我们的米有问题，我们米铺会承担一切责任。如果不是——官差大哥在这里，我们沈家不会仗势欺人，但也不是被冤枉了什么都不做的。"沈梓乔提高声音，娇嫩稚气的音调带着一股严厉的威势。

欺负她是个女孩子吗？开玩笑！看谁的拳头比较硬吧。

闹事的二十几个人面面相觑，不少人眼底闪过一丝心虚。

"我们就是吃了你们铺子的米中毒的！"中毒那人的家属理直气壮地喊道。

沈梓乔冷睨着他们，"是吗？你们买的是什么米？是我们铺子的苏州大米，还是粤北大米？还是小米还是糙米？"

"是……是粤北大米。"那妇人叫道。

"你确定是买了我们的粤北大米？"沈梓乔看看潘掌柜，潘掌柜大声地问着。

中毒的男子已经被抬了过来，除了脸色稍显苍白，精神看起来还好。

妇人见到丈夫过来，腰板立刻挺直了，"没错，我们就是买了你们的粤北大米才中毒的，昨天才买的。"

米铺前面除了官差还有不少路人，潘掌柜扯着喉咙叫道，"大家都听到了，他们家是吃了粤北大米才中毒的。可是我们铺子在三天前就没粤北大米了，这根本就是故意诬陷我们铺子。"

好几个人脸色变了变。

"我记错了！"妇人叫道，"是，是五天前买的米。"

今日来米铺闹事的，除了几个别有用心的人之外，其他的都是路人。只不过自以为伸张正义，才跟着一起起哄。

听到这妇人答得前言不搭后语，众人顿时有种被骗了的感觉。

潘掌柜拱手对领头的官差说："大人，这妇人信口胡言。我们米铺从来没卖过什么粤北大米，一直以来只有苏州大米。真不知这些人是受了谁怂恿，故意要陷害我们米铺，究竟是针对米铺，还是沈将军，还请几位大人费心查个明白。"

"怎么会没有粤北大米，你们伙计明明说昨天进了一批粤北大米！"李俊杰脸色铁青地叫道。

"没错，我们昨天是进了一批粤北大米，不过因为那大米至今还在仓库中，不曾拿出来卖过，难不成……有谁偷了我们仓库的大米去卖了？"潘掌柜厉声问道。

李俊杰脸色更加难看了。

沈梓乔乌黑的眸子闪过一抹寒芒。

"还请大人为我们米铺讨回公道。"潘掌柜再道。

李俊杰灰溜溜地想要藏身在人群中。

"潘掌柜，你还认得出是谁打伤了你，谁砸坏了我们米铺的门吗？"沈梓乔眼中带着嘲弄，以为这样就算了？

"自是认得出来。"潘掌柜和米铺的伙计轻易就认出几个带头打人砸店的人。

那几个人指着李俊杰叫道："是他……是他给我们银子，让我们打人的。"

沈梓乔对官差说："麻烦几位大人了，这些故意闹事的，就交给你们了。日后，我们沈家定当不会忘记几位大人的辛苦。"

打她的人，砸她的店，还要她息事宁人什么都不计较？想得美吧！

齐铮幽墨的眸子盯着她的侧脸，含着愤怒的眼睛，紧抿的唇角，这个姑娘……睚眦必报啊。

这样的性格才率直可爱。

没一会儿，京城顺天府的宁大人就来了，跟沈梓乔和齐铮见过礼后，迅速驱使众人散去，并将李俊杰几人给抓了起来。

"宁大人，这李俊杰以前是我铺子里的掌柜。他偷懒贪墨不说，常以劣米充当好米。这样的人渣，不惩罚一下如何能让他改过，您说是吧？"沈梓乔笑眯眯地说。

这话的意思，宁大人一下子就明白了。

齐铮在旁边听得莞尔一笑。

小半个时辰后，米铺就剩下他们几个人了。

沈梓乔这时候才有时间跟齐铮道谢。

"谢谢你。"今天要不是他及时出现，还替她将官差找来，她真的不知道怎么收场。

或许会受伤……受伤还是小事，李俊杰根本就是想趁乱弄死她。

"明知道对方有备而来，还跟傻瓜一样冲下来，就没想过后果吗？做事这么冲动，什么时候才像个姑娘家！"齐铮低眸看着只到他胸前的姑娘，教训的话不由自主地从嘴里出来。

沈梓乔瘪了瘪嘴，"当时没想那么多。"

"你根本想都没想！跟个小孩子一样。"齐铮抬手敲了她的额头一下，"也不先想想后果。"

"喂，你说够了没？"沈梓乔抬头瞪着他，还教训上瘾了不是？

齐铮厉眼一瞪，"我的话你听进去没有？以后不许这么冲动行事，做事先想想后果。"

红玉等人目瞪口呆地看着齐铮教训沈梓乔。

还从来没人这么喝三小姐的。

沈梓乔嘟囔地叫道："知道啦，知道啦！"

她这次确实是太没用脑了，在下马车的时候，就已经很后悔了。

可这老实乖顺的模样，还是第一次看到。

齐铮觉得心尖微微一软。

"有没有受伤？"低沉的嗓音透着浓浓的关切，灼亮的眸子如辰星一般，流光溢彩。

沈梓乔头皮酥麻，觉得这声音实在是好听，"没有，他们没碰到我。"

因为他及时出现了。

"你怎么会在这里？"沈梓乔又飞快问道，那么巧出现在这里？

齐铮撇过脸，他在东大街看到她的马车，本来就有意来找她。后来听说西街这边有人在闹事，便猜想她会在这里，生怕她有什么意外，就急忙赶来了。

幸好及时赶到。

"没事了，回家去吧。"齐铮抬手想摸摸她的手，手掌微动，又给忍住了。

沈梓乔没再去纠结齐铮怎么会及时出现在这里，叹了一口气，"这管家的日子真是太苦了，女人怎么就这么难过啊？"

齐铮嘴角微挑，"就这样已经觉得难过了？"

"不喜欢这样的生活。"沈梓乔小脸露出一丝落寞，她真想念以前的日子。

"那你想过什么生活？"齐铮忍不住开口问道。

沈梓乔眼睛忽地如钻石生辉，顾盼生辉，"睡觉睡到自然醒，数钱数到手抽筋，不要整天管这个事管那个事的，一点鸡毛蒜皮的事都要念叨不停，女人不能操心太多的，会容易老的。"

齐铮轻笑出声，心情莫名地愉悦起来，"这有什么难的？"

"哎！"沈梓乔叹了一声，"家家有本难念的经，好了，时候不早，我要回去了，今天谢谢你，你欠我的就一笔勾销了吧。"

第八十章　低落

齐铮好笑地看着这个小姑娘，她理直气壮地看着他，好像说出一笔勾销是便宜他了。

沈梓乔确实是这样想的，上次被迫道歉算是他欠自己的；现在他救了她一次，自然就两相抵消了。

齐铮笑了出来，熠熠生辉的眸子像黑曜石一样好看。

"皎皎！皎皎！"沈子恺的声音着急地在铺子外面传来。

沈梓乔回头的时候，看到沈子恺从马背上矫健地跳下来，大步地走进铺子，脸上紧绷的神情在看到她的时候，才松懈下来。

"大哥。"沈梓乔在沈子恺走进来的瞬间，眼眶忽地就红了，所有的恐惧和委屈一下子涌了上来。

"没事了，没事了！"沈子恺环着沈梓乔的肩膀，像小时候哄她一样，柔声地安慰着她。

他在军营里听说米铺有百姓闹事，三小姐就在这里的时候，他真的吓到了。

妹妹的性格他很了解，容易硬碰硬，有时候还冲动鲁莽，这些人故意要来陷害她，她怎么可能忍得下这口气。

万一她被伤了怎么办？

齐铮漆黑的眼眸一直看着沈梓乔，前一刻还像在战斗的母老虎对抗所有想要诬陷她的人，这时候却像一只受了伤的小猫，温驯乖巧地跟沈子恺撒娇，毫无防备地将自己的软弱展示在他面前。

不知为何，齐铮忽然觉得心口有莫名的酸胀。

她对他从来只会竖起全身的毛战斗，不会跟他撒娇，更不会将软弱展示给他看。

也是，他不是她的大哥。

安慰了沈梓乔，沈子恺很快就从潘掌柜和其他人嘴里了解了情况。

这时候才发现齐铮被他们冷落在一旁。

"齐兄，今日多亏你出手相助，否则真是不堪设想，他日定亲自上门答谢。"沈子恺感激万分地跟齐铮作揖行礼。

"沈大少爷不必客气，不过是举手之劳。"齐铮忽略心中奇怪的感觉，淡笑与沈子恺回礼。

"你的举手之劳是皎皎的救命之恩。"沈子恺说。

齐铮眸中含笑，看了一眼神色恢复如常的沈梓乔，她低着头，好像没听到他们的话。

两个大男人说着说着，很有默契地走到外面去说话了。

不知道在说什么。

沈梓乔瘪了瘪嘴，皱眉看了米铺一眼，问潘掌柜，"被砸坏很多东西吗？"

"被抢了几袋米……"潘掌柜带着伙计在清算。

"你先别急着忙这个，去把伤口包扎一下，都已经流血了。"沈梓乔说，让店里受伤的人先处理好伤势。

潘掌柜愧疚地跟沈梓乔说："都是我的错，没看好店里的伙计。"

本来米铺反有两个伙计，其中一个被李俊杰收买，昨天就失踪了。

"关你什么事，都是那个李俊杰心底不服气，故意想要来挑事。"沈梓乔眼底迸发出强烈的怒意。

她就不相信李俊杰今日这样做，沈家那老太婆会不知情。沈梓乔在心里默念着。

沈子恺跟齐铮不知说了什么，回来的时候，齐铮已经走了。

"皎皎，这里交给大哥吧，我先送你回去。"沈子恺不放心妹妹继续留在这里。

"好。"沈梓乔没有反对，她不想逞强。

回沈家的路上，沈子恺没有骑马，而是陪着沈梓乔坐在马车里。

"大哥，无论我能不能管家，铺子的盈亏如何，我都要拿回娘的嫁妆。"沈梓乔脸上已经不再有恐惧和害怕，眼中一片沉静恬淡，语气无比地坚决。

如果到了这个地步，她还不能拿回母亲的嫁妆，那她岂不是亏死了。

沈子恺摸了摸她的头，什么话都没说。

……

李妈妈全身颤抖地跪在地上，抖得跟筛子似的，一句话都说不出来。

沈老夫人微阖双眸，手里的念珠不停地转动着，仿佛并不知道李妈妈就跪在她身前。

"老夫人……"李妈妈哭着喊道。

侄子的事她是知道的，她以为只是一点小教训，能够替她和老夫人出一口气，根本没想到会闹得这么大，更没想到那兔崽子居然还敢对三小姐下手。

如今已经惹怒了大老爷和大少爷，如果老夫人不出面的话，她的侄子只怕……只怕就会没命了。

"我救不了你。"沈老夫人从嘴里轻飘飘吐出一句话。

这件事惹怒了大老爷，如果她还要强硬维护李妈妈和她的侄子，恐怕长子长孙都会彻底跟她离心了。

李妈妈低声哭泣起来。

沈萧高大的身影带着一股凛冽的怒意出现在门边。

"大老爷……"李妈妈恐惧地喊了一声，正要求饶，心窝立刻被狠狠地踹了一脚。

李妈妈被踹得吐出一口血，她不敢喊疼，只是一个劲地喊饶命。

"看在你尽心服侍过老夫人，且饶你一条狗命。沈家你是待不得了，收拾东西滚出沈家。"沈萧沉着脸，眼中杀气凛人，"至于你那侄子，他这辈子休想再踏出监牢一步，滚！"

李妈妈抱住沈老夫人的小腿，痛哭出声。

沈老夫人眼睑轻颤，求情的话来到嘴边。李妈妈是她的陪嫁丫环，已经陪伴了她几十年，没有功劳也有苦劳，怎么忍心让她年老之时被赶出沈家。

"已经是轻饶你了，若是再不知足，休怪我拿你们整个李家出气。"沈萧冷冷地说。

得知皎皎在西街发生的事情后，沈萧从没这么愤怒过。特别是知道挑事的人是李俊杰，他差点没立刻下令将李家所有人都绑起来，一个一个杖毙。

沈老夫人听到这话，猛地睁开双眼，直直地盯着自己的儿子。

面对母亲的目光，沈萧的面色不动。

他已经为了顾及母亲的面子，伤害儿子和女儿太多次了。如果再不能保护好他们，他这个父亲将来有什么面目去见亡妻。

沈老夫人缓缓地松开紧捏着念珠的手，"你去吧，我们主仆缘分已尽。"

李妈妈大哭出声。

不过三天，沈萧便将所有与米铺闹事有关的人都抓了起来，除了李俊杰这个指使人被关在牢里永远出不来，其他的都受到轻重不一的杖责惩罚。

这三天，沈梓乔都没有插手这件事。她被沈萧勒令在家里休息，以为她在西街那里受了惊，每天都特意找时间陪她说话，沈子恺更是午膳晚膳都来陪着她。

有人替她出气，沈梓乔乐得轻松，她便什么都不管，每天除了吃就是睡。

因为这件事，快被沈梓乔忽略的盛佩音再度出现在沈家。

自从上次九王爷等人令齐铮在尚品楼出丑，盛佩音仿佛就忘记了她这个炮灰的存在。沈梓乔乐得被盛佩音忽略，最好从此桥归桥路归路，彼此老死不相往来，没想到没几天就记起她了。

"皎皎，你这到底是怎么回事？以前怎么没听说你还开米铺？"盛佩音拉着沈梓乔的手，语气关心地问道。

沈梓乔笑眯眯地说："就是日子太无聊，开个店玩玩。"

"这也是你能玩的吗？"盛佩音嗔了她一眼，"我听说……你这是跟沈老夫人打赌，为了你母亲的嫁妆？"

她怎么知道？沈梓乔马上警惕起来，这件事可只有她们家里几个人知道，盛佩音是怎么打听出来的？

"我娘的嫁妆自是我的，老夫人替我保管而已啊。"沈梓乔笑着道，却开始担心盛佩音是不是要对沈家下手了。

会从哪里下手呢？沈梓乔暗中思考着，苍蝇不叮无缝的蛋，肯定要找最薄弱的地方下手。

勾引沈子恺吗？可如今看来，大哥不像被盛佩音吸引了的样子啊。看到这种情景，沈梓乔放心多了。

盛佩音莞尔一笑，"你啊，真是个孩子。"

"盛姐姐这些天都在做什么？"既然被当个孩子，沈梓乔当然要多幼稚就装得多幼稚。

"也没什么，就是……就是在家里绣绣花，看一下账册。"盛佩音眼神微闪，不知想到什么，脸颊烧红起来。

咦？难道她错过什么八卦了吗？沈梓乔好奇起来，拉长声音"哦"了一声，又问道："是吗？"

"皎皎，九王爷要定亲了。"盛佩音忽然低声说道。

"什么？这么快？"沈梓乔惊讶地喊出声，九王爷那娘娘腔要娶谁？好像……好像是个什么内阁大人的千金？

"是啊，不过九王爷却是不肯，如今已经失踪了，也不知去了哪里。皎皎，你说该怎么办呢？他会不会出事？"盛佩音看着沈梓乔，忧心地说。

那娘娘腔的死活跟她有一毛钱关系吗？

沈梓乔呵呵干笑两声，"是啊，怎么办呢？盛姐姐你跟九王爷的关系不是挺好的吗？怎么你不知道他去了哪里吗？"

"我跟九王爷不过是泛泛之交。"盛佩音低声说。

泛泛之交？都亲亲了……

"皎皎，难道你不想去找九王爷回来吗？说不定，他会因此对你刮目相看呢？"盛佩音的声音充满了诱惑，至今她都以为沈梓乔还喜欢九王爷。

沈梓乔笑出声，"他对我刮目相看又如何呢？"

第八十一章　不能重色轻妹

面对沈梓乔的"又如何"，盛佩音竟不知要怎么回答。

这个草包不是很喜欢九王爷吗？为何听到九王爷要定亲了却一点反应都没有？难道她一点都不着急？

"皎皎，你真的一点都不担心？"盛佩音不死心地问道。

沈梓乔好笑地看了她一眼，"我担心什么？九王爷跟我有什么关系？"

盛佩音扯出一丝笑容，"没想到你竟已经忘了他，可怜了九王爷。"

语气好像是在责怪她凉情薄性似的。

沈梓乔眼底飞过一抹冷笑，看着盛佩音姣好的脸庞淡声说道，"盛姐姐说这话真奇怪，我跟九王爷说的话不超过十句。他视我如蛇蝎，巴不得我远远离着他。我忘了他，九王爷不知多高兴。倒是姐姐你平日跟他走得近，如今却说是泛泛之交。九王爷若是知道了，那才是真正伤心了吧。"

盛佩音的脸色变了变，"我何时跟九王爷走得近了，不过是他常去尚品楼，这才多说了几句话。"

这女人真凉薄！沈梓乔有点同情那个娘娘腔了，被盛佩音利用完就给抛弃了。

"既然九王爷跟我们都没关系，那就不要提他了。"沈梓乔笑着说，她对娘娘腔的事一点兴趣都没有。

盛佩音悻悻笑了笑，"也是，闲事莫理。"

沈梓乔心里好奇盛佩音究竟跟九王爷发生了什么事情，但是经验告诉她，她的任何事情最好少知道为妙。

两人忽然沉默下来，安静地各自吃茶。

"是了……"盛佩音半晌后才开口，"我如今在东宫当差了。"

"噗!"沈梓乔口里的茶呈直线喷了出来,差一点就喷到盛佩音的脸上。

盛佩音脸色发青,"怎么激动成这样?"

"你……你什么时候进宫的?已经当女官了?"沈梓乔觉得自己全身血液都僵住了。所以这才将九王爷给抛弃了?

"是何尚宫带我进宫的……"盛佩音含糊地将进宫的过程一笔带过,只说得了太子妃的赏识,所以留在东宫当女官。

"恭喜你!"沈梓乔言不由衷地说。

盛佩音温婉一笑,"恭喜什么,还不是当宫女使唤。"

您这宫女可真不一般!

"你可要进宫……"盛佩音忽然问。

不等她问完,沈梓乔立刻说道:"我一点都不想去当什么女官,我喜欢在家里好吃好喝的。"

盛佩音笑道:"谁问你这个,过几天是皇后寿辰,你可要进宫去给皇后贺寿?"

一定要去的吗?可以不去吗?沈梓乔纠结了,她真心不想进宫。

"时候不早,我得回去了,下次再来看你。"盛佩音站了起来告辞。

沈梓乔巴不得她赶紧走,忙起身相送。

二人走到乔心院的院门,便见到沈子恺潇洒的身影在前面走了过来。沈梓乔脸色微变,恨不得立刻将盛佩音给塞进袖子里不被沈子恺看到。

"皎皎……"沈子恺以为妹妹是出来迎接他的,脸上露出爽朗的笑。接着看到沈梓乔身边的盛佩音,他忙敛了笑容,"原来是盛三小姐作客,失礼了。"

盛佩音屈膝给沈子恺行了一礼,脸上带着娇羞的红晕。

沈梓乔在心里狂叫,你装害羞个什么劲啊!你还在我大哥面前装娇羞,你嘛意思啊嘛意思!

"……盛三小姐客气了。"沈子恺怔怔看了盛佩音一会儿,才回过神来还礼。

"盛姐姐,既然我大哥来了,那我就不送你了。红玉,送一送盛三小姐。"沈梓乔脑海里警铃大作,忙将盛佩音送走。

盛佩音笑着点了点头。

"大哥,我们进去说话。"沈梓乔拉过沈子恺,不让他再盯着盛佩音看。

沈子恺目送盛佩音离开后,才跟着沈梓乔进了屋里。

糟了糟了!看大哥这反应,该不会已经被盛佩音吸引了吧?

要怎么办?让大哥赶紧娶老婆?怂恿他离开京城?

对!离开京城,去东越,一两年内都不要回来了。

"皎皎，皎皎？"沈子恺皱眉看着神色不定的妹妹，连叫了好几声都没反应，不由伸手戳了戳她的脸颊。

"啊？"沈梓乔还在安排沈子恺离开京城的想法里，神情呆呆的。

沈子恺好笑地问："在想什么？"

"大哥，我们去东越吧。"沈梓乔叫道，"我们去东越住一段时间，好不好？"

"不行。"沈子恺想都没想就拒绝了。

沈梓乔紧张地揪住他的衣袖，"为什么？你舍不得京城吗？我们都没去过东越，去住一段时间有什么不好？"

"你好像特别希望我离开京城？皎皎，到底发生什么事了？"沈子恺感觉到妹妹的恐慌，疑惑地低眸看她。

"我怕大哥重色轻妹！"沈梓乔嘟囔着，眼睛嫉妒地看向盛佩音离去的方向。

沈子恺微微一怔，妹妹似乎特别不喜欢盛佩音……

上次就说过了不喜欢她，还以为只是说说而已。

他是觉得盛佩音与其他女子不同，不过若是妹妹不喜欢，他自然也要跟着远离才是。

"傻丫头，瞎说什么。"他拍了拍沈梓乔的头，"别胡思乱想。"

这是胡思乱想的事吗？沈梓乔噘着小嘴，故意撒娇道，"大哥不能有了心上人就不要妹妹。"

沈子恺宠爱地看着唯一的亲妹妹，温声说道："你是我在这世上最亲的人了，怎么会不要你呢。"

"胡说，爹跟你也亲。"沈梓乔笑嘻嘻地说。

"爹他……"沈子恺眸色微闪，嘴角的笑容多了几分苦涩的味道，"你很想去东越吗？"

沈梓乔用力地点头，"想啊，等把嫁妆拿回来了，我就去东越。"

"也好，去陪陪外祖母说话，至于嫁妆……我今日就是来跟你说这件事的，外祖父要来京城了，怕就是为了母亲的嫁妆而来。"沈子恺说道。

"真的？外祖父是来帮我的？"沈梓乔眼睛亮了起来。

这样子可真像个小孩子！沈子恺笑了出来。

"大哥，我们一起去东越吧。"沈梓乔认真地看着他，他们兄妹二人就在东越好好生活，不要理会沈家这边的事情了。

"我下个月要出征了，怎么去东越？"沈子恺说道。

沈梓乔愣住了，啊？大哥刚回来又要走了？

"去哪里？你不是刚回来没多久吗？"沈梓乔问道。

"去西北，皇上想要攻打霸占我们西北数个城池的金人。"沈子恺感慨地叹息，"还以为皇上容忍那些贼子这么多年是不会主动攻击的，没想到居然改变主意了，真是一件好事。"

男儿若是不能保家卫国，当个将军又有什么意思？

沈梓乔却听得胆战心惊。

是啊，皇上是个不喜欢战争的人，怎么会主动去打金人呢？

兄妹二人正说着话，红缨在外面禀话，"大少爷，三小姐，老夫人请你们过去德安院。"

"过去做什么？"沈梓乔警惕地皱眉，每次去德安院都没好事发生。

沈子恺低声教训她，"你以后别在祖母面前跟阳哥儿吵架，就算吵赢了又如何，只会让祖母以为你欺负阳哥儿。"

"是他每次先挑衅我的。"沈梓乔哼道。要不是她克制自己别冲动，早会将那臭小子再胖揍一顿了。

"他不懂事，你也跟着不懂事啊。"沈子恺说。

"大哥，他下次再骂我，你揍他，以后他就不敢骂我了。"她看得出沈子阳很怕沈子恺。

沈子恺怒极反笑，瞪了沈梓乔一眼，"还不走。"

第八十二章　周氏

到了德安院，才知道是沈家二夫人周氏回来了。

除了沈萧，所有人都在沈老夫人这里。周氏是个身材圆润、肌肤白皙的妇人，五官端正，长得跟沈老夫人有三分相似，眼神透着一股凌厉，一样让人觉得不好接近。

沈老夫人病怏怏地歪在床榻上，脸色蜡黄，看起来精神委顿，连说话的样子都有气无力的。

老夫人什么时候生病了，他们居然一点都不知情。

"祖母。"沈子恺和沈梓乔行了礼，又给周氏行了一礼，"二婶。"

"二婶什么时候回来的？"沈子恺抬起头，温声地问道。

周氏眼睑微抬，严厉地看向他们兄妹二人。

"老夫人都病成这样，你们当孙子孙女的，居然都没一个人来侍疾？"周氏的声音很轻，却有浓浓的责怪意味。

沈子恺面无表情地看了看她一眼，"是我们疏忽了。"

疏忽什么啊！昨天她来给沈老夫人请安的时候，她还精神得很，哪里像是病了？今天就像病了十天半个月起不来床的样子，这算什么啊？故意的吧。

"老夫人含辛茹苦打理这个家，你们不但不体谅，还整天让老夫人不开心。让外面的人知道了，只会说沈家的子孙不孝，你们是不是连名声都不要了？"周氏说话并不大声，却每一句都让人听得很不顺耳。

沈梓乔也懒得在脸上装什么内疚和孝顺，漠然地看着周氏。

周氏看向她，"怎么，皎皎，你觉得我说得不对吗？"

"你说什么就是什么。"沈梓乔撇嘴道，神情就是一副我听你随便说的样子。

"放肆！"周氏严厉地喝了一声，"这才多久没见，你就越加不知道规矩了。你这是跟长辈说话的态度吗？我临离开京城的时候，你答应过我什么？"

周氏眼睛直盯着沈梓乔，她已经察觉到沈梓乔的不同。一直以来，这个没有母亲的姑娘虽然刁蛮任性，但面对她和老夫人的时候，都不敢锋芒太露，连顶嘴都不敢，只会在背后嘀咕几句。

无外乎是怕老夫人和她会限制她的出入和花费用度，可今日的沈梓乔看起来却好像无所畏惧了。

以为有沈萧跟沈子恺当靠山，所以什么都不怕了吗？

"我真忘记了，不如二婶你提醒我一下，我答应你什么了？"沈梓乔不喜欢这个周氏，非常不喜欢。

"皎皎。"沈子恺轻声叫了一句，不喜欢妹妹在这时候跟二婶吵架。

周氏笑了起来，"我们三小姐真是越来越厉害了，把老夫人气得病倒不说，连认错都没有，还理直气壮地质问家里的长辈了。"

"二婶，这话说得我听不明白，怎么就是我把老夫人气病了，我做什么事了？"沈梓乔哧了一声，这是看她跟柿子一样好捏，所以随便就能安罪名吗？

"你这段时间都做了什么，你自己不知道？"周氏越发觉得诧异，这个沈梓乔简直让她觉得很陌生了。

这不是那个在她面前总是敢怒不敢言的皎皎，更不是一条筋到只要别人一挑逗就大呼小叫的皎皎。

才多长时间……居然就完全不一样了。

"我得好好想一想了，我最近到底做了什么？啊，我跟老夫人要回我娘的嫁妆，所以老夫人气了？还是我将家里那些刁奴赶走，老夫人不高兴，所以气病了？我知道了，一定是前几天李妈妈跟她的侄子怂恿他人来抢米铺的大米，想趁机杀害我，老夫人觉得我没死，很失望，所以气病了？"沈梓乔故意装出天真无知的样子，看着沈老夫人的脸色越来越阴沉，她的心情越来越好。

这话说出来，屋里所有人的脸色都变了。

特别是沈萧的三个姨娘，她们都知道沈老夫人将潘氏的嫁妆占为己有，却不知道原来沈梓乔已经知道了潘氏留给她的嫁妆，而且要跟沈老夫人拿回去。

吃进嘴里的肉怎么可能吐出来！她们都太清楚沈老夫人的为人了。

"住口！"周氏喝住她，脸色更是一阵青一阵白。

她原是想趁刚回来，马上镇压住沈梓乔，免得她气焰烧得太高。一直以来，沈梓乔都很怕她的，没想到沈梓乔这次不但不怕她，还敢跟她顶撞，反驳得她差点失态。

"难道不是这些事情？那我真不知道做了什么让老夫人不高兴，或许我的存在就让老夫人觉得碍眼了。不如将我赶出去，老夫人的病自然就痊愈了。"沈梓乔嘲弄地看着周氏，别当她是白痴，以为骂两句就能让她服软。

"老夫人这些年来替你保管嫁妆，你不但不感激，还跟老夫人作对，这是谁教你的？潘氏就是这么教女儿的？"周氏站了起来，怒目瞪着沈梓乔。

对于潘氏，周氏和沈老夫人一样不喜欢她。

她嫉妒潘氏。

沈梓乔冷冷地回视过去，"二婶，你不知道我娘死了很多年吗？"

"二婶，死者为大，请您尊重我母亲。"沈子恺淡淡地开口，将沈梓乔拉到自己身后，"祖母生病的事，我跟皎皎都是今日才知道，这几个月来，皎皎乖巧了许多，只怕是二婶有什么误会。"

误会什么，这老女人就是冲着她来的！沈梓乔在心里哼道。

周氏自知话里有失，借着替沈老夫人披被角，重新坐了回去，并跟沈老夫人交换了个眼色。

她这次回来，是要阻止沈梓乔拿回嫁妆的。本来以为她震住沈梓乔，自然会让这丫头知难而退，如今看来是不容易了。

沈老夫人状似虚弱地喘了几口气，"不关三丫头的事，是我自己身体不好，你们都回去吧，我乏了。"

"那祖母就好好休息，我们先回去了。"一直站在沈老夫人床边的一个小姑娘柔声地开口说道。

沈梓乔这才发现，原来沈梓歆也跟着周氏一起回来了。

"好。"沈老夫人慈爱地看着她，点了点头。

"那祖母好好休息，孙儿一会儿再来看您。"沈子恺拉着沈梓乔离开德安院。

"大哥，那二婶是什么意思？给老夫人当帮手来了？"沈梓乔出了德安院后，拉着沈子恺问道，她实在是很不爽，哪有人霸占别人的财产还这么理直气壮的。

沈子恺叹了一声，"老夫人很倚重二婶……"

"我管她倚重谁，我看她就是想把我的嫁妆给霸占了送给二房。"偏心的人见多了，没见过这么不要脸的偏心的。

"皎皎，她们到底是长辈，你是晚辈，就算有什么委屈也要忍着。外祖父就要来了，讨回嫁妆的事有他老人家，你千万别强出头。"沈子恺低声劝告，"别到时候反而被抓住了把柄。"

沈梓乔仔细一想，觉得沈子恺说得对，跟长辈作对吃亏的总是她。不如等外祖父来了，理直气壮地跟老太婆拿回嫁妆。

"大哥，我知道了。不管老夫人和祖母怎么说，我都会忍着的。"沈梓乔说。

"乖！"沈子恺摸了摸她的头，心里却觉得无奈，若是母亲在世……沈家有谁敢欺负妹妹？

沈梓乔和沈子恺在庭院分开。她回了乔心院，正准备找孟娘子打听一下周氏这个人时，便有丫环回禀，道是四小姐来了。

只见帘子微微一动，穿着白地撒朱红小碎花长身褙子的沈梓歆走了进来。她长得跟周氏有几分相似，不过五官比周氏更精致漂亮，肌肤吹弹可破，嘴角微翘，有梨涡若隐若现。

"皎皎。"她一进门就亲切地叫着，不等沈梓乔开口，已经在她身边坐了下来。

沈梓乔觉得自己快有被迫害妄想症了，见到谁对自己好都担心是有目的的，甚至竟然对之前熟悉的人都产生了一种很强的防备心理。以前的友可以是敌，那以前的敌人，能不能当成朋友呢？

都是因为盛佩音的关系！是她让自己变得如此多虑，她非常不喜欢现在的状态，可是为了沈家未来的安危，她必须要打起十二分精神来。

"歆儿……"她笑着开口，"怎么不先回去休息？"

沈梓歆皱眉严肃地打量着沈梓乔，一手摸下下巴，"皎皎，我怎么觉得你好像变得很不一样了。"

"哪里不一样？变漂亮了吧。"沈梓乔呵呵笑道。

"你居然敢跟我娘顶嘴，士别三日刮目相看啊。你不知道，我这一路听说了你的事，我都怀疑你是不是我堂姐了。"沈梓歆兴奋地说道。

沈梓歆拉着沈梓乔的手压低声音问："你是不是真的要拿回大伯娘留给你的嫁妆？"

"必须的。"沈梓乔肯定地说，难道她是来试探自己口风的？

"祖母去年给了我娘好些东西，我看那都是大伯娘的嫁妆。你到时候一定要清点清楚，别被蒙混了。"

沈梓乔石化了，她不知道用什么表情来面对这个堂妹。

姑娘，你到底混哪边的？

第八十三章　皇后娘娘有请

德安院，屋里有淡淡的药味弥漫，高几上的檀香轻烟袅袅，窗户都紧闭着，里头的光线显得有些暗淡。

沈老夫人靠在青缎大迎枕上，一手抚着额头，脸色发青，"你看到了，她如今便是这般猖狂，连我都不放在眼里，训示她两句，她顶你十句……"

周氏端着药碗，吹凉了药，一口一口慢慢喂着沈老夫人，轻声说道，"她是仗着有大伯撑腰，大伯实在太骄纵她了。"

"他何止是骄纵她！"沈老夫人想起儿子对沈梓乔的维护，气得猛烈咳了起来。

"您别着急生气，大伯纵她，是因为想着潘氏。若是大伯对潘氏的想念少了，还能这般维护她么？"周氏忙放下药碗，一边替沈老夫人顺气，一边安慰说道。

沈老夫人喘了几口气，声音有些粗，"你有主意了？"

"大伯也该再娶个正经的夫人了。"周氏说。

"我何尝不是这么想，他不愿意娶妻，难道我还能强迫他不成？"沈老夫人没好气地说。

周氏圆润白皙的脸庞浮起一丝笑意，"婚姻大事，哪能是大伯说了算，这都多少年了，难不成要守活寡不成？"

"就算如此，潘氏的那些东西……不是还得还给那丫头。"想到这一点，沈老夫人就觉得心头肉给狠狠用刀子割着。

"没那么容易！"周氏眼中闪过一抹狠厉，继而放松了语气，"她一个丫头片子能守得住这么多银财？"

"上次看中了刘家的姑娘……"沈老夫人说。

周氏重新拿起药碗，笑着道："您还记得吗？三堂伯母娘家有个姑娘两年前跟咱们隔壁胡同唐家定亲的？那唐家大爷在成亲前跟附近一个寡妇私奔了，陈家退了亲。如今那姑娘还没定亲，已经十九岁了。"

沈老夫人神情一动，"你的意思？"

"这陈姑娘性情平和温柔，对长辈温驯知礼，而且……三堂伯母对她们家有恩，三堂伯母对您向来敬重，您若是开口了，这事还能不成吗？"周氏笑着道。

"就不知大老爷中不中意？"沈老夫人听得心动起来，若是能有个随自己拿捏的儿媳妇，那自然是再好不过了。

周氏低声说："大伯中不中意又如何？除了潘氏，他中意过哪个女子？若是陈氏进门，便是三丫头的母亲，你只管将那些嫁妆都交给她，三丫头还能跟自己的母亲抢嫁妆不成？"

"那嫁妆……不少东西都在你那儿呢。"沈老夫人皱眉，"真要交出去吗？"

"陈氏如何知道有多少嫁妆？再过一两年，恺哥儿娶亲了，大伯有自己的娇妻幼儿，谁还管三丫头呢？"昏暗的光线中，周氏的笑显得有几分狰狞。

沈老夫人心中大定，觉得周氏果然是她的好帮手，"就按你说的去办。"

周氏嘴角笑容更盛，"一个小丫头难不成能飞上天吗？您啊，别想太多了，好好休息。"

"你去忙吧。"沈老夫人说。

周氏笑着应道："是。"

沈梓乔怀着诡异的心情送走沈梓歆，她能感觉到沈梓歆的真诚。但是，她不敢放开心胸去相信这个堂妹，毕竟沈老夫人和周氏对她都不怎么好。

总是以对待盛佩音的心态去对待其他人，是不是不太好呢？

或许不是每个人都对自己不怀好意的，就像齐铮和沈梓歆。

到了傍晚，沈萧才回了家里，大家又在沈老夫人那里见面。沈萧对于周氏忽然回京城的举动并没有感到好奇，他早就猜到老夫人会让她回来的。

周氏有意无意地提出要管家。

没有随丈夫去任上的时候，家里的大小事都是周氏一手安排的。

沈萧只当没听明白，当着众人的面说最近家里凡事顺畅，各房各院安分不少，听得周氏直皱眉头。

这话摆明了就是在夸奖自己的女儿，难道以前她和老夫人管家的时候，家里就到处不安分了吗？

周氏心中不悦，面上却不显，说起其他闲话。

"恺哥儿年纪不小了，是时候定亲了吧。"周氏将目光转向沈子恺，心想，大房没有个正经的夫人，将来嫁娶的琐事到底还是需要她帮忙的。

沈子恺不等沈萧开口，便淡淡地回了句："我不急。"

"说的什么话，都已经多大了，还不急？多少跟你一个年纪的都有孩子了。"沈老夫人不悦地呵斥道。

"祖母，我下个月要出征了，还是等我下次回来再说吧。"沈子恺道。

沈老夫人怔了一下，继而不舍地抱怨，"这才刚回来，怎么又要出征？你们父子二人在家里的时间越发的少了。"

"这次只有恺哥儿去西北，他是时候自己去历练了。"沈萧沉声说，并不反对沈子恺出征。

就算他想反对也没用。

沈梓乔站在沈子恺旁边，神情复杂地看了他一眼。

沈子恺是个好兄长，她希望他能够好好的。

闲话说的不多，沈萧和沈子恺还有事商量，很快就散了。

沈梓歆跟沈梓乔打了个眼色，两人正要悄悄退下的时候，周氏一个眼神扫了过来，"歆儿，你多久没跟祖母说话了，留下来陪祖母。"

"是，娘。"沈梓歆眼底难掩失望，跟沈梓乔露出一个苦笑，乖乖地走到周氏身边。

沈梓乔看着她笑了笑，离开德安院。

翌日，罗昭花一大早就来找她了。

"哈？进宫给皇后娘娘贺寿？我也要去吗？不用了吧！"听到罗昭花说来商量准备什么给皇后当贺礼，沈梓乔一个头两个大。

"皇后娘娘想见你，你能不去？"罗昭花杏眼一瞪，只差没揪着沈梓乔的耳朵叫她要懂得感恩戴德。

沈梓乔傻眼了，皇后娘娘要见她这个无名小卒做什么？"皇后娘娘要见我干啥？"

"我怎么知道？昨天我陪娘进宫给皇后娘娘请安。皇后娘娘便问起了你，说想见见这个闻名已久的小丫头，暗示我娘带你进宫呢。"罗昭花说。

这到底算什么啊！沈梓乔有种风中凌乱的感觉。

"你进宫去给皇后娘娘贺寿，总不能空手去吧，要准备什么贺礼呢？"罗昭花问。

"我不知道……"她压根没想过自己能进宫，更别说去给皇后娘娘贺寿了。

罗昭花一副我就知道的样子，"我看你也想不出送什么贺礼。"

那是因为她想都没有想过自己需要准备给皇后娘娘的贺礼好么？沈梓乔问罗昭花，"你准备了什么贺礼？"

　　"南海的珊瑚树，可漂亮了。"罗昭花得意地说。

　　沈梓乔嫉妒她一早准备了寿礼，"俗气！"

　　罗昭花狠狠地掐了她一下，"还想陪你去选贺礼的，不理你了。"

　　"别这样，别那么小气，我就是说说，这不是羡慕嫉妒恨了吗？你陪我去选吧。"沈梓乔忙讨好罗昭花，她……一没钱，二没手艺，三没权势，上哪儿找让人眼前一亮出类拔萃的贺礼？

　　反正她不想出风头，只要贺礼过得去就行了。

　　"还不去换衣裳，我跟你出去找找有什么新奇的玩意。"罗昭花哼了哼，"我跟你去锦绣阁看看，全京城最好的金钗珠玉都在那儿了。"

　　"皇后娘娘平时都喜欢什么？有什么喜好？"送朱钗什么的会不会太俗气，最关键是，贵啊，她没钱买。

　　罗昭花回头撇她一个白眼，"皇后娘娘还能缺什么？我们就是送个心意。"

　　"要不我绣个帕子，那也是心意。"沈梓乔笑着说。

　　"你绣的帕子能见人吗？"罗昭花丝毫不客气地鄙视她。

　　沈梓乔眼中的光彩默默地黯淡了下去，不但见不得人，简直能把一朵花绣成一坨……

　　马车的速度渐渐缓了下来，沈梓乔望着人来人往，热闹非凡的大街，视线有些恍惚。

　　"到了，我们下去吧。"罗昭花朝她挥了挥手。

　　下了马车，入眼便是一栋面阔三间，有三层高的楼阁，扇门齐齐打开，到处尽显奢华，装修摆设富丽堂皇。

　　"皇后娘娘最喜欢佩戴翡翠玉手镯，我们就挑个手镯吧。"罗昭花挽着沈梓乔的手走了进去。

　　沈梓乔心想，翡翠高雅大方，确实挺不错的。

　　没想到才走进门就见到一道熟悉的身影从楼上走下来，旁边是满脸讨好笑容的掌柜。

　　齐铮怎么会在这里？

第八十四章　你还能嫁给谁

　　从楼梯走下来的男子身穿宝蓝色云纹团花湖绸直裰，系白玉腰带，身姿轩昂挺拔，俊朗的脸庞不拘言笑，看起来很淡漠的样子。

　　沈梓乔讶异地看着他，阳光从敞开的窗口投射进来，正好洒落在他身上，如同在他身上罩上一层金光，他向她看了过来，深邃漆黑的眸子仿佛有流光闪过。

　　"咦，齐大少爷也在这里？"罗昭花已经爽快地跟齐铮打招呼了。

　　想到齐铮救过自己，沈梓乔觉得应该对他客气礼貌一点，她对他笑了起来，笑容灿烂如花。

　　齐铮幽墨如潭的眼眸倏地微亮，度步向她们走了过来。

　　"齐大少爷也是来挑选寿礼的？"罗昭花笑盈盈地问道。

　　"来看一看。"齐铮客气地说，眼睛落在沈梓乔俏丽的脸上，嘴角微扬，这小姑娘对他已经没有敌意了，就因为上次在米铺帮了她吧，所以真的将他利用她的事一笔勾销了。

　　哪能什么都一笔勾销！他没答应。

　　"罗大小姐，您之前定下的金嵌珠翠葡萄耳坠已经好了，您可要过目？"锦绣阁的掌柜见到罗昭花这位熟客，立刻过来打招呼。

　　罗昭花神色一喜，"已经可以了？快让我看看。"

　　回头对沈梓乔说："我先去拿耳坠，回来陪你去挑选手镯。"

　　不等沈梓乔抗议，她已经跟着那掌柜走上二楼。

　　齐铮低头看她，忽然发现这小姑娘的五官似乎长开了，比第一次见到她时更显得俏丽秀美。

　　"要进宫给皇后娘娘贺寿？"他轻声问着，低沉沙哑的嗓音如同醇厚的老酒，香醇迷人。

　　沈梓乔听到他温柔的语气，一瞬间感到有些恍惚，片刻才怔松地点了点头，"是啊。"

　　齐铮看到她这个样子，心情莫名觉得愉悦，"我陪你去选吧。"

　　"啊？不用了，有小花陪我啊。"沈梓乔谢绝他的好意，挑礼物这种事情当然要跟同性的才有意思，可以讨论很多细节。

　　"她不知道娘娘喜欢什么。"齐铮说，伸手抓住沈梓乔的手腕，拉着她上了二楼的厢房，示意店里的伙计去将所有翡翠手镯拿出来。

　　"三小姐！"红玉瞪着齐铮的手，这人怎么能这样对她的三小姐！

　　沈梓乔怒目圆睁，"齐铮，你又想做什么？是不是又要利用我？"

　　直觉认为这男人可能又想借着她过桥了。

　　齐铮气结，抓着她手腕的大掌微微收紧，"我如何利用你了？"

　　"那你先放开我，男女授受不亲，你这样让别人看到还不知道要怎么编排我。本来就名声不好了，以后肯定都嫁不出去，我不要再被乱安罪名了。"沈梓乔瞪着他的手，心想，不知道刚刚有多少人见到，一会儿她回到家里又要被沈老太婆一顿臭骂。

　　"你还想嫁给谁？"齐铮眸色微沉，松开她的手，语气冷淡地问。

　　沈梓乔哼了一声，"关你什么事。"

　　齐铮笑了笑，"你还能嫁给谁？"

　　这语气简直太看不起人了，好像她真的嫁不出去似的。

　　"齐铮，你别太过分了啊。"沈梓乔气呼呼地叫道。

　　看到她生气的样子，他的心情变得特别好。

　　齐铮在一旁的太师椅坐下，神情看起来轻松闲适，一点都不为会给沈梓乔带来困扰而内疚。

　　"过来坐下，有话交代你。"齐铮指着旁边的太师椅，让沈梓乔过来。

　　她要是这么过去那不是很没面子，沈梓乔小脸一甩，看也不看他一眼，就是不过去。

　　"你想要我去抓你过来？"齐铮含笑问道。

　　沈梓乔炸毛地瞪着他，"你到底想怎样？男女大防你懂不懂？我是黄花大闺女，你知不知道，连我这种从……连我都知道有所避忌，你难道一点都不清楚吗？"

　　她肯定齐铮就是故意的！

　　哪有姑娘家冲着一个男子大声叫着自己是黄花闺女和会嫁不出去这样的话？齐铮嘴角的笑容越来越大，声音说不出的愉缓，"过来。"

　　沈梓乔气得抓起桌面上的茶杯扔了过去，"滚！"

　　齐铮轻松地接住她的茶杯，猛地站了起来，瞪着她斥道，"你敢扔我？"

　　高大挺拔的身躯一下子让人觉得压力好大，沈梓乔想起他是个深藏不露的高手，立马鹌鹑似的缩了缩脖子，"是你太过分了。"

"怎么还跟个小孩子一样，动不动就打人，你像是个姑娘家吗？"齐铮好笑地问，慢慢地走到她面前。

红玉虽然惧怕齐铮，但见他朝着自家主人走去，生怕他伤害沈梓乔，壮大胆子立在沈梓乔面前，脸色发白地瞪着已经走到跟前的齐铮。

沈梓乔拉开红玉，一脸无所畏惧地瞪着齐铮，"我像不像姑娘家跟你有什么关系？"

齐铮笑着摇头，随即低声说："进宫的时候，不要随便得罪人，也不要什么话都说。你就乖乖地跟在罗姑娘身边，哪里也不要乱跑，不许闯祸。还有，别跟盛家三小姐走得太近，知道吗？"

啊？沈梓乔没想到齐铮是要跟她说这些，一下子愣住了。

这是在关心她吧……

他居然会关心她！而且话里的意思，她怎么听出有点暧昧的感觉，是她想太多了吧。

齐铮见她怔怔的一点反应都没有，剑眉一蹙，沉声问："我说的话听进去没？"

沈梓乔吓了一跳，立刻回过神，脸蛋不知怎么抹上一层红晕，低声嘟囔，"听进去了。"

红玉在一旁看得傻傻地笑了。

其实，齐大少爷跟三小姐站在一起真的如一对璧人啊。

九王爷哪里比得上齐大少爷！

齐铮的眼眸在看到沈梓乔布满红晕的小脸时，变得更加灼亮深邃。他板着脸说："别一脸不服气的样子，你这人做事说话都少根筋，一不小心就会闯祸。皇宫是什么地方，跟其他地方不一样，你自己小心一点，在皇后面前就不用太拘束，明白吗？"

不明白，为什么在皇后面前反而不用太拘束了？

沈梓乔愣愣地想着，随即气呼呼地鼓起腮帮子，"我哪里少根筋，你才少根筋！"

齐铮哈哈大笑起来，冷峻的脸庞因为这笑容看起来年轻了许多，也让人觉得亲近了许多。

"什么事这么好笑？"罗昭花娇小的声音出现在门边，一脸好奇地看着齐铮和沈梓乔。

"罗小花！你是陪我来选贺礼的！"居然丢下她跑去看什么耳坠，沈梓乔忽略自己烧红的脸颊，不悦地跑过去戳了戳罗昭花的脸颊。

罗昭花不好意思地笑了起来，"我这不是来陪你选了吗？"

正好掌柜领着伙计一起拿着数个锦盒进来。

"齐大少爷、沈三小姐，这都是锦绣阁最好的翡翠手镯，您二位看看。"掌柜将锦盒一一打开，里面尽是质地细腻，颜色通透的手镯。

沈梓乔不懂选翡翠，她看向罗昭花，小声问道："哪个好？"

齐铮在一个比较小的锦盒里拿出一个嫩绿色的翡翠手镯，眸色微闪地说："就这个翠玉双龙抢珠手镯吧。"

掌柜对着齐铮竖起拇指，"齐大少爷好眼力。"

沈梓乔从他手里拿过手镯，外表光泽似油脂，玉质细腻透明，没有半点瑕疵，就连她这个不懂玉的都知道这是好东西。

好东西向来都好贵的。

她是穷人啊有没有！

"要不……再选一个……"沈梓乔小声说。

罗昭花扯了她一下，"就这个，掌柜的，送到沈家去。"

那掌柜爽声应下，笑眯眯地问沈梓乔，"沈三小姐可还要再选选其他首饰，近来我们锦绣阁有一批新的金簪玉笄，样式新颖，戴着绝对令您更加好看。"

沈梓乔斜了他一眼，"我现在很难看吗？"

齐铮低声轻笑，惹来沈梓乔恶狠狠的白眼。

最后，沈梓乔还是选了些首饰，进宫的时候总不能太寒碜吧。

齐铮在替沈梓乔挑选了手镯后就离开了。

回去的路上，沈梓乔才好奇地问罗昭花，"齐铮选的镯子特别好吗？"

罗昭花低头摆弄着她刚拿到手的耳坠，心不在焉地说："他选的那个镯子当然很好。不过，好不好是其次，关键他知道皇后娘娘一定会喜欢。"

"为什么？"沈梓乔更好奇了。

"他是皇后娘娘的外甥啊，怎么会不知道，他最清楚皇后娘娘喜欢什么了。"罗昭花笑着说。

啊！齐铮是皇后的外甥？沈梓乔难掩震惊，她这是第一次听说，原来齐铮是皇后的亲外甥。

既然有皇后娘娘当靠山，他干吗还装傻那么多年啊？

沈梓乔纳闷地想着。

回到沈家没多久，锦绣阁的人就将手镯送来了。沈梓乔让账房的管事结账，然后揣着这价值好几千两的手镯去找沈子恺。

沈子恺夸她有眼光，还知道投皇后所好，选了这个手镯。

只有周氏在暗地里怒骂沈梓乔败家。

沈老夫人也是气得内伤，如今是沈梓乔在管家，账房的管事也被换了，她就是想控制沈梓乔的花费用度都不行。

虽然这银子是从公家里出的，但沈梓乔觉得，女人果然必须有钱在身比较好，无论如何，都要尽快将嫁妆拿回来！

第八十五章　进宫

皇后的寿辰恰好就在中秋这一天。

沈老夫人因为身子不爽利，身上还带着一股药味，便没有进宫去给皇后贺寿。这是沈梓乔管家后的第一件大事，她让孟娘子给家里的下人放假半天，在花园里举办了游园会，不但有各种游戏，还有猜谜语得奖品。

这算是给家里下人们的一个福利。

沈老夫人对沈梓乔这个做法嗤之以鼻，认为她没事找事做。

周氏还当面说她小孩子心性，无心做事，只知道玩耍寻乐，对这个游园会非常不喜。

"适当的放松是为了更好地做事。"沈梓乔根本不在乎她们的态度，依旧热情地让孟娘子去安排。

家下人原是抱着静观其变的态度，并不太热衷，毕竟沈老夫人跟二夫人都不喜欢。

但沈萧和沈子恺却非常支持，还拿了私己钱出来给贴补，乐得沈梓乔赞他们果然是她的亲爹和亲大哥。

很快就到了中秋这天，凡是正三品以上的诰命夫人都要进宫给皇后贺寿。周氏没有诰命的身份，她倒是想进宫去，怎奈沈家有诰命在身的，除了沈老夫人就是潘氏了。

潘氏已经死了，周氏依然比不上她。

沈梓乔第一次进宫，她特意去找了罗昭花一起，跟在霓虹郡主身后进了皇宫。

霓虹郡主将沈梓乔从头到尾打量了一遍。

穿着白色粉绿绣竹叶梅花领褙子，嫩绿的百褶裙，梳着小流云髻，斜插一支掐丝镶绿松石的金簪，五官精致，肌肤白里透红。她已经是个亭亭玉立的少女，透着玲珑可爱的气息。

霓虹郡主满意地点了点头，不管沈梓乔的性子如何，就这模样已经足够招人喜爱了。

"宫里的规矩不比自家，凡事要三思而后行，切莫到处乱走，更不要得罪他人，宫里的贵人多，谨慎些总是没错……"霓虹郡主殷切地叮嘱沈梓乔和罗昭花。

沈梓乔乖巧地听着训示，一一记在心中。

很快，她们从马车下来，坐着青釉车软轿来到皇后的坤德宫。

坤德宫面阔五间，两扇大门对开，宫女宫人托着填漆托盘进进出出，热闹喜庆的气息扑面而来。

沈梓乔发现皇宫确实气势非凡，只是有齐铮和霓虹郡主的叮嘱，她不敢到处张望，于是以眼角偷偷欣赏。

霓虹郡主领着她和罗昭花进了宫殿。

罗昭花在她耳边轻声说道："别紧张，除了皇后，其他命妇都是你见过的，你就当寻常宴席就行了。"

沈梓乔回她一个恬静的微笑，少说少错，低调做人，总是没错。

她们进了殿中的大厅，沈梓乔看到坐在中间主位的妇人穿着大红色挑金丝五寿捧寿妆花褙子，鬓发高高地竖起，露出光洁饱满的额头，看起来贵气逼人，白皙红润的圆脸带着和气，正笑眯眯地看着她。

沈梓乔急忙低下头，知道那妇人就皇后。

"恭贺娘娘寿比南山，福如东海……"霓虹郡主亲切地跟皇后见礼。

"就等你了，快赐座。"皇后的声音温润慈祥，招了霓虹郡主坐到旁边。

罗昭花上前行了大礼，恭敬地说："臣女恭祝皇后娘娘如月之恒，如日之升，如南山之寿，不骞不崩。"

皇后眉开眼笑地直点头，转头跟霓虹郡主说："久不见昭花，样子越来越好看了。"

霓虹郡主嘴里谦虚地说"哪里"，样子看起来却非常骄傲。

"这就是沈家三小姐了？"皇后将目光落在沈梓乔身上，慈祥的目光打量着她。

沈梓乔低眉顺耳地上前行礼，手心紧张得出汗，低垂的眼眸只看到一角缂绣织锦的炕垫座褥。她小声地说："皇后娘娘吉祥！祝娘娘年年有今日，岁岁有今朝，美丽常驻，生辰快乐。"

这殿中除了霓虹郡主，还有其他妃嫔命妇都在场，她们都是听说过沈梓乔一些事情的，今日终于见到她，听见她这浅白的祝贺语，掩嘴笑了起来。

皇后沉淀在眼底的笑意流露出来，亲切地朝沈梓乔伸出手，"过来本宫瞧瞧。"

沈梓乔怯怯地走了过去，长这么大，她还没接触过像一国之母这样的大人物，还真是很紧张。

"长得真好。"皇后拉着沈梓乔的手，将她仔细地打量了一遍，脸上露出满意的微笑。

皇后看起来似乎特别抬举沈梓乔。

不少人面面相觑，想不明白沈家三小姐怎么莫名其妙得了皇后的眼缘。

就连沈梓乔都觉得很稀奇。

好在接下来皇后娘娘没有继续将注意力放在她身上，沈梓乔蹭到罗昭花身边，一脸狐疑地询问她，"我长得这么人见人爱吗？"

罗昭花不客气地送了个白眼给她。

沈梓乔伸手想要掐罗昭花，眼角却掠到皇后的视线有意无意向她们这边扫过来，惊得马上眼观鼻、鼻观心地站好了。

"太子殿下，太子妃觐见……"外面有宫人的声音唱起。

沈梓乔抬眼看去，正好看到一个面如冠玉、尊贵优雅的年轻男子并一个端庄秀丽女子走了进来，那男子身穿鸦青色暗纹番西花的刻丝袍子，平添几分温润如玉，和旁边穿蜜合色十样锦妆花褙子的女子郎才女貌，好一对赏心悦目的璧人。

那就是太子跟太子妃吧。

不过，怎么太子妃看起来脸色似乎不太好，带了几分愁容。

难道跟太子的关系不好了？沈梓乔瞎琢磨着。

"怎么没带森儿一起来？"皇后问起她的小皇孙，责怪太子妃没带着他来给她抱一抱。

太子妃勉强一笑，"母后，森儿昨日有点发热。御医说不能受风，所以没带他一道前来，请母后恕罪。"

皇后神色一紧，急忙关切问道："森儿没事吧？怎么没让宫女跟本宫说一声。"

小皇孙是嫡长孙，简直是皇后的命根子。

"皇后娘娘，太子殿下，小皇孙快不行……"

皇后和太子妃正在说着小皇孙发热的事，外面忽然传来宫女尖叫的声音。

"什么？"皇后脸色顿变，惊慌地站了起来。

太子妃脸色发白，摇摇欲坠差点晕倒，还是太子及时扶住她。

厅里众人都跟着站了起来，无不担忧。

霓虹郡主上前扶住皇后的手臂，低声说："娘娘保重，赶紧去看一看小皇孙要紧。"

皇后咬了咬牙，目光凌厉地扫视众人一眼。

宫中的生活本来就波诡云谲，不知多少有子嗣的后宫嫔妃盯着储君的位置，小皇孙的病说不定是有人故意陷害。

"各位夫人在此稍后。"皇后叮嘱贤妃替她打点寿宴的一切，自己带着太子妃一起去了东宫。

霓虹郡主也跟着一同去了。

罗昭花拉着沈梓乔也跟了上去。沈梓乔急忙扯住她，"做什么？"

"去看看啊。"罗昭花说。

"闲事莫理啊，我们跟着去不好，就在这里等着吧。"沈梓乔觉得自己离得远远的才好。

罗昭花瞪了她一眼，意思是说，你这个平时最喜欢凑热闹的今天居然会说出"闲事莫理"这四个字的金科玉律？

"小花，有些事不能随便八卦啊！"沈梓乔深知皇宫里太多管闲事的凶险，死拉着罗昭花不让她走。

"昭花、皎皎，你们过来。"已经走了一段路的霓虹郡主却在这时候回头喊她们。

罗昭花用力地拉着沈梓乔，"走，去看看。"

沈梓乔不情不愿地被拉到东宫。

才刚进门，就看到盛佩音抱着一个捂得严严实实的襁褓中的婴儿在无声落泪。那婴儿的哭声软弱无力，听得让人心碎。

"……本来已经好了，忽然之间又发热，御医们都束手无策。小皇孙不肯吃奶，不知如何是好。"盛佩音跪在皇后面前，我见犹怜地哭泣着。

好像很心疼小皇孙的样子。

"去把所有的御医都叫过来，医治不好小皇孙，本宫要他们填命。"皇后痛极，抱着小皇孙落泪。

沈梓乔有些奇怪，发烧怎么能捂那么多衣服，这不是会捂得更热吗？

小皇孙的哭声一声又一声地敲打在沈梓乔心上。

"……是在长牙吗？"沈梓乔忍不住问道。

第八十六章　小皇孙

高高低低的哭泣声中，沈梓乔的声音很快被淹没了。

盛佩音掩嘴在哽咽，太子妃脸色苍白如雪，被两个宫女搀扶着。太子一脸悲痛地站在皇后娘娘身边，看着在哭个不停的小皇孙，眼眶微微发红。

沈梓乔很想假装听不到孩子的哭声，可是她没办法。

她走到皇后面前，见到那个粉雕玉琢的婴儿被捂得脸颊潮红，唇色红得极不正常。她轻声地说，"娘娘，我在庄子里住的时候，见过乡下的孩子也跟小皇孙这样，大夫说不能捂得太热……"

盛佩音在旁边呵斥她，"皎皎，这里容不得你胡闹，快站到一边去。"

沈梓乔对这个女人产生了一股从未有过的厌恶，就算小皇孙发烧跟她没直接关系，怎么能如此自负，连话都不让她解释清楚，就随意训斥她！表面上的朋友都做不成了？行！你不仁，别怪我不义了！

沈梓乔定了定睛，声音略微调大了些，对皇后说："娘娘，七八个月的孩子是长牙的时候，这时发烧发热可能是正常的。发热就要想办法散热，而不是捂得严严实实的。"沈梓乔对盛佩音的呵斥置若罔闻，伸手想要去抱小皇孙。

盛佩音走上来想拉开她。

皇后已经将小皇孙放到沈梓乔怀里，急声问，"那……乡下的孩子救活了？"

沈梓乔点了点头，解开那厚厚的襁褓，发现里面还穿着棉袄！天啊，不被烧死都要给闷死了。"小孩子发热不能穿那么多，这是那个乡下的大夫告诉我的。我虽然不知道这个说法与御医们的经验是不是一致，但是那个乡下的孩子确实是发烧时候并没有给捂得很多的，而且很快就康复了。所以我觉得应该可以一试！到底是谁给小皇孙捂这么多的？"

盛佩音脸色一阵青一阵白的，恨不得沈梓乔赶紧闭嘴，她都是听了御医的吩咐，怎么在沈梓乔嘴里出来，就成了是她的错？

霓虹郡主见沈梓乔脱了小皇孙的襁褓，眼中闪过担忧，干笑着说道："皎皎，你……你是不是真的知道怎么救小皇孙？"

沈梓乔不敢说是，她迟疑了一会儿，看向皇后，"娘娘，我不敢担保……只能按照乡下的方法试一试。您千万别治我死罪。"

皇后想笑却笑不出来，"本宫恕你无罪。"

御医都已经说没救了，让沈梓乔试试乡下的方法，也是死马当活马医。

沈梓乔将小皇孙的棉袄都脱了，只穿一件棉布单衣，"有没有白酒？再烧一点温水……"

像这么大的孩子，一般都不会有什么大病，上火发烧都是很正常的。

"孩子多久没吃奶了？"沈梓乔将啼哭不已的小皇孙放到床上，发现他手脚都很冰凉，只有全身在发烫。

"昨天夜里到如今都没怎么吃。"一旁的奶娘说道。

沈梓乔说："先弄点水给小皇孙喝下吧。"

皇后和太子妃这时都顾不上沈梓乔的态度够不够恭敬，她说什么，就让宫女去做什么。

很快，一瓶白酒和一盆温水准备好了。

沈梓乔拿了一条绫巾，将白酒兑进水里，一边脱去小皇孙的衣服，一边说："先把窗户都关上，不要留太多人在这里，保持空气通畅，还有，拿小皇孙的内衣来，先用凉水降温……"

她说一句，宫女马上就照办，很快就将小皇孙的内衣拿来。

沈梓乔用手肘拭了拭水温，将小皇孙放进铜盆里。

盛佩音尖叫起来，立刻过来抱住小皇孙，一脸紧张心疼，"你做什么？小皇孙如今正在发热，如何能碰水？"

"是替小皇孙散热，这时用凉水降温。"

"御医说了不能碰水！"盛佩音叫道，一脸不忍地看向太子和皇后，"娘娘，皎皎平时贪玩，做事经常不思后果。小皇孙……非同小可，还是请御医来吧。"

外面不是跪了一溜御医吗？不是都说救不了吗？

沈梓乔不敢强行抢过小皇孙，只是无语地看着盛佩音。

"把小皇孙给沈三小姐。"太子沉声开口。

盛佩音一脸错愕，有宫女从她怀里抱过小皇孙给沈梓乔。

沈梓乔急忙将小皇孙放到铜盆里，在几处大动脉搓揉几下后，才迅速抱起以干绫巾包住，在宫女的帮忙下，重新给小皇孙穿上衣服。接着，她又强行给小皇孙喂了一小杯水。

"让小皇孙吃奶，不能让他不喝水。"

沈梓乔对外面那些御医的话感到疑惑，怎么会说医治不了呢？

奶娘抱着小皇孙到一旁吃奶。

皇后等人这时都没心思去在意沈梓乔，所有人都看着小皇孙。

只有盛佩音满眼疑惑和震惊地看着沈梓乔。

"吃了！小皇孙吸进去了！"奶娘高兴地喊道。

那肯定啦，都已经那么久没吃奶了，小皇孙的肚子肯定饿坏了。本来他全身就发热，还把他捂成那样，吸奶的时候就更热了，哪里还会吃进去？如今脱了棉袄，小皇孙当然肯吃奶了。

皇后和太子妃稍微松了一口气，将视线看向沈梓乔，"这个方法真的有效吗？"

沈梓乔娇憨地笑了起来，羞怯地说："我……我看乡下的妇人都这么做，所以就想试试。我刚刚摸一下，小皇孙是要长牙了，长牙发烧都是很正常的。"

其实她是直到抱过小皇孙，问了奶娘一些情况后，才确认小皇孙只是一般发烧，并非什么大病。

幸好，幸好！

忽然，小皇孙大声啼哭起来，听这哭声，比刚才可响亮多了。

"这又怎么了？"皇后惊声问道。

沈梓乔也不知道，想起外面还有好几个御医，"不如让御医进来看看。"

提到那些御医，皇后的脸色阴沉得可怕。

太子看着沈梓乔的眼神令盛佩音的心都揪痛起来。

她喜欢太子，很喜欢很喜欢，否则不会为了他斩断跟九王爷的情丝，可他今日看都没看她一眼……

有三个御医被传召进来，在皇后阴沉的目光中，战战兢兢地替小皇孙检查把脉。

"回禀皇后娘娘，小皇孙……是……是出恭了。"

沈梓乔"咦"了一声，过去看了看小皇孙，是有点黑色的粪便，体内有火气啊。她笑盈盈地对皇后说："娘娘，小皇孙拉粑粑了，没事了没事了，只要不脱水就好了。"

皇后阴沉的表情一瞬间舒缓而开。

太子妃过来抱着小皇孙低声呜咽，喜极而泣。

"李御医，是你说小皇孙命不久矣的？"皇后让人抱着小皇孙下去换尿布，再三确认小皇孙的体温已经降下去后，她才将凌厉的目光看向在场的三位御医。

那李御医惶恐地跪了下来。

这时，一抹明黄色的身影出现在宫殿门外。

"皇上驾到——"

沈梓乔还没来得及去看一眼皇帝长什么样子，就已经被罗昭花拉着跪了下来，屋里响起一片整齐的拜见声。

接下来的事情发展有点让沈梓乔反应不过来。

五个御医全被发落了，有两个性命不保，服侍小皇孙的不少宫女宫人也都受到皇帝的谴责。但沈梓乔在皇后那张慈祥和蔼的脸上看到一丝不解恨的阴沉，她好像很怨恨那几个御医。

要是自己今天自告奋勇后没有替小皇孙降温，那她是不是跟那些御医有同样的下场？

沈梓乔想到这点，恨不得剐了自己，果然不能太冲动！

太子提起了沈梓乔，将沈梓乔大大地称赞了一通，看向她的眼神充满善意，沈梓乔低着头，一副唯唯诺诺的样子。

皇后的语气却是淡淡的，"是啊，好在这孩子知道一点乡下的土方法，要好好赏赐沈三小姐。"

沈梓乔觉得皇后的态度跟天气一样，时好时坏，实在不好琢磨。她心想，宫里的生活果然不是人过的，幸好她对进宫根本一点兴趣也没有。

皇帝高兴地给沈梓乔赏赐了不少东西，把沈梓乔乐得在心里笑眯了眼，这应该能换不少银子吧。

发生了小皇孙这件事，皇后的寿宴失去了几分欢喜，而且早已经过了宴席的时间。出宫的时候，沈梓乔还心有余悸，只要想起皇后对那些御医的怨恨，她就觉得自己今天一脚踩进了棺材里面。

齐铮说的话果然没错，她是记得他的话，却没忍住心软。

"是不是觉得那些御医死得太冤枉了？"霓虹郡主看着两个年轻的小姑娘不像来时叽叽喳喳地说话，便知道她们心里有事没想通。

难道不冤枉吗？沈梓乔无声地看向霓虹郡主。

"哼，他们是死有余辜！"霓虹郡主的脸上出现和皇后一样的不解恨的神情，"你以为那些御医当真救不了小皇孙吗？不过是故意拖延，想趁机害死小皇孙而已。"

罗昭花惊呼，不敢置信地摇头，"他们怎么敢？那是小皇孙……"

霓虹郡主冷笑几声，"他们自然不敢，可他们背后的人容不下小皇孙。这件事你们只听听便忘了，只是不想让你们误会皇后娘娘，她也不容易。"

难道宫里还有人敢跟皇后和太子作对？

那她今日……不是得罪了某个贵人了？

沈梓乔无语凝咽，她就说不能随便进宫的！

第八十七章　反复

回到沈家，皇帝赏赐的东西也同时送来了，金银珠宝、上等的绫罗绸缎都不少。一开始，沈老夫人并不知道宫里来旨是为沈梓乔，还以为是她今日没进宫贺寿，皇后来旨问候她的身体，觉得甚有脸面，便全副命妇装扮，领着家里大大小小一道出来接旨。

待宫人将圣旨读了一遍，老人家还恍恍惚惚地没听清楚。

沈梓乔已经在沈子恺的示意下，上前接了圣旨。

"沈三小姐，这都是皇上赏赐给您的。"那唇红齿白的公公指着身后的两个箱子，笑眯眯地说道。

"皇上真客气……"沈梓乔喃喃说道，旁边的孟娘子悄悄扯了她一下，拿出一个厚实的荷包塞到那公公衣袖里，"有劳大人了。"

沈子恺对妹妹的呆怔看不下去，笑着拱手对那公公说："大人辛苦，请到里头吃杯茶，歇一歇。"

"不敢当不敢当，替皇上做事哪里会辛苦，咱家还得回去复命。沈大少爷、沈三小姐，下次有机会再来讨杯水酒喝。"公公笑眯眯地说道，一手捏着厚实的荷包，笑容灿烂。

"老夫人，咱家告辞了。"他不忘跟脸色不太好的沈老夫人作别。

一看到沈老夫人的脸色，这位公公可真是吓了一大跳，听说沈家老夫人身子不爽利，还以为只是小毛病，如今一看，这脸色灰白如死，只怕是大限要到了吧。

送走了宫里的公公，沈子恺才转身抬手敲了妹妹的额头一记。虽然故意板着脸，但他语气却掩藏不住欣喜和得意，"在苏公公面前不能胡说，什么叫皇上真客气，皇上还需要跟你客气？"

沈梓乔捂着被敲疼的额头，傻笑起来，"我就是说说，大哥，你说这两箱东西能换多少银子？"

"又胡说！"沈子恺没好气地瞪了她一眼，"这些都是登记在册的，孟娘子，让人抬进祠堂好好供着……"

"什么？不能换银子？那一百两黄金呢？"沈梓乔顿时傻眼了，皇上给的东西是要供着的吗？那还不如不给啊。

沈子恺真是恨铁不成钢，怎么养出个这样糊涂妹妹，"把一百两黄金送到三小姐那儿。"

"哎，大哥，我有金子了，我请你吃香喝辣的。"沈梓乔笑眯眯地说。

这熊孩子！沈子恺已经懒得说她了。

被兄妹二人忽略得很彻底的沈老夫人那脸色已经难看得不能再难看了，若不是周氏在她身边一直低声劝着"小不忍则乱大谋"，她早已经怒起斥骂沈梓乔了。

"祖母，您身子还不爽利，孙儿陪您回屋里歇着吧。"沈子阳嫉妒地看了沈子恺和沈梓乔一样，在高姨娘的示意下，走到沈老夫人身边恭敬关心地说道。

喜滋滋抱着黄金在傻笑的沈梓乔这才想起沈老夫人这号人物，下意识地搂紧黄金，警惕地朝老夫人看了过去，生怕这好不容易赏赐下来的黄金被抢了。

这防贼似的眼神恰好被沈老夫人看到，气得她差点一口血喷了出来。

沈子恺轻咳一声，掩饰对沈老夫人的疏忽，上前走了几步，"老夫人，这外面风大，不如……"

"我还死不了。"沈老夫人冷哼一声，扶着沈子阳的手气呼呼地走了。

沈梓乔皱了皱鼻子，对老太婆的怒意不怎么在乎。

"皇上怎么给你赏赐了这么多东西？"沈子恺目送沈老夫人离开，这才拎着沈梓乔回了乔心院，问出心中的疑惑。

"那是因为……小皇孙……"沈梓乔从黄金梦里醒了过来，惊觉自己这些赏赐都是拿命换的，脸上的喜悦尽退，苦着一张脸将在东宫发生的事情一五一十告诉了沈子恺。

沈子恺越听脸色越铁青，恨不得狠狠揍妹妹一顿。

"你！你知不知道你差点就跟那些御医一样啊？谁让你爱出风头的，御医都说治不好了，你还逞什么强？啊？"沈子恺还以为是妹妹在宫里得了贵人青眼，没想到居然还有这么一出，只要想到差一点点她就会跟那些御医一样被处死，他心底一阵后怕。

"我说出口就后悔了啊，可是，那孩子这么小，才几个月大，我听到他的哭声，我不忍心……"沈梓乔已经知道害怕了，但救活那个小孩，她其实觉得挺开心的。

沈子恺气得说不出话，"你这个……憨货！"

这是骂她蠢吧？沈梓乔撇了撇嘴，不敢顶嘴。

"幸好是救了小皇孙，不然看你如何收场。"沈子恺自知如今骂她也是枉然，无奈地叹了一声。

"我会吸取教训，以后不会这么干了。"沈梓乔保证道。

沈子恺瞪了她一眼，"知道害怕就好，好好休息吧，我先回去了。"

皇后向来是个慈祥和蔼的人，坤德宫的宫女极少被责骂，更别说处死了，怎么这次手段如此凌厉？沈子恺心中疑惑，想去找父亲仔细斟酌，免得以后犯了禁忌。

沈梓乔在宫里担惊受怕，回来后只觉得身心俱疲，梳洗过后，躺下就沉睡过去。

孟娘子示意红玉等人出去守着，自己替沈梓乔掖了掖被角，看着越来越像夫人的三小姐，孟娘子的眼角忍不住湿润起来。

三小姐今日算是替夫人争了一回面子，得了宫里的赏赐，老贼婆她们该气死了吧。

沈梓乔这一睡，便睡到入夜，醒来的时候，外面已经是彩灯一片，欢笑声一阵阵传来，游园会已经开始了。

"红玉，快帮我梳头，我要去猜谜语。"沈梓乔将宫里的惊惧都抛之脑后，喊着红玉进来替她梳发换衣。

"三小姐，您先吃一点东西吧，都大半天滴水不进了。"红缨端来沈梓乔喜欢吃的糕点，笑眯眯地说道。

沈梓乔囫囵吞枣地吃了几块糕点垫肚，便要拉着红玉她们去花园里猜谜语。哪知还没走出乔心院，沈子恺一脸沉重地出现在她面前，"宫里来旨，要你即刻进宫。"

"什么？进宫去干什么？"沈梓乔被吓了一跳，下意识地想到今日那场无声无息的杀戮。

"似乎小皇孙的病情反复……"沈子恺艰涩地开口，他很怕，不敢让沈梓乔进宫。

沈梓乔也很害怕，可是她不敢表现出来，"那我去看看吧。"

"皎皎！"沈子恺从来没这么害怕过，他甚至想要抗旨，将妹妹远远地送走算了。

沈萧的身影出现在他们身后，"让皎皎去吧。"

"爹！"沈子恺不敢置信地看着自己的父亲，"今天李御医他们……"

"闭嘴！"沈萧喝道，"皎皎，快去吧，别让外面的苏公公久等了。"

沈梓乔勉强一笑，看沈萧这笃定的样子，应该不会有什么危险。

她对孟娘子等人点了点头，便出了垂花门，跟着苏公公一起匆匆地进宫。

到了东宫才知道，是小皇孙又发烧了，而且身上长满了红点。

沈梓乔看过之后，心底稍稍松了口气，跟她在乡下见到过的孩子一样的症状，是普通的疹子，不需要怎么处理，只要多喝水，不要受风，没两天就消失了。

"御医说是天花……"太子妃哭得快不行了，双手紧紧握着沈梓乔的手，仿佛她能再带给自己一次希望。

"胡说！什么天花，就是普通的小疹子啊。"沈梓乔皱眉叫道，"小皇孙的精神还好着呢，没事的。"

还是要先退烧，这次不能加白酒了，用温水退烧吧。

"小皇孙又出恭了。"抱着小皇孙的奶娘急急说道。

太子妃哭道："已经是第五次了。"

小孩子发烧都是会腹泻的，很正常啊。

"我听乡下的大夫说，泻肚子要补充点水分的。让小皇孙喝点水吧。"沈梓乔说。

一直沉默不语的盛佩音愤怒地瞪着沈梓乔，忽然厉声骂道："皎皎，小皇孙危在旦夕，你不能再胡闹了，今日若不是你……小皇孙怎么会腹泻，如何会长天花？"

关她什么事？沈梓乔皱眉看着盛佩音，"这不是天花。"

"你还要狡辩，我与你相识多年，如何不了解你，你怎能利用小皇孙……你太过分了。"盛佩音心疼地看着小皇孙，眼中对沈梓乔充满了失望。

"我狡辩什么？我还没说你呢，你是大夫吗？既然你不是大夫，干吗总是先下定论？动不动就说没救了，试都不试一下，怎么知道就没救了？你了解我，你怎么了解我？我利用小皇孙干吗了？"沈梓乔不顾皇后和太子妃等人在场，没好气地怒声辩驳盛佩音。

盛佩音羞窘恼怒，正要开口反驳，却被皇后制止，"如今该怎么办？"

沈梓乔抱过已经换了尿布的小皇孙，一边哼着安眠曲一边给他喂了水，又用温水擦拭他的手心脚心和腋下脖子，好不容易退热了，所有人的脸色才好看一点。

"半夜最容易反复发烧了，还是要注意的。"沈梓乔说。

果然到了下半夜，小皇孙又哭了起来，沈梓乔困得眼睛都要睁不开了，还得强撑精神给小皇孙喂水。

两天后，小皇孙身上的红点渐退，也不再发热和腹泻了，精神好得很，一双乌溜溜的眼睛带着笑意，咯咯地蹭着沈梓乔的脖子，玩得不亦乐乎。

沈梓乔差点泪流满面，小祖宗你总算没事了。

第八十八章 笨蛋

沈梓乔在东宫已经待了两天，这两天她只勉强睡了四个时辰，根本不敢放开酣睡，生怕小皇孙有什么差池。幸好，她运气还是不错的，小皇孙总算彻底没事了。而且经过这两天的相处，这小娃子对她一点都不陌生，咿咿呀呀地蹭了她一脸口水。

皇后和太子妃为了小皇孙担惊受怕了几天，如今见小皇孙这玲珑可爱的模样，都笑了起来。

"多亏了皎皎。"太子妃如今对沈梓乔充满了感激，连态度都亲昵了不少。

"你在乡下学得倒是不少。"皇后恢复了慈爱的笑脸，意味深长地看着沈梓乔，好像很满意沈梓乔。

这眼神让沈梓乔的小心肝顿时如野马脱缰，又狂乱起来了。她实在怕极了这宫里的人，个个都是人精，她绝非对手。

太子妃看着小皇孙在沈梓乔怀里那高兴的样子，忽然道："不如皎皎进宫来吧。"

沈梓乔脸色一变，抱着小皇孙的手僵住了。

"这建议不错，母后，您觉得如何？让皎皎在东宫当个女官可好？"太子赞同地点头。

这下不止沈梓乔脸色发白，连盛佩音的脸色都变了。她紧紧咬着下唇，双手攥得指关节泛白。

皇后却显得有几分犹豫，对于沈梓乔，她是另有想法，可小皇孙那么喜欢她……

"皎皎，你愿不愿意到宫里当女官？"皇后含笑问着沈梓乔。

这还用问吗？答案必须是否定的！沈梓乔低下眼睑，小声说道："皇后娘娘，我怕闯祸……不想进宫，而且，不喜欢。"

盛佩音倒抽一口气，这个草包，居然敢在皇后面前说不喜欢进宫。

"为什么不喜欢？"太子问道。

"进宫不能睡懒觉，不能想吃什么就吃什么。"沈梓乔娇憨傻气地说着，装出一脸的天真无邪。

皇后轻笑出声，连太子和太子妃都对她露出宽容宠溺的笑。

"就是个吃货！罢了，让你进宫反而拘着你，往后多进宫陪本宫说话便是了。"皇后说。

"是，皇后娘娘。"沈梓乔眼中欢喜的笑蔓延到嘴角，脆生生地应了下来。

皇后让人准备了一大桌美食，让沈梓乔吃了个够，才让她出宫回家。这次不但皇上给她赏赐，连皇后、太子夫妇，其他为了讨好皇后的嫔妃都给她这个赏那个赏的，沈梓乔在宫里发了一笔横财。

她虽然觉得横财来得很爽，可一点都不想有下一次。

但愿这辈子都不要再进宫了。

宫门外，红玉和孟娘子已经在外面等了两天，她们都担心沈梓乔。

沈梓乔打着哈欠走了出来，一点形象都没有，她现在只想回家好好地睡一觉。

"三小姐！"红玉大声叫了出来，眼泪一下子哗啦啦涌了出来。

"哎哟，你们在这儿等我啊？"沈梓乔高兴地笑了起来，迈开步伐向她们走去。

孟娘子掩住嘴，生怕自己会哭出来，"怕三小姐您出宫太累了，所以等着您。"

"哭什么啊，我好好的呢，我们回去吧。"沈梓乔揽住红玉的肩膀，笑眯眯地说，"我困死了，回去要好好睡一觉。"

红玉破涕为笑，却发现另一边走来一抹熟悉的身影。

"三小姐，齐大少爷……"红玉扯住沈梓乔的衣摆，示意她看过去。

齐铮脸色阴鸷，一双漆黑的眸色深谙如潭。他紧紧盯着沈梓乔，全身散发着生人莫近的冷冽气息。

好可怕！沈梓乔莫名地觉得害怕，动作麻利地跳上马车，"我们快回家！"

就当没有看到那个家伙，他看起来好像要宰了她一样。

过了半晌都没听到红玉和孟娘子的声音，沈梓乔疑惑地要拉开车帘喊他们，手才碰到车帘，"唰"一声帘子被拉开了，齐铮冷硬俊美的脸庞忽地出现在她的视线中。

"哇！"沈梓乔被吓得往后跌坐下去，"你干吗，跟鬼一样没声音啊。"

齐铮面无表情地将她拎起来丢到坐榻上，高大挺拔的身影就挡在她面前，"我跟你说的话你听到哪只耳朵里去了？"

沈梓乔觉得此时的齐铮气场太强，不好得罪，小心翼翼地望着他，一时没想明白他的话，"什么？"

"你进宫前我跟你说过什么？"齐铮冷冷地问。

让她不要出风头，说话做事都要想清楚……

"皇上和皇后娘娘给我赏了好多东西，我……"她想要解释，想要替自己的冲动找一个理由。

齐铮气得想揍她，"你这个笨蛋，就没想过后果吗？如果救不了小皇孙，你是不是打算赔命啊？"

"我不知道……救不了要陪着一起死。"沈梓乔委屈地说，"是不忍心看到小皇孙出事，我又不是故意要冲动的。"

说着说着，眼眶忍不住红了，她也很害怕好不好！在宫里谁都不能相信，她一个靠山都没有，小心翼翼的，胆战心惊地过了两天。好不容易出宫了，居然要被这个混蛋在这里教训。

看到她这委屈的样子，齐铮再多教训的话都说不出来了，愤怒狂躁的心瞬间柔软下来。

"被吓到了？"低沉的嗓音也变得温柔不少。

沈梓乔哽咽地叫道，"吓惨了，还差点被留在宫里当女官。"

听到这句话，齐铮的脸色又阴沉起来，"你要去宫里当女官？"

"我拒绝了，宫里睡不好吃不好，我才不要去。"沈梓乔委屈地叫道。

齐铮在心里叹了一声，怎么就看上这么一个不聪明的丫头，"皇后都赏了你什么？"

说到赏赐，沈梓乔的心情才好了起来，可是皇后赏的东西太多了，她记不了多少，"反正就是很多。"

"你就这点出息！"齐铮没好气地骂道。亏他听说她在宫里的所作所为后，担心得恨不得进宫把她强行带走，她居然还有心情高兴她的那点赏赐。

"我就是这么没用。"沈梓乔哼道。

齐铮瞪了她一眼，"以后不许再这么冲动了，听到没？"

"关你什么事。"沈梓乔嘴硬地回答，她的事跟齐铮好像并没什么关系，他看起来干吗那么生气？

"乖，以后别进宫了，那点赏赐算什么，以后我给你更多的。"齐铮放柔声音哄着她，真将她当还不懂事的小姑娘，说到后面语气还是严厉起来，"就你这个一根筋的性子，在宫里怎么生存？以后待在家里，少到处去。"

沈梓乔怔怔地看着他，什么叫他以后给她更多啊？

"皇后娘娘是你的亲姨母吗？"她想起皇后对她亲切的态度，不知怎么就联想到眼前这个男人。

齐铮眸色微沉，嘴角抿了抿，"嗯。"

沈梓乔目光晶亮亮地看着他，试探地问："那日你帮我选的寿辰礼物，是投皇后娘娘所好？”

所以皇后才对自己特别不一样吗？

“你这个笨蛋！”齐铮没好气地骂她。

“混蛋，你骂够了没？你才是笨蛋，你全家都是笨蛋！”沈梓乔心尖本来因为他暧昧的态度而荡漾的心动瞬间消散了。

“没错，我家的是笨蛋。”齐铮一点都不生气，嘴角释出好看的笑容，抬手揉了揉她的头发，“脸色这么难看，头发都乱糟糟的，快回家休息，越来越不好看了。”

沈梓乔愤怒地拍开他的手。

齐铮起身要下马车，沈梓乔忽然想起一件事，忙叫住他，“齐铮！”

“嗯？”齐铮的身子微微一顿，侧头低眸看着她，深邃如墨的眸子仿佛沉静的大海，此时正流淌着温柔的光芒。

“我其实真的什么都不懂，帮小皇孙退烧只是侥幸，恰好见过乡下人这么做而已。我一点都不想进宫，更不想以后小皇孙有什么事就被叫进宫去。你……你跟你姨母说一下，好不好？”

“你不知道，那些说救不了小皇孙的御医都被处死……”沈梓乔哽了一下，对未来充满了惶恐。她想着皇后肯定很疼爱这个外甥的，让齐铮去帮她说一下应该没问题吧。

从来没见过她这样害怕的样子，齐铮心尖微疼，压低声音说道：“没事了，都过去了，以后不会再让你进宫的。”

男人低沉的嗓音仿佛带着一种能安抚人心的力量，沈梓乔抓住他的衣袖，“你说真的？”

齐铮低头，看着她一双小手紧紧抓着他的衣袖，嘴角的笑容越来越愉悦，声音轻柔了许多，“我说真的，回家好好休息吧。”

“可是，我听说……听说御医是治得了小皇孙的，只不过因为有人不让他们治……”她见到齐铮的脸色倏地变得阴狠，吓得说不出话了。

“这话是谁告诉你的？以后不许在外人面前提起，这件事我会处理，你只要乖乖地在家里休息就可以了。”齐铮沉声说道。

沈梓乔仿佛一下子找到了能够信赖的港湾，点头如捣蒜，“我知道了，再也不在别人面前说这件事了。”

霓虹郡主交代过她不能说的，可在齐铮面前，她似乎总是轻易忘了防备。

齐铮低眸浅笑，拉开她的小手，轻轻捏了一下，“我先走了。”

第八十九章　暧昧

他粗粝的指尖在她掌心摩挲而过，酥麻的感觉从掌心一直蔓延到心尖。沈梓乔瞳孔微微一缩，像被电触到似的急忙收回手，脸颊瞬间涨红，眼睛不敢看向还没下车的齐铮。

这害羞的模样倒有几分像个大姑娘了，齐铮漆黑深邃的眼眸亮得惊人。

"皎皎……"醇厚低沉的嗓音在这狭小的空间响起，性感得让人头皮发麻。

"干吗？"沈梓乔搓揉自己的手，眼神游移地问。

齐铮挑了挑眉，伸手握住她两只不安分的小手，"你手都被自己搓掉一层皮了，怎么？害羞了？"

沈梓乔瞪了他一眼，"滚！"

"哈哈哈！"齐铮放声大笑，松开她的手，"真是个孩子气的小姑娘。"

沈梓乔气呼呼地看着齐铮大笑下了马车，她捂着发烫的脸颊，愤怒地觉得自己是被调戏了。

面上虽恼怒不爽，沈梓乔心底却生出一丝疑惑。

齐铮这样是什么意思？他对她好像……感觉有点暧昧啊。

是她想多了？还是她没想多了呢？

"三小姐？"红玉和孟娘子两人终于上了马车，都带着愧疚看着沈梓乔。

沈梓乔才想起自己被她们卖了，"你们居然让齐铮那家伙上车？"

红玉低头内疚地说，"奴婢被拦着……"

孟娘子抱着沈梓乔，确认她并没有受到什么伤害后，才愤怒地说，"那齐大少爷太不像话了，有什么话不能光明正大地说，孤男寡女算什么意思？居然还拦着我们。三小姐，回去让大少爷到齐家好好说说，齐大少爷这是毁您的名声。"

齐铮的两个手下将红玉和孟娘子拦着，她们根本没办法上车。

沈梓乔听她们一说，心跳忽然加快了一拍。

他是特意来见她的？怎么知道她会在这时候出宫？难道一直在这里等着？

还是不要想太多了，免得自作多情就丢脸了。

"没事，齐铮只是有些话跟我说。"沈梓乔安抚孟娘子，免得她以后得罪齐铮，那家伙看起来一点都不好相与。

红玉却眼尖发现沈梓乔的脸颊还飘着红晕，她想起几日前在锦绣阁，齐铮看着三小姐的眼神……

她掩嘴笑了起来。

沈梓乔瞄到她的笑容，羞恼地狠狠瞪了她一眼。

回到家里，沈萧父子都在等着她，见到女儿平安无恙地回来，两人都松了一口气。

简单问了几句，便让沈梓乔回去休息了。

沈梓乔舒舒服服地洗了个澡，大吃了一顿后，才躺到床上睡觉。

明明累得快散架了，可她却一点睡意都没有，心里思绪杂乱，无法安心睡眠。

她脑海里浮现出临走前，盛佩音看着她的眼神。

沈梓乔头疼起来，她希望沈家能够避开盛佩音的报复，可是一时间也无法有特别好的办法。

沈梓乔越想越烦躁，真希望这一切都跟她无关。

还不知道盛佩音会怎么对付她和沈家，只要盛佩音无法接近太子，太子没有爱上她，那她就没有机会陷害沈家了，可是，盛佩音不会就这么算了的吧。

想着想着，沈梓乔迷迷糊糊地进入了梦乡，她做了一个很长很长的梦。

齐铮和沈梓乔分开之后，就进宫给皇后请安去了。

因为小皇孙已经完全康复，如今正在太子妃怀里蹦蹦跳跳玩得开心，皇后见了心情十分愉悦，见到外甥终于进宫给她请安，更是高兴。

不等齐铮行礼，皇后已经让他坐下了。

"今日你居然主动求见，往日我不传你进宫，你都不愿意来见我。"皇后在齐铮面前没有端着国母的架子，只当自己是寻常的妇人见到外甥般打趣着。

齐铮年纪不大，看起来却端肃冷漠，显得比实际年龄成熟许多，且那种与生俱来的威严冷硬气势，让人觉得不敢接近。面对皇后的亲切，他收敛了淡漠，微笑着在旁边坐下。

太子妃抱着小皇孙跟皇后娘娘行礼告退。

"铮哥儿，你看我这手镯如何？"皇后露出白皙手腕上青翠油泽的翡翠手镯。

齐铮面色如常，嘴角挑起恰到好处的微笑，"姨母的东西都是最好的。"

"到底是这手镯最好，还是送手镯给我的人最好？"皇后似笑非笑地打量着齐铮，调侃着他。

"都好。"齐铮黝黑的脸庞浮起一丝可疑的红晕。

皇后慈爱地看着亡姐的儿子，别人不知道齐铮的艰难，她却是知道的。装疯卖傻十几年，为的就是想要在国公府活下去，更是为了勉励自己不要被小顾氏捧杀。可恨她身为皇后，却无力护着自己的外甥。

如果不是当年孙贵妃那贱人得宠，陷害她和太子失去皇帝的宠信，她又怎么会没能力护着齐铮？

好不容易她稳住了皇后的位置，太子顺利成为储君，齐铮却已经委屈太多年了。

最让她怨恨的，是那小顾氏居然是孙贵妃的表妹，让她想对小顾氏下手都得顾忌一二。

"她是个没什么心机的小姑娘，心地善良，难怪你要时刻护着。"皇后心中感慨，面上却笑得高兴。

想到沈梓乔傻里傻气的性格，齐铮眸色柔和，"她就是一个笨蛋。"

"你嫌弃她是笨蛋？那我可就让她去东宫当差了，太子还念着有她看着小皇孙才放心呢。"皇后故意认真地说道。

齐铮心头一凛，猛地站了起来，"不行，她不能进宫！"

"谁不能进宫？"太子顾长的身影出现在视线中，一身象牙白工笔山水楼台圆领袍衬得他越发面如冠玉，贵气逼人。

他阔步走了进来，给皇后行了一礼，笑着望向齐铮，"表弟什么时候来的？好些天没见面了啊。"

"你不是想让沈家三小姐进宫吗？你可得问问你表弟同意不。"皇后很少在这个外甥脸上看到紧张的表情，今天是第一次看到。

太子"哦"了一声，"表弟，我挺喜欢皎皎的，不如……"

"想都不用想，我不会让她进宫的。"齐铮不等太子说完，立刻就断然拒绝。

这语气真坚决！皇后和太子交换了个眼色，太子好整以暇地挑眉看他，"表弟，你这么紧张做什么？皎皎自己愿意进宫，你还能拦着不成？"

"她不愿意。"齐铮冷硬地说，听到太子一口一个皎皎，他只觉得心口堵得不爽快。

"你怎么知道她不愿意？我看她很喜欢小皇孙。"太子笑道。

齐铮瞪着他，冷声说："她不适合进宫。"

皇后欢乐地大笑出声，心情已经很久没这么好了，她揩去眼角笑出来的泪水，"太子，你就别闹你表弟了。皎皎是他心尖上的人儿，你死心吧，别指望她会进宫去你那儿当女官。"

"哎哟，原来如此。"太子恍然大悟，心中却觉得可惜。他觉得沈梓乔性子开朗，跟她说话挺开心的，没想到会是齐铮的心上人。

齐铮俊颜微赧，抿紧薄唇不语。

"好了好了，说回正事。"皇后让太子跟齐铮都坐下，"铮哥儿，你可想清楚了？"

"姨母，我想得很清楚。"齐铮正色道，语气很坚决。

太子立刻明白皇后说的是什么，同样端起神色看向齐铮，"表弟，西北非同寻常，你又没有经验……"

齐铮低眸，沉声说："我的荣华富贵，要自己挣。"

他不稀罕成为世子，更不稀罕得到国公府的庇荫。荣华富贵，他都要靠自己亲手争来，绝不承那人的情。

"你不先跟沈家提亲？"皇后问。

他现在什么都没有，什么都不是，如何能让沈萧答应将女儿许配给他？

齐铮轻轻地摇头。

太子故意问道："就不怕等你回来了，皎皎已经成为他人妇？"

"她敢！"齐铮双眸猛然一厉，她要是敢在他回来之前嫁给别人，他就敢把她给强掳带走。

皇后嗔了太子一眼，对齐铮笑道："姨母替你看着，你要平安回来。"

第九十章　再娶

沈梓乔这一睡便忘了时辰，居然睡到第二天天大亮。

她睡得很沉，一直在做梦，乱七八糟的梦，还是和盛佩音有关的噩梦，吓得她满头大汗地惊醒过来。

"哎哟，总算睡醒了，还以为你要再睡一天呢。"沈梓乔才刚睁开眼睛，便见到一张清丽漂亮的脸蛋在面前晃来晃去，声音带笑地打趣着她。

沈梓乔揉了揉惺忪的眸子，才看清眼前的人是沈梓歆。

"四妹妹啊，你怎么来了？"她看了看窗外的天色，居然已经日上三竿了。

"我都过来找你几次了，睡得真沉，这两天在宫里累坏了吧？"沈梓歆笑着问道，招呼红玉进来服侍沈梓乔洗漱。

何止是累坏了，吓都吓坏了。

沈梓乔走到屏风后面换下亵衣的时候，才知道身上竟然都是汗水，她听到沈梓歆的声音从外面传进来。

"你睡觉的时候都梦见什么了？我刚进来的时候，听到你喊着盛三小姐的名字呢，还说什么不想被冤枉，这都是什么意思啊？"

听到这话，沈梓乔彻底蒙了，盛佩音已经成了她的噩梦了吗？

居然还喊了出来，幸好沈梓歆听不明白。

"哦，我这样说了吗？我都不记得了……"沈梓乔闷闷低说，她确实已经忘记自己梦见什么了。

沈梓歆不大在意地笑了一下，问起这两天沈梓乔在宫里是怎么过的。

"……抱着小皇孙，喂他喝水，跟他玩。小皇孙长得真可爱，萝卜头似的。"沈梓乔换了一套翠绿色缠枝花的刻丝裙衫走了出来，她看了看袖子和裙裾，对红玉说道，"红玉，我是不是长高了？还是这裙子缩水了？"

"三小姐当然是长高了。"红玉轻笑道，"重新换一套吧，这套是去年做的。"

沈梓乔不愿意再折腾自己，反正今天没打算出门，"算了，就这套吧。"

"皎皎已经是个大姑娘了。"看着亭亭玉立，长得俏丽可爱的沈梓乔，沈梓歆掩嘴笑了起来，"以后出门可不能大大咧咧的了。"

"小丫头也敢教训我！"沈梓乔佯怒嗔了她一眼，竖起双眉令她透出几分英气逼人的味道。

沈梓歆看着宜嗔宜喜的沈梓乔，感叹道，"皎皎，你长得真好看。"

"我当然长得好看。"沈梓乔不客气地接受赞美，"哎，不和你说了，我肚子饿坏了。"

趁着沈梓乔吃东西的时候，沈梓歆看了看屋里只有红玉跟孟娘子，知道都是沈梓乔的心腹，这才收敛了脸上玩笑的不正经，压低声音说道，"吃完东西，你去一去老夫人那儿吧。"

孟娘子抬眼看了沈梓歆一眼，眸中浮起忧色。

沈梓乔却没察觉到沈梓歆的异样，一心一意只扑在填饱肚子的功夫上，嘴里含糊不清地回道，"老夫人看到我肯定不高兴，我就不去让她添堵了，免得她气坏了身子，我又摊上不孝的骂名。"

"三小姐！"孟娘子忙叫住她，有些话是不能随便在人前说起的。

"你别总是这样想，都是沈家的孙女，老夫人怎么会不喜欢你？还不都是你性子太硬了，不肯在老夫人面前说好听的话。皎皎，好汉不吃眼前亏，如今大伯是护着你，万一将来新大伯娘进门，你该怎么办？"沈梓歆低声说道。

沈梓乔愣了一下，忙将嘴里的小米粥咽了下去，"什么大伯娘？"

"你还不知道吗？"沈梓歆同样怔住了，她以为沈梓乔应该是知情的，"我听娘说，想将陈家的表姨许配给大伯……"

陈家？沈梓乔一点印象都没有，沈萧当时再娶的人好像不是姓陈吧。

"不是刘家的姑娘吗？"她挺喜欢刘云梦的，如果是刘云梦的话，她倒是赞成。

"是老夫人娘家那边的亲戚。"沈梓歆低声说，虽然娘说不能让皎皎知道，但这件事跟皎皎关系重大，不说的话，只怕以后她会后悔。

老太婆的亲戚有几个是好的，沈梓乔一点心情都没有了，将勺子放了下来，"我去问一下我爹。"

孟娘子忙叫住她，"三小姐，这件事老爷不曾跟您说过，便是不想让您知道，四小姐好意提醒，你切记莫要将她说出来，反而……"

"我知道，四妹妹，谢谢你来跟我说。"看来她不在家的这两天发生了不少事情。

沈梓歆其实有些话还没说完，那陈家的姑娘眼高于顶，自视清高。她回外祖母家的时候有幸遇过一次，被陈家姑娘那股傲气刺激得不愿意再见她第二次了。

不但自视过高，还是个非常霸道的人，说了一就不许别人说二，将来若真成了大伯娘，沈家的日子恐怕更难过了。

当然，最不好过的肯定是皎皎。

对于皎皎这个堂姐，沈梓歆一直很同情，所以许多事都会趁着周氏不知道悄悄提醒沈梓乔。

爹也说过了，能够帮皎皎的一定要帮，不能让这个自幼失去母亲的姑娘再受太多委屈了。

而且，现在陈家小姐就在母亲那里，她怕沈梓乔一下子就跑过去赶人，所以不敢说。

沈梓乔来到外书房的时候，正好遇到同样来找父亲的沈子恺。

兄妹二人见到对方皆愣了一下。

"大哥，你也来找爹吗？"沈梓乔笑眯眯地问，想到下个月大哥就要出发去西北，她就觉得很舍不得。

沈子恺宠溺地看着妹妹，低声说，"找爹商量点事，你呢？找爹有什么事？"

"哦，我来问问爹是不是要给我娶个后娘。"沈梓乔连婉转一下都没有，很直接就说了出来。

这话把沈子恺给怔住了，差点没反应过来，皱眉看她，"你从何处听说的？"

这件事只有老夫人和二婶几个知道，为了不让沈梓乔知晓，都还没说出来，家里下人都是不知情的，就连他……还是父亲昨日提起才知道的。

"看来是真的，大哥，爹真的想再娶啊？"父亲看起来不像是好近女色的人，家里三个姨娘跟摆设一样，平时也没见他多去，忽然答应娶妻是为了什么？

沈子恺说："这么多年了，家里没有个正经的当家夫人始终不好，何况你将来出阁，有母亲替你打点，总比我们两个大男人好。"

要指望老夫人事事替皎皎安排妥当是不可能的。

"那……陈家小姐你看过了吗？"沈梓乔问。

"还没，听说就在二婶那里，我还没见过。"沈子恺说。

沈梓乔乌黑的眸子倏地亮了起来，转身就走，边走边对沈子恺挤眼，"我去瞧瞧，回头跟你说说。"

"你别乱来。"沈子恺忙叫道。

"不会不会，我就是去看一下。"沈梓乔乐呵呵地说道。

来到二房的院子，沈梓歆正跟周氏在说话，听说沈梓乔来了，周氏眼中的厌恶丝毫不掩饰。

沈梓歆亲自出去将沈梓乔迎了进来。

“你怎么过来了？”她小声地问着沈梓乔。

“你真不够意思，都不跟我说那陈姑娘就在我们家，我要过来见一见。”沈梓乔捏了捏沈梓歆的胳膊，故意噘着嘴说道。

沈梓歆愧疚地低下头，很快又嗔道，“我是怕你冲动，毕竟是老夫人请了她过来，你总不能给赶走啊。”

“我是那样的人吗？”沈梓乔哼道，她才不会干出泼妇一样的事。

又不是没做过……沈梓歆在心里默默说道。

两人已经进了屋里，周氏歪在临窗的大炕上，见到沈梓乔进来，连正眼都没看过来，只是摆弄着手腕上的金镯子，“真是稀客啊，三小姐平时可看不上我这个小地方，今天怎么这么有空？”

沈梓乔笑道：“来看看二婶，二婶不欢迎吗？”

“你是大忙人，能腾出空来瞧瞧我这个二婶，我怎么会不欢迎。”周氏语气充满了嘲弄。

“再忙也得来啊。”沈梓乔笑眯眯地说，在一旁的太师椅坐了下来，将周氏屋里的陈设打量了一眼。

大炕旁边设着一对梅式洋漆小几，上面摆放着匙？香盒，汝窑美人觚内插着时鲜花卉，靠南面墙还有一排嵌墙格架，每个格子都陈设着古玩茗碗瓶花，屋里左右两旁是一溜四张太师椅，椅上都搭着银红撒花椅搭，无一处不透着奢华富贵。

沈梓乔笑眯了眼，这里的陈设跟老夫人那里的真像。

就这样还需要潘氏的嫁妆去补贴二房？老太婆这心偏得太过分了吧，或者，这屋里的东西本来就是母亲的呢？

周氏见沈梓乔打量她的屋子，面上闪过一丝窘迫，不由端起脸色，“你到底有什么事？”

“不是说了来陪二婶和四妹妹说说话吗？我一个人在屋里无聊呢，还有，我从宫里带了不少吃的，给二婶带点过来尝尝。”昨天出宫的时候，皇后赏了她不少美食呢。

哼，原来是来炫耀的！周氏鄙夷地轻哼，“那真是多谢你了。”

沈梓乔笑了笑，“不客气，反正我吃不完。”

敢情是吃剩的才拿来送给她？周氏的脸色沉了下来。

外面恰好有丫环回禀，陈二小姐来了。

沈梓乔心中一喜，总算等到了。

第九十一章　陈家小姐

猩红的呢绒门帘被掀了起来，一个穿着白底靛蓝梅花竹叶刺绣领米黄对襟褙子的女子走了进来，二十岁左右的模样，润白的肌肤，丹凤眼柳叶眉，小巧秀气的鼻子，不点儿红的唇瓣，微微抬起的下颌，矜持端肃的神情，看得沈梓乔微微一怔。

长得很好看，就是……气势眼神什么的显得过于盛气凌人，进门的时候，连正眼都没看沈梓乔，径自跟周氏行了一礼，"大姑奶奶。"

是以周氏娘家那边的称呼。

周氏脸上的不喜和厌恶一扫而空，眸中深处的笑容蔓延到眼角，亲自牵着陈家小姐的手坐到另一边炕上，"怎么不在屋里休息，赶了几天的路，也该好好歇息才是。"

陈家小姐闺名雪灵，性格向来高傲，即使面对的是有助于她的周氏，她也没有显得特别讨好巴结，"休息了一个晚上，已觉得好了许多。"

"那就好。"周氏笑着说，眼角掠向在打量陈雪灵的沈梓乔，故意亲切地对陈雪灵说，"你来得正好，皎皎给我送了些宫里的美食，让人呈来给陈小姐试试。"

陈雪灵是因为什么到沈家来，别人不说，她自己也是心知肚明的。听说屋里那个俏丽可爱的小姑娘就是沈梓乔，她才正眼看了过去，一双黑白分明的杏眼清亮纯澈，细腻如脂的肌肤，圆圆的小脸蛋，样子果真长得很好。

就是打量自己的眼神太放肆了！听说沈家三小姐因自幼没有母亲教导，性子乖觉，刁蛮任性，连家里的老夫人都敢忤逆辱骂，一点教养都没有。

往后若自己真的进了沈家的门，恐怕最难对付的便是这个三小姐了。

"二婶真要试试，宫里的糕点比外面的好吃多了。"沈梓乔笑眯眯地说，大方地让陈雪灵打量着。

沈梓歆看着皎皎和陈雪灵二人，心里焦急不已。她在陈雪灵进门的时候就想拉着沈梓乔离开了，生怕一会儿她看出那陈雪灵的性子难相处后，会闹出什么来，到时候吃苦还是沈梓乔啊。

周氏笑了一下，让人将沈梓乔带来的糕点都拿上来。

丫环端着填漆托盘进来的时候，一个身材圆润的妈妈愤愤不平地进了屋里，屈膝行了一礼，眼睛含愤地瞟了沈梓乔一眼。

这是周氏的乳娘，张妈妈。

"二夫人，老奴回来了。"张妈妈走到周氏身侧，斜眼看着沈梓乔。

周氏察觉到张妈妈的异样，挑眉问了一句，"怎么了？不是让你去拿些燕菜过来吗？"

张妈妈瞥着沈梓乔怪声怪气地说："二夫人，老奴办事不力，没替您拿几两燕菜回来补身子，那管事的娘子说了，二夫人的份例早就拿完了，若是想要吃燕菜粥，得自己掏银子，或是等下个月的份例。"

"哪个不长眼的奴才敢这么说？"周氏怒声问道，她好歹是沈家的二夫人，拿几两燕菜还需要看一个奴才的脸色不成？

"那娘子说了，这都是三小姐吩咐的，是家规。"张妈妈也斜着沈梓乔，对这个三小姐只有鄙夷没有尊敬。

周氏冷眼看向沈梓乔，自嘲笑着，"原来这是三小姐的家规，倒是我不懂规矩了。"

沈梓乔不恼不怒，脆生生地甜声说道："这不关我的事啊，这都是老夫人以前定下的规矩，二婶你忘记了吗？哦，二婶以前好像是特例，想要多少燕菜花胶什么的，都没有限制，想要多少就有多少。"

要不是让孟娘子接过内宅的管事大权，她还不知道周氏从家里拿了多少东西。

别人就需要份例限制，二房就要什么有什么，真把沈家所有人当傻子不成？

周氏沉着脸，"你的意思，难道是老夫人偏袒我们二房吗？"

"难道不是？"沈梓乔惊讶地问，这都不是秘密了吧，家里谁人不知道老夫人有什么好东西都往二房送呢？

她原是不想计较以前的事，不想她在宫里两天，周氏就没少找孟娘子等人的麻烦，到处挑错就算了，还要找茬刁难。要不是红玉告诉她，周氏当众羞辱了孟娘子，故意说海棠冒犯她，杖打了海棠，她还不知道自己不在的两天发生这么多事。真当她沈梓乔是软弱无能的病猫吗？她很护短，谁欺负她的人，就别想有好日子过。

来日方长，她也不急着跟周氏算账，眼前最重要的还是这个陈雪灵，不然她哪里有心情坐在这里看周氏的冷眼。

周氏被沈梓乔当着陈雪灵的脸讽刺，想到陈雪灵将来还成为自己的妯娌，不由羞恼忿恨起来，"三小姐管家果然精打细算，连我这个离家多时的二婶一点情面都不给。"

沈梓乔呵呵笑了两声，慢慢地说："家规是老夫人定的，我也是照着老夫人当时的吩咐行事。"

周氏气得脸都绿了，沈梓歆在旁边看得焦急，直给沈梓乔打眼色，劝她不要再说下去。

陈雪灵皱眉看向沈梓乔，这咄咄逼人的气势让人招架不住，若是将来自己成了她的继母，岂不是也要看她的脸色生活？想到这一点，陈雪灵高傲的心不悦起来。

"三小姐，如何能这样跟长辈说话？长幼有序，你作为晚辈，对待长辈就必须恭顺尊敬，怎能如此这般得理不饶人？"陈雪灵的声音并不严厉，却透着一种看不起沈梓乔为人的味道。

"陈小姐，我做人就是这样了。"沈梓乔淡淡笑道。她本来也不想当着陈雪灵的面跟周氏作对，是周氏想要趁机打压她，又想在陈雪灵没有进门之前立威，哪能什么事都让她满意？

陈雪灵皱起眉心，只当沈梓乔是个顽劣不驯的姑娘，"如此为人，如此做事，将来如何成为当家主母？未免太放肆。"

因为陈雪灵的出声帮忙，周氏才将怒火强按下来，"妹妹有所不知，我们三小姐因自幼失了母亲，又不服老夫人管教，这才养成这样的性子，还得多加管教才是。"

"终究是出身问题。"陈雪灵叹了一声。

沈梓乔冷冷一笑，"不知道我的出身哪里有问题？"

她要是出身有问题，沈家哪个人出身没问题？

"我二舅母也是早逝，可她的子女却个个知书达理，说到底，是因为我舅母出身书香门第……"陈雪灵没有理会沈梓乔，想故意冷她一下。

在陈雪灵如今看来，沈梓乔将来的教育肯定都在她身上，成为沈家的大夫人后，她势必要跟沈梓乔兄妹相处，为了将来能够驾驭这个继女，她今日就不能显得太软弱了。

将来待她教会沈梓乔规矩礼仪，不但沈萧会感激她，沈梓乔嫁人后也会明白她的苦心。

沈梓乔以后明不明白陈雪灵的苦心还不知道，但现在沈梓乔已经明白陈雪灵的用心，说来说去，原来是嫌弃母亲的出身啊。

"陈小姐的意思，是我娘出身有问题？"沈梓乔的声音冷了下来，连客套的礼貌都省了。

真想喷这个冷艳高贵的女人一脸茶！

"皎皎，陈小姐不是这个意思。"沈梓歆忙安抚她。

陈雪灵不悦沈梓乔这样的态度，皱眉道："商贾之女难道能有什么教养？"

"我这个没教养的人跟你这个有教养的人还真是没什么好说的了，就这样吧。二婶，我先回去了。"看不起潘氏也想进沈家的门？这陈家小姐不一般的自恋清高啊。

　　周氏似乎并不担心沈梓乔不喜欢陈雪灵，她很有把握，只要沈萧见到陈雪灵，肯定会同意娶她的。

　　早在她去年见到陈雪灵的第一眼，她就已经很确定了，沈萧绝对不会拒绝的。

　　沈梓乔离开了周氏的院子，心里有些失望，就知道老太婆找来的人肯定都不怎样，绝对不能让沈萧娶这个陈雪灵。

　　自以为是就算了，将来肯定会想各种方法压住她和大哥的，再怎么深情不悔的爱情，都抵不过岁月流逝，沈萧对母亲的感情已经不如当年了吧。

　　如花美眷尚且敌不过逝水流年，更别说母亲已经去世了很久了。

　　回到乔心院，孟娘子忙迎了上来。

　　看到孟娘子已经青春不再的脸庞，沈梓乔在心底叹了一声，若不是周氏……她还真不知道孟娘子当年差点嫁给了梁建海。

　　"三小姐，大少爷在屋里等您好一会儿了。"孟娘子不知沈梓乔已经知道她的事，笑盈盈地禀道。

　　沈梓乔笑着走进屋里，"大哥，我回来了。"

　　她知道沈子恺来找她是为了什么，其实他也很想知道那陈雪灵的为人吧。

　　没有多余的闲话，沈梓乔刚坐下就将在周氏那里发生的事告诉了沈子恺，并强烈地表示了自己不喜欢陈雪灵。

　　"她竟当着你的面嫌弃娘的出身？"沈子恺俊脸浮起一丝愤怒，那陈雪灵是什么意思？别说还没进门，就是进门了，她还得敬奉母亲为姐姐，居然还敢说出嫌弃的话。

　　沈梓乔说道："这样的人，爹爹肯定不喜欢，我们不用太在乎。"

第九十二章　贺寿

沈梓乔见识过陈雪灵的冷艳高贵之后，坚决反对沈萧娶这么一个继室。她跟沈子恺说完，就想去找父亲，却被沈子恺给拦了下来。

"我们做子女的怎能过问父亲的婚事，待父亲知道那陈小姐的为人，他自然不会答应的。"沈子恺说。他虽然没见过那个陈雪灵，不过，他相信以父亲的眼光，自是看不上她的。

沈梓乔觉得他说得有道理，便打消了去找沈萧的念头。

如此过了数日，陈雪灵一直在二房和沈老夫人的德安院两点一线地行走，其他地方哪儿都没去，更别说见到沈萧了，连沈梓乔都没有再见到她。

就这样到了沈老夫人的寿辰。

今年是沈老夫人的六十大寿，寿宴自是要比去年更加热闹，之前崔妈妈便是想借着老夫人的寿辰让沈梓乔出丑。

当初沈梓乔说沈老夫人的寿辰按照往年那样安排，确实是让不少人心里等着看笑话。幸好孟娘子细心，在崔妈妈被撵走之后，将家里的妈妈娘子们都叫了过来，重新问了一遍。

这才知道今年老夫人的寿辰要大办，往年都是很低调的。

这一天，沈梓乔难得起了个大早，就算她再不喜欢老太婆，今天宾客上门恭贺，她怎么也要装个样子。

她先是去了德安院给沈老夫人请安，昨天还病怏怏躺在床上的人今天已经精神抖擞地坐在临窗大炕和周氏等人说得各种欢喜了。

陈雪灵挨着老夫人，神情矜持高贵，见到沈梓乔进来，还一副长辈看到晚辈的模样，那表情让沈梓乔好想一板凳拍过去。

沈老夫人本来笑得像一朵菊花的脸庞在看到沈梓乔后，顿时蔫了下来，板着脸懒懒地应了一句，沈梓乔到嘴边的福如东海给咽了回去，"时候差不多了，我去外面看一看客人来了没。"

陈雪灵皱眉看着沈梓乔，觉得她实在不像一个深闺千金，就连对着家里的祖母都这般无礼，更别说对待其他人了。

"去吧。"沈老夫人也不愿意看到沈梓乔在她这里碍眼，挥手就让她离开。

沈梓乔才要转身离去，沈萧父子就来了。

她潜意识就看向陈雪灵，这个冷眼高贵的女子顿时眼睛亮了一下，继而娇羞地低下头。

高傲的牡丹变成楚楚可怜的小白花。

沈萧高大魁梧的声音从门外走了进来，身后跟着同样气宇轩昂的沈子恺。他们父子二人都是上过战场的，身上带着一种军人特有的凛冽气势。

"娘。"

"祖母。"

父子二人各自说了吉祥话，这才在旁边坐了下来。

沈梓乔笑眯眯地跟父亲行礼。

"今天家里的客人多，你要用心一些，别失了礼数。"沈萧温和看着最近成长不少的女儿，眼底深处藏着欣慰，他希望趁这次机会，能让老夫人对皎皎改观。

"我晓得，一定不让爹您丢脸。"沈梓乔笑着说。

沈子恺帮着说道："爹，您放心吧，皎皎为了今天花费了许多心思的。"

"这是老夫人的六十大寿，自然要多费心思。"沈梓乔脆声应着，在沈萧面前，她绝对不会表现出对老夫人有半点不喜。

再怎么说，沈萧跟老太婆也是母子。

沈子恺微笑着望着妹妹，视线转向坐在老夫人身边的陈雪灵，只是一眼，他便愣住了。

这女子是谁？就是那个陈雪灵吗？

察觉到沈子恺的异样，沈梓乔疑惑地看了看他，顺着他的视线看向陈雪灵，不明白他这算是什么反应？那陈雪灵还没长得倾国倾城，以至于让沈子恺一见就失了魂吗？

她转头看向沈萧，却见连他也是一副震惊的神情。

不对！沈梓乔心生警惕，难道她忽略了什么吗？那陈雪灵为什么能让这对父子同时露出吃惊的样子？

沈梓乔困惑地看向沈子恺，见他已经收回视线，面色恢复如常，只是眼中的伤感如何也掩藏不住，沈子恺跟沈梓乔微笑了一下，侧头看了沈萧一眼，剑眉紧紧蹙了起来。

周氏见到这对父子的反应很满意。

"这是我娘家的表妹，前些年老夫人一见她就觉得有缘分，是特意来给老夫人贺寿的。"周氏眉开眼笑地说道。

放屁！沈梓乔在心里冷笑，这说法真是牵强得可笑。

沈萧收敛了眼中的惊诧，客气地跟陈雪灵轻点额首，他自然是明白陈氏出现在沈家的原因，今日是他第一次见到她，没想到……

"雪灵知书达理，温顺恭谦，我很喜欢。"沈老夫人含笑说道，眼睛却不看向陈雪灵。

真是太奇怪了！沈梓乔越想越觉得不对劲，可是又不能在这里提出疑问，只好给沈子恺打了个眼色，再跟沈老夫人和沈萧行了一礼，只说要去看一看宴席的安排，便退下去了。

出了德安院，沈梓乔并没有即刻离开，而是在外面等了一会儿，沈子恺跟在她后面走了出来。

"大哥。"沈梓乔走上前，发现大哥的神情还有几分恍惚。

"皎皎？你怎么还在这里？"沈子恺回过神，见妹妹还在这里有些疑惑。

沈梓乔差点翻白眼，还以为他是看到自己的暗示跟着出来的呢，"大哥，那个陈雪灵有什么问题吗？怎么你看到她的样子好像见鬼一样？"

"皎皎，你还记得娘的样子吗？"沈子恺问道。

"不记得了。"沈梓乔哪记得三岁之前的事呢？

"你跟我来。"沈子恺让沈梓乔跟着来到他的屋里。

"大哥，到底怎么回事？"沈子恺的表情很凝重，沈梓乔感到一种不祥的预兆。

沈子恺拉着沈梓乔进了自己的书房，从书柜里拿出一卷画册，打开展示在沈梓乔面前。

画里是一个穿着红衣的女子，女子手里拿着藤鞭，神情严肃，眼角却带着宠溺的笑意，红衣似火，着在那女子身上却觉得再合适不过了，仿佛这女子天生就适合这样艳丽的颜色。

好一个英姿飒爽的女子！这是沈梓乔的第一个想法。

当她的视线落在女子的五官时，她的脸色变了。

"陈雪灵？"沈梓乔声音忽地拔尖，随即才发现那幅画的年头至少有几年，而那个女子的五官比陈雪灵更显得灵气些，她一下子就明白了，伤感和愤恨同时在心底升起，"是娘……"

能够让沈子恺这样珍藏的画像，除了母亲之外还能有谁？

她总算明白，周氏脸上那抹笃定的笑容是怎么回事了，她是不是认为只要沈萧看到陈雪灵，不必沈老夫人强迫，他都会娶她？

"没想到会这么像。"沈子恺将画像小心翼翼地放在书案上，低眸凝视着。

"世上相似的人何其多，她怎么能跟娘相比。"沈梓乔愤怒地说，母亲在她心中是很美好的，她不允许这一抹美好被别有用心的人替代。

陈雪灵就是再相似，再怎么优秀，都不能跟母亲相比，都不能替代母亲在她们沈家父子女三人心中的位置。

如果沈萧真的因为相似就娶陈雪灵……沈梓乔感到莫名的难受和辛酸。

无论如何，她都不会答应的。

"皎皎……"沈子恺艰涩地开口，"若爹真的喜欢，我们又怎么阻止？"

在看到陈雪灵的瞬间，沈子恺就知道他们已经输了。

老夫人跟周氏真是费尽心思啊！

沈梓乔深深看了那红衣女子一眼，转身就走了出去。

"皎皎！"沈子恺喊住她，"你切莫冲动乱来！"

"我不会。"沈梓乔笑着回了一声，人已经消失在门边了。

她当然不会二缺一样跑去跟沈萧说不能娶陈雪灵，她跟沈子恺都看出老夫人和周氏的用心，她不相信沈萧会看不出来，他要是真的想娶陈雪灵，那才真的脑子进水了。

沈梓乔回到乔心院，将孟娘子叫了过来。

"今日人多，家里各处都要谨慎些，找两个靠得住的小厮跟着大老爷和大少爷，别让人有机可乘，还有，那陈雪灵也给盯着。"就当她阴谋论好了，多少大好青年都是在什么宴席上失足的，她不会给别人有机会对沈萧父子下手。

孟娘子听沈梓乔这么吩咐，吃惊地问："三小姐，是不是发生什么事了？"

"我只是以防万一。"沈梓乔说，她低声轻叹，"孟娘子，那个陈雪灵……长得太像娘了。"

孟娘子瞪圆眼睛，愣了一下才明白沈梓乔说的是什么。

"这件事不急，先把今日老夫人的寿辰办好了，免得被她找借口发作。"沈梓乔不愿意再说那个女人，让孟娘子先下去做事了。

"三小姐，夫人不是谁都可以替代的。"临出去前，孟娘子低声说了一句。

沈梓乔哼了一声，"那当然！"

没多久，就有丫环来回禀有宾客到了。

沈梓乔亲自出去迎接，是霓虹郡主跟她的女儿罗昭花先到了，霓虹郡主这是为了给沈梓乔长脸，才这么早带着女儿来了沈家，沈梓乔领着她们来到德安院，沈老夫人见是霓虹郡主来给她贺寿，虚荣心得到了满足，脸上笑出了一朵菊花。

紧随在霓虹郡主后面而来的，是盛佩音。

第九十三章　祝寿

　　盛佩音居然还会来找她！沈梓乔真心觉得她的心理好强大。

　　当初在东宫的时候，盛佩音看着她的眼神几乎要撕了她一样，今天还能跟没事一样，笑盈盈地出现在沈家的大门前，沈梓乔第一次觉得要佩服这个女人了。

　　"盛姐姐。"既然盛佩音能够当没事一样，沈梓乔觉得自己也可以，她脸上带着甜甜的笑，迎上了盛佩音。

　　"皎皎。"盛佩音眼底深处闪过一抹厌恶，嘴角的笑容却越发温柔亲切，"今日要辛苦你了。"

　　沈梓乔笑着说："哪里的话，你们能来给我们老夫人捧脸，我感激都不尽，哪里还会觉得辛苦。"

　　场面话谁都会说，就看说不说得出口而已。

　　今日前来祝寿的人有很多，都是京城中非富即贵的官宦命妇，沈老夫人觉得自己从来没这么得意过。

　　她虽然是沈家的老夫人，可是京城那些出身高贵的夫人们都看不上她的娘家，因而平日极少跟她来往，甚至在背后议论她小家子气，上不了大场面。最让她愤怒的是，当初潘氏在世，那些夫人们却跟她往来亲密，一点都不介意潘氏商贾之女的出身。

　　这种区别对待，让沈老夫人有很长一段时间都不愿意出去应酬。

　　如今却是不同了，潘氏已经不在了，沈萧是赫赫有名的大将军，这些无知的妇人总算长眼了，知道要奉承的人是谁。

　　周氏带着沈梓歆左右逢源，巴不得让所有人都知道，她有个貌美如花、贤良淑惠的女儿，跟某个声名狼藉的人是不同的。

　　沈家不少人以为今日沈梓乔会很没面子，因为沈老夫人和周氏不会给她面子。

然而，这个世上风不可能总吹同一个方向。

今日来给沈老夫人道贺的人大多数都是沈梓乔亲自下帖的，她们是冲着沈梓乔的面子而来，不是沈老夫人。

沈老夫人一开始听到那些奉承她的话，正觉得飘飘然的时候，却听见大家都说起了沈梓乔，"……沈三小姐是真人不露相，连皇后和太子妃都称赞她机灵讨喜，活泼可爱，想来是极聪慧的人儿，今日可要好好见一见。"

"说起来，我只听说过三小姐为人仗义，可还没亲眼见到呢。"

"总是有些人见不得别人好，还说沈三小姐目不识丁，目不识丁哪能救了小皇孙？"

"可不就是……"

坐在沈老夫人旁边的霓虹郡主端着茶，满意地听着大家你一言我一语，沈老夫人和周氏的脸都已经气得变绿了。

"老夫人，老夫人，宫里来人了。"就在这时，李妈妈惊喜地跑了进来，刻意提高声音喊着。

沈老夫人忙坐直身子，"宫里来人了？"

李妈妈笑着说："是皇后娘娘和太子妃使人来给您贺寿来了。"

大厅上的人听了，都羡慕地看向沈老夫人。

不知谁忽然说道："沈家三小姐真是有福气，只进宫一回，便让皇后和太子妃都疼进心坎里，连老夫人寿辰，皇后娘娘和太子妃都使人来贺寿了。这放眼整个京城，谁能有这样的荣耀。"

沈老夫人还没来得及露出得意洋洋的笑容，听到这足以清晰传遍整个大厅的话，她一口气咽在喉咙，差点背过气去。

又是因为那臭丫头！

敢情她今日的风光和脸面都是因那丫头才有的？一个个都是没长眼的，就凭那丫头的德行，难道真能让皇后和太子妃喜欢吗？

还不是看在沈家的份上！

同时觉得心里添堵的还有盛佩音。说实话，刘郎的死在她的心里虽然是过去的事了，当初发誓为他报仇的心劲，早已经消了七八分。但看到当初那草包如今竟然混得比自己还要风生水起，以她的心气儿来说，是肯定看不过去的。加之沈家素来与盛家在政见上有所不和，父亲对沈萧的仇恨也不是一星半点。盛佩音想要帮助父亲除掉沈家，不再努把力是不行的，要不然盛家早晚败在沈家！

"覆巢之下，安有完卵？"盛佩音知道，帮父亲就是帮自己！她虽然是父亲用来攀附权贵往上爬的一枚棋子，但她绝对要做一枚置敌于死地的好棋！

可是沈梓乔如今风头正盛，就算想要对她下手以此打击沈萧是不可能的，该怎么办？

皎皎，你莫要怪我心狠，为了我盛家，我不得不先下手为强。

盛佩音看着沈梓乔走了进来，眼中闪过一抹狠厉。

沈梓乔是跟宫里两位女官一起进来的。

"何尚宫，宁尚宫。"沈老夫人强压下心头的不悦。何尚宫是皇后跟前的红人，宁尚宫是个年轻的女子，是太子妃的心腹，两个人都是不能轻易得罪的。

"沈老夫人，我们是奉了皇后娘娘的懿旨，给您老人家送来寿桃。老夫人恭俭温良宜家受福，仁爱笃厚获寿保年……祝贺您福如东海，寿比南山。"何尚宫不卑不亢地说了一大通恭维老夫人的话，把本来心情不怎么爽快的沈老夫人说得飘飘然。

"老身谢皇后娘娘赏赐。"沈老夫人忙站了起来，朝着皇宫的方向行了一礼，脸上的笑容如一朵绽开的菊花。

宁尚宫福了福身，"沈老夫人，太子妃命奴婢给您送上南海檀木十八子念珠，祝您富贵安康，春秋不老。"

沈老夫人再一次谢过太子妃，忙让人搬来两张太师椅，请两位尚宫坐下。

盛佩音低眉顺耳，一副温婉乖巧的样子走到何尚宫身边站好。

何尚宫见到得意徒弟，眼中浮起笑容。

准备蹭到宁尚宫身边的沈梓乔见了，只好停住脚步，站在门边角落继续看着沈老夫人接受众人的恭维。

眼见大厅里众人越说越高兴，沈梓乔悄然退了出去，她还得去看一下宴席的准备情况。

今天她干的全是吃力不讨好的事啊，就算多用心给那老太婆准备寿辰的宴席，老太婆都只是觉得理所当然，不会体谅她的辛苦。

"皎皎。"沈梓歆不知什么时候跟了出来，踩着碎步追上沈梓乔，"我去帮你打点宴席的事吧，看你忙得满头大汗了。"

"不愧是好姐妹啊！"沈梓乔感动地揽住她的肩膀，幸好沈梓歆跟她那个极品娘不一样，不然她的日子肯定更难过。

沈梓歆跟沈梓雯她们不一样，沈梓雯她们不喜欢她，但她们不敢明着跟她作对，因为她们是庶出的，嫡庶之分还是差别很大的。

很快就到了正午，宴席开始，沈梓乔终于能够喘口气。

何尚宫已经回宫了，宁尚宫留了下来，算是给足了沈老夫人的面子，沈梓乔找了一会儿才找到她。

"宁尚宫。"她笑眯眯地蹭了过去。在东宫的那几天，沈梓乔跟不少宫女已经混熟了，特别是眼前这位宁尚宫。

　　宁尚宫叫宁曦，今年才二十来岁，是太子妃的心腹。当初沈梓乔为小皇孙退烧，累得快站不住的时候，就是宁曦帮她守着小皇孙，让沈梓乔有时间合眼休息一会儿。

　　"今天忙坏了吧？"宁尚宫笑着说，因为小皇孙平安渡过难关，东宫上下对沈梓乔都十分感激，特别是这个小丫头一点都不会恃宠而骄，救了小皇孙后，不但没有邀功，还将功劳都推给旁边的人，好像她才是打下手的人。

　　沈梓乔用力地点头，"累死了。"

　　宁曦轻笑，真是个小丫头，"小雨让我给你带了这个，说是上次答应要给你的。"

　　是一个杏黄色绣梅花连枝的香囊，绣功一流，香囊精致可爱。沈梓乔喜欢得眉开眼笑，"帮我谢谢小雨。"

　　小雨是太子妃身边的宫女，是整个东宫绣功最好的，答应了要给沈梓乔绣一个香囊。

　　宁曦笑着摇头，"她让你好好学学绣功，不然将来嫁人了怎么办？"

　　"这个小意思，到时候我进宫求太子妃，让她把小雨给我。"沈梓乔笑眯眯地说。

　　"你这个懒家伙！"宁曦没好气地骂道。

　　沈梓乔将香囊当宝贝一样收进怀里，她原本没想过会在东宫交到朋友，但宁曦和小雨这两个人……她印象很深刻。

　　宴席在热闹中结束，接下来到戏台看戏，沈梓乔看着一直在老夫人身边的陈雪灵，发现陈雪灵虽然有意跟老太婆拉近关系，不过老太婆似乎不怎么热情。她极少跟陈雪灵说话，甚至都不看她一眼。

　　哎哟，是觉得陈雪灵太像母亲了，所以不想看到她吧？

　　真是好玩了，又想找个能够听话的儿媳妇，又不愿意见到神似母亲的陈雪灵，老夫人的心情该有多纠结啊。

　　连着听了几出戏，宾客才纷纷告辞离开。

　　沈梓乔心想，她终于能好好睡上一觉了。

　　只是，她还没睡下多久，就被红缨给叫醒了，"三小姐，您快起来，老夫人那边闹起来了。"

　　"谁闹啊？"那老太婆哪天不闹才不正常吧。

　　"跟大老爷……还有陈小姐。"红缨低声说道，已经端了水过来给沈梓乔洗脸。

　　沈梓乔一听到跟沈萧有关，立刻醒过神坐直了身子，"什么？跟我爹闹什么？"

　　"听说逼着大老爷娶陈小姐……"

第九十四章　以死相逼

　　沈萧今日在外院陪前来贺寿的宾客喝了不少酒，头脑有些发沉，送走宾客后，他被两个小厮扶着进了书房休息。

　　迷迷糊糊间，他听到外面有人在说话。

　　是个女子娇柔的声音。

　　"老夫人知道大老爷喝醉了，让我送来解酒茶。"

　　"大老爷吩咐了，闲杂人等不能进入他的书房。你们要送茶，等大老爷醒了再送。"这是皎皎吩咐的小厮的声音。

　　接着是一个严厉的声音，"放肆，连老夫人都不放在眼里，你这奴才好大的胆子。"

　　沈萧被吵得脑仁涨疼，火大地下了长榻，沉着脸打开书房的门，冷声喝道，"吵什么？"

　　书房外面，除了沈老夫人身边的丫环翠红，还有一个穿着掐金丝牡丹暗纹比甲的女子。她端着一张脸，冷傲地站在那里，看得沈萧有瞬间以为自己看见了亡妻。

　　真的很像！

　　"怎么回事？"沈萧皱眉问道，因对方是客，他收敛了眼中的怒意。

　　翠红上前道："回大老爷，老夫人今日高兴吃了点酒，有些见晕，陈小姐不知用了什么方法，老夫人一下就好了。刚躺下便担心大老爷您吃过了酒，便请陈小姐过来替您解酒。"

　　沈萧抬眼扫了面色不变的陈雪灵一眼，让一个未出阁的女子到他这里来给他解酒？老夫人这意图明显得让人汗颜。

　　真是……传出去只会让人笑话！这还要不要脸面了。

　　"我没事，你们回去吧。"沈萧大手一挥，顿时对这个陈雪灵没了半点遐想。

　　老夫人糊涂了，这个陈家小姐难道也跟着糊涂？她不知道自己独身进他的书房代表什么？就算他真的愿意娶她当继室，有了这么一出，她进门了也别想有什么脸面。

是老夫人故意的？因为陈雪灵长得像潘氏，老夫人担心她进门后跟潘氏一样压她一头，所以故意在这时候给她找错处？

沈萧浓眉拧了起来，他实在不愿意将自己的母亲想得那么不堪，但他偏偏就这样想了。

听到沈萧这话，陈雪灵眼中闪过满意的笑。

她何尝不知道那老太婆的用心，方才听到老太婆的要求，她怒得差点想要拂袖而出，从此跟沈家断绝来往，也不受这样的羞辱。

可是她没有拂袖而出，因为她想到自己已经没有选择的机会。

她已经过了豆蔻年华，今年已经是二十了，芳华转瞬即逝，她没有那个本钱去挑选心仪的相公。而且……她见过沈萧，虽然就要到不惑之年，却依旧健壮英俊，是她喜欢的样子。

为了她的下半辈子，她愿意赌一次。

如果沈萧装糊涂顺应沈老夫人的话，让她进书房替他解酒，那她情愿当姑子也不愿意嫁给他。

可沈萧拒绝了。

他是明白沈老夫人的用心，所以才拒绝的。陈雪灵感觉到自己的心雀跃起来，她的脸颊染上一层红晕，看着沈萧的目光酝酿着爱意。

沈萧却没有看到她的眼神，他已经转身，将书房的门给关上了。

陈雪灵怀着喜悦的心情回到德安院，在踏入屋里的瞬间，她将所有愉悦的情绪都深藏起来，不在沈老夫人面前露出半点自己的高兴。她低落伤感地站在一旁，听着沈老夫人在跟周氏责骂沈萧不懂体谅她的心。

这个死老太婆！自私自利、卑鄙无耻，只想利用自己将来对付沈梓乔，却连一个好脸色都懒得给。

将来若自己真的进门，绝对不会让老太婆好过的。

“我心口疼，让人去把大老爷叫过来。”沈老夫人捂着胸口大声呼疼。

她比谁都了解沈萧，如果连神似潘氏的陈雪灵都看不上的话，这辈子是不用指望他再娶了。

虽然陈雪灵长得像潘氏，让她看着心里添堵，可是，就因为她长得像潘氏，儿子才有可能娶她。只要将来人进门后能够拿捏在手里，又有什么关系？

沈老夫人不认为陈雪灵会是第二个潘氏。

她镇不住沈梓乔，但陈雪灵一定可以。

只要想到现在当家大权在那臭丫头手里，她这心口就好像被刀子剜似的。

沈萧很快就过来了，他忍着身子的不舒服坐到床榻边，低声询问老夫人，"娘，您哪里不舒服？不如请大夫来给您瞧瞧。"

周氏对陈雪灵使了个眼色，两人一道退出里屋，到外间吃茶，只听闻里屋的说话声似有似无地传出。

"我自己的事自己知道，石修，我是活不了多久的。这么多年来，我就只有一件事放不下，如今我六十大寿已过，连皇后娘娘都使人给我贺寿，我就是死也值得，但是……你怎么办呢？都已经这么多年了，三个姨娘不得你欢喜，那你大可再娶一个填房，我知道你是怎么想的……"

沈萧脑仁突突涨疼，听着母亲又老调重弹，不由觉得更加头疼，"娘，您别担心太多，我好着呢。"

沈老夫人气结，"你哪里好？一个正当壮年的大老爷们，整天跟一个老头一样下棋钓鱼的算什么。"

"娘，我没整天下棋钓鱼。"沈萧苦笑。他每天都往军营跑，哪来的空闲去钓鱼下棋。

"那你到底是怎么想的？是不是就这样孤独终老？"沈老夫人没好气地问道。

沈萧对再娶确实没什么想法，不是他不愿意娶，而是沈家如今的关系就已经让他很头疼了。老夫人不喜欢皎皎，将来新人进门，未必能够得到老夫人的欢喜，说不定跟皎皎也相处不来。一想到种种可能，他宁愿就这样过下去算了。

"娘，您身子不爽利，就歇一歇，别动怒。"沈萧无奈地说道。老夫人脸色红润，中气十足，哪里是生病的样子，分明是装给他看的。

"婚姻大事，父母之命，你答应也好，不答应也罢，明日我便会做主跟陈家提亲。你只管将人给我娶进门，其他不必你理会。"沈老夫人见软的不行，只好硬气起来，不允许沈萧再拒绝。

沈萧站了起来，冷硬严肃的脸庞透出几分不悦，"娘，此事容日后再说，我吃了些酒不舒服，先回去休息。"

"你这次若是不听我的安排，我便死给你看。"沈老夫人大叫道。

她已经想不到其他办法，只能用这一招逼沈萧就范。

沈萧苦涩又无奈地看着老母亲。

沈老夫人大声嚎哭起来，一边用力地捶着自己的心口，"我对不起沈家的祖宗，对不起你爹，好好的一个沈家，连一个正经的当家夫人都没有，这将来我死了之后，你们兄弟二人分家，大房还能成一个家吗？恺哥儿和皎皎的亲事谁给做主？就是你死去的媳妇都怨死我这个老不死的，以为是我故意刁难……"

这一哭简直惊天动地，把外面的周氏和陈雪灵都吓得忙走了进来。

"老夫人，您这是怎么了？"周氏急忙上前安抚沈老夫人，转头责怪地对沈萧说，"大伯，母亲毕竟年事已高，您还是多体谅些，别让母亲为您伤了身子。"

沈萧感到一股力不从心的疲倦在身体各处蔓延开。

他正想着不如就照着老夫人的意思去做吧，反正娶谁对他来说都一样。

"哎呀，祖母这是怎么了？"沈梓乔清亮脆嫩的声音在外面传来，门帘被掀了起来，穿着鹅黄色撒花烟罗衫的姑娘出现在众人面前。

"大老远就听见老夫人要死要活的。哎哟，今天可是您的寿辰，说这话不吉利，听说人在寿辰的时候说什么话都特别灵验，万一真的……那就不好了。"沈梓乔的脸颊潮红，说话还有些急喘，脸上的笑容却甜美灿烂得闪瞎某些人的眼睛。

她是听到消息后急跑过来的，还没来得及喘口气，就听到这老太婆居然在威胁沈萧。

真是不要脸的老太婆！

大概是没想到沈梓乔会忽然跑来，沈老夫人的嚎哭声戛然而止，涨红一张老脸瞪着她。

周氏不悦地斥道："皎皎，你是怎么说话的？"

"我开玩笑的。祖母，您没事吧？是不是今天哪里惹您不欢喜了？"沈梓乔一脸无辜地问道。

沈萧有女儿进来替他解围，心底松了一口气。

"我要你父亲再娶，家里有个正经的当家夫人，我死了也瞑目。"沈老夫人直躺在床榻上，语气虚弱地说，好像沈梓乔敢跟着反对，她立刻就会断气似的。

"哦，娶谁啊？"沈梓乔笑着问。

陈雪灵就在屋里，听到沈梓乔直接地问出来，脸颊微微泛红，低着头不敢看沈萧。

沈老夫人当然也不好意思当着陈雪灵的面说出来。

"是不是刘家小姐啊？爹，我见过刘家的小姐，人可好了，我不介意她当我母亲啊。"沈梓乔假装没看出众人的尴尬，笑眯眯地对沈萧说道。

陈雪灵的娇羞变得难堪起来。

沈老夫人气得两眼冒火，就知道这臭丫头只会捣乱。

周氏说："你一个晚辈，哪来说话的份儿，站一边去。"

第九十五章　答应

沈梓乔被周氏喝了一句，委委屈屈地站到一旁，抬起一双乌黑明亮的眼睛看向沈萧，眸色无辜可怜，小声嘟囔，"这是要替我找后娘，怎么我不能提意见了。"

陈雪灵的脸色一阵青一阵白的，知道自己不能再留在这里，只好屈膝一礼后，急忙退了出去。

她还没有进沈家的门，沈家的家事轮不到她旁听。

何况，还跟她有关。

回到自己的房间，她的贴身妈妈瑾娘迎了上来，"大小姐，您脸色怎么这样差，发生什么事情了？"

陈雪灵将沈老夫人的所作所为说给乳娘听，"这老太婆欺人太甚了！沈萧如今还不知怎么看我？沈梓乔更是不好相与……"

瑾娘吃了一惊，"瞧着沈家是百年世家，怎么这沈老夫人一点大家的做派都没有，忒不要脸了。"

"她不要脸，无非是想逼着沈萧就范。"陈雪灵在长榻上半躺下来，眼睛微阖，娇媚的脸庞凝上一层薄霜，眼中沉淀着一抹算计，如何有在沈老夫人面前时的娇弱。

"大小姐，那该怎么办？"瑾娘问道。她知道自家姑娘向来是个有主意的，相信已经有法子了。

陈雪灵幽幽地说："在周氏那里，我已经跟沈梓乔结下梁子，她是不可能会喜欢我的。沈萧为人正直，孝顺老夫人。如今便看老夫人能不能让他……改变主意了。"

"您何必早早跟沈三小姐较真，不过是个草包。"瑾娘不赞同地说。

"草包？"陈雪灵冷笑一声，"我若是不跟她较真，如何让周氏帮我？不过是挑一方对自己有利的而已。你看沈梓乔是草包，那是因为你不了解她。这位沈三小姐……精明着呢，她是草包？我看沈家其他人才是草包，都看不穿这位三小姐的真面目。"

瑾娘吃惊地问："难不成将来最不好对付的人是她？"

陈雪灵懒懒地换了个姿势，看着自己纤细白皙的手指，不屑地说："我为何要对付她？她一个外嫁出去的女儿，我犯得着跟她过不去吗？大家相安无事相处几年，以后她嫁人了，难不成还要回沈家跟我计较吗？"

"大小姐您想的明白就好。"瑾娘欣慰地笑道。

陈雪灵面上却没有笑容，她仍觉得这事没有那么简单就完了。

德安院的屋里，在陈雪灵告退离开后，沈老夫人终于发作了。她坐起来指着沈梓乔骂道："你这是安什么心，那刘家姑娘如何能跟陈姑娘相比，你是不是想要看着你父亲孤独终老才安心。"

"我没这个意思。"沈梓乔淡淡地说，"我是替祖母您着想，陈大小姐长得跟我娘这么像，您天天看着不是膈应得吃不下睡不好？您一天看着陈大小姐，就要一天想着我那死去的娘，也就是您不喜欢的媳妇，那多难受啊。"

"皎皎！"沈萧喝住她，"你太放肆了。"

沈老夫人被气得摇摇欲坠，本来只是装心口疼的她这会儿真觉得心口疼得难受，"把……把她给我赶出去。"

"不用您赶，老夫人不喜欢看到我，我自己走就是了。"沈梓乔平静地说，她还不想自己真的气死这个老太婆，"不过，我还是想说，爹，我不喜欢那个陈大小姐，就算跟娘长得一样，她也不是娘。"

说完，她不等沈萧说话，已经转身走了出去，连跟其他人行个礼都没有。

沈萧猛然发现，他一直以为还没长大的女儿似乎在不知不觉地改变了，这样不驯的性子，跟潘氏简直如出一辙！

他满心的苦涩，不知是喜是忧。

"娘，这件事容日后再说吧。"沈萧低声说。他虽然惊艳陈雪灵长得跟潘氏十分相似，但还没有到非迎娶不可的地步。

他所钟爱的潘氏，并不是她娇媚的容颜，而是她跟他契合的性情。

沈老夫人咬牙切齿地叫道："你是想真的气死我吗？"

"娘，我还要进宫一趟，有什么事，过些天再说。"沈萧没办法，只好找了借口逃走。

"石修！"沈老夫人叫道，却只看到沈萧的背影出了门。

"气死我了！气死我了！"沈老夫人直捶着胸口，"他们父女这是要气死我。"

周氏忙安抚她，"老夫人，您别气。我看大伯的意思不是不想要，他只是被那臭丫头给唬住了。我们把恺哥儿找来，想来三丫头最听恺哥儿的话了，让恺哥儿去教训她。"

若不是沈梓乔忽然前来，只怕沈萧早就答应下来了。

沈老夫人被周氏劝说了一阵，胸口的怒火才稍微平息了些，让人去将沈子恺叫了过来。

彼时，沈子恺正打算去找沈梓乔，听到老夫人找他，只好先来了德安院。

还没来得及行礼问安，沈老夫人已经一把拉过他坐下，未语先落泪，"恺哥儿，祖母这是没有办法了。你母亲在世的时候，你父亲就不喜欢那三个姨娘。你母亲不在的这些年，你父亲替她守了多久的活寡。你是沈家的嫡孙，你难道忍心看着你父亲这样跟个孤老头子一样活着？皎皎不懂事，难道你还能跟着她一样？本来，长辈的事轮不到你们晚辈插手。可你父亲疼着你们，皎皎不喜欢的，他都惯着……你们得替他想想啊……"

沈子恺有些不知所措，"祖母，您这是……这是怎么回事？"

"祖母要替你父亲再找个填房。"老夫人哭着说道，"偏生你妹妹不喜欢。"

皎皎不喜欢的只是陈雪灵而已吧。

沈子恺苦笑起来，竟然找他磨心，"祖母，这是父亲的事，我做儿子的，不好插手。"

哪有当儿子的插手父亲的婚事。

这是不愿意去说服沈梓乔的意思了？沈老夫人愤怒地推开他，"好，既然你说不好插手，那你就不许插手。你父亲娶谁，都跟你们兄妹二人无关。"

沈子恺不知道沈老夫人又想要做什么，只好劝道："祖母，父亲若是喜欢，我们自然不敢有意见。"

但若是被强迫的，他们当然不乐意。

沈老夫人"哼"了一声，"如此便罢了，你回去吧。"

"祖母……"沈子恺心中有不好的预感，总觉得老夫人不是这么容易就算了的人。

沈老夫人却已经不耐烦，"我被你们气得全身不舒服，要歇一会儿了。"

"那孙儿先下去了，祖母，您好好休息。"沈子恺说。

从德安院出来，沈子恺便直接来到乔心院。

"啊？老夫人跟你这么说的？她又想搞什么鬼？"沈梓乔无法淡定地炸毛了，"她不会想以死相逼吧？"

"若真是这样……"沈子恺神情凝重起来。

沈梓乔嗤笑一声，"就算她这么做了，老夫人也死不了，她哪里舍得死啊。"

她要是舍得死，就不会霸着她的嫁妆。

"这件事最后还是要看爹的意思，他不想娶，谁也强迫不了他。"沈梓乔说。

沈子恺比沈梓乔更了解老夫人的性子，并不抱乐观的看法。

兄妹二人说过话后，眼见外面天色已经沉了下来，沈子恺只好先离开，待明日再找父亲仔细问问。

沈梓乔今日累了一天，被沈老夫人这么一闹，更觉得身心俱疲，梳洗后吃了点东西，刚躺下就睡了过去。到了第二天，她才被孟娘子给叫醒了。

正常情况，孟娘子等人是不会打搅她的睡眠。何况大家都知道她昨天忙得多累，所以沈梓乔眼睛一睁开就知道肯定是家里出事了。

"老夫人那边发生什么事了？"沈梓乔第一句话就问道。

"在佛堂里，不肯吃东西，大老爷和大少爷都在外面跪着。"孟娘子说。

沈梓乔慢慢地坐直身子，就知道老太婆不会就此罢休，她这次是来真的了。

"去看看。"绝食逼沈萧娶陈雪灵吗？

这样陈雪灵嫁进来还能有什么好日子过？沈萧会喜欢被强迫娶进门的妻子吗？

哦，这个沈老夫人肯定不会在意，她只在乎有没有人进门来压制自己而已。

沈梓乔带着孟娘子来到德安院后面的佛堂时，就见到佛堂外面跪倒了一片人，沈萧和沈子恺跪在前面，都在求着老夫人出来。

真是……

沈梓乔从来没这么愤怒过。

"娘，您出来吧，有什么话好好说。"沈萧说道。

"你让我饿死算了！"沈老夫人中气十足的声音传了出来。

沈梓乔冷笑，看她能在里面待多久。

可她没想到，沈老夫人居然一直到晚上都不肯出来，已经一天一夜没有吃东西了，周氏哽咽地说老夫人身子本来就不好，再这么下去会支撑不住。

沈梓乔只觉得膝盖刺骨的疼，全身的力气在一点一点地消失。

她也一天没有吃东西了。

耳边嗡嗡地听到沈萧说道："娘，您出来吧，儿子什么都听您的。"

沈梓乔冷笑，这老太婆真是演了一出好戏。

周氏搀扶着沈老夫人的手出现在众人视线中，昏暗的光芒中，她看到沈老夫人一脸欣喜的笑。

在这个孝道为重的年代，沈梓乔根本没有能力去改变什么。

她只是低估了沈老夫人的脸皮，居然能做到这种程度。

第九十六章　失落

看着沈老夫人终于达成心愿的笑容，沈梓乔没有站出来提出反对。

她知道，这时候说什么都没用了。只要她说出反对的话，不孝的骂名立刻会被安在她身上，说不定正好中了老太婆的圈套，又将她赶到不知什么地方去。

"回去吧。"看着众人簇拥着沈老夫人回德安院，沈梓乔不愿在假装去当什么孝孙了。她被沈梓歆拉着跪了一整天，现在又饿又累。她要回去吃一顿睡一觉，才有力气想办法搅黄这亲事。

孟娘子搀扶着沈梓乔，轻声说："大老爷也许只是权宜之计。"

是怕她做出什么事来吗？沈梓乔笑了笑，"什么权宜之计，也是他不想真的拒绝。"

连沈子恺都无力阻止的事，她在这个家算什么？有什么能耐去阻止。

她只能庆幸，至少这个陈雪灵不是盛佩音找来的。

"三小姐。"孟娘子怜惜地看着她。

若是让陈雪灵进门，只怕三小姐的日子会比以前更难过了。

沈梓乔笑道："我们该想的是，怎么让老夫人在陈雪灵进门之前，把我娘留下来的东西全部还给我。"

望着到了这个时候依然还笑得出，并且没有忘记目的的沈梓乔，孟娘子笑了出来，"诶，我们回去好好想一想。"

并非沈梓乔已经同意沈萧娶陈雪灵，只要想到以后她要喊那个女人为母亲，她就觉得比吞了一万只苍蝇还恶心。

她是累了，不愿意再跟一个臭老太婆浪费时间。

回到乔心院后，沈梓乔梳洗一番，简单吃了点东西就睡下了。

一直到第二天中午才终于醒来。

"三小姐，大老爷使人过来，让您去他书房。"红玉替沈梓乔梳着头发，将沈萧使人来了几次的事说与她听。

沈梓乔眸色微动，低声说："去回了我爹，就说我身子不舒服，想好好休息。"

"您何必跟大老爷怄气，大老爷被逼着……已经是很不高兴了。"孟娘子走了进来，听到沈梓乔的话，叹息一声说道。

"他不高兴，我更不高兴，他不了解祖母吗？不知道那老太婆比谁都怕死，她会真的绝食？切！"沈梓乔不屑地说。

孟娘子心里同样很不齿老夫人的做法，不过她不好表现出来而已，"那您是打算怎么办？就这么跟大老爷僵持下去？"

"等过几天再说。"沈梓乔道。

陈雪灵在知道沈老夫人终于逼得沈萧答应娶她的时候，心里是又怒又喜。怒的是经过老夫人这么做，沈萧将来要对她好那是极难的；喜的是终于能够将这门亲事确定下来，她不用成为嫁不出去的老姑婆了。

她第二天就跟沈老夫人辞别，启程回了陈家。她是打算回家等着沈家的提亲。

下人来回禀沈梓乔这件事的时候，沈梓乔只是笑了笑，并没有什么反应。

如此过了两天，沈梓乔足不出户，外面却渐渐起了谣言。

沈老夫人不肯将潘氏留给女儿的嫁妆还给沈梓乔的事不知怎么传开了，如今京城无人不知沈老夫人惦记着儿媳妇的嫁妆，还不肯还给孙女。

一时之间，沈老夫人那上不了台面的身世又被扯了出来，到处都在议论这个将门老夫人没有一点名门风度，都是小家子气的做派，实在丢尽了沈家的脸。

这话被沈家的人瞒着，谁都不敢传到老夫人耳里，怕把她给气死了。

两日来，沈梓乔都不愿意去见沈萧，不过在她听说了这谣言后，乐得她哈哈笑了大半天，"不知道是谁传出去的，哎呀，真是太爽了。"

孟娘子等人也觉得很疑惑，谁会在这时候传出这样的话。

会不会是大少爷？

沈梓乔也想到沈子恺，所以她很快就恢复了精神元气，不再喊累喊疼，把沈子恺叫上后，两人一起到了德安院。

"祖母，既然我爹要娶填房了，为了避免日后有什么矛盾，您还是先把我娘的嫁妆还给我吧。"没有圆滑的客套话，更没有任何温婉地讨好，沈梓乔在请安之后，就将来意明明白白地说了出来。

沈老夫人正得意终于让儿子答应娶陈雪灵，打算好好挫一挫沈梓乔的气焰。没想到还没来得及掐灭她的气焰，沈梓乔一句话就让她气得倒仰。

"什么嫁妆不嫁妆，你以为未出阁的女子，整天提嫁妆也不知羞。"沈老夫人怒道。

"祖母，您别揣着明白装糊涂了。难不成您打算将我的嫁妆以后交给陈雪灵保管？开什么玩笑，也不怕我娘半夜找她聊天么？"沈梓乔说道，"咱们还是愿赌服输，家里我打理得顺顺当当的，店铺也没亏损，您是不是该将我的东西还给我了？"

"她进门后就是你的母亲，替你保管嫁妆天经地义。"沈老夫人冷声说道。

沈梓乔嘲弄地看着这个脸色红润的老夫人，"祖母，您这么恨我娘，还霸着我娘留给我的东西，怎么不觉得膈应呢？"

"你胡说什么！要不是怕你受人糊弄，我会这般尽心为你守着嫁妆？"沈老夫人怒道。

沈梓乔觉得很没意思，她真的厌倦跟这儿老太婆闹了。

"我已经长大了，不劳您费心了。"她淡淡地说。

"今天你们兄妹俩就是逼我来了？"沈老夫人冷笑地问。

沈子恺作揖一礼，沉声说道："祖母，皎皎说的是，为了避免往后的矛盾，还是让她自己保管嫁妆吧。"

就算是被骂不孝，他也要替皎皎讨回自己的东西，他不能让妹妹以后受委屈。

"就是啊，如今外面都在议论老夫人了，免得将来陈雪灵进门后也被议论，那多丢人啊，丢人丢一次就够了。"沈梓乔说。

"外面议论我什么？"沈老夫人沉着脸，她就不相信外面的人能怎么议论她。

沈梓乔讶异地"咦"了一声，"老夫人还不知道吗？都在说您抢了儿媳妇的嫁妆，也不知道谁传出去的，简直是胡说八道。您是在替我保管呢，怎么会是抢呢。"

听到妹妹这故作惊讶的话，沈子恺的嘴角不自觉地上挑。

李妈妈着急地叫道："三小姐，外面的话哪里能听，可千万别在老夫人面前胡说。"

"都是外面说的，关我什么事。"沈梓乔笑道。

"外面的人还怎么说？"沈老夫人讥嘲地问，她知道很多人看不起她的出身，无非就是拿她的出身说事罢了。

沈梓乔才要将外面流传的谣言说出来，就听到丫环回禀，道是大老爷过来了。

"这么热闹？"沈萧走了进来，看到一对儿女都在，以为他们是来给老夫人请安，微笑地说道，眼睛看向低着头的沈梓乔，心底暗叹一声。

"你这对好儿女要来跟我讨债呢。"沈老夫人讽刺地说道。

沈萧一听便明白沈子恺他们所为何来，居然越过自己，直接跟老夫人讨潘氏的东西了。

是不是因为自己要再娶，让他们不再相信他？以为他不会为他们着想了吗？

沈萧觉得很失落。

"娘，我想，皎皎年纪渐长，已有能力打点她母亲的东西，不如，您就放手让她……"

沈老夫人怒声打断他的话，"你是不是也要来气死我？一个未出阁的姑娘，谁会自己打点嫁妆？是不是要让外头笑我连自个孙女都教不好？"

本来就没教好！还怕外面的人笑么？沈梓乔心里暗讽。

"祖母不肯将嫁妆还给我，就不怕潘家知道了以为您是看上那点东西么？别到时候我外祖父亲自讨上门，那外面的人就更不知要怎么编排您了。"沈梓乔笑着说，反正她再怎么装孝顺，在这个老太婆眼中还是不孝，她索性就不装了，该怎么着就怎么着。

沈老夫人听她提起潘家，脸上的笑容变得嘲讽不屑，"若是潘家老太爷开口，不怕被你把这些东西给毁尽，那我立刻就还给你。"

"祖母说话算话？"沈子恺立刻问道。

当年沈梓乔将潘家舅母赶了出去，这么多年来，潘家对她是不闻不问，怎么会出头替她讨回嫁妆？沈老夫人笃定地认为潘家早已经不会理会沈梓乔，"自是算话。"

这话刚说完，便见翠柳急急走了进来，"老夫人，潘家……潘家的老太爷来了。"

沈老夫人和沈萧同时一愣，目光扫向面色如常的兄妹二人。

他们早已经知情？

沈子恺说："外祖父来了？皎皎，我们一同去迎接外祖父。"

"好啊。"沈梓乔笑眯眯地应着。她对潘家的人好奇很久了，终于可以见到面了。

不过，话说回来，她真不知道潘家老太爷会来得这么巧，她今日本来是决定来个鱼死网破也要跟老太婆斗一斗的。

倒是沈子恺的表现让她觉得很新鲜。

他好像也不在乎被说不孝，对沈萧也没了之前的恭顺，好像……只有她才是他的亲人一样的感觉。

若是沈萧真的再娶，在沈家，就只有沈梓乔才是沈子恺最亲的人了。

沈萧此时也惊疑不定，他很肯定老丈人不会是为了他要再娶而来的，东越到京城至少也有半个月的路程，他答应再娶也还只是三天前。

那潘老太爷是为了什么到京城？

他看向已经走出去的一对子女，顿时觉得满心酸涩。

第九十七章　潘家老太爷

潘老太爷是个精神矍铄，头发灰白的老头子，穿着极普通的深灰色销金云玟团花直裰，从黑漆齐头平顶的马车下来，笑眯眯地看着已经来到他面前的外孙和外孙女。

"恺哥儿的个子越来越高了啊。"老人家说话中气十足，用力地拍了拍沈子恺的肩膀，眼睛看向了沈子恺身边的丫头。

沈梓乔同样在打量这位老人家。

灰白浓厚的眉毛，睿智精神的眼睛，眼角有岁月留下的皱褶，直挺的鼻子……正笑着看她。

"外祖父。"沈梓乔忙收回视线，规规矩矩地行了一礼。

沈子恺忙道："外祖父，这是皎皎。"

潘老太爷点了点头，"已经长成大姑娘了，还跟以前那么任性？"

"不任性了不任性了，现在乖得很。"沈梓乔急忙说道，强烈表示她已经跟以前不一样了。

"外祖父，皎皎如今跟以前不同了。"沈子恺笑着说。

潘老太爷大笑，转头看向沈家的大门，沈萧正在大步流星地走了出来，一见到潘老太爷，立即抬手作揖，"父亲，您什么时候来的，怎么没使人来说一声，好让我亲自到城门接您。"

"我就一路来走走，走到哪儿算哪儿。"潘老太爷笑着说，"经过京城，来看望一下亲家母。"

沈子恺和沈梓乔低眉顺耳地站在潘老太爷身边，对沈萧投过来的眼神视而不见。

"父亲，请先到里面休息吃茶。"沈萧将潘老太爷迎进大门。

潘老太爷提出想先去看望沈老夫人。

　　沈萧见笑呵呵的潘老太爷，一时猜不准他究竟是特意到京城来替皎皎撑腰，还是真的只是路过。

　　一行人来到德安院，沈老夫人不知什么时候将周氏叫了过来。

　　"亲家母，多年不见，您身体还康健？"潘老太爷走进大厅，见到已经坐在主位的沈老夫人，笑着拱手说道。

　　沈老夫人本来已经摆开阵仗，如果潘老太爷反对儿子再娶，她就抗辩到底，谁知对方一进门就客气地笑脸相迎，倒是她绷着一张脸，反而显得小家子气。

　　还是周氏在旁边轻轻扯了她的衣袖一下，老夫人才反应了过来。

　　"亲家公，别来无恙，快快请坐。"这是怎么回事？难道不是为了石修的事而来？还是……打算来讨好她，劝她别给石修娶填房？

　　沈老夫人看向站在一旁的沈梓乔，嘴角浮起嘲讽的笑，也不瞧瞧自己是什么德行。当日既然扬言从此不认潘家为外家，今日想求着潘家替她做主，也不知丢人。

　　"我就是觉得人老了该到处走走，这经过京城，想起还有自己的外孙、外孙女，又有许多年没见到亲家母，特意过来瞧瞧。给您带了沿路买来的小东西，您别介意。"潘老太爷笑着说。

　　潘家是东越的大富人家，出手的东西哪里会便宜？必是价值万银的，沈老夫人的眼睛亮了起来。

　　"亲家公您客气了，都是我们沈家对不起您，您还这么客气，教老身怎好意思？"沈老夫人含笑说道，态度瞬间客气了不少。

　　"您千万别这么说。"潘老太爷愧疚地说道，"我女儿没有福气，石修这些年为了我女儿也着实……我们潘家感激您，石修为了华儿留下的一对儿女一直不再另娶，让我既感激又愧疚，更是觉得对不起您……"

　　潘老太爷开口一番漂漂亮亮的话说得让沈梓乔都赞叹不已，这戴在老太婆头上的帽子真高啊。

　　啊，潘老太爷还不知道沈萧要再娶呢。沈梓乔看向旁边的大哥，见沈子恺跟她一样无奈，只是咬了咬牙，用力地掐了自己的大腿一下，疼得她眼泪都飙了出来，"外祖父……"

　　沈梓乔哽咽地看向潘老太爷，"爹就要娶填房了，那女子尚未进门，就带着娘留给我的手镯，都不知道是谁给她的。"

　　本来是宾主相见甚欢的场面，被沈梓乔这委委屈屈的话说得顿时众人脸色一变。

　　沈老夫人的脸色是由红转白，看着她的眼神仿佛恨不得撕了她。

　　潘老太爷却是愕然地不知该说什么，直直地看向沈萧，见沈萧低头不语，便知这是真的。

　　周氏见大家都被沈梓乔唬住，立刻斥道："皎皎，你胡说什么，陈姑娘手上哪里有你娘的手镯，你什么时候见过你娘的手镯，别见着好东西就以为是你娘留下的。"

　　"那手镯若不是我娘的，我怎敢说出来？如果不是我娘的，那老夫人把我娘以前的那只帝王青手镯拿出来。"她当然认不出来，可孟娘子认得出来啊，真以为她们能随便挥霍母亲的嫁妆么？

　　潘老太爷这时却疑惑地问："你娘留下的东西，你怎么不知道？"

　　"外祖父，我连我娘有多少嫁妆留给我都不知道。"沈梓乔低声说道。

　　沈萧忙道："当时皎皎年幼，便让家母一直代为保管。"

　　潘老太爷点了点头，"理应如此，亲家母辛苦了。"

　　沈老夫人松了口气，笑着说"不辛苦。"

　　"亲家母，石修正当壮年，再娶是理所当然，我潘家不好干预。只是……这再娶填房，将来自是儿女成群，前头留下的孩子未必顾及得到。当初我女儿留下的嫁妆都给了皎皎，我是想，在新人进门之前，请亲家母先将嫁妆都交还皎皎保管吧。"潘老太爷客气地说道。

　　"她一个小丫头，能怎么保管那么多东西，别给外人骗了。"沈老夫人干笑地说。

　　潘老太爷道："这是我潘家给女儿的东西，既然我女儿交给了她的女儿，那皎皎再怎么挥霍，便是全被骗了，也是她的事。"

　　沈老夫人被哽得说不出话。

　　"好，所有嫁妆都给皎皎自己保管。"沈萧知道自己的母亲是什么心思，不等她找什么借口，已经答应了下来。

　　沈老夫人只觉得有人拿刀子在她心上狠狠地剜了一块肉下来。

　　"那好，便让皎皎自己保管。"她给周氏打了个眼色，反正皎皎不知道有多少嫁妆。

　　潘老太爷笑眯眯地从怀里拿出一张红帖，"这都是我女儿当初带过来的嫁妆，请亲家母让人清点一下。"

　　这下，沈老夫人和周氏的脸色变得一阵青一阵白，怎么都没想到这老头子还有这一招。

第九十八章　嚎哭

"送给陈雪灵的手镯必须拿回来，若是去重新买一个，还不知要花费多少银子，还有之前送给梁夫人的珐琅炉瓶盒和紫檀木嵌玉如意……"周氏拿着潘老太爷列出来的嫁妆清单，急得团团转，只差没尖叫出声。

十年了！当初沈梓乔跟潘家断绝了来往，谁想过潘老太爷还会替那臭丫头出面要回嫁妆，有些东西早就被她典当送人，哪里还会留着到现在。

如今要她去哪里找出来！潘氏的好些东西都是已经买不到的古董珍品。

"不如去找老夫人商量？"身边的妈妈询问道。

提到沈老夫人，周氏更是气不打一处来，"那老太婆早已经气得起不来了，这是生生挖她的肉，指望她拿出私己钱贴补我们，想都别想了。"

"那怎么办？我们可拿不出这些东西了。"

周氏咬了咬牙，看着手里的红色清单，只觉得这种薄薄的纸片如火一般烫手，"我去问问老夫人的意思。"

说起来，不少东西都是被老夫人用去的。就算要赔，也不该全由她来赔。

该死的潘老太爷！该死的沈梓乔！

周氏愤愤不平地来到德安院，沈老夫人在看到那张清单之后，就心口痛得起不来，歪在床榻上直喊着"我的银子……我的银子……"

李妈妈在旁边安慰着她。

"娘，您怎么了？"周氏收敛了脸上的不忿，走到床榻边担忧地问道。

本来这些东西全都是潘氏的，要不是这老太婆一直说没关系，她也不会拿着潘氏的东西去换银子。

这些年她花银子如流水，根本不知节制，想着往后要勒紧腰带，一个子儿掰成两半花才能赔上之前的花销，她就想一口血喷在老太婆脸上。

"她这是想逼死我啊，还不如拿刀子直接捅死我！"沈老夫人气得掉眼泪，都已经是她的东西了，还要全部吐出来，还不如让她死了算了。

周氏眼中闪过一抹不耐烦，"娘，这本来就不是我们的东西，人家潘家都找上门了，难道还能霸占着不还？"

"我就不还，他们还能怎么样？"沈老夫人叫道。

这不要脸的话也只有她说得出口！

周氏说："拼着沈家从此在京城抬不起头来，我们便可以不还。"

沈老夫人闻言，只觉得心口更痛了。

"娘，我刚刚去库里清点了一下，好些东西都缺了，您之前还拿了两个玻璃四方容镜和一套斗彩莲花瓷碗送了人，十二只芙蓉白玉杯也没了，八个和田白玉茶盏当初送了二老爷的上峰……这些都该怎么办？"周氏拿着清单问道。

沈老夫人撇过脸看也不看，"你看着办吧。"

这是不肯出银子补上这些东西的意思吗？

周氏气结，再一次在心里腹诽，真是不要脸的老贼婆！

"那好，我便跟亲家公说，差的这一半嫁妆都在这些年给花了出去，让他多担待，别跟我们沈家计较。"周氏冷冷地说道。

外人都知道潘氏留下来的东西是由沈老夫人保管，现在监守自盗，别人会如何看待沈家？将来谁还敢娶沈家的姑娘？老夫人都活了这么大岁数，两眼一闭就过去了，可她们还有很长的路要走。

万一这件事传了出去，她在京城的社交圈算是完了。就算她不是元凶，可老夫人是她娘家的姑姑，又是她的婆婆，谁会看得起她？

周氏越想越气，"我想，亲家公是不会跟娘您计较了，反正您花的是儿媳妇和孙女的银子……"

沈老夫人拿起一个软枕砸向周氏，"什么叫我花的，那些东西不是都到你们二房去了吗？缺了多少，你都给填上。"

"那还不如拿我的命去还给潘家。"周氏气得浑身颤抖，她拢共就拿了些珍玩首饰，且多数花在打点丈夫的上峰那里，现在叫她拿银子补上，她上哪儿找银子？

"娘，您若是想着大老爷和二老爷从此断了仕途，您便将银子搂着吧。"周氏说完，站了起来头也不回地走了出去。

沈老夫人神色一变，大声嚎哭了起来。

乔心院大厅，潘老太爷端着掐丝珐琅三君子的茶盅慢慢地啜了一口茶，茶香四溢，他满意地点了点头。

"外祖父，您饿了吗？我让人给您做几道拿手小菜？"沈梓乔屁颠屁颠地凑上前，讨好地问道。

自从潘老太爷拿出嫁妆清单，看到老太婆气得差点晕倒过去的样子，沈梓乔的心情犹如踩在云端，飘然得意，只差没大笑三声。

潘老太爷瞥了她一眼，没好气地说："瞧你这没出息的样子，连你娘的东西都讨不回来，比起你娘当年，你差远了。"

"是是是，我真是太没用了，外祖父您太厉害了。"沈梓乔忙点头答是，她在沈家人微言轻，比不过那老太婆有数十年的积威，之前一直不敢撕破脸，还是怕潘家不肯当她靠山。

她有一颗独立坚强的心，奈何这个世道不容许她展现出来。

沈子恺在一旁看着笑了出来，宠溺怜爱地摇头，对潘老太爷说："外祖父，您别怪皎皎，她已经很不容易了。"

"你爹要再娶的那女子为人如何？"潘老太爷自然不会跟沈梓乔真的计较，他如今比较关心的是即将成为他一对外孙外孙女继母的女子是什么人。

沈梓乔撇了撇嘴，"那女人……长得跟娘真像。还没进门，她就想着压我一头。外祖父，那就是一个眼高于顶的虚伪女子。"

潘老太爷笑了一下，觉得沈梓乔说的都是赌气的话，他比较想听沈子恺说话。

"并非父亲的良配，爹他是被逼的。"沈子恺叹道。

"你下个月就要去西北了？"潘老太爷拿着茶盖慢慢地刮着，若有所思地看向沈梓乔。

沈子恺沉重地点头，他只担心自己去了西北后，皎皎在沈家无人撑腰，会不会被人欺负。

潘老太爷"嗯"了一声，放下茶盅，笑着看向沈梓乔，"那封信是你写给我的？"

沈梓乔从庄子里回来没多久就给潘老太爷写了信，承认了自己以前年幼无知做了许多错事，希望得到外祖父的原谅。

她听到老太爷的问话，忙不迭地点头，"我写的。外祖父，我以前对舅父舅母不好，是我年少无知，我现在懂事了。"

潘老太爷大笑，"你这傻丫头，别人说什么你就相信什么，那时候你才多大，知道什么是对错？"

当年的事，儿子和儿媳妇做得也不厚道，摆明着是想要拿回女儿的嫁妆，对外甥女并不是真的关心。他后来跟沈老夫人表达过想要将沈梓乔带到潘家养大的想法，无奈都被拒绝了。

且沈梓乔从来没跟他联系，还以为她的日子过得很好。要不是收到她的信，真不知原来沈家老夫人竟是这般下作，恺哥儿又常年不在家，疏忽了妹妹是在所难免。

幸好皎皎到底还是懂事了。

"外祖父，他们是不是真的会把娘的东西还给我？"沈梓乔怕老太婆又不知找什么借口霸占不肯交出来。

潘老太爷一点都不担心，"不想交也得交出来，你学学你娘的厉害，孝顺是一回事，你祖母这么做明显就是落理。你只管抢回自己的东西，还怕被赶出沈家不成？沈家算什么，等这件事过了，你跟我回潘家！"

沈梓乔闻言大喜，她就等着这句话啊。

"外祖父，您真是我的亲外祖父。"沈梓乔泪眼汪汪感动叫道。

惹得潘老太爷和沈子恺大笑。

孟娘子等人听说潘老太爷来了，都激动地想要过来请安。此时，他们正守在门外，听到里面传来潘老太爷依旧爽朗的笑声，不由得眼角泛湿。

真好！真好！三小姐以后有老太爷护着，再没人敢欺负她了。就算新人进门，三小姐也不怕了。

这边笑语连连，德安院那边的老夫人还在继续大声嚎哭，李妈妈不得不让人去将沈萧找了过来。

听说潘氏的嫁妆已经被用了一半，沈萧震惊地说不出话。

沈老夫人不但没有半点内疚，还破口大骂潘家不怀好意，更骂沈梓乔不孝，联合潘家要逼死她。

"娘，那些本来就是潘氏留给皎皎的嫁妆，您……您怎么能私自动用？"沈萧心里大怒，语气隐忍地质问。

"既然她嫁进沈家，那就是沈家的东西！"沈老夫人叫道。

沈萧站了起来，怒火腾腾地在屋里走了一圈，脸色气得涨紫，"娘，您到底怎么想的？沈家难道缺您吃缺您穿了吗？您为何要惦记潘氏的东西，那是她留给皎皎的遗物。您这是不想潘氏安息瞑目，还是想要我沈家成为京城的笑话？本来大家就已经议论纷纷了，是不是还要再添谈资？"

沈老夫人第一次被自己的儿子呵斥，也顾不上嚎哭，怔怔地瞪着沈萧。

"我去跟皎皎说，缺的那些东西，从沈家公中出银子补上，一分也不能少了皎皎。"沈萧坚决地说道。

"她是我沈家的姑娘……"用她一点东西怎么了？

沈萧没有等沈老夫人说完，厉声道："我们沈家不是还不上的。"

这话把老夫人气得差点背过气。

第九十九章　愧疚

为了防止沈老夫人从中做手脚，沈萧以老夫人身子不适为由，不让她插手清点嫁妆的事，而是让孟娘子陪同周氏按照潘老太爷给的清单，一一清点出来。

不清点还好，一清点出来，沈萧又气又怒，羞愧得没脸去见潘家老太爷。

整整少了一半！不说被卖了几千亩的良田，就只是库里的珍玩古董和首饰就已经没了一大半，如果再加上被卖了的田地和铺子，真是……

沈萧气得说不出话。

他知道自己的母亲有一点贪心，也知道她对潘氏跟皎皎一直很不喜欢，但他没想到老夫人居然会做到这一步。这哪里像是德高望重的老人家所为，跟一个街头贪得无厌的老泼妇一样！

还不知道潘老太爷答不答应他拿银子将赎不回来的珍玩补上，还有那些田地，还得去买回来。

沈萧愧疚地来见潘老太爷。

潘老太爷正跟两个外孙外孙女在吃饭。他已经在沈家住了两天，除了第一天刚到达京城的时候见过面，这两天都没有再去见过沈老夫人。

不是潘老太爷不愿意，是沈老夫人宣称自己身子不适，不适宜见客，潘老太爷才没有去打搅她。

反正有外孙和外孙女陪着他，他反而过得更轻松。

"外祖父，您尝尝这个酒酿清蒸鸭子，是我们京城的特产呢，我可喜欢了。还有龙井虾仁，虾仁您不能吃太多，试试玫瑰豆腐吧，还有花香藕……"厅里只有沈梓乔的声音清脆地响个不停，说得潘老太爷都来不及听明白她在说什么，面前的小碗已经堆满了食物。

潘老太爷看着一大桌的菜式，摇头说，"原来是个小吃货。"

沈子恺哈哈大笑，"外祖父看出来了，皎皎就是个吃货。京城哪里有好吃的，少不了她的身影。"

"什么啊，我平时可舍不得吃这么多好的，还不是外祖父来了，我才让人去买来。外祖父，您快试试。"沈梓乔撒娇着讨好潘老太爷。

经过这两天的相处，沈梓乔大约知道潘老太爷是个什么人了。

精明内敛，乐观爽朗，是个很容易相处的老人家，最重要的，是真心对她和哥哥好。

这样就够了，她开始期待去东越的日子。

就算舅父舅母难对付，怎么也比在沈家好，想到那个陈雪灵进门后的生活，她都快受不了了。

"大老爷来了。"一旁服侍的红缨见到沈萧的身影在外面走来，轻声地回禀道。

沈梓乔脸上灿烂的笑容敛了起来，对着沈萧，她心中是有埋怨的，并不是埋怨他再娶，让一个还没到四十岁的男人为妻子守寡，那太不人道了，她只是觉得沈萧不应该娶陈雪灵。

如果他真的爱母亲，真的对他一对儿女好，就不会娶陈雪灵进门。

他看不出陈雪灵是沈老夫人和周氏特意安排的吗？陈雪灵还没进门就拿着潘氏的手镯出来招摇，看不起母亲的出身，她以后难道会真对她和哥哥好吗？

不会的，沈萧是知道的，可是他要当孝子，只能牺牲她和哥儿。

"石修啊，来得正好，吃过午膳没？和我们一起吃吧，这些都是这个小吃货准备的。"潘老太爷笑呵呵地说道。

沈萧坐了下来，抬眼了沈梓乔和沈子恺一眼。

兄妹二人站起来施礼，"父亲。"

态度都比以前生疏了不少。

"父亲，我这次来……是有件事和您说。"沈萧面色为难地看着潘老太爷，关于嫁妆的事，他真是难以启齿。

潘老太爷含笑看了他一眼，似乎一眼就看穿他想说什么，"嫁妆都清点好了？"

沈萧点了点头，尴尬地笑着，"都清点好了，这是库里的钥匙，先交给皎皎吧。"

"数都对了？"潘老太爷问，在老夫人那儿放了十年的东西，要是能够原封不动地还回来，他潘字倒着写。

"差了些……父亲，您看，差的那些，能不能拿银子补上？这么些年了，有时候家里需要津贴，所以就……"沈萧支支吾吾地，几乎说不下去。

潘老太爷平静地看着自己的女婿，良久后，才沉声说："石修，这些年来，你对我这两个外孙和外孙女真的不错，我感激你这么对待若微的孩子。可是，你没有真正用心，恺哥儿跟着你去军营还好，皎皎呢？你对你这个女儿了解多少？"

沈萧哑口无言，对于皎皎，他似乎真的知道不多。

"罢了，如今他们都长大了。多说无益，沈老夫人捧杀我外孙女，幸好没真的给教坏了。"潘老太爷淡淡地说了一声，"缺了多少嫁妆，你就拿银子还给皎皎，一个子儿都不能少了我外孙女。"

"好！"沈萧说。

潘老太爷看了他一眼，"你想再娶，我潘家没有资格说不行。不过，我们先把丑话说在前头，新人进门，她休想做主我两个外孙的亲事。恺哥儿和皎皎将来娶谁嫁谁，除非他们自己乐意，谁也不能逼他们。"

沈萧立刻答应下来，"是，将来请父亲做主。"

"既然你同意，那我就没什么意见了。"潘老太爷说。

沈梓乔望着这个特意为她来到京城的老人家，忽然感动得眼眶发热。

有了这位老太爷的相护，她还有什么好担心的？

沈萧拿了沈家整整三分之一的财产出来才填上了潘氏的嫁妆。

沈梓乔拿了库里的钥匙，跟红玉和孟娘子去清点了一次，差点被那些价值连城的珍宝给闪瞎了眼睛。

"三小姐，如今总算得偿所愿了。"孟娘子揩了揩眼角的泪水，激动地说道，"夫人在天之灵，一定会感到欣慰的。"

真是好不容易才拿回来的东西啊，有了这些嫁妆，她就是这辈子不嫁人也能活得舒舒服服的了。

"好像东大街几间铺子也拿回来了，我们找个时间去看看吧。"沈梓乔说。

昨天她已经跟沈萧说了，想跟着潘老太爷回东越。她想去看望一下外祖母，亲自给外祖母请安。

这理由很充足，沈萧没有道理不同意，只让沈梓乔去到东越不许胡闹，万事都要听外祖母的，还让她早点回来。

如果不是京城还有很多事情没有解决，她还真没打算回来了。

至少也要将潘氏留给她的东西都带走，一点都不能便宜那死老太婆。只是时间紧迫，她又没有周详的计划，更不能打草惊蛇，所以只能先忍忍，等她把道路都摸熟了再说。

"我们去东大街逛逛，看看咱们刚收回来的几个铺子怎么样。"沈梓乔拍了拍手，笑眯眯地说。明天开始去巡视，等将铺子都见了一遍，差不多稳定下来，就能跟外祖父离开京城了。

回到乔心院，才知道沈萧在大厅等了她一炷香的时间了。

"父亲。"沈梓乔规规矩矩地屈膝行礼，不像平时一见到沈萧就高高兴兴地上前撒娇。

沈萧同样感觉到沈梓乔表现出来的疏离，心里滋味苦涩，不由脱口而出，"就因为我要娶陈家小姐，你就不高兴了？"

"不敢，父亲正当壮年，再娶填房是理所当然的。"沈梓乔微低着头，语气平静中透着淡漠。

"你不是不知道当时的情景，我如何能拒绝？你和你大哥就这样摆脸色给我看？"沈萧沉声说道，觉得沈梓乔身为女儿居然一点都不体谅他。

沈梓乔抬头看了他一会儿，"父亲，我和大哥不敢给您脸色看，我们替您高兴。"

"你们就是不喜欢我娶陈家小姐，对吗？"沈萧问。

如果沈萧是彻头彻尾的渣爹，沈梓乔真的不愿意多话。可沈萧在某方面来说，还算是不错。

"爹，陈雪灵为人虚伪，跟我娘完全不可相比。"她希望沈萧好自为之，娶了陈雪灵后，千万别被那女人给坑害了。

沈萧何尝不知道陈雪灵的为人，只是他没有办法拒绝。

"你去东越，真的只是给你外祖母请安？"沈萧对女儿坚持要去东越感到很怀疑。

沈梓乔认真地点头，"当然啦，不然还能去做什么呢？"

盯着沈梓乔看了一会儿，见她面色坦然，丝毫没有半点心虚，沈萧只好点了点头，"我打算替你大姐和二姐定亲，你从东越回来……也差不多了。"

是想赶在陈雪灵进门之前将他几个女儿都嫁出去吗？

沈梓乔笑而不语。

她才不要嫁人呢！带着那么多嫁妆去便宜别人，她舍不得。

翌日，沈梓乔带着孟娘子和红玉两姐妹一道出门。

黑色的平头双轴马车从沈家出去，辘辘辗转地从东大街经过，沈梓乔正听着孟娘子跟她在说有几间铺子，铺子里有什么人，没有注意到在经过尚品楼的时候，有一辆翠盖珠缨马车跟她们擦肩而过。

"那是……沈梓乔？"盛佩音从马车下来，目光冷凝地看着已经远去的马车。

她在那马车的窗口似乎看到沈梓乔的笑脸。

"三小姐，那是沈家的马车。"她身边的丫环回道。

盛佩音低下头，眼中闪过一抹阴狠。

第一百章　信任

　　同样注意到沈家马车经过的人还有齐铮，他正坐在尚品楼临窗的位置喝茶，对面是一个身穿宝蓝底直裰上紫金色团花的年轻男子。年轻男子正滔滔不绝地说着话，齐铮却失神地看着远去的马车。

　　"喂，姓齐的，你看什么？在听我说话没？"年轻男子不乐意了，气呼呼地大叫着让齐铮将视线重新落在自己身上。

　　齐铮淡淡地瞥了他一眼，"你说的我都听明白了。"

　　"听明白？那你同意不？"年轻男子问道。

　　"不同意。"齐铮心不在焉，那傻丫头去做什么？已经好几天没见到她了。听说她已经拿回嫁妆，这会儿心里正打着什么主意吧。

　　年轻男子怒了，差点拍桌而起，"我妹妹哪里不好？知书达理，温柔贤惠，多少公子哥上门求娶我爹还不答应呢。我如今可是看在你救过我的分上，你还敢不同意？"

　　"世子爷，你妹妹就算千般好，我都不喜欢。"齐铮幽墨般的眸子直直地看向那个年轻男子，低沉带哑的声音说不出的坚决。

　　这个年轻男子便是镇国公的次子，也是唯一的嫡子，叫顾飞扬，如今镇国公府的世子爷。一次偶然机会，齐铮在狩猎场救了差点被野兽伤到的他，因此，他将齐铮视作恩公，亦当他是兄弟一般了。

　　顾飞扬的妹妹是整个京城出了名温良贤淑的大家闺秀，没想到齐铮居然还看不上。

　　"我妹妹哪里配不上你？"顾飞扬俊脸涨红，今天还是第一次有人说不喜欢他妹妹。

　　齐铮又看了马车离去的方向一眼，"是我配不上你妹妹。"

　　一旁的群叔急得团团转，镇国公府的大小姐啊，多少人想娶回家的，怎么大少爷就一点都不心动呢？

最重要的，如果大少爷娶了顾大小姐，那世子之位就必然是囊中之物了啊。

顾飞扬仿佛跟群叔心有灵犀，"娶了我妹妹，你就是安国公府的世子爷，你那继母还怎么跟你斗？"

有镇国公府帮他，小顾氏算什么。

齐铮淡笑不语，他还不需要靠一个女人来替他争取世子之位。

何况，他也不屑要当什么世子。

"飞扬，我心有所属。"他拿起茶杯，掩住嘴角不自觉露出的浅浅笑意，眸中飞逝过一抹温柔。

顾飞扬诧异了，群叔也震惊了，他不知道大少爷什么时候有了属意的姑娘。

"你……你看上哪家姑娘了？"顾飞扬问道。

齐铮低眸，"一个傻丫头。"

顾飞扬怔怔地看着齐铮，以前别人都当齐铮是傻子的时候，只有他知道这家伙是装傻的，实际上这是个性情冷冽坚定，心思深沉到让人永远都看不透他想什么的人。

他居然说自己心有所属……

"谁啊？"顾飞扬怔愣地问，还有谁比他妹妹更好？

齐铮忽地站了起来，他就要离开京城了，与其在这里想着那个傻丫头，还不如找她告别一番，"谢谢你的践行，我先走了。"

顾飞扬"啊"了一声，这菜都还没上齐呢。

齐铮却好像没听到他的话，人已经走出包厢了。

走出来的时候，便见到盛佩音在跟一个穿深灰色衣裳的男子不知说着什么，齐铮只是淡淡扫了她一眼，走出尚品楼。

沈梓乔来到最大的那间铺子，今天除了巡铺，她还想见一见梁建海。

这个人是母亲一手栽培出来的，却在她过世之后背叛了她，投靠老太婆，替老太婆管理着潘氏留下来的两间铺子。

她总觉得，母亲是个很聪明的女人，而且培养下属的能力很强，就如孟娘子和潘掌柜他们，能够让他们十年如一日地忠心她，这点就很不容易了。

梁建海是真的背叛母亲了吗？

她想起上次米铺闹事的时候，潘掌柜跟她悄悄说过，梁建海很不容易。

潘掌柜跟梁建海是一起做事多年，最了解梁建海的人应该是他。他说梁建海不容易，那应该是知道了一些不为人知的秘密。

"孟娘子，梁建海在哪个铺子做事？"沈梓乔问道，她想亲自去会一会这个人。

对于梁建海，孟娘子是心存怨恨的，听到沈梓乔想要见梁建海，她一撇嘴，"三小姐，见他做什么，一个忘恩负义的小人。"

"说不定他有苦衷。"沈梓乔笑着说。

"他能有什么苦衷？"孟娘子好像被踩中了痛处，"潘掌柜怎么就没苦衷了，偏偏他有苦衷，我才不相信，他肯定没安什么好心。"

沈梓乔掩嘴笑了出来，"这梁建海要是不好，那孟娘子您当初怎么就看得上？要不是我娘病逝了，说不定如今该叫你一声梁家的。"

孟娘子涨红了脸，扭捏了一会儿呕声骂道，"我当初是有眼无珠！"

"好了好了，别骂自己，去听听梁建海怎么说。"沈梓乔笑道。

马车在东大街的十字路口停了下来，红缨扶着沈梓乔的手踩着脚蹬下了马车，这就是潘氏留下来的，最大的两间铺子。

一间是做胭脂水粉生意，一间是卖酒的，是京城同行业中生意最好的。

这两间铺子相对而立，如今铺子里都站满了顾客。

"三小姐。"一个身材瘦削的中年男子低着头走来。这男子穿着石青色的直裰，衣服显得有些宽松，挂在他的身上显得他更加单薄。

沈梓乔抬眼打量着他，见他恭敬之余似乎带着愧疚，便猜到这人是谁了。

"梁掌柜？"她微笑地看着他。

孟娘子在她身后轻轻哼了一声，强烈表示对梁建海的不屑。

"三小姐，这外面风凉，到里面说话吧。"梁建海佯装没有听到孟娘子对他的不满，恭敬地请沈梓乔到铺子里面。

沈梓乔笑着点头，跟着梁建海进了卖胭脂水粉的铺子，铺子后面原来还别有天地，是一个小庭院，院子里种着石榴和紫藤花。

她们在小客厅坐了下来，正面看去，正是已经染上秋衣的庭院。

"这里真不错。"沈梓乔笑着说。

梁建海低声回道："夫人生前每次巡铺最喜欢坐在这里看账册。"

"你对我娘倒是还有心。"沈梓乔喝了一口茶，满是兴致地看着梁建海，实在看不出这人是个背信弃义的人。

孟娘子怔怔地看着庭院的石榴，上面已经结了果，"那是夫人亲手种下的。"

"石榴果已经能摘了，三小姐可要尝尝啊。"梁建海低声问。

沈梓乔眼睛一亮，"好啊。"

梁建海好像早已经有所准备，很快就让人送来剥好的石榴。

晶莹如红宝石一样，颗颗饱满多汁。

"梁建海，老夫人这两天没找你吗？"沈梓乔吃着石榴，随口地问着他。

梁建海身子一僵，脸上的微笑也变得难堪内疚起来，"回三小姐，老夫人没找过小的。"

"那是因为这些铺子如今都还给三小姐了，老夫人还找你这狗腿子做什么？"孟娘子讥讽说道。

"我……"梁建海苦涩地看了孟娘子一眼，低头不语。

沈梓乔拿着绢帕擦着手指，含笑看了梁建海一眼，"我来之前，看过这几间铺子十年来的账册。生意比我娘在世的时候并没有相差多少，铺子里的伙计也没有多少改变，这都是你的功劳。"

梁建海猛地抬头看着沈梓乔，怀疑自己听到的是不是真的。

"潘掌柜说你不容易，我也觉得你很不容易。你告诉我，这十年来，可有真正出卖过我娘和我？"沈梓乔端起脸色，认真严肃看着梁建海，她相信，如果梁建海当初跟潘掌柜一样不肯服从老太婆，这几间铺子肯定会被老夫人的人败得不能再败了。

看李妈妈的侄子就知道了。

难道他说什么她就相信吗？梁建海疑惑地看着她。

沈梓乔的神情就是这个意思。

"三小姐，小的从来没背叛过夫人。"梁建海抬起头，没有心虚没有愧疚，他对夫人的忠心就算没有人明白，他也无怨无悔。

孟娘子骂道："你居然说得出口，你这叫没有背叛夫人吗？"

"我相信你。"沈梓乔说，"那就这样吧，过几天我会去东越一趟，京城的铺子还要你跟潘掌柜看着。"

就这样？没有质疑吗？

这是他所知道的三小姐吗？梁建海疑惑地看着眼前这个小姑娘，明亮的眼睛对他充满信任，就跟以前夫人一样。

都说三小姐已经变了个人，他一直半信半疑，没想到居然是真的。

"三小姐，怎么能交给他？"孟娘子强烈反对，生怕梁建海会出卖沈梓乔。

"孟娘子，你比我更了解梁建海，你真觉得他是个会背叛我娘的人吗？这么多年了，如果他真的想要背叛我娘得到更多好处，他何必留在这里，老夫人对他也没多好，十年了还只是个掌柜，油水都没多少。"

以梁建海的能力，去哪里不是被重用，用得着在沈家看老太婆的脸色？

孟娘子沉默了，当初知道梁建海背叛夫人的时候，她确实是不相信的。

夫人生前最重用的就是他了。

如果没有夫人，梁建海现在还不知道在哪里当苦力。

"谢谢三小姐！"梁建海忽然跪了下来，重重地磕了三个响头。

第一百零一章　杀手

孟娘子有些恍惚地看着梁建海，心里说不出的复杂滋味。

他真的没有背叛夫人吗？

沈梓乔笑眯眯地让红缨扶起梁建海，"那就这样吧，我也不太懂做生意，京城的这些买卖就交给你了。"

梁建海忙说道："小的不敢当，三小姐您放心去东越，小的不敢说能将这些铺子的收入一本万利，但小的保证绝对会比如今的好。"

沈梓乔笑着说道："好啊，能不能让我的嫁妆再厚重些，就靠你了。"

这自然是玩笑话，梁建海心里不敢将沈梓乔当什么都不懂的小姑娘。他之前是小看三小姐了，夫人的女儿又怎么会这么简单呢？

"好了，我先走了。"沈梓乔觉得接下来的日子她肯定会心情很好，嫁妆拿回来了，又能离开沈家不用再对着那个老太婆，简直是太幸福了。

"三小姐，我们是回家还是去郊外看看夫人之前买的良田？"孟娘子问道。

沈梓乔这才想起来，京城郊外还有母亲留下的一个庄子，附近有一个山头和千亩良田，之前被老夫人给卖了出去，沈萧好不容易才重新买回来的。

"那就去看看吧，反正还早着呢。"沈梓乔说。

她们出了铺子，马车往城门的方向而去。齐铮来到的时候，就只看到她们远去的马车消失在街角的拐弯处。

"跟上。"看出那不是回沈家的方向，齐铮让群叔跟了上去。

群叔犹豫了一下，不明白大少爷到底为何对沈家那姑娘这么上心，"大少爷，沈家那丫头……不好。"

齐铮靠着车壁，正想着那小丫头要去哪里的时候，听到群叔这么说，淡淡问道："她怎么了？"

"名声不好，配不上您。"群叔道，最重要的是，对大少爷的前程没有益处。

名声啊……他之前还是个傻子呢，要看一个人的品性如何，不能道听途说，更不能只看表面。

他就觉得她很好。

马车出了城门，在官道上飞扬起一阵尘土。

"大少爷，好像不对劲。"群叔还想继续劝齐铮不要太在意沈梓乔，却发现路边不知什么时候出现了几个骑着马的黑衣人，似乎跟他们一样，都是跟着沈梓乔的马车。

齐铮撩起车帘看了过去，看到那些跟踪沈梓乔的黑衣人，黑眸闪过锐利森冷的光芒。

"快追上去！"齐铮吩咐，此时官道上行人稀疏，这些黑衣人忽然出现肯定不会有什么好事。

"他们对沈三小姐出手了！"群叔惊呼了一声。

前面响起一阵凄厉的马叫声。

其中一个黑衣人将沈梓乔她们的马给砍死了。

齐铮心头一凛，已经飞身出了马车，毫不掩饰自己的实力，起脚将就要把剑刺入马车的黑衣人给踢下马。

马车里传出沈梓乔的尖叫声。

她根本不知道发生了什么事情，怎么会忽然马车剧烈颠簸起来，还差点将她整个人给翻过去。

"三小姐！"孟娘子大叫护着沈梓乔。

红缨叫道："外面有人！"

马虽然被砍死了，可马车因为惯性并没有停下来，反而在原地打了个圈，拖着被砍死的马，整个马车往右边倒了下去。

沈梓乔等人重重地撞在一起。

"皎皎！"齐铮看到这一幕，心跳都差点停了下来。

八个黑衣人大概没料到居然有人出手相助，立刻齐齐向齐铮出手。

齐铮一边应付这些黑衣人，心里还担心车子里沈梓乔的情况，他很怕她出了什么事。

赶车的小厮已经被杀了。

没人过去救皎皎她们出来，齐铮将黑衣人交给群叔处理，自己一手夺过其中一人的利剑，暗运内力射死两个袭向马车的黑衣人。

群叔替齐铮做掩护，让他救出马车里的沈梓乔。

"皎皎！"齐铮一看到沈梓乔趴在孟娘子身上，以为她出了什么事，竟感到一股从未有过的害怕和惊惧。

"三小姐，是齐少爷……"孟娘子惊喜地叫道，将怀里的沈梓乔松开推给齐铮，让齐铮抱了出去。

孟娘子和红玉姐妹都受了伤，额头手臂都淤青了，只有沈梓乔看起来没有明显的伤口。

她只是被马车撞得有点头昏，听到孟娘子她们的声音，她睁开眼睛看了过去，马车外面的男子背着光面对她们，就像天神一样，出现在她们面前。

沈梓乔从来没有像这一刻期望见到齐铮。

"齐铮……"她像是抓到了救命草，哽咽地喊了一声。

惊惧和害怕的心仿佛得到了安抚。

"皎皎，你没事吧？"齐铮着急问。

沈梓乔嘤咛了一声，捂着后脑勺喊疼，"我没事，你怎么在这里？"

没事就好！齐铮将她护在怀里，拔出地上黑衣人尸体的剑，再难掩身上的杀意和戾气，寒光一闪，将两个黑衣人的手筋都给挑断了。

"留下活口！"他冷声吩咐群叔。

不一会儿，八个黑衣人就死了五个，另外三个被齐铮挑断手筋，正捂着鲜血直流的手腕在号叫着。

群叔将他们脸上的黑布扯了下来。

其中一个男子是他们刚才在尚品楼见到的，跟盛佩音说话的那个。

盛佩音！齐铮浓墨般的眸子闪过杀意，他将沈梓乔抱在怀里，不让她看到那些尸体和鲜血，对群叔吩咐道，"把他们的手砍了，连同这几个人，送到盛三小姐那儿去。"

群叔自是认出其中一个在尚品楼见过的，他真不敢相信，这些专门给某些大宅门第当杀手的死士居然是盛佩音派来的。

盛佩音跟沈梓乔有什么深仇大恨，居然要下这样的毒手？

沈梓乔在听到盛佩音的名字时，身子僵住了。

她脑海里只有一个念头，盛佩音终于对她出手了！这几天她得意忘形，居然忘记自己最大的敌人不是老太婆，而是时刻想要将她毁了的盛佩音。

察觉到沈梓乔的变化，齐铮抱着她往自己的马车走去。

孟娘子和红玉她们相互搀扶着，见到自家小姐被齐铮抱走，她们脸色发白，却不敢开口说出一句话。

她们都亲眼看到齐铮杀人不眨眼，满身戾气充满杀意的样子，太可怕了……

到底是谁说齐铮就算不傻了也是个软柿子？

瞎了他们的狗眼！

今日她们要不是遇到齐铮，恐怕这时候……早已经去见阎罗王了吧。

沈梓乔抓着齐铮胸前的衣襟，抬起头怔怔地看着他。

"伤到哪里了？"齐铮小心翼翼地将她放在坐榻上，扶着她的肩膀仔细地检查她有没别的地方受伤。

"这里疼。"沈梓乔摸着后脑勺，委屈地叫道。

齐铮捧着她的脸靠在手臂上，手指轻轻地在她后脑勺摸着，"撞到这里了？"

猛烈的撞击将沈梓乔的脑袋撞出了一个大包，他心疼地用内力轻揉着。

他身上有淡淡的干爽的味道钻入她鼻息间，沈梓乔的心安定下来。

好像只要跟他在一起，她就觉得很有安全感。

"怎么得罪了盛佩音？"齐铮低声在她耳边问道，声音很温柔，深邃漆黑的眸子却蕴涵着让人不寒而栗的森冷之色。

盛佩音早就想对付她了，只不过一直没机会而已。

沈梓乔没有想到，她居然会选择这么狠的方式，这是想置她于死地。

"我不知道……"沈梓乔摇头，她要怎么跟齐铮解释盛佩音对自己以及沈家的仇恨呢？

"整天傻乎乎的，还跟一个要杀你的人来往密切，你就没察觉出盛佩音对你有杀心吗？"齐铮愤怒地问，想到过几天他就要离开京城，到时候如果还有人想对她下手，那她怎么办？

沈梓乔推开他的手，委屈地叫道："我都多久没见过她了，哪里知道她怎么会忽然想杀我，她怎么会知道我在这里？"

今天她是临时决定出门的，盛佩音不是在宫里吗？怎么会知道她出城了呢？

"我刚刚在尚品楼见到她跟其中一个黑衣人说话。"齐铮说。想来盛佩音和他一样，都是在大街上见到沈梓乔的马车，所以才动了杀心。

沈梓乔心里的怒火蹭蹭冒上来，气呼呼地问："她就这么想要我去死？我又没挡着她的路，为什么非要我死不可？"

齐铮替她将鬓角的散发拨到耳后，轻声问道："到底发生什么事了？"

这要她怎么说？沈梓乔咬着牙，思考着要怎么解释才能让齐铮相信。

见到她这模样，齐铮以为她是不相信他，所以犹豫着不开口，他脸色微沉，低声喝道，"都什么时候了还不肯说？你以为就你这傻瓜能对付她吗？她连进宫都不需要费什么劲，你呢？进一次宫里就差点把自己给拖累了，你想一个人对付她吗？"

沈梓乔被训得灰头土脸，心里满是憋屈，眼睛忍不住浮起一层泪花。

她不想解释吗？她要怎么解释？

"齐铮，你这个混蛋！混蛋！"沈梓乔越想越憋屈，手脚并用地对齐铮又打又踢。

"住手，就会发脾气，能不能别像个小孩子！"齐铮沉声喝道。

沈梓乔"哇"一声大哭出来。

她也不想这样啊，可是她委屈啊。

第一百零二章　等我

怎么哭了？

齐铮瞪着大哭的沈梓乔，落在他身上的拳打脚踢对他实在造不成什么伤害，他只觉得自己的心因为她的泪水好像搅成一团。

"别哭了！"他有些别扭地沉声说道。

沈梓乔哭得更大声，"你滚！"

"好好好，我错了，别哭了。"齐铮又好笑又好气地将她拉到自己怀里，"不要哭了，我不会再让盛佩音有机会伤害你的，乖啊。"

"你凶什么凶，我要是知道她为什么要杀我，我今天还会出来吗？"沈梓乔抽泣着叫道，把眼泪鼻涕全擦在他身上。

齐铮眸色微沉，微微地搂紧她，"我有个别院在这里附近，你那些丫环都受了伤，先到别院休息，我再让人送你回去。"

"好。"

外面，群叔不知什么时候已经发出信号叫来帮手，沈梓乔和齐铮出来的时候，外面已经多了一辆黑色的平头马车。

孟娘子等人见到沈梓乔出来，急忙上前，"三小姐，你没事吧？"

"我没事，你们怎么样？"沈梓乔问道，见孟娘子和红玉额头都破了，虽然已经止血，看起来依旧触目心惊。

"奴婢们都没事。"孟娘子回道。

"群叔呢？"沈梓乔见除了两个小厮就没有见到其他人，好奇地问道。

孟娘子咽了咽口水，还有些余惊地说："他……把那些人带走了。"

是带去还给盛佩音吗？沈梓乔回头看向齐铮。

齐铮对她微微一笑，低声说道："先去别院休息吧，你们先上车。"

说完，将沈梓乔重新拉着上了马车，孟娘子和红玉她们只能到另外一辆马车上。

他们很快到了别院。孟娘子她们想陪在沈梓乔身边，都被齐铮打发去疗伤了。他另外叫了两个丫环来服侍沈梓乔换了一身衣裳，顺便检查身上有没有其他的伤。

好不容易才安顿下来，沈梓乔喝了定惊茶，休息了一会儿，总算真正平静下来。

齐铮不知忙什么，好半天才终于见到他。

"你让人去给我大哥回话了吗？怎么沈家还没有人来啊？"沈梓乔一见到他终于出现，忙上前着急地问道。

"已经去说了，再等一会儿。"齐铮牵住她的手走回屋里，"我们先说说今天发生的事情。"

对于今日发生的事，沈梓乔也觉得很诡异，她以为盛佩音至少会再忍耐些时候才出手，没想到会这么快。

"好，你先说，你怎么知道盛佩音派人来杀我？你又这么巧出现在这里？"沈梓乔正襟危坐，双手放在膝盖上，认真地看着齐铮。

齐铮看她这个人小鬼大的样子，真是哭笑不得，"我在尚品楼看到你的马车，我猜，盛佩音应该也是在那里看到你了。"

"所以，她就派人来杀我了？"沈梓乔心有余悸地问道。

"你跟我说说，和她到底发生了什么事情？"齐铮也想不到盛佩音会是这么狠的女子，更没有想到的是，她居然还能调动死士杀手。

刚刚群叔给他回话，那些都是皇家养出来的杀手。

"我已经很久没有遇到她了，最后一次，是在我祖母的寿辰上，难道因为我救了小皇孙？"沈梓乔猛然想起那时候在东宫盛佩音看着她的眼神。

那种充满仇怨的恨意，她每次想起还觉得很可怕。

"因为你救了小皇孙？"齐铮峻眉微蹙，难道盛佩音是孙贵妃的人？

沈梓乔此时心里却是惊涛骇浪，难道因为小皇孙存活下来了，所以导致她会死得比较快？

这次没杀了自己，她是不会罢休的！盛佩音肯定还会继续对她下手。

沈梓乔感到害怕而又愤怒。

站在盛佩音的角度，先下手为强杀死她是为了对付沈家，谨防沈萧将来对付盛老爷，可沈梓乔是无辜的啊。

她根本起不到什么作用，盛佩音杀了她，顶多让沈萧难过一阵子，对沈家的未来有什么影响？

说来说去，就是盛佩音看她不顺眼而已。

　　齐铮却从这场暗杀联想到宫里的某些阴狠毒辣的手段去了。

　　他深吸了一口气，这才是他最怕的地方，在他还没有能力保护她的时候，他最怕她被卷入别人的明争暗斗中。

　　"皎皎，你听我说，盛佩音可能是受别人指使的，你以后离她远一点，我会让人保护你，我不在京城的时候，你要学会保护自己，等我回来……我一定不会再让你受委屈的，更不会让人欺负你。"齐铮握住她的双手，目光灼亮地看着她。

　　如果没有今天这件事，他可以很放心地去西北征战，争一个属于自己的荣耀，可如今他却放心不下了。

　　他不在京城，她万一被人伤害了怎么办？

　　这话是什么意思？沈梓乔发愣地看着齐铮，耳根却烧得通红。

　　"听明白了吗？"齐铮含笑地看着她布满红霞的脸，黝黑的眸子亮得如黎明前的辰星。

　　"不太明白……你要去哪里？"沈梓乔低下头，轻声问道。

　　"西北。"齐铮说。

　　沈梓乔猛地抬起头，诧异地看着他，"你也去西北打仗啊？"

　　"嗯，很快就回来，在我没回来之前，乖乖地等我。"齐铮捏了捏她的掌心，他希望能够得到她的肯定回答。

　　"很快是……多久？我大哥说，至少要两年……"沈梓乔抿了抿嘴，小声说道。

　　齐铮灼灼地看着她，"嗯，两年。"

　　"两年后我都嫁人了！"沈梓乔咧嘴一笑，心里却想着什么时候这个齐铮看上她了？

　　"嫁什么人？你才刚及笄，又不是没人要，急着嫁人做什么？不许！"齐铮只要一想到两年后回来她已经是他人妇，就恨不得将她打晕一并带去西北。

　　沈梓乔将自己的手从他掌心里抽出来，"我嫁不嫁人跟你有什么关系，你不许，你凭什么不许！"

　　齐铮掌心一空，皱眉瞪着她。

　　"皎皎，等我，等我两年，我一定会回来娶你。到时候我们搬出齐家，过我们自己的日子，你想睡多久就睡多久，想吃什么就吃什么，你想做什么都可以，没有人能管你，好不好？"齐铮拉住她的手腕，用力将她扯到自己怀里，按着她坐在自己的大腿上，困住她不让她离开。

　　诱惑是挺大的！

　　沈梓乔认真地想了想，"我为什么要嫁给你？"

　　"那你还想嫁给谁？"齐铮立刻问。

　　"我可不可以认为，你这是在暗恋我？"沈梓乔嘴角忍不住上扬，低落的心情忽然好了不少。

齐铮捏了捏她的鼻尖，"什么暗恋，你只能嫁给我。"

沈梓乔撇了撇嘴，小人得志地说道，"我考虑考虑吧，谁知道这两年我会遇到什么青年才俊，要是遇到个比你好的，那我亏大了。"

这丫头！齐铮又气又怒，想揍她几拳又舍不得。

"谁还能比我更好？"他捧着她的脸，用力地吻了下去。

沈梓乔瞪圆杏眸看着在她面前放大的俊脸，小嘴被温热湿润的唇瓣堵住，"齐铮……"

她用力挣扎起来，王八蛋，居然没经过她同意就敢吻她！

齐铮扣住她的双手，有些粗鲁霸道地吸吮着她嫩滑的唇瓣，牙齿细啃，强迫她张开小嘴迎接他的进入，汲取她的甜蜜。

"放开……"沈梓乔用力捶打他的胸膛。

"皎皎，乖，乖，别动别动。"齐铮粗喘了一声，紧抱着她低哑喝道。

她就坐在他大腿上，很清晰地感觉到他身体的变化。

沈梓乔的脸红得几乎要滴出血了。

齐铮粗粝的手指细细地摩挲着她的嫩唇，低哑带沙的声音在她耳边响起，"皎皎，你已经是我的人了，除了我，谁都不能想。什么青年才俊，你给我待在家里哪儿都不许去，什么才俊都跟你没关系了，嗯？"

"你是不是想得太理所当然了？"沈梓乔没好气地瞪了他一眼，"放开我，你不累啊？"

他某个地方滚烫得吓人，紧贴着她的腿心，他不觉得难受，她还觉得别扭呢。

齐铮放开她，努力平息自己体内的邪火。

"皎皎……"

"大少爷，沈三小姐，沈家大少爷来了。"外面传来仆人的声音。

沈梓乔脸色一喜，瞪着齐铮说道，"我大哥来了，我要回去了。"

本来想跟他说接下来她要去东越的，想了想，这家伙这么自以为是，连她的未来都自作主张地安排了，她就不打算告诉他了。

齐铮站了起来，抓住她的手臂，"记着，别去招惹盛佩音，今天的事，就当你不知道是她做的，我会解决的。"

"你怎么解决？"沈梓乔问道。

"这你就别管了，回去吧。"齐铮笑道。

沈梓乔不悦地嘟着小嘴，"你小心点，盛佩音可不简单。"

"我知道。"齐铮没将盛佩音当简单的女子，就凭她能让死士追杀沈梓乔，就知道她比一般男子还要心狠。

第一百零三章　大恩不言谢

沈子恺在得知妹妹遭到杀手追杀的时候，一颗心提到喉咙口，跟着来禀话的人来到别院。见到孟娘子她们的伤势，他心口蹭蹭冒火，更加愤怒到底谁会对皎皎出手？

他的妹妹虽然有点淘气，但心地是很善良的小姑娘，他小心翼翼地捧在手里呵护，如今才出门一趟就被追杀？沈子恺全身笼罩着杀气，发誓一定不会放过那个想要伤害皎皎的人。

沈梓乔和齐铮一前一后走了出来。

"大哥！"沈梓乔急步走向沈子恺，虽然心里已经不害怕了，不过在沈子恺面前，她一定要显得特别害怕和心有余悸。

如果沈子恺知道是盛佩音想杀她，以后还会对盛佩音动心的话，那这大哥她不要也罢了。

"皎皎，没事吧？大哥看看，有没有伤到哪里？"沈子恺扶着沈梓乔的肩膀，紧张地查看她有没有受伤。

沈梓乔笑着摇头，用力地跳了几下，"瞧，我没事，一点事都没有，就是觉得很害怕。"

"别怕别怕，大哥在这里。"沈子恺忙安慰她。

"沈大少爷，我有几句话想跟你说。"被忽略的齐铮终于适时开口，这个小丫头每次见到她大哥都会显得特别撒娇，跟他在一起的时候，却好像一只带刺的刺猬，总是防范着他。

齐铮的心里难掩醋意。

"齐大少爷，今天真的非常谢谢你，你对皎皎的救命之恩，我沈家一定会铭记在心的。"沈子恺终于意识到还没跟齐铮答谢，不由有些歉意，自己太失礼了。

"大哥，大恩不言谢。"沈梓乔在旁边小声说道。

被沈子恺狠狠地瞪了一眼。

齐铮意味深长地笑了起来，救命之恩，还有以身相许的报答方式。

"沈大少爷，这边请。"有些话不能跟那傻丫头说，却是能跟沈子恺先提个醒的。

"皎皎，你先在这里等我。"沈子恺摸了摸她的头，笑着说道，抬脚跟齐铮走进屋里。

沈梓乔不服气地道："我怎么不能听？这应该跟我有关系吧？"

齐铮回头淡淡一笑，"我跟你大哥谈的事你不能听，免得你害羞。"

沈梓乔一愣，谈什么她会害羞，她害羞个球啊！

两个大男人已经将门关上了，完全没有想要她进去旁听的意思。

太过分了吧！沈梓乔瞪着紧闭的房门，恨不得一脚踹开。

"三小姐，不如我们先到马车上等大少爷吧。"沈子恺的小厮在一旁憋着笑低声说道。

沈梓乔哼了一声，转身去找孟娘子她们。

屋里两个大男人谈的自然是今天发生的事情。齐铮觉得有必要将他怀疑的可能告诉沈子恺，他们两个即将要离开京城，为了防止同样的事情发生，必须找一个办法出来。

"盛佩音？"听到齐铮的分析，沈子恺震惊得瞪圆眼睛，久久无法平息，没有想到居然是盛佩音对妹妹下手。

"太不可思议了！"他根本不敢相信，"她跟皎皎是好姐妹啊。"

齐铮冷笑地哼了一声，"好姐妹又如何？抵不过权势利益的争夺重要。"

"此事你有几分肯定跟她有关？"沈子恺问道。

齐铮拧眉沉思，这件事要说十分的把握，他确实没有，单凭只看到盛佩音跟那个黑衣人说话就断定是她做的，似乎也说不过去。

"只怕跟宫里的有关。"齐铮低声说道，如果只是一个盛佩音，对付她易如反掌；可若是跟宫里扯上关系，单凭他们两人，怕就有些麻烦。

何况他们再过几天就要离开京城了。

沈子恺猛地看向齐铮，说道："我听皎皎说过，盛佩音跟九王爷的关系极为密切。"

九王爷？齐铮一怔，倒是没想过这个人，"可如今九王爷似乎不在京城。"

难道九王爷跟孙贵妃也有关系？

"这件事一时半会恐怕没能查明白，我会跟我父亲说一声，让他对盛家多注意些，好在皎皎过两天就要离开京城了。"沈子恺叹道，留在京城实在太危险了。

齐铮眸色微沉，"她去哪里？"

"东越，去给我外祖母请安，让她在那里住一段时间。待京城这边查清楚了，再让她回来。"沈子恺说。

齐铮微微点了点头，"如此甚好。"

两人商量了一会儿，沈子恺就告辞离开了。他出了门，发现沈梓乔已经在马车上等他。

兄妹二人都没有提盛佩音的事情。

彼时，盛佩音在自己的马车里见到派出去的杀手变成死人，没死的三个手腕被齐齐砍了下来，那血腥恶心的一幕看得她脸色煞白。

"怎……怎么回事？"她惊声问道，声音有无法抑制的颤抖。

"是……是齐铮！"领头的黑衣人在说完这句话后，双眼一翻，因失血过多昏死过去。

这么说，沈梓乔没死？被齐铮救了？

盛佩音捂着胸口后退几步，只觉得自己仿佛坠入冰窖般全身寒冷。

怎么会这样？为了盛家以后的长久安危，她必须替自己和父亲除去沈家所有人！是她破坏了自己通往太子妃的天路，是她破坏了原本设计好的人生！沈梓乔怎么不死，她怎么不去死！

不，她不允许出现任何偏差，沈梓乔必须死，沈家必须付出代价。

她一定要沈家家破人亡！

盛佩音让人将这些杀手处理干净，自己回尚品楼换了一身衣裳，煞白的脸色在抹了脂粉后，变得红润起来。

金乌西坠，她来到沈家的大门外，沈梓乔肯定还不知道这件事跟自己有关系。

她还能利用她们的关系，从她口里试探出那个齐铮究竟有什么能耐。

居然能够对付那些专门训练出来的杀手！

"盛三小姐，不好意思，我们三小姐今日身子不舒服，已经歇下了，您看……"孟娘子额头包扎着白布，抱歉地对盛佩音说道。

看着孟娘子受伤的额头，盛佩音心里惊疑不定，难道沈梓乔也受伤了？她努力不让自己的欣喜表露在脸上，"皎皎怎么了？我去看看她。"

"盛三小姐，我们三小姐吃了药，好不容易才歇下，不如，您明日再过来吧？"孟娘子不让她进屋里，拦着她不好意思地说道。

这个心狠手辣的女子，居然还有脸来看她们小姐，是嫌没能杀死三小姐，所以想要找机会再下手吗？

不管盛佩音怎么说，孟娘子就是不肯让步，最后，盛佩音只能说第二天再过来。

"她居然还有脸来看你！"沈子恺在屋里看着盛佩音的身影消失在夜色中，气呼呼地转头跟沈梓乔说道。

沈梓乔正在大口地吃着沈子恺专门买来的花香藕，盛佩音会装作若无其事来看望她是意料之中的，没什么奇怪的。

"这件事我已经跟父亲和外祖父说过了，明天你就离开京城。"沈子恺说。

"啊？这么急，我还有很多事没做呢！"沈梓乔急忙咽下嘴里的花香藕，诧异地看着沈子恺。

沈子恺说："你能有什么事？这件事没有别的商量余地，就这么定了。"

"大哥！"沈梓乔叫道，盛佩音有那么可怕？

"我去跟外祖父商量明日启程的事。"沈子恺不理会沈梓乔的抗议，转身出了屋里。

沈梓乔气呼呼地用力咬了一口藕片。

"三小姐，大少爷是为了您好。盛佩音实在太歹毒了，谁知道她什么时候还会再下手。"孟娘子说道。

"盛佩音……确实很可怕。"她一直以为盛佩音只是跟九王爷走得比较近，但今日这一场追杀，显然不仅仅是因九王爷这么简单。

齐铮在沈家两兄妹离开别院后，自己也策马去了东宫求见太子。

"皎皎被追杀？"太子惊呼了一声，"谁？"

"是皇家养的死士。"齐铮说道。

太子眸色微微一凝，"因为皎皎上次救了小皇孙，所以有人看她不顺眼，想要对她下手。"

"东宫这边怕是有孙贵妃的人。"齐铮说道。将见到盛佩音跟黑衣人说话到沈梓乔被追杀的经过告诉了太子。

"盛佩音！"太子咬牙切齿地从嘴里吐出三个字，"上次小皇孙的事，必是和她有关。"

想到之前他对这个女子还有心动的感觉，太子对她就更加厌恶。

"就算只是怀疑，防人之心不可无，往后切莫让她接近小皇孙。"齐铮说。

"让她继续留在东宫，我倒要看看，她能耍出什么花样！"太子冷冷地说，眼中闪烁着凌厉的光芒。

第一百零四章　临走在即

　　盛佩音不能离开东宫太久，在皇宫的大门即将关上时，就已经回去了。

　　她照样想要去服侍小皇孙梳洗哄睡，谁知宁曦却告诉她，从今往后她不用再服侍小皇孙。至于接下来她要分派去哪里，还要等太子妃示下。

　　就这样，盛佩音措手不及地被隔离开了。别说接近小皇孙，就连小皇孙的屋子和太子妃的寝室，她都没能靠近一步。她才走过去，就被不知从哪里冒出来的宁曦给三言两语打发走了。

　　发生什么事情了？她才离开不到一天，怎么就翻天覆地了？

　　盛佩音惊疑不定，她不在宫里的时候到底出什么事情了？是太子妃看出太子最近总是有意叫她服侍吗？是太子跟太子妃摊牌了？

　　想到这一点，她的心又飞扬起来。

　　她喜欢太子，很喜欢。在她进宫见到他的第一眼，她就知道自己这一生不会再爱上别人了。以前刘郎和九王爷，都早被她抛到九霄云外去了。

　　太子也是喜欢她的，否则不会每次都让她进书房询问小皇孙的情况，更不会总借着看小皇孙去找她。

　　这一切都被太子妃看出来了吗？

　　盛佩音又紧张又兴奋，捂着胸口期待着太子快点回来。

　　"咦，你怎么还在这里？"宫女小雨从太子妃的寝室走了出来，看到盛佩音还站在石阶下，不悦地皱眉看她。

　　"我……我有事求见太子殿下。"盛佩音咬着牙说道。她会记住这些平时总是给她脸色看的贱人，等她出头的那天，最先要对付的就是宁曦这个贱婢！

　　小雨嗤笑了一声，"太子和太子妃在里面跟小皇孙玩呢，你想见殿下，等明天吧。"

盛佩音吃了一惊，"太子已经回来了？那他知道我在这里吗？除了我，太子不会让别人服侍小皇孙的。"

"盛佩音，你真以为自己是谁啊？如果不是太子下令，你以为我们都跟你一样会擅作主张吗？太子吩咐了，你以后不许靠近正房半步。"小雨站在石阶上面，眼中不掩厌恶地看着盛佩音。

今天是老天开眼了，终于让太子看清这个盛佩音不是什么好东西。

盛佩音心中如同翻起惊涛骇浪，做梦都想不到将她撵走是太子的意思，怎么可能？这到底是怎么了？

她脸色发白地回了自己的屋里，久久无法接受方才小雨说的话。

怎么会这样？

昨天太子看着她的眼神还充满了怜惜和暧昧，才转了个身就变得这样冷血无情了？

盛佩音睁着双眼一直无法入眠。第二天天才蒙蒙亮，她就从被窝里起来，精心地上了妆，换上颜色鲜丽的宫装，来到每日太子必会经过的地方，终于"偶遇"到从太子妃那里出来的太子。

"殿下……"盛佩音未语先凝噎，目光颤颤如清泉地看着太子，那样子要多楚楚可怜就有多楚楚可怜。

若是平时，太子见到盛佩音这朵如莲花般高洁美丽的白花，肯定心动不已，早上前温声询问何事不高兴，担心是不是有人欺负她。今日见到她这般娇弱可怜的模样，想到昨日还派杀手去杀沈梓乔，便知道这女子有多阴狠毒辣，说不定她靠近自己，也只是想找机会下手而已。

太子厌恶地撇过头，呵斥一旁的宫人，"本宫昨日吩咐过什么了？怎么她还会出现在这里？"

那宫人被骂得冤枉不已，忙让身后两个小太监去把盛佩音拉走了。

盛佩音错愕地看着连看她一眼都不愿意的太子，终于明白是自己在自作多情。

她心痛不已，又想知道原因。

"李公公，究竟发生什么事情了？"盛佩音脱下手腕的翡翠手镯塞到前来支开她的公公手里，脸色发白地问道。

"昨日齐大少爷进宫找殿下……不知谈了什么，殿下大发雷霆，之后，你也已经清楚了。"李公公是知道太子在昨日之前跟这个盛佩音眉来眼去的，所以不像其他人对盛佩音落井下石，万一哪天太子心血来潮又喜欢上这姑娘了呢？

齐铮！盛佩音恨得几乎咬碎了一口银牙，又是他！

怪不得太子会对自己这么冷漠，肯定是齐铮将她让人去杀沈梓乔的事告诉太子了，这该怎么办？

要想办法让太子知道，她是被齐铮冤枉的。

知道了原因，盛佩音反而不着急了，她回到了屋里，重新想起办法。

沈梓乔并不知道齐铮进宫跟太子说了昨天的事，她只知道她现在别说出去了，就连在自家屋里，也有一大票人跟着。

潘老太爷本来还想在京城逗留几天，听说外孙女差点出事，二话不说立刻就让人准备回东越。

沈萧更是再没有觉得不舍，他让人替沈梓乔准备了不少东西，都是让她带到东越去孝敬外祖母舅父舅母等人的。

是担心她空手去了东越被人看不起吧。

谁现在还敢看不起她啊，她有外祖父这座大山呢。

明天就要启程去东越了，沈梓乔难掩兴奋高兴，看得沈萧父子心里更加难过。沈子恺还不客气地敲了她一记，"就这么不想留在沈家，瞧你这高兴的模样，怎么？见不到大哥很开心吗？"

沈梓乔马上露出讨好的模样，"当然不是，我心里不知道多伤心多难过，我这是强颜欢笑，真的。"

"鬼灵精怪，去了外家跟我们自己家不一样。你凡事都要听孟娘子的，做事不能冲动，更不准欺负表妹表弟他们。"沈子恺交代道。

"大哥，这话不对了吧，应该让我小心别被他们欺负才是吧？你看我，长得就是无辜无害的样子，我怎么会欺负别人！"沈梓乔故作不高兴地气呼呼叫道。

沈子恺被妹妹的表情逗得大笑。

"大哥，你也要去西北了。不管怎样，你都要平安回来，我等你来东越接我。"沈梓乔忽然有些伤感了，搂着沈子恺的胳膊娇声说道。

"你……是打算这两年都不回沈家？"沈子恺讶异地问。

沈梓乔低着头，脚尖踩着地上的落叶，"反正回来也没意思，爹不是要娶陈雪灵了吗？我不在这里，不是更好吗？"

免得碍手碍脚惹人嫌！

"傻瓜！"沈子恺用力地弹了弹她的额头，"就算那陈雪灵进门了，你还是沈家嫡出的三小姐，谁敢欺负你？"

沈梓乔撇了撇嘴，"我就是不喜欢看到陈雪灵。"

"还是这么任性。"沈子恺笑了起来，"昨天你怎么会和齐铮在一起？跟他出城去做什么？"

"是恰巧遇到而已，我没跟他在一起。"沈梓乔脸颊微红，想起昨天的那个吻。

沈子恺倒没怀疑，他看着沈梓乔越来越清丽的脸庞，"皎皎，你已经是个大姑娘了啊。"

"啊？"这话题转得有点太快了啊。

"齐铮挺不错的，待去了西北，我会好好观察他的。"沈子恺笑眯眯地说，心里却已经将齐铮当半个妹夫了。

他又不是看不出来，齐铮对他这个妹妹是与众不同的，不过妹妹对他似乎没什么特别的。

沈梓乔听出沈子恺话里的意思，狠狠地瞪了他一眼。

沈子恺大笑出声，"明天你要启程去东越，今天无论如何也都要去给祖母道别，免得招人话柄。"

"我愿意去给祖母请安，祖母未必愿意见我啊。"沈梓乔想到要去面对那个老太婆，就觉得很不情愿。

"那也得去请安，只能让别人说祖母不疼惜你，不能让别人说你不孝敬她。"沈子恺说道。

沈梓乔用力点头，"好啦好啦，我们去找外祖父，然后跟祖母告别。"

潘老太爷原本正要使人来叫沈子恺兄妹一起，祖孙三人一起来到德安院。自从将嫁妆还给沈梓乔之后，沈老夫人便装病不见人，连周氏都不见了。

她原本也不愿意见潘老太爷，但人家都要离开京城了，她再不见的话，于情于理都说不过去。

"……这些天多谢老夫人的款待，京城果然是个好地方，人杰地灵，真是舍不得离开。"潘老太爷乐呵呵地说着，佯装没看到沈老夫人铁青的脸色。

沈老夫人抬眼看了潘老太爷身后的沈梓乔和沈子恺一眼，"亲家公以后多到京城来走动便是了。"

潘老太爷连声应"好"，他笑眯眯地看了看沈老夫人，"不知道石修打算什么时候成亲？"

自从陈雪灵回去之后，沈老夫人就没再提起这门亲事了。

沈老夫人当然没兴趣再提起，本来让儿子娶陈雪灵就是为了嫁妆，如今嫁妆都已经被拿回去了，她哪里还有心思去理会那个陈雪灵。

特别是陈雪灵长得还跟潘氏八分相似，一见到她就跟见到潘氏一样，让她心里堵得难受。

"这个……自是要选个良辰吉日。"沈老夫人无所谓地回道。

潘老太爷看出沈老夫人的心思，只是淡笑不语。

沈梓乔再一次佩服这位老太婆的奇葩思想，看来陈雪灵未必能嫁到沈家来啊，攀上这样的婆婆，真是上辈子造的孽。

第一百零五章　反击

　　沈老夫人对让陈雪灵进门的事不再热衷，沈梓乔自然喜闻乐见，就希望沈萧别自己让人去提亲，大家干脆就装无知，把这件事给模糊过去算了。

　　沈梓乔自然是想要这么干，不过显然有人不希望他们大房的日子过得太逍遥。

　　周氏在潘老太爷他们坐下不久就来了，自从周氏把老夫人送给二房的东西拿出来后，周氏的脸色就没有一天是好看的，衣着花费也没有之前那么奢华，见到沈梓乔的时候，那眼神儿是恨不得将她给拆了。

　　"皎皎这么急着去东越啊？那什么时候回来呢？"周氏进门跟老夫人和潘老太爷见礼之后，笑眯眯地看向沈梓乔。

　　才几日不见，周氏的脸色不如之前的红润，肌肤显得晦涩蜡黄，好像老了好几岁似的。

　　"还没决定呢，该回来的时候自然就回来了。"沈梓乔笑着说，她不会认为周氏是真的在关心她。

　　周氏皱起眉心，以责怪的语气说道："这么没个安排怎么可以？你父亲娶亲的时候，难道你不需要来给你母亲敬茶吗？恺哥儿去了西北，你这个当女儿的，可不能不在，这不是让你父亲没面子吗？"

　　沈梓乔闻言，并没有露出不悦的神色，反正沈萧现在娶不娶陈雪灵又不是她能说了算，但给不给陈雪灵面子，那是她自己的问题，"如果到时候陈雪灵进门了，我一定会好好地孝敬她，将她当亲生母亲一样看待，二婶您别担心。"

　　她明白周氏是什么想法，恨不得她跟陈雪灵水火不容吧，这种笑人无恨人有的心态谁看不出来啊。

　　沈老夫人懒懒地瞥了沈梓乔一眼，心想，要是陈雪灵进门后真的跟她如同母女，那不是自己给自己添堵嘛。

更不愿意去给陈家提亲了。

周氏本来是想刺激沈老夫人赶紧去陈家提亲，她相信沈老夫人看到沈梓乔不喜欢陈雪灵，一定会很乐意让陈雪灵进门，偏偏沈梓乔表现出来的让人太失望了。

潘老太爷在心里轻轻摇头，想着外孙女没有被这对婆媳给养残了真是不容易，一个贪得无厌，一个心胸狭隘，恨不得别人过得比自己差，连自己的亲孙女都见不得好，这样的长辈教出来的子孙能好到哪里去？

"老夫人，我还要出去一趟，就不打搅您了。"潘老太爷站起来告辞，把沈子恺兄妹叫上，不愿意继续留在这里面对那对婆媳。

"娘，陈家那边，您如何打算？"周氏剜了他们一眼，转头问向又要假装患病呻吟的沈老夫人。

沈老夫人摆了摆手，"我老了，不中用了，这件事让石修自己去安排吧。"

这就是不打算跟陈家提亲了？周氏气结，这不是要让陈家的人恨死她吗？哪有这么不着调的人，把人往家里请了，当着陈雪灵的面逼着沈萧答应娶她，结果却说自己不管了。

她不管了，沈萧会主动提亲吗？她不管了，陈雪灵进门后能有什么地位？

这个自私自利无情无义的老太婆，从来只想着自己不替别人着想的人，还指望子孙都尊敬她孝顺她！

周氏冷着脸说："既然如此，媳妇就回了陈家，让他们等着吧。"

沈老夫人不耐烦地把周氏打发下去，说自己要休息了。

真是……

周氏气得说不出话，脸色铁青地离开德安院。

潘老太爷带着沈子恺兄妹到外面去采购。

沈子恺原是不愿意让沈梓乔跟着去，但经不住沈梓乔去撒娇。反正不是去人烟稀少的郊外，只是在大街上逛一逛，盛佩音绝对不会对她下手。何况，昨天的刺杀才失败，盛佩音肯定想不到她今天还敢出门。

再说了，不是有英明神武的大哥吗？

被妹妹几句话就忽悠得晕乎乎的，沈子恺无奈同意她一起出门，不过还是加强了不少护卫。

"那酒楼就是盛家三小姐开的？"潘老太爷从车窗向对面街的尚品楼看过去，笑着问沈梓乔。

沈梓乔点头，说道："就是，盛佩音开了好多家店呢，还有卖成衣的、布料的，生意很好哩。"

"是吗？走，我们去尚品楼。"潘老太爷大手一挥，带着兄妹二人大摇大摆进了尚品楼。

他们在贵宾包厢点了位置坐下，潘老太爷一副财大气粗的样子，不值钱的菜都不点，最后还不客气地要人家掌柜去把盛家三小姐请出来。

特别是在潘老太爷甩出一锭金子在桌面的时候，沈梓乔看得目瞪口呆，恨不得将那锭金子捧到自己的荷包里。

太奢侈了有没有！那是金子啊金子！

"这位老太爷，我们三小姐此时不在酒楼里，您有什么事可以吩咐小的？"掌柜客气地说道。

潘老太爷"哦"了一声，"听说你们三小姐名满京城，老朽久闻其风采，还以为今日有缘得见呢。"

"真是不巧，如今我们三小姐是太子妃跟前的得力女官，出一趟宫不容易。"掌柜的笑眯了眼。

"哎哟，还是女官啊，真是失敬啊，盛三小姐比我那没出息的外孙女强多了。"潘老太爷夸张地感叹道。

沈梓乔无奈地看着自己的外祖父。

那掌柜自然是认出沈梓乔就是沈家的三小姐，在心里鄙夷地想，他们家三小姐跟沈家的三小姐根本不能相比，太降低他们三小姐的品格了。

潘老太爷跟掌柜噼里啪啦说了一通，才满意地让掌柜退出包厢。

"外祖父，您打听盛佩音的事做什么？"沈梓乔郁闷地问，那掌柜把盛佩音吹得简直天上有地上无，衬得她简直跟个废物一样。

"把这尚品楼买下来如何？"潘老太爷忽然说道。

沈子恺诧异地看向潘老太爷，"外祖父，您打什么主意？"

"哦，不买下来也可以，我们就在隔壁开一间五福楼，跟尚品楼做一样的生意。总之盛佩音做什么生意，我们就在她隔壁做什么生意。"潘老太爷优哉游哉地说道。

"外祖父，这……这算什么生意？"沈梓乔惊讶地睁大了眼睛。

潘老太爷笑容微微一敛，眸中闪过厉色，"叫以本伤人的生意。"

真的以为伤了她的外孙女后还能风风光光地当她名满京城的千金小姐？把潘家当死人了是不是？沈家能看着皎皎被欺负，他潘家看不下去。

很能做生意么？很有心计么？很有靠山么？大家摊开手见真章吧。

沈梓乔泪眼汪汪地看着潘老太爷，"外祖父，这得多少本钱啊，不如您把银子折现给我吧……"

"没出息！"沈子恺没好气地骂了一声。

"外祖父，其实真的没有必要……"沈梓乔没有说完的话被潘老太爷一个眼神给制止了。

潘老太爷摔下筷子，"菜色一般，味道一般，不过尔尔，我们回去了。"

沈梓乔咬着筷子，味道其实不错啊。

盛佩音是不好，可食物是无辜的。

潘老太爷背着手走了出去，似乎不愿意多待半刻，沈子恺兄妹急忙跟了出去。

"叫梁建海和潘三多来见我。"潘老太爷沉声吩咐沈梓乔。

沈梓乔忙应声"是"。

回到沈家，潘老太爷和梁建海两人在屋里不知商谈什么，直到金乌西坠，梁建海和潘三多才离开沈家。

连沈子恺都不知道他们谈了什么，更别说是沈梓乔了。

不管她怎么缠着潘老太爷，都问不出详情。

翌日，潘老太爷带着沈梓乔准备启程去东越，家里的大小事情暂时交给了周氏。不过，各房各司的人却都是沈梓乔的，防止等她回来之后，她的东西又被抢了。

不过，她不在沈家，沈子恺也去了西北，家里只有沈萧。若是陈雪灵真的进门了，恐怕管家的大权就轮不到她了。

反正管不管家也无所谓，沈梓乔只是要林家的等人替她看着库里的那些嫁妆就行了。

钥匙在她手里，如果有人想要拿她的东西，就得把仓库的门给劈了。

想来沈老夫人和周氏会有所顾忌的吧。

"去了潘家，要听外祖父跟外祖母的话，不能任性调皮……"沈萧叮嘱着临上马车的沈梓乔，心里其实是舍不得女儿去东越。

沈梓乔用力地点头，"是，父亲，我记住了。"

"上车吧，路上小心。"沈子恺摸了摸她的头，宠爱地说道。

"父亲，大哥，那我走了。"沈梓乔心底生出许多不舍，她最舍不得的是沈子恺。

沈梓乔咬了咬牙，转身踏上脚凳。

"皎皎！"巷子前面，一辆珠翠华盖马车飞快地驶来，车上传来盛佩音的声音。

不一会儿，马车就来到沈家大门前停下，盛佩音从马车上款款下来。

沈子恺脸色微沉，"盛三小姐不知有何贵干？"

盛佩音见到沈子恺这防备的样子，微微感到愕然，再看连沈萧和沈梓乔身边的丫环对她都是警惕厌恶的模样，她心下明白了七八分。

第一百零六章　你和我一样

"我有话跟皎皎单独说两句。"盛佩音没有刻意装出温婉娇柔的模样，高傲地直视着沈子恺背后的沈梓乔。

沈梓乔有时候真的佩服盛佩音，好像不管她做了什么伤害别人的事都能够转身就忘记，不会内疚不会心虚，仿佛她才是最让人同情的受害人。

就像现在，明明自己差点被她杀了，可盛佩音看起来却好像她才是受害人。

"盛三小姐有什么在这里说也一样。"沈子恺冷着脸说，不答应让盛佩音跟沈梓乔独处。

"大哥，没事，我就听听盛三小姐有什么话说。"沈梓乔见盛佩音只是独身前来，必然不会在这里对她下手，示意沈子恺让开，她很想知道，盛佩音还有什么好说的。

沈子恺不赞同地皱眉，"皎皎！"

"没事的。"沈梓乔笑了笑，领着盛佩音到另一边说话。

"你找我有什么事？"沈梓乔淡声问道，面无表情，也不像以前那样总刻意亲热。

盛佩音冷冷地看着她。

她这个样子看在盛佩音眼中，以为自己猜中了。

"我就说，一个草包怎么会忽然变聪明了，就算你再跟我一样又怎么样？草包就是草包！别以为你已经赢了我，沈梓乔，来日方长，你等着吧，我不会让你们沈家好过，我一定会报仇的。"盛佩音阴狠地发誓。

沈梓乔好笑地摇头，"我们沈家到底跟你有什么深仇大恨？一直以来，都是你想要我死，沈家谁伤害你和盛家了？盛佩音，做人可不能太过分。"

盛佩音厉声问道："我所做的一切，只是想要保护盛家而已。"

沈梓乔仍然不相信沈萧会是一个那么阴狠毒辣的人，一个孝顺的男人就算再怎么狠心，也不会狠毒到那个程度。

其中肯定有什么误会。

"我父亲与你父亲确实在朝廷上势不两立，水火不容，但我原本以为，这仅仅是长辈们之间的政见，并不会影响我们姐妹的感情，可为什么你咄咄逼人，凡事非要和我争个高下，甚至想要取我的性命？"沈梓乔问道。如今盛家不是好好的吗？

盛佩音笑了起来，"你觉得'覆巢之下'，还会有完卵吗？"她冷冷地说，"我父亲看谁不顺眼，我就把谁当成自己的死敌！我虽然是盛家的女儿，但我也要为我自己的前途去争命！我不想成为别人的玩偶，我只想为我自己活着！好好地活着！"

沈梓乔猛然发觉，眼前的盛佩音对情欲、权利、地位迷恋得失去了自我。那个高高在上的盛家三小姐，已然变成了物欲诱惑的牺牲品，而她自己，却丝毫没有觉得这样活着是一种悲哀。

"你不累吗？"沈梓乔似乎自己在用内心中最后一丝耐力，最后一次为自己曾经的好姐妹担忧。

"累？"盛佩音冷笑道，"你我都不是为自己而活，都背负着整个家族的荣辱兴衰。我累，难道你不累吗？"

她也累啊！沈梓乔当然有同样的感受，女儿生出来，是累赘是宝贝，是死是活，是被人鱼肉还是被人追捧，无非都不过是家族之下还算有用的工具而已。生不为己，嫁不为己，死不为己……但是盛佩音如此为自己争命，真的是最勇敢和唯一的出路吗？

"你对付我有什么用，是看我软弱好欺吗？你盛佩音这样做是为了彰显你的才华还是你的能力？对付我，没人会同情你的。"沈梓乔淡淡地说，然后转过身，"与其总想着伤害别人得到未来的保障，还不如好好改变自己。"

盛佩音怨恨地瞪着沈梓乔，"你有什么资格教训我，一个没用的草包。"

"对，我是草包，所以我不会像你一样，勾引了九王爷不知足，还要进宫去勾引太子，真以为自己人见人爱花见花开吗？草包有草包的快乐，是你这种女人不能理解的。"沈梓乔笑眯眯地说。

在盛佩音铁青的脸色中，沈梓乔继续说道，"就这样吧，我们话不投机，说多错多，后会有期。"

沈梓乔回到马车旁边，跟沈子恺他们再次道别后，终于上了马车。

马车在众人的视线中渐渐远去。

盛佩音深吸了一口气，瞪着沈梓乔的马车消失在大街的转角处，才努力平复心里翻滚的怒火。

她慢慢地走向自己的马车，沈子恺站在马车旁边冷睨着她。

"沈大少爷。"她屈膝行了一礼，端庄大方地直视着他，一点心虚都没有。

"盛三小姐若是对舍妹还有什么怨恨的，如今舍妹不在京城了，你可冲着我来。"沈子恺沉声说道。

盛佩音脸色微变，眼角微红地看着沈子恺，"沈大少爷，是不是对我有误会？"

"是不是误会，你心里最清楚。"沈子恺说。

"沈大少爷对皎皎真是好，难怪一点芥蒂都没有，我佩服你。"盛佩音看似真诚地说道。

沈子恺面无表情地看着她。

"你一点都不觉得不平衡吗？令堂将所有的东西都给了皎皎，而你什么都没有，将来令堂辛苦留下的全部给了外人，你不觉得可惜？"盛佩音一想到沈梓乔拥有那么多嫁妆，她就觉得心口难受得紧。

沈子恺忽然一笑，这女子竟然妄想挑破离间！

"盛三小姐，不说我娘留给我妹妹的嫁妆全数交给她，就是以后她出嫁了，我还会替她添嫁妆，你不必挑破离间，这招对我没用。"沈子恺眼中带着嘲弄和不屑看着盛佩音。

"我没有那个意思……"盛佩音脸色一白，委屈地说道。

沈子恺说道："我妹妹待你亲如姐妹，你待我妹妹究竟如何，你自己心里明白。你记住，不管是谁想伤害我妹妹，我都不会放过她的。"

盛佩音藏在袖子里的双手紧握成拳，指甲嵌入肉中，"真是兄妹情深。"

沈子恺冷冷瞥了她一眼，转身就进了沈家，不再理会盛佩音楚楚可怜的样子。

在沈梓乔离开京城的第三天，周氏再次让沈老夫人去陈家提亲。

沈老夫人本已是动心，却不知从哪里传出陈家并没有多少嫁妆给陈雪灵，就那么几千两而已。

这话彻底将沈老夫人的心情给打蔫了，再不肯提去提亲这件事。

第四天，沈子恺和齐铮带兵离开京城，前往西北。

半个多月后，沈梓乔终于来到东越。

东越和京城是完全不同的地方，东临珠江，是唯一的海外经商港口。才进了东越的城门，沈梓乔就迫不及待地拉开车帘看向外面。

街外的建筑跟京城四四方方的院子完全不一样，东越的楼房风格独特，整条大街都是由古色古香的骑楼茶楼组成，人来人往，好不热闹。

第一百零七章　外祖母

乘坐在前面马车里的潘老太爷吩咐赶车的小厮放慢速度，不用急着赶回家，慢慢走着也无碍。

他身边的中年仆从笑着说道："老太爷对孙小姐真好。"

"这丫头从小就没有母亲，她父亲兄长又长年不在身边，祖母又是那么一个贼婆。在沈家这些年，她什么时候能过得开心？难得出来了，便让她开心一些，不能拘着。"潘老太爷感慨地说道。

这中年仆从叫六合，服侍了潘老太爷大半辈子，最了解潘老太爷的为人。听到主人这么说，他不由得笑道，"您对家里的少爷小姐们可没这么疼爱。"

"他们能跟皎皎比吗？有爹有娘，还整天闯祸。"潘老太爷哼道。

六合道："只怕回了家里，老夫人会比您更疼爱三小姐。"

潘老太爷不知想起什么，神情显得有些伤感。

在后面马车的沈梓乔并不知潘老太爷为了她刻意放慢了速度，就是为了让她更好地欣赏大街外面的景色。

"三小姐，您看那边……"孟娘子指着远处飘扬着各色彩旗的地方，"那里就是二十四行，当年，那里的商家没有人不知道夫人的。"

二十四行，俗称牙行。各个牙行负责内陆商物的缴税和出海，又将海外的商物带到内陆买卖，因牙行是官营性质，所以多半商贾都能获得厚利。

"除了潘家，还有哪个商行最厉害？"沈梓乔问道。

孟娘子说："自然是贺家。听说贺家已经是全国首屈一指的商贾，他家认第二，没人敢认第一。"

"三小姐，三小姐，"孟娘子叫着，"您看，这也是夫人没出阁的时候开的铺子。"孟娘子指着面阔两间的首饰店对沈梓乔低声说道。

"是吗？"沈梓乔眼睛一亮，忙凑过去看着装修精致的首饰店，牌匾是娟秀大气的三个字——"玲珑阁"，"我娘都过世那么多年了，玲珑阁还开着？"

玲珑阁渐渐被抛在马车后面，孟娘子拿出绢帕揩了揩眼角的泪花，"东越这边的商行和生意都交给张掌柜和范掌柜打理，有老太爷在背后看着，他们不敢生出什么二心。"

沈梓乔笑道："你们对我娘的心意我都懂。"

孟娘子低下头，眼眶盈满了泪水，有一种触景伤情的悲伤，也有一种感动的喜悦。

"三小姐，到了。"外面传来小厮的声音，马车已经缓缓停了下来。

马车停在一座面阔五间的大宅前面，这是潘家大宅。从巷口一直到巷尾都是潘家的大院，其面积之宽广，让沈梓乔一下车就目瞪口呆了。

东越的建筑跟京城那边的完全是两种风格，或许是临海的缘故，大宅看起来显得有几分洋气。

大门前站了一溜穿着鲜丽的丫环，一见到沈梓乔立刻整齐地行了一礼，"三小姐来了，老夫人等着您呢。"

潘老太爷笑道："皎皎，以后就把这里当自己的家。走，去见见你外祖母。"

沈梓乔被簇拥着进了大门。

越过影壁就是三厅亘，整个潘家大宅分两种建筑格局，一是驷马拖车，在前半部分，后面是百鸟朝凤，规模巨大，构筑精致，毫不逊色于京城的名门大院。

过了影壁后面的小广场，便见到有两架青釉软轿，丫环们将潘老太爷和沈梓乔扶上软轿，由四个孔武有力的婆子抬着走过一条长长的青石小道，从小道出来，是一大片葱茏绿意的花园。

木棉树和紫荆树挡住了白花花的阳光，在这冬末的午后显得特别温暖惬意。

沈梓乔简直看花了眼。

穿过花园的长廊，这才来到潘老夫人的正院。

有两个穿着桃红色短袄的丫环守在院门前，一见到迎接老太爷和三小姐的丫环身影，赶忙就转身去给潘老夫人禀话了。

不多时，数个丫环婆子簇拥着穿着掐金丝牡丹暗纹比甲的潘老夫人从屋里走了出来。

沈梓乔一眼就看到了她。

一张团团的圆脸，看起来和蔼慈祥，潘氏的五官和老夫人的有几分相似。

"我的皎皎……"不等沈梓乔从软轿下来，潘老夫人已经忍不住哽咽地走了过来，待沈梓乔从软轿下来，正要行礼的时候，已经被潘老夫人一把抱住，"我的皎皎啊……"

快喘不过气了！沈梓乔的脸被压在柔软的胸脯上，感觉鼻子嘴巴都被压到一块了。

"外祖母……"沈梓乔挥动着双手，"我快断气了。"

潘老夫人急忙放开她，一边抹泪哭着道，"看把我高兴的，来，我瞧瞧！"

拉着沈梓乔的双手端详起来，满意地点了点头，"养得还可以，也不妄我这些年给你们家那老贼婆送了不少东西。"

沈梓乔愣了一下，外祖母还给老太婆送东西了？

潘老太爷挥了挥手，"到屋里说话去，站在外面像什么。"

潘老夫人身后两个妇人笑着道："娘一听到皎皎来了，哪里还顾得上其他，恨不得到外面等着呢。"

"就你嘴贫！"潘老夫人紧紧牵着沈梓乔的手，"皎皎，我们到屋里说话去。"

沈梓乔抬眼看了那两人一眼，继续羞涩地跟着潘老夫人进了屋里。

在来东越的路上，孟娘子已经跟她说过了，她一共有三个舅舅，都是一母同胞，潘老太爷不曾娶过妾室，连通房都没收一个。

当年潘氏去世，去京城看望她的就是二舅舅夫妇。

不知道还有没有记恨她。

转过一个四扇楠木樱草色缂丝琉璃插屏，是小三间厅。厅后就是正房大院，正面五间上房，皆是雕梁画栋，无一处不精致。

东越这边是没有炕床的，屋里正中间是两张黑檀木大宝座，底下是配套的脚踏，两边是一溜四张太师椅。

潘老太爷和老夫人在大宝座上坐下。

沈梓乔这才有机会给潘老夫人请安行礼。

"乖，乖！"潘老夫人忙叫身边的嬷嬷将沈梓乔扶了起来，两个赤金挂铃铛的手镯已经套到沈梓乔手里，脖子上也多了一个手掌宽的赤金如意项圈。

好重！沈梓乔感觉自己的身子沉了不少。

潘老夫人笑眯眯地打量着思念了十几年的外孙女。

鹅黄色绣草绿色如意纹的小袄，下面是白色挑丝裙子，梳着小流云髻，头上只有一支点翠镶珠蝴蝶，耳垂戴着如珍珠般的丁香米珠耳坠。

样子长得很好，就是打扮太素了。

潘老夫人皱起眉头，不悦地说："姑娘家怎么打扮得这么素净，吴家的，去把我刚打的那几套首饰拿来给皎皎。"

沈梓乔吓了一跳，她可不想一来就招仇恨啊！这么给她塞金子，她都感觉到屋里那些年轻小姑娘盯得她背后要着火了。

"外祖母，我有，您别给我，我多着呢，就是……就是我嫌重，戴在身上不自在。我这样很好啊，走路都比别人快两步。"沈梓乔忙叫住准备进内屋的妈妈，跟潘老夫人笑着说道。

潘老夫人嗔了她一眼，"哪个姑娘家不爱美，你看你那几个姐姐，哪一个身上穿戴得比你少。"

沈梓乔顺着潘老夫人的手看向站在太师椅后面的几个姑娘，果然每个都是穿金戴银，闪得她眼睛快瞎了。

"我这样就好，这样就好。"沈梓乔笑着说。

"娘，原来您有好东西都留给皎皎了，难怪最近都不爱跟我们打叶子牌，敢情是怕输给我们银子，要将私己留着给皎皎啊。"坐在右手边的一个身材微圆的妇人爽声笑道。

另一个跟着打趣道："可不是，大嫂以前总说娘是偏心我的，如今你可看清楚了，娘到底偏心的是谁。"

潘老夫人佯装嗔怒地说："我就给皎皎这么点东西，你们也眼红了？"

"祖母，您从来没一下子给我们这么多啊。"有一个跟沈梓乔差不多年纪的姑娘蹭到潘老夫人身边，撒娇地说道，眼角往沈梓乔扫了一眼，嘴角高高噘起，似乎很不屑似的。

潘老夫人笑着拍了拍那姑娘的手，"你从我这里拿的还少啊。"

"皎皎，那是你大舅母跟三舅母。"潘老太爷跟沈梓乔介绍，"这是你佳盈表姐，比你年长一岁。"

沈梓乔恭恭敬敬地给大舅母和三舅母行了一礼。

手里又多了一个繁花累累镶红宝石金项圈和一支玉色晶莹的海水纹青玉簪。

"谢谢大舅母，谢谢三舅母。"沈梓乔大大方方地收了起来。

潘老夫人轻轻哼了一声，"老二媳妇这是故意的吧，什么时候不回娘家，偏偏这时候回去。"

第一百零八章　表姐妹

腻在潘老夫人身边的潘佳盈就是二房所出，听到老夫人埋怨自己的母亲，急忙解释道："祖母，那是我外祖父忽然身体不适，爹和娘才赶回去看望他老人家的。"

难道这个什么沈梓乔比得上她外祖父重要吗？非要一大家子守在家里等她。

想到这些天老夫人左一个皎皎怎么还不来，右一个不知道皎皎喜欢吃什么用什么，整天除了皎皎就是皎皎，把旁边的孙子孙女都撂一边了。教向来最受宠的潘佳盈怎么不嫉妒？怎么还会欢迎沈梓乔的到来。

潘老夫人轻哼了一声，要不是知道是亲家公生病了，她怎么会就这么罢休。

"娘，您看皎皎，越看跟姑奶奶越像。"大舅母方氏见沈梓乔似乎有些不好意思，笑着开口转移老夫人的注意力。

三舅母袁氏心领神会，跟大舅母对视一眼，笑道："可不是吗，跟姑奶奶真像。"

提起福薄的女儿，潘老夫人悲从心来，拉过皎皎搂在怀里，"你娘没福气，没能见到你长大……"

大舅母和三舅母也悄悄地揩了揩眼角的泪水，孟娘子更是泣不成声。

潘老太爷见不得满屋子女人哭哭啼啼，借口要去书房处理些事情，大手一挥就离开了。

沈梓乔拿出绢帕替潘老夫人抹泪，"外祖母，您别伤心，我娘不孝顺，早早就去西天享福，我替我娘孝顺您，您别哭啊。"

沈梓乔居然像哄小孩一样哄起老夫人了。

潘佳盈心里"唓"了一声，亏还是出声名门。

潘老夫人"扑唓"笑了出来，拍打着沈梓乔手，"跟你娘一样调皮。"

沈梓乔笑眯眯地说："我平时其实很高贵端庄的，这不是为了逗您开心嘛。"

这下一屋子的人都笑了出来。

潘佳盈在心里骂了一句不要脸。

"你们都过来，见一见你们妹妹。"潘老夫人指着站在大舅母身后的三个姑娘，"那都是你的表姐，别跟她们客气，就当是自己的亲姐姐。"

"你们大家瞧瞧，祖母有了皎皎这个心肝宝贝，我们几个都不值钱了。"最为年长的是十五六岁的姑娘，穿着湖绿色的短袄，白皙滑嫩的瓜子脸嵌着两个酒窝，笑起来甜美可爱，看着沈梓乔的目光很温柔真诚。

潘老夫人在沈梓乔耳边笑道："这是你二表姐，叫佳绣，祖母的好东西被她拿去不少，你努力替祖母抢回来。"

沈梓乔慎重地点头，"外祖母放心，我一定全力以赴。"

潘佳绣跺了跺脚，走过来拉起沈梓乔，点了点她的额头，"你应该和我们同仇敌忾，祖母的好东西多着呢。"

"皎皎，听说你最喜欢美食了。快来，我们把整个东越的美食都给你找来！"另一个年纪小一点的姑娘笑着说道。

沈梓乔满脸不好意思，"谁出卖我？我才不是吃货。"

把所有人逗得又大笑出来。

潘佳盈见大家好像都很喜欢沈梓乔，心里憋闷得不行，沉着脸不说话。

"你们带皎皎去休息，晚些时候再见见你几位表哥。"潘老夫人说道。

大舅母跟着说："你大表哥跟大表嫂今天也要回来了。二表哥在商行，已经让人去叫回来了。二表嫂正在坐月子，不能出来受风。其他几个表哥都不在家，要晚一点才回来。"

"太祖母，我回来了，我回来了。"这时，屋外传来一个稚嫩的声音。接着，两个小不点一前一后地跑了进来，一头撞到潘老夫人的怀里，"饺子表姑姑在哪里？"

"是皎皎姑姑，就你最调皮。"潘老夫人见到两个曾孙，嘴角笑出一朵花了。

沈梓乔看着这两个长得一模一样，大约四五岁大的小男孩，圆圆的小脸蛋，粉雕玉琢可爱得让人想抓过来啃一口。

"这是大哥的孩子，衍哥儿和翰哥儿。"潘佳绣在沈梓乔耳边说道。

两个小人儿已经毕恭毕敬地先给潘老夫人行了一礼，又转向大舅母，声音脆嫩地喊了一声，"祖母，三舅婆，大姑姑……"

人小鬼大地学着大人作揖，看得所有人心里都酥了。

看到沈梓乔的时候，两个小家伙同样歪着头，眼睛滴溜溜地盯着沈梓乔。

"皎皎姑姑。"两人脆声地喊了一句。

沈梓乔笑眯了眼，低头给他们一人放了一个小金鱼的荷包。

最后忍不住一人亲了一口，实在是太可爱了。

"啊，饺子姑姑，男女授受不亲。"其中一个涨红了小脸，两手抓着荷包，噘着小嘴假装一脸严肃地对沈梓乔说道。

"你是小孩子，不怕啦。"沈梓乔笑着道，忽略他嘴里的那个饺子。

大家嬉闹了一阵，潘佳绣便带着沈梓乔到旁边的抱厦去了。

潘佳盈见其他姐妹都簇拥着沈梓乔，没人注意到她，心里各种委屈，最后是被潘老夫人推了几下，才勉强地跟着到抱厦去了。

只剩下潘老夫人和方氏两个儿媳妇三个人。

"我瞧着皎皎挺乖巧的，不像老二媳妇说的那样任性无礼。"方氏走到潘老夫人身边，替她揉着肩膀。

袁氏赞同地点头，"性子也好，衍哥儿和翰哥儿都喜欢她呢。"

潘老夫人喝了一口蜜茶，"是啊，很难得了，没有了娘亲，攀上那么不靠谱的祖母，不被养歪不容易。难得来一趟，你们多疼爱她一些。当初，你们跟华姐儿也是感情深厚，她的女儿……你们……"

"娘，这还用您说吗？我们把皎皎当自己女儿疼着，您放心。"方氏笑着说道。

袁氏说："娘，您看，皎皎年纪也差不多了，不如……她的亲事，就找在东越，将来有咱们看着，谁敢欺负她呢。"

潘老夫人高兴地叫了起来，"哎哟，你这主意好，就这么着就这么着，可惜她几个表哥都定亲了……"

没有定亲的两位都是二房的，潘老夫人才不愿意将皎皎嫁给陈氏当儿媳妇。

陈氏和袁氏倒是愿意让皎皎成为自己的儿媳妇，可惜……

沈梓乔觉得自己来到东越简直如鱼得水。

各种让她深爱的美食就不说了，除了偶尔几句冷言冷语的潘佳盈，其他人对她都很热情。几个表姐争着要和她一起住，最后还是老夫人说已经安排住所，让沈梓乔住在以前她娘的院子里，这才打消几个表姐的争夺。

除了沈子恺，沈梓乔第一次在这里感觉到有亲人真好。

陪老夫人吃过午膳后，潘老夫人让方氏带着沈梓乔去休息。舟车劳顿了半个多月，刚到家又没好好坐下歇口气就被轮着说话，这时候都看出倦意了。

方氏挽着沈梓乔的手走出正房，边笑着说："你娘的院子还是原来的样子，老夫人不让别人动一下，就是你四表姐想住进去都不许。"

四表姐就是潘佳盈。

"我娘在天之灵，一定很感激你们。"沈梓乔说。

　　沈梓乔住的院子叫华苑，门楣上两个字一看就知道出自母亲的手笔。

　　孟娘子感慨万分，眼睛一直发红。

　　"缺什么短什么只管跟丫环说，让她们去给你取来，就当是自己的家。"方氏笑着说道。

　　沈梓乔用力地点头，"谢谢大舅母。"

　　"谢什么，好好休息，我先回去了。晚上再到老夫人那里吃饭，到时候你大舅他们都回来了。"方氏说道。

　　"好。"沈梓乔应着。

　　方氏没有逗留太久就离开了。沈梓乔在华苑走了一圈，之后在软榻上寐了一会儿，醒来的时候，已经是金乌西坠了。

　　红玉替她梳着头发，"老夫人使人过来瞧过几次了，让您过去吃晚膳呢。知道您在睡觉，吩咐不许打搅您。"

　　"哎呀，可能舅父他们都回来了。"沈梓乔说道。

　　待沈梓乔拾掇完毕来到正房的时候，果然大家都在场了，连老太爷也回来了。

　　"快来，见过你大舅和三舅。"潘老夫人高兴地向沈梓乔招手，"睡得可好，要是哪里用得不习惯，要跟你大舅母说。"

　　"外祖母，我觉得都很好，您最好了。"沈梓乔笑眯眯地说，给两位老人家行了礼，沈梓乔才毕恭毕敬地给两位舅舅请安。

　　"见过大舅父，见过三舅父。"端端正正地行了一个大礼，脸上还带着甜甜的笑容。

　　大舅父叫潘立晖，已经过了不惑之年，身子微微有点发福，看着沈梓乔的眼神充满了慈爱，仿佛看到了曾经最疼爱的小妹。

　　三舅父叫潘立泽，乍一看还以为见到年长后的沈子恺，外甥像舅父，这句话还是不假的。

　　沈子恺跟三舅父最像了。

　　"快起来，地上凉呢。"潘立晖已经让沈梓乔站了起来，将放在高几上的一个小匣子递给了沈梓乔。

　　这是一整套赤金头面，沈梓乔接过觉得好沉。

　　"太……太贵重了……"妈呀，金子都不要钱的吗？今天谁出手给她的见面礼都价值不菲，沈梓乔自己都手软了。

　　潘立泽同样一个匣子递了过来，比潘立晖的小一点。

　　也是一套头面。

　　沈梓乔默默地收下了。

第一百零九章　初识贺家

虽然二舅父夫妇不在，但一点也不影响大家的心情。沈梓乔简直是众星捧月，以潘老太爷为首到几个表哥，好像觉得她是刚从贫民区出来似的，什么好吃的、好玩的都送到她面前，沈梓乔一整晚都持续目瞪口呆的状态。

宴席终于结束，沈梓乔已经筋疲力尽，只想躺下好好睡一觉。

孟娘子和红玉姐妹双手都抱着不少东西。

回去后，沈梓乔舒舒服服泡了个澡，反而精神了一些，她将大家送的东西都放到床榻上。

"真是金光闪闪啊……"看着满床榻的金子，沈梓乔大叹，"眼睛都被闪瞎了。"

孟娘子刚好端着消食的茶进来，听到沈梓乔这么说，笑了出来，"瞧三小姐说的，这都是舅老爷他们疼爱你。"

沈梓乔用力地点头，"是啊，简直太疼爱了。"

出手真是太大方了。

"早知道……我就早点来东越，不用面对老太婆。"沈梓乔喃喃自语。

孟娘子让沈梓乔喝了消食茶，低声说："三小姐，您如今可有什么打算？"

"什么打算？"沈梓乔将酸酸甜甜的消食茶一口喝了，一时没反应过来孟娘子说的是什么意思。

"夫人留下的商行和商铺，您总得去看看啊，得接手过来啊。"孟娘子说。嫁妆都拿回来了，东越这边的自然都掌握在自己手里才行。

沈梓乔恍然一悟，点了点头，"对对对，我忘记这事了，这边是张掌柜和范掌柜在打理，找个时间见一见他们吧。"

孟娘子说："明天我便让人递话给他们。"

"也不用那么急，先把这里摸熟了再见也不迟啊。"沈梓乔将床榻上的头面首饰一件一件地收回匣子里，到东越的第一天，她就发了一笔小财，真是……好幸福的感觉。

虽然潘氏留给她的嫁妆不少，但是……金子谁不爱呢。

看到沈梓乔喜滋滋的样子，孟娘子好笑地摇了摇头，"三小姐赶紧歇下吧，您今天都累坏了。"

沈梓乔打了个呵欠，在孟娘子和红玉的服侍下，终于抱着软被进入梦乡。

翌日，她早早地去给潘老夫人请安。

潘佳绣一会儿也来了，拉着沈梓乔说今天带她到东越的坊市去逛一逛。

沈梓乔小鸡啄米地直点头说"好啊好啊"。

"你们都一起去，皎皎难得出门一趟，这些天就免了你们的功课。"大舅母在一旁含笑说道。

把其他两个表姐乐得眼睛发亮。

潘佳盈撇了撇嘴，斜睨着沈梓乔得意的样子，轻轻地哼了一声，"难道京城的坊市比不上东越不成？用得着这么高兴吗？"

沈梓乔笑眯眯地说："京城没有表姐们陪我啊。"

"小嘴可真甜！"排行第二的潘佳虹拧了拧沈梓乔的脸颊，几个表姐妹嘻嘻笑笑闹了起来。

把潘佳盈给冷落在一旁，气得她觉得心里憋屈。

潘老夫人笑着说："今日天气不错，你们去吧，我这个老家伙就不跟你们年轻人一起了。"

"要是有绝世大美人儿外祖母您陪着，我们会更高兴。"沈梓乔立刻搂着潘老夫人的胳膊撒娇地说道。

潘老夫人被逗得直笑。

"好了，就你最能说会道，才刚来第一天，就把我们祖母给抢走了，以后可不跟你玩啊。"潘佳绣故意说道。

沈梓乔立刻扑过去抱着潘佳绣的手，"哎呀，表姐，你别这样啊，大不了我把外祖母给你分一半。"

"那我们呢？"其他两个表姐不乐意了，姐妹三人嬉闹着告辞出去了。

潘佳盈嘟着嘴坐在原位不动。

"你怎么不一起去？"大舅母问道。

"有什么好玩的，我才不去，我陪祖母说话。"潘佳盈赌气说道。

东越的坊市跟京城的大街有些不同，街道没有京城的那么宽广，但人流却不少。大概是临海多接触海外的原因，这里的人并不特别封建保守。

至少姑娘家上街都是大大方方，一点扭捏之态都没有。

姐妹几人几乎把整个坊市给走了一遍，随行的丫环手里都提了不少东西。

"那不是大舅父吗？"走了大半天，潘佳绣领着沈梓乔到一间雅致的茶楼包厢坐下歇息，沈梓乔靠着窗边看着外面的游人，眼尖发现斜对面的潘立晖。

"那家是什么地方？好像很热闹，我们一会儿去瞧瞧。"沈梓乔对潘佳绣说道。

潘佳绣和潘佳虹几人脸一红，拉着沈梓乔道，"那地方我们不能去……是，是我爹谈生意的地方。"

谈生意的地方怎么不能去？沈梓乔微怔，随即就明白了，"青楼啊。"

"舅父怎么去那种地方谈生意？"沈梓乔问道。

潘佳绣红着脸说："这……那些走商都喜欢在那里，你就别问那么多了。"

经常出入青楼还能洁身自好没有纳妾收通房，沈梓乔顿时觉得潘家的男人真是这年代难得的好男人。

"咦，大伯过来了。"排行第三的潘佳芳说道。

沈梓乔她们看了下去，果然见到潘立晖和一个年轻男子往这边的茶楼走了过来。

潘佳绣拉着沈梓乔坐了回去，"皎皎，既然表哥去了西北，你干脆就在东越住两年，等表哥回来了，你再回京城。"

"就是就是，你家里的那位老夫人真不好相处。两个庶姐虽要嫁出去了，可姑父若是娶了填房，你的日子又不好过了，还不如在东越呢。"潘佳虹说道。

沈梓乔感动地说："不如我不走了，就赖在这里吧。"

"那敢情好啊，找个东越男子嫁了，以后我们姐妹还能经常走动呢。"潘佳绣笑着说。

"可惜哥哥们都定亲了。"潘佳芳掩嘴笑道。

孟娘子在一旁见沈梓乔跟几位表小姐相处这么融洽，心里又感动又欢喜。

这时，外面有人敲门。

"大小姐，是大老爷的随从，知道表小姐在这里，让表小姐过去见一见姑奶奶以前的旧友。"

潘佳绣一愣，对沈梓乔说，"我爹找你，你……"

沈梓乔站了起来，笑道，"我去去就来。"

母亲的旧友？沈梓乔心里好奇，跟孟娘子一起来到隔了几间的包厢，除了潘立晖之外，还有两个男子，一个是刚刚和潘立晖一道走的年轻男子，另一个则是个跟潘立晖年纪差不多的。

　　"皎皎，过来，见过贺老爷。"潘立晖跟沈梓乔招了招手，指着隔壁的男子说道，"贺老爷以前和你母亲常有生意来往。知道你来了东越，他非要见你一面，恰好今日在茶楼遇上了。"

　　贺老爷？沈梓乔怔了一下，乖巧地跟他行了一礼，"见过贺老爷。"

　　"长得跟丽华真像！"贺老爷感慨地说道，将腰间一块玉佩摘下给沈梓乔当见面礼。

　　太贵重了吧……

　　沈梓乔犹豫着不好意思收下。

　　潘立晖笑道："别跟他客气，收下。"

　　接着又听潘立晖说道："老贺，我妹妹还有个商行在东越你是知道的，以后我这外甥女要是有什么需要帮忙的，你可不能袖手旁观啊。"

　　贺老爷大笑，"说什么话，她是你外甥女，难道就不是我外甥女啊。"

　　潘立晖指着旁边的年轻男子，"这是贺老爷的长子，贺琛。"

第一百一十章　二舅母

"贺公子。"沈梓乔对贺琛表现得很友好。

不过贺琛却显然没有领情的意思，轻描淡写打个招呼后，就径自坐在原位不说话了。

沈梓乔揣着价值不菲的玉佩默默地退了下去。

回到包厢，沈梓乔跟潘佳绣她们问起了贺琛这个人。

"原来是陪贺伯伯在那边……"潘佳绣恍然一悟，难怪要让皎皎过去，"你见到那个贺琛了？"

"见到了啊，他为人怎么样啊？"沈梓乔问道，知己知彼，才好找对机会下手洗脑啊。

潘佳绣和潘佳虹两人不知怎么掩嘴笑了起来，想起昨天不小心听到的话。

"皎皎年纪虽然比贺家大少爷小了一些，不过以后老夫疼少妻啊，反正能将皎皎留在东越就行了，贺琛是个不错的，你找机会让他们见个面，凭贺老爷当初和姑奶奶的交情，肯定会喜欢皎皎的……"

没想到机会立刻就来了。

"喂，怎么笑成这样？"沈梓乔被她们笑得有些头皮发麻，总觉得哪里不对劲。

潘佳绣笑着说："贺琛在我们东越是无人不知无人不晓，想要嫁给他的姑娘都排到城门去了，不过，不知他怎么就一个都看不上眼，都二十八岁了，至今都没定亲。"

沈梓乔说："他就长得不错，家里有点银子，不至于那么受欢迎吧……"

潘佳虹过来拧了拧她的脸颊，"你以后就知道了。"

问不出什么来，沈梓乔只好作罢，几个姑娘吃过点心休息过后，便打道回府了。

回去的时候，才知道二舅父潘立标和二舅母陈氏回来了，正跟潘老夫人在说话。陈氏说着自己父亲的病情，"大夫说了是肝火上升导致的，吃几服药就没事了……"

潘老夫人轻轻点着头，"没事就好，需要什么药材，只管从家里拿去。"

陈氏轻轻地"诶"了一声，跟自己的丈夫交换了个眼色。

外面有丫环说几位小姐回来了。

潘老夫人眉开眼笑，抬头看向，潘佳绣挽着沈梓乔走了进来，"外祖母。"

"都买了什么好东西？怎么样，东越比起京城如何？"潘老夫人拉着沈梓乔的手问道。这些天她被这个外孙女逗得心情越发地好，冲淡了想起女儿时的悲恸，心里更是喜欢这个外孙女，恨不得赶紧将她的亲事定下来，以后就留在东越不走了。

沈梓乔如数家珍地将她们刚刚买的小玩意说给潘老夫人听，"……真想把整个坊市搬回家，外祖母，东越真是太好了。"

"那你以后就住在东越，不要回京城了。"潘老夫人笑着道。

"您要是不嫌养我浪费银子，那我就赖在您这里不走了。"沈梓乔立刻说，她还真不想回京城了。

潘立标轻轻咳了一声，含笑说道，"这就是皎皎啊？真是女大十八变，都认不出来了。"

"皎皎，见过二舅父跟二舅母，你小时候应该见过的。"潘老夫人脸上的笑容微微一敛，不悦潘立标打断她的话。

沈梓乔在进门的时候就猜测这对夫妇的身份了，没想到果然是二舅父他们。

她低眉顺耳地走了过去，恭恭敬敬地行了一礼，"见过二舅父、二舅母。"

陈氏盯着眼前这个温顺乖巧的沈梓乔，无法将她跟记忆中那个蛮横可恶的外甥女联想在一起，这些年来，她只要想起当初被一个乳臭未干的臭丫头给赶出沈家，她就觉得心里各种难受，听说沈梓乔要来东越，她甚至找借口回了外家，却没想到家里每个人居然都这么喜欢这个臭丫头。

根本没人相信她，沈梓乔是个恶毒刁蛮的千金小姐，如今表现出来的乖顺全都是装出来的，根本不能相信。

她回来，就是要来揭穿她的。

陈氏仿佛看到潘家所有人对沈梓乔失望，恨不得赶紧将她送走的样子，嘴角的笑容变得诡异了起来，声音有说不出的兴奋，"皎皎啊，还记得二舅母吗？"

"不记得。"沈梓乔觉得对方的笑容很不舒服，却说不出哪里不舒服。

这么直截了当地说不记得，陈氏脸色微微一僵，"也是，都过去那么多年了，你肯定不记得了，不过我却记得很清楚呢。"

沈梓乔疑惑地看着陈氏，对这个二舅母一点印象都没有，再说上次见都已经是十年前的事情了，还有什么事能十年了都记得清楚的？她愣愣地问道，"二舅母记得什么？"

陈氏本来只是想提醒一下沈梓乔，别以为大家都忘了当年她说要跟潘家断绝关系的话，谁知道她还装傻了。

潘立标拉了拉衣袖，故作深沉地说，“皎皎啊，听说你娘的嫁妆都被沈家老夫人给霸占了？”

“回二舅父，老夫人已经把嫁妆都还给我了。”沈梓乔回道。

“当初让你把姑奶奶的嫁妆给你大舅父看着，你还骂我们呢，怎么样，知道二舅母当初都是为了你好吧，我们可不像某些人，只盯着别人的东西看。”陈氏说道，就是要沈梓乔明白，谁才是为了她好。

沈梓乔娇憨地笑着，如果当时真的将母亲的嫁妆交给二舅父夫妇，恐怕跟给沈老夫人没有什么区别。

才首次见面她就看出来了，这个二舅父夫妇跟大舅父他们都不一样，对她是有很大的意见，或许是因为她小时候将他们赶出沈家的原因，总觉得陈氏对她很有敌意。

好像……很想看到她出错似的。

潘老夫人不悦地说：“以前的事就别提了，当时皎皎才几岁，一个三岁刚失去母亲的小姑娘能懂什么？你们要是那时候好好跟沈老夫人说话，会闹成那样吗？说来说去，还不是你们办事不力。”

陈氏被潘老夫人这么当面训了一下，脸色涨红起来，藏在袖子里的双手用力绞着绢帕。

“呵呵，都过去那么多年，就不提了。”潘立标笑着替陈氏解围，从怀里摸出一个荷包，“来，皎皎，这是二舅父给你的见面礼。”

沈梓乔大大方方地收下，“谢谢二舅父。”

“皎皎难得到东越来一趟，该好好住上一两个月吧？”陈氏很快就恢复了心情，故意忽略了刚才老夫人要沈梓乔长期住在东越的话。

潘老夫人瞥了她一眼，“想住多久就住多久，怎么？碍着你了？”

陈氏笑容一滞，“娘，媳妇不是这个意思。”

“行了，你们两个也刚回来，回去休息吧，有什么事以后再说。”潘老夫人将这两人给打发走了。

潘立标带着陈氏退了下去，陈氏的微笑在离开正房后瞬间变得愤愤不平了，扯着潘立标的手问道，“你瞧见没，你瞧见没？娘多喜欢那丫头，就跟当初对待姑奶奶一样，你说这丫头怎么就变了那么多？”

“都十年了，人都是会变的。”潘立标说道。

陈氏呸了一声，“三岁定八十，我就不相信那臭丫头真是这么乖顺，你不记得当初在沈家是怎么受辱的，我可一清二楚，死都忘不掉。”

“你不想着我妹妹的嫁妆，人家也不会赶我们走。”潘立标没好气地说。

这话让陈氏立刻不乐意了，“你要是不去赌，我能那样吗？你没良心啊你，还这样说我，我都是为了谁啊，爹把商行都给了大哥和三弟，给你什么了？"

"行了，别说了。"潘立标喝道。

"你看着吧，沈梓乔还不知从我们潘家又拿走多少东西。"陈氏语气难掩嫉妒地说道。

转眼过去数日，孟娘子让人递话给了张掌柜和范掌柜，说是三小姐要见一见他们，两位掌柜二话不说立刻就放下手头的活儿来见沈梓乔了。

张掌柜是个大胖子，全身圆乎乎的，笑起来像个弥勒佛。别看他长得胖，脑子却是最灵活的，负责商行的采办买卖，范掌柜和他相反，是个高高瘦瘦的中年男子，五官端正，非常平庸的模样，是商行的账房先生。

"三小姐，终于见到您了。"两人见到沈梓乔的时候都很激动，他们已经等了十年，虽然听说过三小姐的一些谣言，但本着对潘氏的信任，他们深信潘氏的女儿绝对不会如谣言一般不堪。

得知潘老太爷亲自去接三小姐回来，他们就知道，他们是对的。

"这些年辛苦你们二位了。"沈梓乔非常真诚地说，她是替母亲感激他们。

张掌柜圆圆的身子慢慢吞吞地在太师椅坐了下来，听到沈梓乔这么说，忙作揖道："三小姐言重了，这都是我们应该做的。"

没有什么应该不应该，在母亲死后，仍然能够忠心耿耿地守着她的产业，就凭这份心，就绝对值得她真心感激。

"三小姐，这些账册是十年来商行的收入和支出，您过目一下。"范掌柜将商行的账册亲手送来。

沈梓乔愣了一下，笑道，"范掌柜，你怕我不相信你们啊？我还怕你们不相信我呢。"

范掌柜一脸严肃，显然没有看出沈梓乔是在开玩笑，"三小姐，本来应该每年都将账册送到京城给您过目，只是……不得已一直没送过去……"

是为了防备沈老夫人，不让沈老夫人知道潘氏在东越还有商行跟商铺，沈梓乔是知道的。

"我明白，范掌柜，我会看账册的。"她相信他们，他们未必相信她有能力替代潘氏，她如今要做的，是证明自己值得他们信任和忠心。

第一百一十一章　憋屈

沈梓乔打着哈欠在看账册，范掌柜的账册做得很详细，这十年来的收入和支出一目了然，商行在他们手上收入是翻了好几倍，虽然比不上潘家和贺家的生意，但在东越商行已经算是小有名气了。

"三小姐，喝杯茶再看吧。"红玉见沈梓乔连打哈欠，只好又重新沏茶过来。

"孟娘子，我不看了行不行？这看了好几天，才看了两年的账册，我就看最近一两个月的就行了吧。"沈梓乔目光哀怨地投向孟娘子，她实在不乐意整天坐在屋里看账册，看得她眼花缭乱，都快要全身长毛了。

孟娘子苦口婆心地说："三小姐，这是您的商行，您都不了解商行的账册怎么行呢？将来您还得接管过来的。"

沈梓乔本来就是个胸无大志的人，在京城前有盛佩音时刻威胁着，后有沈老夫人霸占她的嫁妆，她才有奋斗的心思。现在在东越能够过着饭来张口茶来伸手的日子，她哪里肯继续虐待自己，当然是能偷懒就尽量偷懒。

只是，有人不让她偷懒而已。

"不是有张掌柜和范掌柜吗？你看他们打理得多好，就让他们继续……"沈梓乔对着手指找各种借口。

"三小姐，不管如何，你也要清楚商行的一切。我不是说张掌柜他们信不过，但最信得过的只有自己。"孟娘子因为梁建海的事后，已经不是那么全心全意相信人了。

所以她希望沈梓乔能够跟当年夫人一样，就算没有张掌柜他们，还是能够让商行发展得很好，而不是将商行的命运寄托在别人的手上。

"好好，我看。"沈梓乔只好再次拿起账册。

"三小姐。"门外，传来潘老夫人身边张妈妈的声音。

孟娘子忙去将她迎了进来。

"老太爷让奴婢来问一问表小姐，可要跟老太爷一道去二十四行那边走走，说是表小姐来了东越这么久，都还没去过二十四行呢。"张妈妈笑着问。

沈梓乔立刻合起了账册，严肃地对孟娘子说，"身为商行的老板，我总不能连商行在哪里都不知道吧？而且，我还得去观察一下对手的环境，现在我们就去知己知彼吧。"

孟娘子哭笑不得，"那我跟您一起去。"

"红玉跟我去就行啦，你这些天也累了，就在家里好好休息吧。"说完，已经拉着红玉急步跑了出去。

潘老太爷在正房大厅等着她，老夫人和三个舅母在商量着即将到来的三月三大小事项。

二十四行有个规矩，每年三月三都会有个临水宴宾和踏春的习俗。今年是潘家做东，老夫人带头要三个儿媳妇将这次宴席办得妥妥当当，不失礼于人，已经提前一个月就准备起来了。

最重要的，老夫人今年交给三个儿媳妇最重要的任务就是要替外孙女找个东床快婿。

"外祖父，外祖母，三位漂亮的舅母好啊。"沈梓乔像刚出笼子的小鸟，蹦蹦跳跳地过来搂住潘老夫人和大舅母的胳膊。

二舅母不悦地说："姑娘家没个样子，像什么话，三月三那天要是让人家看到这样子，还怎么替你做媒……"

"咳咳，皎皎虽然及笄，但活泼点怎么不好了？"潘老夫人重咳了一声，瞪了二舅母一眼。

"什么做媒？"沈梓乔疑惑地问道，眼睛在老夫人面上看着。

"没什么没什么，快跟你外祖父去二十四行吧。"潘老夫人挥了挥手，将她给打发走了。

大舅母笑着道："跟紧你外祖父，见到什么想要的，别客气。"

沈梓乔亲昵地搂着大舅母说道："我就说，大舅母最漂亮最可爱了。"

"去去去，就你嘴最甜了。"大舅母嘴角笑出一朵花，将沈梓乔给赶走了。

"外祖父，咱们快走吧。"沈梓乔笑眯眯地对潘老太爷说。

潘老太爷笑着摇了摇头，带着沈梓乔出门了。

二舅母回到屋里，将昨晚宿醉至今未醒的潘立标从被窝里强扯了起来，"如今都什么时候了，你还睡睡睡，给我起来！"

潘立标睡得迷迷糊糊，脑仁还突突地痛，"做什么做什么？一大早的发什么疯。"

"你爹一大早带着皎皎去商行了！你还跟猪一样，每天除了喝酒就是玩女人，你还会干什么？"二舅母的手指用力地戳着潘立标的额头，气得尖叫出声。

"你这是做什么？"潘立标被戳得脑袋更疼了，用力推开二舅母的手，翻开软被走下床榻，径自倒了一杯水喝了下去。

"你还不知道，娘要我们给皎皎找个东床快婿，要把她留在东越！"二舅母气呼呼地说着，"你瞧着，爹和娘对待这个外孙女的样子就跟当年对待姑奶奶一样，等皎皎出嫁，指不定又要给多少嫁妆过去。"

潘立标立刻清醒了，"不能吧，皎皎有我妹妹留给她的嫁妆，老太爷不至于还给她那么多吧。"

"你就继续浑着吧你！"二舅母瞪了他一眼，"当初我好不容易说服娘让我们去京城接皎皎，你就偏生要替你妹妹讨什么公道，如果不是你多管闲事，会让沈家那死老太婆教唆皎皎把我们赶走吗？要是当初我们能把皎皎给带回来，如今风光的轮得到大房吗？"

"我妹妹年纪轻轻就走了，我当兄长的难道不应该替她质问一下沈家啊？你就惦记着我妹妹的嫁妆。"潘立标没好气地说。

二舅母霍地站了起来，像被踩到尾巴的公鸡激动地叫道，"你妹妹的东西本来就是我们潘家的，她人死了难道不应该还给我们吗？何况我也没想要霸占你外甥女的东西，我就是想替她保管……"

"行了行了，我去商行。你别吵了，皎皎的东西用不着咱们保管了，她自己就能看得很好。"潘立标被吵得头更涨痛了。

"连一个小丫头都能当商行的老板，你看你像什么？连我们怡兴行的大掌柜都不如……"二舅母委屈地哭了起来，明明是潘家的二少夫人，却过得比谁都憋屈，这叫她怎么顺气。

潘立标沉着一张脸大步走了出去。

第一百一十二章　挖人

　　二十四行商行就在二十四行街，这只是一条很普通的街道，宽敞的大街两旁是各个行号，来往都是海外的商人和国外各地的走商。虽然叫二十四行街，但并不是只有二十四个商行。东越有个商会，能够进入商会的只有二十四个商行，这条街因此而得名。

　　距离二十四行街不远就是港口，商会大楼临江而建，在商会大楼隔壁的是官衙，专门办理进出口税收的。不管是当地的商行还是海外的商人，都需要通过商行帮他们在这里缴税，如此才能将货物卸载或是出海。

　　就是这么个地方，看起来并不大，是东越的弹丸之地，但东越之所以能够成为国最富有的地方，离不开二十四行街的繁荣。

　　沈梓乔没想到这地方能够发展得这么好。

　　"先去怡兴行走走。"潘老太爷没有乘坐马车，他带着沈梓乔慢慢地在二十四行街走着，一边跟她解释货船到了后该怎么到官衙报税，拿到牌令才能卸载，又介绍商会有什么作用。

　　"……你看那边，上面有旗帜的就是商会，商行太多了，总会有些控制不了的事情，要让东越的商行平稳安全，就需要适当的压制，如此我们安心，朝廷也放心。"潘老太爷说。

　　"您的意思，商会实则是受管于朝廷的？"沈梓乔问道，眼睛看向不远处的商会，听说贺家是总商呢。

　　潘老太爷笑了一下，"倒也不是，是历代流传下来的规矩，如果有商家故意抬高价格打乱市场，影响百姓的生活，就需要商会压制了。"

　　沈梓乔听得不是很明白。

　　"我们赚的是谁的银子？是百姓的银子，如果百姓的日子不好过了，我们去哪里赚银子？合理的盈利，稳定的市场，才是我们商行的根本。"潘老太爷大笑说道，"你还小，要慢慢学。"

"是，外祖父。"沈梓乔对潘老太爷肃然起敬，能够考虑到百姓的商人绝对是好商人，难怪潘家能够在东越屹立不倒，且将几个儿女教育得那么好。

唔，除了二舅父有点不着调。

"你娘以前也经常跟我来这里。"潘老太爷忽然说道，指着不远处的江边，隐约能看到大货船，"还跟个男子一样，指挥着大家装货卸货。"

"我娘是不是尽得您的真传？"沈梓乔仿佛能看到一个英姿飒爽的女子在江边行走。

潘老太爷想起曾经女儿也喜欢赖在他身边问长问短的样子，心头忽起悲伤酸涩，"你跟你娘很像。"

沈梓乔急忙摇头，"我没我娘那么厉害，换了是我，我才没那个能力自己开商行，恐怕普通男子都比不上我娘那么聪明。"

"你是个小懒虫。"潘老太爷大笑道。

"我觉得这样就挺好了。"沈梓乔没有什么鸿鹄大志，所以做不到潘氏那样的。

潘老太爷感叹道："你这样……或许更好。"

如果女儿能够像个普通妇人一样相夫教子，而不是性子太好强，总想证明女子不会输给男子，或许今日结果会不同。

他们已经来到怡兴行，怡兴行面阔三间，有三层楼高，大掌柜见到潘老太爷，忙迎了上来，"老太爷，您来了，福建的茶叶刚刚下船，您可要亲自看一看？"

潘老太爷看向沈梓乔，"你要不要跟我去看货？"

沈梓乔嘻嘻一笑，对着小手指说道，"我去看看娘的商行。"

"去吧。"潘老太爷笑道，并叫了怡兴行的伙计亲自带着沈梓乔去潘氏留下的天宝行。

当初潘氏创立天宝行没多久就出嫁，依靠张掌柜和范掌柜两人在东越替她打理生意，她远在京城指点，将一间小小的商铺变成如今已经有两间面阔，不容人小觑的商行。

天宝行距离怡兴行并不远，隔了几间铺子就到了。

"三小姐？"正准备出门的范掌柜见到沈梓乔走来，惊讶地叫了一声，严肃的脸庞露出笑意。

"范掌柜，要出去吗？"沈梓乔第一次到天宝行，明亮乌黑的眼睛好奇地看着天宝行的摆设。

一进门就有个大柜子，平时都是张掌柜在这里打点，不过今天没看到张掌柜。

大厅还有几张太师椅并高几，是招待客人的，与客人商榷的地方。

"准备去官衙一趟，不急。"范掌柜说，让天宝行所有伙计都过来见过沈梓乔。

沈梓乔跟大家见面打招呼，发现似乎并不需要范掌柜多介绍，商行里的人都知道她就是老板了。

应该是这些天来，范掌柜他们都有提起她吧。

沈梓乔心里对他们充满了感激和好感。

"范掌柜，张掌柜呢？"沈梓乔问道，她见范掌柜准备跟她说起商行的各种运作，忙问起张掌柜去了哪里。

"哦，刚出去了一下。"范掌柜说，"好像是贺大少爷找他。"

正说着，便见到张掌柜从大门外走了进来，见到沈梓乔居然也在这里，微愣了一下。

"三小姐，您来了。"胖胖的脸笑了起来，眼睛眯成一条线。

沈梓乔看着在张掌柜身后的贺琛，难道天宝行跟贺家也有生意来往？

贺琛本来是想进来找范掌柜说几句话，没想到会见到沈梓乔，他只好唇角微挑，算是打了个招呼。

"贺大少爷，这么巧啊。"沈梓乔笑眯眯地问着，本着要将他洗脑的念头，她主动走向贺琛，希望跟他混熟一点，以后说话做事比较方便。

无奈人家贺琛没接收到她友好的表示，那张英俊的脸庞一丝笑意都没有，眼底似乎还有不屑，"不巧，我是亲自来请张掌柜和范掌柜到贺家商行做事的。"

啊？沈梓乔以为自己听错了，这家伙是光明正大地来撬她墙角啊。

范掌柜和张掌柜同时蹙眉，"贺大少爷，我们不会离开天宝行的。"

贺琛对他们的拒绝感到失望，他不悦地看向沈梓乔，"沈三小姐，与其浪费人才，不如请你割爱，张掌柜和范掌柜在商行谁人不知他们的委屈，我贺家能够更善待他们，你……"

"等一下！"沈梓乔打断他的话，脸上客气礼貌的笑容收了起来，"贺大少爷，我没听错吧？你过来挖我的人，还要我大大方方地将人送到你那儿去？你是不是想得太美好了？"

这是不是太不要脸了一点？

"那你想怎样？"贺琛问道。

沈梓乔冷笑一声，"是你到底想怎样？张掌柜和范掌柜已经表明了不会离开天宝行，你不死心还觉得是我的错？贺大少爷，我是不是长得像柿子，随便什么人都能捏几下啊？还是我天宝行哪里得罪你，你要将我天宝行往死里整？"

她对他客气，是看在他是个超级深情的炮灰男配份上，想拯救他脱离苦海，不代表她能够随便被欺负。

"你有什么本事管理天宝行？如果不是仗着令堂的恩情将范掌柜他们强行留在这

里，你以为自己有什么本事留住他们？你不是潘丽华！"贺琛冷声问道。

"那是我的事情，不劳您费心。"沈梓乔回道。

她胸无大志关他什么事！人家两个掌柜就喜欢给她做事跟他有一毛钱关系？

挖不走人还觉得是她的错！

她就是靠着母亲的关系才将人留下了又怎么了？她很骄傲啊，有什么问题？

没有母亲的努力，她今天也没能这么享受，就算要愧疚也是她的事，关他贺琛什么事啊！

沈梓乔越想越生气，她觉得自己被看不起了！

"红玉，送客！"沈梓乔转身，懒得再跟贺琛废话。

贺琛皱眉看了沈梓乔的背影一会儿，他说错什么了？这女子不是个将军之女吗？娇生惯养哪里会懂得商行的事？以后成了亲在家里相夫教子有什么不好？

张掌柜笑眯眯地领着沈梓乔到二楼去了。

"三小姐，您放心，我们不走。"张掌柜看着沈梓乔气呼呼的小脸说道。

"胖子大叔，你要是敢离开这里，我一定去把你拉回来。"沈梓乔哼道，不服气地问，"贺琛刚刚话里的意思，是说我会败坏天宝行吧？"

张掌柜笑着说："三小姐聪明伶俐，外人不知道而已。"

范掌柜跟着说道："不用理会他人说什么。"

"难怪你们能把天宝行打理得这么好，你们眼光真不错。"沈梓乔笑了起来。其实她是真的担心他们会离开。

如果天宝行没有他们……

那真的会完蛋的。

沈梓乔发现孟娘子说得对，不管对任何事任何人，自己都应该留着后手。

她是信得过张掌柜他们，但他们似乎还不是很相信自己。

母亲在很多人心目中的印象是那么完美，她享受着母亲留给她的财富，总不能让母亲因为她丢脸吧。

沈梓乔叹息，当米虫的理想果然很丰满，现实很骨感。

第一百一十三章　京城的消息

被贺琛刺激了一下，沈梓乔看账册的时候没有再偷懒，以一种从未有过的认真态度将账册全看完了，遇到不懂的，还很谦虚地找潘老太爷跟大舅父请教，孟娘子差点没给潘氏烧香，以为是潘氏显灵了。

后来听说是因为在天宝行遇到贺琛，所以才有了发愤图强的心思。

孟娘子将感激的心情收了回来，反而劝沈梓乔要注意休息，别整天看什么账册了。

很快，三月三就到了，潘家在江边有一处别院，今年的临水宴席就设在那里。沈梓乔一大早就被大舅母叫了起来，将她从头到尾给拾掇了一番，将本来只是娇憨可爱的小姑娘打扮成明艳动人的俏丽女子。

“大舅母，我脸上这妆是不是太浓了点啊？”沈梓乔盯着铜镜里眼妆打扮的人，觉得自己的脸像猴子的屁股。

“春妆就是要丽，衣裙色浓，则妆容色浅一些。你今日穿的素淡，妆容自然就要艳丽些。”大舅母说道，觉得平时沈梓乔太不懂得装扮自己了。

“浓妆素衣，素妆艳衣就是这么来的。”大舅母笑着说。

沈梓乔今天穿着白底水红竹叶梅花图样领密纱衫，系一条素白的细罗裙，绾了一个望仙髻，插一支白玉凤头簪，凤嘴边衔一串樱桃大珊瑚红头，描一双斜月眉，围一领翠花绫项帕，衬着桃花妆，整个人显得娇艳俏丽，如一朵含苞欲放的蔷薇花。

“三小姐今天真好看。”红玉第一次见到这样的沈梓乔，不由感叹道。

“难道我平时不好看吗？我天生丽质，怎样都是好看的。”沈梓乔看着跟她差不多一样高的镜子，觉得自己其实长得还不错，就是平时她不怎么喜欢在脸上涂抹胭脂，也不喜欢穿太繁复的衣裳，所以才显得朴素了一些。

人果然要靠衣装啊。

孟娘子笑道："是是是，我们三小姐无人能比。"

沈梓乔拉了拉裙子，"大舅母，今天大家都忙着招呼客人，我穿成这样行动不方便啊。"

大舅母说："方便，怎么不方便了，走，我们去给老夫人瞧瞧。"

潘老夫人看到沈梓乔这么明丽鲜妍，高兴得笑眯了眼，特别叮嘱道，"今天你就留在我身边，不要乱跑。"

沈梓乔不太明白这是什么意思，等到宾客一到，潘老夫人带着她左右逢源，见着谁都将她介绍出去，恨不得全东越的人都知道潘家有个乖顺可爱的外孙女。

左边一个夫人拉着她的手夸她长得白皙娇嫩，右边一个少奶奶掐着她的腰说她屁股圆润好生养，接着又说起哪家的少爷如何出息如何英俊，多少姑娘想嫁过去，无奈人家看不上眼之类的话。

这哪里是踏春宴客啊，这明明就是相亲大会啊。

沈梓乔总算明白潘老夫人和大舅母在打什么主意，敢情是准备给她找老公啊。

她想起临离开京城时齐铮说的话。

不嫁给他还能嫁给谁。

这一整天，沈梓乔都晕乎乎的，被介绍了很多人，实际上她记住的没几个。

好不容易宴席结束，她正想着终于能够回去卸妆睡觉了，谁知道潘老夫人又拉着她到正房说话，"皎皎啊，你喜欢东越吗？"

"喜欢。"有吃有喝，还不用面对盛佩音和沈老夫人，她觉得这里是天堂。

"那你愿不愿意永远留在东越啊？"潘老夫人笑眯眯地问道。

沈梓乔小心翼翼地问道："外祖母，我留下陪着您好不好？"

"陪我这个老太婆有什么好的。"潘老夫人笑道，"就这么说定了，以后不要回京城了，你父亲那边我会让人去说的。"

不等沈梓乔多问，潘老夫人就将她打发回去休息了。

走到门边，她听到里面传来老夫人的声音，"我瞧着贺家那小子不错，叫什么名字来的？贺琛，跟皎皎也算登对……"

沈梓乔差点被自己的脚给绊倒了。

贺琛？不是这么吓她吧。

她可没想过要在东越结婚的，更没想过要嫁给贺琛……

回到屋里，沈梓乔立刻将脸上的胭脂给洗干净了，换了一套家常服，懒懒地躺在长榻上。她拉着孟娘子的手嗷嗷叫着，"孟娘子啊，我不要那么快成亲，你说现在怎么办？

要怎么跟老夫人说啊。"

孟娘子心里也不希望沈梓乔嫁给贺琛，她觉得齐铮就很好。

"您跟老太爷说一说，您年纪还小呢，不急着成亲。"孟娘子说。

沈梓乔坐直身子，"没错没错，你说得对，我才几岁啊，那么急着成亲做什么呢？我得好好把娘的天宝行发扬光大啊。"

找到了理由，沈梓乔第二天就去找潘老太爷了。

"外祖父，为了继承我娘的遗志，我一定要让天宝行发扬光大。再说了，不要像我娘一样，早早就嫁给我爹，都是我爹耽误了我娘的前程，我不要步我娘后尘。还有，一个时刻想着撬我墙角的人绝对不是良配。"

沈梓乔很认真地跟潘老太爷说道。

潘老太爷大笑出声，"你说得有道理，不过，姑娘家始终还是要相夫教子的比较好。"

沈梓乔立刻说："相夫教子是必须的啊，但我还小啊，以后再相再教嘛。"

"行了，我跟你外祖母说一声。"潘老太爷说。

不知道潘老太爷是怎么跟老夫人说的，反正沈梓乔觉得老夫人跟大舅母没有继续拉着她说哪家公子好哪家少爷俊就很好了。

时间很快来到五月份，沈梓乔已经熟悉了天宝行的运作。虽然她没有潘氏那么厉害，但不再像以前那么懒散，该关心的都会关心，已经令张掌柜他们很满意了。

到了六月份，沈梓乔收到沈子恺在西北军营寄给她的信。

除了关心沈梓乔在东越的生活，便是将西北发生的事情一五一十地告诉沈梓乔。

"大少爷都说西北那边的战事不需要担心，三小姐，您终于放心了吧。"孟娘子笑着道，自从大少爷去了西北后，三小姐经常担心的就是那边的战况了。

"嗯。"沈梓乔松了口气，她最担心的事情一直没发生，京城也没有传来沈萧跟盛佩音的父亲有什么矛盾。

或许有些事情已经在不知不觉地改变了。

不知道盛佩音现在在做什么，会不会已经成功接近太子了？想到这一点，沈梓乔觉得很烦躁。

她无法理解盛佩音的奇葩想法，现在大家相安无事不是挺好的吗？总是要想办法对付沈家，这不是逼着沈家跟他们盛家作对么？

最让她担心的，是小皇孙。

那可爱的小家伙千万别被盛佩音给残害了。

沈梓乔给沈子恺回了一封信，将东越发生的事情告诉他，最后将潘老夫人想将她留在东越，悄悄地给她寻找东床快婿的事当笑话说了。

如此又过去了一个月。

沈家传来消息，陈家久久等不到沈家去提亲，多次暗示之后，反而得到沈老夫人嫌弃陈雪灵被退婚定是品格有差，所以不想提亲的事。

后来不知从哪里听说刘家给刘云梦的嫁妆至少有十万两，沈老夫人立刻请了媒人去刘家提亲了。

陈家哪里咽得下这口气，二话不说就到沈家去闹了。

最后陈家老夫人还发火地将沈老夫人给打破了头，如今京城无人不知沈家老夫人是个言而无信的卑鄙小人。

刘家知道沈老夫人的为人后，不敢再跟沈家结亲了，将刘云梦嫁去了离京城不远重光王家。

"谁当了这老太婆的儿媳妇，真是上辈子造了孽啊。"沈梓乔听完孟娘子的话，感慨地摇头，"我娘是天妒红颜，才让她攀上这么个婆婆。"

孟娘子掩嘴轻笑，"如今可好了，那陈雪灵不用嫁入沈家了。"

这倒是一件值得庆祝的喜事。

"其实应该让她进门，让她去对付那极品老太婆。"沈梓乔笑着道。

转眼，炎炎夏日已经过去了大半，沈萧已经开始让人传话给沈梓乔，让她早点回家。

沈梓乔只说还想多陪陪外祖母，拒绝回京城。

很快就到了中秋，沈梓乔欢欢喜喜地帮潘老夫人准备过节事宜，听说东越的中秋有花灯会，到时候外面所有大街都会挂上花灯，那盛况犹如仙境，沈梓乔很是期待。

就在这时候，京城却又传来了消息。

太子妃病重，小皇孙被送到皇后身边养着，京城一些待嫁闺女已经在暗中角力了。

沈梓乔的心情低落起来，太子妃是个很爽朗善良的人，没想到她逃过了失去小皇孙的痛苦，却还是无法避开病魔。

真希望她能够康复起来。

"对了，盛佩音呢？她还在东宫吗？"沈梓乔忽然惊叫起来。

把在做针线的红玉吓了一跳。

"孟娘子，让人回去京城打听一下，盛佩音还在不在东宫。"沈梓乔低迷的心情瞬间激动起来。

不能让盛佩音留在宫里！如果她在宫里，太子妃的病肯定好不了。

更怕她乘人之危接近太子！

孟娘子以为沈梓乔是因为上次的事，所以才对盛佩音特别在意，"我立刻让人去查。"

第一百一十四章　惊闻

西北，军营的其中一个营帐里，沈子恺正笑眯眯地看着妹妹写给他的信。

齐铮穿着褐色的戎装走了进来，经过战场的洗练，他看起来似乎更加沉稳成熟，俊美的脸庞比以前更黝黑了几分，全身散发着一股军人特有的凛冽气势。

"金兵那边似乎有异，我们去城墙看看。"他一进来就对沈子恺说道。

沈子恺脸上还带着笑意，手里拿着沈梓乔给他的信忙收了起来，"哦，好，我们去看看。"

"金贼难道还敢来犯？不怕打得他们叫娘吗？"沈子恺和齐铮并肩走了出去。

齐铮峻眉微蹙，"总觉得有异……"

沈子恺觉得他想太多了，拍了拍他的肩膀，"放心，杜将军是常胜将军。"

"你方才在帐里看什么？笑成那样。"齐铮心想或许是自己想太多了，金兵这些天安静下来是因为怕了我方的兵力，并不是有什么阴谋诡计。

"哦，我妹妹给我的家书。"沈子恺嘴角不自觉地扬了起来，眼角瞄到齐铮神色微紧，心头忽起了试探的主意，"你知道皎皎的性子，跳脱偷懒，好不容易到了东越，还不尽情地享受。我外祖母非常喜欢她，想将她留在东越。"

齐铮眉心一跳，心尖不自觉地悬了起来，"留在东越？"

沈子恺笑眯了眼，这模样看起来跟沈梓乔笑眯眯的样子有三分相似，"我外祖母希望她能嫁给东越的英年才俊，正在给她相亲呢。听说不少夫人喜欢皎皎，贺家你听说过吧？贺家大少爷还没成亲，贺老爷以前跟我娘还有生意来往呢……"

听着沈子恺侃侃而谈地说着沈梓乔在东越的生活如何如鱼得水，听着潘家老夫人如何想方设法想要给沈梓乔找东床快婿，齐铮觉得自己的心就像放在沸腾的水里面烫着，又痛又不安，还带着几分恼怒。

第一次在千佛寺见到她，彼时他还在装傻。这个姑娘被人算计躲在他的厢房里，如果不是她机灵想出送他回来的借口，恐怕她那时候就不仅仅是被家里训话这么简单了。

第二次见是在半路马车中。明明就是一个胆小怕死的人，偏偏还要问长问短对他很好奇。生气的时候又不敢对他如何，圆圆的脸蛋气呼呼的像个肉包子，看得他想掐几下。

接着是他算计她，利用她达到自己的目的……

每一次见面都没有发生什么好事，但每次遇到她，他的心情都特别好。

在知道小顾氏想要给他找亲事的时候，他就想，与其让小顾氏左右他的亲事，不如他自己找个喜欢的姑娘，他就想到了她。

知道她进宫惹了麻烦，他心急如焚，怕她会卷入宫里的明争暗斗之中。以她的性情和简单的心思，哪里够跟那些人斗的，一不小心就会没了小命。

对她的感情，就是这么一点点累积起来。

但他觉得也没到非娶她不可的地步，虽然临走前要求她不许嫁给别人，但他并不知道自己对她到底有多在乎。

直到这一刻，听到她真的有可能嫁给别人，齐铮感到从未有过的焦急和紧张，他是真的怕，怕她在东越遇到会动心的男子……

"齐铮？齐铮？"沈子恺叫了他几声，见他听完皎皎的事后那变幻不定的脸色，心里暗喜着。

等他回去了，一定要告诉皎皎，齐铮这反应简直太好玩了。皎皎要是知道了，不知道会是什么想法。

其实齐铮跟皎皎真的如天生一对。

如果齐铮能够趁这次机会立功，以后回了京城，在齐家也有底气护着皎皎了。

齐铮回过神，才知道他们已经来到城墙下面了。

沈子恺揽住齐铮的肩膀，笑着走上阶梯，"你说皎皎这样的性格，嫁到贺家真的合适吗？"

"不合适。"齐铮冷冷地说，拍掉沈子恺的手。她要是敢嫁，他就敢把她敲昏了抢走。

"我也是这么觉得，不过，我外祖母似乎没死心，为了将皎皎留在东越，她什么办法都想了。说起来，我好像还有两个表弟没有定亲……"沈子恺继续说道，好像没看到齐铮阴得快打雷的脸。

"沈子恺！"齐铮瞥了他一眼，冷声叫他。

"什么事？"沈子恺笑着问，能够看到泰山崩于前而面不改色的齐铮控制不住情绪，实在是一件很有成就感的事情。

齐铮低下声音，漆黑的眸子如子夜般灼亮深幽，"皎皎谁都不会嫁的，你下次回信，让她最好死心，别想太多了。"

沈子恺一听就不乐意了，"皎皎怎么就……"

"小心！"齐铮忽然大喝一声，将沈子恺扑倒在地，一支带着火的利箭射中齐铮的手臂。

这时，号角高亢凌厉的声音响了起来。

"金兵来了！"城墙的士兵大声叫了起来。

阵阵号角，声声战鼓，不远处，密密麻麻的火把亮了起来。

沈梓乔正在学着扎花灯，不知怎么，手上忽然被刺了一下，痛得她叫了起来，把手指含进嘴里。

"没事吧？"潘佳绣急忙问道，将手里的牡丹花灯放了下来，过去关心沈梓乔。

"没事没事，我们继续，哎呀，你的花灯好漂亮，我这小白兔怎么都扎不好啊。"沈梓乔抱怨地说道。

"你这是小白兔吗？明明就是一只狗。"潘佳虹笑着道。

沈梓乔小脸一红，气呼呼地瞪了她一眼，"我做的就是像狗的小白兔花灯怎么了？"

潘佳绣她们笑成了一团。

正在吃茶的老夫人她们听到沈梓乔这话，差点一口茶笑喷出来。

"这小家伙，说的是什么啊，什么兔子长得像狗了。"潘老夫人笑着说道。

"不好了，不好了！"这时，外面传来二舅母的声音。

把潘老夫人和大舅母都吓了一跳。

坐在一旁扎花灯的几个姐妹听了，都放下手里的花灯站了起来。

潘老夫人神情严肃地看向二舅母，"怎么了？发生什么事了？"

"京城那边传来消息，太子妃病逝了，西北那边吃了败仗，金人连着霸占了我们两个城池呢。"二舅母拔高声音大声说道。

沈梓乔只觉得耳边嗡嗡作响起来，脚步有点发软，"二舅母，你说什么？西北吃了败仗？"

"恺哥儿不是在西北吗？"大舅母惊叫一声。

潘老夫人眼前一阵恍惚，差点栽倒在地上，还是旁边的三舅母及时将她扶住。

"祖母。"

"娘！"

"老夫人……"

屋里的人都乱成一团，忙扶着老夫人到床榻上躺了下来。

大舅母立刻吩咐道："绣姐儿，快去让人把你爹找回来，虹姐儿去书房请老太爷，皎皎，你在这里陪着老夫人……"

沈梓乔感觉自己仿佛踩在沼泽地里，每一只脚都不踏实，她的心很焦乱，很害怕，她一直担心的就是沈子恺会在西北出事，没想到才过去一年，本来都是好消息一下子全都变成坏消息了。

谁能告诉她，沈子恺到底怎么样了？

齐铮呢？他会不会出事？

沈梓乔的心脏紧缩，感到一阵尖锐的胀痛。

很快，潘老太爷和大舅父一起来了，他们早就在外面听说了这些消息，潘老太爷更是不悦地呵斥二舅母，"咋咋呼呼的像什么话。"

二舅母是从县衙夫人那里知道的这件事，她就是想让大家知道西北发生了什么事，根本没想那么多。

沈梓乔走到潘老太爷身边，她的脸色有些发白，手指无法控制地轻抖着，"外祖父，有没有……有没有我大哥的消息？"

潘老太爷摸了摸她的头，低声说道，"没听说恺哥儿……出事，不会有事的，朝廷已经派兵去支援了。"

"到底是怎么回事？西北不是一直打胜仗吗？怎么会忽然就被霸占了两个城池？"潘老夫人急声问道。

大舅父潘立晖道："是朝廷内部出现了奸细……有人通番卖国，泄露了运送去西北军粮的路线，被金兵截去了。金兵深夜偷袭我方军营，我军的士兵喝的水被下了药……这才让金兵攻入城里。"

沈梓乔大惊失色，叛国！

怎么可能？一定有什么事是她不知道的，京城到底发生什么事了？

"皇上震怒，已经下令彻查了。如今京城人心惶惶，西北那边又受金人威胁，太子妃恰好在这时候病逝，很多事情挤到了一起，只怕很快整个国家都会变得不安定。"潘老太爷说。

潘老夫人捂着胸口喊道："我只要我外孙平安无事地回来。"

"娘，已经让人去打听消息了，有恺哥儿的下落，一定会很快知道的。"潘立晖说道。

"外祖父，我……我回京城一趟吧。"沈梓乔忽然说。

"不行，外面现在乱糟糟的，你不能回去，好好留在家里，不管发生什么事，都有外祖父和舅父在。"潘老太爷立刻反对。

沈梓乔只是想知道，这一场叛国引起的兵败跟沈萧有没有关系。

会不会有人想要陷害沈家？

还有，太子妃病逝了，盛佩音如今在东宫做什么？

第一百一十五章　消息

京城，东宫。

太子身穿素服，端坐在正殿的太师椅上。太子妃已经出殡了，小皇孙在皇后那里，他觉得整个东宫好像失去了生命，再也恢复不到以前那种温馨了。

"殿下。"盛佩音走了进来，心疼地看着瘦削了许多的太子，她手里端着参茶走到他身边，柔声说道，"您已经几天没有休息了，不如……"

"你出去吧。"太子殿下沉声说道，这时候不想看到盛佩音。

盛佩音眼角微湿，自从那次她被故意冷落之后，她一直没有再接近他。直到太子妃病重，她才重新找到机会让他注意到自己。

为了让他相信她，她让他看到自己被宫人欺负，被打得满身都是伤。那时候，当他抱着她回到屋里的时候，她的心是雀跃的，心想，他终于又心疼怜惜她了。可事情的发展远不像她想象的一般，他根本没有让她到身边服侍，而且好像什么都没发生似的。

她明明感觉得到太子对她的动心，为什么却忽然就没了？

盛佩音不甘心，她为了他已经舍弃太多东西了，她一定要得到自己想要的。

"殿下，您别这样，太子妃在天之灵，定也舍不得见到您不吃不喝，您的身体要紧啊。"盛佩音跪在他面前，双手扶住他的膝盖，眼神温柔，语气低柔，一副心疼不已的模样。

太子本是想挥开她，看到她含泪的眼睛，手势顿时停了一下，"你起来吧。"

"殿下，您别这样，佩音看了真的……真的……很心疼。"盛佩音难过地低泣，脸颊伏在太子的腿上，哭得好不可怜。

太子轻叹了一声，"我问你，那些死士是怎么回事？"

他是喜欢盛佩音，但他绝不允许一个心思深沉，心狠手辣的女子留在他身边。

"什么？什么死士？"盛佩音心头一跳，一脸茫然地问道。

太子皱眉，盯着她姣好白皙的脸庞，"皎皎那时候遇袭，跟你有没有关系？"

又是沈梓乔！

盛佩音咬了咬牙，将心头那点不悦强压了下来，惊讶地问："皎皎什么时候遇袭？我为何不知道？"

太子心里唯一的期待都破灭了。

若是她把实情告诉他，或许他还会原谅她，毕竟那些人都是九王爷的人，他会相信不是她派人去杀皎皎，他可以相信是九王爷所为。

她却说不知道……

盛佩音感觉到太子瞬间变化的态度，她有种预感，这一次她是再也挽回不了他的心了。

"殿下！"盛佩音猛地抱住他的腰身，"皎皎那件事……我是知道的，可是我不能说，我不能说。"

太子殿下厌恶地皱起眉心，用力推开她，"滚开！"

"殿下，小皇孙在皇后那里大哭不止，正闹着要找您呢。"宁尚宫的声音在外面传了进来，打断了盛佩音的下一步动作。

盛佩音被太子推开，"宁尚宫，把盛佩音给我撵出东宫，不许再踏入宫里半步。"

宁尚宫的身影出现在盛佩音的视线中，"是，太子殿下。"

"殿下……"盛佩音惊叫，怎么会这样？

她到底做错了什么？不应该是这样的啊？盛佩音惊慌地想着。

太子殿下大步离开大厅，任由盛佩音在背后大声叫着。

她不甘心，不甘心啊！

盛佩音被赶出皇宫，她看着好不容易才能进去的宫门，一股恨意在心里涌起。

太子来到皇后的宫里，小皇孙哭着要找娘，谁哄着都没用，一见到太子，立刻扑到他怀里呜呜地哭着。

"乖，今晚就能看到你娘了。"太子苦涩地哽咽道，这几天晚上他都骗着才牙牙学语的小皇孙，告诉他，他母亲变成了天上的星星。

小皇孙被太子哄了半天，终于在他怀里睡了过去。

"殿下，奴婢抱小皇孙到里面睡吧。"小雨上前从太子殿下怀里抱过小皇孙。

"盛家那丫头你怎么处置？"皇后看着难掩疲倦之色的太子，低声问道。

连皇后都看出太子对盛佩音有意，只是那女子心思不纯，若是她妄想替代太子妃的位置，那就不要怪她手狠了。

太子说："盛家如今不同以往，只是让人将她赶出宫。"

说到底，还是不忍对盛佩音下手。

皇后心里哼了一声，对太子说道，"西北如今战事吃紧，你主动请缨去西北吧，也不知道铮哥儿如今怎么样了。"

出卖朝廷的奸细还没找出来，太子已经领兵出征西北的消息很快就传到东越，同时，沈梓乔也收到了沈萧的书信。

沈萧为了寻找沈子恺，决定随同太子出征，此时应该已经在路上了。

没有提到关于奸细的事，也没提到盛家。

沈梓乔是从罗昭花那里知道盛佩音被太子撵出皇宫的事。

"我最近一定是人见人爱花见花开，连老天爷都听到我的祈祷，盛佩音被赶出来了。以后就不会威胁到沈家了，嗷嗷。"抱着罗昭花的信，沈梓乔在床上滚来滚去，只差没跳起来欢呼。

孟娘子和红玉掩嘴笑了起来。

"太子殿下目光如炬，定是一眼看穿了盛佩音心术不正的真面目。"孟娘子说道。

"你们不懂。"爱情是盲目的。

爱一个人的时候，不管她做什么都是对的，不管她做什么都是好的。

她虽然不知道太子为什么会赶走盛佩音，但既然他下得了手，就证明他还不够喜欢盛佩音。

只要沈家没有被害得家破人亡就行了。

"我们去老夫人那里，告诉她我爹已经去找大哥了，免得她还担心。"沈萧是大将军，有他出征去西北，会让很多人的心安定下来。

沈梓乔来到正房的时候，却发现三个舅母都在屋里，每个人脸上都愁眉不展，好像在担心什么。

"外祖母，大舅母……"沈梓乔进门一一行礼，在潘老夫人身边坐下，"外祖母，我爹去西北了，很快就能跟我大哥会合。我大哥不会有事的，您可以放心了。"

潘老夫人听到这话，终于微笑地松口气，"恺哥儿福大命大，一定会平安回来的。"

二舅母撇了撇嘴说道："金人来势汹汹，还不知道我们能不能打胜仗。如今百姓们都担心打仗买不到米粮，满大街都是买米买粮食的人，再这样下去……还不知道会发生什么事。"

"都在抢米了？"沈梓乔诧异地问，怎么回事，又不是没打过仗，什么时候惧怕过金人了？

"可不是，就怕再过些天，那米价都涨得不像话了。"二舅母说道。

大舅母瞪了她一眼，"胡说什么，西北距离我们这里远着呢。"

"不知道是谁传的谣言，说金人迟早会打到我们这儿来。"二舅母忙反驳。

"这都是有人在故意捣乱，想趁乱抬价赚钱，有商会在，米价是抬不起来的。"潘老夫人说道，"你要是想劝老二去屯米，小心让老太爷知道了，看他会不会打断老二的腿。"

二舅母被潘老夫人看穿心思，脸颊一红，支支吾吾地说："自己没那个想法。"

果然，没多久，东越差点乱起来的米价就被压了回去，不过数日，又恢复了以往平稳繁荣的生活。

很快过去了三个月。

西北终于传来了大家久违的好消息。

太子和沈萧兵分两路打算偷袭金兵，没想到金兵却似乎看穿了他们的意图，早已经有所准备等着他们，就在太子他们差点不敌之时，忽然一支奇兵出现，不但救了太子，还将金兵侵占的其中一个城给夺了回来。

带领这支奇兵就是齐铮，沈子恺跟他在一起。

听说齐铮跟沈子恺都安然无恙，沈梓乔彻底地松了口气，脸上的笑容越发灿烂了。

"三小姐，天宝行明明有资格加入商会的，凭什么贺家说不允许就不允许啊？"这边红玉在她耳边抱怨着，这一路来都不知说了几回，沈梓乔听了半天才听进去这句话。

"不进就不进啊，有什么啊，反正又不会少赚一毛钱。"沈梓乔无所谓地道。

对她来说，加入商会只是个虚衔，有没有都一样。

"三小姐！"红玉叹息，这些日子以来，她们帮着沈梓乔打理天宝行的一些琐事，所以天宝行吃亏，她们觉得比自己吃亏还难受。

"到了到了！"沈梓乔叫道，"绣表姐在里面等我们呢。"

红玉姐妹相对无言，攀上个吃货主人，有时候真是觉得欲哭无泪。

"这锦绣楼好不容易才能有位置的，绣表姐还能包厢真是了不起，不知道能不能认识他家老板，到底在哪里请的厨子啊，做的东西这么好吃。"沈梓乔笑眯了眼，一想到有机会吃到传说中的天下美味，她觉得人生真是美好。

锦绣楼是这个月才在东越开张的酒楼，才开张第一天就门庭若市，来吃过的人都说这里的美食天下第一，把沈梓乔的馋虫勾引得嗷嗷叫，只可惜这家店不能外卖，不然她早就让人来打包了。

第一百一十六章　改观

潘佳绣在半年前已经出阁，嫁的是同在东越的冯家。冯家的商行虽然比不上贺家和潘家，但在东越也算是有声望的。潘佳绣嫁的是冯家的二少爷，小夫妻两人恩爱非常，冯二少爷为人温和知礼，沈梓乔见过一次，觉得人还不错。

"冬笋烩糟鸭子热锅，野菌野鸽汤，清炒芦蒿……哇，都是我爱吃的，绣表姐你真是我的知音。"沈梓乔进了包厢，见潘佳绣已经点好了菜，迫不及待地坐了下来，筷子已经拿着往嘴里送菜了。

潘佳绣不客气地嘲笑她，"就你这吃货，哪样不是你爱吃的？"

"别这么说，我也有不喜欢的啊。"沈梓乔塞得脸颊像个包子，含糊不清地说道。

"你慢点吃，又没人跟你抢。"潘佳绣没好气地瞪了她一眼，她的亲妹妹不用她操心，反而这个表妹让她总是没能放心。

沈梓乔喝了一口汤，满足地喟叹了一声，"这样的人生才有意义啊，绣表姐，你是怎么订到这包厢的？我找人订了几次都订不到。"

"你表姐夫跟这锦绣楼的老板认识，这才订到的，听说这儿的老板想在二十四行街开商行呢。"潘佳绣说道。

"谁是这儿的老板啊？"沈梓乔好奇地问，想在二十四行街开商行没那么容易吧。这段时间，她接触了商行的事才知道想要打理一间商行，不让它倒闭破产实在需要很多精力。

不但要看准市场的物价，还要跟外商保持良好的关系，熟知海外各种流行的趋势，比如前段时间外商就很喜欢茶叶，她就得让人到福建去找到茶商进货，已经快要两年了。她虽然没有潘氏那么聪明能干，但她感觉得出，张掌柜和范掌柜对她已经没有怀疑，这对她来说就足够了。

她又没有什么野心，只要天宝行好好的别倒闭就可以了。

"别人都称他九爷，至于是何方人物，倒是没人听说过。"潘佳绣说道。

沈梓乔"哦"了一声，没什么兴头问下去，随意地和潘佳绣说起家长里短，潘佳绣看着脸上已经脱离稚气，眉宇间多了几分娇媚俏丽的表妹，含笑说道，"皎皎，过几天该是你的及笄礼了，都要成大姑娘了啊。"

"别打我歪主意啊，我才不要跟你去见什么三姑六婆，让那些人对我指指点点的。"沈梓乔立刻就明白她是什么意思，最近潘老夫人又开始热衷给她选什么东床快婿了，沈梓乔总想逃避。

潘佳绣笑了笑说："我及笄的时候已经定亲了。"

"那是你，反正我不要。"沈梓乔叫道，脑海里却浮现出齐铮那张英俊霸道的脸，俏脸不自觉地烧红起来。

潘佳绣没有继续说下去，反正这种事情由不得这小丫头，老夫人和母亲自然会为皎皎打点。

姐妹二人吃过饭，沈梓乔还想去天宝行一趟。两人从包厢走了出来，看见走廊对面走来两个年轻男子，一个身穿宝蓝色净面杭绸直裰，长得英挺俊朗，身材高大，不是贺琛还能是谁？至于另外一个穿着藕荷色纱衫偏襟直裰的男人……沈梓乔惊讶地发现，这人不是失踪已久的九王爷么？

大概没有想到会见到沈梓乔，贺琛的神色有些复杂地看着她，九王爷则是一脸厌恶，好像生怕沈梓乔会扑向他似的。

两个都不是什么好东西！沈梓乔撇了撇嘴，眼睛往旁边移去，假装没有看到他们。

潘佳绣不认识九王爷，但却是熟悉贺琛的，既然相遇了总不能连个招呼都不打吧，"贺大少爷。"

贺琛给潘佳绣还礼，视线却看向沈梓乔，"冯二少奶奶，这么巧。"

沈梓乔将脸撇向另一边。

她跟贺琛虽然没有结怨，但她才不会拿自己的热脸去贴人家的冷屁股，他一开始就觉得她是个不学无术只会消费潘氏对别人的恩情的刁蛮千金，后来她开始接触天宝行的生意，他又觉得她不务正业，反正每次见到她都是冷嘲热讽，沈梓乔很是气愤。

贺琛此时的心情却很复杂。

他在没有见到沈梓乔之前，就已经听父亲说过了，将来他要娶的人就是沈梓乔。因为贺老爷差点就能够跟潘氏结为连理，结果半路出现个沈萧，他只能饮恨至今。听说潘氏的女儿来了东越，贺老爷就打起想要联姻的想法，茶楼一见，更让贺老爷坚定了决心。

不然贺琛都这个年龄了怎么可能还没成亲。

贺琛在没见到沈梓乔的时候，已经打听过她的为人了，简直是劣迹斑斑，让他只要想到将来跟这样的女子在一起，就觉得满心的厌恶，有了先入为主的观念，他自然很难对沈梓乔有什么好印象。

他以为她对天宝行也只是抱着玩玩的心态，所以就算张掌柜和范掌柜到他贺家商行做事也不会太在意，没想到她居然会那么在意天宝行。

已经快要两年了，他也没听说过她有什么不好听的话传出来。二十四行街的商行老板提到她都是满脸会心的微笑，好像每个人都很喜欢她。

听别人说，就是当年的潘氏人缘都没有她这么好。

难道是他误会她了？

"沈三小姐……"贺琛看着她低声叫道，"关于贵行认捐买大米的事，希望能跟你谈一谈。"

沈梓乔勉为其难地将脸转了过来，"你找张掌柜说就行了，我一个无才无德的小女子什么都不懂。"

一年前，贺琛在知道沈梓乔插手天宝行的生意后，曾说她无才无德，不要连累了天宝行，被小气记恨的沈梓乔记到现在。

"毕竟你才是天宝行的老板，跟你谈比较好。"贺琛说。

沈梓乔终于将视线瞄向他旁边已经脸色阴云密布的九王爷，似笑非笑地说，"贺大少爷该不是现在想和我谈吧。"

贺琛才记起他旁边的九王爷，"改日再找你商谈。"

"那就改日再说。"沈梓乔拉起潘佳绣就要离开，"您请便啊，贺大少爷。"

九王爷觉得心口被堵了一口郁气，见到沈梓乔的瞬间，他以为她又是为了见到他才故意出现的，听了他们的对话才知道是自己自作多情。

她从头到尾都没看过自己一眼。

跟以前一见到他就两颊发红，激动兴奋完全不同。

现在的她好像完全换了一个人，她已经不再将他放在眼里了。这个认知，让九王爷觉得很不爽，他准备好的满腹嘲笑呵斥她的话一句都用不上了。

沈梓乔已经跟潘佳绣离开锦绣楼。

"刚刚跟贺琛站在一起的那个男子，好像就是九爷。"潘佳绣说。

"啊？"沈梓乔诧异地瞪圆了眼，"不是吧，他开什么商行啊？还开了锦绣楼……"

潘佳绣看了她一眼，见沈梓乔的神情好像认识那位九爷，"你在京城见过吗？听说是京城来的。"

沈梓乔翻了个白眼，"他是九王爷！"

九王爷在东越开酒楼，办商行？

傻子都知道他是为了谁！盛佩音在京城的商铺和生意被潘老太爷让人挤兑得快撑不下去了，九王爷这个痴情男人为了她来到东越铺垫活路，看来，盛佩音已经在东越了。

不知道跟贺琛见过面没，沈梓乔恶劣地幻想着他们三个曲折纠结的三角恋情。

很想不去理会盛佩音的事，但这个女人一日继续蹦跶，沈梓乔就觉得自己的命在旦夕。她让人去打听了盛佩音的消息，看她究竟在做什么。

翌日，沈梓乔到天宝行看账本，还没看完就听伙计说贺大少爷来了。

好像贺琛要跟她谈一谈最近米价的事。

"让他进来吧。"沈梓乔懒得出去迎接，放下账册，一边吃着玫瑰花糕喝着蜜茶等着。

贺琛很快就进来了，一进来就瞧见沈梓乔一脸满足的捧着茶杯闲坐。

"沈三小姐。"他低声开口，眼睛盯着她看。

不出他所料，沈梓乔见到他的瞬间，脸上明媚的笑容立刻就收敛了。

"贺大少爷，真是贵客啊。"沈梓乔皮笑肉不笑地打招呼。

贺琛在她对面坐了下来，英俊的脸庞表情严肃，他看了沈梓乔一眼，"沈三小姐，关于东越如今米价的事情，你有什么看法？"

"商会是什么决定？"沈梓乔问，上次因为传来西北打败仗，米商故意放出风声，导致米价被哄抬了起来。东越的米价虽然被商会压下去，但别的地方米价一直居高不下，多少还是影响了东越。

那时候，东越商会为了控制米价，让二十四个商行各拿出两万白银从海外进了一大批大米，预防东越的米价再次被哄抬起来，到时候百姓的日子就更加艰难了。

贺家和潘家带头出了十万两，沈梓乔也拿出了两万白银认捐白米。

几天前，大米已经运到东越了，但米价却在半个月前已经降了下来，整得如今的米价比之前还低，如果他们按照入货价出售这批大米，不但没有赚到钱，还会亏本。

贺家和潘家都亏得起，可别的商行就有点困难了。

作为商会的总商，贺琛自然要问一问沈梓乔的决定，他也不希望她的天宝行亏本。

第一百一十七章　去西北

贺琛将商会的决定简单地跟沈梓乔说了一下，他一边说，一边观察着她脸上的神色变化，她原本冷淡无所谓的神情在听完他说的话之后，好像一瞬间亮了起来，那双乌黑的眸子变得晶亮晶亮的，嘴角翘了起来，令她的脸看起来生动不少。

其实她长得很好看，特别是笑的时候，眼睛亮得跟子夜的星星似的，那笑容如骄阳，让人看了都觉得心里温暖和煦。

意识到自己在想什么，贺琛不自在地轻咳了一声，俊脸爬上一丝可疑的红晕，"你觉得怎么样？如果不愿意的话，商会不会勉强。"

"将大米捐给西北的大军？"沈梓乔转着眼珠子，那不就是捐给大哥吗？这有什么问题？

"毕竟两万两对一些商行而言并不容易。"贺琛以为沈梓乔不愿意，并没有勉强她。

沈梓乔急忙摆手说道："不是不是，我愿意啊，两万两而已，我们天宝行还捐得出，那……什么时候运送去西北啊？"

他去了好几个商行，没有哪个商行的老板跟沈梓乔一样爽快，贺琛愕然地看了她一眼，见她满眼欢喜，并没有任何勉强的意思。

"大概半个月后。"贺琛说道。

沈梓乔笑眯眯地"哦"了一声，"没问题，那就这样吧。"

贺琛怔了怔，才明白人家这是下逐客令了。

"你不考虑一下吗？"贺琛问道，"虽然将大米捐给朝廷对商行有利，但也要考虑自身商行的能力，不能打肿脸充胖子。"

沈梓乔笑了笑说："放心放心，我才不是那种爱面子不要银子的人。我爹和我大哥都在西北打战，就当是为他们鼓劲啊。"

原来是这样，贺琛严峻的脸庞露出一丝微笑，令他看起来温和了许多。

"那我先走了，其他具体的安排，我会让人跟你说的。"贺琛起身，跟沈梓乔作揖告辞。

沈梓乔起身相送，将贺琛送走后，她立刻带着红玉回了潘家。

"外祖父，外祖父，三舅父要送大米去西北对不对？"回到潘家，沈梓乔在三舅母那里知道是三舅父要跟贺琛一起送大米去西北，她"嗷"了一声就跑到外书房找潘老太爷了。

潘老太爷优哉游哉地捧着茶盅，眼睛掀开一条线看着像只讨好卖乖的小狗在他身边转来转去的沈梓乔，"嗯？你不愿意把大米捐给西北？"

"像我这种忠君爱国的良民百姓怎么会介意那点银子，捐！必须捐啊！"沈梓乔用力地说道，"外祖父，外祖父啊——"

"我听得到，不用这么大声。"潘老太爷掏了掏耳朵，睁开眼睛瞪了她一眼。

"你让我也去西北吧。"沈梓乔撒娇着说道，"我也想去看看大哥啊，不知道有没有受伤呢？外祖父啊，你别装睡啊，你醒来醒来！"

沈梓乔见潘老太爷居然闭上眼睛故意打鼾，呱呱叫地上前扯住他的脸颊，"外祖父啊，我很担心大哥啊，我要去西北，我要去西北！"

潘老太爷被扯得两颊生疼，外孙女的声音叽叽喳喳跟吵死人的小鸟一样在耳边吵着，"行了行了，不让你去的话，你是不是打算拆了我这副老骨头。"

"当然不会，我最疼外祖父了。"沈梓乔"嗷嗷"地搂住潘老太爷的胳膊，一想到可以去西北，她的心已经飞了起来。

"这话让你外祖母听到，又要说了。"潘老太爷没好气地说。这一年来，但凡老夫人想要给皎皎议亲的念头才稍微出现，皎皎立刻就找他去打消老夫人的念头，结果他把老伴给得罪了，每天都会念他几遍。

沈梓乔满心欢喜地去找三舅父了。

三舅父自然是抵挡不住她的哀求，三言两语就被说服了，答应带着她一起去西北。

到了傍晚，沈梓乔雀跃的心情被潘老夫人毫无转圜余地地打沉了。

"西北是什么地方？兵荒马乱的，你一个姑娘家去凑什么热闹，不行，不许去！"潘老夫人反对说道。

沈梓乔蹭到她身边，"外祖母啊，我这不是为了去见大哥吗？难道你不想知道大哥在西北过得怎么样吗？"

虽然有消息传来说沈子恺没事，但究竟有没有受伤，还真的是不清楚。

潘老夫人有些意动。

沈梓乔再接再厉地说："而且路上不是有三舅父吗？我一定会平平安安地回来的。回来之后，外祖母您让我做什么我就做什么，绝不让外祖父捣乱了。"

我捣乱？一旁的潘老太爷眼睛一瞪胡子一翘，不悦地瞪着卖祖父求去西北的沈梓乔。

潘老夫人犹豫起来，随即说："要知道你大哥的情况，不是有你三舅父吗？你不用去了。"

"三舅父粗心大意的，他怎么知道大哥哪里受过伤，万一大哥有意隐瞒，不就什么都不知道了吗？"沈梓乔继续哀求地说道。

我粗心大意？三舅父瞪圆了眼睛，他在商行做事是出了名的细心，怎么到外甥女嘴里就成了粗心大意了？

大舅父忍不住大笑起来，"娘，你就让皎皎去吧，反正到时候她去不了军营更去不了战场，就只是在城里，不会有什么事的。"

沈梓乔感激地看向大舅父，果然是大舅父最好了。

潘老太爷哈哈笑着，"就让她去吧，平时也没个姑娘家的样子，说不定去一趟西北回来会变成大姑娘。"

"就是，娘，就让皎皎去见识见识，到了西北说不定就吓得以后再也不敢乱跑了，乖乖地在家里当个深闺姑娘，到时候您想把她嫁到哪里去就嫁到哪里去。"三舅父笑着说。

沈梓乔嘴角抽了抽，"别说的我好像很野似的，我明明就是个温柔娴淑人见人爱的大姑娘！"

祥福小巷的一处三进宅子里，一个身段绰约，容颜娇媚的女子站在二门，含笑望着刚回来的男子。

男子身穿藕荷色纱衫偏襟直裰，生得面如冠玉，见到女子，脸上露出温柔如水的笑容，"佩音……"

这女子正是盛佩音，男子除了九王爷还能是谁？

"今天这么晚才回来，可是商行和酒楼有很多事忙？"盛佩音迎了上去，温婉地挽住他的手，"九爷，让你替我忙这些庶务，我心里实在过意不去。"

九王爷紧紧握着她的手，"别说胡话了，为了你，我什么都愿意做，佩音，我对你的心意，你还不懂么？"

盛佩音感动得眼眶微湿。

两人相携回到屋里，盛佩音亲自服侍九王爷更衣沐浴。

"对了，刚才在锦绣楼遇到沈梓乔了。"九王爷说道，解开腰带，长腿跨入浴桶中，背对着盛佩音说道。

盛佩音微微眯眼，看着他光洁的后背，"哦？没想到会遇到皎皎，她又缠着你了？"

九王爷的手顿了一下，语气有着连他都没有发觉的懊恼，"没有，她就像换了个人一样，才两年没见，沈梓乔变化很大。"

一双柔若无骨的手在他肩膀慢慢地抚摸着，"说不定是她已经心有所属，所以对你不在意了呢？"

"哼，她还能属意谁？不过，我听贺琛提起她的时候，似乎很袒护她。但凡我说一句她不好的，他都能找十句反驳我，还说天宝行在沈梓乔的打理下，比以前还要好些，倒没看出那丫头有这才能。"九王爷回忆着沈梓乔那张明媚灿烂的笑脸，觉得和两年前的那个疯丫头差别甚大。

盛佩音听着听着，脸色越发地阴沉下来，她的眼神充满怨恨。九王爷从来没像今天这样，开口闭口都是沈梓乔。他从来不屑提起这个女人的，今天却说个不停。

好像在可惜沈梓乔已经不再恋慕他似的。

为什么每个人都觉得沈梓乔好？一个草包有什么好的？盛佩音恨不得将沈梓乔挫骨扬灰！

"九爷！"她收起所有的怨怼，声音娇媚地嗔道，"你是不是对皎皎改变心意了？"

盛佩音咬住他的耳垂，往他嘴里轻轻地吹气。

九王爷全身一个激灵，小腹燃起一股邪火，很快就将沈梓乔这个话题抛到脑后。他将盛佩音抱着进了浴桶，迫切地吻住她的双唇。

"我心里怎么还装得下其他女子，佩音，你是知道我的心意，除了你，我谁也不要……"九王爷一手探入她的衣襟里，揉捏着她柔滑如脂的肌肤，浴桶的水好像变得更加滚烫了。

盛佩音满意地微笑，双腿缠绵地圈住他的腰，似有似无地挑逗着他的欲望。

她绝对不会让沈梓乔抢走她的东西。

沈梓乔毁了她在京城的心血，她就要毁了沈梓乔在东越的一切！

就算她们两个人都重活了一世又如何？她绝对不会输给一个草包的！

九王爷粗喘了一声，将她的裙裾扯了下来。

窗外，月华皎洁，正打算送消夜进来的丫环满脸羞红地听着里面传出粗喘和呻吟声，急忙将门帘放了下来，躲到隔间去了。

翌日，沈梓乔正高高兴兴地准备去西北的事项，一个让她心情跌入谷底的消息却传到她耳里。

第一百一十八章　同路

沈梓乔提着裙裾，气呼呼地跑到大舅父的书房，进门果然就看到贺琛坐在太师椅上，她跟大舅父行了一礼后，瞪着贺琛，"你说不让我去西北，凭什么？"

"西北之行太多凶险，你一个姑娘家去做什么？"贺琛皱眉说道。

"关你什么事！"她把那个屁字给吞了回去，好不容易才说服潘老夫人让她跟着去的，这贺琛居然跳出来搅局，她真是想呸他一脸茶！

贺琛的脸色沉了下来，这女人怎么一点都不知道矜持，跟着那么多男人去西北有什么好的？

"好，我不能去，因为我是女子，对吗？那隆昌行的盛佩音呢？她不是女子啊？"这才是让沈梓乔比吃了苍蝇还恶心的消息。

昨天回来后，她跟潘老太爷说起九王爷在东越开酒楼的事，老太爷很快就让人查了出来，九王爷是跟盛佩音一起到东越的，而且刚开张没多久的隆昌行幕后老板就是盛佩音。

早上她刚起来没多久就听说盛佩音和九王爷可能会跟着一起去西北，她真是想掐死他们的心都有了。

贺琛皱眉问道："谁是盛佩音？"

嗯？他不知道盛佩音是谁？沈梓乔吃惊地看着他，"你不知道盛佩音是谁？你不是见过九爷吗？不知道隆昌行的老板是谁？"

"隆昌行他们是刚好要去高南城买药材，所以才同路而已。"贺琛说道，心里却想着那盛佩音去不去跟他有什么关系，他只是不想沈梓乔跟着去，毕竟……毕竟潘家跟贺家是世交，他总不能看着她冒险吧。

啊呸！买什么药材需要盛佩音亲自出马，显然是有问题，沈梓乔叫道，"我不管，我就要去西北。"

贺琛瞪着她，正要开口教训她的时候，大舅父笑了出来，对他说道，"贺贤侄，你就由着她吧，连我们老夫人都答应了，谁还能改变她的主意，反正有她三舅父看着，不会有什么事的。"

潘家的长辈都答应了，他似乎没什么理由反对，贺琛紧抿着唇，本来他决定这次西北之行不去了，如今听到沈梓乔也要去，他又觉得自己非去不可，怕有这个丫头在会闹出什么麻烦。

"是，那我再重新安排吧。"无奈之下，贺琛只好跟大舅父说道。

沈梓乔撇嘴说："喂，我不要跟那个盛佩音一起的，你别把我们安排在一起啊。"

贺琛看了她一眼，对她的故意刁难感到不悦。

那盛佩音又是什么人？沈梓乔为何这般不喜欢她？贺琛好奇起来。

不过，也只是好奇而已。

盛佩音为什么要去西北的高南城？这个问题只有盛佩音自己知道。因为太子在西北。

九王爷虽然看出她的心思，却没有说出来。两年前，他以为她会是他的九王妃，没想到她却进宫去了，皇上给他赐婚，她也无动于衷。

他明白，这就是不爱的表现。

她是喜欢他的，但不够爱他，他看得出来。

进宫没多久，她每次和他见面都会提到太子，说到太子的时候，她脸上会有一种他从来没有见过的神采，温柔，向往，义无反顾……

她爱上了太子，所以才对他的赐婚无动于衷。

可他偏偏就是无法忘记她，在她被赶出皇宫，茫然无措地站在宫门外的时候，他还是忍不住将她抱着上了马车。

她在京城的商铺和酒楼都被同行挤兑得开不下去，盛家因为她被皇后下旨斥骂，道是教女不严，导致她在家里也待不下去，她说想要到东越，他便带着她来了。

如今，她说想要去高南城，他还是答应了。

对她，他总有一种无法拒绝的宽容，或许，因为她曾经那样不顾一切地失身于他。

"沈梓乔也要去西北？"盛佩音听到九王爷的话，忍不住失声叫了出来，"她去做什么？"

她觉得，只要有沈梓乔的地方，不管她做什么事都会失败，这也是她至今还不愿意在东越露面，避开沈梓乔的原因。

"她去看望沈子恺，没什么奇怪的。"九王爷说道，他看了她一眼，"佩音，不如，让我去高南城就行了，你别去了。"

盛佩音压住心头对沈梓乔的怨恨，含笑说道，"高南城的药商刘大爷当初在京城遇到麻烦，我帮过他，他如今才肯借我药材，我若是不亲自去一趟，那怎么好意思。"

九王爷在心里叹了一声，就算让你去了高南城又如何呢？你以为真的能见到太子吗？就算让你见到又如何？他若是对你有情，又怎么会将你赶出皇宫？

这些话，他只能在心里说着。

"我陪你去吧。"九王爷说，让她一个人去，他不放心。

"不用了，你在东越还要看着商行跟锦绣楼。"盛佩音笑着说。

九王爷沉下脸，"商行和锦绣楼都有掌柜看着，本王如何能让你一个人去西北。"

盛佩音笑了笑，"那好吧。"

过了几天，终于能够启程去西北了，沈梓乔心情愉悦地早早做好了准备，为了不引起别人的侧目，只带了红缨在身边。

孟娘子和红玉千叮万嘱要她一定万事小心，生怕她犯糊涂，被别人给欺负了。

沈梓乔认真用力地点头保证自己一定小心翼翼把自己当透明，凡事不出头不逞强，全由三舅父做主，也绝对不会跟贺琛吵架。

好不容易才终于在各种叮嘱中上了马车，她急忙催促小厮赶车，免得潘老夫人忽然之间改变主意不让她去西北了。

直到马车出了城门上了官道，沈梓乔才笑嘻嘻地抱着软枕滚来滚去，"哎呀，终于能去西北了。"

红缨笑着问："三小姐，您去西北到底是为了见谁啊？"

"还用问吗？当然是我大哥！"沈梓乔斩钉截铁地说道，就是为了见沈子恺才要去西北的，不然去干吗。

"那……您见不见齐大少爷啊？不是说齐大少爷为了救大少爷受伤了吗？小姐您一点都不担心他啊？"红缨笑得暧昧起来，身为沈梓乔的贴身婢女，怎么能连主人的心思都猜不到，三小姐想去看望大少爷是真的，但其实也想见到齐铮。

沈梓乔狠狠地瞪了她一眼，"我去了西北跟他偶遇一下又怎么了？"

红缨掩嘴低笑，"当然没问题。"

哼哼！沈梓乔将脸埋在软枕里，好吧，她是有点担心齐铮，但她去西北绝对是为了沈子恺，才不是为了他。

不知过了多久，只见外面日头已经到了正中。为了尽快赶到下个城打尖，他们午膳就在路边找了个阴凉的地方停下，就地吃了些干粮糕点。

孟娘子给沈梓乔准备了很多糕点和酱肉，就是担心她在路上吃得不好。

沈梓乔捧着酱牛肉去找三舅父。

　　贺琛和三舅父正在吃肉包子，见到沈梓乔来了，三舅父眼睛立即一亮，"皎皎，是不是带了什么好吃的？"

　　沈梓乔没想到贺琛也在这里，瘪了瘪嘴才笑着走到三舅父身边，"孟娘子给我准备了酱牛肉，三舅父吃点。"

　　"孟娘子的厨艺一流，贺大少爷，你也来吃点，别客气。"三舅父招呼贺琛。

　　"那就多谢沈三小姐了。"贺琛微笑道。

　　沈梓乔只好肉痛地将酱牛肉从食盒里拿出来，瞪着贺琛低声说道，"你还是客气一点比较好。"

　　她可没准备他的份！

　　贺琛眸中带笑，温煦地看了她一眼。

　　不一会儿，九王爷跟盛佩音两人走了过来，微笑地跟贺琛和三舅父打招呼。

　　见到这两个人，沈梓乔忍着翻白眼的冲动，将自己当透明一样站在三舅父身边，不过眼睛还是忍不住往贺琛瞄去。

　　贺琛这是第一次见到盛佩音吧。

　　"皎皎，我们又见面了。"盛佩音笑盈盈地看着沈梓乔，亲情地上前握住她的手。

　　"是啊。"简直阴魂不散，沈梓乔的态度淡淡的，明明都已经撕破脸了，还装得这么亲切熟悉，这是闹哪样啊。

　　贺琛看了盛佩音一眼，只觉得这个女子端庄大方，语气温和，不明白沈梓乔为什么不喜欢她？

　　盛佩音没有在意沈梓乔的冷淡，她松开沈梓乔的手，"我亲自煮了些花茶给大家提神，大家试试。"

　　三舅父客气地道歉，招呼九王爷一起用膳。

　　盛佩音亲自给贺琛倒了一杯茶，"这一路上劳烦贺大少爷跟潘三爷照顾，给你们添了麻烦，实在是很抱歉。"

　　沈梓乔站到三舅父身边，将自己彻底当透明。

　　盛佩音长袖善舞地跟贺琛和九王爷他们说话，她的声音婉转温柔，听在贺琛耳中，只觉得这样的女子才是真正的大家闺秀，像沈梓乔这样……哪里像大家闺秀了。

　　察觉到贺琛投过来的目光，沈梓乔撇开脸，懒得理他。

　　用过午膳，大家继续赶路，一直到了快要天黑的时候，才终于入城，安排好大米的存放，沈梓乔他们也在客栈打尖住下了。

　　"哎呀，终于能休息了。"马车颠了一整天，她全身都要散架了。

　　"皎皎……"盛佩音在后面叫住她。

第一百一十九章　跟你没关系

没听到！没听到！

沈梓乔不愿意跟盛佩音说话，用脚趾头想都知道她要说什么，她加快步伐走上客栈的二楼。

贺琛恰好看到这一幕，不悦地皱起眉头。

盛佩音在沈梓乔关上门的瞬间，伸手挡住她，笑着问道，"这么怕我？"

"是啊，我怕你又想杀我。"沈梓乔直言不讳地坦言，她还真怕盛佩音又对她耍什么阴谋诡计。

"皎皎，不如我们坐下来好好谈谈。"盛佩音说道。

沈梓乔回她一个微笑，"我和你没什么好说的。"

"你我都是知道接下来会发生什么事情的人，与其互相伤害，不如我们坐下谈谈怎么合作，你觉得怎么样？"

"我不明白你说的是什么，还有，我不会跟一个想要我死的人合作，盛三小姐，就这样吧，不送了。"跟盛佩音合作？还不如自己拿把刀自尽爽快点。

"砰"一声关上门，盛佩音眼中闪过一抹狠厉。

回过头，却见贺琛就站在不远处看着。

盛佩音揩了揩眼角，委屈地低下头，"贺大少爷。"

贺琛礼貌地点了点头，"盛三小姐。"

没想到沈梓乔居然这么刁钻，就算再怎么不喜欢盛佩音，也不应该这样没礼貌，贺琛决定找时间说一说沈梓乔。

休息了一个晚上，沈梓乔感觉自己又生龙活虎充满力量了。

"继续赶路，希望快点到西北。"沈梓乔笑眯眯地准备上马车。

"沈三小姐。"贺琛在她身后叫道，慢慢地走到她面前，"可以跟你说几句话吗？"

沈梓乔看了他一眼，点了点头，"你有什么说的？"

"姑娘家为人要宽厚一些，任性一点没什么大碍，但待人至少要礼貌宽和，你不喜欢盛三小姐，在心里不喜欢就是了，何必表现出来？别见到了，还以为是你心胸狭隘，容不下别的姑娘。"贺琛低声教训着沈梓乔，其实他心里是希望她能够学会怎么圆滑做人，免得将来得罪人都不知道。

如果将来她真的成了贺家的大少奶奶，就更应该学会怎么待人接物了，要是讨厌什么都摆着臭脸，那还怎么得了。

沈梓乔没好气地笑了起来，"贺琛，我做人宽厚不宽厚，待人礼不礼貌跟你有什么关系呢？"

贺琛冷声说："你不觉得你这样很招人厌吗？"

"喜欢我的人会觉得我这样很好，不喜欢我的人，不管我做什么都会觉得我很讨厌，贺大少爷，我没让你喜欢我，所以我做什么说什么都跟你没关系，懂吗？"沈梓乔笑着道。

她本来就没想要当个万人迷，干吗要为了别人的喜好去改变自己，她这样不好吗？

沈梓乔没有理会贺琛，已经转身回了自己的马车。

贺琛若有所思地看着她。

他们的车队很快继续赶路，从东越去西北至少要一个月，这一个月来，沈梓乔都很少跟盛佩音说话，不管盛佩音找什么借口想要跟她合作，沈梓乔都笑眯眯地拒绝了。

贺琛自那天之后，就没有再对沈梓乔训什么话，不过，这一路上他始终都在观察着这个丫头。

他发现她对待别人都很亲切，而且很大方，就算只是赶车的小厮，她都能跟他有说有笑，跟着她三舅父就更不用说了，叽叽喳喳说个不停，脸上的笑容如三月盛开的花儿，唯有对着九爷和盛佩音，才冷漠无言。

对着他也一样，连个笑容都没有。

难道她以前跟九爷他们有瓜葛？

怀着疑虑，他们一行人已经来到西北地界。贺琛下令所有人提高警惕，他们如今所在的地方距离金人的军营只有一座山，虽然布有士兵守着山头，但到了夜晚，还是会怕有金人出现的。

他们运大米的消息一直是保密的，在外人看来，他们只是普通商人而已，怕只怕万一。

"今晚怕是没办法到达高南城了，得明天早上赶路，半夜赶路怕遇到危险。"三舅父跟贺琛说道。

"已经让人前去跟沈将军接头了，明天他们会派兵过来护送。"贺琛说道。

"大家小心一点，尽量不要走远了，这里不是什么能够欣赏风景的好地方，凑合着过一个晚上，明天就可以进城了。"三舅父大声说道，示意大家将装米的车子围成一个圈，大家就在圈里休息。

沈梓乔看了周围一眼，乌漆抹黑的，好像还能听到山的那头传来狼嚎声，她有些害怕地蹭到三舅父身边，"三舅父，我今晚跟您一块守夜！"

"你守什么夜，快休息去吧，没事没事，你爹很快派兵来接我们进城了。"三舅父笑着说，将沈梓乔赶去休息了。

贺琛走了过来，皱眉看着沈梓乔说道，"你别添乱了，快回去休息吧。"

沈梓乔撇了撇嘴，跟三舅父说了一声小心点，这才回到专门给她和盛佩音休息的马车里。

九王爷正在车里不知跟盛佩音说什么，见到沈梓乔过来，两人停下了说话。

站在脚蹬上，沈梓乔面无表情地看着九王爷。

识趣点，快出来好么。

九王爷捏了捏盛佩音的掌心，终于弯腰出了马车，回头正打算跟沈梓乔说两句的时候，沈梓乔已经钻进马车都不曾看他一眼。

沈梓乔进了马车后，坐到角落的软榻闭目养神，当盛佩音是空气。

盛佩音冷睨着她，"听说，潘家想将你许配给贺琛？"

"看起来，贺琛好像不太想娶你的样子啊……"

不要理她！当她是空气！沈梓乔对自己说，任由盛佩音自说自话大半天都没有回她一句，盛佩音悻悻然地闭上嘴，转身下了马车。

没有盛佩音吵着她，沈梓乔迷迷糊糊地睡了过去。不知过了多久，马车外面突然传来一声大叫——

"金贼来了！"

第一百二十章　他来了

沈梓乔是被外面的惊叫声吓醒的。

红缨本来睡在她脚边，吓醒后急忙打开车窗看了出去，只见本来泼墨般的山头不知什么时候亮起了火把，穿着兽皮拿着弯刀的金人骑着骏马将他们围了起来。

贺琛带来的保镖取出兵器警惕紧张地看着这些金人。

大家看起来都很冷静，但其实心里很紧张。

金人嗜血凶残，就算这些在刀口上讨生活的镖局人也不敢正面跟他们对抗，没想到今晚会被金人包围起来。

九王爷和盛佩音站在众人中央，一副凛人不惧的模样。

沈梓乔翻了个白眼，这两个白痴，手无缚鸡之力就别在那里碍手碍脚，又不能杀敌，还要别人浪费武力保护他们。

带头的金人在跟贺琛说话，沈梓乔听得不是很清楚，大意就是要贺琛将大米都交出来，否则要杀光他们的人。

金人怎么会知道他们运送的是大米？

就连盛佩音和九王爷都是瞒着的，金人怎么会知道？

他们对外宣称是贺家要到西北来做买卖，潘立泽和沈梓乔则是想来探望沈子恺，正巧同路而已，这一路上都是贺琛在安排行程，镖局等人也是直接跟他联系，没人知道其实贺琛是跟潘立泽一起运米送往西北。

而且，他们还是分批运送，除了他们这一批，还有另外两个运送队伍是走水路的，水路比他们要快一些，估计早已经运送到军营去了。

所以，是有人泄露了他们的行踪给金人了？

在沈梓乔疑惑之间，贺琛显然跟金人已经达成共识，将大米给他们，不许伤害他们其中任何一个人。

九王爷听到贺琛答应了金人的要求，愤怒地道，"岂可将我的米粮给这些金贼，就算拼死也绝不能妥协。"

这个傻缺难道听不出贺琛是在拖延时间吗？沈梓乔真想冲着九王爷臭骂。

贺琛沉着脸说："留得青山在不愁没柴烧，九爷，保住性命要紧。"

"本王绝不是贪生怕死之辈。"九王爷大声说道。

金人的首领冷笑一声，"原来还有王爷呢，崽儿们，都给我上，把他们的米和女人都带走。"

沈梓乔再一次在心里将九王爷凌虐一万遍。

"三小姐，怎么办？"红缨紧张地看向沈梓乔，心里暗想，一会儿无论如何都要拼死保护三小姐。

"如果真的没办法……我们趁乱骑马逃走。"沈梓乔没遇到过这种情况，她也不知道该怎么办，除了想办法逃跑，她不知道还有什么办法。

脑子进水的才会想着去跟金人硬碰硬。

只听贺琛大声说道："你们只是想要大米而已，若是打起来，我们未必就会输给你们，此去百里就是高南城，沈大将军很快就会来接应我们，你们难道想跟我军拼杀？你们胜算有多少？"

金人首领犹豫起来，摆手让身后的金人停了下来，没错，他们是为了大米而来的，如果没有必要，他们当然不想引来官兵。

"把装大米的马车送过来。"金人首领说道。

九王爷不等贺琛开口，又厉声喝道，"你们这些狗贼，侵略我国土，残杀我子民，如今还想抢我国的大米，你们休想，弟兄们，我们绝不屈服。"

金人首领再次被九王爷挑衅，脑子充血地指挥部下冲破保镖们围起来的圈子。

场面很快就混乱了起来。

潘立泽很快找到沈梓乔的马车，急声道，"皎皎，趁金人没有发现你，你快点逃走，一直往前面就是高南城，你大哥就在城里。"

"三舅父，我们一起走。"沈梓乔叫道，她怎么能丢下三舅父自己逃跑。

贺琛不知什么时候已经过来了，他手里还拿着一把长剑，虽然他是商贾，但从小有练武健身，比不上沈子恺他们奋勇杀敌的身手，自保还是没问题的。

他目光灼亮地看着沈梓乔，沉声说道，"快走！这里撑不了多久的。"

有两个金人朝他们冲了过来，贺琛上前跟他们厮杀起来。

"下车，我们骑马冲出去。"沈梓乔对红缨说道，马车的速度太慢，而且招人注目。

沈梓乔和红缨才下了马车，就见九王爷扶着盛佩音跌跌撞撞跑了过来，看到这两个傻缺，沈梓乔用力控制自己不要一拳揍过去。

控制住了暴力，没能控制嘴巴，沈梓乔讥讽地睨着狼狈不堪的九王爷，"哎哟喂，九王爷不是要大家英勇抗敌吗？怎么不上前去跟金人拼个你死我活啊？这狼狈逃走的样子一点都不像一个热血勇敢的王爷啊。"

"你……"九王爷气得脸色涨红，"无知妇孺，你懂什么！"

那边贺琛已经将两个金人杀死，牵了两匹马过来。

沈梓乔呸了九王爷一脸，"我呸！没脑子就别害死别人，自己没眼力不知道贺琛是在拖延金人就闭上你的嘴，连累你自己去死不要紧，你不要害了别人，你嘴上逞英雄，别人就要拿命去拼，今天晚上因为你死伤多少人，本姑娘都给你记着！你要是不死以后慢慢还！"

身份尊贵的九王爷从出生到现在从来都是娇生惯养，去到哪里都是被捧着奉承着，什么时候被人这样当面骂过？

九王爷一张俊脸涨得发紫，却一句话都说不出来。

贺琛走了过来，拉住沈梓乔的手，"快走，镖局的人挡不住多久的。"

厮杀声越来越激烈，已经有不少护卫被金人杀死。

"佩音，快走！"九王爷见到贺琛身后的马匹，扶着盛佩音上了马背，自己就要翻身上另外一匹马。

被贺琛冷着脸给扯了下来，"九爷，你口口声声要抵抗金贼，怎么却要自己逃走了？"

九王爷被贺琛一扯，整个人跌坐在地上。

贺琛看都不看他一眼，托着沈梓乔的腰上了马背，盯着她说道，"走，不要回头！"

沈梓乔摇头，眼眶湿润地看向三舅父，"我走了，你们怎么办？"

她是贪生怕死没错，但要她为了自己的小命丢下亲人，她做不到，她丢不下三舅父，也无法扔下红缨。

"现在都什么时候了，不要任性，快走！"贺琛喝道。

"杀！那里有女人！"金人不知什么时候已经杀了过来，进到沈梓乔和盛佩音跟前，兴奋得两眼冒光。

九王爷吓得急忙爬到盛佩音的马上，"驾！"

什么狗屁王爷！沈梓乔唾弃地瞪着他们的背影。

"皎皎，我会护着你舅父的，你快走！"贺琛着急地对沈梓乔叫道，他不能让她落入金人的手里，否则下场……他想都不敢想。

沈梓乔看了他一眼，没想到他会这样保护她。

"救命啊……"逃跑没多久的九王爷和盛佩音大叫着跑了回来，马已经不见了，两人身上还带着伤。

身后有数个金人追了过来。

盛佩音尖叫道："外面都是金人，根本跑不出去。"

沈梓乔脸色一变。

九王爷护着盛佩音，背部被金人砍了一刀。

他的护卫急忙过来保护他们。

贺琛将沈梓乔抱着下了马背，他们几人一起上了马车，决定冲出去。

镖局的人根本不是金人的对手，渐渐不敌，越来越多的金人围住他们，已经杀红眼的金人疯狂地叫着。

这是沈梓乔第二次觉得死亡距离她如此近，她很害怕，即使她表现得很淡定，但她的心还是很紧张害怕。

那次被盛佩音派人追杀，至少有齐铮在她身边，她觉得很有安全感，可今天……她看着贺琛的背影，心里想着齐铮。

"皎皎……"齐铮的声音仿佛在耳边响起。

糟糕了，都出现幻听了，要是齐铮真的能踩着五彩祥云来救她，她立刻扑上去以身相许。

"皎皎！皎皎……"

"是我们的军兵！"贺琛大叫了一声。

沈梓乔愣了一下，只觉得周围的打斗声更加激烈，似乎还能听到欢呼声。

"是官兵来救我们了。"贺琛回头对沈梓乔说道，语气欣喜。

三舅父松了口气，"幸好幸好。"

沈梓乔拉开车帘，想看一看究竟是谁来救他们。

昏暗的夜色，只有闪烁的火把在跳跃着，她只能隐约见到一个高大挺拔的身影在马背上砍杀金人，那身影在朝他们这里逼近。

是齐铮——

虽然看不到他的样子，但她能肯定一定是他。

沈梓乔的心剧烈地跳动起来，眼睛变得更加明亮，双手紧紧地绞在一起。

同样发现齐铮的还有九王爷和盛佩音。

齐铮这时候就如从天而降的天神，带给了他们希望。

盛佩音怔怔地看着越来越近的齐铮，感觉自己的心变得火热兴奋。

"皎皎！你在哪里？"齐铮脸色阴沉，手里拿着长戟，全身散发着慑人的寒冷气息。

"齐……齐铮！"沈梓乔的声音因为紧张而有些沙哑，"我，我在这里。"

贺琛抬起头看向沈梓乔，发现她的眼睛亮得如天上的星星。

他顺着她的眼神看了过去。

便见到一个身穿盔甲战袍的男子从马背上翻身而下，大步走了过来，不等他们开口说话，已经将沈梓乔给抱进了怀里。

贺琛觉得心里好像被什么东西刺中，有种麻麻的疼。

第一百二十一章　欢喜

齐铮紧紧抱着沈梓乔。直到这一刻，抱着她温软的身子，他恐惧慌乱的心才平息下来。真是……这丫头太不让人省心了。

他今天刚从军营进城，就听太子殿下说沈梓乔跟着运米的镖局一起到西北了，要明天才能进城，今天晚上就宿在百里之外的山下草原，不过已经派兵前去接应了。

听到沈梓乔居然到西北，齐铮怎么可能还坐得住？不顾太子的阻拦，立刻带着自己的亲兵赶了过来，很快追上准备去接应的大胡子。

大胡子就是曾经在半夜拦住沈梓乔的人。

没多久，他们就得知有金贼要抢米，得到消息的瞬间，齐铮的心跳差点停止了。

幸好赶上了……

"你不要命了，西北是什么地方，是你能来的吗？你这笨脑袋到底怎么想的！"在确认沈梓乔没事后，齐铮的后怕变成愤怒，冲着她一阵怒吼。

沈梓乔瘪了瘪嘴，委屈地说，"我怎么知道会在半路遇到金人。"

"你还敢狡辩！"齐铮瞪着她。

贺琛见沈梓乔一副不敢反驳的样子，和平时对着他的强硬完全不同，伸手就将她拉到自己身后，皱眉看着齐铮，"这位将军，皎皎到西北是因为关心她大哥，跟你有什么关系？"

齐铮冷冷地注视着贺琛。

他想起沈子恺曾经说过，潘家老夫人想将沈梓乔嫁给一个叫贺琛的男人，莫不是这次沈梓乔就是跟着贺琛一起来西北的。

眼前这个紧张护着沈梓乔的男子就是贺琛了。

齐铮觉得自己的胸腔莫名地涨痛起来。

沈梓乔忙插话说："哎哎，现在不是质问我的时候啊，快看看有多少人受伤吧，救人要紧。"

"过来。"齐铮的语气软了下来，对着沈梓乔轻声叫道。

"你怎么会赶得及过来救我们？幸好你及时赶到，不然我们真的完蛋了。"沈梓乔笑着蹭到齐铮身边，讨好地笑着。

贺琛脸色一沉。

拿着滴血大刀的大胡子走了过来，对齐铮说道，"齐副将，一百金贼死七十，俘虏三十。"

"我们受伤了多少人？"齐铮问道。

"战死四十，还有数十人受伤。"大胡子的眼睛往沈梓乔瞄去。难怪齐铮不要命地赶过来，原来是为了这个姑娘。

两年前他就怀疑了，这个齐铮跟沈梓乔肯定关系不简单，果然如此。

"护送伤者入城。"齐铮冷声下着命令。

沈梓乔被齐铮送上马车，她听到外面传来盛佩音的声音，"齐将军，九王爷也受伤了。"

齐铮声音冰冷地吩咐，"杜青，护送九王爷。"

接着就没再听到齐铮的声音，马车已经启动了。

贺琛和三舅父骑着马走在一旁，看着齐铮挺拔高大的背影，三舅父没忍住好奇，低声问着里面的沈梓乔，"皎皎，那位副将，你认识吗？"

刚刚都已经抱在一起了，难道还能不认识吗？贺琛双手抓紧手里的马鞍，心底一阵烦躁。

果然不像深闺千金，居然跟一个男子大庭广众之下就抱在一起，就不怕影响了自己的声誉吗？

贺琛很想训斥她，却知道自己没有那个资格。

沈梓乔听到三舅父的问话，笑着回道，"他叫齐铮，我们在京城认识的。"

"很熟？"三舅父再次问。

"还好啊。"沈梓乔脸颊微红，低头看着自己的手，不知道什么时候染上了血迹。

三舅父若有所思地看着齐铮的背影，刚刚他对沈梓乔的紧张是一清二楚，那种害怕失去的恐惧那么明显地表现在他眼中，应该是很在乎皎皎吧。

糟了！老夫人还在准备等皎皎回去就让她嫁给贺琛呢……

三舅父看了看贺琛，顿时觉得一个头两个大，他不是瞎子，当然看得出贺琛在一路上对沈梓乔的照顾和在乎。如果不是为了沈梓乔，贺琛怎么每次都着急赶路，希望能够进城在客栈休息，还经常让人去买当地的美食拿给皎皎。

哎，三舅父苦大仇深地叹了一声。

他们进城的时候，天已经蒙蒙亮了。

沈子恺已经听到消息从军营赶了回来，在城门见到人影，立刻就跑了上来，对着齐铮骂道，"你不要命了，都已经伤成这样了还赶去救人。"

齐铮的脸色有些发白，他指了指后面的马车，"皎皎在里面，我先进城了。"

"快让军医给他看看伤口裂开没？"沈子恺担心沈梓乔，只能无奈地看着齐铮骑着马进了城，交代旁边的人赶紧去找军医。

"大哥！"沈梓乔在马车上看到了沈子恺，高兴地叫了一声，不顾还在行走的马车，立刻跳了下来，朝着沈子恺奔跑过来。

"你这个丫头！"沈子恺故意板着脸，直到沈梓乔来到他面前，他仍然站着不动。

"哎呀，大哥，你别开口教训我啊，我已经被训够了，我就是担心你，所以才来看看，我一路上都好好的，谁知道会在这里遇到金人。"沈梓乔噘嘴委屈地说道。

"你还好意思说！"沈子恺瞪了他一眼。

三舅父和贺琛走了过来，"恺哥儿！"

沈子恺忙跟三舅父行礼，"三舅父，一路上辛苦了，赶紧进城休息吧。"

"对了，九王爷和盛三小姐呢？"贺琛问道。

九王爷替盛佩音挡了一刀，还不知死活呢。

提到这两个人，沈子恺眼底闪过一抹厌恶，"已经让大夫去替九王爷医治了，我们进城再说吧。"

众人进了城，就被沈子恺让人安排了去休息，至于九王爷和盛佩音，已经没人去关心了。

"大哥，齐铮呢？"沈梓乔吃了热粥，洗了个热水澡恢复了精神后，才想起进城后一直没见到齐铮。

"他？哼，不死也没了半条命。"刚从齐铮那里回来的沈子恺没好气地说道。

沈梓乔愣了一下，"他怎么了？"

"前天为了救杜将军被金人砍中肩膀，伤口还没痊愈本来就该好好休息，他一听说你来西北，不要命似的就赶去找你了，之前为了救我被射中一箭，居然还能带着我们杀出重围，这次也是一样……"

"他受伤了？"不等沈子恺说完，沈梓乔已经站了起来，她瞪着已经洗干净的双手，手上的血迹是他的？

"军医才帮他包扎好，这会儿又说要赶回军营去，怎么都劝不住。"沈子恺瞄着妹妹的脸色，故意叹息说道。

沈梓乔秀眉紧蹙，"齐铮在哪里？"

"哦，就在你隔壁院子。"沈子恺说道，"不过不知道他去军营没，你找他有什么事……"

话还没问完，沈梓乔已经大步走出去了。

沈子恺嘿嘿地笑了起来，自从上次齐铮救了他一命，他们两个就成了患难兄弟，当然也确定了齐铮对皎皎的心意，就不知道皎皎对他是什么想法。

沈梓乔现在真是什么想法都没有，她只是很想揍那个混账一顿。

"齐铮！"沈梓乔进了院门，果然就见到齐铮从屋里走出来，身上只披着一件袍子，隐约可见肩膀至腰间包扎的纱布。

"皎皎，你怎么来了？"齐铮拉了拉身上的袍子，诧异地看着气呼呼跑到他面前的沈梓乔。

"你跟我进来！"沈梓乔拖着他的手进了屋里，一把将他身上的袍子扯开，看见他赤裸的上身包扎着厚厚一层纱布，还有血迹渗出来。

沈梓乔的眼眶发红，都已经伤成这样了，还跑去救她。

"皎皎，这不是昨晚受的伤，那几个金贼根本不足一提，不用担心。"齐铮拿回她手里的袍子，笑着说道。

"混蛋！"沈梓乔抬手想揍他，只是抬起来的手怎么也打不下去，"都已经受这么重的伤，你还跑去救我们，你不要命了是不是。"

齐铮怔了怔，"这只是小伤，不碍事。"

"你还骗我！"沈梓乔气呼呼地瞪着他。

"要不，我拆开给你看看？"齐铮深幽的眸子含了一抹浅笑，低眸看着她气呼呼的小脸。

沈梓乔急忙拉住他的手，"伤口要是又裂开怎么办？你不怕痛啊？"

"我真的没事。"齐铮向她迈近一步，轻轻环着她的腰，"只是小伤而已，已经习以为常了，我去救你，是因为我很担心你，害怕你有什么事……皎皎，其实，你来了，我很欢喜，真的很欢喜。"

他的嗓音低沉喑哑，温热的气息喷在她脸上，两个人之间的距离不到一个拳头，他赤裸的上身温度滚烫，沈梓乔的目光落在他结实精壮的胸膛，脸颊蹭蹭地烧红起来。

"那你还要去军营？都已经受伤了，不能修养些时日吗？"沈梓乔不敢抬头看他，她能感觉到他灼热的目光正紧紧地盯着她。

齐铮磁性的笑声在她耳边低而缓地响起，"谁说我要去军营？你在这里……我怎么舍得那么快走。"

嗯？沈梓乔抬起头瞪他，"你没想要去军营？大哥骗我？"

"皎皎呵……"齐铮轻笑，低头吻住她噘起的小嘴，铁臂收紧力道，将她紧紧地抱在怀里。

沈梓乔挣扎了一下，渐渐地放松了身体，软软地偎依着他的胸膛，踮起脚尖，羞怯地回应他的吻。

第一百二十二章　甩门

　　得到沈梓乔的回应，齐铮心底一阵大喜，低喘一声想要加深这个充满思念的吻。

　　"齐铮！"屋外，忽然传来一个男子的声音。

　　沈梓乔被这个中气十足的声音震得全身一僵，猛然推开齐铮，俏脸红得要滴出血来。

　　齐铮双手捧着她的脸，哑声地叫了一声，"皎皎，有没有想我？"

　　他们至少有两年没有见面了，他变得更加成熟稳重，行为举止之间带着军人特有的凛冽气势，比以前更加有男人魅力；而她，圆圆的脸蛋已经脱去稚气，身段也已经长开了，是个鲜妍娇媚的大姑娘了。

　　"齐铮，在不在里面？"外面的人继续喊着。

　　沈梓乔红着脸推开他，往后面退了几步，"好像是太子殿下的声音。"

　　就是那个不识时务专门打搅他人好事的混蛋！齐铮很郁闷，好不容易才终于见到心上人，两人还没说几句话呢。

　　齐铮沉着脸去开门，见到太子殿下，他连行礼都省了，一张臭脸对着他。

　　"听说你伤口又裂开了，没事吧？知道你紧张皎皎，也不用这么拼命，人家皎皎还未必感激你，你……"太子殿下说着说着，眼睛落在齐铮身后已经窘得想挖个洞埋了自己的沈梓乔。

　　他再看向臭着一张脸的齐铮，立刻明白自己来的不是时候。

　　"要不，我一会儿再过来？"太子殿下忍着笑问道。

　　沈梓乔轻咳了一声，朝着太子行了一礼，"殿下。"转头又对齐铮说，"你忙吧，我先回去了。"

　　不等齐铮反应过来，她已经跑了出去，不到几步又停了下来，回过身子瞪着齐铮说道，"伤势没有痊愈之前，不许再去军营。"

齐铮嘴角微扬，"好。"

沈梓乔这才心满意足笑眯眯地回到自己的屋里。

贺琛不知什么时候已经站在门外等她。

他默默地看着她，她眉眼带笑，神采飞扬，有一种他从来没有见过的快乐深藏在她眼里。

她是从齐铮那里回来的……

"贺琛，你怎么在这里？已经一整个晚上没休息了，你怎么不休息一下？"见到贺琛，沈梓乔笑着问道，因为经历过生死，特别是在他不顾一切都要保护她之后，她对他的印象已经完全改观了。

"你也知道昨晚没休息，怎么自己不好好在屋里，跑去哪里了？"贺琛习惯性地教训她。

"齐铮受伤了，我去看看啊。"沈梓乔说道。

贺琛很想克制自己不要说重话，但听到她真的去找齐铮，又忍不住了，"你一个姑娘家家的，就这么去找一个男子像什么话？孤男寡女，就不怕招人闲话吗？"

"没那么严重吧……"沈梓乔真的没有这种感觉，齐铮受伤了，她去看一下又怎么了？

"你到底懂不懂自爱！"贺琛怒道。

沈梓乔笑了笑，"好好，我下次会注意了啊。"

贺琛再多的话都说不出来了，看到她这种良好的认错态度，他还能说什么呢？

"昨晚有没有被吓到？"他的语气缓了下来，有着连他都没察觉出来的温柔和担心。

"都差点没命了还没吓到那就太奇葩了。"沈梓乔自嘲一笑，"不过你不用担心，我没有心理阴影，还是能够吃得好睡得好。"

贺琛失笑，"跟个孩子似的，快回去歇息吧。"

"那你也回去好好休息。"沈梓乔点了点头说道，她真的很困了。

目送沈梓乔进屋之后，贺琛才轻笑摇头，回去自己的房间了。

沈梓乔这一睡就睡了大半天，睁开眼睛的时候，已经快到傍晚了。

沈梓乔的精神恢复了不少，虽然眼下还有一圈青色，不过已经没有那么憔悴了，沈子恺亲自给她送了晚膳过来，沈梓乔立刻笑得跟一朵花儿似的。

"我好饿好饿。"沈梓乔嗷嗷叫着，她其实是被饿醒的。

"这都是齐铮让人给你找来的。"沈子恺笑眯眯地说，无时无刻不帮齐铮在沈梓乔心里争取地位。

沈梓乔甜甜一笑，怎么会不明白沈子恺的心思，"谢谢大哥。"

"皎皎，听三舅父说，那贺琛一路上对你挺照顾的？"沈子恺盯着沈梓乔的脸色，想从她脸上看出什么来。

贺琛虽然是商贾，但贺家是天下第一的商贾，贺琛又长得一表人才，说起来，不比齐铮差多少。

"嗯。"沈梓乔专注填饱肚子，嘴巴没空跟沈子恺说话。

沈子恺轻咳了一声，"皎皎啊，你该不会真的想永远留在东越吧？"

"我真的想。"沈梓乔咽下嘴里的东西，笑着说，"东越多好啊，没有祖母没有那么多糟心的事，外祖父外祖母疼我，舅父舅母喜欢我，我想做什么就做什么，用不着看谁的脸色，京城有什么好的，一想到要回京城就觉得不开心。"

这话让站在门边正打算进来的沈萧愣住了。

他进城的时候听说女儿到了，立刻就想过来看一看皎皎昨晚有没有受到惊吓，没想到会听到女儿这一番话。

这是皎皎的真心话吧……

对她来说，京城似乎没有值得留恋的地方。

"那你的亲事怎么办？你都十七了，该定亲了。等大哥这次回京城，就帮你把亲事定下来。"沈子恺自然是不反对皎皎住在东越，但他反对皎皎嫁给贺琛啊。

沈梓乔瘪嘴，"大哥就这么急着想把我嫁出去？"

"我是为了你好。"沈子恺说。

"就算为了我好，你总得经过爹的同意啊，大哥，以后可千万不能让爹做主我的亲事，就他的眼光，我很不放心。"会答应跟陈雪灵成亲的沈萧当真让人不太信任。

沈萧听着一对子女对他的评价，老脸沉得快打雷了。

"你真的想嫁给贺琛？"沈子恺急忙低声问道。

"怎么这样问？"沈梓乔挑眉问道，她哪点看出来像是想嫁给贺琛的样子啊？

沈子恺说："外祖父给我写信说的。"

看来是外祖母的意思啊！沈梓乔头疼地叹了一声，"别说我不想嫁给贺琛，就算我想啊，人家都不会娶我的。"

贺琛根本看不上她啊。

沈子恺嘀咕道："齐铮倒是不错。"

"大哥，你什么时候跟齐铮变成铁哥们了？"以前沈子恺虽然欣赏齐铮，但没有像现在这么为他说话，这两人因为在同个军营，所以关系变好了？

沈子恺说："齐铮救了我一命。"

"大哥，你不会想拿我去替你以身相许报恩吧？"沈梓乔满头黑线地问道。

沈萧再也听不下去了！他重重咳了一声，面无表情地走了进来，眼睛严厉地扫过沈子恺心虚的脸。

"爹……"沈梓乔急忙站了起来，抽出手帕摸了摸嘴，差点忘记沈萧也在高南城了。

"爹，您怎么来了？"沈子恺忙问道。

沈萧瞪了他一眼，温和地问沈梓乔，"你没受到惊吓吧？"

"哦，没事，齐铮救了我们大家。"沈梓乔回道，她当时是很怕，但齐铮救了他们之后，她现在真的没有什么负面的情绪。

只要不去回想，就没有后怕。

"没事就好。"沈萧点了点头，却不知还能说什么，自从陈雪灵那件事后，他就明显感觉到女儿对他的疏离和淡漠。

"你跟我出来。"沈萧只好瞪向沈子恺，准备拎他去教训一下，什么时候皎皎的亲事轮到他做主了？

沈子恺只好跟着沈萧走了出去。

他们父子前脚才离开，齐铮就来了。

"你怎么来了？"沈梓乔咬着藕片，黑葡萄似的眼睛水灵灵地看着坐在对面的男子。

眼睛不自觉地往他胸口瞄去，她想起今天早上手掌贴着他肌肤的感觉，像包着铁的丝绸一样，触感不错。

"皎皎，你再这样看着我，我就不保证了……"齐铮漆黑的眸子含着笑，声音沙哑地说道。

沈梓乔收回视线，低头看着自己的手，"你找我什么事？"

齐铮强忍着上前将她抓进怀里的冲动，沉声说道，"昨天晚上，金人是怎么发现你们的？"

"我不太清楚，我那时候在马车里睡着了。"沈梓乔说道，"醒来的时候，金人已经将我们包围了，你是不是怀疑有人泄露了我们的行踪？"

"除了贺琛和你三舅父，没人知道运的是什么，那些金人是怎么知道的？"齐铮剑眉一挑，面色冷峻严厉，语气有几分像在质问沈梓乔。

沈梓乔见到他这个样子，心里有些不舒服，瘪嘴道，"我怎么知道金人是怎么知道的，你怀疑贺琛和我三舅父吗？"

"我没怀疑你三舅父。"齐铮说道。这次金人袭击他们明显是有奸细，知情人就那么几个，究竟是谁跟金人有勾结？

"那你就是怀疑贺琛？绝对不会是他。"沈梓乔笃定地说，她绝对不相信贺琛会跟金人勾结。

贺琛虽然是商人，但他有一颗热血爱国的心，不然不会将大米都捐给朝廷。

齐铮寒声问："你如何知道贺琛不会勾结金人？你对他了解多深？"

"真的不会是他，你再去查清楚，不要冤枉好人。"沈梓乔说道。金人的那个首领不是被抓了吗？问他就最好了。

"你还真在乎他！"齐铮脸色阴沉地站了起来，眼中蕴满了怒意。

"喂……"沈梓乔诧异地看着忽然生气发火的齐铮。

齐铮却已经甩门出去了。

第一百二十三章　争辩

生气了？沈梓乔眨巴着满是问号的大眼，她说错什么了吗？

齐铮的确很恼怒，贺琛这个名字在一年前就记在他脑海里了，因为沈梓乔不止一次在给沈子恺的信里提到他。通过沈子恺，齐铮还知道潘家老夫人有意要将沈梓乔许配给贺琛，这是一个让齐铮感到威胁的男人。

这次金人袭击的商队，绝对是有人故意勾结金人将消息泄露出去，他实际上并没有真的怀疑贺琛，只是沈梓乔那紧张的态度让他觉得心里很添堵。

其实恼怒之余，他更多的是担忧和不确定。

离开京城的时候，他很笃定沈梓乔对他是有感觉的，只是两人名分始终未定，她如果真的对贺琛有意……

不，不会的！

早上他抱着她的时候，她的神情一点都不抗拒，如果她喜欢贺琛，怎么还会任由自己亲她？

齐铮愤怒的脚步停了下来，站在原地让自己冷静了下来。

而就在齐铮离开沈梓乔屋里的时候，贺琛恰好从另外一个方向走来，只看到齐铮大步远去的背影。

贺琛看着着他的背影沉思了一会儿。

沈梓乔从里面走了出来，看到贺琛站在门边发呆，疑惑走了过去，"你在做什么？"

"哦，没事。"贺琛回过神，浅笑摇了摇头，"听说九王爷伤势比较重，所以想去看一看，盛三小姐怕是受了惊吓，你不如去安抚她……"

让她去安抚盛佩音？到时候受到惊吓的人就是她了吧。

"那你去吧。"沈梓乔挥挥小手，没有答应。

贺琛侧头看着她，"皎皎……你跟盛佩音是不是有过节？"

哎哟，真不容易，终于看出来了，沈梓乔笑了笑，"在京城有些摩擦，对了，还没谢谢你呢，昨晚真的多亏有你。"

"既然你跟着我的商队，我自然要护着你的安全。"贺琛沉声说，实际上救了她的并不是他，而是齐铮。

"不管怎样，还是谢谢你啊。"沈梓乔笑着。

贺琛看着她真挚诚恳的笑容，心底有一丝异样的感觉，"过两天就要回东越了，你……你还要跟我们一起回去吗？"

"当然要啦。"沈梓乔说，不回去她留在这里做什么？又不会打仗，"不过，要这么急吗？"

贺琛笑着说："东越还有很多事的。"

沈梓乔"哦"了一声，发现这是她和贺琛认识这么久第一次心平气和地说话，"哦，还有一件事，我们运米到西北的事，除了你和我三舅父，还有别人知道吗？"

"知道这件事的人都是我的心腹，绝对不会出卖我们的。"贺琛眸色冷凝，语气中透着说不出的坚定，他对自己的心腹有绝对的信心，那种事绝对不是他们做的。

"我不是怀疑你，你不觉得奇怪吗？就没有怀疑过我们怎么会受到袭击的吗？"沈梓乔问。

他当然有所怀疑，只是还没查出究竟是谁。

"这个人一定要揪出来，不然以后恐怕对二十四行不利。"沈梓乔说，如果二十四行出了一个卖国贼，恐怕以后朝廷对二十四行就没这么宽容了。

贺琛点了点头，"我知道，我一会儿去找潘三爷。"

抬脚准备离开，却见到齐铮去而复返，正站在不远处目光冷锐地看着他们。

"齐副将。"贺琛拱手一礼，跟齐铮寒暄一番。

"贺大少爷。"齐铮轻轻颔首，朝着他们走了过来，漆黑的眸子落在沈梓乔小嘴噘起的脸上。

两个大男人彼此打了招呼后又沉默下来，根本找不到话题。

"过来，我有话跟你说。"齐铮对着沈梓乔沉声说道。

沈梓乔瘪瘪嘴，对齐铮的这种强势态度感到不高兴，他对她就不能用一种比较平和的态度吗？

她又没有欠他什么。

贺琛皱起眉心，他自然是看出齐铮对沈梓乔有一种……很强的占有欲，只是，沈梓乔对齐铮这样不觉得厌恶吗？

以前他稍微说她两句，她已经拂袖离开，根本懒得跟他多说一句话。

可现在……

她看起来虽然不高兴，但眼中并没有怒意，是一种对熟人才有的娇嗔不满。

心似有一种割肉般的痛，贺琛忙说，"我还要去九王爷那里，先走了。"

贺琛有些落荒而逃地离开了。

"喂……"沈梓乔诧异地叫住他，不过贺琛却好像没有听到，已经消失在视线中。

齐铮握住她的手，紧紧地盯着她，"我有话跟你说。"

"我没话跟你说。"沈梓乔没好气地甩开他的手，"也不想听你说。"

"皎皎！"齐铮钳住她的双臂，冷声说道，"你不想听我说话，那你跟贺琛说的那么高兴！"

沈梓乔没好气地说："对啊，我就是和他说的很高兴，关你什么事。"

齐铮的脸色铁青，额头青筋暴突，怒火蹭蹭地蹿了上来，他将她打横扛了起来，大步地往屋里走去。

"啊啊——齐铮，你干什么，放我下来，你这个混蛋，我脑充血了啊。"沈梓乔尖声叫了起来，双手用力地捶打齐铮的背部。

"三小姐……齐大少爷？"红缨惊讶地看着这一幕，一时竟不知怎么反应。

沈梓乔叫道："红缨，救我！"

红缨立刻追了上去，"三小姐！"

齐铮一脚踹开门，回头冷冷地看着红缨，那眼神如同千年寒冰一样，吓得红缨登时白了脸。

"砰——"齐铮将门给关上了。

"齐铮，你这个混蛋！"沈梓乔气得手脚并用地揍他。

"别闹！"齐铮喝道，轻易就将她制服了，抓紧怀里搂住她，"我们好好说话。"

沈梓乔怒道："你这是跟我好好说话的样子吗？你到底把我当什么？高兴的时候就对我笑，不高兴的时候就板着一张臭脸，你想亲就亲，想骂就骂，凭什么凭什么啊。"

"我没骂你。"齐铮沉着脸说。

"你有！你有！"沈梓乔叫道。

齐铮叹了一声，柔声说，"那个不是骂你，我也没有对你板着臭脸。"

沈梓乔怒瞪着他，噘着小嘴儿不说话。

"我……"齐铮俊脸莫名地红了起来，他用力抱着沈梓乔，怕她推开自己，"我很想你。"

"哼！"沈梓乔完全没有领会他的意思，心里还生气他刚刚的强硬态度。

齐铮的下巴靠在她发顶，轻轻地摩擦着，声音说不出的暗哑轻柔，"不要生气了好吗？"

"我不喜欢你这样。"沈梓乔瘪嘴道。

"那……那你喜欢什么样？"齐铮全身僵硬地说。

像贺琛那样的吗？

他立刻又说道："你别忘了，你已经是我的人了，休想嫁给别人！"

沈梓乔淡淡地说："我就是不喜欢你这样，你从来不问我的意思，没错，我是觉得你很好，但我不一定要嫁给你啊，你为什么那么笃定我一定非君不嫁？是不是除了你我就嫁不出去了？"

齐铮急忙移开她，扶着她的肩膀柔声说道，"皎皎，我不是这个意思，我只是怕……怕我在西北的时候，你嫁给别人，我怕你对别的男子动心，所以……所以我才……除了你，我不曾跟别的女子亲近，我不知道说什么话能让你欢喜，更不知道你对我是不是像我对你一样。你大哥说，你要留在东越，又要跟贺琛定亲，你不知道我是怎么克制自己不要去将你从东越强行带走……"

沈梓乔怔怔地看着他，这算不算表白了？

"谁说我要跟贺琛定亲？"沈梓乔问道。

"你大哥说的。"齐铮说。

沈梓乔心里将沈子恺嘀咕了一遍，她撇嘴道："就算是这样，你也不能这样对我啊！感情是双方的，不能你喜欢我，我就一定要嫁给你，一定要喜欢你啊。"

齐铮的呼吸顿时一滞，"你不嫁给我还能嫁给谁？"

又来了！沈梓乔瞪着他。

"皎皎，以后我不板着脸，也不凶你。我们好好的，你别恼我，好不好？"齐铮深吸了一口气，尽量地心平气和地说。

沈梓乔看着这个一脸紧张的男人，其实自己也并不是真的那么生气，只是他强势的态度让她很不爽。

"那是不是以后什么事都是我说了算？"沈梓乔问道。

"是，你说什么就是什么。"齐铮忙说。

沈梓乔斜睨着他，"就算我以后都不回京城？"

齐铮的呼吸粗重了起来，他的胸膛剧烈起伏着，语气有一种压抑的紧张，"我们回京城成亲，然后单独出来住，我一定会让你过得跟在东越一样舒适的。"

"可是，我喜欢在东越啊。"沈梓乔说，在东越，她才能感受到亲人的温馨气氛，在京城只会斗得筋疲力尽。

"皎皎！"齐铮着急起来。

"好了，就这样吧，我要去找三舅父了。还有，贺琛绝对不是卖国贼，你可以试试在其他人身上去查。"沈梓乔说道。

话题什么时候到了贺琛身上，齐铮觉得心里各种憋闷。

沈梓乔笑着扯了扯他的脸颊，"你还要在西北一年，以后的事谁知道呢，对吧。"

"只要将金人赶出荒原，我们就能班师回朝。"齐铮说道。

"我等你。"沈梓乔笑着说。

她愿意相信他是值得她等待的人，动心……其实早已经有一点了，只是始终不敢太投入而已。

第一百二十四章　相劝

　　金人袭击的时候，九王爷为了救盛佩音，替她挡了一刀，伤口几乎见骨。要不是齐铮及时赶到，他就算不失血过多而死，也要被痛死。

　　贺琛走进来的时候，军医正在给九王爷换药。屋里除了服侍的小厮，没有见到其他人。

　　"九爷。"贺琛作揖一礼，习惯了称呼九王爷为九爷，一时之间没有改过来。

　　九王爷没有在意，忍着痛含笑说，"贺大少爷，请坐。"

　　军医将纱布绑了个结，恭敬地交代，"九王爷仔细不要沾水，明日下官再来换药。"仔细叮嘱几声之后，军医才退了出去。

　　屋里的小厮搀扶九王爷侧靠着大迎枕，在九王爷的示意下，低头退下。

　　"贺大少爷，找我有什么事？"若是换了以前在京城，九王爷怎么会屈尊降贵跟一个商贾这样客气，只是这两年他离开京城磨炼了些时日，明白自己除了身份尊贵，其实一无是处，所以早已经没了当年的傲气和目中无人的态度。

　　贺琛轻咳了一声，"九王爷，您伤势如何了？"

　　"没有伤到筋骨，死不了。"九王爷苦笑道，"捡回一条命。"

　　"何至于如此。"贺琛问道。在东越，他算是跟九王爷比较熟悉的人了，知道他为了盛佩音居然连命都不要了。

　　他怎么都看不出盛佩音值得让九王爷这么对她。

　　九王爷知道贺琛问的是什么，他只是淡淡一笑。每个人都有自己的执著，就如他在锦绣园得到盛佩音的身子，对她便有一种无法解开的魔。

　　"九王爷，其实，我是想问你，我们这次运米到西北，你可有说给其他人知道？"贺琛问道。

　　当初运米这件事被九王爷知晓是很不巧的，贺琛原是想着九王爷的身份特殊，想来应该没什么关系，没想到居然出事了。

他也不是怀疑九王爷勾结金人，只是，他将所有知情的人都虑了一遍，最让他不敢保证的，就只有九王爷了。

"你怀疑是我勾结金人？"九王爷皱眉问道。

九王爷的脸色不自觉地沉了下来，他虽然只是个闲散王爷，但对这个国家绝对是忠诚的，这是他祖宗的江山，他怎么可能会出卖祖宗的基业！

贺琛忙说："我不是这个意思，只是问问罢了。"

"你怀疑本王，怎么不怀疑你自己的人？"九王爷忍不住怒道。

"九王爷，我的人只剩下两个人，其他的都死了。"贺琛压着心底的悲痛，哑声地回答。

至于其他知情的走水路的那些人，根本不知道他们的路线，又怎么勾结金人？

九王爷愣了一下，如果不是他……贺琛的人或许不用被金人杀死。

他尴尬地扯了扯嘴角。

贺琛站了起来，凝望着九王爷沉声说，"不打扰九王爷休息了。"

九王爷张了张口，却是一句话都说不出来。

待贺琛离开，盛佩音端着鸡汤走了进来，笑盈盈地看着九王爷，"九爷，你觉得如何？伤口还疼不疼？"

盛佩音一边走一边问着，盛了一碗鸡汤坐到床榻边，关切地凝望着九王爷。

"没什么大碍，你去哪里了？"九王爷问道。

"去替你煮汤啊。"盛佩音笑眯了眼，一口一口地喂着九王爷，"你为了救我，流了那么多血，九爷，你以后不要再这样了。"

九王爷深情地看着她，"我怎么舍得让你受伤。"

盛佩音羞赧地低下头。

"佩音，有件事我想问问你。"九王爷推开她的手，第一次对盛佩音露出严肃的面容。

"什么事？"盛佩音问道。

九王爷犹豫了一下，商队运米到西北的事他是瞒着盛佩音的，只是两人激情过后，他松口说了出来，虽然已经叮嘱她不要说出去了，但……凡事都有万一。

"运米这件事，你有没有跟别人说过？"九王爷低声问道，眼睑低垂。

盛佩音怔了一下，久久没有开口。就在九王爷以为她生气的时候，她才问道："你觉得是我泄露了消息？"

"音儿，我只是问问。"九王爷说道。

"你就是怀疑我，你以为是我泄露了消息，所以才让金人袭击我们。"盛佩音眼眶含着眼泪站了起来，痛心失望地看着他。

"音儿……"九王爷伸手要拉住她。

盛佩音甩开他的手，将瓷碗重重地放在桌面上，低泣着跑了出去。

九王爷心里一紧，忙挣扎站起来想要追上，谁知道才站起身，眼前一黑，只觉得一阵昏眩，整个人都跌坐了回去。扯到背后的伤口，痛得他全身都抽搐起来。

"音儿……"他痛苦地叫了一声。

"九皇叔，你没事吧？"太子在门外听到九王爷的痛呼声急忙走了进来，见九王爷整个人趴在床边站不直身子，大步走了过来将他扶起。

九王爷一见是太子殿下，努力忍住背部的剧痛，想要摆出一副没事的样子，"没事没事，不小心而已。"

太子殿下皱眉摇头，他刚才看到盛佩音从这里出去，想来九王爷这样子跟她脱不了干系。

"九皇叔，你既不喜父皇的赐婚，你直接跟父皇说了便是，何至于离开京城这么多年，还差点被金人……"太子叹了一声，"你若是想娶盛佩音，我还是想劝你三思。"

盛佩音的为人……太子殿下实在不愿意这个女人成为皇家的人。

九王爷苦笑一声，"殿下，怎么这样说？"

"你怕是还不知晓，盛佩音曾经利用你府里的死士去刺杀沈梓乔的事……"太子简单地说起盛佩音的狠毒。

这件事九王爷确实不知道，因为那时候他已经不在京城。他离开之前，交代过王府里的人，盛佩音的命令就是他的命令，要听从她的吩咐。

他怎么也想不到盛佩音会杀沈梓乔。

"沈梓乔做了什么伤害她的事？"九王爷急忙问道，他心爱的女子一直是个坚强善良的人，怎么可能会随随便便就去杀人，一定是什么地方弄错了。

太子知道九王爷对盛佩音用情至深，必是不愿意相信她的恶毒，"九皇叔，你莫要再被蒙蔽。皎皎只是救了小皇孙便招惹她的怨恨，这样的女子，不值得你舍命相救。"

第一百二十五章 过去

盛佩音从九王爷的房间出来，一直跑出了后门，在大宅后面的小山旁发怔，脸上的委屈娇弱泪水已经被冷静替代。怎样在男人面前表现出能够得到怜惜的一面，她比谁都更清楚，但此时她心底除了委屈，还有愤怒。

九王爷居然怀疑她！

她怎么可能做出那种事！运送大米到西北的事，她连身边的丫环都没说，就是写信给父亲，也只是说随同贺琛他们的商队到高南城，其他的一字不提，九王爷竟然怀疑她！

信？盛佩音脸色微微一变。

在前往西北的路上，她拢共收到父亲写的十封信，每一封信都关心她到了什么地方，她每次回信都详细地说了……

难道那些信在中途被截走了？

盛佩音大惊，如果真是这样，那多少跟她还是有点关系的，她有些惊慌起来，要是让人知道了，说不定真的会以为是父亲出卖商队勾结金人。

绝对不能让任何人知道这件事。

她冷静下来，将裙裾沾上的树叶拿走，拿出绢帕到不远处的小溪边绞了绞水，对着清澈的小溪整理仪容。她现在已经没有谁能够依靠了，除了九王爷……

九王爷对她是掏心掏肺的好，她心里很清楚，这辈子再也不会有一个男人像他一样对待她了。

虽然她深爱的男子是太子殿下，但她不能再负了九王爷。

盛佩音回头，见到不远处沈子恺正跟一个长相斯文的男子在说话，似是察觉到她的视线。沈子恺看了过来，一见是盛佩音，他眉眼间流露出一丝厌恶，侧过头只当没有见到她。

沈子恺的这种毫不掩饰的神情让盛佩音嘴角的微笑僵住了。

这到底是怎么回事？为什么每个人都对她怀着敌意？作为女子，她有天生敏锐的直觉，第一次见到沈子恺的时候，她没有忽略他眼底的惊艳，他对她绝对是有感觉的，为什么后来忽然就变样了？

一定是沈梓乔！

沈梓乔那小贱人为了对付她，不知在沈子恺面前说了多少她的坏话，这才让沈子恺对她这么冷漠。

还有太子殿下……

都是沈梓乔害的！如果不是沈梓乔，她如今何至于有这样的下场？她在京城的心血如何会被莫名其妙地毁了。

如今更不要试图让沈子恺和齐铮对她改变印象了，他们都知道她曾经想要杀沈梓乔的事，对她只有戒备，绝对不会跟她亲近的。

看着沈子恺渐渐远去的背影，盛佩音收拾郁闷的心情，想要回去找九王爷。

她才走近后门，便见到齐铮身姿傲然如松地站在面前。

盛佩音怔了一下，怔怔地看着这个明明熟悉却又很陌生的男子，她真的没想到齐铮一个傻子能够有今日的地位。

不，齐铮不是傻子，一个傻子怎么可能会有这样慑人森然的气势，怎么会有这样笃定自信的眼神，他一直都是在装傻！

想通了这一点，盛佩音看向齐铮的目光不自觉地带上了惧意。

她清楚这个男人绝对不是自己能够对付的。

"齐大少爷，你怎么会在这里？"忽略心头的惧意，盛佩音往前走了一步，娇媚的俏脸带着客气的微笑。

"你去哪里？"齐铮冷眸注视着她，对于这个差点让人杀了沈梓乔的女子，他绝对不会掉以轻心，时刻防止她再次做出伤害皎皎的事。

语气里的怀疑和警惕刺伤了盛佩音，她冷笑一声，"难不成齐大少爷以为我去给金人传递消息了？"

齐铮的声音有一种说不出的凛冽寒意，"最好如此，若是没什么事，就不要随意出去。"

盛佩音哼了一声，"有劳齐大少爷提醒了！"

说完，她挺直腰板，昂首从齐铮身边走了过去。

"齐铮，齐铮……"沈梓乔从鹅卵石小道跑了过来，笑嘻嘻地扑向齐铮的后背。

盛佩音听到沈梓乔的声音，眼底涌起强烈的恨意，她回过头，看着齐铮严肃俊美的脸庞柔和了下来，眼底流淌着能溺死人的似水温柔。

沈梓乔挽着齐铮的手臂，笑靥如花地说着，"好了，我们出去吧。"

那笑容刺激得盛佩音的心底翻起熊熊怒火。

"走吧。"齐铮含笑牵起沈梓乔的手，两人并肩走出后门。

为什么！为什么！

沈梓乔到底有什么好？齐铮究竟喜欢那个草包什么？那样温柔的笑容，那样包容一切的笑容……盛佩音嫉妒得发狂。

齐铮一定是瞎了眼才会看上沈梓乔！

金乌西坠，红霞布满半边天，云层如海浪一样层层叠叠，微风徐徐，初夏的夜风让人觉得很舒服。

天气很好，九王爷的心情却很不好。

太子说的话依旧在他耳边回荡着，关于盛佩音在京城的所作所为，他根本不敢相信自己所听到的。

他所钟爱的女子难道不是一个善良温婉的姑娘吗？

盛佩音怎么可能为了接近太子而故意伤害小皇孙，怎么会为了自己的私欲让死士去追杀沈梓乔？

沈梓乔虽然为人讨厌，但也没做什么伤天害理的事情，更没对盛佩音做什么，盛佩音为何要对她下狠手？

九王爷想不明白。

盛佩音低着头走了进来，见九王爷居然站在窗边，急忙走了过去，"你怎么起来了？受了那么重的伤，你好好躺着休养啊。"

听到盛佩音的声音，九王爷身子一僵，艰难地侧头看向她。

"我扶你回去吧。"盛佩音眼角微湿，还是一副受了委屈的样子，但她眼底对九王爷的关心却是实实在在的。

"音儿……"九王爷握住她的手，"我不在京城的日子，你在宫里过得如何？"

"我过得很好啊。"盛佩音笑着说，小心翼翼将九王爷搀扶到床上去。

九王爷握住她的手，"音儿，可有去见过沈梓乔？"

提到自己痛恨的人，盛佩音柔婉的脸色沉了下来，"方才见过了，好着呢。"

九王爷还有许多话想问，却终究问不出来。

到底还是不舍……

"音儿，我们成亲吧。"九王爷说。

盛佩音一怔，眼底挣扎了一下，才羞赧道，"你这样就想娶我过门？"

"回京城我便去盛家提亲。"九王爷笑了起来。

"嗯。"盛佩音轻轻靠在他大腿上，她想，就这样吧，不要再去想着太子了，他是不可能对她动心了，她也想要一个对自己包容宠溺的男人。

只有九王爷会毫无计较地对她好。

齐铮牵着沈梓乔的手，两人慢慢地走在染满夕阳的小道上。

"你几岁开始练武？手指的茧子这么厚？"沈梓乔玩着齐铮的手指，他的指腹和虎口有一层厚茧，如果不是长年累月的锻炼，是不可能有这样一层茧子的。

"五岁。"齐铮的眼睛含着笑，对她的孩子气只有浓浓的宠溺。

沈梓乔"哇"了一声，"才多大的小屁孩就要练武？谁教你啊？对了，你几岁开始装傻啊？"

想起小时候的艰辛和难过，齐铮的眸色微沉，牵着她的手微微用力，"五岁的时候，我母亲就去世了。我师父原是我母亲的陪房，后来在我院子里当管事，我们都是半夜偷偷练的。"

"为……为什么？"沈梓乔不明白齐铮到底遭遇了什么需要装傻才能过日子。

齐铮和她来到小溪旁边，这条小溪的水源是山上的泉水，汩汩而流，清澈见底，有几条小鱼在水里戏耍，听到脚步声，惊得一哄而散。

他们坐了下来，齐铮低声说起他小时候的事情，"我母亲身子原就不太好，我父亲在外面养了外室。本来已经打算让那外室离开京城，小顾氏将这件事告诉了我母亲。母亲是个性子刚烈的女子，知道父亲瞒着她在外面养了外室，且生了一子一女，气得肝火上升，闹得家无宁日。那外室不甘离开京城……找了各种方法求见我母亲，最后还抱着儿子想撞死在我母亲面前。结果那女子没死，她儿子却死了，我父亲要将那女子接回家，母亲气得吐血，之后就没再醒来了。"

齐铮说得很简单，没有任何情绪起伏，仿佛是在说着别人的故事。

沈梓乔却听得瞠目结舌，太让人震惊了！

"那……那对子女呢？"沈梓乔问道。

"不知道，母亲过世之后，小顾氏没多久就进门了，父亲因为愧疚……我很少见到他，我以为小顾氏是好人，原想跟她亲近。若不是差点中毒，只怕我也不会装傻，但也不可能活到现在。"齐铮自嘲地冷笑，"我母亲的死，跟小顾氏脱不了干系。"

"你装傻，是为了防着小顾氏？"沈梓乔问道。

"我要防的人太多了……"齐铮低声说，"只有傻子才能够得到更多自由。"

"那个外室呢？"沈梓乔好奇地问，如今好像没听说安国公有养什么外室啊。

第一百二十六章　设宴

提到自己最不愿意回想的记忆，齐铮全身的肌肉绷得很紧，那时候他虽然只有五岁，但很多事情都记在他脑海里了。

"不知道，她跟她的女儿都不知去了哪里。"齐铮说。

"那你继续说，外室走了之后，小顾氏什么时候进门？进门之后对你怎么样？"沈梓乔急忙问道。

齐铮轻笑出声，将她搂到怀里，用力地吸了一下她身上馨香的味道，紧绷的肌肉慢慢地放松，"我母亲去世不到百日，小顾氏就进门了。不到九个月，就生下齐锋，齐锋满月的时候，我在祖母那里才见到，父亲让我抱一下他，结果他却大哭起来……大腿不知怎么有一大块淤青……"

"然后大家以为是你做的？"沈梓乔惊讶地问，她怎么都不相信齐铮会对一个才满月的孩子下手。

"我被打了一顿，从内院搬出去，一个人住在外院。"齐铮平静地说，关于当时被打得怎样，他被冤枉后是什么心情，他都没有提起。

一般男子都要十一二岁才搬出外院吧。

才五岁的小孩子就让他一个人搬到外院，而且才刚刚失去母亲啊，安国公从来没考虑过儿子的感受吗？

沈梓乔心疼地握住他的手，与他十指紧扣。

"你就是从那时候开始变傻？"沈梓乔问，难道装傻是为了吸引更多人的注意，后来就一直装下去了？

齐铮说："是差点中毒……如果不是师父，恐怕我早已经死了。"

沈梓乔吃惊地看着他，不可思议地惊呼出声，"中毒？"

"小厨房拿来的酸梅汤，我一向不喜欢吃酸的，就给了师父……"齐铮的声音低沉下来，眼底闪过一抹伤感。

师父对于他的意义，比安国公更像个父亲。

但师父却因为他中毒身亡了。

"然后呢？"沈梓乔只觉得嘴巴发苦，她已经不知道该说什么。跟齐铮比起来，她在沈家的日子简直太幸福了。

"将计就计，我也跟着中毒了，只是没有师父严重，所以就变傻了。"齐铮说道。

沈梓乔低头以脸颊蹭了蹭他的手背，"真是太可怜了，要是没有师父，你可能就真的是变成呆瓜了，是谁下毒的？"

所以他心里一直很感谢师父，齐铮的手指在她脸颊流连，"我是在十岁那年才查出来，下毒的人是小顾氏身边的人，除了小顾氏想我死，还会有谁？"

"你父亲一直都不知道小顾氏的为人？"沈梓乔拍开他的手，心想，以后她要是真的嫁给他，岂不是要面对小顾氏这种比沈老夫人段数不知高多少的女人过日子？哎呀，想起来都觉得好累，感觉爱不起来啊。

齐铮说："我不知道，他的事与我无关，将来我也没打算留在齐家。"

那还好还好！沈梓乔露齿一笑，心底松了口气。

"怕吗？"齐铮低眸看她，黝黑的俊脸平静淡定，心里其实很紧张。

沈梓乔诚实地点了点头，她经历过最厉害的也就是抢她的嫁妆，不给她饭吃的老太婆而已，这种下毒害死人的，还真是没经验。就她这种粗心大意的人，真的跟小顾氏成了对手，死得比较快吧……

齐铮的眼角抽了抽，还敢点头？

他一把将她拉进怀里，"你怕什么，不是还有我吗？我不会让任何人欺负你的。"

"你能保护我一时保护不了一世啊。"沈梓乔实话实说，要是能够只有他们两个人过日子就再好不过了。

不对不对，她都还没答应要嫁给他呢，想那么长远做什么。

"皎皎！"齐铮紧张地捧着她的脸，目光灼灼地盯着她，"我们不用怕，你也不需要去服侍她。她过她的日子，我们过自己的日子。等时候到了，我们就搬出来，好不好？"

沈梓乔爽快地点头，"好啊！不过，要是我爹不让我嫁给你呢？"

齐铮得到她的答应，心情如烟花盛放般灿烂，他哪里还听得到她后面那句，早已经低头吻住她的小嘴了。

他们两人就坐在小溪边的草地上，沈梓乔被他抱着坐在他的大腿上，整个人团在他怀里。温热的薄唇覆在她唇瓣上，温柔地吸吮啃咬，直到她情不自禁双唇轻启，他的舌尖灵活地滑进去，卷住她的丁香小舌，逼她回应自己的吻。

沈梓乔扭动着小身板，双手抵在他胸前，想要推开他。

他们的身子紧贴着，她能感觉到他滚烫的体温，不知怎么，沈梓乔觉得自己也跟着全身滚烫起来，像一只烫熟了的虾子一样。

"放开啦！"沈梓乔挣扎了一下，感觉到他的吻跟前两次都不同，她有一点害怕。

齐铮的呼吸有些粗重，他舍不得放开她，将她抱得更紧了，低头吻住她纤细的锁骨，用力地舔吻着。

沈梓乔全身轻轻地颤抖着，她用力咬住他胸前的肌肉，"不要，齐铮！这里……这里不行啊！"

齐铮胸前的肌肉吃痛，他粗喘着抬起头，漆黑的眼眸翻滚着浓烈的欲望，眸光灼热地看着她。

"你看清楚这里是什么地方！"沈梓乔没好气地用力拍了他的肩膀一下，身子却不敢再动了，免得让他又冲动了。

"我忍不住。皎皎，这两年来，我天天想着你……"他用力地抱住她，几乎想将她揉进自己的身体似的。

沈梓乔拧了拧她的腰肉，没好气地道，"你整天都想些什么啊，到底是不是来打仗的。"

齐铮将她的手拉开握在手里，含着她的耳垂哑声说道，"我睡觉的时候想。"

"想什么想，不许想！"沈梓乔红着脸叫道。

看着她羞红的俏脸，齐铮只觉得好不容易压下去的邪火又蹿了上来，重新低头咬住她的唇。

"大哥！"沈梓乔大叫。

齐铮连忙放开她，回头看了过去，人影都没有一个。

沈梓乔哈哈大笑地从他怀里溜走。

"你这个小坏蛋！"齐铮没好气地看着她，站起来伸手抓住她。

"明明是你心虚！要是让我大哥见到你这样，哼哼，小心灭了你！"沈梓乔做了个割脖子的动作。

齐铮笑着一把抓住她，"灭了我，嗯？"

"哎呀，好痛好痛，你弄疼我的手了。"沈梓乔大叫着喊疼。

"哪里？我看看。"齐铮吓了一跳，急忙松开手检查是不是自己抓得太用力弄伤了她。

沈梓乔嘻嘻笑着，用力扯了扯他的脸颊，"骗你的。"

齐铮一怔，笑着摇了摇头，宠溺地看着这个不知什么时候在他心底扎根的姑娘，只觉得有一种从来没有过的满足感溢满心间。

"快天黑了，我们回去吧。"齐铮牵过她的手，两人踏上归途。

休息了两日，太子殿下设宴请东越来的商队，也当是迟来的洗尘宴席。

沈梓乔作为商行的老板之一，自然也在被宴请的行列中。

到了高南城后，沈梓乔已经将九王爷这个人忘到九霄云外去了。直到在宴席上见到脸色苍白的他，才想起这个笨蛋好像受了重伤。

活该！沈梓乔一点同情心都没有，在心里哼哼地想着，如果不是他自己犯二，不顾他人性命装什么英雄，怎么会连累那么多人死伤，活该自己受伤。

还有盛佩音，沈梓乔见她居然低眉顺耳地坐在九王爷身边，没有跟在主位上的太子殿下抛媚眼，觉得真是各种不正常。

不过，不管这对二货想干什么，都跟她沈梓乔没关系。

相对沈梓乔这种事不关己冷漠对待的态度，九王爷见到她的时候却不怎么冷静了。

他的心情是复杂的。

不但想起盛佩音差点害了沈梓乔，还想起那天被沈梓乔当着所有人的面不客气地臭骂了一顿。

从来没人敢这么骂他！

沈梓乔骂得还一点都不客气，跟以前见到他总是脸红紧张的样子完全不同，她对他真的如她所说，已经完全没有一点感情了。

九王爷有些闷闷地哼了一声。

"怎么了？"盛佩音听到他的声音，疑惑地问了一句。

"没事。"九王爷微微一笑，将落在沈梓乔脸上的视线移开。

盛佩音看向沈梓乔。

沈梓乔坐在沈子恺旁边，兄妹二人不知在小声说着什么，脸上带着灿烂明媚的笑容让人怎么看怎么讨厌。

贺琛就坐在沈梓乔对面，他面色沉静如水，心里却有一种说不出的低落。

那日……他看到她和齐铮并肩从后门回来的，她同样是满脸笑容，但跟如今的笑却不一样。在齐铮面前，她笑得更加甜蜜，而齐铮看着她的眼神，他至今仍深深刻在脑海里。

那是一种漫无边际的宠爱，好像不管沈梓乔说什么做什么，在齐铮看来，她都是最好的。

这就是喜欢她的人，不管她做什么，都是会很喜欢的吧。

其实，如今在他心中，不管沈梓乔做什么，他也觉得……会喜欢啊。

"贺大少爷？"旁边的潘立泽扯了扯贺琛的衣袖。

贺琛回过神，敛去眼中的苦涩，"怎么？"

"殿下在跟你说话呢！"潘立泽说道，眼角扫了扫沈梓乔，心里叹了一声。

第一百二十七章　单挑

贺琛很快就回过神，将心底的酸涩强压了下去，谈笑如常地应付着太子殿下，齐铮将他的神色看在眼里，深邃的眼眸微沉几分。

这一顿洗尘饭大家表面上吃得开心，但实际上没有几个人笑得出，因为还没找到勾结金人的奸细，所以每个人说话都带着一点小心翼翼的谨慎，生怕说错话透漏了什么又让金人给知道了。

过了一会儿，太子让人将俘虏来的女奴上来献舞。

金人的五官比较深邃，身材高大强壮，就连女人也比他们中原的要高大很多，不过身材很好，凹凸有致，那一晃一晃的胸脯让在场不少男人的眼睛都看直了。

沈梓乔也看得津津有味。

不过齐铮和贺琛的脸色却不怎么好看，齐铮更是直接走向沈梓乔，将她从位置上提了起来，压低嗓音说道，"这里不适合你，回去吧。"

"哪里不适合了？我觉得挺好的啊。"沈梓乔完全没有一点格格不入的感觉，这金人的舞跳得多好看啊，她才舍不得走呢。

齐铮见好几个副将盯着那些女奴的眼神都已经快冒火了，他不悦地遮住沈梓乔的视线，"这里都是男子在喝酒，你一个姑娘家在这儿做什么？快回去！"

"哪里啊，也有别的姑娘啊。"沈梓乔指着那些大厅里好几个没见过的姑娘家，觉得齐铮大题小做。

不过话说回来，如今跟盛佩音仍然在纠缠的也就九王爷了吧……

"你跟她们不一样。"齐铮的脸色越来越难看，沈梓乔指的那几个是杜将军的女儿和她的属下，杜艳娥同样是副将，是少有的女将军。

沈梓乔小嘴一瘪，委屈地看着他，"哪里不一样？"

他们两人这样站着说话，已经招来不少人的眼光，虽然大部分人还沉浸在歌舞当中。

"皎皎，你就听齐铮的话回去吧。"沈子恺本来就竖着耳朵在听他们俩说话，见齐铮根本劝不住自己的妹妹，他才忍不住开口。

沈梓乔扁嘴瞪着沈子恺。

呃？沈子恺移开头，算了，还是让齐铮自己去劝吧。

"你乖，先回去，明天我再带你出去。"齐铮的声音软和下来，好声好气地劝着沈梓乔，"你看这里都是男子，一会儿兽性大发玷污了你的眼睛怎么办？我舍不得啊，听话，回内院去，明天我带着你去吃好吃的。"

吃货的软肋不就是吃么？沈梓乔咬牙妥协了，虽然她很想继续看这些精彩的歌舞。

"哼，原来战场上杀人如麻，被金贼视为阎罗再世的铁面将军竟然还怕个娘们，低声下气的真是侮辱了我们军人的脸！"一道不高不低的嗓音尖锐地响起，正巧这时候歌舞停了下来，这道声音传进了所有人耳中。

已经准备悄悄退下的沈梓乔脚步一滞，回头看着走在她身后的齐铮。

却见他面色如常，好像没有听见似的。

"说得你好像不是个娘们似的。"坐在沈子恺身后的一个年轻男子嗤笑出声，讽刺地看着说话的杜艳娥。

"你说什么？"杜艳娥怒目瞪向说话的人，认出那是齐铮的属下王世襄。

"我说什么你听不懂吗？杜小姐。"王世襄更加讽刺地叫道。

杜艳娥的五官端正，身材高挑，大概因为常年在战场的原因，肌肤比较黝黑，算不上明艳动人，不过还算清秀。

她懒得理会王世襄，而是看向无视她的齐铮，"齐铮，我当你是铁铮铮的男子汉，原来不过如此，对着一个娘们这么低声下气，我还真是高看你了。"

"艳娥，不得放肆！"跟沈萧坐在一起的杜将军杜吉沉声喝住她。

"我哪里说错了？"杜艳娥不服气地问道，她就是见不得齐铮对着一个只会撒娇任性装可怜的女人轻声细语。她之前找他说话，他都是冷着一张脸，连多余的笑容都吝啬给她。

为什么对着那女子就这么温柔！

特别是他眼中宠溺的笑意，简直碍眼得让人想一剑杀了那个沈梓乔！

"你没说错，不过不是我大哥的心上人，所以在我大哥眼中，你不是个娘们。"王世襄继续发挥毒舌功能，他就是看着杜艳娥不顺眼，整天自以为是，看不起别人，以为全天下就她一个女人最厉害似的。

　　杜艳娥气得脸色发青，"王世襄，你说什么？"

　　"人话。"王世襄回道。

　　"你……"

　　杜吉再次开口，"艳娥，坐下！"

　　"我要跟她单挑！"杜艳娥指着沈梓乔，气红了眼睛大声喝道。

　　沈梓乔炯炯有神地看着她，妹子，咱能不能别这么汉子作风……单挑什么的，真心不适合她啊。

　　"杜小姐，请你适可而止，皎皎根本不懂武艺，如何跟你单挑？"齐铮冷冷地问道，眼睛警告地看着杜艳娥。

　　这种差别对待的态度更刺激了杜艳娥，她鄙夷地看着他，"堂堂沈大将军的女儿，居然一点武艺都不懂，齐铮，你到底看上她什么？"

　　沈萧和沈子恺的脸色都沉了下来，不悦地看着杜艳娥。

　　他们家的皎皎什么时候轮到这个女人来教训和嫌弃了？说什么单挑，她以为天下有几个女子跟她一样会上战场，根本就是想找机会欺负皎皎！

　　齐铮不等他们父子出声，已经淡声开口，"我就喜欢她不懂武艺。"

　　沈梓乔觉得这一刻齐铮真是帅得让人想亲一口。

　　作为女人，沈梓乔自然看得出这个女将军是喜欢齐铮的，看来齐铮很受欢迎嘛，不过她一点都没有让贤的意思，她的男人谁也别想抢走！

　　杜艳娥嫉恨地瞪着沈梓乔，"你就只会躲在别人身后吗？"

　　沈梓乔点了点头，"我打不过你，不跟你打。"

　　"没用的废物！"杜艳娥哼了一声，鄙夷地骂道。

　　"我妹妹是废物？难道每个女子都应该跟你一样，男不男，女不女的，整天混在男人堆里，一点姑娘家的样子都没有才叫有用吗？"沈子恺炸毛了，这个杜艳娥当他们沈家的人是死的吗？居然当着他们的面一再地羞辱皎皎。

　　杜艳娥被骂得脸色涨紫，忽然就拔起腰间的剑攻向沈子恺，沈子恺将脚边的凳子踢过去挡开一剑，瞬息之间，两人已经在大厅中央打了起来。

　　"大哥……"沈梓乔吓了一跳，怕沈子恺受伤。

　　齐铮轻声安抚她，"她不是你大哥的对手，不用担心。"

　　沈梓乔嘀咕抱怨道："都怪你拈花惹草，你看，都连累我大哥了。"

　　关他什么事？他对杜艳娥就跟对待其他人一样，谁知道她为何总是那么喜欢跟他作对。

　　"够了！"就在沈子恺快将杜艳娥给打败的时候，太子殿下终于开口阻止了。

　　杜吉和沈萧同时出手，拦下各自的子女。

"爹，放开我，我要教训这个混蛋！"杜艳娥用力地挣扎着，她打不过齐铮就算了，不相信打不过这个沈子恺。

"够了！"杜吉大声喝住杜艳娥，"你还想丢人丢到什么时候？"

其实在场的人都看出来了，杜艳娥就是在嫉妒齐铮对沈梓乔好，早在沈梓乔没来高南城的时候，就有不少人打趣她，将她跟齐铮硬凑成一对，还开玩笑着说将金贼打败后就喝他们的喜酒。

齐铮的性子本来就比较冷漠，从来不去辩解什么，他连杜艳娥到底长什么样子都记不太清楚，哪里还会在乎别人的玩笑。

他不在乎，但不代表杜艳娥不在乎，她几乎是当真了，以为齐铮是喜欢她的，只不过他比较内敛，所以没有说出来而已。

可忽然就来了个沈梓乔。

那天她看到他们在溪边的样子……

她从来没见过齐铮笑得那么温柔，他在沈梓乔耳边说话的样子是她从来没有见过的，就像……就像一下子活了过来，不再是人人惧怕的阎王，而变成另一个人了。

沈梓乔有什么好的？值得齐铮对她这么特别？

一想到他亲吻沈梓乔的画面，杜艳娥就恨得想将沈梓乔撕了。

"杜小姐，皎皎只是个手无缚鸡之力的女子，单挑就罢了。今天是替东越商队洗尘，本是高兴的事，大家别闹得不愉快了。"太子温和地说着，却隐隐有警告的意思。

杜艳娥瞪了沈梓乔一眼，撇嘴应了一声"是"。

当事人沈梓乔无辜地站在齐铮身边。

杜吉哈哈地笑了起来，对着齐铮说道，"看来再过不久，齐副将就要大喜了。"

沈萧瞥了齐铮和沈梓乔一眼，什么都没有说。

贺琛的眼神黯了下来。

"大家继续喝酒吧。"太子殿下招呼道。

一直坐在角落的盛佩音眼睛带笑地看着杜艳娥，嘴角扬了起来。

第一百二十八章　挑拨

太子开口之后，大厅的气氛才缓和下来。齐铮接收到沈萧凌厉探究的眼神，他坦然地回视，俊脸没有一丝心虚。

沈萧嘴角挑了挑，示意他带着沈梓乔先行离开。

对于齐铮这个年轻人，沈萧一直很欣赏，且不论自己的女儿曾经揍过他，他不但没有介意还为女儿说话，就他救过沈子恺，能带着百来号人救了杜吉，成为金贼闻风丧胆的阎罗，沈萧就敢肯定这个人的前程绝对不会平淡。

但前程是一回事，对皎皎好不好是另外一回事。

在杜艳娥挑衅皎皎的时候，他这个当父亲的一直沉默，就是想看看齐铮究竟会不会为了女儿得罪杜吉。

一般的武将都不会想得罪杜吉这个大将军的。

齐铮没有让他失望。

这次他回京城应该就能替皎皎准备嫁妆了，想到女儿对自己的态度依旧冷漠，沈萧满心酸涩，尽是无奈。

"爹，齐铮如何？"已经重新入座的沈子恺悄声问着沈萧，眼睛发亮充满得意。

他之前就跟父亲说过齐铮为人不错，绝对可以成为沈家的乘龙快婿，父亲还觉得犹豫，如今见到齐铮这么护着皎皎，应该满意了吧。

"你都还没成亲，就想要妹妹嫁出去？"沈萧没好气地问道。

他们父子疏淡的关系已经在渐渐地修复了，沈萧还是比较欣慰的，只要他不娶陈雪灵，儿子对他就能够跟以前一样。

沈子恺摸了摸鼻子，"不能这么算，雯姐儿她们不是成亲了么？"

"这次回家，你祖母会做主替你定亲。"沈萧说道，想起临行前母亲的话，他直觉得脑仁突突地胀疼起来。

他如何会不明白母亲的意思？不就是想要找个听话乖巧的孙媳妇，以后可以控制恺哥儿么？也不想想，恺哥儿怎么可能会顺从她的安排。

果然，沈子恺听到沈萧的话，脸色顿时一变，淡淡一笑，"祖母忘记了，我娘不是替我定亲了么？"

潘氏临死之前跟沈子恺交代过，早在他六岁的时候就替他定了一门亲事。虽然只是口头上的承诺，但潘氏拿了一块玉佩给对方当信物，只是那姑娘今年尚未及笄，所以这门亲事才一直没有提起而已。

如今老夫人的意思，是要背信弃义，让他毁了亲事，重新跟别的姑娘定亲？这将他母亲的承诺置之何处？

沈萧说："也不知道朱家的姑娘如何。"

"不管朱姑娘为人如何，都肯定比老夫人看上的好。"沈子恺不客气地说道。

"你怎么说话的！"沈萧不悦地瞪了他一眼。

沈子恺不以为然，只要他不答应，老夫人也拿他没办法。

这边父子在说话，那边杜吉已经让人将杜艳娥带了下去，盛佩音含笑跟九王爷说要出去一下，便尾随杜艳娥出去了。

杜艳娥被带了出来，心口还憋着气，她拔出腰间的剑用力地砍着花园里的树，"齐铮，你这个王八蛋！我恨死你，恨死你！"

她从来没这么在意过一个男子，那沈梓乔有什么好的？齐铮究竟喜欢她什么！

"啊啊啊——"杜艳娥尖叫出声。

盛佩音冷眼看着杜艳娥在发泄怒火，等她喘着气停歇下来的时候，她才轻笑一声，"我们英姿飒爽的巾帼英雄受了委屈居然只会在这里砍树，这要是让你的敌人知道了，不是要笑掉大牙吗？"

忽然多了一道陌生的声音，杜艳娥回头瞪向盛佩音，认出她是刚刚坐在九王爷身边的女子，哼了一声，"你是谁？"

"我和你一样，跟你一样讨厌沈梓乔。"盛佩音说，虽然她也不喜欢杜艳娥这种盛气凌人的性子，但敌人的敌人就是自己的朋友，她觉得杜艳娥亲切了不少。

杜艳娥的性格虽然容易冲动，但不是没脑子的人。她斜睨着盛佩音，绝对不会认为她出现在这里只是偶然，"那又如何？"

盛佩音将了将耳边的碎发，笑容苦涩委屈，"看到你，就如同看到以前的我，想必杜小姐不了解沈梓乔的为人吧？"

杜艳娥虽然出身京城人士，但实际自幼是在边关长大的，在京城的日子屈指可数，的确不了解沈梓乔的为人。

"所以你一定不知道，京城的名门闺秀对她是如何不屑一顾，沈梓乔最擅长的就是死缠烂打，以前只要见到九王爷，就像苍蝇见到……见到蜜糖，什么仪态什么规矩都不在乎，将九王爷纠缠得烦躁不已，好长一段时间闭门不出，就怕遇到沈梓乔……"

"后来不知怎么就看上了齐大少爷，用尽了方法让齐大少爷关注她……我看，齐大少爷必是不知道她以前的为人，如今才对她这般好的。"

杜艳娥听得怒火翻腾，却又没有全然相信，"你说的是真的？"

"你尽可以去打听，凡是京城的人都知道沈梓乔是个什么样的人，齐大少爷……真是有眼无珠。"盛佩音可惜地感叹。

"住口！"杜艳娥喝住她，不允许任何人在她面前说齐铮的坏话。

盛佩音笑了笑，果然不再说了。

杜艳娥只觉得心口的火气蹭蹭往上冒，她气呼呼地瞪了盛佩音一眼，掉头就走。

看着她往内院的方向走去，盛佩音眉眼带笑，得意地转过身子，却看到九王爷满脸苦涩，目光复杂地看着她。

齐铮牵着沈梓乔的手，慢慢地走回了内院。

如今这炎夏的天气，两只手牵着容易出汗，沈梓乔甩开齐铮的手，噘嘴说很热。

"不高兴了？"齐铮仔细地打量着她，怕她因为杜艳娥的事不开心。

"我干吗不高兴？"沈梓乔甩着两只手，听到齐铮这问，只觉得莫名其妙，一双清澈明亮的大眼忽闪忽闪地看着他。

今晚的月亮不知躲在什么地方，夜幕只有满天的星辰，她的眼睛跟星星一样明亮，看得齐铮的心突突地加快跳了起来，耳朵有些发热。

"那个……杜艳娥……这样对你，你不生气吗？"齐铮小声问道，悄悄地往她面前走近了两步，低眸看着在月光下莹润娇嫩的脸庞。

沈梓乔挑了挑眉，"我为什么要生气？她喜欢你，看我不顺眼是肯定的啊，如果我喜欢你，你不喜欢我，我也会讨厌你喜欢的姑娘啊。"

齐铮立刻说："我没有不喜欢你，我喜欢，很喜欢。"

低沉的嗓音在这寂静的庭院有一种说不出的性感，沈梓乔笑眯了眼，用力地在他脸颊亲了一下，"我知道。"

在沈梓乔离开他脸颊的瞬间，齐铮伸手按住她的后脑勺，将她压向自己，重重地吻住她的唇。

"唔……"四唇相撞，沈梓乔吃疼地轻呼，齐铮灵活湿热的舌已经钻了进来，夺去她的声音。

他贪婪地舔吻她的唇，汲取她的甜蜜。只是他一手拿着灯笼，一手扣着她的后脑勺，怀里的小家伙一点都不安分，身子扭来扭去的要推开他，齐铮将手贴着她的后背，将她柔软的身躯紧贴着自己，渐渐地加深这个吻。

直到沈梓乔快喘不过气，他们才结束绵长深入的吻。

沈梓乔双颊酡红，娇喘着瞪了他一眼，"要是被人见到怎么办？"

齐铮贴着她的脸颊，牙齿轻啃她的耳垂，哑声笑道，"这时候哪里会有人经过这里。"

"去！"沈梓乔啐了他一下。

"皎皎……"齐铮贪恋她身上淡淡的馨香，跟其他女子的胭脂味不同，他就喜欢她身上这种清爽的味道，"再亲一下，好不好？"

沈梓乔嗔了他一眼，在他唇上亲了一口，"要是让别人见到你这样子，还不将他们吓到了。"

"只让你看到。"齐铮笑着说，抱着她舍不得放开。

"前面就到了，我自己回去吧，你还要回宴席那边呢。"沈梓乔笑着说。

那边宴席有什么好的！齐铮哪里舍得离开她，牵着她的手继续走着。

"话说回来，你到底做了什么勾引了人家小姑娘这么喜欢你？"想到杜艳娥那幽怨含恨的目光在她身上扫来扫去的，沈梓乔觉得自己很危险。

齐铮捏了捏她的鼻尖，"胡说什么。"

沈梓乔挽着他的胳膊，"我不管，你一定要洁身自爱，不能被别的姑娘勾引了啊。"

"哈哈哈——"齐铮大声笑了出来，低头在她的脸颊亲了几下，"小丫头！"

"嗯哼，反正你要跟我在一起就不能有什么小妾通房，我不喜欢。"沈梓乔说完，有点不敢看齐铮的反应，这是她最基本的要求，男人跟牙刷一样是不能跟别人共用的。

要是齐铮以后想要纳妾什么的，她肯定不会接受的。

齐铮笑着摸了摸她的头，"傻丫头，你这么厉害，我哪里敢纳妾。"

齐人之福有时候不是福气，就像他的父亲。

沈梓乔哼了哼，"你心疼啊。"

"心疼你。"齐铮大笑道，他如今的心哪里还装得下其他女子？别说是纳妾收通房了，就是多看一眼都不可能。

"好了好了，我到了，你回去吧。"沈梓乔进了院门，不让齐铮跟着进来，将他给推开了。

齐铮摇头轻笑，"早点休息。"

"是，知道了。"

第一百二十九章　战死

齐铮看着沈梓乔的身影进了屋里，才笑了笑转身离开。

过两天他就要回军营了，而她也要启程回东越，想到两个人接下来不知道要多久才能见面，齐铮的心里升起浓浓的不舍。

希望能够尽快将金贼打退，让他们永远不敢再侵犯。

"齐铮！"才走出花园，垂花门外便走进来一个穿着劲装的女子，仔细一看，原来是杜艳娥。

齐铮深不见底的眸子闪过一抹不喜，但还是客气地点了点头，"杜副将。"

"齐铮，你不要被沈梓乔欺骗了，那个女子阴险狡诈，不守妇道，全京城的人都知道她是什么样的人，那种女子根本不值得你这么对她。"杜艳娥一见到齐铮，立刻急声地叫道。

却忘记了齐铮本来就是京城的人，怎么会不知道外面的人究竟怎么说沈梓乔？

"是谁跟你说的这些话？"齐铮冷声问道，如今京城谁还记得沈梓乔年少时候的任性，何况她离开京城都两年了，会说出这种话的人，他大概也能想到是谁。

"你不要执迷不悟了，沈梓乔根本配不起你！"杜艳娥叫道，"人长得好看有什么用？品性不端的女子低贱无耻，你……"

齐铮哪里舍得自己心爱的女子被他人辱骂，登时厉眼一瞪，"闭嘴！我的女人轮不到别人指手画脚。"

杜艳娥被齐铮喝得眼眶一红，"我是为了你好，沈梓乔就是个不知廉耻不守妇道的人。"

"杜小姐，沈梓乔是什么样的人我比你更清楚，不管她是好是坏，她在我看来比任何人都要好。"齐铮强忍着怒意，如果对方不是一个女子，他早已经动手揍她了。

"你……你瞎眼了吗？怎么看上那样的女子！"杜艳娥没好气地叫道，齐铮一定是魔障了才会对沈梓乔死心塌地。

　　齐铮懒得跟杜艳娥多说，这一年多来，杜艳娥经常挑衅他，跟他作对。所谓好男不跟女斗，齐铮要是跟她计较，不知道要计较到什么时候。

　　杜艳娥见齐铮连理都不理她就扬长而去，气得跺脚，"齐铮，你不要后悔，要是真的娶了沈梓乔，你小心以后戴绿帽子。"

　　"杜艳娥，我从来不打女子，但我不介意杀女子。"齐铮停下脚步，回头盯着杜艳娥，那目光深幽如墨，让人生出一股刺骨的寒意。

　　杀气在齐铮眼中酝酿，杜艳娥被震慑得一句话都说不出来。

　　她感到从未有过的惧意。

　　如果她继续说下去，齐铮一定会杀了她！不是开玩笑的，齐铮真的会杀了她！

　　杜艳娥害怕地往后退了两步。

　　齐铮转身走了出去，敢挑拨杜艳娥针对沈梓乔，盛佩音真是用心良苦，看来这个女人对皎皎依旧恨入骨里，他绝对不会让她有伤害皎皎的第二次机会。

　　回到大厅，才发现九王爷跟盛佩音都不在，不知去了何处，沈子恺对齐铮招了招手，让他坐到身边。

　　两人低头不知说起了什么。

　　且说回盛佩音在怂恿杜艳娥去找沈梓乔后，正是得意万分，仿佛见到沈梓乔被杜艳娥出手揍得满头包的时候，回头却见到九王爷站在不远处看着她。

　　她连忙收敛了脸上的笑容，款步走到九王爷面前，"九爷，您怎么出来了？"

　　九王爷看了她好一会儿，才哑声开口问道，"音儿，你跟沈梓乔究竟有什么深仇大恨？"

　　"你说什么？怎么忽然这样问了？"盛佩音笑容一僵，不自在地问。

　　"你利用我府里的死士追杀她，难道不是要她的命？沈梓乔为人虽然讨厌，但不至于要杀她，音儿，难道是她对你做了什么事？"九王爷始终不相信盛佩音是个恶毒的人，他宁愿相信是沈梓乔得罪了盛佩音，或是对盛佩音做了什么不可原谅的事情。

　　盛佩音的脸色微变，沈梓乔对她做了什么？

　　沈梓乔就是什么都没做，却让她所有已经计算好的计划发生了翻天覆地的改变。

　　凭什么沈梓乔这样的人能够得到太子和齐铮的相护，凭什么？凭什么！

　　如果不是沈梓乔，应该被众人呵护在手心里的是她才对啊！

　　"音儿？"九王爷见她忽然不说话，忙叫了她一句。

　　盛佩音眼底还含着愤恨，抬起头对上九王爷关心的眼眸，她脱口而出，"我就是恨她，恨不得她去死。"

"她做了……什么事？"九王爷不曾见过这样的盛佩音，温柔娇弱的脸庞夹杂着狰狞的表情，吓得温润如玉的九王爷心跳如鼓。

"她欺骗了我！欺骗了我！"盛佩音狰狞说道，"我就是讨厌她，如果不是她，我就不会被赶出皇宫，如果不是她，我在京城的生意不会被故意破坏，都是她，都是她！我就是恨不得她去死！"

九王爷感到无比震撼，盛佩音的这种仇恨根本建立在她对沈梓乔的嫉妒上。

果然跟太子殿下所说的一样吗？她只是嫉妒沈梓乔救了小皇孙，嫉妒沈梓乔得到皇后和太子妃的看中，所以才想要杀了沈梓乔？

"音儿，你的心思怎能这么狭窄！"九王爷不由得呵斥出声。

盛佩音第一次被九王爷呵斥，更觉得沈梓乔这个贱人果然是祸害，"我本来就是这样子，你是不是也看上沈梓乔了？哈哈，可惜那小贱人现在喜欢的人不是你了。"

九王爷伸手想要拉住她，"音儿！"

"滚开！我不用你管。"盛佩音挥开他的手，提裙跑开了。

"唔——"九王爷背后的伤口还没痊愈，被盛佩音这么一推，扯到背后的伤口，痛得他差点站不住。

盛怒之中的盛佩音却没有发现他的异样，已经跑出了垂花门，消失在夜色之中。

虽然震惊盛佩音的变化，但到底是自己深爱的女子，九王爷哪里会任由她半夜还去外面，立刻就让人去找了。

可是找了很久都没找到人，最后还惊动了太子。

太子很不悦地说："这里不是京城，如何能随意乱走？还不让人继续去找？"

要不是看在九王爷的份上，太子殿下才懒得去理会。

然而一直到第二天早上，盛佩音依旧没有找到，昨晚她跑出去的时候，城门是已经关闭了，所以盛佩音不可能出城，一定还在城里。

九王爷急得团团转，要不是太子揽着，他会不顾自己的伤势要出去找人了。

沈梓乔睡到日上三竿醒来才听说了这件事，不过她倒不觉得着急，"盛佩音神通广大，不会有事的，说不定一会儿就回来了。"

红缨小声嘀咕，"最好是不要回来了。"

果然到了下午，盛佩音就被找了回来。别人问她去了哪里，她一句话也不说，就抱着九王爷低声哭泣，好像周围那些为了她整个晚上没休息的人都在欺负她似的。

太子殿下沉着脸让大家都回去休息，他厌恶地看了盛佩音一眼，"这里是西北，不是你盛佩音想去哪里就能去哪里的地方，别仗着九皇叔护着你，你就可以胡来，仅此一次，若是再有下一次，本宫一定让你后悔出现在这里。"

被自己深爱过的男子这样责骂，盛佩音又羞又恼，眼泪却掉得更凶了。

九王爷说："殿下，都是我不好……"

"九皇叔，就算是你，也不能让她在这里胡闹。"太子殿下厉声说道。

"本王知道了。"九王爷说。

接下来的几天，盛佩音果然安分了许多，就连那个杜艳娥也没再出现在沈梓乔面前。沈梓乔跟着齐铮将高南城狠狠地逛了一遍后，他们就要回军营了。

而她也要回东越了。

两人再怎么不舍，终究要面对再次的分离。

"你要珍重，一定要平安回来。"送齐铮离开高南城，沈梓乔是真的很舍不得，不顾沈萧和沈子恺的盯视，牵着齐铮的手一直叮嘱着。

齐铮笑眯眯地点头，"我一定会平安归来，娶你。"

沈梓乔俏脸一红，狠狠地瞪了他一眼。

送走了齐铮他们，没多久就听说金贼又打了起来，金人不知从哪里得到了消息，不但差点让杜吉的军队全军覆没，还一箭射伤了杜吉，要不是沈萧察觉不对带兵出去支援，杜吉他们的死伤会更加惨重。

听到这个消息，潘立泽立即推迟了返程，有奸细！出卖杜吉的肯定跟上次泄露商队行程的是同一个人。

远在京城的皇帝得知居然又吃了败仗，怒气攻心，下旨一定要太子彻查。

金人在战败了几次之后再一次大胜，嚣张地在荒原上喝酒庆祝。歌声响亮，几乎传到了军营每个士兵耳里，刺激得每个人热血沸腾，恨不得冲到荒原将那些金贼碎尸万段。

这时候，那些金贼一定在凌辱之前从他们这里抢去的妇人，虐待那些可怜的孩子……

沈子恺和齐铮并肩站在军营的训练场上，沉默地看着荒原的方向。

杜吉在救回军营之后没多久，就不治身亡了。

第一百三十章　怀疑

整个西北大军因为杜吉的死沉浸在悲伤之中，悲伤之余，更多的是想跟金贼一决死战。

但更多的人都想将出卖杜吉的奸细找出来。

"一定是沈萧！"盛佩音激动地看着九王爷，"一定是他，如果不是他，怎么会知道杜将军遇险，还那么巧地赶到救了杜将军。"

九王爷皱起眉心，沈萧会是勾结金人的奸细？这个怀疑实在太不可信了，"不可能，沈萧是我的大将军，世代都是名将，不可能会出卖。"

"他出卖的是杜将军。"盛佩音坚决地认为沈萧就是奸细，他要先下手为强。

"音儿，这话不可胡说，上次若不是沈萧及时支援，杜将军早就……他们是惺惺相惜的英雄，绝对不会是奸细。"九王爷就是觉得沈萧不可能会是奸细。

这是一种对英雄的信任。

没错，沈萧在京城许多人眼中就是保家卫国的大英雄。跟杜将军一样，是他们的守护神，如今他们已经失去了一个守护神，整个军队都感到伤心和愤怒，如果再传出沈萧是奸细……

那所有军队的士气就会溃散，到时候谁还有信心去对抗金贼？

盛佩音着急起来，不悦地瞪着九王爷，"你不相信我？"

"这不是本王不相信你，沈萧是不是奸细的问题，需要证据，在没有证据之前，都不能传出任何不利于我们的谣言。"九王爷严词厉色地说，他再一次对盛佩音露出这样严肃的神情。

"我一定会找到证据的。"盛佩音咬牙叫道，她一定要沈萧付出代价。

除了盛佩音，其实还有别的人怀疑沈萧。

帅营里，太子脸色沉重地坐在书案后面，齐铮和其他副将分别站在他两边，每个人的神情都是悲痛和愤怒的。

沈萧站在中央，接受着众人狐疑猜测的目光。

"沈将军，你是如何知道杜将军此次出征有异的？"太子跟九王爷一样，都不相信沈萧会出卖杜吉，更不相信沈萧就是奸细。

但刚失去父亲的杜艳娥却不相信沈萧。她认为沈萧那么巧地知道了杜吉被算计，又那么巧在杜吉中箭之后才赶到，分明就是想要跟金人勾结害死杜吉。

沈萧面色坦然，他做人光明磊落，不怕别人的质问，"回殿下，末将是在李先锋那里知晓的，这是从李先锋身上得到的密函。"

李先锋叫李培业，是杜吉麾下的左先锋，临出战前夜，他忽然全身抽搐发烧不退，最后没有跟随杜吉出战。沈萧原是想去看望他，却见他精神抖擞，目光闪烁，所以知道有异，试探之后，强行让人搜了他的身，在他床铺下找到这封信。

"李培业是奸细？"太子摸着下巴沉吟起来，看向齐铮，"你怎么看？"

齐铮神色冷峻，沉声说，"这个李培业未必就是奸细，如果真是他出卖杜将军，为何还留着证据被沈将军找到？不如将他叫来，仔细问问再说。"

太子殿下立即让人去将李培业找来，那李培业精神憔悴，神色萎靡，见到太子和沈萧，双脚颤抖着跪了下去。

"李培业，这是不是你的东西？"太子厉声问道，一见到李培业这样子，他就想到杜吉的死，怒火蹭地冒了上来。

李培业脸色苍白，他小心翼翼地看了沈萧一眼，摇头说这不是自己的东西。

齐铮峻眉一皱，对李培业的反应感到疑惑。

"沈将军，救我……救我……"在太子说出要杖打李培业的时候，他忽然向沈萧求救。

杜吉的军师眸色微变，看着沈萧的目光变得异样起来。

"你认为我会救你？"沈萧嘴角扬了起来，冷冷地看着李培业。

"沈将军，我是为你办事的啊，你一定要救我。"李培业大声叫道。

太子殿下要是还看不出来这个李培业究竟想做什么，那他就白活了这么些年，"先把李培业带下去，不许任何人接近他。"

只是，两个小兵还没走到李培业身边，李培业忽然全身抽搐起来。

沈萧脸色一变，急忙蹲下身子，"你怎么了？"

李培业嘴里吐出一口血，他眼底尽是不甘，"沈将军……"

他凑到沈萧的耳边，低声说了几句话，说完，就断气了。

"他说什么？"太子急忙问道。

沈萧抿紧了唇，好像没听见太子的话。

"金贼耍的一手好计谋！"这时，杜吉的两个最忠心的心腹终于站了出来，吕家胜看着李培业的尸首，冷笑地感叹了一声。

"吕军师此话怎讲？"太子问道。

吕家胜和身边的大胡子是最想替杜吉报仇的，但他们更清楚没有证据绝对不能随便诬陷别人，现在损失不起一名大将军了。

而且，杜吉在临死之前找过他们说话，他们跟杜将军一样，都不相信沈萧会是奸细。

那究竟谁是奸细？

太子见他不说话，明白他这是有所顾忌，下令让其他人都下去了，只留下沈萧和齐铮二人。

"金贼这是想要一箭双雕！"留下的这些人也是吕家胜信任的，他这才没有迟疑地说出自己的怀疑。

齐铮同样有这个看法，"先是杀害杜将军，再让我们因为杜将军的死怀疑沈将军，这才是金贼的目标。"

"金人打仗从来直来直去，如今竟懂得用如此毒的计谋？"太子震惊地问。

"必是有人在金人后面出谋献策！"吕家胜说。

沈萧这时才沉声开口，"李培业是被逼的，他方才在我耳边说的话……是说他对不起杜将军，不得不这样做。"

没错，李培业临死之前是在跟沈萧道歉，但他没办法不那么做。

太子殿下震怒起来，"究竟是谁如此大胆！"

"如果军营这边查不出来，我们是不是该从京城那边下手？"齐铮忽然说道。

第一百三十一章　表白

在杜吉的灵柩被送回京城的时候，沈梓乔也跟着三舅父他们启程回东越了。

随行的还有九王爷和盛佩音。

奸细还没找出来，如今杜吉又被金贼所杀。虽然他们只是普通商贾，但作为百姓，他们都感到非常沉痛。

盛佩音认定了沈萧是奸细，对沈梓乔更是感到厌恶，特别是见到贺琛等人路上对她各种呵护，嫉妒得希望所有人都知道沈梓乔是卖国贼的女儿。

"经过流陇城，我们还要去买些皮革，反正有不少空车，正好运些回去。"潘立泽跟沈梓乔站在驿馆里的庭院低声说着。其实他们这一路回去，已经买了不少东西了。

沈梓乔也有这样的打算，流陇城最出名的就是各种兽皮，买回去经过加工成为每个女子都喜欢的短袄或毛领，冬天的时候，生意相当好的。

"给外祖母买一张好皮毛，做成大氅也是不错。"沈梓乔笑眯眯地说。

"哎哟，老夫人没白疼你啊。"三舅父大笑道。

沈梓乔皱了皱鼻子，故意娇声说道，"那当然啦，我也很爱外祖母，还有大舅母跟三舅母。"

三舅父哈哈笑着，眼角瞄到一抹挺拔的身影走来，他笑容微敛，心底暗暗叹息，"我先去点算一下货物。"

找了借口离开，三舅父与来人擦肩而过，低声不知说了一句什么。

贺琛神情微怔，眸色微暗，却还是坚决走到沈梓乔面前，"皎皎，我有话跟你说。"

自从那夜被金人袭击，两人也算同生共死过，虽不算培养出多少深厚的感情，但也比之前熟稔了不少。

沈梓乔本来对贺琛还挺有意见的，但经过那次之后，她就对他彻底改观了。

"你说吧，我听着。"沈梓乔笑眯眯地说，以为贺琛是要跟她说商行的事。

贺琛低眸看着她，苹果儿似的脸蛋，白里透红的肌肤，明亮清澈的眸子倒映着他的影子，跟别的姑娘不同，她的眼睛是灵动狡黠的，让人看一眼就无法忘怀。

"喂，贺大少爷，你到底要说什么呢？"沈梓乔见他盯着自己不说话，出声又叫了他一句。

"我……"贺琛张口想说话，但一时之间又不知要说什么，只是目光灼灼地看着她。

沈梓乔避开他的视线，其实她不是不知道他的心意，只是有些心意不要知道比较好。

好吧，其实她不知道贺琛怎么会忽然就看上她了，不是一直都很讨厌她么？

贺琛深吸了一口气，他知道这个姑娘跟别人不同，说得太迂回含蓄，她要么听不懂，要么肯定会假装听不懂。

"皎皎，回东越后，我想请媒人上门提亲。"贺琛直视她的眼睛，沉声说出他这些天一直在想的事。

"哈？"沈梓乔差点被自己的口水呛到，"贺大少爷您跟我开玩笑的吧。"

贺琛面色冷峻，丝毫不像是在跟心爱的姑娘求婚，反而像跟对手谈生意似的，正等着沈梓乔出招后，他可以拆招。

"我并非玩笑，潘老太爷跟我们贺家早就有言在先，这次西北回去后，就会两家议亲……"贺琛认认真真地说道。

"等等等！"沈梓乔忙打断他的话，"贺琛，这件事没人跟我说，我根本不知道，而且我不会跟你成亲的。"

"为什么？"贺琛问道。

什么为什么，这不是很简单的问题吗？她不喜欢他啊，这些天她躲避着他，就是不想面对他眼中的情意，谁知道这家伙竟然会这么直接求婚了。

"我……哪来那么多为什么，我就是不想嫁给你。"沈梓乔感到头疼，"你不能别人要你娶谁就娶谁啊，你看，我粗鲁任性，一点大家闺秀的样子都没有，嫁给你只会让你丢人，你应该去娶能够配得起你的女子。"

"你的确粗鲁任性，还不知规矩……"贺琛苦笑一声，"可是我喜欢。"

不喜欢的时候，她做什么都是碍眼的，喜欢的时候……不管她做什么，他都觉得可爱喜欢。

沈梓乔怔了怔，这……这算表白吗？

"你喜欢不代表我一定要嫁给你啊。"沈梓乔嘀咕着，"我不想成亲。"

贺琛紧盯着她问道，"因为你想嫁的人是齐铮吗？"

他怎么会看不出她喜欢的人是齐铮，只是他不甘心，所以想得到她明确的答案，也好让自己死心。

沈梓乔脸颊微红，她喜欢的人确实是齐铮。除了他，她根本没想过还会嫁给其他人。

她的这个反应不是已经说明了一切吗？

贺琛觉得心尖仿佛被什么东西狠狠地拽住，痛得他喘不过气来，"如果没有齐铮呢……如果没有他，你会嫁给我吗？"

"可是，这世上已经有齐铮了。"沈梓乔轻声说道，因为已经有了齐铮，她喜欢他，所以没想过嫁给别人。

"要是我比他先遇到你呢？"贺琛问。如果只是输给时间，他就算不甘心，也至少能给自己一点念想。

沈梓乔叹了一声，"我怎么知道啊，我已经先遇到他了，所以我喜欢了他，没有发生过的事情，谁能知道有什么效果呢，说不定我先遇到你，你觉得我不像个女孩子，不懂规矩什么的，只会讨厌我不会喜欢我呢？"

"这世上没有什么如果，贺琛，谢谢你。"沈梓乔真诚地说。

贺琛抬手，犹豫地想触碰她的发，最后还是垂了下来，"如果……他欺负你，就来找我。"

沈梓乔笑道："他要是敢欺负我，我就欺负回去了，放心。"

看着她洋溢着甜蜜的灿烂笑容，贺琛嘴角微翘，只要她高兴就好了。

不过，他不会就这样死心的。

过了半个月，沈梓乔他们终于回到了东越，潘家正沉浸在沈梓乔带来的欢笑声中的时候，京城却传出沈萧就是出卖杜吉的奸细的传言，皇上已经下旨严查了。

沈萧怎么可能会是奸细！整个潘家都感到震惊了。

第一百三十二章　奸细的女儿

听到沈萧是奸细的消息，沈梓乔嗤之以鼻，根本就不相信父亲会做出这种事，一定是有人要陷害他！

陷害他的人是谁？盛佩音？

盛佩音的爪子能有那么长？失去了太子的宠爱，她能有那么大的能耐陷害沈萧吗？何况，盛佩音不是在东越吗？能陷害在西北的沈萧，甚至让京城的官员弹劾沈萧？

沈梓乔比谁都清楚沈萧绝对不是奸细，可怎么会突然出现这种事情呢？

京城那边还没有任何关于沈家的消息传来，所以沈梓乔没有特别担心，她只想知道西北究竟发生什么事情了。

"皎皎，怎么办呢？你爹怎么会是奸细？你赶紧写信给你大哥问问清楚。"潘老夫人听说女婿居然是奸细，差点晕了过去。沈家是百年将门，如果出了个奸细，那等于是毁了整个沈家的百年基业了。

她更担心的是两个外孙会受到牵连。

卖国那都是要诛九族的。

"外祖母，您放心，我爹是清白的，等皇上查清楚了，就能替我爹申冤了。"沈梓乔安慰着潘老夫人，虽然她心里也有点七上八下，就怕有人趁机要陷害沈家。

"说别人是奸细我相信，说你爹是奸细我是绝对不相信的，上次你们在半路差点被金人袭击，难道也是你爹勾结金人干的？那是不可能的，你和你三舅都在商队里，你爹不可能会害你们。"潘老夫人不懂那么多朝廷的弯弯绕绕，她只是凭直觉而已。

沈梓乔直点头，"没错，所以我们不要轻举妄动，做出什么会对我爹不利的事，先静观其变。"

潘老夫人忙说，"不需要让人去打点打点吗？"

"皎皎说得对，我们不能轻举妄动！"潘老太爷走了进来，脸色虽然严肃，却不显得沉重，他在老夫人身边坐了下来，"这件事有蹊跷，我们什么都不要做，且看接下来会发生什么事再说。"

"外祖父，京城那边有什么消息呢？"沈梓乔问道。

潘老太爷说："听说状告你爹的人是盛焙礼，此人本是御史，后来去了兵部。就是他接到杜吉的手下暗中让人传给他的消息，说有沈萧跟金人勾结的证据，所以才弹劾了沈萧。"

盛焙礼？那不是盛佩音的二叔吗？

怎么会是盛焙礼，她以为弹劾沈萧的是盛佩音的父亲盛焙业呢。

沈梓乔正疑惑着，门外传来一个奴婢着急的声音。

潘老夫人让那奴婢进来说话。

"表小姐，天宝行的人来说，商行出事了。"那奴婢急声说道。

沈梓乔猛然站了起来，"天宝行发生什么事了？"

"听说是有人去闹事，范掌柜让人跟表小姐说一声，这两日莫要出门……"那奴婢还没说完，就见沈梓乔已经飞快走了出去。

"外祖父，外祖母，我去看一下发生什么事情了。"

潘老夫人急忙对老太爷道："快去看看……"

沈梓乔叫上红缨，准备去天宝行的时候，忽然想起上次差点在大街上被围堵的人打伤，她冷静下来，将家里的护卫都叫上，这才一行人来到已经被围得水泄不通的天宝行。

"打倒奸细！打死沈萧！"

"沈梓乔是奸细的女儿，滚出东越！滚出二十四行！"

"奸细的女儿都不是好东西！"

"天宝行一定是利用运送货物的时候勾结金人，我们替杜将军报仇！"

"……"

沈梓乔错愕地看着这一幕。

朝廷还没有真正确认沈萧就是奸细，这些人凭什么就断定她的父亲就是奸细，是谁带头来围住天宝行的？

"小姐，不能下去，那些人失去理智了。"红缨拉住沈梓乔，要是让那些人看到她在这里，肯定会更激动的。

沈梓乔当然知道要是自己贸然下车会有什么下场。

她的视线落在带头的那几个人身上，就是那两三个人在故意挑起众人的怒火，什么奸细的女儿，借运送货物的时机与金人勾结……全都是他们在说。

"让人查一下，那些人是谁。"沈梓乔跟红缨低声说道。

"是，三小姐。"红缨应声。

沈梓乔深吸了一口气，跟车外距离最近的一个护卫说道，"你悄悄去交代范掌柜他们，不要跟这些人硬拼，注意自己的安全要紧。"

"是。"

"我们回去吧！"沈梓乔闭上眼睛，强忍着才令自己没有下车。

"砸！"

马车才调了个头，天宝行那里就传来一阵尖锐的喧嚣声。

那些围在天宝行外面的人涌了进去，将天宝行里面的东西砸了个稀巴烂。

"住手！都住手！"潘老太爷带着数十个官兵赶了过来，将那些打砸抢的刁民全都镇压住了，"你们这是做什么？住手！"

沈梓乔紧紧地抓着马车的车帘，将心底的怒火强压着。

沈萧如今只是被弹劾，但皇上没有下旨宣布他的罪行，只是在调查审案阶段，任何人都没有权力说他是奸细。

现在这些人趁乱对付天宝行，必是有人在背后故意挑唆。

"三小姐，贺大少爷也来了。"红缨小声说道。

沈梓乔轻轻地点头，有外祖父和贺琛在这里，那些人肯定不敢再砸她的商铺了。

她现在要想想接下来怎么做。

马车慢慢地启动，沈梓乔依旧沉浸在自己的思绪中。

从潘家带去的护卫被她留在天宝行护着潘老太爷，她只带着红缨回潘家。

只是，马车才出了二十四行街，就被另一辆马车给拦住了。

盛佩音娇艳的笑脸出现在沈梓乔的视线中。

沈梓乔透过窗帘看着她，来得正好，她正想找这个女人呢——如果自己没有猜错的话，今天天宝行的事，一定就是这个女人的杰作。

"沈三小姐，想不到你居然会是奸细的女儿。"盛佩音笑盈盈地看着下车走到她面前的沈梓乔，眼中的笑容更加明艳动人了。

第一百三十三章　胜利

这笑容看在沈梓乔眼里却是格外刺目。

"朝廷一天没有定罪，就不能说我父亲勾结金人，我同样可说你父亲是卖国贼，难道你父亲就真的是卖国贼了？"沈梓乔让红缨将车帘打了起来，面对着坐在车窗边的盛佩音淡淡说道。

盛佩音嗤笑一声，"我父亲忠心爱国，怎么可能勾结金人？"

沈梓乔懒得跟这女人废话，"那就等着看吧，我们回家。"

为什么沈梓乔一点都不慌张？沈萧勾结金人，作为沈萧的女儿，她难道不害怕会被株连吗？怎么看起来还底气十足，好像这件事跟她没有关系一样？

她无法理解沈梓乔为什么还能这么自在。

沈梓乔的马车慢慢地走过去，盛佩音忍不住问道，"你不害怕吗？看到那些人这么恨你们沈家，你不害怕吗？"

"我为什么要害怕？"沈梓乔笑了笑，"我相信这个难关我父亲会渡过去的。"

盛佩音咬紧下唇，对沈梓乔这种乐观的态度有一种无法言语的愤恨。

沈梓乔却不知想起什么，歪着头看着她，"盛佩音，当初我们去西北的事，你真的没有泄露出去吗？你当时也在商队，你父亲不会勾结金人杀害自己的女儿吧？"

"沈梓乔，你不要血口喷人！"盛佩音绝不相信自己的父亲会勾结金人。

"如果奸细真的是盛家的人呢？"沈梓乔认真地问道，她同样相信沈萧不会无缘无故陷害盛焙业。

盛佩音却激动地瞪着她，"胡扯，我盛家上下绝对……绝对不会勾结金人的！"

盛佩音不知又想起什么，脸色瞬间煞白起来。

沈梓乔看了她一眼，吩咐马车继续赶路。

回到潘家，她立刻让人准备纸墨，她要写信给沈子恺问个清楚，沈萧是奸细这种一点都不可信的话究竟是怎么传出来的。

就因为沈萧无意中得知杜吉中计赶去救他，所以就被当是奸细了吗？

沈萧勾结金人有什么好处？金人能够给他什么？已经是大将军又是将门之后的他，还需要金人什么东西！

接着又过去了几天，天宝行在潘老太爷和贺琛的维护下终于能够正常营业，那些故意挑事的人也查出来了，带头的几个果然就是盛佩音派去的，贺琛去拜见了九王爷，委婉地表达希望盛佩音不要做得太激进。

之后，盛佩音就没再出门了。

九王爷终于威风了一下，他同样是不相信沈萧会勾结金人，所以当他知道盛佩音居然让人去围攻沈梓乔的天宝行时，感到非常愤怒，更想起她曾经想要杀沈梓乔的事。

所以他将盛佩音呵斥了一顿，要求她以后不许再出门。

没有盛佩音的搅局，东越百姓对沈萧的仇恨没有之前那么激烈了，毕竟朝廷还没有确认沈萧就是奸细。

如今只不过遭到盛焙礼的弹劾，加上有人故意到处宣扬，这才让沈萧处于人人喊打的尴尬处境。

可惜她远在东越，想要及时知道一点消息几乎是难上加难。

京城和西北现在是什么情况，她是一无所知。

心情忐忑地过了两个月，西北终于传来了消息，不是沈子恺给她回信，而是终于彻底地赢了。

金人的大汗被齐铮亲自从马上砍了下来，彻底地将金人的大本营在荒原上给毁了。

消息传到东越，所有人都欢呼起来。

齐铮的名字更是被所有人都记住了，他成了大英雄。

而沈萧……

军情上报给皇上的时候，才知道原来是沈萧跟齐铮兵分两路，前后夹攻才将金人的大本营给连根拔起了。

这到底是怎么回事？

怎么会忽然就势如破竹地将金人给打败了？

"外祖父，我要回京城！"沈梓乔在接到西北那边传来的消息后，立刻就下了这个决定。

齐铮他们肯定要班师回朝的，她想知道这中间究竟发生了什么事情，只有回京去问个清楚。

　　"让你三舅父陪你一块去，要是有什么事……也能照应一下。"潘老太爷说，始终还是担心沈萧会出什么事。

　　沈梓乔没有拒绝，"好，外祖父，我明天就启程。"

　　"赶紧去准备一下吧。"潘老太爷说。

第一百三十四章　抄斩

从东越回京城，沈梓乔只要在驿站停下休息，就会设法找邸报来看，时刻关注着京城的变化。

之前盛焙礼弹劾沈萧勾结金人，令沈萧被百姓唾弃辱骂，甚至有人在沈家大门扔臭鸡蛋和烂菜。沈老夫人已经好几个月不敢出门了，沈家好些天没有打开大门了。

如今沈萧立功，想来那些认为他勾结金人的百姓，应该会消停了吧。

究竟是谁勾结了金人？

沈梓乔隐隐觉得这个人肯定和盛家有关系，可究竟会是谁呢？

"皎皎，皎皎！"潘立泽的声音焦急地在门外传来，沈梓乔心一惊，以为是出了什么事，连忙走了出来。

"三舅父，怎么了？"

潘立泽大口喘着气，断断续续地说，"京城传来消息……你父亲……你父亲不是奸细，真正的奸细，是……是那个盛焙礼！"

盛焙礼？弹劾沈萧的那个人？

沈梓乔的脑子一时之间没能转过来，"什……什么？盛焙礼？三舅父，这都是怎么回事？怎么会是他？"

"不清楚，得去了京城才知道，只听说已经将盛家抄家了。"潘立泽说完，咧开一个畅快的笑容，"盛焙礼贼喊抓贼，如今总算得到报应了。"

沈梓乔觉得这个结果在意料之中，又好像在意料之外。

盛焙礼到底为了什么才会去弹劾沈萧，这不是将自己摆到一个会被怀疑的位置上吗？

想不通，沈梓乔觉得很多事情自己都无法理解，看来只能到京城之后，找齐铮或者沈子恺问清楚。

一个月后，他们终于回到京城，就在他们回来的这一天，是盛家上下三十六口在午门抄斩，城里的百姓几乎都涌到午门去看盛家兄弟怎么被处斩的。

没有人不愤怒，因为盛焙业自己勾结金人不说，居然还冤枉他们的英雄，差一点沈萧就被他害死了。

如果沈萧也死了，那就失去两员护国大将了。

这些站在刑台下面的百姓好像已经忘记他们曾经用嘴恶毒的话去骂过沈萧，诅咒过沈家，他们将所有的愤怒和怨恨都发泄在盛家兄弟身上。

沈梓乔的马车就停在刑台附近的空地上，她安静地坐在车里，已经清晰地感受到外面百姓的愤怒，听到他们恶毒的咒骂声。

卖国贼啊，怎么可能不恨呢。

"三小姐，不知道盛佩音如今在哪里？若是在东越的话，会不会被抓住呢？"这是满门抄斩。

"我们回去吧。"沈梓乔说，不忍看到盛家三十六口人被砍头的画面。

沈老夫人并不知道今日沈梓乔回来，她正带着周氏等人在院门前朝着皇宫的方向磕头。得知今日盛家那户腌脏的东西就要被砍头了，她觉得全身都舒坦，这些日子所有的毛病都好了起来，人看起来也精神不少。

"皇上刚刚使人来传旨了，安抚我们这些天受惊了，赏赐了不少好东西。"沈老夫人满意地说道，心里对天家真是充满了感激。

"娘，我早就说了，大哥不会是奸细。"回京述职在家的沈二老爷扶着沈老夫人的手，低声地说着。

沈老夫人满头银发，脸上肤色蜡黄，跟之前的白皙红润相差甚远，看起来瘦了许多，好在精神看起来还不错。

沈二老爷跟沈萧不太一样，他五官俊朗，气质斯文儒雅，跟沈萧的高大魁梧和凛冽的气势截然不同，是个儒雅温和的书生。

"我自是相信你大哥，都是盛家陷害他。"沈老夫人对盛家所有人都恨之入骨，要不是他们，她怎么会担惊受怕了这么多天，还大病了一场，差点就去了半条命。

"大哥还有几天就回来了。"沈二老爷说道，他跟沈萧也有好几年没有见面了。

周氏一直安静地跟在他们后面，听着沈老夫人一时咒骂盛家，一时又埋怨沈萧这么久还不回来，接着又说家里的用度越来越拮据，都怨那个没有良心的臭丫头，搬走了家里一半的家产，挖了她心口好大一块肉。

周氏听了只是暗中撇了撇嘴。

沈二老爷劝着，"本来就是大嫂留下的东西，那都是皎皎的……"

"别提潘氏那个贱人！"沈老夫人怒道，"她的东西？她进了我们沈家的门，还有什么东西是她自己的，那都是沈家的。"

真是不要脸！自打潘氏进门就没给人家一个好脸色看，等她死了也将她的东西占为己有，还美其名曰什么嫁进沈家就是沈家的人，死也是沈家的鬼。

已经习惯了大手大脚的花销，这两年来沈家没了潘氏的嫁妆，收入明显减少，再不能跟以前一样风风光光地过日子了。

老太婆怎么不将自己私藏的东西拿出来，只会让她这个当儿媳妇的拿私己给她买燕窝阿胶。

沈二老爷知道老夫人不喜欢潘氏，所以很识趣地没有继续提潘氏这个人。

"这次大哥回来，也该给恺哥儿定亲了。"他说起了沈子恺，作为沈家的嫡长子，都已经过了弱冠之年还没有成亲，实在有些说不过去。

"没错，恺哥儿的亲事可不能由着潘家做主，以后他眼里还能有我这个祖母吗？"沈老夫人哼道，她不打算承认之前潘氏为沈子恺定下的亲事。

沈二老爷暗叹，就算是老夫人亲自给恺哥儿找媳妇，也未必能够将这个孙子拉到身边啊。

"娘，恺哥儿跟皎皎的亲事都有大哥呢，咱们就别插手了。"沈二老爷扶着老夫人坐上炕床，拿过宝蓝色绫缎大迎枕垫她后背。

沈老夫人歪在大迎枕上，将随她进屋的众人看了一眼，"家里就剩下皎皎和歆儿两个姑娘的亲事没有定下来，哼，皎皎那个野丫头跟歆儿怎么能比，如今京城谁人不知我们歆儿琴棋书画样样出挑，样子又是顶好的，将来不是公侯之家，休想娶我们歆儿。"

周氏立刻说："安国公的长子似乎就还没定亲，他这次在西北还立了大功，前程不可限量，配得起我们歆儿。"

"安国公的长子？"沈老夫人拧眉，"叫什么名字？"

"叫齐铮。"周氏忙回道，她将京城的青年才俊都虑了一遍，就齐铮最让她合心意。

"这名字听着倒是耳熟。"年纪大了的沈老夫人忘记当初就是想将沈梓乔嫁给这个傻子。

沈二老爷对齐铮也是颇有好感，"这齐铮以前还是个傻子，没想到才几年就这样有出息。"

"傻子？"好像有什么在脑海里想起，沈老夫人脸色更是沉重了。

周氏以为老夫人是嫌弃齐铮是个傻子，"人家如今一点都不傻，瞧着吧，将来这人肯定能得皇上重用。"

"李妈妈，齐铮这人我听着怎么那么熟悉？"沈老夫人好像没有听到周氏的话，侧头问着站在一旁的李妈妈。

李妈妈看了沈二老爷和周氏一眼，实在不愿意提起这件事，但就算她不说，过些天还是瞒不住的，"齐铮是以前和三小姐议亲的那位……"

沈老夫人经过李妈妈的提醒，想起自己确实曾经要将沈梓乔嫁给这个齐铮。

她立刻就沉下脸，"这个齐铮有什么好的，哪里配得上我们歆儿！"

既是沈梓乔不要的，自然配不上沈梓歆。

周氏在心里暗骂沈老夫人目光短浅，无论如何，她也要想办法跟安国公夫人搭上线，若是能够在沈梓乔回来之前跟齐家将亲事定下来，那沈萧问起，她也好推说一声不知道。

站在门外正要进来的沈梓歆将屋里的对话都听在耳里，羞得她满脸通红。

齐铮……会是个什么样的男子？

听说他曾经救过大哥，又带着数十人救下了杜大将军，这次更是亲手斩杀了金人的大汗，真不知是如何一位英雄人物。

少女总是对英雄有爱慕的情结，沈梓歆也不例外。

"三小姐回来了！"这时，外面不知谁喊了一声，惊醒了沉浸自己思绪中的沈梓歆。

"皎皎回来了？"她诧异地抬起头，怎么一点消息都没传回来？

一个小丫环急步走了过来，"老夫人，三小姐和三舅老爷一同从东越回来了。"

声音传进屋里，正在喝茶的沈老夫人差点将手里的茶碗扔出去，脸立刻就沉了，心口又开始堵得难受，"她回来了？什么时候不回来，偏偏这时候回来！"

周氏同样觉得不喜，认为沈梓乔这时候回来，对歆儿的亲事多少会有影响，不是说歆儿比不上沈梓乔，是因为沈梓乔的嫁妆！

有些人家不就看中女方的嫁妆么！

沈二老爷却是十分高兴，他已经很久没有见过沈梓乔这个侄女了。

"三小姐如今在哪里？"他问道。

"正过来给老夫人请安呢。"话才刚说完，就见到沈梓乔和潘立泽从院门外走了进来。

东床

——旺宅萌妻（下）

子方／著

当代世界出版社
THE CONTEMPORARY WORLD PRESS

目录

第一百三十五章　针锋

两年多没有见过沈老夫人，沈梓乔很难想象眼前这个老态毕现，瘦得只剩下皮包骨的样子就是记忆中那位精神抖擞，圆润白皙的老夫人。

简直换了个人啊！

唯一让她觉得熟悉的，大概就是她盯着自己的那双充满厌恶仇恨的眼睛，好像自己挖走了她的心头肉似的。

好吧，当年她拿走母亲留下的嫁妆，确实像挖了老太婆的肉。

那个从门外走进来的少女有着一双明亮清澈的大眼，本来圆圆的脸庞变成尖尖的瓜子脸，秀巧的鼻子下是不点而朱的唇瓣，嘴角微微翘起，带着俏皮可爱的笑，当年那个看起来傻乎乎的小姑娘已经长成鲜妍明丽的女子了。

沈老夫人感觉自己的脖子被什么掐住，她好像看到了年轻时候的潘氏。

同样被沈梓乔的容貌怔住的还有沈二老爷夫妇。

沈二老爷更是轻轻说了一句什么，站在他旁边的周氏立刻变了脸色，双手紧拽着，在衣袖里轻轻颤抖着。

"祖母，皎皎回来了。"沈梓乔将众人的反应收在眼里，面上却不动声色，中规中矩地给沈老夫人行了一礼。

潘立泽亦是拱手一礼，"沈老夫人。"

沈老夫人死死地瞪着沈梓乔，那神情仿佛是想扑上前撕裂了她。

难道时隔这么久，老太婆还是那么恨她？沈梓乔默默地忧伤了，她明明是个人见人爱花见花开的小美人，为什么在沈家的时候，总觉得自己是个超级大反派，人见人恨鬼见鬼憎。

"娘？"沈二老爷很快就回过神，他自是明白老夫人失态的原因。

连他都无法克制叫出了潘氏的名字，更别说是老夫人了。

沈老夫人深吸了一口气，努力地平复翻涌上来的恨意，"怎么回来也不让人先捎个信，一点准备都没有。万一招待不周，不是让舅老爷看笑话吗？你年纪也不小了，怎么一点长进都没有，不懂得做事要周全吗？"

声音虽然很温和，但说出来的话就一点都不温和了。

这才刚回家呢，老太婆就迫不及待地想要打压她吗？她到底是不是沈梓乔的亲祖母啊。

"祖母，我让人给家里写信了。不过，看来我们的速度比较快，实在是很想早点见到父亲，所以大部分路程都是走了水路。日夜赶路，倒是忘了家里……只是，我的乔心院原就有林家的在打理，难道家里的下人连收拾一间客房都要先提前说了才能做得好？"沈梓乔一脸无知疑惑，难不成家里的下人都是废的啊，收拾客房能有多难。

她就知道！她就知道！这个臭丫头一回来肯定会气得她心肝肺都疼起来，瞧瞧她说的是什么话，想说她走了之后，家里的下人也不成样子了吗？

潘立泽早就听说沈家的老夫人不待见皎皎，他还想着毕竟是亲孙女，就算不喜欢，也不至于刻意刁难。没想到才回来第一天，他就见到这样针锋相对的一面，沈家的老夫人果然不好相处。

"舅老爷，让你见笑了。我这个孙女自小就被宠坏了，性子野得不像话，也不知道在东越有没有闯祸，让亲家伤脑子。"沈老夫人不想在潘家的人面前丢脸，只好强行按下不快，笑着对潘立泽说。

"沈老夫人是爱孙心切，其实皎皎在东越乖巧听话，不止家母喜欢她，就连东越许多老夫人和夫人都喜欢跟她在一起。"潘立泽笑眯眯地说。

敢说他的外甥女不好？你沈家觉得不好，潘家可将皎皎当宝贝一样对待。他们的皎皎长得好看不说，对谁都是礼貌温和，潘家上下谁不喜欢她啊。更别说那些经常到潘家做客的女眷了，要不是老太爷挡着，多少人想上门提亲了。

想当着他的面羞辱皎皎？自个儿找打脸吧。

沈老夫人笑了笑，脸上的笑容狰狞勉强，"是吗，那就好。"

"娘，舅老爷和皎皎一路风尘赶来京城，想必是极为疲倦，有什么话不如稍后再说。"沈二老爷急忙低声说道，再让老夫人和皎皎说下去，还不知道会发生什么事。

他回来就听说皎皎伶牙俐齿，跟当年的潘氏如出一辙，如今一看，才知所言非虚。

潘氏的女儿……又怎么可能不出色？

听说她在东越的天宝行就办得极好，京城的商铺就更不用说了，潘氏的东西到了她手里，比在老夫人手里的时候更能发挥作用。

而且做得更好。

沈老夫人扫了沈梓乔一眼，刻意想无视潘立泽，对沈梓乔淡淡地说，"那你就先回去吧。"

潘家的人每一个都那么讨厌！

沈梓乔才懒得理这个老太婆的心思，她对潘立泽说："三舅父，那您也先休息，有什么事我们明日再说。"

反正沈萧还没回来，他们也不能打听到更多的消息。

潘立泽笑着应是，他这次除了相送沈梓乔，其实也是为了之前老太爷在京城留下的商铺和酒楼而来。

林家的等人已经在乔心院等着沈梓乔他们了。

沈梓乔这一离开就是两年，管家大权早已经落到周氏手上。好在人手方面早已经安排妥当，才不至于让周氏在这两年里将人都给换成她的心腹。

"三小姐！"红玉迎了上去，眼角一下子就湿润了。

"大家好啊，我回来了啊。"沈梓乔高兴地跟在她面前矮下身子的人打招呼，"哎呀，红玉，你漂亮了很多啊！平儿也长高了……"

大家簇拥着沈梓乔进了屋里，孟娘子忙说道，"知道你们大家都念着三小姐，不过，三小姐舟车劳顿的，有什么话想说的，留着明日再说。"

沈梓乔脸上难掩疲倦，不过笑容灿烂，看着一屋子忠心爱护她的丫环，"好了，好了，知道你们就是想要我从东越带来的小手信，红缨，去给她们派去，不然今晚她们准赖我这儿不肯走了。"

"哎哟，大家瞧瞧，咱们三小姐是越来越能说了，本来还想在三小姐面前讨个好呢，如今看来啊，饶是我们怎么讨好，三小姐也能一眼看穿。"林家的故意说道。

大家都笑了起来。

说笑了一阵，红玉已经吩咐小丫环准备好了热水，林家的带着众人退了下去。

沈梓乔舒舒服服地洗了个澡，热水将她身上的倦意都冲走了。

吃晚膳的时候，沈梓乔将红玉和林家的叫来，让她们说一说家里这两年来发生的事情。

"……大小姐和二小姐已经出嫁了。大小姐嫁的是刘御史家的四少爷，二小姐嫁的是李侍郎家的大少爷。那陈雪灵听说半年前也成亲了，是续弦……自从听说大老爷那件事后，家里上下打点花销了不少。二夫人也不知去跟老夫人说了什么，老夫人让奴婢打开库门，说沈家发生这么大的事情，要三小姐也拿出些银子补贴，替大老爷疏通……奴婢不肯开门，好在有二老爷阻止，不然老夫人都要强行抢走了……"林家的低声说着。

红玉在一旁补充。

待他们说完，沈梓乔已经吃完了，拿着绢帕慢慢地拭嘴。

"打点？打点什么啊？父亲当初被弹劾的是勾结金人的罪名。就算将沈家都搭进去，也打点不出什么来。"沈梓乔嗤之以鼻，要是打点有用，盛家至于全家被抄斩吗？

孟娘子忙示意沈梓乔不可乱说，"大老爷是被冤枉的，就是盛家在冤枉大老爷。"

沈梓乔笑道："我就是说一下。"

老太婆就是对她的嫁妆还没死心，时刻想着再挖点回去。

"三小姐，老夫人最近还相看了不少姑娘，听说是要给大少爷定亲。"红玉说。

沈梓乔"啊"了一声，"给大哥定亲？她这是想毁了我大哥吧。"

就那老太婆的眼光能有多好，找的女子肯定都配不上大哥的。她坚决要保护沈子恺纯洁干净的心灵，绝不让别的什么女子随随便便给毁了。

好不容易才将沈子恺拉出盛佩音这个狼嘴，可不能落入别人的虎口了。

"老夫人这是什么意思？她不知道夫人已经替大少爷定亲了吗？"孟娘子听到红玉的话，怒火中烧，沈老夫人是越来越过分了。这是要夫人死了也不安心，朱家万一不知实情，还以为是夫人没有信用自毁承诺。

沈梓乔瞪圆了眼睛，"哈？大哥定亲了？"

"是啊，是北珺的朱家，夫人当时还送了她一块玉佩给朱家姑娘。今年朱家姑娘也该及笄了，两家说好了待朱姑娘及笄就成亲的。"孟娘子说。

沈梓乔问："我哥知道吗？"

"大少爷一直都是知情的，不然怎会到如今都还没成亲？"孟娘子回道。

"我看老夫人的意思，就是想要在大少爷没有回来之前定下亲事，到时候……根本就不能反悔。"林家的哼道，对老夫人的用心感到愤怒。

沈梓乔轻轻一笑，"大哥应该很快就回来了，这几天……老夫人见了什么人都要跟我说。"

第一百三十六章　感动

她虽然很想知道多一点关于朱姑娘的信息，可是孟娘子他们只知道她是哪里人，其他的一无所知，毕竟都快十几年没联系了。

不知道是个什么样的姑娘，配不配得上沈子恺呢？

为了大哥，真是操碎老妹那一颗心了！沈梓乔默默地忧伤四十五度角望天。

只能让人悄悄去打听一下了，如果是个不怎样的，这亲事就让它随风而去吧。

说不定沈子恺自己还不知道有这亲事呢。

第二天，沈梓乔一大早便起床了。她梳洗过后，磨磨蹭蹭地到德安院给沈老夫人请安。

站在外面等了大半天，站得脚都发软无力了，李妈妈才出来说，"老夫人今日感到身子不适，三小姐就不必来请安了，请回去吧。"

这老太婆肯定是故意的！

沈梓乔扶着红玉的手回到乔心院，气呼呼地叫道："明日不去请安了，要不是想着两年没服侍过她，所以才表一下孝心，她以为我稀罕去请安啊。"

红玉心疼沈梓乔，想劝她忍一忍的话都吞回了肚子里，沈老夫人就是个油盐不进的，根本不会体谅三小姐的用心。

接下来的两天，沈梓乔重新过上了以前的生活，睡觉睡到自然醒，想什么时候吃就什么时候吃，完全不去沈老夫人那里自讨苦吃了。

本来还想趁机让沈梓乔吃一点苦的沈老夫人第二天没有等到沈梓乔的请安，没好气地跟沈二老爷抱怨，"你还说她已经长大了，懂事了。你瞧瞧，这才第二天，就已经不来请安了，她眼里什么时候有我这个祖母了。"

沈二老爷叹了一声，昨天让皎皎在外面站了一个时辰，她怎么还会再来站第二次？

周氏却笑道："娘，您还怕她不来请安吗？她一定还会来讨好您的。"

"你又想说什么？"沈二老爷不悦地问道。

"我说错什么了？皎皎自幼丧母，将来结亲出嫁的事不依仗老夫人，难道让大伯去操办她的亲事，去给她相看？有些事，还是只能家里的女眷去做，你们大男人啊，一边站着吧。"周氏得意地说道。

沈老夫人眼睛一亮，人看起来精神了不少，"你说得对，她还有依仗我的时候。"

不知道自己还需要依仗沈老夫人的沈梓乔现在正在马车里优哉游哉地逛街中。

她离开京城后，这里的商铺都是交给潘三多和梁建海，两年来，商铺的收入已经翻了一番，还有郊外的良田，收成也非常好。

不知道盛佩音如今怎么样了，当初她离开东越的时候，听说她还被九王爷禁足呢。而现在盛家都被满门抄斩了，想来……盛佩音也该去逃命了，不会再想着害人了吧。

沈梓乔用力地搓揉脸蛋，将对盛佩音仅存的忌惮收了起来，她现在已经不再也不需要害怕盛佩音了。

她去两间铺子走了一下，梁建海拿了这两年的账册给她看。沈梓乔这一看就去了大半天，待她回家的时候，已经是金乌西坠了。

"三小姐，今天王夫人和唐夫人来拜访老夫人了，还留了下她们用了午膳。奴婢去打听了，唐夫人家里有位姑娘今年十六岁，王夫人是来保媒的。"红缨小声地跟沈梓乔说道。

"唐夫人是什么人？"沈梓乔问道，她对京城这些什么夫人小姐的都不太熟悉。

"是唐太常寺的夫人。"红缨说。

沈梓乔揉了揉眉心，"老夫人这是想做什么，没有我父亲和大哥的同意，她还真想就这样定下亲事啊？"

"三小姐，听说那位唐小姐性格蛮横，对待下人苛刻狠毒，素有恶名。三小姐，可千万不能让大少爷娶了这样的女子。"红玉急忙说道，那唐小姐怎么配得上他们英俊威武的大少爷。

不能让那样的女子糟蹋了大哥！

"你们都知道唐小姐是个什么人，老夫人怎么会不知道？"死老太婆就是故意的，她想毁了沈子恺的人生。

"三小姐，那如今怎么办？"红玉着急地问，只希望大少爷能赶紧回来。

要是大少夫人是唐小姐那样的人，将来……将来三小姐的日子就难过了，所谓长嫂如母啊。

"把大少爷已经定亲的事传出去，就算不能让老夫人死心，至少也能阻挡些时日，到时候父亲和大哥回来，老夫人也就没办法了。"沈梓乔吩咐着，无论如何，她都不会让沈子恺娶一个那样的女子。

不消两日，沈子恺有未婚妻的消息果然已经传遍了，不少有意要跟沈家结亲的人家都失望之极，就连唐夫人的热情也减淡了不少，还派人到沈老夫人这里质问究竟是怎么回事，既然沈子恺有了未婚妻，还跟他们唐家折腾什么，这不是打脸吗？

沈老夫人气得七窍生烟，"这是怎么回事？外面的人怎么知道这件事的？什么未婚妻，只是开玩笑的一句话，怎么就成了亲家，到底是谁传出去的！"

"还能是谁？家里知道这件事的，除了您就只有沈梓乔了，就连我，都是刚刚才听说的。"周氏撇了撇嘴，对沈老夫人的做法很不以为然。

连沈梓乔那个臭丫头都降服不了，妄想去制住沈子恺，怎么可能！

她现在算是想明白了，潘氏那样的女子，生的子女怎么可能是普通人？还是不要跟他们作对的好，反正他们二房的跟大房没有多大的关系，关系僵硬对以后分家才没有好处。

沈老夫人却不甘心，将沈梓乔骂了大半天，才让人去将她叫了过来。

这时候沈梓乔却不在家里。

她被潘立泽叫到京城最大的酒楼去了。

五福楼在两年前已经取代了尚品楼，成为京城生意最好的酒楼。

"本来想着回家跟你说的，不过……想来想去，还是在这里说比较好。"潘立泽含笑看着外甥女，认真地微笑道。

有什么事需要在这里说才安全？沈梓乔不明所以。

"这是你外祖父两年前在京城置办的，你过目一下。"潘立泽将一叠屋契拿出来放在沈梓乔面前，"包括之前这家酒楼，还有好几个商铺，盛佩音之前的产业也都被你外祖父买了下来，以后，这些就是你的了。"

沈梓乔差点一口茶喷了出来，"三舅父，您开玩笑的吧。"

"我开什么玩笑，你以为我到京城来做什么？"潘立泽笑着说，"别以为这些都是你外祖父一个人给的，有大舅父大舅母的，还有你三舅母和我的，老夫人也有份，这是我们给你的嫁妆。"

潘立泽叹了一声，"原来还想着你能留在东越呢，你外祖母都不知道多失望，贺琛哪里就比不上齐铮啊？你这丫头太没眼光了。"

沈梓乔瞪着面前的那些屋契，忽然"哇"一声哭了起来。

在她最无依的时候，是外祖父成了她最大的靠山，在东越的时候，潘家所有人都宠着她惯着她，从来不约束她，她在东越的生活自由、温馨、幸福，她感受到了久违的亲情，如今，她还没嫁人呢，外祖父外祖母他们就已经替她准备好了嫁妆……

她不想哭的，可是她忍不住，她感动得不知该说什么。

母亲欠这个女儿的所有关怀和母爱，潘家所有人都已经补偿她了。

潘立泽没想到沈梓乔会忽然大声哭起来，措手不及地安慰着，"哭什么呢，你要是嫌少，三舅父再给你添嫁妆。"

听到三舅父这么说，沈梓乔哭得更大声了。

一旁的红缨目瞪口呆，完全不知道三小姐在哭什么。

"别哭了啊，你要是不喜欢京城，那就跟三舅父回东越好了。"潘立泽自然是知道外甥女为什么哭，开玩笑地逗她。

"好！"沈梓乔用力地点头，抽泣着的样子竟然还有几分视死如归的勇敢。

潘立泽傻眼了，"好什么，你不要嫁给齐铮啦？"

当初离开西北的时候，沈子恺就跟他说过了，沈梓乔跟齐铮两人情投意合，将来待回了京城，就要替他们办了亲事，他回去后告诉了老夫人，把老夫人给失望得唉声叹气了两天。

本来是希望沈梓乔能够嫁给贺琛，然后永远留在东越呢。

沈梓乔咬了咬牙，"不嫁了！"

第一百三十七章 有人欢喜有人愁

潘立泽自然是不会将沈梓乔的话当真，他轻轻地摸了摸沈梓乔的头，仿佛看到了二十三年前的妹妹。

"皎皎，这些东西，都是给你防身的，你大可不必拿出来，仔细藏好了。就算将来遇到什么难处，也好有个私己钱防身。若是齐铮对你不好，你也能后顾无忧地走人。"潘立泽说道。

沈梓乔已经停住了哭泣，正拿着绢帕在抹眼泪，眼睛红红的，听到三舅父的话，她破涕为笑，"这话外祖母跟我说过，三舅父以前也这样跟我娘说过？"

潘立泽哼了一声，"说了不下十遍！你娘是个死脑筋，不听我的话，所以才早早地扔下你们兄妹俩走了！"

本来在沈萧纳妾的时候，他就去劝妹妹离开沈家了，有一肯定有二，就算那些小妾不是沈萧愿意收的又怎样？有那样的一个老货在，在沈家能有好日子过吗？

偏偏就是舍不得那个沈萧！

潘立泽严肃地警告沈梓乔，"不管你将来的夫君是谁，绝对不能让他有别的女子，记住了吗？"

"诶，我记住了，他要是敢收别的女人，我就阉了他。"沈梓乔恶狠狠地说，绝对不要委屈自己，凭什么要委屈自己。

要、要这么血腥吗？潘立泽反而被外甥女吓了一跳。

不过，作为舅父，跟外甥女说这个是不是有点不合适？潘立泽老脸发红地哈哈笑了起来，"好了好了，不开玩笑了，你父兄明日也该回来了，赶紧回家好好准备吧。"

不是还要两三天吗？沈梓乔惊喜问，"提前回来了？"

"没错，已经到了咣领城，再有一天就到京城了。"潘立泽笑着说。

沈梓乔高兴地欢呼出声，总算将他们等回来了。

"这些，好好藏着，谁也别说。"潘立泽指着桌面上的屋契，"你外祖母还有些首饰给你，等你出嫁了再添妆。"

"三舅父，我……我真不知该说什么，你们都对我太好了。"沈梓乔吸了吸鼻子，心情又高兴又感动，各种复杂啊。

潘立泽笑着说她傻。

唯一的外甥女啊，不对她好还能对谁好呢？

沈梓乔捧着潘立泽给的屋契回家，也没跟家里其他人说明日沈萧他们就会回来了。她让孟娘子将这些屋契都收好了，就听说沈老夫人使人来叫她去德安院。

"……怕是因为大少爷那件事，您只管矢口否认就行了。"孟娘子叮嘱着。

"我知道怎么做。"对付那死老太婆已经是得心应手了，难不倒她。

沈梓乔来到德安院，除了沈老夫人，那周氏也在。

"是不是你将恺哥儿已经定亲的事传出去的？"沈老夫人瞪着沈梓乔问道，只要见到越来越像潘氏的她，沈老夫人就觉得心底有一股无名火疯狂地燃烧着。

"啊？我大哥什么时候定亲的？"沈梓乔一双清澈明亮的眼睛瞪得圆圆的，那惊讶的神情一点都看不出是作假。

沈老夫人狐疑地打量着她，"你真不知道？"

"祖母什么时候替我大哥定下亲事？怎么没人跟我说，是哪家的姑娘？"沈梓乔皱眉问着，好像在埋怨沈老夫人自作主张似的。

说起来，潘氏替沈子恺定下朱家姑娘的时候，沈梓乔还没出生，潘氏过世之后，再也没有人提起这件事了，就连她都差点忘记了。

如果不是沈梓乔，那会是谁？

"你不知道你大哥定了亲，你母亲留下的人总该知道吧，难不成是他们在嚼舌根？"周氏知道沈老夫人被沈梓乔糊弄了。哼，人老了就是没用，脑袋都不清醒了。

沈梓乔咧嘴一笑，"听说二婶最近在替我大哥相看呢，难道二婶不知道我大哥已经定亲了？既然连下人都知道了，二婶没理由不知道吧？那怎么还要替大哥相看啊？"

周氏只是轻轻哼了一声，想起丈夫前些天说过的话，忍着没有继续刁难沈梓乔。

不能刁难沈梓乔，否则只会让丈夫更加怜惜这个侄女，会更想起那个该死的女人！

沈老夫人如今越来越容易感到疲倦，这才说了几句话，就觉得全身都乏力了。她挥了挥手，将沈梓乔给打发下去，让李妈妈扶着她歪倒在炕床上躺下了。

周氏看着面色越来越蜡黄的老夫人，心底生出不好的预感。

老夫人……是差不多了吧！

她的两个儿子都已经定亲了，且年纪还不算大，就算过几年成亲也没关系，可是女儿……女儿可不成了，今年都十六岁了，不能再等三年了。

不行，一定要尽快替歆儿定下亲事。

明日，明日就让王夫人去探一探安国公夫人的口风，要是能尽快将歆儿跟齐铮的事定下来，那她就没有什么后顾之忧了。

或是让二老爷找安国公试探几句？

周氏想到要是能够有齐铮这样身世显赫的女婿，就高兴得合不拢嘴，怕笑声吵醒沈老夫人，她忙掩着嘴，乐不可支地离开德安院。

安国公府，上房。

所有的人都在欢庆打了胜仗，终于将金贼赶出荒原，让他们永世不敢再侵犯，不过有一人是例外。

小顾氏在听说齐铮立了大功之后，就开始了睡不好吃不下的。

"那个傻子……那是个傻子！怎么可能立功！"她抓着苏妈妈的手，气得眼睛都凸了出来。

"夫人，您小声些，老爷就在书房呢。"苏妈妈急忙提醒她。

小顾氏愤怒地大叫，"我为何不大声说，他是怎么对待我儿子的！我儿子明明高中了，让他跟皇上给他请封世子的旨意，他偏生不肯。我知道，我知道，他是想让齐铮当世子嘛，他休想！"

"夫人……"苏妈妈叹息一声，低声劝道，"齐铮占着嫡长子的位置，如果没有犯了大错，国公爷是不会越过他去的。"

"什么大错？没有错就让他有错好了！"小顾氏冷哼道，"谁要挡着峰哥儿成为世子，我遇佛杀佛！"

她能够坐稳安国公夫人的位置，有什么事没做过！

"夫人……"苏妈妈欲言又止，齐铮已经不是能够随便她们操控的傻子了啊。

第一百三十八章　回城

沈萧和齐铮他们回来了！

当年，齐铮离开京城的时候，在别人眼中，只不过是一个已经不傻了的废物而已，没有人会当他是安国公府未来的世子，更没想过有一天他会成为英雄。

斩杀金人的大汗啊！这样振奋人心的事迹，足够让全城百姓为他欢呼。

这十年来，边境屡屡受到金人的侵略。虽然有沈萧和杜吉两位大将军镇压，金人不曾真正威胁到，但有这么一个时刻想着侵吞自己的毒虫在旁边，皇帝怎么可能睡得安稳。

如今金人终于真正解决了，皇帝的心头刺拔走了，怎么会不高兴？

齐铮的风头盖过了沈萧和杜吉，成为百姓的英雄。

所有人都清楚，这次齐铮回来，皇帝肯定会大赏他的，封官晋爵绝对不在话下。那些曾经看不起齐铮，甚至以欺负他为乐的人，此时正躲在家里，连露面都不敢。

齐铮不可能跟以前一样默默无闻、平凡地生活着了。

所有家里还有未出阁姑娘的大户人家，肯定都希望齐铮能够成为他们的女婿吧。

西北打胜仗的英雄们在城门出现，百姓们夹道欢迎，每一个人都在为他们欢呼。

只有一个人例外。

盛佩音安静地坐在马车里，目光仇恨地看着骑马走在最前面的沈萧。

如今的盛佩音没有以前的骄傲和自信妩媚的笑容，她只穿着颜色素淡的普通衣裙，透过车窗看着那些让她家破人亡的人。

沈萧……齐铮……

她恨意滔天，如果不是他们设局陷害，她盛家不会被满门抄斩。就是这两个人！就是这两个人害得她盛家被满门抄斩！如果她不是留在东越，如果她不是得到父亲拼了命传出的消息，她如今也已经成了鬼魂。

到底是谁害得她全家落到如此下场……盛佩音努力回忆着她策划的每一个细节，想找出来到底是哪里出了问题。

是……是沈梓乔！

没错了，是从她带着沈梓乔去千佛寺那时候开始的吧，那时候的沈梓乔就让她感觉到异常，就因为出现沈梓乔这个变数，所以她所有的心血和努力才会白费。

她不甘啊！

新仇旧恨在盛佩音眼中剧烈地翻滚着，她紧握着双拳，指甲嵌入肉中，鲜血淋漓，可她一点都不觉得痛。

没有什么痛比得过她所有家人被抄斩。

人群中，还有另一辆马车停在路边，不过车里的主人却在旁边的酒楼之上。沈梓乔一双大眼睛笑成月牙形，笑容灿烂地看着丰神俊朗沈子恺和俊美挺拔齐铮，听着夹道两旁的欢呼声，她真替他们感到骄傲。

沈梓乔的视线落在齐铮那张冷漠俊美的脸庞上，或许是常年在战场上历练，经受了风吹雨打，他的肌肤黝黑了不少，而且全身气势凛冽，再没有以前刻意装出来的柔弱。

是啊，齐铮已经不需要再装了，他已经有能力保护自己了。

好像是心有灵犀一样，齐铮仿佛感觉到沈梓乔的注视，视线准确无误地抬起，一双深幽如墨的眸子紧紧地盯着她。

沈梓乔的呼吸一滞，脸颊爬上一层红云。她露齿一笑，目光明亮地看着他。

就如钻石生辉，宝珠生晕，那双清澈干净的眼眸让齐铮冷硬的脸庞柔和下来，他收回视线，嘴角浮起一个很淡很淡的笑容。

齐铮本来就长得好看，如今脸色柔和下来，眼底仿佛藏着一抹深泉。旁边的少女妇人们都看傻了眼，纷纷向他扔荷包玉佩。

沈子恺同样已经发现了在酒楼的沈梓乔，他见齐铮被扔得狼狈不已，不客气地大笑出声。

沈子恺压低声音对他说道："说不定这里面有皎皎扔的荷包。"

齐铮淡淡地说："她那样的针线功夫，扔不出手的。"

沈子恺"嘿"了一声，"你还敢嫌弃啊？"

齐铮淡笑，沉默不语。

"我父亲前些天找你谈了什么话？我怎么感觉好像有点不太对劲？"沈子恺好奇地问着，三天前，沈萧忽然将齐铮叫去谈了大半天的话，谁也不知道说了什么，就连沈子恺都不知道。

齐铮又是个闷葫芦，根本问不出一句话。

"该不会是不让皎皎嫁给你吧？"沈子恺不等齐铮回答，又惊叫一声。

走在前面的沈萧沉着脸回头瞪了他一眼。

"不会……"齐铮只是淡淡挤出两个字。

沈子恺却没有注意听，自顾自地地低声说，"反正不是有太子殿下吗？要是老头子不同意，就找太子殿下帮忙。"

太子殿下早在前几个月就已经先启程回了京城，此时应该就在宫里等着他们了吧。

齐铮真心是无语了。

这家伙跟沈大将军到底有多大的仇恨，真的是父子吗？

"沈大将军没有不同意。"齐铮无奈地说，其实他是知道沈子恺跟沈萧之间有一点心结的，虽然父子二人看起来并没有什么矛盾，但沈子恺……在某些方面，不相信沈萧。

不知道以前到底发生了什么事情。

"那就好。"沈子恺松了一口气，咧嘴笑了起来。

直到沈萧他们被在宫门外亲自迎接他们的太子迎入宫里。街道还是依旧热闹非凡，每个人脸上都洋溢着愉悦的笑容。

沈梓乔从五福楼下来，她也该回家准备迎接父亲和大哥了。

在她进入车厢的时候，一直停在不远处的那辆孤孤单单的马车终于启动，缓缓地出城了。

好像是有所感应，沈梓乔狐疑地看了那马车几眼，没看出什么异样来。她放下车帘，吩咐小厮回了沈家。

沈家也是热闹得很，周氏指挥着丫环们上下忙着，本来以为沈萧父子还要好些天才回来，所以有些事还没做完，忽然回来了，自然是要赶紧准备齐全了。

忙中井然有序，每个人脸上都带着笑容，整个沈家仿佛都注入了生命般活跃起来。

一直到了傍晚的时候，沈萧父子才回来。

"大哥！"沈梓乔已经站在垂花门外等了大半天，终于见到沈子恺，急忙跑了过去，紧紧地抱住沈子恺的胳膊，"大哥，欢迎回家！"

一旁的沈萧见女儿对自己不似往日热情，眼神黯然。他明白，自从那件事之后，皎皎就对他有了隔阂，不再跟以前一样，总喜欢在他身边叽叽喳喳说个不停了。

潘立泽拱手迎向沈萧，只是他的态度也是淡淡的，不若对着沈子恺时那真心欢喜的笑容。

沈子恺趁着沈萧跟潘立泽在说话，低头跟沈梓乔不知说了一句什么。

"啊？"沈梓乔脸颊浮起一抹羞赧的红晕，听到沈子恺的话，她的心忍不住欢喜了起来。

沈子恺说，齐铮很快就会上门来提亲了。

沈萧父子被簇拥着去了沈老夫人那里，沈梓乔低眉顺耳地跟在他们身后，一整个晚上，都安静得好像不存在似的。

同样的热闹出现在安国公府，只不过这府里的人脸上的笑容虽然欢喜，却隐藏着一丝小心翼翼。

真正毫无顾忌地大笑着的，只有安国公一个人吧。

齐铮被安国公拉着坐到首位，完全无视一旁脸色铁青的小顾氏。

安国公眉眼都是欣慰的笑，他本来已经对长子失去信心，不敢奢望他成为多厉害的人，没想到！没想到他会这么争气！

面对安国公的喜悦，齐铮面色色依旧冷漠，他等着安国公一番称赞他恭喜他的话说完之后，才淡淡地说，"父亲，我想去给祖母请安。"

"走，我和你一起去。"安国公想起最近身子不太爽利的老夫人，站了起来说道。

"那我先去看看为铮哥儿准备的洗尘宴准备得如何了。"小顾氏勉强地微笑着，眼睛没有看向齐铮。

她怕会忍不住流露出想剐了他的恨意。

齐铮对她同样冷漠，进门至今，别说是行礼了，连叫她一声母亲都不曾。

小顾氏怒火填胸地回到上房。

"夫人，莫要生气，气坏了身子不值得。"苏妈妈忙安抚着。

"听说今天皇上在宴席上问他有没有意中人，皇上不是想替他赐婚吧？"小顾氏喝了一大杯茶下去，才终于压住了怒火。

苏妈妈说："毕竟皇后是大少爷的姨母……王夫人不是找过您吗？"

"哼，王夫人是想替沈家的说媒。"她怎么会让齐铮娶沈家的姑娘。

"沈梓乔？"苏妈妈变了脸色，她对沈梓乔记忆深刻，怨怼颇深，要是那女子当了大少夫人，那安国公府真是要变天了。

"不是，说是二房的姑娘。"小顾氏哼了哼，"让他娶沈家的女儿，将来这内宅大权还能是在我手里吗？黛姐儿也该到京城了。"

苏妈妈一怔，顾黛芹？

第一百三十九章　赐婚

顾黛芹是小顾氏的外甥女，是顾家嫡出的二小姐，长得倾国倾城，简直如天仙下凡，凡是见过她的人，无不被她的容颜倾倒惊艳。

但这样一个美人儿却……却是个神智有缺的，连个十岁的孩童都不如啊。

夫人要给大少爷找这样的大少夫人，大少爷会同意吗？老爷会同意吗？

还有那位老夫人……她虽然平时不管事，但只要涉及大少爷的亲事，她怎么还会继续沉默。

"他不想娶也得娶！"本来她就有意要将这两个傻子放在一起，如今齐铮居然成了英雄，她更不能让他娶别人。

不管娶谁，都会成为齐铮的助力，她怎么允许齐铮再得到什么助力。

苏妈妈望着脸色狰狞的小顾氏，顿时沉默下来。

入夜后，齐铮正在安国公的书房里。

"过些天，我便会跟皇上请旨，封你为世子。铮哥儿，我知道你怨我，更不稀罕这个世子之位，但这是我唯一能够补偿你的。"安国公望着身姿挺拔如松的齐铮，心里怎么还能不明白。

他的这个长子，这么多年来都是在装傻。

齐铮肯定知道他母亲为什么而死，肯定知道自己曾经做过什么，否则不会装傻这么多年。

安国公能够感觉到长子对他的怨。

"不必了，成亲之后，我会分府出去。"齐铮并没有觉得感激，他对世子之位从来就不感兴趣。

“什么？”安国公以为自己听错了，他慢慢地站了起来，紧盯着齐铮的脸庞，一字一句地问，“你要分府？”

齐铮直视着他，斩钉截铁地点头，“是，成亲之后，我就分府出去住。”

这是不想要世子之位的意思！安国公怎么会听不出他的意思，可这是为什么？成为世子，以后他在这个家就不怕小顾氏了，他为什么不要？“铮哥儿，为什么？”

“这是我母亲的心愿，如果我母亲在世，肯定不愿意住在这里。”齐铮平静地说，他是有怨，但已经不会大怒大恨，逝者已矣。他只有过得好，母亲才会觉得安慰吧。

安国公听他提起亡妻，脸色变得煞白，他果然都知道了！

顿时，安国公整个人看起来颓丧了不少，似乎一下子老了好几岁，“你想什么时候成亲？是哪家姑娘？”

“待我安排好了之后会告诉您，我希望，小顾氏不要插手我的亲事。”齐铮淡声说着，在还没有确定下来之前，他不想让太多人知道他想娶沈梓乔。

“是不是沈家的小姐？”安国公问道。

齐铮峻眉微挑，“您如何知道？”

“前些天，沈二老爷探过我的口风，他的女儿贤良淑德，与你倒是般配。”安国公跌坐回去，心头有说不出的失落，却不得不笑着面对齐铮。

还是等他成亲了，再劝他成为世子，至于分府什么的，他是绝对不会答应的。

齐铮闻言，皱眉问道，“沈二老爷的女儿跟我有什么关系？”

“你不是想娶她？”安国公微怔，那还有谁？随即，他想到沈家如今还没出嫁的就两个人，“沈梓乔？”

“这女子与你不是有间隙？你们之前还……还……”齐铮不是被沈梓乔揍过吗？居然还想娶这样凶悍的女子？

齐铮嘴角微挑，大概是想到之前和沈梓乔初识时的情景，面色柔和了一些，“她就很好了。”

在别人看来，沈梓乔有很多缺点，可在他看来，她的缺点和优点都是那么可爱，他就是很喜欢。

安国公曾经也是性情中人，他见到齐铮在提到沈梓乔时脸上的微妙变化，知道自己没有反对的理由了。

“那好，待看好了日子，我亲自去沈家提亲。”安国公阻止齐铮想要开口的话，“我到底是你的父亲，我去提亲，是给沈三小姐的重视，你就算再怨我，也不能让你媳妇儿受委屈。”

齐铮想了想，点头答应了。

其实他是想去请皇后直接赐婚的，这样一来，皎皎进门之后，底气就更足了，小顾氏也不敢太嚣张。

还是赐婚比较好！

京城整整热闹了三天，皇宫同样大肆庆贺三天。沈萧和齐铮三天来一直都在宫里，喝了几天的酒，就算酒量再好，也经不住这样喝。好在庆功宴已经结束了，沈萧和沈子恺父子瘫软如泥地被送了回去，齐铮坐在马车之中，一双深幽如墨的眼睛此时亮得如最上等的黑曜石。

刚刚宴会快要结束的时候，沈萧将兵符上交还皇上，并请旨告老归田。

皇帝挽留几句，便高兴地收回兵符，并下旨将沈萧的女儿沈梓乔许配给齐铮。

沈萧会上交兵符，这件事齐铮早就知道了。

并不是为了让皇上赐婚才这么做的，金人已经被赶出荒原，至少五十年之内都不可能再侵犯。沈萧坐拥三军，不管是哪个皇帝都会感到威胁。

此时告老归田，也是为了沈家满门的安全着想。

"少爷，前面是沈家三小姐的马车。"在车辕的群叔看到沈梓乔的马车停在一间商铺前面，便猜想沈梓乔应该在里面。

虽然还是很不喜欢沈梓乔，认为她配不上大少爷，但皇上都已经赐婚了，他哪里还敢有什么话说。

再说什么就是对皇上大不敬了。

齐铮今日也喝了不少酒，身上还带着酒味，只是他此时心情兴奋，犹显得他眼睛炯亮，"在前面停下。"

他很高兴，他想要将这种心情跟她分享，而她一定也会很开心的。

沈梓乔今日是出来跟梁建海商量要在京城设立一个天宝行分行的事，此时已经谈得差不多，正从商铺里出来，便看到坐在马背上的齐铮正灼灼地盯着她。

"你怎么在这里？"沈梓乔诧异地问。

她还不知道皇上已经赐婚的事吧！齐铮咧嘴一笑，朝她伸出手。

"做什么？"沈梓乔纳闷地看着他，还是将手放到他掌心。

齐铮用力一扯，将她抱上了马背，就坐在他身前，在她耳边轻声说，"我们出城去。"

"啊——"不等沈梓乔反应过来，他双腿一夹马背，骏马已经飞快地奔跑起来。

周氏正在跟王夫人说话，说的便是去试探小顾氏口风的事。

"……毕竟不是亲生的，我瞧着那小顾氏对齐大少爷的亲事并不上心，常是我在说她不在听，也不知她是个什么意思。"王夫人说道。

"就算再怎么不上心，齐铮还占了个嫡长子的名分，她还真能什么都不管啊？我打听过了，安国公的意思，是想将世子之位传给齐铮的。"要真是这样的话，以后歆儿不就能成了侯爷夫人吗？再加上齐铮自己争气，往后的日子那要多风光就能有多风光。

王夫人笑着说："我明日再去试探试探。"

刚说完，周氏的贴身丫环月季就急急地走了进来，脸上带着喜色，"二夫人，二夫人……"

"怎么回事？"周氏瞪着她问道。

"听说皇上赐婚给齐铮和我们家小姐了。"月季急忙说道。

周氏闻言大喜，急忙站了起来，"你说的是真的？快，快叫四小姐过来。"

王夫人笑着拱手，"恭喜恭喜，你这是心想事成了。"

"除了我们家歆儿，有谁能配得上齐铮？"皇上不赐婚给歆儿，还能赐婚给谁呢。

周氏叫了管事婆子进来，"大老爷回宫了吗？这是我们家的大喜事，绝对不能疏忽了，我得跟大老爷商量，这嫁妆的事，绝对不能太寒碜了。"

皇上赐婚的，哪能小家子气。

管事婆子回道："大老爷已经回来了，正跟大少爷还有二老爷在书房说话呢。"

周氏笑不拢嘴，"哎，肯定是在商量歆儿和齐铮的亲事，他们几个爷们儿能说出什么来，这亲事就该让我们女人来办啊。"

刚走到门边的李妈妈听到周氏这话，嘴角弯起一抹嘲讽的笑，她也不等同传，就这么走了进来，"二夫人笑得这么开心，莫不是在替三小姐的亲事高兴？"

"那丫头的亲事还值得我高兴？"周氏哼了一声，不悦地瞪着李妈妈，"李妈妈是越来越不知道规矩了，在我这儿都不将我放在眼里啊。"

李妈妈笑了笑，规规矩矩地行了一礼，"老夫人让奴婢给您带一句话，三小姐自幼丧母，亲事自当由家中的长辈代劳，此番皇上赐婚，是三小姐的荣幸，也是沈家的荣幸，二夫人，您还请劳累些，替三小姐担待担待。"

周氏脸上的得意渐渐地变得惊愕，"什么赐婚，皎皎也得了皇上的赐婚？"

李妈妈笑道："是啊，三小姐被赐给安国公的大少爷。这件事，二夫人您还不知道吧。"

瞧她刚刚那个样子，还真以为皇上是替她的女儿赐婚呢？

要不是大老爷交出兵权，也轮不到沈梓乔那个臭丫头！李妈妈觉得全身都不舒服，真不知道沈梓乔是走了什么狗屎运！

周氏这下脸色彻底地铁青了。

居然是沈梓乔！居然是那个贱丫头！

王夫人见到她这个样子，哪里还敢久留，忙推说家中有要紧事，就告辞离去了。

第一百四十章 树林里的激情

骏马飞奔过大街，今天街上的行人不多，齐铮驾着骏马几乎没有遇到任何阻拦，很快就到了城门。守兵认得齐铮，连看腰牌都不用就给让开了路。

出了城门，骏马在官道上的速度更快了。沈梓乔被风刮得脸颊生疼，转头将脸埋在齐铮的胸膛，双手紧紧抱着他的腰。

她没有问他要去哪里，只是安静地紧紧地贴在他胸前。

温热的体温透过柔软的布料传递到她的脸颊，他身上散发出淡淡的酒味，仿佛能熏醉人。

不知过了多久，骏马的速度渐渐地慢了下来，沈梓乔这才抬起头，讶异地看着周围，"这是哪里？"

周围都是古银杏树，此时已经是金秋时节，这些古银杏遍地金黄，根深叶茂，层层叠叠，景色壮观。偶尔有山风吹来，静静的树林便沙沙作响，令人有一种身处幻境的感觉。

"这就是京城最有名的千年银杏树林？"沈梓乔啧啧称奇。这个古银杏树林她已经听闻已久，不过一直没有机会前来欣赏。

果然百闻不如一见。

齐铮目光熠熠地看着她，"以后我带着你游历四方。"

他好像很高兴？沈梓乔抬头，清澈明亮的大眼盯着他的脸庞看着，"是不是发生什么好事情了？"

"嗯，好事情。"齐铮将她搂住下马，深幽如墨的眼睛灼灼地看着她。

沈梓乔嘴角翘起一抹愉悦的笑，这是他们在西北分开之后的第一次见面，可感觉好像没分开过一样。

她踮起脚尖，在他脸上亲了一下，"什么好事情？"

齐铮眼睛一亮，在她还来不及退回去的时候，低头猛然吻住她的唇。他灵活的舌搅动着她的丁香小舌，汲取她的甜蜜。

沈梓乔被他抱得紧紧的，身子动弹不得，呼吸更是艰难。

"皎皎！"他慢慢地离开她的唇，盯着她红润的唇瓣，齐铮的眉眼染满了笑意，"皎皎，皇上赐婚了，给我们赐婚了。"

赐婚？沈梓乔愣了愣，这么说，她已经算是齐铮的未婚妻了？

还以为他们的婚事肯定会遇到很多阻拦，没想到居然这么容易，有种很不实在的感觉啊。

"怎、怎么就赐婚了？也太容易了吧。"小顾氏没有出来捣乱一下？沈家老太婆不反对么？这样就订婚，是不是很没成就感？

齐铮俊脸一沉，敲了敲她的小脑袋，没好气地说道，"说什么，我刚回来就求了皇后娘娘的，要不是你父亲将兵权交还给皇上，皇上是不可能赐婚的。"

沈萧将兵权交回去了？这下沈家是彻底安全了吧，说来也是，如果沈萧依旧是坐拥三君的大将军，齐铮又是现在人人知道前程无量的英雄，皇上大概接下来的日子都要睡不着了。

"这是我父亲早就和你说过的？"沈梓乔牵着他厚实温暖的手掌，慢慢地沿着树林里的小道走着。

齐铮身后的骏马停留在原地，没有跟着他们。

"谈过。"那时候还在西北，沈萧找他问过话，问他是不是一定要娶沈梓乔。

当时他只说了一句"非皎皎不娶"，沈萧就没有跟他说什么了，直到在快要回京城的前几天，沈萧又找了他。

沈萧是跟他说想要将兵权交回给皇上的事，如果不交，齐沈两家是绝无可能成为亲家，说不定还要引起皇上的猜忌和怀疑。只有他这么做，才是最好的方法。

沈萧是为了她吗？沈梓乔咬了咬唇，心口顿时闷闷的。

其实那时候齐铮听到沈萧做出这个决定的时候，比沈梓乔还要惊讶，因为沈萧一旦这么做，沈子恺以后的路肯定都要靠他自己了，没想到沈萧却说，这才是替沈子恺未来打算的最好方法。

沈子恺在昨天就知道这件事了，他一点意见都没有，他一直认为能够成为副将，都是靠自己双手打出来的，而不是依靠沈萧的势力。

"怎么了？不开心吗？"齐铮停了下来，捧起沈梓乔的脸，望着她撅起的小嘴，轻笑地问道。

"也不是不开心，就是觉得……不实在。"其实她觉得这样好像欠了沈萧，她一点都不想这样，沈萧这是什么意思？补偿她这个被忽略十几年的女儿吗？

齐铮在她耳边沉声说："等洞房那天就实在了。"

沈梓乔红着脸伸手拧他的腰肉，"混蛋！脑子里都想什么，都想什么啊！"

"想你，都在想你！"齐铮笑了出来，将她抱了起来，在原地转着圈，把沈梓乔转得头都晕了。

"快放我下来！"沈梓乔都被转晕了，软趴趴地靠在他肩膀上，"那，皇上有没有说什么时候……什么时候完婚？"

齐铮将她抱在怀里，带着她往树林深处继续走着，声音低柔地回答着，"两个月后，最后是什么日子，还要两家长辈决定。皎皎，你放心，我不会让任何人破坏我们的好事。"

这是他等了快三年的事情，怎么会容许别人来破坏。

"那你可要小心小顾氏，你最近这么风光，她快气得内伤了吧。"沈梓乔感觉没那么头晕了，挣扎着要从齐铮怀里下来。

"别动！"温香软玉在怀，他哪里舍得放开。反正抱着她走路一点压力都没有。

沈梓乔没好气地说："你刚刚从宫里出来吧？是不是喝了很多酒，你别一会儿酒气上来走不稳把我给摔下去啊。"

"皎皎，你好像很看不起我。"齐铮幽幽地说。

"哪有，你是我们的英雄。那天回京城的时候，哎哟喂，连带着俩孩子看热闹的大妈都往你身上扔荷包，羡慕死我了。"沈梓乔哼了哼说道。

"我以后只收你的荷包。"齐铮的声音有说不出的愉快。

沈梓乔哼道："谁稀罕！"

齐铮低头要亲她的小嘴，沈梓乔咯咯笑着推开他，"不要，我还有话要问你。"

关于怎么查出盛焙礼就是奸细的事，她现在还什么都不清楚，正想找机会问一问齐铮呢。

"嘘！"齐铮柔和的面色瞬时一凛，侧耳倾听了一会儿，抱着沈梓乔跃上前面一棵高大茂盛的榕树上，压低声音在沈梓乔耳边说，"别出声。"

沈梓乔这时候才发现原来他们已经走到树林的最深处，仔细一听，还有瀑布的声音。她惊喜地看了过去，距离他们几棵树远的地方，透过树叶，她看到一帘瀑布从山上直冲而下。

"这里……"她背靠着齐铮的身子，感觉到他全身紧绷，她回头看了他一眼，却见他目光森冷警惕地看着瀑布那边的方向。

那里有什么？不是只有瀑布声吗？

沈梓乔重新看了过去，仔细地倾听起来。

这才发现在树影绰绰的林子里停着一辆马车，另一条小道慢慢走出两个人影，一男一女，并肩走到瀑布下的湖边，交头接耳地不知在说什么。

那个女的……沈梓乔瞪圆了眼睛，那不是盛佩音吗？旁边那个男的是谁？会不会是九王爷？

沈梓乔好奇地想探头靠前再看清楚，却被齐铮拦腰拉了回来，紧贴着他的身子，不许她再乱动。

毕竟是在树上，沈梓乔怕掉下去，还真不敢再乱动了。

她听不到盛佩音他们在说什么，她们距离只有五十米的距离，可是瀑布声嘈杂，她一个字儿都听不到。

没多久，当沈梓乔看到盛佩音偎依进那个男子的怀里，并且主动将身上的裙带解开时，她顿时不置可否地抽了抽嘴角。

那男子抓过盛佩音的身子，低头吻住她的唇，两只手熟练地脱下她的衣裳，露出她白皙滑腻，凹凸有致的胴体，接着便将她压在地上了。

忽然，眼前一暗，一只大手已经将她的眼睛给捂上了，"不许看！"

那边女子呻吟声和男子的喘息声清晰地传了过来。

沈梓乔嘴角抽了几下，她想扒下齐铮的手，看一看这个男人究竟是谁。

"别动！"齐铮的呼吸带着酒气，声音喑哑了不少。

沈梓乔僵硬着身子，真是一动也不敢动了。

那边销魂的声音一直不断地传到他们两人耳中。

沈梓乔柔软的身子被齐铮抱在怀里，浑圆处正坐在他双腿之间，她清楚地感觉到他某处的变化。

搂在她腰间的手越来越紧，像着火的铁臂一样，沈梓乔都感觉到灼热的温度。

"我们……我们回去吧。"沈梓乔小声地说，很怕齐铮万一克制不住，那她怎么办啊？

齐铮却好像没有听到，湿热的薄唇贴着她的后颈，一下一下地吻着，一直来到她的颊边。他轻轻地含住她的耳垂，舌尖似有若无地搅动着。

"齐铮，你要是敢盯着那女人的身体看，我饶不了你！"沈梓乔咬紧牙，气呼呼地警告着。

低哑愉悦的调侃声在耳边响起，"我不看她，我只看着你。"

她以为此情此景，她这样在他身上动来动去，自己真能什么反应都没有吗？

第一百四十一章　解释

他身上的体温越来越滚烫，把沈梓乔烫得全身都燥热起来。红霞从她的脸颊一直烧到她耳根。特别是被他咬住耳垂的时候，似有酥酥麻麻的感觉蔓延到四肢。要不是他抱着她，她都要摔下去了。

"那……那两个人怎么还不走！"沈梓乔听到那边还传来盛佩音的呻吟声，真是有种想捏死人的冲动。

"那个男人……"齐铮松开她的耳垂，声音依旧低哑，能听得出他在努力克制自己的情欲。

沈梓乔听到他性感沙哑的声音，全身打了个颤，她的声音微颤，"那个男人是谁？"

"是恒汇银号的老板，盛佩音怎么会跟他走在一起？"齐铮峻眉一蹙，对这个盛佩音感到很厌恶。

真是一个人尽可夫的淫乱女子！

恒汇银号？沈梓乔完全没听说过。

齐铮说："这个恒汇银号的老板叫马俊峰，看来这次勾结金人的奸细有漏网之鱼了。"

沈梓乔诧异地掰开齐铮的手，看着那两条仍交缠在一起的身躯，"那男人如果是奸细，盛佩音怎么会跟他在一起？"

盛佩音应该最讨厌奸细吧，她认为她的父亲是被陷害的，她自己怎么会跟奸细扯在一起。

"不该看的不许看！"齐铮将她的脸转了过来，"盛佩音这个女子明明跟九王爷牵扯不清，却还跟着别的男子在这里厮混。"

她小声说："她是不是以为勾引了那什么马俊峰，就能有机会替盛家报仇啊？"

齐铮薄唇勾起一抹冷冽的笑，"她不会有这个机会的。"

沈梓乔这时才想起还没有问关于怎么找到奸细的事，"怎么会传出我爹是奸细？后来怎么又变成是盛焙礼了？"

"嘘！"齐铮抱着她压低身子，那边的两个人已经欢好结束，一边穿上衣裳一边在调笑，只是说话声不大。沈梓乔听得不太清楚，只是隐隐约约听到几个字。

"马爷，您答应我的事，可不能忘记……"

"忘不了！"

沈梓乔好奇地问着齐铮，"他们说什么？"

齐铮皱眉看着那两个人，一直到他们上了马车离去，这才抱着沈梓乔从树上跳了下来，"盛佩音接近马俊峰必然不会有什么好事，如果没猜错的话，她是想利用马俊峰报仇。"

"她还想怎么报仇……"以为跟男人上床就能够达到目的么？九王爷对她其实很不错吧，盛佩音跟别的男人在一起，就一点都不觉得对不起九王爷？

"她所依仗的不过是有九王爷在背后撑腰，我想，她说不定还想说服九王爷……"齐铮沉默了一下，毕竟这个猜想有点大胆，但不知为何，他就是觉得盛佩音会有这样的想法。

沈梓乔是知道盛佩音有多大的野心，"她想说服九王爷举事，顺便报仇吗？"

齐铮摸了摸她的头，"九王爷未必会同意，这件事你不必忧心。"

"那我爹跟盛家究竟是怎么回事？"这才是沈梓乔最好奇的。

"传出沈大将军是奸细，不过是将计就计，盛焙礼勾结金人，抓了李培业的家人，要挟他泄露军机，李培业就是杜将军的先锋。他的母亲和妻子都是金人，被盛焙礼抓去藏起来，威胁李培业，若是不跟他合作，便上折说他的母亲和妻子是金人留下的奸细……我们将他的死隐瞒下来，故意传出作战军机，我们也是因此才知道奸细就是盛焙礼，并将金人彻底赶出了荒原。"齐铮三言两语就将所有的事情都解释清楚了。

其实事情肯定不是他说的这么简单，只是时过境迁，当中的风险就没必要再提了。

沈梓乔嘀咕道："我就猜事情应该是这样，只是……我父亲遭了不少骂名。"

"是啊，沈大将军受了不少委屈。"齐铮叹道，幸好最后还是能够将金人赶出荒原。

算了，反正都过去了，现在沈萧已经是英雄了。

"那我们现在……回去了？"沈梓乔不想再说已经过去的事，两人忽然都安静下来，周围只有风吹树叶的声音，不知怎的，她的脸颊莫名地烧红起来，好像还听到刚刚那些销魂的声音，恨不得立刻离开这里。

齐铮牵着她的手，哑声说，"本来想带你去湖边看瀑布的……"

谁知道会遇到这种事情。

"我才不要去！"一想到盛佩音和那个男人刚刚在湖边做的龌龊事，沈梓乔对那地方就一点都欣赏不起来。

齐铮哈哈大笑起来，抱着她揉了几下，恨不得将她揉进自己的身体里。

"别闹，你在宫里喝了多少酒啊，也不回去休息，吹了风怎么办？"沈梓乔推开他，闻到他身上的酒味，就知道他其实肯定有点小醉的。

"我高兴，想见你。"齐铮目光灼亮地盯着她，粗粝的手指在她红润的唇瓣摩挲着，皇上赐婚的那一刻，他心里想的就是她，想将这个消息告诉她。

沈梓乔被他看得全身不自在，伸手捂住他的眼睛。

齐铮的嘴角高高翘起，他没有拉开她的手，而是低下头，在她滑嫩的脸颊一下一下地亲着。

细密的吻落了下来，沈梓乔的手离开他的眼睛，轻轻地搭在他肩膀上。

他的薄唇温柔地贴在她红嫩的唇瓣上，温柔地舔吻着，厚实的大掌按着她的背，将她更贴近自己。

沈梓乔被他这种若即若离的亲吻挑逗得心软身热，忍不住踮起脚尖，主动加深这个吻。

齐铮抱着她压在树上，长舌追逐着她的丁香小舌，沈梓乔迎上他，不像以前那样羞怯。

"皎皎……"齐铮粗喘着离开她的唇，声音低哑地叫着她的名字，薄唇贴着她的锁骨，不轻不重地吸吮着。

沈梓乔咬紧牙才没有嘤咛出声。

她不要在这里啊，她是有节操的，不要跟盛佩音一样！

"别动，皎皎，不要乱动。"他痛苦地闷吼着，手依依不舍地从她衣襟拿了出来。

"我不动，你也别冲动。"沈梓乔叫道。

齐铮大笑出声，抱着她跳下了树，牵着她的手往回走。他苦笑一声，刚刚真是差点把持不住了。

出了银杏树林，便看到群叔和红缨站在各自的马车旁边。

"三小姐！"红缨忙应了上来，眼睛瞄了瞄齐铮。

沈梓乔笑了笑，"好了，我们回去了。"

群叔见到她，虽然还是觉得她配不上他家大少爷，可到底是皇上赐婚的，他低下头，还是恭敬地叫了一声沈三小姐。

齐铮笑着将她抱上马车，"快回去吧，好好地在家里待嫁。"

沈梓乔瞪了他一眼，让车夫赶车回去。

另一厢，已经得知皇上赐婚的小顾氏差点将屋里的东西都给砸了。

"居然赐婚了！气死我了，气死我了！"小顾氏尖叫着，完全不顾吓得蜷缩在一旁的顾黛芹。

苏妈妈一边劝着小顾氏，一边还要让人进来将顾黛芹带下去。

看到长得倾城倾国美艳无双的顾黛芹，苏妈妈心里感慨着，这姑娘如果不是傻子，那该多好啊。

"你不必劝我，不能让他娶了沈梓乔，绝对不能！"小顾氏发了一通脾气，总算平静了下来，脸色却依然狰狞。

苏妈妈急忙道："夫人不可乱说，那是皇上赐婚的。"

"就算是赐婚……"小顾氏冷哼着，"如果皇上已经赐婚了，他还行为不检地跟表妹私通，你说，会如何？"

"夫人！"苏妈妈大惊失色，"这……这要是怪罪下来，我们所有人都要……"

"就算皇上怪罪下来，也没什么大不了的。"小顾氏笑道。

不能让皇上收回成命阻止这门亲事，也要齐铮以后跟沈梓乔不能同心，更要让齐思霖知道，他的宝贝长子是个什么禽兽不如的东西。

"苏妈妈，去，让小厨房去将解酒茶煮好了，等大少爷回来后，就送去给他喝下。"小顾氏眼底闪过一抹阴狠的冷笑。

第一百四十二章　酒后乱事

齐铮回到安国公府的时候，夜幕已是降临。

"大少爷，二少爷您书房里，怎么也不肯离开……"才刚走进院门，就有小厮急忙上来禀话，眼睛焦急地看着灯光大亮的书房。

书房是大少爷最不喜欢别人进去的，偏偏那二少爷却不管不顾就横冲进去了，到现在还不肯离开。

齐铮脚步不稳，满脸醉态，要不是群叔扶着他，只怕都要直接倒在地上了。

"快去给大少爷拿解酒茶来。"群叔大声吩咐道。

有两个站在台阶上的丫环听了，立刻转身就去小厨房了。

齐铮跌跌撞撞地来到书房，一脚踢开房门，正好见到齐锋在他书案前面不知在翻动什么东西。

"谁允许你碰我的东西！"齐铮全身都是酒气，瞪着齐锋的眼睛不怒而威。

站在书案后面的年轻男子生得和齐铮有五六分相似，约莫有二十岁，只是看起来少了几分威严霸气，多了些书卷气，他一见到齐铮，眼中忍不住闪过嫉恨的神色。

"我是特地来恭喜大哥，不但大捷归来得了皇上的重视，如今还有皇上赐婚，就连父亲都要将世子之位传给你了。"齐锋本来并不羡慕齐铮成了英雄，可是，眼见齐铮回来后越来越受奉承，就连皇上都当着满朝文武的面大赞他是将才，今天还亲自给他赐婚。

刚刚，父亲也找他说了，齐铮才是未来的世子。

凭什么啊！凭什么好处都给了齐铮，不过是一个只有蛮力的傻子而已。

从小到大，母亲就说过，安国公府以后是他的，世子之位不可能传给一个傻子，他也一直这么认为，自来以世子自居。哪里想到齐铮会忽然就变成正常人，还成了百姓心目中的英雄。

这让他情何以堪啊！他一定会成为京城的笑话，耻辱！

齐锋心中都是怨恨，恨不得让齐铮再次变成傻子，更恨他怎么不战死在西北算了！

"我知道了，你回去吧。"齐铮怎么会看不出齐锋眼中的愤恨，只不过今天他心情好，不想跟他计较那么多，挥手就让他回去了。

"弟弟今日为大哥高兴，大哥，我们兄弟二人还不曾一起喝过一杯，今日我们不醉不归。"齐锋走到书案两旁的其中一张太师椅坐下，指着另外的太师椅示意齐铮坐下。

群叔不悦地想上前将这个齐锋扔出去。

齐铮暗中拦住他，脚步不稳地走了过去，"那就喝一杯吧。"

他的这个同父异母的兄弟跟他还没说过几句话，他还在装傻的时候，齐锋经常会讽刺他欺负他，两人之间绝对没什么兄弟之情。

齐锋会真心为他高兴？会真心恭喜他？别开玩笑了。

拿着酒杯，齐铮并没有喝下去，齐锋却一杯接着一杯，不一会儿就喝醉了。

"父亲偏心，不公……我才是名正言顺的世子，你这傻子凭什么啊，凭什么！"齐锋抱着酒瓶说着醉话。

群叔冷哼一声，"不自量力！"

去拿解酒茶的丫环已经回来了，站在书房外面要将解酒茶送进来。

"先给二少爷喝下吧。"齐铮让那丫环进来，示意她服侍齐锋喝下解酒茶。

那丫环脸色微微一变，"这解酒茶是给大少爷的，二少爷若是要喝，奴婢再去取来。"

齐铮接过解酒茶，一副醉态地挥手让那丫环下去。

那丫环慢慢地退出书房，频频回视齐铮有没有将解酒茶喝下去，直到齐铮将瓷碗放到嘴边，她眼中闪过笑意，低头急忙再去取来给二少爷的解酒茶。

就在丫环离开后，齐铮才将装着解酒茶的瓷碗放了下来，俊脸不见一丝醉态，幽深的眸子变得更加深邃，"这里面有问题。"

黑暗中，一个男子从角落走了出来，看也没看已经烂醉如泥的齐锋一眼，跟齐铮行了一礼，拿起那碗解酒茶，闻了几下，低声说，"爷，这里面下了媚药。"

群叔哼道："喂给二少爷喝下去。"

齐铮嘴角弯起一抹冷笑，"看来小顾氏没死心。"

男子将解酒药灌入齐锋的嘴里。

"扶二少爷到我屋里歇下。"齐铮淡淡地说。

待丫环重新煮了解酒茶送来，群叔告诉她齐锋已经回去了，大少爷也在屋里歇下。

"奴婢去服侍大少爷。"那丫环立刻说。

群叔沉声说道："大少爷休息时不喜有闲人在身边。"

将丫环打发走了之后，群叔将书房周围的下人也叫走了，书房外面不知哪里出现两个黑衣人，安静地站在书房外面。

"怎么回事？"齐铮坐在书案后面冷冷地看着站在他面前的两个年轻男子。

这些人都是当初在沈梓乔的那个山庄出现过的，是齐铮的暗卫。

"小顾氏将她娘家的外甥女放在大少爷的床榻上。"其中一人回道。

群叔冷哼，"这小顾氏真是不死心，今日皇上才赐婚，她便做出这样的事，分明是想毁了少爷的名声，更是想毁了这门亲事。"

齐铮却不怒反笑，这个小顾氏真以为他还是当年什么都不懂的小孩，由着她算计都不还手吗？

"大少爷，如今该怎么办？"群叔问道。

"还有两个月的时间，少夫人进门后，我们没那么快能分府，把小顾氏安置在我这边的人都给撵出去。"齐铮冷冷地说着。

他不想沈梓乔进门之后，周围还都是小顾氏安插在他身边的小人，他要在她进门之前，将这些小人都清理干净。

"大少爷，如此一来，只怕会让小顾氏起疑心。"群叔说。

齐铮淡淡地挑眉，"难道现在她没起疑心吗？我们如今不需要再忍了。"

这话的意思，就是以后不再容忍小顾氏在安国公府作威作福了吗？群叔神情一喜，终于不需要再对小顾氏低声下气了。

"就这样吧，你们下去休息。"齐铮说。

翌日，天还没亮，小顾氏就已经起身了，她立刻叫人替她漱洗换衣，带着苏妈妈一群人往齐铮的院子走去。

群叔在院门就将她拦住了，"不知夫人这么早找大少爷有什么事？"

"什么事？我倒是想问问，大少爷究竟是什么意思？"小顾氏冷哼一声，气愤地质问着群叔。

"大少爷还没睡醒。"群叔回道。

小顾氏示意后面的粗使婆子推开群叔，"哼，齐铮这个不要脸的东西，皇上明明都已经赐婚了，居然还欺骗自己的表妹。今日我要老爷评理做主，齐家怎么生出这样的畜生。"

群叔抵抗着，大声叫了起来，"夫人，你这是什么意思，一大早带着人到大少爷的院子有什么事？"

小顾氏一点都不怕群叔的声音响亮，反而示意身后的人跟他吵了起来。

寂静的齐府清晨，一下子热闹了起来。

有不少下人已经跑过来看是怎什么回事。

苏妈妈更是示意旁人赶紧去请安国公过来。

群叔被两个婆子粗鲁地推开，差点就摔倒在地上，他着急地看着小顾氏等人进了内屋，大声叫道，"夫人，大少爷不在屋里啊。"

"啊啊啊——"屋里传来尖叫声。

小顾氏的骂声传了出来，"齐铮，你这个衣冠禽兽，居然这样对待自己的表妹，我可怜的黛儿，不过是不小心迷了路，居然就被糟蹋了……"

群叔听到声音，只是冷笑一声。

床榻上，赤裸着身子的齐锋睡眼惺忪地醒来，听到小顾氏的声音，他还以为是自己听错了。

"娘，你在说什么？"他小声地叫了一声，翻了个身子，抱住一个柔软滑腻的娇躯。他愣了一下，这才张开眼睛看过去。

一张美艳无双的睡颜映入他眼帘，随即，他立刻想起这是什么人。

是他那个傻表妹！

齐锋被吓得急忙坐直身子，惊恐地看着满屋子的人。

"二少爷！"苏妈妈瞪圆了眼，不可思议地看着已经正面对上他们的人。

小顾氏的咒骂声顿时停了下来，就像忽然被人掐住脖子，脸色涨得发红，一个字都说不出来了。

"二少爷怎么会在这里！"苏妈妈尖声问道，再一看露出光洁背部依然沉睡的顾黛芹，她觉得自己肯定是看错了。

"娘，这是……这是怎么回事，你们怎么在这里？"齐锋一头雾水地问道。

小顾氏觉得自己要晕倒了。

"怎么回事？一大早的吵什么？"安国公已经被惊动了，掀开帘子走了进来。

"没事！"小顾氏立刻清醒过来，来不及理清眼前究竟是怎么回事，她只想着不能让安国公看到这一幕。

可惜，已经来不及了，齐铮跟在安国公身后出现。

"你们都在铮哥儿屋里做什么？"安国公见齐铮在外面，而所有人都在这里，推开小顾氏，一眼就看见还懵懵然的齐锋。

又看到已经快要醒来，正在揉眼睛的顾黛芹。

安国公的脸色变得铁青难看，怒吼一声，"混账东西，你在这里做什么！"

小顾氏怨恨地瞪了齐铮一眼，急忙上前想解释，"老爷……"

"你闭嘴！"安国公喝道，转过身子，"穿上衣服给我滚出来！"

第一百四十三章　负责

齐锋宿醉刚醒，脑袋还涨得发疼难受，被安国公大吼了一声，脸上还是懵懵然的样子。

"表哥，你怎么会在我床上？"顾黛芹已经醒了过来，她睁着美眸看着还坐在身边的齐锋，觉得全身都很不舒服。

"你……你怎么会在这里？"齐锋结结巴巴地看着表妹，虽然知道表妹是傻的，可是这样一个倾城倾国的大美人在眼前，不心神荡漾是不可能的吧。

小顾氏在安国公和齐铮走出屋里之后，歇斯底里地尖叫，"这话应该是我问你，齐锋，你怎么会在这里？你知不知道这是哪里啊！"

"娘，这……这不是我的房间……"齐锋这时才终于看清楚屋里的摆设，跟他熟悉的房间完全不同。

这里是齐铮的房间！

齐锋的脸色灰白如死。

顾黛芹成熟美艳的脸庞有着与年龄不相符的稚气，"昨晚人家睡得好好的，表哥忽然压在我身上，要咬我的嘴巴，全身都好痛……"

"闭嘴！"小顾氏气得全身发抖，恨不得将顾黛芹给撕碎了，免得让她继续害死她的儿子。

苏妈妈赶紧让丫环给顾黛芹穿上衣服。

"你还愣着做什么，是不是想气死你父亲！"小顾氏见齐锋居然呆怔地看着顾黛芹，更是气不打一处来。

齐锋拉住被子，"娘，你们先回避一下吧。"

小顾氏狠狠地瞪了顾黛芹一眼，转身走了出去。

安国公和齐铮两人就在外面的大厅上，两人见到小顾氏出来，表情各自不同。安国公是不悦地哼了一声，而齐铮却是面无表情，连看都没看她一眼。

这个杂碎东西！

一定是他陷害锋哥儿的，一定是他！

明明顾黛芹是睡在他床上，怎么会变成锋哥儿？昨日那丫环都说亲眼见到齐铮喝下那解酒茶了。

"你教的好儿子！"安国公怒声呵斥着。虽然他是偏爱齐铮，但对齐锋也是同样寄予厚望，没想到他竟然会做出这样畜生不如的事情。

"老爷，锋哥儿是被陷害的。好端端的一个人，怎么会睡到别人的房间？如果不是有人想害她，我还真不知道，他怎么会连自己的房间都走错了。"小顾氏怨恨地瞪着齐铮，意思很明显，就是齐铮想要陷害齐锋。

群叔从一旁站了出来，朝着安国公恭敬地行了一礼，"启禀老爷，昨日二少爷想为大少爷庆贺，与大少爷喝了一些酒。后来二少爷喝了解酒茶仍醉醺醺的，大少爷便让小的扶二少爷在房里歇下。二少爷歇下的时候，并没有见到表姑娘，也不知表姑娘大半夜是怎么出现在这里的。"

"胡扯！表姑娘住在内院，怎么会自己出现在这里。"小顾氏反斥道。

"是啊，表姑娘不会自己出现在大少爷的房间里，一定是有人故意将表姑娘送来的，就不知这个人究竟有什么意图。皇上昨日才给大少爷赐婚，半夜房里就出现了个女子。这不是要毁了大少爷，而是要毁了整个齐家吧。"群叔冷哼一声，斜眼看着小顾氏。

内院是谁在当家作主？不就是小顾氏吗？顾黛芹又是她的外甥女，难道小顾氏会不清楚外甥女是个什么货色，身边就没多安排几个丫环？会任由顾黛芹自己从院内跑出来，还那么恰好地出现在大少爷的房间里？

蒙谁呢！当所有人都是傻瓜吗？

小顾氏本来已经想好了顾黛芹怎么会出现在这里的理由，而且绝对不会让人找出破绽，偏偏现在睡了顾黛芹的人换成是自己的儿子，她脑海里除了愤怒就是愤怒，一时之间竟找不到理由反驳群叔。

这群叔在她眼中只是个不中用的狗奴才，她更没想到今日他会说出这样一番犀利的话。

苏妈妈见小顾氏满脸的怨恨，好像根本没听见群叔在说什么，忙悄悄扯了她一下。

"要是让我知道究竟是谁带黛姐儿出来，我定不会饶了她。"小顾氏醒过神来，知道现在不是查清是谁陷害锋哥儿的时候，而是如何替他解释目前的情况。

群叔道："这人要找出来还不容易，直管将昨日守夜的下人找出来，仔细一审自然就都清楚了。"

"狗奴才，这里有你说话的份吗？你既然守着这里，昨日表姑娘走到此处，你怎不让人与我说一声，将人留下，你有什么居心？"小顾氏厉声问道。

"奴才昨晚将二少爷安置歇下之后，就到书房照顾大少爷了。"群叔淡定地回答。

"难道这屋里的下人都死光了……"小顾氏不肯罢休。

"都闭嘴！"安国公震怒地拍桌，他怒视着小顾氏，"这都是你的错！别以为我不知道你把表小姐叫到我们家是什么心思。好在昨日不是铮哥儿在房里，若是铮哥儿，你这个安国公夫人也该到头了！"

不管小顾氏打的是什么主意，安国公都觉得这个妇人愚蠢可笑！

如果没有皇上的赐婚，他是不是以为这样设计陷害了铮哥儿，他就会让铮哥儿娶一个啥婆子当妻子？

这时，齐锋怯怯地走了出来。

安国公怒目瞪了过去，"畜生，你干的好事！"

"爹，不关我的事，我也不知道发生了什么事，昨天我喝醉了，我什么都不知道。"齐锋哽咽着解释，他只记得自己喝得烂醉，躺下去的时候，伸手触摸到一堵滑腻柔软的身躯，他想都没想就抱住了。

昨晚……他全身跟火烧一样，一碰到那身躯，就什么都控制不住了。

"爹，我是被下药的，一定是的，那酒……"

"那酒是二少爷您自己带来的。"群叔说。

齐铮目光冷峻，薄唇抿成一线，显得有些不耐烦地看着眼前的一切，好像跟他没有关系似的。

齐锋想着昨晚自己还吃过什么，他瞪大眼睛，指着齐铮，"那解酒茶……一定是那个解酒茶，齐铮，你这个卑鄙无耻的小人！"

"那解酒茶是夫人让人煮的，又是夫人让下人送来的。"群叔继续冷笑着回答。

小顾氏愤恨地瞪着群叔。

齐锋脸色变得铁青，他又不是笨蛋，仔细一想，立刻就明白发生了什么事情。

他……他这是成了替死鬼？

"娘，你害惨我了！"齐锋大叫道。

"住嘴！"小顾氏瞪了他一眼，转头对安国公说，"老爷，我是让人煮了解酒茶，可那绝对是没有问题的。一定是有人故意害了锋哥儿……"

"如今说这些还有什么用处？"安国公冷声问道，"难道你让锋哥儿睡了人家闺女要当什么事都没发生吗？"

那想怎样？小顾氏脸色发白地看着安国公。

"爹，我不要娶那个傻子！"齐锋大叫道。

小顾氏如今顾不上找齐铮算账，她绝对不能让儿子娶了顾黛芹，"老爷，锋哥儿好歹也是两榜进士，怎么能够娶一个傻子当妻子。"

"不娶？"安国公一笑，"你们怎么跟顾家交代？这事若是顾家不计较，你齐锋以后在京城也不必做人了。"

毁了姑娘清白还不肯娶人家，将来哪家清白的姑娘肯嫁给他？

小顾氏只觉得自己的心真是被刀子割成了几片，"就算负责……也不能当正妻……便当个妾好了。"

"那就看顾家愿不愿意了。"安国公哼道，他站了起来冷冷地瞥了齐锋一眼，"简直是畜生不如！"

安国公满脸怒容地离开了，大厅只剩下齐铮主仆，还有小顾氏带来的人。

齐锋想到自己居然要娶一个傻子，将来一定成了京城的笑话，痛苦地看向齐铮，"大哥，我没有害你之心，你为什么……为什么要这样对待我？"

"害你的人并非是我。"都是小顾氏咎由自取！

如果眼神可以杀人，齐铮已经被小顾氏怨毒的眼神杀了几千遍，"齐铮，你休得意，别以为害了我锋哥儿，以后这家里就都是你做主。"

齐铮笑了笑，冷声说，"不必以后，如果不是你的人，我也不知道你要陷害我。"

小顾氏脸色一变，难道她的人已经被齐铮收买了？

"哇——"屋里，忽然传来一声大哭，顾黛芹又哭又叫，"我饿了，我好饿，我全身又痛又饿……"

齐锋不知想起什么，摇摇欲坠差点晕了过去。

"去给表姑娘拿些早膳过来。"齐铮微笑地吩咐下人。

小顾氏觉得自己继续留在这里，肯定会控制不住自己的怒火，"我们走！"

齐锋却好像沉浸在自己的痛苦中，没有听到小顾氏的话。

还是苏妈妈将他用力地拉走了。

大厅一下子就清静了。

群叔挺直身板，微笑地看着小顾氏她们的背影，"这下就算我们不出手，小顾氏自己也会清理自己的人。"

齐铮低声说："趁她清理的时候，安插我们自己的人进去，省得以后皎皎还要花心思对付那些小人。"

大少爷如今不管做什么都是为了那个沈梓乔……

"那表姑娘怎么办？"群叔问道。

齐铮嘴角微翘，"让人将她送回内院去，至于之后她该怎么办，那是小顾氏跟齐锋的事了。"

第一百四十四章　恭喜

沈梓乔回到乔心院没多久，就被沈老夫人让人叫了过去。

她让红缨替她重新拾掇了一番，才来到德安院，进了屋里才知道，沈家的人都到齐了。

就连因为要参加科举而好些日子躲在书房温习的沈子阳都出现了。

沈老夫人和沈萧坐在首位，才几日没有见过沈老夫人，却发现她的样子看起来更加苍老，脸色已经呈现一种油灯将尽的灰白。

这是……沈梓乔心中一惊，老夫人这是快不行了吗？

"祖母，父亲。"沈梓乔规规矩矩地行礼，心里却疑惑今日将大家都叫到这里是因为什么事。

"恭喜我们三小姐了，能够得到皇上的赐婚，真真是三辈子修来的福气。"沈梓乔才想跟沈二老爷夫妇行礼，却听到周氏已经语气酸溜溜地开口了。

沈梓乔一愣，什么情况？难道自己被赐婚也招谁惹谁了？

她看向周氏后面的沈梓歆，却见她似有埋怨地看了自己一眼后，就低下头去了。

沈二老爷笑着开口，"能够被皇上赐婚，那的确是皎皎的福气，何尝不是齐铮的福气。能够娶到我们皎皎，他就是个有福气的。"

周氏撇了撇嘴，在丈夫警告的眼神下愤愤不平地瞪了沈梓乔一眼。

"本来还想着要操心你的亲事，如今有了皇上的赐婚，那也就罢了，明日儿媳妇你亲自去一趟安国公府，将日子定下来吧。"沈老夫人整个人混混沌沌的，早已经不想理会那么多事。只是皇上赐婚是大事，她才勉为其难地做主让周氏去打点沈梓乔出阁的事。

沈萧说："娘，皎皎的亲事……我已经让人请了她的舅母过来了，弟妹要打点家里上下的大小事情怕是照看不来。"

"有亲家那边帮忙，那是最好不过了。"沈二老爷忙说道，他也不想周氏去插手沈梓乔的亲事。

谁知道她会不会从中做什么手脚。

"恭喜三小姐。"高姨娘看似真诚地对沈梓乔说，她身后的两个姨娘也齐齐跟沈梓乔道喜。

就算沈梓乔脸皮再厚，到底是自己要嫁人了，脸颊还是忍不住红了起来。

扭扭捏捏的样子看在沈子恺眼里，忽然觉得感慨良多。

没想到他的小不点妹妹也到了嫁作他人妇的年纪了，想当初，她还那么小，整天跟在自己后面，哥哥长哥哥短地叫着，那天真烂漫的模样，他至今还记得一清二楚。

光阴似箭啊……

沈老夫人没一会儿就说自己乏了，于是众人便行礼各自散去。沈梓乔本来觉得自己有很多话想跟沈萧说，但见到人了，却又不知说什么。

她对沈萧其实并没有特别深的父女之情，在她心目中，沈萧其实还比不上沈子恺的地位，即使在别人眼里父亲没有再娶是因对母亲情深一片，她从来不认为他对母亲多好。

如果真的爱母亲，又怎么还会有那几个小妾和庶出的子女？如果真的爱母亲，又怎么会让她劳累病死？

爱不是体现在人不在的时候，在生时都没有真正地为她想过，人死了，再深情有什么用啊。

可是，她今天知道沈萧为了成全她跟齐铮，竟然请旨解甲归田……

怎么会不感动呢？

只是，这些感动她不知道要怎么表达。

沈萧带着沈子恺去了书房。

周氏原本不知要说什么，被沈二老爷拉着走了，一句话都不让她说。

沈梓乔疑惑地看了他们一眼，走向沈梓歆，"歆儿……"

"恭喜你了。"沈梓歆淡淡地说，似乎很生气的样子。

这是怎么了？沈梓乔愣了一下，伸手要拉住她的手，"你怎么了？是不是我哪里惹到你了，还是因为你娘的事？"

沈梓歆脸色不怎么好看，而且她生气的理由根本就说不出口。

"你是真不知还是假不知，抢了歆儿的夫婿，还在这里装什么假慈悲。"沈子阳讽刺的声音尖锐地响起，他鄙夷地看着沈梓乔，"明知道四姐姐在跟齐铮议亲，你仗着父亲打了胜仗，居然跟皇上求了恩典，真是不要脸。"

啊？沈梓歆什么时候跟齐铮议亲了？

沈梓乔满脸惊讶，诧异地看着沈梓歆，"你喜欢齐铮啊？"

哪有人这样问话的！沈梓歆羞红了脸，没好气地瞪着沈梓乔。

她没有见过齐铮，只是听母亲说过好几次，而且，如今整个京城谁人不是在议论这个在战场上砍了金人大汗脑袋的英雄，又有哪个女子不喜欢英雄的？

母亲说齐铮会是她将来的夫君，她心里其实是很高兴欢喜的，若是真的能嫁给齐铮，以后在那些闺蜜面前，她一定能够成为人人羡慕的对象。

谁知道，她正在窃喜等着事情尘埃落定之时，却传来皇上给沈梓乔和齐铮赐婚的消息。

一直以来，她都将沈梓乔当亲生姐姐般看待，没想到今日却被沈梓乔抢去了亲事，家里上下无人不知，以后都会怎么看她？

沈梓歆觉得羞愧欲死。

"家里谁不知道四姐姐才配得上齐铮，你……"沈子阳斜眼将沈梓乔看了一眼，"你何德何能，要不是父亲，皇上会给你赐婚吗？"

沈梓乔冷冷地看向沈子阳，"你闭嘴！这里有你什么事，还不滚回去读书，落榜了就有你哭的。"

"最毒妇人心，我真才实学，就算是日日诅咒我落榜，我同样会出人头地。"沈子阳怒道。

跟这个傻缺说话太费劲，沈梓乔拉起沈梓歆的手走了出去。

沈梓歆挣脱开她的手，"你这是想做什么？"

"我不知道二婶想将你许配给齐铮，如果我早知道的话，肯定会让你阻止你母亲的。"沈梓乔认真地说，她才回京城没几天，心里又装着别的事情，还真的没听说周氏看上齐铮当女婿的事。

沈梓歆却误会了沈梓乔的意思，以为她这是故意在炫耀，"沈梓乔，你这话是什么意思？你是不是觉得我比不上你，所以没资格嫁给齐铮？你别忘了，要不是大伯，你怎么可能有皇上的赐婚，没有皇上的赐婚，齐铮会看得上你吗？"

这话说得有点过分了吧……

沈梓乔以为沈梓歆是这个家里除了沈子恺之外对她最真心爱护的，没想到她会说出这样的话。

其实她心里并没有真正地看得起自己吧！否则又怎么会说出齐铮看不上她的话。

想解释她跟齐铮本来就认识，并且互相喜欢的话忽然就说不出口了，沈梓乔无力地苦笑，"你误会了，事情不是你想的这样，就算没有赐婚，事实也不会改变到哪里去。"

没有赐婚，齐铮也不会娶沈梓歆啊。

可惜，如今沈梓歆却听不进去沈梓乔的解释，"是啊，我没有一个作大将军的父亲，所以才会输给了你。"

沈梓乔欲言又止，摇头笑了笑，"随便你怎么想吧。"

"哼。"沈梓歆拂袖离去。

小顾氏觉得自己要疯了，她连杀人的心都有了。

她怎么也没想到自己的算计结果报应在儿子头上，这下好了，娘家那边还不知道怎么交代，齐老夫人就被惊动了。

"……做事不经大脑吗？别以为我不知道你在盘算什么，你以为铮哥儿如今还能被你算计？撇开铮哥儿不说，黛姐儿是你的亲外甥女，你的心究竟是什么做的？这样不要脸不要皮的事都做得出？"齐老夫人本来对小顾氏就已经很失望了，如今得知前院发生的事情后，更是怒火填胸。

小顾氏根本找不到话替自己辩驳。

"别以为老爷不算账，你就是逃过了一劫，你还早着呢。"齐老夫人看到小顾氏眼中的不以为然，便知道她依仗的是什么，冷哼一声，只恨自己当初有眼无珠，才将这么一个祸害带入家中。

"娘，我知道错了，不该没有让人看着黛姐儿，如果不是黛姐儿乱走，也不会发生这样的事情。"小顾氏说道。

她绝不承认那解酒茶有问题，更不会承认黛姐儿会出现在前院是她让人刻意为之。

"你别把所有人都当傻子糊弄！"齐老夫人说道，"铮哥儿就要娶媳妇了，老爷和我都不想这时候家里传出什么不应该传的话，如果不是因为这样，你以为今日的事，你能就这样过去了？"

"娘……"小顾氏还想装委屈。

"在铮哥儿成亲之前，家里的大小事你就不要插手了。各个库房的钥匙都拿到我这里，让管事婆子明天起到我这儿回事。"齐老夫人沉声地吩咐，慈祥温和的脸庞此时显得十分严肃认真。

小顾氏却是脸色一变，"娘，您身子骨不好，家里的事就不要操心了。"

"我怎么说就怎么做，怎么，是不是我的话已经不中用了？"齐老夫人问道。

"不，不是，娘，我一会儿就将钥匙拿过来。"小顾氏低下头，眼中闪过一抹怨毒的恨意。

第一百四十五章　姜

　　周氏回到屋里，气不过地拿起大迎枕摔到地上出气，一想到沈梓乔那个羞赧喜悦的笑脸，她就恨不得去撕了那个草包！

　　本来应该是她的女儿嫁给齐铮的，居然会变成是沈梓乔。

　　沈二老爷坐在炕桌的另一边，手里端着茶碗，冷眼看着周氏发脾气。

　　周氏见到他这气定神闲的样子，更是气不打一处来，"歆儿到底是不是你的女儿？你女儿的亲事被破坏了，你居然还当什么事都没有。"

　　"我能做什么？"沈二老爷问道，对这个愚不可及的妻子感到很无奈，"难道我还能替你将齐铮抢回来当女婿？"

　　"沈梓乔配不上齐铮。"周氏不服气地叫道。

　　"皇上认为她配得上，她就是这世上最配得上齐铮的。"沈二老爷将茶碗放了下来，"是你的就是你的，不是你的强求也强求不来，你就死心别再想着这个事了，木已成舟，你还想如何？"

　　周氏恨恨地道，"都怨大伯……"

　　"你住口！"沈二老爷喝住她，"这件事不许再提了，大哥要不是为了这个家，他也不需要这样做，皇上体恤他才给皎皎赐婚。你是皎皎的二婶，难道你就不懂得体谅一下她？她自幼就没有母亲，大哥经常不在家，你和母亲若是真心对待皎皎，大哥何至于需要皇上的赐婚？"

　　周氏被喝得耳朵嗡嗡作响，她体谅沈梓乔？沈梓乔需要她体谅吗？周氏气得全身颤抖，"你那个侄女厉害得很，她需要我体谅什么？连老夫人都不是她的对手，要不是她，老夫人会被气病了吗？要不是她，老夫人能再多活好几年！"

　　说得好像老夫人活不久了似的。

沈二老爷怒道："你知道皎皎不是没用的人就好，别以为歆儿就是无人能比，做人别总是只往高处走，我们沈家还不需要求着别人娶女儿。"

"左一个皎皎，右一个皎皎，究竟谁才是你的女儿，我知道你是什么心思，人都已经死了，可你心里还念着想着，别以为我是死人。"周氏说着，顿觉得自己委屈难过，眼泪哗啦啦地掉了出来。

"简直是不可理喻！"沈二老爷厌烦不已，早知道当初就不应该补了京城的缺，而是跟往年一样，远远地避开这里。

"我不可理喻，你这个心里对大嫂有念想的人就可以理喻了吗？"周氏尖声问道。

沈二老爷紧张地看了看外面，见外头没有人守着，这才松了口气，他冷冷地看着周氏，"你怎么骂我都好，不要羞辱了死去的大嫂，我敬重她欣赏她的为人怎么了？"

"所以就对她的女儿特别好？"周氏讽刺地问。

跟这个女人没法说了！沈二老爷干脆站了起来，不顾周氏的叫唤，拂袖离开。

周氏用力地捶着大迎枕，只觉得心中一股怒火越烧越旺。

要是能够让沈梓乔这门亲事不成就好了。

可这是皇上赐婚的，她有什么能力阻止这婚事？

如果齐铮见到歆儿，是不是就会对这门亲事抗拒……皇后娘娘不是他的亲姨母吗？能不能再赐一次婚？

周氏眼神闪烁，越想越兴奋。

齐家如今正是大乱，齐铮径自去了军营找沈子恺喝酒，小顾氏的娘家正在她院子里大闹，非要小顾氏给他们一个交代。

"要不是黛姐儿自己乱跑，怎么会发生这种事情，要我的儿子娶一个傻子当妻子，想都别想了。"小顾氏鄙夷嫌弃地看着自己的大嫂，她就是死也不会答应让锋哥儿娶顾黛芹的。

小顾氏的大嫂姓洪，虽算不上名门世家，但也是书香门第，本来就因为女儿忽然病傻了伤心不已，如今又出了这样的事情，这叫她怎么吞得下这口气。

"行啊，你不想娶，那我们就到官府去说。你不要脸，我也豁出去了，看看究竟是谁吃亏。"洪氏哼道，"堂堂齐家的二公子，居然对一个心智不到十岁的表妹做出这样禽兽不如的事情，就算两榜进士又如何？"

小顾氏最怕的就是锋哥儿的名声受损。

可她又不肯跟自己的大嫂低头，一直以来，她每逢回娘家的时候，都是高高在上的，只有大嫂讨好她的份，什么时候需要她低声下气地说话。

"好啊，那就去官府，我还要告你们教女无方呢。"小顾氏叫道。

眼见两人就要吵了起来，顾家的三媳妇曹氏急忙出来和稀泥，"行了行了，大嫂，姑姐，你们一人少说一句，如今我们不是来吵架的，是来想办法的。"

"总之，休想锋哥儿娶黛姐儿。"小顾氏强硬地说。

洪氏脸色一怒，"你想就这么算了，没门！哼，锋哥儿的品性到底什么样还没人知道，难保上梁不正下梁歪，别人的丈夫都能勾引，还有什么事做不出来！"

小顾氏大怒，差点将手里的杯子砸到洪氏脸上。

"大嫂，姑姐，你们这是怎么回事？黛姐儿和锋哥儿都是你们的外甥女和外甥，大家有什么话不能好好说。"曹氏忙又安抚两个人，"大嫂，咱们说句良心话，如果锋哥儿是你的儿子，你会怎么做？锋哥儿前程似锦，将来说不定就是世子了。黛姐儿有可能是世子夫人吗？"

接着又对小顾氏说："姑姐，黛姐儿你也是从小看到大的，她人虽然傻，可是心思单纯，样子漂亮，你也知道，她不是天生就是这样的，将来她的孩子肯定聪明漂亮，她可是你的亲外甥女。"

说得两个人都沉默下来。

"不如两人各退一步，正室之位就算了，当个贵妾如何？"曹氏含笑看着小顾氏。

洪氏一怒，她的女儿怎么可以当妾！

可是……顾黛芹除了当妾，谁愿意娶她当妻子？她连照顾自己都不会，更别说照顾丈夫了。

小顾氏却不反对，反正就当多养一个人罢了。

洪氏最后只能妥协，心里很清楚，这已经是黛姐儿最好的结局了。

齐家好歹是安国公府，总不会亏待她。

小顾氏笑眯眯地说："大嫂，你放心，我不会委屈了黛姐儿。"

洪氏轻哼了一声，心里到底不舒服。

第一百四十六章　纳征

周氏的想法是美好的，现实是残酷的。

她还没想出要怎么让齐铮见到歆儿，潘家的两个舅母就已经来了。

来的是大舅母和三舅母，三舅父因为有别的要紧事，前两天已经离开京城了。

两位舅母的到来，最高兴的莫过于沈梓乔。在潘家，这两位舅母将她当是自己的女儿看待，她们能够来送她出嫁，她觉得很幸福。

"大舅母，三舅母，你们能来真好。"沈梓乔抱着大舅母和三舅母的胳膊撒娇着，"要是外祖母也能来就更好了。"

"老夫人倒是想来，你几位舅舅不同意，老夫人最近身子不太爽利，得好好休养呢。"大舅母笑着说道，怜爱地看着沈梓乔，"老夫人说了，你是个有福气的孩子，这天底下那么多人，能有几个得到皇上的赐婚，要好好地过日子。"

沈梓乔眼眶微湿，用力地点着头，外祖母一直希望她能够嫁到东越，这样就有潘家照顾她，不用担心她将来会步潘氏后尘。

"好了好了，我们先去给沈老夫人请安，然后再陪皎皎说话。"三舅母笑着道，她们虽是有许多话要跟皎皎说，不过如今可不是时候。

走在前面带路的孟娘子闻言转过头，笑着说，"还以为您二位是过两日才到，没想今天就到京城了，已经让人去回了大老爷跟大少爷，他们也该回来了。"

大舅母说："用不着这么麻烦，姑爷和恺哥儿有事尽管忙去。"

沈梓乔拉着大舅母的手，"您和三舅母是贵客，大哥就算再忙也得来给你们请安，父亲已经请旨解甲归田，如今不知在哪个将军家里下棋。"

一行人簇拥着两位舅母来到德安院，沈老夫人知道了消息，已经换了衣裳在大厅等着，最近沈老夫人大部分时间都是在床榻上度过的，醒来的时间越来越少，睡觉的时间越来越多。

周氏就站在老夫人的旁边，正伺候着她吃药。

屋里充斥着浓郁苦涩的药味。

沈梓乔淡淡地扫了周氏一眼，她对这个二婶一直没有特别直观的印象，她们没有交手过，虽然周氏心中对她有微词，喜欢贪小便宜，但并没有做出让沈梓乔不能容忍的事情。

但今日沈梓乔非常不高兴。

作为沈家如今的当家主母，她明知道潘家舅母这两天就会到达京城，不但没有让人收拾客房，还整天以照顾老夫人为由，沈梓乔就算想找她安排点事情，都被推三阻四的。

今日她甚至连个面都不露，好像有意要冷落潘家似的。

是因为皇上给她赐婚了，周氏以为是她抢走了齐铮？

沈老夫人不知是不是因为疲倦，并没有对潘家两位舅母有什么冷言冷语。想当初潘家老太爷离开京城的时候，老夫人还说了不少嘲讽的话。

周氏原以为老夫人一定会摆脸色给潘家的人看，因为潘氏的原因，沈老夫人对潘家的人都非常反感。这次她不咸不淡地陪潘家舅母说了几句话，就让沈梓乔请两位舅母先去休息了。

"两位舅母要好生歇息，皎皎的亲事还有不到一个月的时间了，还需要两位好好地安排打点呢。"周氏控制不住自己酸溜溜的语气，一想到原先该属于自己女儿的姻缘被硬生生地抢了，她心里就难受得发酸。

大舅母笑着说："那是自然的，皎皎的母亲早早地去了，我们当舅母的就将她当是自己的女儿了，我们不替她打算，谁还能替她打算？"

谁会想她这个二婶，只会占着侄女的便宜，却见不得侄女有好日子过。

周氏勉强地扯出一丝笑，对沈梓乔说道，"安国公府可不比我们家。他们那是讲规矩的严谨世家，你可要学些规矩才行。"

沈梓乔甜甜一笑，"二婶放心，我一定不给沈家丢脸。"

不等周氏再说出吃不到葡萄说葡萄酸的话，沈梓乔就跟沈老夫人行礼告退，带着两位舅母离开了德安院，来到她的乔心院。

"你那二婶是怎么回事？就算有我们来帮你打点，她身为你的二婶，总不能袖手旁观吧？刚才说的话我听着也不对，皎皎，可是发生了什么事情？"三舅母拉着沈梓乔问道，生怕沈梓乔在沈家受了委屈不敢说。

沈梓乔便将周氏想要将沈梓歆嫁给齐铮，恰好皇上下旨赐婚的事告诉两位舅母，"……还以为已经是笃定的亲事，没想到会有赐婚，便以为是我父亲仗着军功求了皇上给我赐婚，还同情齐铮不知娶了什么人。"

大舅母呸了一声，"别说你跟齐铮早已经彼此倾心，就算是仗着军功又如何？她要是眼红，她让她男人立个军功也去求皇上赐婚去。她女儿就是宝，别人的女儿就是草吗？"

"可不就是，皎皎，不必理会她。"三舅母说道，"以后待她知道齐铮对你如何真心的好，她就等着打自己的脸吧。"

沈梓乔笑道："我才不在乎她怎么想的。"

不一会儿，沈萧父子就回来了，他们就在乔心院跟两位舅母见面。

大舅母和三舅母已经有十几年没见过沈子恺，见他长得英挺俊朗，不由感慨万千。若是潘氏在世，见到这样一对可心的子女，不知该多欣慰。

沈萧和大舅母说起了沈梓乔的亲事，因为时间不多了，有好些琐碎的事需要仔细打点，就沈梓乔那些嫁妆的安排，就需要两三天整理了。

"姑爷，您放心吧，一切都交给我们。"大舅母笑着道，她们一定会将一切都打理得妥妥当当的。

沈梓乔如今对沈萧已经没有不满了，她很感动，沈萧其实是很疼爱她这个女儿的。

翌日，大舅母便带着孟娘子将潘氏留下来的陪嫁重新点算了一回，三舅母带着林妈妈准备后日齐家来纳征时的回礼。

周氏一直冷眼旁观，每天上上下下不知在忙什么。

也不知是不是知道沈梓乔没有母亲打点，皇后娘娘还派来两个女官来帮忙。

来的人是宁曦和小雨。

她们以前都是太子妃身边的心腹，自从太子妃病逝之后，她们就跟着小皇孙一起住到皇后娘娘的宫里。

宁曦为人爽快利落，两位舅母有了她的帮忙，很多事情立刻变得轻松了不少。

小雨是来教沈梓乔如何装扮自己的。

"……皇后娘娘说了，瞧你就知道是个平时不怎么用胭脂的人，所谓人靠衣装。你长得虽然样子好，也抵不过似水流年。瞧，这都是皇上娘娘让我带给你的胭脂，都是宫里的娘娘们用的。"小雨说着，将一个小包袱拿给了沈梓乔。

沈梓乔忙说："谢皇后娘娘赏赐。"

小雨笑盈盈地看着她，"皎皎，我就知道，你一定是个有福气的人，以前太子妃也说了，你心地纯善，上天不会亏待你。"

"可是上天亏待了太子妃。"沈梓乔叹息，太子妃其实是个很好的人呐。

"这都是命……"小雨眼中浮起一抹悲痛，不过，她很快就笑了起来，"皇后娘娘也说了，不许我们谈论伤心的事，让我告诉你开心的事，太子殿下再过不久也要娶亲了。"

沈梓乔心头一凛，急忙问道，"哪家姑娘这般好福气？"

"还没确定下来，不过也八九不离十了。"小雨说，眼底却有淡淡的失落，"也不知道北堂小姐是个什么样的人。"

"北堂贞景？"沈梓乔眼睛一亮。没有了盛佩音跟她争斗，她应该能跟太子过上温馨的生活吧。

她记得北堂贞景好像很喜欢小皇孙的。

"我看应该就是了。"小雨道，这两天圣旨也该下了。

沈梓乔轻轻地点头，脑海里却想起那天在树林里看到的一幕，但愿盛佩音不要再出来祸害别人了。

第二天，齐家准时在吉时上聘礼到沈家，也就是所谓的纳征。

齐家办齐了金银珠翠首饰，装蟒刻丝绸缎绫罗衣裳，羊酒、果品，共是八十八台，盛饰仪仗送到沈家，引得好些邻居都过来凑热闹，孟娘子让丫环拿着喜饼去分派给那些邻居。

还有八天就要成亲了，沈梓乔本来淡定从容的心情忽然变得紧张起来。

她已经有好些天没见过齐铮了，不知道他如今在做什么，会不会跟她一样开始紧张了？

想到他那张不管发生什么事情都自信从容的俊脸，沈梓乔叹息，他怎么会紧张……

沈家这两天上下都忙了起来，大概最清闲的就是沈老夫人跟周氏了。

周氏原以为没有自己的帮忙，沈梓乔的亲事一定会乱成一团，没想到潘家两个舅母却打点得头头是道，皇后娘娘更是派人来帮忙，周氏嫉妒得都要抓狂了。

这一切本该是属于她的女儿的啊。

沈梓歆却跟周氏的愤愤不平不同，自从知道皇上赐婚之后，她一直安静地留在屋里，看书写字，绣花弹琴，仿佛与世隔绝。

不羡慕他人，她觉得自己就是最好的。

第一百四十七章 待嫁

看着家里因为沈梓乔的亲事而洋溢着喜悦的气氛，周氏觉得自己的心像在火炉上烤着，她以为齐家应该很不满意这门亲事，就算再怎么要顾及皇上的面子，也不会多重视沈梓乔。

如今看来，似乎并非如此。

不管是齐家还是沈家，都十分重视这门亲事，每一个细节都做到尽善尽美，把周氏羡慕得眼睛都红了。

"不过是个将军的女儿，好像嫁公主似的。这样的排场，也不怕被别人笑配不上。"周氏原来对沈梓乔还没有这样深的怨恨，这两天却天天咒骂着。

沈梓歆低着头做针线，听到母亲这么说，嘴角只是淡淡滑过一抹浅笑，她已经很久没有出门了。虽然没有见到外面的情景，多少也能猜得到，"娘，这是皎皎的福气，你就少说两句吧。"

周氏怒道："这福气本是你的，是她抢了你的夫婿。"

沈梓歆轻轻摇头，注意力仍然在手上的活计上，"娘，各人有各人的姻缘，既然如今是皎皎嫁给齐铮了，那这就是皎皎的姻缘，不是我的。"

这么不争气的话从沈梓歆嘴里说出来，周氏更是恨其不争，"呸！她坏人姻缘，我看她有什么好日子过，待以后有机会，让齐铮知道你才是沈家最出挑的姑娘，让他后悔去！"

还要让齐铮知道，是沈萧故意跟皇上求旨赐婚，让他连沈萧也怨上。

到时候，他们夫妻二人不同心，沈梓乔就算嫁得再风光又有什么好得意的！周氏越想越开心，眉梢眼角都带了笑意。

沈梓歆只顾低着头做针线，根本没发现周氏的情绪变化。

"娘一定替你找一门比沈梓乔好一千倍的亲事。"周氏信誓旦旦地说着，将来绝对不能让沈梓乔压歆儿一头，一定要歆儿压了她一头。

可是，如果齐铮是世子，那以后就是侯爷了，到时候沈梓乔就是侯爷夫人……

京城还有哪个青年才俊比齐铮身份更高，更出色的？周氏头疼起来。

"娘，祖母的身体如何了，您今日怎么不用去德安院？"沈梓歆不愿意再听周氏在她耳边念叨，她提起沈老夫人。

最近这些天，周氏天天到沈老夫人屋里侍疾，今日怎么却不去了？

周氏撇了撇嘴，"这就要去了，我看你祖母也没几天了。"

沈梓歆眉峰之间染上几分忧愁，"祖母的身子是越来越不好了，娘，您应该带着她到外面走走，总是躺着对身体无益。"

"我说了她也得愿意听才行。"周氏敷衍地挥了挥手。实际上，她倒巴不得老夫人赶紧这两天就断气了，这样一来，沈梓乔就是想嫁也嫁不成了。

当然，这个念头她只敢在脑海里想一下，哪里敢说出来。

不对，要是老夫人死了，那歆儿就要为她守孝了……这一来又耽误了不少时间，到时候就成了大姑娘了。

还是希望老夫人多撑些时日吧。

沈家的另一边此时却是热闹非凡，这不是沈家第一次嫁女儿，却是第一次这样高调隆重。

大舅母指挥着丫环婆子们将沈梓乔的嫁妆装入匣子里，每个匣子上面都贴着一个喜字。

"皎皎，这是你外祖母让我给你添箱的。"大舅母取出一个匣子，里面是一副头面，镶着红宝石的花钿簪，一对镶红宝石的耳环，金镶玉鸾凤步摇簪，最夺目的是繁花累累镶红宝石的金项圈，一共镶了八颗鸽子蛋大的红宝石，每颗宝石都晶莹润泽。匣子一打开，立刻夺去了屋里所有的光彩。

沈梓乔愕然，"大舅母，是不是搞错了，外祖母已经给了我很多东西……这……我不能再拿了。"

大舅母笑道："这原是老夫人给你娘的，你娘在知道自己快不行的时候，让人将这个送了回潘家，说是以后留着给你。"

"娘已经给了我很多东西，大舅母，不如……不如这个留给哥哥吧，等以后嫂子进门了，把这个给她，就当是我娘给儿媳妇的心意。"沈梓乔急忙说道，她真的受之有愧了。

潘氏对她这个女儿实在太好了，几乎什么好东西都留了给她，那沈子恺怎么办？他真的一点都不介意吗？

大舅母莞尔一笑，"你得自个儿去跟你大哥说。"

"有什么话要跟我说？"大舅母的话才刚说完，沈子恺就出现在门外。

"你们兄妹二人先说说话，我还得去忙。"大舅母受了沈子恺的礼后，站了起来，带着屋里的丫环们鱼贯而出。

只剩下兄妹两个人了。

沈梓乔因为感动，眼睛还有些湿润。她捧着匣子，"哥，这个，还有这个都留给你吧，我不需要那么多。"

她拿了一叠早已经准备好的田契给沈子恺。

"你自己收着，哥哥有。"沈子恺怜爱地摸着她的头，想到他看着长大的妹妹就要嫁人了，他有一种有女出嫁的酸涩感。

"娘把东西都留给我了，大哥以后怎么办？这些你就收下吧，还有这副头面，留着以后给嫂子，是娘的心意……"沈梓乔着急地叫道，要沈子恺将这些都收下来。

沈子恺笑着说："你真以为娘什么都没给我啊？傻妹妹，娘早已经给我留了不少东西，这些都是你的。"

潘氏究竟有多少东西，沈梓乔并不清楚，但她肯定潘氏留给沈子恺的肯定没有她多。

"大哥，你要是将我当妹妹，你就把这些都收下吧。"沈梓乔最后不得不威胁地说着。

沈子恺无奈地说道："行，我收下。不过，这田契你先拿着，以后再拿给我，就这么说了。"

"哥！"沈梓乔吸了吸鼻子，忽然生出浓浓的不舍。

"好了，就要嫁人了，还这么孩子气。"沈子恺眼睛发酸，却还是打趣着说道。

沈梓乔不好意思地擦去眼角的眼泪，"我都要成亲了，大哥什么时候给娶个嫂子回来？"

"快了快了。"沈子恺含糊地叫嚷着，"好了，快将这些都收起来，明日齐家就要过来催妆了。"

后天，她就要成亲了。

沈梓乔竟难得的平静下来，不若之前那么紧张了。

第一百四十八章　添箱

催妆一共有八人，都是齐铮军营里的同僚。

沈梓乔看着铺在床榻上的催妆礼，凤冠霞帔，还有婚衣和镜子并胭脂粉，这些都是刚刚送过来的，家里都在为明日做准备，只有她好像最清闲，什么事都不用做，只等着明日成亲。

大舅母笑着开玩笑，"明日一定要让人跟姑爷讨个大大的开门封。"

"可不是，不能让齐铮觉得娶我们皎皎多轻易，老夫人至今还耿耿于怀，认为齐铮坏了皎皎跟贺琛的好事。"三舅母低声笑道。

话虽说得很小声，不过沈梓乔还是听到了。

她有些窘然，她完全想不到贺琛最后居然会喜欢她，一开始不是很讨厌她吗？诸多挑剔，好像她身上全都是缺点，连跟她说话都觉得丢他的脸似的。

结果在遭受金人袭击的时候，他居然会舍命相救。

沈梓乔很是感动，可惜只是感动不是爱。

她已经有了齐铮。

两位舅母正在商量明日的事情，便有丫环来回禀，说是霓虹郡主来了。

霓虹郡主是全福人，她儿女双全，孝顺公婆，在京城有极好的名声。这次主动来当沈梓乔的全福人，令沈梓乔和两位舅母都很感动。

"我去迎郡主。"大舅母急忙道，已经撩帘走了出去。

沈梓乔和三舅母走到院门，就见大舅母和霓虹郡主一边说话一边走了过来。

"皎皎！"罗昭花见到沈梓乔很开心，急步走过来挽住沈梓乔的胳膊，对霓虹郡主说，"娘，我和皎皎有私己话说，就不陪你们了。"

"郡主。"沈梓乔朝着霓虹郡主施礼，眉梢眼角带着如骄阳般的笑意，让人看了只觉得心间温暖。

霓虹郡主斥责了罗昭花几声不懂规矩，倒也没为难两个姑娘，跟着大舅母和三舅母去了次间说话。

罗昭花便拉着沈梓乔进了屋里。

屋里放着明日要穿戴的嫁衣和头面，罗昭花看得眼睛发亮，"我还担心你们老夫人会委屈了你，如此看来，我是瞎操心了。"

"这些都是父亲托了舅母替我置办的。"沈梓乔含笑说着，招呼罗昭花坐了下来，"明日你来吗？"

"当然要来观礼，我盼着这天都不知道多久了。"罗昭花嘀咕着，随即嘻嘻笑道，"没想到皇上会给你和齐铮赐婚，原本我娘还打算当这个媒人，觉着你跟齐铮很相衬。没想还没开这个口，皇上就赐婚了，我娘还抱怨皇上抢了她一双鞋子。"

沈梓乔闻言，脸颊微微烧红起来，"我和他……怎么让郡主注意了。"

"这个就不清楚了，上次你不是去我家吗？齐铮也去了，后来我娘找了他说话，我也不清楚说了什么。"罗昭花说道。

那次……都已经是几年前的事了，那时候她和齐铮在千佛寺一事被传得沸沸扬扬的，她都差点名声尽毁了。

就这样了，郡主还愿意替她担这个媒人？还觉得她跟齐铮相衬？

"我还听说了一件事。"罗昭花压低了声音，好像说着惊天大秘密似的很谨慎，眼睛却发亮，"听说原本你们家四小姐想跟齐家议亲来着，结果齐家那边还没个答复，皇上就赐婚了，是不是这样啊？"

沈梓乔惊讶，怎么就传出去了，不是只有他们家知道吗？"你是怎么知道的？"

罗昭花露出一个同情的表情，"找了张把总的夫人，那是出了名的爱道别人是非的，你这边才得了赐婚，她那边就到处跟人家说齐家看不上你妹妹，说你家四小姐赶着高攀齐家攀不上……如今可没人不知道的。"

那个张夫人太过分了！沈梓乔气得发抖，她虽然不在乎外面怎么说她，但沈梓歆是脸皮薄的姑娘，被人这样说三道四肯定会很绝望。这张夫人明知不可为而为之，只为了逞口舌之快，根本没想过人家女孩子被别人议论会怎么想。

"那个死女人，以后千万别有什么把柄落在别人手上，一定让她尝尝被人议论嘲笑的滋味。"沈梓乔生气地哼了哼。

"跟她这样的人有什么好计较的，就是可怜了你妹妹。"罗昭花说，"这以后还要怎么在京城议亲。"

不知道沈梓歆知不知道外面怎么说她没，难怪她那天这样生气，自己让她失去的不仅仅是婚姻。

"谣言止于智者，过一段时间别人就不会再说了。"沈梓乔含糊地说道，虽然她也不怎么有信心以后沈梓歆能够在京城找到一门好亲事。

罗昭花知道这话只是在安慰自己罢了，"你二婶就是因为这事儿不理你的亲事？"

她刚刚进门，那些仆妇都找潘家两个舅母回事，周氏连个影子都没有看到。就算是再看不懂眼色的人，也能猜出沈家究竟是什么情况。

沈梓乔叹息一声，她之前不知道外面这样传言沈梓歆，还在生气她那天说的话，如今仔细一想，虽然错不在她，但沈梓歆会怨她也是情理之中，"……我那四妹妹心里肯定有气，更别说二婶了。"

于是，将那日沈梓歆责怪她的话简单说给罗昭花听，"你说，该怎么办好？重新给歆儿找一门亲事吗？"

罗昭花撇了撇嘴，"天知道，她母亲本事那么大，跟我们有什么关系。"

沈梓乔无奈一叹，这个话题越说越沉重，不能再说下去了，便说起了罗昭花的亲事，"听说定的是靖平侯的世子，婚期定了什么时候？"

"我不知道。"罗昭花再怎么大方，扯到自己的亲事，还是难免羞怯起来，扭扭捏捏不肯再多说一句。

难得看到这样的罗昭花，沈梓乔玩心大起，直问得罗昭花脸颊都要滴出血来，恨不得挖个坑跳进去不跟她说话。

两人玩得正开心，红缨进来回话，说是大姑奶奶跟二姑奶奶来了。

是已经嫁出去的沈梓雯和沈梓芬。

虽然沈梓乔跟这两个庶姐感情一般，不过到底还是姐妹，而且她们都是为了她的亲事回来的。

"请她们进来。"沈梓乔说道，亲自走到门外等着。

大舅母这些天一直在教她如何当一个合格少夫人，她不能再像以前那么恣意地过日子了，不是自己的家，难免会拘束些，何况上有老夫人和安国公夫妇，她这个孙媳妇和儿媳妇并不怎么好当。

沈梓乔现在学的就是这些她不怎么熟悉的礼节。

见到沈梓乔亲自在门边迎接她们，沈梓雯和沈梓芬对视了一眼，在彼此眼中看到讶异。

"大姐，二姐，好些时日没见了。"沈梓乔将她们迎了进来。

"恭喜妹妹了。"沈梓雯和沈梓芬走了进来，嘴里说着喜庆的话，恭喜沈梓乔跟齐铮白头偕老，早生贵子之类的云云。

沈梓乔大大方方地接受了。

两人看到屋里还有别的客人，皆是一愣，"我们来的不是时候。"

罗昭花笑着说："这几天什么时候来恭喜她都是时候。"

沈梓雯笑了起来，她认得眼前这人是霓虹郡主的女儿，王家世子爷的未婚妻，自然是不敢怠慢，忙笑着接了话，"说得是，妹妹大喜的日子，什么时候来道贺都是时候。"

气氛一时热闹了起来。

沈梓芬比较沉默，进屋后，她的视线余光一直打量着放在妆台上的匣子，里面放了各式首饰，还有床榻上铺开的嫁衣……

刚刚她们已经去看过沈梓乔的嫁妆，整整二百六十抬，放眼过去，只怕除了公主之外，没人这么嫁女儿的。

嫡出的果然就是不同，听说除了潘氏留下来的陪嫁，父亲还给了沈梓乔好大一笔银子。

做人真是不能对比，一旦有了对比，便会觉得处处不如人。

沈梓芬低下头，她出嫁的时候，只有三千两的嫁妆。

"这是给妹妹的添箱礼，小小心意，望莫嫌弃。"沈梓雯拿出一支赤金鎏碧玉石的簪子。

看着虽不名贵，但拿在手上很沉，只怕也价值不菲。

"谢谢大姐。"沈梓乔让红玉收下了。

沈梓芬见状，急忙拿出一支金镶珠翠挑簪，同样说了一句不要嫌弃。

当初沈梓雯和沈梓歆出嫁的时候，沈梓乔一人给了五百两添箱，今天她们送她的也是重礼。

"三妹妹奇珍异宝多得是，不嫌弃我们的添箱礼就好了。"沈梓乔说了谢谢，沈梓芬就忍不住脱口而出。

语气酸溜溜的，一听就听出她的妒意。

沈梓乔微笑着说："都是我娘留下来的，我娘是个喜欢收藏珍宝的人。"

"母亲对你真好。"沈梓芬讪讪地说。好歹她和沈梓雯也算潘氏的女儿，却一个子儿都没有。

沈梓乔笑而不语。

外面小丫环的声音又响起，"三小姐，四小姐来了。"

听到沈梓歆来了，沈梓乔愣了一下，看到罗昭花本来无精打采的样子立刻又精神奕奕，便知道她打的什么主意。

"你一会儿可别乱说话。"沈梓乔交代她。

"不说，不说！"罗昭花立刻道。

沈梓歆已经走了进来，对屋里有其他人并不觉得讶异，反而大方地跟大家施礼。

"四妹妹来了，快坐下。"沈梓雯笑眯眯地说，一派大姐的样子。

第一百四十九章　成亲

沈梓歆笑意盈盈的样子，好像已经忘记了那日跟沈梓乔发生过的不愉快，又恢复了两人亲密时的态度。

"这是我自己绣的枕帕，你不要嫌弃。"沈梓歆笑着在沈梓乔旁边坐下，将手里一个用大红绸布包着的包袱拿给了沈梓乔。

是一对绣着花鸟百年好合图样的枕帕。

针线齐整，图案栩栩如生，可见这绣功如何了得。

沈梓歆的女红是出了名的顶尖。

"谢谢。"沈梓乔真心地道谢，让红玉将这枕帕仔细地收了起来。

"你喜欢就好。"沈梓歆眉眼间的表情舒展而开，抬头见罗昭花正笑眯眯地打量着自己，笑道，"罗姑娘若是喜欢，待你出阁，我也绣一对送你。"

罗昭花立刻笑眯眯地点头，"好啊好啊。"

沈梓乔轻笑出声，只怕罗昭花还没听明白沈梓歆的意思，待她回过神，已经是羞红了脸，扭捏着左看右看。

沈梓歆低头掩嘴一笑。

罗昭花恼了起来，拧了沈梓乔一下。

沈梓雯和沈梓歆插不上话，一时被冷落了。

"三妹妹是我们几个姐妹里面嫁得最好的，又是皇上赐婚，以后可一定要提携我们几位。"沈梓芬的声音难掩尖锐地开口。

这话说得太失礼了！沈梓雯诧异地看了向来不怎么多话的沈梓芬一眼。

难道因为成亲后过得不如意，所以比较容易嫉妒别人。

沈梓芬嫁给了刘太守的次子，刘二少爷得了荫恩，如今在军营里任百户，日子本来过得很美满，只是刘守备家里向来清贫，刘二少爷又是个手疏的人，一来二去，生活上难免磕磕碰碰，却不想沈梓芬憋了一肚子的委屈。

要是当初她出嫁的时候，父亲能多给她一些嫁妆，也不至于日子过得这样艰难。

提到赐婚，沈梓歆的表情不可抑制地僵滞了一下。

就算已经说服自己要放宽心，还是会觉得有怨气。

"哎，三十年河西，谁知道以后会怎么样呢，人都有三衰六运的。"沈梓乔笑哈哈地说道。

罗昭花呸了一声，"什么时候了，说点吉利的，我瞧着齐铮就是个了不起的，如今才二十几岁就已经立了这么大的军功，以后还不知道前程如何似锦呢？你啊，别还没进门就想着有的没的。"

被罗昭花训了一顿，沈梓乔只是讪讪地笑着，她不过是说说而已啊。

沈梓芬却好像没有看到沈梓雯的眼色，瞪着沈梓乔妆奁中的金钗说道，"本来这福气该是四妹妹的，若是没有赐婚……皇上这是不知情啊。"

说得好像皇上棒打鸳鸯似的。

沈梓歆眼睑低垂了下来，双手收在衣袖里面。

罗昭花嗤笑一声，"谁跟你们说这是皇上的意思？虽说是皇上赐婚，你们知道是谁去求的圣旨？"

难道不是沈萧吗？沈家姐妹都疑惑地看着她。

"是齐铮亲自去求皇后娘娘，让皇后娘娘给他赐婚。他要娶的人一直就是皎皎，人家早就情投意合了，有别人什么事？就算没有赐婚，齐铮也不可能娶了别人。"罗昭花等的就是沈梓歆过来，让她有说这番话的机会。

别以为自己真是个宝，大家都抢着赶着要娶她。

沈梓乔是第一次听说这件事，讶异地瞪圆了眼睛，不过仔细一想，也确实会是他干的事，是怕被小顾氏破坏了吧。

"你怎么知道？"沈梓芬一副不相信的样子，齐铮那样的人物，居然会想主动娶沈梓乔这个草包？

"我就在皇后身边，我怎么会不知道。"罗昭花笃定地说。

沈梓歆的脸色刷地白了起来。

罗昭花斜睨着她，却责怪着皎皎，"明明早就认识齐铮了，怎么一句话都没跟自己的姐妹提，平白招了误会。"

这种事情谁会到处乱说啊。

沈梓歆和沈梓芬的脸色都不怎么好看，坐了一会儿便站起来告辞了。

沈梓雯也跟着说要去给老夫人请安，便跟着两个妹妹离开。

罗昭花冲着她们的背影哼了一声。

"你是故意的。"沈梓乔无奈地说道。

"不这样的话，你那四妹妹就掉进死胡同里出不来了。"罗昭花理直气壮地说。

第二天，沈梓乔一大早就被叫了起来，她还睡得迷迷糊糊的，由着大舅母和三舅母在她身上捣鼓着。

看到这睡虫的模样，大舅母真是又好气又好笑，"这哪像个要出嫁的人。"

屋里的丫环都掩了嘴轻笑，她们早已经习惯了沈梓乔的生活习惯，深知她每天都要睡到日上三竿，要她这么早就起床，确实难为她了。

等沈梓乔真正清醒过来的时候，她脸上的妆已经上好了，头发也梳了起来，镜子里的那个女子，像清晨的太阳，明媚而娇艳。

沈梓乔从来没见过盛装的自己，暗叹原来自己打扮起来也是个美人。

大舅母让孟娘子去拿了几块点心给沈梓乔压肚子。

霓虹郡主在吉时的时候已经拿着梳子在沈梓乔头上象征性地梳了三下，"一梳梳到尾，二梳我们姑娘白发齐眉，三梳姑娘儿孙满堂……"

这时，外面响起了欢庆的吹奏声。

沈梓乔大惊，"这么快？"

她还没穿嫁衣呢！

大舅母笑着说："是催妆奏乐，我们不必理会。"

至少要奏个几次才能开门。

沈家大门如今紧闭着，任由催妆的队伍在外面如何起哄。齐铮身姿挺拔如松地站在前面，身上的红色喜服衬得他更加英俊年轻。

他的眼中盛满了笑意，丝毫不觉得这点等待算什么。

那么多年都等了，还在乎这点时间？

催妆炮响了起来。

沈梓乔在屋里紧张地握住大舅母的手，"这……这是第几次了？"

大舅母等人悠哉清闲，一点都不紧张，"你就别理会了，安心地当你的新娘子。"

和三舅母合力将嫁衣给沈梓乔穿上。

外面的声音越来越吵闹，沈梓乔他们就是在内院，也隐约听到了声音。

沈梓乔让红缨去探查情况，看看前院都发生什么事情了，他们在内院能听到的不多。

接着，外面忽然安静了下来。

红缨进来说大门还关着，不让姑爷他们进来。

"会不会等得不耐烦跑了？"沈梓乔紧张地问道，虽然知道齐铮不会这么干，可要是刁难得太过分了……也很难保啊。

霓虹郡主等人笑得不行，"还没见过还没拜堂就这么维护新郎官的新娘子，你还怕他跑了？放心，跑了谁都跑不了新郎。"

沈梓乔满脸羞红，知道自己闹了个大笑话。

"开门了开门了。"又被打发去探消息的红缨喘着气回来，"三小姐，您放心，新郎官没跑，给了一个大大的开门封，大少爷就让人开门了。"

把屋里所有人又逗得大笑，沈梓乔恨不得挖个洞把自己埋了。

吉时要到了，大舅母扶着已经戴上凤冠的沈梓乔走出乔心院。

沈老夫人因为身子不适没有出来，沈萧率领沈家上下在大厅等着了。

充当媒人位置的宁曦扶着沈梓乔给沈萧磕头。

沈萧堂堂七尺男子，看到沈梓乔出嫁，竟然红了眼眶，颤抖着说道，"往之女家，必敬必戒，无违夫子……"

"爹……"沈梓乔不知为何，忽然动容起来，回想沈萧对待自己确实很好，她却对他冷漠了这么多年。

"好了，吉时到了，快上轿吧。"沈萧大手一挥，沉声说道。

"妹妹！"沈子恺的声音哽咽了，他尝试想开口说几句话，却一句都说不出来，最后只说了一句，"母亲看到的话，会欢喜的。"

沈子恺背着沈梓乔上了花轿。

齐铮眸色灼灼地看着沈梓乔通身大红的嫁衣，心底胀得鼓鼓的，有一种安宁的喜悦涌了上来。

喜庆的奏乐再次响了起来，沈梓乔感觉到花轿被抬了起来。

就这样……

嫁出去了！沈梓乔心中感慨万分。

不知道以后的婚姻生活会怎样？她不担心齐铮会如何，她只担心不知该怎么面对小顾氏等人。

很棘手的麻烦啊。

不知过了多久，花轿已经停了下来。

沈梓乔被背了出花轿，走过门槛，她的手落入一个宽厚温暖的掌心中。

是齐铮！她忐忑紧张的心情稍微安定了下来。

齐铮眉梢眼角都是喜悦的笑，虽然看不到她的样子，但他能够想象此时的她如何娇艳漂亮。

"一拜天地……二拜高堂……"

小顾氏冷眼看着一对新人在对拜，手心攥得紧紧的。

齐铮得了皇上的赐婚，她的儿子却要纳一个傻子当妾室，这对比叫她的心怎么都不平衡。

哼，娶了这么一个惹祸精的妻子，看你能笑到什么时候！小顾氏恶毒地想着沈梓乔以后跟齐铮互相生厌的情景。

"送入洞房！"礼赞者高声唱着。

沈梓乔被众人簇拥着去了新房，霓虹郡主已经在新房里等着了，催着齐铮揭起红盖头。

齐铮嘴角高高翘起，掀开了红盖头，一张明媚鲜妍的容颜出现在他眼前。

第一百五十章　幸福

沈梓乔嘴角噙着浅笑，眼睛明亮如水面上的粼粼波光，齐铮望着她一张灿若明霞，宝润如玉脸庞，心里某处几乎要化成水，要不是新房里还有其他人，他早就一把将她抱住了。

霓虹郡主看着这对小新人只顾着对视，连别人的话都听不进去，眼睛尽是促狭的笑意，"新郎官这会儿就看得目不转睛了，这还能不能出去敬酒啊。"

几句话说得齐铮和沈梓乔都红了脸。

喝过合卺酒，齐铮捏了捏沈梓乔的掌心，这才被霓虹郡主催着出去敬酒了。

霓虹郡主陪着沈梓乔说话，屋里还有其他女眷，都是京城里经常互相走动的几位夫人。沈梓乔并不认识，还是霓虹郡主介绍了才知道她们这些人的身份。

沈梓乔注意到有两个看着她的目光很挑剔，而且并不怎么友善，别人都说着道贺恭喜她的话，只有那两个人一直矜持高贵地站在一边。

女眷们陪着沈梓乔坐了一会儿，便在霓虹郡主的示意下都笑着退出去了。霓虹郡主对沈梓乔说，"你趁着没人好好歇息，今晚还有你累的。"

"郡主……"沈梓乔疑惑地看着她。

"刚刚那两个人跟小顾氏关系亲密，你不用理会她们的态度，还有那个小顾氏……齐铮让你怎么跟她相处，你就怎么跟她相处。"霓虹郡主说道。

沈梓乔默默地记下了。

霓虹郡主离开之后，红玉和红缨进来，因为沈梓乔不能下床榻，只能在床上吃了点东西，耐心地等着齐铮回来。

没多久，有一个穿着桃红色袄子的丫环在门外求见，红缨忙打起帘子请她进来。

"大少夫人，奴婢是大少爷屋里的丫环墨竹，大少爷让奴婢跟您说，不必强撑着等他回来，让您先好好休息。"墨竹声音清脆，目光透亮，态度谦卑恭敬，让人一见就心生好感。

沈梓乔知道，这是齐铮身边最信得过的丫环。

除了墨竹，还有一个叫绿竹的，是她能够相信并且放心的丫环。这些，齐铮以前都跟她说过了，她早已经默记在心里。

她瞥了红玉一眼。

红玉闻音知雅，立刻携起墨竹的手来，塞了一个上等的荷包在她手里，"多谢姐姐给大少夫人提醒。"

墨竹大方地收下打赏，朝沈梓乔福了福身，"谢大少夫人的赏赐。"

沈梓乔微笑地望着她，问起了前院的情形。

"客人很多，家里的世交、国公爷的同僚朋友……还有大少爷的同僚，都要给大少爷敬酒，幸好大少爷早有准备。"墨竹一一给沈梓乔回话。

早有准备是什么意思？沈梓乔疑惑地看着墨竹。

墨竹低声说："给大少爷的酒都是提前准备的。"

肯定是兑水了！沈梓乔立刻就明白了，真是太狡猾了！这样想着，她却忍不住笑了出来。

"大少夫人，您先歇着，奴婢就在外面守着，您有什么吩咐只管让奴婢去做。"墨竹怕打搅了沈梓乔休息，忙行礼退下。

红缨笑眯眯地挽住墨竹的手，"三小姐，奴婢和墨竹姐姐到外面说话。"

是想去了解这府里的情形吧。

沈梓乔笑着点头，头上的凤冠压得她快抬不起头。

让红玉把凤冠拿了下来，靠着大迎枕眯着眼睛休息一会儿。

昨天晚上根本没睡好，一直想着今天要成亲的事，一大早就起来了，折腾了这么一天，她早已经累得快趴下了。

不知不觉便沉沉睡了过去。

也不知道过了多久，迷迷糊糊听到一道低沉的嗓音在说话，"……你们先下去吧，这里暂时不需要你们服侍。"

一阵窸窸窣窣的声音后，屋里又恢复了安静。

沈梓乔睁开眼睛，还有一种身在雾中的茫然感，好半天才想起她今天结婚了。

"哎呀，我竟然睡着了！"她惊叫出声，猛然坐直身子。

"醒了？"已经换下喜服的齐铮穿着靛蓝色的杭绸直裰，目光深幽灼亮地看着沈梓乔。

沈梓乔揉了揉眼睛，"我睡了多久？你什么时候回来的？"

"睡一个时辰左右，我刚回来。"齐铮低眸看着她浅笑，只觉得她这睡眼蒙眬的样子格外可爱。

他身上有淡淡皂角的清香味道，并没有多重的酒味，应该是已经梳洗过了。

"我好困。"沈梓乔嘟囔着叫道，"成亲也太累人了。"

"我让红玉她们进来服侍你梳洗换衣裳。"齐铮笑着说道，让守在外面的红玉和红缨进来。

沈梓乔扶着他的手下了床榻，待红玉和红缨进来后，他在她耳边轻声说，"我去隔壁坐会儿。"

净房里早已经准备好了热水，沈梓乔舒舒服服地泡了个澡，身上的疲劳才舒缓了一些。

因沐浴的时候不习惯旁边有人，红玉和红缨都在外面守着。

齐铮在隔壁次间喝了一盏茶重新进来，见她们站在外面略感诧异，应该是皎皎的小习惯吧……

端凝严肃的脸庞露出一丝笑，将两个丫环都打发下去了。

屋里静悄悄的，只有龙凤烛烧蜡的声音刺啦刺啦轻响着，偶尔还有净房里传出来的水声。

他的脚步不受控制地往净房走了进去。

正巧看到一幕美人出浴的好景。

沈梓乔走出浴桶，拿起旁边大帕子拭干身上的水迹，穿上水红色绣黄色连枝梅花的肚兜，正要伸手去拿亵衣……

光滑洁白、曲线优美的背部在昏黄的光芒下显得更加润白，齐铮的视线往下移，浑圆挺翘的臀部……修长白皙的大腿……

他觉得全身血液都沸腾起来。

"皎皎！"他大步上前，哑着声音喊了一句，伸手抱住她的纤腰，"我帮你穿上，我帮你！"

沈梓乔被他吓了一跳，随即脸颊像火烧云一样红了起来，她这样跟全身赤裸站在他面前有什么区别？

"你……你出去，我……自己来。"沈梓乔结结巴巴地说着，背部贴着他的胸膛，薄薄的衣裳就跟没有似的，她清晰感觉到他身上滚烫的体温。

齐铮抓着她的亵衣，目光幽暗深邃地看着她泛着粉色光泽的肩头，一定很香甜吧……他低头咬了一口，接着细细地舔吻着。

"齐……齐铮！"沈梓乔嗔叫一声。

这一睡就天亮了。

醒来的时候，齐铮已经起来了，另一边的枕头已经没有温度，想来是起身很久了。沈梓乔想要伸个懒腰，结果才动了一下，下身就一阵胀痛，手跟脚也酸痛得让她倒吸了一口气。

昨夜的缱绻旖旎如潮水般涌进脑海里，沈梓乔将脸埋在枕头里，真是……

"大少夫人醒了吗？"屋外，齐铮低沉的声音响了起来。

今天好像还要去给长辈敬茶认亲戚！沈梓乔"哎呀"了一声，急急地想要坐起来。

齐铮正好打起帘子走进来，见到她已经醒了，英俊的脸庞绽开一个如冬日暖阳般的笑容，"醒了？"

她身上还什么都没穿！沈梓乔顾不上回答他的话，拉着被子将身子包着，"你……你先出去，我要穿衣裳。"

"我帮你。"齐铮笑着坐到床沿，拿起一旁早已经准备好的肚兜要替沈梓乔穿上。

"不要不要，我自己来。"沈梓乔红着脸说。

齐铮连人带被地抱进怀里，一手钻入被子里面，放在她腿心的位置，"对不起，昨晚……弄疼你了。"

沈梓乔尴尬羞涩地低着头，惊讶地发现那个地方好像一点都不痛，还有冰凉的感觉。

昨晚还有点灼痛的。

"你……替我上药了？"她结结巴巴地问着，虽然他们已经结婚了，不过她还是觉得那么隐私的地方被看了很尴尬。

齐铮亲了亲她的面颊，"昨晚看了，有点肿，是我不好，现在还疼不疼？"

沈梓乔轻轻地摇头，羞赧地说，"不疼了。"

这么害羞！齐铮溺爱地看着她，将她身上的被子拉开，露出她曲线优美的胴体。她急忙双手护着胸前的风光，转头瞪了他一眼。齐铮深深吸了一口气，看着她欺霜赛雪的肌肤，觉得口干舌燥起来。

"我替你穿上。"齐铮在她耳边哑声说着，拉开她的手，将肚兜的绳子系在她脖子后面。

双手下滑的时候，不经意触碰到她胸前的那抹嫣红。

沈梓乔感觉到他的手顿了一下。

她转身自己拿过亵衣。

齐铮将她一拉，正好落入他怀里，低头辗压住她的唇。

"不……"还要去敬茶呢，时间都要来不及了！

沈梓乔气得拍打着他。

齐铮呼吸粗重地松开她，眼睛发亮地看着她的胸前。

"还要去给老夫人敬茶！"沈梓乔不悦地叫道。

"我们不急。"齐铮笑着说，刚刚祖母已经让人来传话了，让他们晚点过去的。

沈梓乔气呼呼地瞪他，"还不出去！"

"我帮你。"齐铮立刻说道。

"再也不相信你了。"沈梓乔嫌弃地说，不肯让他再替自己穿衣服，他哪里是在帮她穿衣服，脱衣服还差不多。

齐铮低柔地说："真的，这次我不乱来，不是还肿着吗？我哪里舍得……不能一次就都吃了，总要留着以后的，是吧。"

沈梓乔翻了个白眼。

"来。"齐铮平息了身下肿胀的欲望，真的不再动手动脚地帮沈梓乔将衣裳都穿好了。

"现在什么时辰了？"沈梓乔打了个哈欠问道。

齐铮笑着说："辰时初，我们去给老夫人敬茶之后，你回来再继续睡一会儿。"

还能睡回笼觉真是太幸福了！沈梓乔笑眯眯地让红玉她们进来给她梳妆。

墨竹领着另外一个穿同色衣服的丫环摆了早膳。

应该就是齐铮跟她提过的绿竹了。

待沈梓乔梳洗装扮完毕后，两人才正式给沈梓乔磕头，她们是齐铮安排服侍沈梓乔的二等丫环，担心沈梓乔初来乍到什么都不懂。

红玉按照沈梓乔之前的吩咐给了她们两个上等的荷包。

两人简单地用过早膳后，齐铮携着沈梓乔来到齐老夫人的院子，除了府里的各人，住在西府的二房也来了，大厅坐满了人。

满大厅的人，沈梓乔认识的不超过五个，她跟随在齐铮身后，眼观鼻、鼻观心地走了进去。

"哎哟，新人来了。"一个珠翠环绕的妇人笑着喊了一声。

所有人都看了过来，眼睛在齐铮身上打个转后，带着眸中探究味道的视线都落在沈梓乔身上。

沈梓乔穿着蕊红绣缂丝瑞草云雁广袖双丝凌鸾衣，下着粉色水仙散花绿叶裙，梳着倭堕髻，云鬓花颜金步摇随着她的走动闪烁着熠熠的光芒，耳垂坠着玉柳叶耳环，显得她既娇俏又大方，和齐铮站在一起，谁也争不去谁的光辉，好一对天造地设的璧人。

坐在首位的齐老夫人笑眯眯地看着已经来到她跟前的一对新人，埋怨地对齐铮说道，

"不是让你们不用这么早过来吗？皎皎休息得可好？"

沈梓乔红着脸回了一声，"祖母，我休息得挺好的。"

坐在另一边的安国公含笑地望着长子和长媳，眼底盛着浓浓的笑意。

"老夫人，大少夫人给您敬茶。"一旁的妈妈拿了蒲团放到沈梓乔的前面。

第一百五十一章　敬茶

　　沈梓乔从一旁妈妈手里的托盘上拿过茶盅，恭敬地举到齐老夫人面前，甜甜地笑道，"祖母，请喝茶。"

　　"好，好！"齐老夫人高兴得笑眯了眼，让身边服侍的妈妈取来一个锦盒，"这是祖母的心意，想你们两个白发齐眉，相互相持。"

　　"谢谢祖母。"沈梓乔磕头答谢。

　　"快起来。"齐老夫人伸手扶她，谁知有一双手比她更快。

　　齐铮托着沈梓乔的手臂将她搀扶起来，眼底有浓浓的关切。昨晚被他折腾成那样了，今天还要又跪又磕头的，他心里哪里舍得。

　　倒是站在沈梓乔身后的红玉有点不知所措。

　　搀扶大少夫人站起来不是她这个丫环的活儿么？

　　"瞧你这心疼媳妇的模样。"齐老夫人忍不住打趣他，眼底尽是调侃的笑意。

　　齐铮一点都没觉得尴尬，反而目带笑意跟齐老夫人说道，"祖母，您别取笑我，这是我好不容易娶上门的媳妇呢。"

　　沈梓乔霞飞两颊，在众人促狭的目光中，给安国公和小顾氏敬茶。

　　小顾氏在齐老夫人将那个锦盒送给沈梓乔的时候，整张脸已经绿得不能再绿了，别人可能不知道里面是什么东西，可她是一清二楚的。

　　那是齐家的传家之宝，是一块稀世罕见的帝王玉玉佩！

　　是所有玉石中最上等的宝石，光是听名字就知道了，帝王玉……还有什么能强得过帝王？

　　这块玉佩是太祖皇帝所赐，被齐家视为传家之宝，向来只传给长子嫡孙媳妇，以前她在齐铮的母亲屋里看到过。

可自从她嫁进来后，就再没有见过了，她以为这玉佩是收在齐思霖那里，没想到却是在老夫人手里。

居然拿给了沈梓乔！怎么可以给她！

她才是老夫人的侄女，才是她的儿媳妇，她居然越过她，将玉佩给了孙媳妇。

小顾氏气得两肋生痛，却又不能这时候发作出来，省别人平添了笑谈。

"爹，请喝茶。"沈梓乔给安国公敬茶，趁机将这位在外面养外室，结果气死妻子的男人打量了一眼。

虽已是中年男子，不过依旧身姿挺拔，齐铮有七分像他。只是安国公的气质是儒雅斯文，而齐铮则是端凝严厉，完全不同的感觉。

安国公给了沈梓乔一个厚厚的荷包，说了几句吉祥话。

沈梓乔磕头后，被红玉扶着起来，给小顾氏敬茶。

小顾氏一双隐藏着嫉恨的眼睛冷冷地看了过来，开口就教训道，"明知长辈都在等着你们，还拖拖拉拉才过来，往后不可如此……"

"是我让他们晚点过来。"齐老夫人淡淡地开口，阻止小顾氏当着这么多人教训沈梓乔。

小顾氏压下心底的不悦，给了沈梓乔一支鎏金如意簪。

简直是……太小家子气了！一定是故意的！

齐老夫人面无表情，连看都不看她一眼，安国公的脸色不怎么好看。

沈梓乔依然笑眯眯地磕头。接着，她又给二房的长辈行礼，那二房长辈们的出手都比小顾氏丰厚多了。

已经逝去的老国公只有一个弟弟，早年分出去后便致仕了，后来做起辽东那边的生意，因为时机抓得准，又胆大心细，虽然地位不如大房显赫，但钱财方面却比大房胜出不少。

两房经常来往，感情很好。

长辈都敬过茶了，便是同辈的行礼，齐锋走了过来，"大哥，大嫂，恭喜你们。"

沈梓乔知道眼前这人是小顾氏的儿子，跟齐铮长得有些相像，不久前才中举，只是他神情看起来萎靡不振，不是应该很高兴才是么？

心里嘀咕着，沈梓乔递了个荷包过去。

"姑母，姑母，我们也要。"大厅里两个四五岁的小男孩跑了出来，拉着沈梓乔的衣袖大声地叫着。

沈梓乔笑着递给他们一人一个荷包。

"瞧这两个小泼猴。"说话的是二房的大夫人，姓孙，是这两个小男孩的祖母。

齐老夫人笑道："小孩子就是这样。"

"大伯母不久后也要抱曾孙了。"孙氏笑着说，看向沈梓乔的目光很温和。

她身后站着两个儿媳妇也正看向沈梓乔，见婆婆似乎有意要跟沈梓乔交好，便都主动走了上来。

齐铮站在一旁含笑望着沈梓乔，神情温柔，令在他旁边的齐锋看了心中酸涩不已。

大哥娶了自己喜欢的女子，还是皇上赐婚的，而他却不得不纳一个傻子当妾，如今外面谁人不在笑他，就连上峰都觉得他做不成大事，望着他的眼神是那么失望……

小顾氏沉着脸不说话，特别是看到齐铮那春风得意的样子，更是恨得牙痒痒的。

很快就到了午膳的时间，小顾氏想着终于有机会让沈梓乔出丑，立刻觉得精神百倍。

就算她只是继室，齐铮还是她的儿子，沈梓乔就要在她面前立规矩。

谁知道才坐了下来，齐老夫人便开口说，"皎皎，过来我这边坐下，让我好好看看。"

"一会儿要多吃些，这些天你肯定都累着了，要是吃的不合口味，说出来让厨房重新做了送来。"

这话的意思，是不要沈梓乔在小顾氏面前立规矩了？

小顾氏瞪圆了眼，却被安国公冷冷地瞪了一下。

什么意思？难道要她站起来给老夫人布菜不成？她的儿媳妇都坐着没动。

"大家动筷吧。"齐老夫人没在意他们的表情，笑着让大家都动筷了。

沈梓乔翘着嘴角跟齐铮交流了一下眼神，其实也不是太难啊，还以为应付他们家亲戚会去了一层皮，没想到老夫人会这么维护她。

小顾氏就算想刁难她，也得看老夫人同不同意啊。

齐铮看着她小得意的样子，心里柔软得要化成水了，恨不得重重亲她几口。

齐老夫人将他们小两口的互动看在眼里，嘴角的笑容越来越大，更觉得当初他们肯定是天生一对的想法果然没错。

她欠了齐铮很多，如今看到他能够跟心仪的姑娘结成连理，她真是可以瞑目，不怕死后没脸去见儿媳妇了。

第一百五十二章　休息

用过午膳后，齐铮带着沈梓乔回到他的千林院。

沈梓乔进屋第一件事就是将头上沉重的珠钗都拿下来，换了一套舒服的衫裙。她轻松习惯了，总觉得穿金戴银实在累人。

红玉打水进来替她将脸上的胭脂都洗干净了。

"好困！"沈梓乔终于觉得全身轻松，抱着被子滚了一个圈，决定好好地补眠。

齐铮进门的时候，就看到她这孩子气的举动，轻笑出声，眼底不自觉浮起连他都没有发现的宠爱。他走了过去，在她身边躺下，"是不是很累？"

沈梓乔转过身抱住他的胳膊，将脸靠在他肩膀上，打了个哈欠，"其实也还好啦，只不过第一次成亲，什么都不懂，当然会累啦。"

"你再睡一会儿？"齐铮柔声说着，"我陪你。"

"你没事做吗？"沈梓乔在他怀里重新找了个舒服的姿势，听着他沉稳的心跳，觉得眼皮沉重起来。

"我有半个月的假期，这半个月最大的事情就是陪你。"齐铮下巴蹭了蹭她的发心，低沉的嗓音带着浓浓的笑意。

沈梓乔甜甜一笑，满足地进入梦乡。

齐铮望着她清丽秀美的面容，忍不住亲了她几下，这才搂着她闭上眼睛。

这边是祥和温馨的气氛，而上房的正屋里，却不时传出压抑不住的咒骂声。站在屋外的丫环都战战兢兢的，生怕一不小心就触到霉头。

"那老不死的！那小贱人！"小顾氏气得心肝肺都痛了起来，歪在长榻上低声咒骂着。一口气哽在胸口，难受得她怎么坐都不舒服。

苏妈妈在一旁劝着她，"夫人，小心隔墙有耳，万一被老夫人听到了，又不知怎么折腾您。"

"就是让她听到！"小顾氏叫道，委屈地说，"她还是我亲姑母吗？这么多年来对我不理不睬，如今连传家之宝都给了沈梓乔，她这是什么意思？难道不想承认我这个儿媳妇不成？"

"也未必就是那玉佩，或许只是锦盒相似而已。"苏妈妈心里叹了一声，要不是当初夫人急着想嫁给国公爷，又怎么会发生那样的惨事，老夫人因此对夫人寒了心，怎么想都是理所当然的。

小顾氏恨恨地说，"就是那玉佩！"随即，她猛地坐直身子，"你说老夫人这是什么意思？想要将家里的中馈交给沈梓乔吗？"

苏妈妈闻言也是一惊，"不会吧，大少夫人哪里是能主持中馈的料儿。"

"老夫人想抬举她，她就算是个草包，别人也不敢说什么，真不知看上她什么了，就因为齐铮喜欢？所以全家也要跟着喜欢吗？"小顾氏咬牙切齿地问道。

齐老夫人最疼爱的孙子本来就是齐铮，爱屋及乌，更是再正常不过了。

小顾氏忽然笑了起来，"如今再恩爱又如何？还能一辈子都这样如胶似漆吗？男人嘛，喜新厌旧是通病，如今才新婚自然当她是个宝，过不了几天，见到更加貌美如花的，只怕就忘记谁才是自己的妻子了。"

苏妈妈心头一跳，"夫人，您的意思是？"

"让胭脂和胭红过去服侍我们大少夫人吧。"小顾氏说道。

"夫人，大少爷那边……那些人不容易安插进去。"苏妈妈说，要是真那么容易，早就安插进去了。之前的那些人全都被撵走后，想要再安插就真的找不到机会了。

她们之前都小瞧了齐铮。

"之前没有办法，如今可就不一样了。"小顾氏笑得好不得意。

苏妈妈仔细一想，便明白小顾氏的意思，忍不住笑了起来。

"老夫人，如今大少爷成家立室，皇上又封了他骠骑大将军，您这下能放心了。"田妈妈服侍着齐老夫人躺下休息，看着老夫人从昨日到今天都带笑的眼睛，她跟着高兴起来。

齐老夫人笑道："你不知道，这些天我心里没好过，明知道他是装傻的，却又不能说出来，眼见他受那么多委屈，我……我都觉得自己的心被绞碎了。"

"大少爷和大少夫人一定会好好的，您啊，就等着抱曾孙就是了。"田妈妈说道。

"我不担心铮哥儿会过得不好，我担心的是如贞。"齐老夫人眼底的笑意被忧愁替代。

如贞就是小顾氏。

田妈妈低声劝着，"您担心夫人会对大少夫人……"

"她是孙贵妃的表妹，如今顾家跟孙家来往密切，偏偏铮哥儿是皇后的外甥。"皇后跟孙贵妃向来不合，这早已经不是秘密。

孙家一直在暗中努力要将太子拉下储君的位置，而皇后则想找到孙贵妃和三皇子的错处，宫里的诡谲争斗已经伸延到宫外了。

如果不懂得明哲保身，只怕将来吃亏的便会是自己。

"老夫人，您放心吧，国公爷是懂得如何避开这些麻烦的。"田妈妈劝道，"大少爷也不是做事冲动的人，他必定会三思后行。若是他真想参与到那些事里面，这些年就不会一直装傻了。"

"你说的是，我们铮哥儿是聪明人。"老夫人重新笑了起来。

田妈妈说："您赶紧歇息吧。"

齐老夫人这才安心地阖上眼睛睡下。

金乌西坠，冬日的寒风呼啸起来，门窗霹雳作响。

沈梓乔从睡梦中醒来，睁眼就看到坐在她身边看书的齐铮。他似是听到动静，正低眸含笑看着她，"醒了？"

"外面怎么这样吵？"沈梓乔抱着被子坐了起来，一时不知自己究竟睡了多久。

"起风了，怕是一会儿要下雪。"齐铮将她抱进怀里，"睡得好不好？"

沈梓乔笑了笑，"嗯，精神百倍了。"

齐铮眼睛一亮，"真的？那，那里还有没觉得不舒服？我再给你上药，好不好？"

早点好了，他才不用憋着忍着。

沈梓乔狠狠地瞪了他一眼。

齐铮将她抱在怀里用力地揉了几下，心里喜欢得紧。

"啊——"沈梓乔笑着推开他，两人抱成一团，才两三下，齐铮就将她给压在身下。

"起来起来！"沈梓乔连忙叫道，"还要去请安呢。"

齐铮正低头想亲她，听到她这话，又抬起头，"去给谁请安？老夫人刚刚让人来说了，这会儿天气不好，不用过去。"

"父亲和母亲那边……"沈梓乔小声地提醒，虽然她不喜欢小顾氏，但今天她听小顾氏话里话外的意思，好像就是要她晨昏定省看，否则就会被挂个不孝的罪名了。

"那边我会去说的，等明日回门后，我就跟老夫人说去，让我们搬出去住。"齐铮摸了摸她的头，他想看着她自由自在地生活，不想她被别人压制，更不想见到她受委屈。

沈梓乔在他薄唇上亲了一下，"其实不用这么急的，祖母年纪大了，要是知道你想搬出去住，肯定会伤心的。这件事我们先缓一缓，齐铮，你不用担心我会受委屈，别人让我受委屈了，我会让对方更委屈的。"

齐铮抿紧了唇，一副主意已决的样子。

沈梓乔抱着他的腰，"对了，我还没看祖母他们给我的见面礼呢。"

她掀开被子，赤脚跑下床，到妆台上拿了个檀木匣子，喜滋滋地说，"今天大家给的都在这儿了。"

齐铮的脸色沉了下来，大步走过来将她横抱起来，不悦地瞪着她，"这么冷的天气，你还赤脚下地，连披件衣服都没有！这要是受寒了怎么办？这么大个人了，还跟小孩子一样。"

沈梓乔小声嘀咕着，"不是烧了地龙吗？我觉得挺暖和的啊。"

"还找借口？"齐铮瞪着她。

她可一点都不怕他！沈梓乔笑嘻嘻地对他亲了几下，"好啦，我以后不这样了。"

齐铮抱着她重新上了床榻，见她搂着匣子，没好气地笑道，"不是要给我看吗？还抱得这么紧？"

沈梓乔将齐老夫人和安国公给的见面礼都拿了出来。

看到小顾氏送的那支簪子，齐铮眼底滑过一丝寒光。

"好漂亮的玉佩！"沈梓乔惊叫出声，拿着那块巴掌大的玉佩给齐铮看。那玉佩色泽似玉非玉，是一种晶莹透彻的黄色，形状很朴实，但让人一看就知道这块玉绝对价值连城。

齐铮讶异地看着这块玉，他以为这玉佩在小顾氏那里的。

"这是……我们家的家传之宝，我在我娘那里看到过。"那时候，娘还跟他说，以后要亲手将这块玉佩给他的媳妇。

没想到老夫人居然把这玉佩给了沈梓乔。

"家传之宝啊，那一定很贵重啊，齐铮，这给了我没问题吗？"沈梓乔小心翼翼地问。

齐铮笑道："给了你就是你的，有什么问题。"

沈梓乔小心地收了起来，又打开安国公给的荷包，同样是目瞪口呆，这……全都五百两的银票，数了一下，有二十张呢。

"太多了吧……"沈梓乔诡异地问着，"你家真有钱啊。"

"收起来吧！"齐铮淡淡地说，似乎对安国公给的银票没什么感觉。

沈梓乔觉得自己最近收入实在好得不行，她应该是个小富婆了吧。

见小妻子忽然抱着小匣子在傻笑，齐铮心底因为安国公那些银票的不快一扫而空，忍不住低下头，辗压住她的唇。

第一百五十三章　回门

　　沈梓乔一时喘不过气，用力地拍打着齐铮的肩膀。

　　齐铮放开她，目光熠熠地看着她的脸。

　　"快起来，红玉她们还在外面呢。"沈梓乔没好气地说道，虽然已经是夫妻了，而且该看的地方都看过了，她就是觉得还是有点别扭。

　　不对啊，她好像就被他看遍了，可他的身体……她好像只看了上半身，下半身根本没有机会看啊。

　　为了不让自己很不纯洁地偷瞄不该瞄的地方，沈梓乔目不斜视地看向前方。

　　齐铮嘴角忍着笑，脸上却是一本正经地说，"让红玉她们进来服侍你梳洗。"

　　待到传晚膳的时候，外面已经下起了鹅毛大雪。

　　"我两年没有看到雪了。"沈梓乔感叹地说道，在东越两年多，冬天虽然冷但那边属于南方，根本不下雪。

　　雨水倒是挺多的。

　　"明天到你娘家回门后，我带你去赏雪。"齐铮夹了一块鱼喂到她嘴里，好像只要她想要做什么，都一定会想办法满足她似的。

　　沈梓乔高兴地点头，"好啊好啊！"

　　齐铮喜欢看到她高兴的笑脸，这样他也觉得很高兴。

　　"喝点汤。"他盛了一碗鸡汤给她，这是他特意让人炖的，昨晚那样……得补补身子才行。

　　"我很饱了。"沈梓乔摸着圆鼓鼓的小肚子，再也塞不下了啊。

　　"乖，把汤喝了。"齐铮声音低沉地说着，小碗已经放到她嘴边，边劝边哄着要她喝了鸡汤。

沈梓乔只好勉为其难地喝了小半碗，"不行了，再喝下去我真的要撑死了。"

齐铮见她好像吃饱了，这才没有勉强她，"我陪你去外面走一走。"

红缨等人进来收拾桌面，红玉拿着披肩给沈梓乔披上，"大少夫人，外面冷。"

外面已经在下雪了，齐铮牵着沈梓乔的手就在长廊走着。虽然某人很想到院子里去玩一下浪漫，接一手雪花感叹两句，奈何被人抱得紧紧的，根本没有机会去玩雪。

"齐铮，不如我们到外面去走走吧，你看，下雪的时候多好看，别人雨中漫步，咱们来个雪中漫步啊，怎么样？"沈梓乔拉着他的手，谄媚讨好地说着。

"不行。"齐铮想都不想地拒绝，让她站在外面走一走就已经不错了，还想去玩雪，想都不要想了！

沈梓乔"哎呀"了一声，笑着说，"你看我穿得很厚实，手心暖暖的，一点都不冷，到院子里走一走能消食啊。"

"你要是精力这么好……不如我们做点别的事情？"齐铮故意在她耳边暧昧地说着。

做什么能消耗精力？沈梓乔很不纯洁地想到昨天晚上的旖旎，侧头狠狠地瞪了他一眼。

齐铮大笑出声，低头亲着她的额头。

他们还站在外面呢，红玉她们就站在不远处，简直是……沈梓乔用力地推开他，忽然想起早上敬茶的时候，好像少了两个人。

"对了，小顾氏不是有二子一女吗？怎么只看到齐锋呢？"在齐铮面前，沈梓乔很识趣地没有称呼小顾氏为母亲，又不是亲生的，她还想毒死齐铮呢，当着众人的面没办法才叫一声，背地里就算了。

提到小顾氏，齐铮眼中的笑意微敛，淡淡地说，"齐锐和齐云回了在渭水城的外家，听说顾老夫人生病了，代替小顾氏回去看望他们外祖母。"

"小顾氏的母亲跟祖母是……姑嫂的关系？"沈梓乔问道，她以前听说过小顾氏是齐老夫人的侄女。

齐铮望着外面如鹅毛飘絮的雪花，夜幕下，雪花在微弱的光芒中一片莹白色。他低声说，"小顾氏是祖母的侄女，当初……祖母带她到京城，只是想要在京城替她寻一门亲事。"

没想到小顾氏却都看不上，居然看上了自己的表哥。如果不是小顾氏当年的野心，就算齐思霖当初有外室，母亲也不至于被气死。那时候，齐思霖已经想要将那外室送走了。

沈梓乔不用问也知道小顾氏最后为什么会嫁给安国公，"难怪祖母不喜欢她。"

"祖母喜欢你。"齐铮笑道。

"那当然啦，谁不喜欢我啊，我长得人见人爱，花见花开的，你不也很喜欢吗？"沈梓乔想逗他开心，故意得瑟地扬起下巴。

齐铮眉梢眼角的阴翳都被笑意替代，望着她一副小人得志的样子，他心里柔软得化成水，忍不住将她拉近怀里，低头吻住还在喋喋不休的小嘴。

红玉和红缨低着头悄然退开。

沈梓乔挣扎着，只是越是挣扎，他就将自己抱得更紧，后来索性不动了，反正……这千林院都是他的人，应该不会被乱说话的。

齐铮吮吻着她娇嫩的唇瓣，舌尖滑进她嘴里，追逐着她躲闪的粉舌，温柔而霸道地索取她的甜蜜。

直到两人喘不过气，他才终于放开她。

"还……会不会疼？"齐铮咬着她的耳垂问道。

"有点。"沈梓乔红着脸说，其实早上他替自己上药之后，已经感觉不到疼了，就是走路的时候有点不舒服。

齐铮的眼神一黯，轻轻地叹了一声，搂着她走回屋里，"越来越冷了，回去吧。"

明天是回门，还要早起去沈家呢。

夫妻二人梳洗后双双歇下。

沈梓乔背对着他躺在里面，齐铮伸手环住她，温热的大掌滑进她的衣襟里，握着她的嫩肉揉捏了几下。

一股怪异的酥麻感如电流一般蹿过。

"别……"沈梓乔小声喊了一句。

齐铮劲瘦精壮的躯干紧贴着她的后背，她清晰感觉到他身体的变化。

她有点害怕，再跟昨晚那样，会不会受伤？

"睡觉。"齐铮却没有继续下去，只是将她抱在怀里，没有再动手动脚了。

沈梓乔嘴角弯了起来。

翌日，齐铮和沈梓乔跟齐老夫人请安过后，就出发去沈家了。

有齐老夫人的维护，小顾氏一直没有机会刁难沈梓乔，她决定等回门之后，要好好地跟沈梓乔讲讲规矩了。

沈梓乔他们来到沈家时，沈萧已经领着众人在大厅等着。

除了沈萧和沈子恺，其他人都没有见过齐铮，虽说齐铮是百姓心目中的英雄，但他们没有想到原来他竟长得这么英俊，这样气宇轩昂的男子以前居然是个傻子吗？

周氏在看到齐铮的第一眼，脸色都变绿了。

沈梓歆更是低着头站在周氏身后，只有攥成拳头的手出卖她的情绪。

"爹，大哥。"虽然才三天，沈梓乔却有一种久违的感觉，好像已经离开沈家很久了，如今站在家人面前，她心中感慨良多。

才几天而已，沈家以后就只能称外家，她已经是嫁出去的女儿泼出去的水了。

以为自己对沈家肯定没有多少留恋，但现在看着沈萧和沈子恺，才知道自己不知不觉已经依赖了他们。

沈子恺含笑打量着沈梓乔，见她面色红润，明媚鲜妍的脸庞多了几分潋滟，心知齐铮对沈梓乔是很好的，不由安心下来。

"岳父大人。"齐铮恭敬地给沈萧行了一礼。

"哈哈，妹婿啊，叫声舅兄来听听。"沈子恺搭上齐铮的肩膀，笑嘻嘻地说着。

这两人曾经一起出生入死，情比兄弟，又习惯了军中不拘小节的生活，沈子恺和齐铮的相处向来都这样大大咧咧的。

齐铮微笑，"舅兄。"

"给，赏你的。"沈子恺立刻塞了个荷包给他。

"恺哥儿，你……你真是……"沈二老爷哭笑不得地摇头，沈萧都还没说话呢。

沈萧摆手，笑道，"算了算了。"

"二叔，二婶。"齐铮给沈二老爷和周氏拱手作揖，英俊的脸庞带着俊雅的微笑。

周氏心里都要恨得挠墙了，这样俊美不凡，英挺出众的男子为何不是她的女婿？沈梓乔哪里配合他站在一起？

怎么想怎么觉得嫉恨，周氏的脸色更加难看了。

齐铮却有些纳闷，以为沈家二房是不是对他有什么意见。

见礼过后，沈梓乔跟齐铮去给沈老夫人磕头。

沈老夫人这两天已经全都认不得人了，躺在床上只残留一口气，就算沈梓乔他们给她磕头请安，她也没有什么反应。

"大哥，这……"沈梓乔惊讶不已，没想到才几天而已，老夫人就已经走到了这一步。

油尽灯枯，只怕日子不久了。沈子恺同样深知此点，但也只是叹息了一声。

没有在德安院久留，怕打搅了沈老夫人休息，沈梓乔跟着家里的女眷去了抱厦说话，而齐铮则跟着沈萧他们一起，也不知道在说什么，沈梓乔隐约还能听到他们的笑声。

"我身子不太舒服，你们几个陪着皎皎说话吧。"周氏不愿意看到沈梓乔得意的样子，站了起来淡淡地扔下一句话就离开了。

沈梓乔笑了笑，不以为意，有问必答地跟大家聊了起来。

除了沈梓雯和沈梓芬，沈家旁支也来了几位女眷作陪，她们对沈梓乔都很亲切，不时地说一些笑话活跃气氛。

沈梓歆安静地坐着，眼睛默默地看着沈梓乔。

她到底哪里比不上皎皎呢？

第一百五十四章　做准备

　　如果不是之前周氏就笃定沈梓歆一定会嫁给齐铮，一定能成为齐家的长媳，将来的侯爷夫人，会让全京城的女人羡慕不已，沈梓歆或许还不会养出那一点点的奢望和向往。

　　偏偏在她充满向往的时候，一道赐婚的旨意将她所有的奢望都打碎了。

　　她不但没让人羡慕她，反而在背地里取笑她，就连家里的下人看她的目光都充满了嘲谑。沈梓歆装得再怎么淡定，心里都是苦涩的，看着沈梓乔那羞怯欢喜的笑容，她更觉得嫉恨。

　　齐铮真的跟皇后娘娘求旨要娶沈梓乔吗？

　　沈梓歆想起那日罗昭花说的话，根本不愿意相信那是真的。

　　齐铮以前是傻子啊，沈梓乔跟他怎么会认识？而且这些年他一直都是在西北，而沈梓乔却在东越，两人天南地北那么远，哪里就有瓜葛了？一定是罗昭花欺骗她的。

　　她才不相信齐铮会喜欢沈梓乔！

　　"皎皎，你们老夫人对你如何？"从沈梓乔回来后，就对沈梓乔好像看不够的大舅母在周氏离开后，拉着沈梓乔走到另外一边，低声问了起来。

　　沈梓乔知道舅母她们最关心的就是这个问题，嫁到婆家什么问题都不重要，最重要的是家里长辈和丈夫对待自己的态度。齐铮的态度根本不用多问，两位舅母是看得出来的，那家里的长辈呢？

　　"老夫人对我很好，把她当自己家一样，还把齐家的传家之宝给了我……"沈梓乔一五一十地说着。她知道，大舅母问她这些，其实也是代替外祖母问的，她回东越之后，肯定会将这些都告诉外祖母。

　　她希望外祖父和外祖母放心，她真的过得很好。

　　大舅母满意地听着，她没有问小顾氏对沈梓乔怎么样，那必然是不会好的，可是有什么关系？齐家现在还有老夫人呢，只要齐老夫人对皎皎真心袒护，帮助皎皎在齐家树立威信，稳健地位，小顾氏再怎么不喜欢又怎样？

到了那时，皎皎已经有能力跟小顾氏抗衡了，说不定到时候主持中馈的是皎皎，小顾氏又能如何？

"你瞧着国公爷对齐铮如何？"大舅母又低声问着。

怎么问这个？沈梓乔有些疑惑，不过还是回答，"国公爷对齐铮很是看重。"

大舅母顿时笑得更欢快，"那世子爷非齐铮莫属了，那小顾氏之前依仗不过是自己的儿子比齐铮强。她万万没想到齐铮不但不傻，还立了军功，无论是立嫡还是立长，这世子之位还是齐铮的。"

沈梓乔明白大舅母的意思，顿时有些发困，齐铮对世子之位压根就不感兴趣啊。

"大舅母，你也说了，齐铮有军功，不管是不是世子都无所谓啦。"沈梓乔没有说出齐铮不想要世子之位，只能含含糊糊地说着。

"这样才能气死那些该死的人。"大舅母若有所指地说道。

沈梓乔干笑两声，想起今天回门还有一件很重要的事情要跟大舅母说，"大舅母，不知这两天你有没有去看过我祖母？"

大舅母神色微敛，低声说，"昨日才去瞧过一回，你祖母怕是撑不了多久了，这事我也正想跟你说，恺哥儿和朱家姑娘的事得赶紧定下来。"

"是了，这是我最担心的，再拖下去，还不知道有什么变化。"沈梓乔最担心的就是沈子恺的婚事要是出现了她控制不了的变化，那她之前的努力就都白费了。"家里没有一个能为大哥出头的长辈，父亲毕竟是个男子。二婶……还是不指望了，大舅母，我大哥的亲事，只怕还得您出面。"

"我今日便去找你三舅母商量，再跟你父亲说一说。朱家那边跟我们潘家是世家，我立即让人给朱夫人写信，问问她的意思。"大舅母说道。

沈梓乔这才放心下来。

不过，虽然是有大舅母出头，大哥那边也得说一下才行。

和大舅母重新回了屋内，沈梓乔借口要去出恭，让红玉去将在书房和齐铮说话的沈子恺找了过来。

沈梓歆见沈梓乔神神秘秘的样子，心里好奇，不由跟了上去。

不消一会儿，沈子恺就来了，见沈梓乔坐在院子里的凉亭等他，笑着说道，"是不是齐铮那家伙对你不好，你要偷偷到大哥这里告状？"

"他要是对我不好，我还需要告状吗？"沈梓乔笑着道，"是有件事跟大哥说一说。"

什么事这么神秘？沈子恺坐了下来，"你说。"

"大哥，今天我去看过祖母，怕是……你赶紧将亲事办了吧，不然又要等三年。"沈梓乔将刚刚和大舅母商量的话告诉了他，"反正这件事你必须听我的。"

沈子恺的俊脸闪过一抹暗红，难得尴尬起来，忍不住嘀咕道，"哪有妹妹管哥哥的亲事。"

"我就是管了，大哥，朱家姑娘是个温良谦恭的，你一定会喜欢。"沈梓乔笑着说道。

"你怎么知道？"沈子恺狐疑地看着她。

自然是她专门让人去打听过了，她嘿嘿一笑，"我觉得就是这样。"

沈梓乔轻笑出声，这件事就这么定了下来。

兄妹二人走下凉亭，沈梓乔好像还没出嫁的样子，一手挽着沈子恺的胳膊，轻声笑语，"哥，听说太子殿下要重新选太子妃，这件事定下来了吗？"

"差不多了，这个月就该完婚了。"沈子恺说，"皇后让家中有适婚年龄的姑娘都去参加赏梅宴，到时候……大概会选出太子妃和两个良娣。"

太子殿下二十好几了，可只有小皇孙一个儿子，子嗣不多，皇后娘娘要为他多娶几个老婆是正常的。

沈梓乔只担心某个有金手指的女人会逆天被选中。

"不是全京城适婚的女子都有机会吧？"沈梓乔语气着急地问。

"那自是不可能。"沈子恺轻笑，"哪里是什么人家的姑娘都能成为天家的媳妇，这次去赏梅宴的都是名门世家的姑娘。"

那盛佩音就不敢出现了，她现在还算是通缉犯呢。

沈梓乔的声音轻快起来，说说笑笑地跟着沈子恺走远了。

太子殿下选妃……

沈梓歆在角落里安静地站着，因为刚刚听到的话，她的心扑通扑通地跳着，好像有某种滚热的东西从心底冒了出来。

太子妃……就能够压沈梓乔一头了吧。

沈梓歆笑了起来，转身急急地朝周氏的院子走了过去。

傍晚之前，齐铮带着沈梓乔回齐家。

路边的屋檐垂下冰凌，整个街道的屋顶一片素白，冰凌在阳光下闪烁着耀眼的光芒。

沈梓乔透过窗帘看着外面的景色，她以前也是南方人，从来没有看到过雪，所以对雪有一种莫名的喜欢，总觉得站在冰天雪地里面，会有一种纯洁的浪漫。

"你说要带我去赏雪，现在雪都停了。"沈梓乔嘟着嘴对齐铮抱怨道。

齐铮伸出长臂将她捞回怀里，皱眉看着她红扑扑的脸蛋，"窗口那边有风，别总趴在那里。这才是今年的第一场雪，你想看雪的机会多的是，就是你这小身板，天寒地冻的，还想着打雪仗，胆子太肥了。"

"我强壮得很。"沈梓乔不悦地瞪他，"我去年……我以前也打过雪仗。"

去年她在东越，前年也在东越虽然有机会看到雪，但那时候过得战战兢兢的，哪里敢放开了玩啊。

齐铮含笑说："今晚就知道你到底有多强壮了。"

沈梓乔面颊慢慢地染上一层红，除了新婚之夜，齐铮虽然总是喜欢亲她逗她，但最后关头总是忍了下来，是怕又弄伤了她吧。

望着忽然安静下来，连耳根都红起来的她，齐铮嘴角高高地翘起。

回到齐家，两人一起到齐老夫人那里请安。

齐老夫人见到他们很高兴，握着沈梓乔的手一直问着，问道沈老夫人的身体时，她露出了伤感的神情，仿佛有一种兔死狐悲的失落，"人老了，身体总是有各种毛病。"

沈梓乔忙劝慰她，"您还年轻着呢。"

"就你会说话。"齐老夫人笑着说道。

"她当然会说话了，不然怎么哄得铮哥儿对她死心塌地啊。"一道尖利的声音在外面响起，接着，小顾氏高挑瘦削的身影就出现在门边了。

齐老夫人脸色微沉，"不是说忙得很吗？"

刚刚她让人去叫小顾氏过来问几句话，结果小顾氏却使人回话，说她忙着跟管事婆子们回事，这会儿却又过来了。

沈梓乔的眼睛落在沈梓乔身后的人身上。

好漂亮的女孩！这几乎是她平生所见最漂亮美丽的女孩了。

跟在小顾氏身后的女子自然就是顾黛芹了，她一张美丽绝伦的脸庞带着不符合年龄的稚气，正歪着头眼也不眨地看着沈梓乔。

沈梓乔这才发现这女孩的双眸纯净天真得有些异样。

"怎么着，以为在老夫人这里，见到我也不用行礼问安了？"小顾氏见沈梓乔居然站在原地不动，不由得拔高声音嘲讽一句。

"母亲，都是母亲带来的这位妹妹太漂亮了，我一时看呆，才忘了给您请安。"沈梓乔大方地认错，美人当前，不能怪她失神啊。

小顾氏冷哼了一声，眼睛却狠狠地剜了旁边的齐铮一眼。

第一百五十五章　规矩

要不是齐老夫人让她带顾黛芹过来，小顾氏一点都不想见到这个侄女。一见到她，她就会想起锋哥儿怎么被陷害纳了这么个白痴当小妾。

齐老夫人淡淡地说："你要是忙不过来，家里的事就交一部分给皎皎吧。"

小顾氏面色一僵，什么意思？这就要让她将管家的大权叫出来给沈梓乔吗？她还没死呢！这个死老太婆的心究竟怎么做的，居然能偏袒到这样的程度。

"娘，我还忙得过来，媳妇才进门，什么都不懂，哪里能做得了什么事。"小顾氏心里愤懑，却不敢在面上表露出来。

齐老夫人瞥了她一眼，"不懂就教她，你刚进门的时候，难道就什么都懂了？"

小顾氏被老夫人当着晚辈的面这样反驳，面子有些过不去，臊着脸低下头，"娘，我知道了，以后有媳妇帮忙，我也能多些时间陪您。"

沈梓乔心里啧啧几声，这话说得真好听，要是她真的帮忙管家，小顾氏恐怕吃了她的心都有了。

"芹儿，过来。"齐老夫人没有理会脸色不好看的小顾氏，反而朝着一直在东张西望的顾黛芹招了招手。

顾黛芹立刻开心地笑了起来，坐到齐老夫人身边，撒娇地牵着老夫人的手，甜甜地叫了一声，"姑婆。"

"皎皎，这是芹姐儿，是锋哥儿的屋里人。"齐老夫人笑着对沈梓乔说道。

对待顾黛芹，齐老夫人跟对待小顾氏的态度是不一样的。

当初她知道小顾氏利用顾黛芹的时候，她是愤怒的，差点就想让国公爷休了这样一个心肠歹毒的女人。可小顾氏有七不休的条件，她只能忍下这怒火，不出面替她跟顾家解决这件事，让顾家逼着齐锋纳了顾黛芹。

芹姐儿虽然天真痴傻，但她的心思是纯净的，不会害人更不会做什么让人失望的事，指望小顾氏对她好一点是不行的，齐老夫人希望将来沈梓乔能够照拂芹姐儿。

她死了后，这个齐家肯定要交给沈梓乔的。小顾氏母子看不起顾黛芹，将来齐锋娶了妻子，芹姐儿的处境就更加艰难了。

所以，她真的希望沈梓乔能喜欢芹姐儿。

沈梓乔心里喜欢顾黛芹，但一听老夫人说她是齐锋的屋里人，便知道她是齐锋的小妾，可是……这么漂亮的人居然甘心当小妾？

"大少夫人，我是芹姐儿，你长得好软。"顾黛芹听到齐老夫人说要叫沈梓乔大少夫人，她立刻跑到沈梓乔面前，歪着头笑嘻嘻地说着，还伸手戳了戳沈梓乔的脸蛋。

这……沈梓乔怔住了，她终于明白看到顾黛芹时那怪异的感觉是怎么回事了。

顾黛芹的智力有问题吧。

齐铮沉着脸，很不悦顾黛芹居然用手戳沈梓乔的脸。

"住手！"小顾氏被顾黛芹这幼稚的动作气得差点跳了起来。她跑了过去，一把将顾黛芹的手给打了下来，"你脑子有病就算了，跟你说过多少次，在外人面前该坐就坐该站就站，什么话都不要说，什么事都不要做？"

居然当着齐老夫人的就这样怒骂顾黛芹。

顾黛芹吓得呜呜咽咽低声哭着，躲到了沈梓乔背后。

小顾氏抬手要打她，也不管面前站着的是沈梓乔，居然就要往沈梓乔身上打去。

齐老夫人脸色一沉，"住手！"

齐铮的动作更快，在小顾氏快要碰到沈梓乔的瞬间，用力擒住她的手，不客气地加重力道，将小顾氏的手给甩了出去。

小顾氏的手一阵麻痹的痛，她怒视瞪向齐铮，"孽畜，你竟敢对我动手，我好歹还是你的母亲！"

"没事吧？"齐铮理都不理她，只是低声问着沈梓乔。

沈梓乔轻轻地摇头，"没事。"她转身扶住吓得瑟瑟发抖的顾黛芹，"芹姐儿，你没事吧？"

顾黛芹怯怯地摇头，惧怕地看着狂怒的小顾氏。

"你是不是要我当着这些孩子的面，将你给撵出去！"齐老夫人见小顾氏还不愿罢休，失望地冷声问道。

小顾氏气得双手发抖，却又不敢再发作。

"好了，皎皎他们刚刚从沈家回来，这一天都累了吧，先回去休息吧。"齐老夫人轻声说道。

齐铮领着沈梓乔行了一礼，"祖母，那我们先回去了。"

沈梓乔朝着顾黛芹眨了眨眼，低声说，"明天找你玩儿。"

顾黛芹的凤眸亮了起来，那张绝美的脸庞洋溢着无法掩盖的欢喜，小脑袋如小鸡啄米般用力地点着头。

"慢着。"小顾氏叫住准备离开的齐铮和沈梓乔，脸色阴鸷地说道，"大少夫人，想必你在家中的时候，长辈一定教过你规矩，给长辈晨昏定省，你不会不懂的，对吗？"

如果不懂，她也会教到她懂的。

这就是要她每天一大早去给她请安了？沈梓乔面色不动，微笑地点头，"媳妇自是晓得。"

小顾氏满意地笑了，"那就好，我们齐家是名门世家，要是一点规矩都没有，那还成什么体统……"

齐老夫人闻言，轻轻地点头，"你说得对，齐家是名门世家，要是规矩不严，别人还只当我们家没有教养，都是我以前想左了，以为都是一家人，没必要……"她笑了一下，"那你以后就定时到我这里晨昏定省吧。"

什、什么？小顾氏脸色顿变，自从她进门以来，就没有在齐老夫人面前晨昏定省，几个月都没来请安一次，可这都是她自己不想要见到她这个媳妇啊。

现在她要给沈梓乔立规矩，这老太婆居然也要自己立规矩了？

这算什么？想帮着沈梓乔吗？

"娘，你不是不愿意见到我吗？"小顾氏气不过地脱口而出。

"若是你不在这个家了，我才能见不到你。"齐老夫人淡淡地说道。

小顾氏恨得咬碎一口牙，"娘，我也只是想早日教媳妇规矩而已，总不能让别人觉得我们齐家一点规矩都没有。"

"我没阻拦你教媳妇，你也是当人家媳妇的。"齐老夫人说道。

"是，娘。"小顾氏的脸色铁青得不能再铁青了。

第一百五十六章　商量

沈梓歆神色紧张地看着自己的母亲，她已经将想要参加赏梅宴的事告诉了周氏，可周氏听完后却一点反应都没有，只是惊讶地看着她。

"娘？"沈梓歆轻声叫了一句。

周氏回过神，嘴角大大地咧开一个笑容，"歆儿，你从哪里听来的这个事？"

"在别人那里听来的。"沈梓歆含糊不清地说，"娘，你有什么办法让我进宫去参加那个赏梅宴吗？"

皇后娘娘的赏梅宴，不是想参加就能参加的。

"怎么不可以？你也是将门世家的女儿，肯定能够进宫去的。明日我去打听打听，娘一定让你进宫去。"周氏欢喜地说道，仿佛看到自己的女儿将来成为万人之上的风光模样。

沈梓歆轻轻地点头，忽略了心头的那抹低沉的感觉。

入夜，沈二老爷才回来，周氏殷勤地迎了上去，替他解下腰带，"老爷，您回来了，和大哥都在书房说什么？"

沈二老爷看了妻子一眼，觉得她看起来似乎跟早上判若两人，今天是沈梓乔回门的日子，周氏一早就脸色阴沉，怎么这会儿笑得这么灿烂了。

"你心里又打什么主意？"沈二老爷问道，径自给自己倒了杯茶。

周氏笑着说："老爷，我有件事和你商量。"

"你说。"她还能有什么事跟他商量的。

"老爷，说句大不敬的，老夫人的身子是越来越不好了。我们歆儿已经要十六了，婚事仍然没有着落。我这个当娘的就没一天能睡个好觉，放眼整个京城，能够配得起歆儿的青年才俊寥寥无几，我听说太子就要选妃了，您看……"

沈二老爷喝道，"你想都不要想！"

周氏被喝得一愣，"为何？当太子妃有什么不好？我们歆儿当得起。"

"无知妇孺！"沈二老爷气怒难平，"你以为太子妃那么容易当的？你不是为了歆儿好，你这是要害歆儿。我们沈家如今求的就是安稳，让歆儿去争那什么太子妃良娣，那是将我们沈家推到浪尖口。就算歆儿能够进宫，你以为她真的能当太子妃？就算歆儿成了良娣，你认为她以后的日子就好过了？你这脑子究竟想的什么？"

"怎么不能当太子妃，难道太子妃已经有内定人选？"周氏急忙问道。

沈二老爷回她一个冷眼，"若是真想让歆儿进宫，大哥又何须挡了宫里的邀请。"

周氏瞪圆了眼睛，"大伯他……不肯让歆儿进宫参加赏梅宴？凭什么啊，难道就他的女儿能嫁得好，就不允许我们的女儿嫁给太子吗？"

"你……你这个愚蠢的妇人！"沈二老爷气得青筋暴突，"你闭嘴！歆儿原本性情和顺温良，就是因为你的贪心才让她成了笑话！我警告你，你要是再敢有什么非分之想，我就休了你。"

什么？周氏目瞪口呆，简直不敢相信这话居然是从自己的丈夫嘴里说出来。

"我想为女儿谋一份好姻缘哪里错了，我为自己的女儿着想，还惹得丈夫要休了我，这天下有这样的道理吗？"周氏委屈地嘤嘤哭了起来。

她也想要女儿将来的日子过得好，也想要她嫁得风光，难道错了吗？

沈二老爷烦躁地叹了口气，"歆儿也是我的女儿，难道我不想她嫁得好吗？可太子妃又岂是那么好当的，宫中生活波诡云谲，稍微不慎，便会连累了整个家族。沈家从来不将女儿送入宫中，难道你不知道吗？"

周氏就只是低声哭着，埋怨自己不能给沈梓歆找一门亲事。

"歆儿的亲事不必你理会，我自有主张。"沈二老爷最后不得不沉声命令着，"这些天也不许你再出门。"

"老爷！"周氏大叫，却只见到沈二老爷拂袖而去的身影。

有齐老夫人护着沈梓乔，小顾氏根本没机会刁难这个刚进门的媳妇，反而被气得差点咬碎一口银牙。

沈梓乔和齐铮回到千林院。

"那个芹姐儿长得真好看，她怎么会成了齐锋的小妾？"沈梓乔从净房出来，一身干爽地爬上床榻，问着已经在次间梳洗干净，只穿着中衣靠在大迎枕上看书的齐铮。

那是小顾氏算计他不成，结果把自己的儿子搭进去。

　　当然，这样的话齐铮肯定不会直白地告诉沈梓乔，他将手里的书放到床边的小几上，搂过她安置在怀里，"芹姨娘是小顾氏的侄女，听说小时候生了一场大病，虽是治好了，但智力却停留在五六岁的样子。锋哥儿经常跟顾家来往，或许……怜惜表妹，所以才收了为妾室。"

　　是这样吗？沈梓乔一点都没有看出小顾氏还有这种爱心啊。

　　齐锋或许看上顾黛芹的美貌会有这样的心思，可小顾氏那样好强的人，怎么会让自己的儿子还没成亲就纳了一个傻子当小妾？

　　有那么简单吗？

　　"我看小顾氏对芹姐儿也没那么好啊。"沈梓乔提出自己的疑问，"像教训小孩子一样，一点情面都不给，怎么说也是齐锋的老婆啊。"

　　齐铮叹了一声，摸了摸她的头，"别人家的事听一听就好了，别太认真。"

　　"我看祖母的意思，是要我跟芹姐儿多走动。"沈梓乔说道，忽然被他抱着放平，抬眼便见到他放大的俊脸，"你要做什么？"

　　"我能做什么呢？"齐铮低笑，薄唇慢慢地吻住她还想说话的嫩唇上。从刚刚回来到现在，一直都是在说顾黛芹的事。他这是在告诉她，究竟该将重点放在谁身上。

　　醇厚的男性气息瞬间侵入感官，沈梓乔的脑子立刻浆糊了，什么都想不起来，只感觉到这个男人的味道和滚烫的身躯。

　　"还疼不疼？"齐铮粗喘着抬起头，目光灼灼地盯着脸颊泛红的沈梓乔。

　　沈梓乔轻轻地摇头，"不，不疼了。"

　　齐铮眼睛骤亮，动作更加轻柔起来。他低头，一下一下地吮吻着她红润的唇瓣，厚实温热的大掌滑入她的衣襟。

　　酥痒的感觉如电流一般蹿遍全身，沈梓乔咬了咬唇，难受得十个脚趾都蜷缩起来，双手紧紧地抓着齐铮的肩膀。

　　他湿热的唇从她如珍珠般的耳垂离开，沿着她纤细的脖子舔吻下去，在她细致的锁骨留下艳丽的吻痕。

　　她身上的衣裳不知什么时候被他解开了，齐铮手指将她的肚兜扯下。

　　窗外，不知什么时候飘下大朵大朵的雪花，冰寒的天气一点都不影响屋里热情如火的旖旎风光。

第一百五十七章　上门

一夜飞雪，本来就素白的大地又添了一层晶莹的白。

齐铮睁开眼睛，低眸看着趴在他怀里睡觉的沈梓乔，眼梢渗出笑意，肯定很累吧……想到昨晚的销魂，齐铮忍不住收紧铁臂，在她面颊上亲了几下。

眼睛落在她细滑白皙的肩头，上面还有他昨晚留下的痕迹，像一朵盛开的蔷薇花，既鲜艳又妩媚。

他吻了吻那朵艳丽的吻痕，却好像食不知味，又吮吮着她脖子上细嫩的肌肤，一手在她身上抚摸着。

睡得正好的沈梓乔忽然感觉到身上传来的压力，不悦地嘤咛了一声，转身想避开齐铮的骚扰，发现根本就动弹不得。

“齐铮……”沈梓乔睁不开眼睛，“不要，我要睡觉。”

“你睡，你睡，我不吵你。”齐铮低沉且撩人的声音沙哑地响起，手上却拉开她身上的被……

不知过了多久，齐铮在沈梓乔的娇吟声中结束了一大早的健身运动。他好像不知餍足似的搂着已经筋疲力尽的沈梓乔亲了又亲。

“好哥哥，你放过我吧。”沈梓乔求饶，生怕他跟昨晚一样，亲着亲着又来了第二次。

齐铮笑着说：“时候还早，你再睡一会儿，我去练功。”

“你快去吧。”沈梓乔搂着被子转过身，留给他一个光滑的背部。

“那我等一下来陪你吃早膳。”齐铮哑声说着，在她的后背吻了几下。他察觉某处似有升温，不敢再继续下去，不然今天真的是不用见人了。

沈梓乔连回答都懒了，她没有力气。

齐铮笑着下了床榻，穿上衣裳后到隔壁次间去梳洗，吩咐外面的丫环不许进来吵醒沈梓乔。

没有某人时不时的骚扰，沈梓乔终于能够睡个好觉。

这一睡就睡到日上三竿。

"什么？还没起身？"小顾氏在上房正等着沈梓乔过来给她请安，结果等她从老夫人那里回来，吃完早膳后，还不见沈梓乔的身影，她便让丫环去千林院那边打听，结果却说那个好媳妇居然还没起身。

苏妈妈摇头道："太不成体统了，试问整个京城，有哪个新妇会睡到日上三竿，大少爷真是宠着这位大少夫人。"

小顾氏气得双眼冒火，"齐铮就是想要利用沈梓乔来打我的脸！他以为有老夫人护着，我就不敢拿他媳妇怎么样吗？这种眼中没有长辈的行为，就是说到皇后那里去，也没人敢说她是对的。"

"夫人，您先息怒。"苏妈妈忙劝着，"咱们就等着，最好让所有人都知道，大少夫人每天都睡到日上三竿，要是整个京城的人都知道了她的德行，到时候就算是休了她，也没人敢说什么。"

作为婆婆，是能够给犯七出的儿媳妇写休书的。

小顾氏笑了笑，摸着手上的赤金缠丝手镯，"说起来，我也许久没有进宫去给贵妃娘娘请安了。"

她跟孙贵妃好歹也算是表姐妹，只是安国公一直不喜欢她跟孙贵妃走得太近，她才没怎么进宫去请安，如今，她还在乎什么？安国公的喜不喜欢跟她有什么关系了？

齐铮有皇后娘娘求着皇上给他指婚，难道她的锋哥儿就不能有皇上指婚了吗？

她就是要去求一个恩典。

不能让锋哥儿样样都比不上齐铮。

瞪着一脸神采飞扬的齐铮，沈梓乔撇了撇嘴，暗想今天晚上开始，一定不能再由着他胡来了。

刚刚她照镜子的时候，眉梢眼角那抹奢靡的媚意，看得她都脸红了。

外人肯定一看她的样子就知道为什么这么晚才起床。

"我跟祖母说了，今天跟你去庄子里，我们在那儿住几天。"齐铮歪在长榻上看书，语气悠闲地说着。

正在跟红玉整理东西的沈梓乔闻言，立刻笑眯眯地扑到他面前，"你说真的？"

瞧这高兴的样子！齐铮跟着笑了起来，"你不是想看雪吗？我带你去庄子里那边看，那才一望无际都是白茫茫的，想怎么玩就怎么玩。"

沈梓乔抱着他的胳膊蹭了几下，"哎呀，齐铮你真是太好了，我们现在就走。"

"你不用收拾那些东西了？"看她一个早上都不怎么理他，好像那些零零碎碎的东西比他还重要似的。

"交给孟娘子就行了。"沈梓乔小手一挥，让红玉赶紧去给她收拾几件衣裳准备出门了。

齐铮哈哈大笑，抱着她坐到自己腿上，"你这小姑娘怎么这么逗呢。"

"什么小姑娘！我是你老婆！别说得好像我是小孩子一样。"沈梓乔不满地抗议。

"嗯嗯，你是我的夫人。"齐铮笑着，按下她的小脑袋，咬着她的唇瓣吸吮地吻了起来。

红缨和红玉低下头，红着脸退了出去。

沈梓乔扭动身子挣扎起来，"齐铮，等一下等一下，我们来约法三章。"

齐铮好笑地看着她，"你还要跟我约法三章？"

"没错，你不能……不能老是这样，我怎么见人啊？"沈梓乔撅着小嘴叫道，"还有，晚上也不能……那样，纵欲有伤身体，为了你的身体着想，不能老那么没节制。"这话说完，沈梓乔一张脸都红得要烧起来了。

"我有什么办法，这么多年了，一时难以控制……"齐铮憋着笑，将她抱得更紧，还拉着她的手放到某处蓄势勃发的位置上，"好不容易才吃到呢。"

沈梓乔气呼呼地瞪着他，"那也不能连早上也那样啊。"

"你不喜欢吗？"齐铮贴着她的耳朵问道，"皎皎，我那样喜欢你……你是不是不喜欢？"

这问题简直……怎么回答啊？

"食色，性也。我喜欢你，所以才喜欢跟你做那样的事情啊。"齐铮继续说得暧昧，滚烫的吻落在她眼角和唇角。

沈梓乔躲到他怀里，小声说道，"我也喜欢……可是得有节制啊。"

齐铮大笑着，这个节制的话题根本没有讨论的必要，对着她，他还要怎么节制啊？

"大少夫人，沈家的四小姐来了。"外面传来丫环压抑的传话，好像生怕打搅了他们屋里的好事。

沈梓乔用力拍着齐铮的手，在他怀里溜了出来，气呼呼地说，"我妹妹来找我了，我去见见她，你赶紧准备一下，等会儿我们就出门。"

还心心念念想着去庄子里的事。

"快去！"齐铮笑着道。

沈梓乔整理了仪容，这才走出屋里，到茶厅去见沈梓歆。

也不知道她找自己会有什么事，昨天在沈家的时候，她对自己还是爱理不理的样子，显然是心结还没解开啊。

沈梓歆也是没有办法才来找沈梓乔的。

今天，父亲将她叫到书房，问她是不是想参加赏梅宴，去参加太子殿下的选妃。

这是父亲第一次关心她的事，沈梓歆犹豫了一下，才点了点头。

却被沈二老爷训骂了一顿。

她不明白，为什么自己就不能成为太子妃，难道她真的什么都比不上沈梓乔吗？

"歆姐儿。"沈梓乔出现在茶厅门外，望着在怔怔看着手里茶杯的沈梓歆，慢慢地走了进来，"你找我有什么事呢？"

沈梓歆站了起来，直直地盯着沈梓乔，见她眼眸清亮，眉梢眼角都带着一股妩媚甜美的笑意，嫁给齐铮……肯定过得很好吧？

"你帮我一个忙。"沈梓歆低下头，不想看沈梓乔。

"好啊，你想要我帮你什么？"沈梓乔笑着问，沈梓歆愿意来找她帮忙，是不是证明她已经不介意了？

"我想去赏梅宴，你帮我。"沈梓歆说完，倔强地紧抿着唇。

沈梓乔愣了一下，赏梅宴？她恍然一悟，顿时生出浓浓的失望，"歆儿，你听到我和大哥的话了，你想要进宫……"

"我又不比你差，怎么不能进宫？"沈梓歆赌气地说道。

"你以为我有那个义务送你去赏梅宴？歆儿，我没有欠你什么。"沈梓乔轻声说，在沈家的时候，在她被看不起被忽视的时候，只有沈梓歆将她当姐姐，不但好吃好玩的分她一份，还经常找她聊天。

怎么一晃眼就变成这样了呢？

沈梓乔很不喜欢这种感觉，她将红玉和红缨都打发了下去。当茶厅里只有她们姐妹二人，沈梓乔才低声说，"你因为齐铮的事，所以觉得自己受了委屈，觉得你的姻缘被我抢了，是我害得你受了别人的白眼和笑话？"

沈梓歆紧抿唇瓣，虽然没有说话，但样子看起来就是这个意思。

"就算没有赐婚，齐铮也不可能娶你的。"沈梓乔认真地看着沈梓歆，将她和齐铮认识的过程慢慢地说了出来，"我一直没有告诉你，我和齐铮早在五年前的时候就认识了……我们是不打不相识，当时京城全都是我们的流言，祖母就想将我嫁给齐铮，那时候他还是个傻子……后来，我们又在庄子里见面，他被我揍了一顿，不知怎么的，忽然就不傻了，我父亲回来后，就带着我上门去道歉，那时候，父亲也说过想要将我嫁给他……在齐铮离开京城要去西北的时候，他就跟我许诺，待他回来，就会娶我……"

第一百五十八章　豁然开朗

　　沈梓乔和齐铮认识的时候，沈梓歆还没有回京城，所以她不知道沈梓乔跟齐铮曾经有那样的传言，更不知道他们在那时候就已经见过面了。

　　从来没有人跟她说过这些啊。

　　沈梓歆的脸色发白，怔怔地看着沈梓乔，见她表情认真，不像是说假话欺骗她，难道真的是自己误会了沈梓乔吗？

　　"……歆儿，我从东越回来后，一直没听说二姊原来在跟齐家议亲。如果我知道的话，我肯定会告诉你，赐婚的事，我也是后来才知道的，没想到你会误会。"沈梓乔无奈地说道。

　　沈家的那么多姐妹，她最喜欢的就是歆儿了，这个小姑娘跟沈梓雯她们不同，她心思单纯，对人和善，如果不是这次赐婚的事，她就不会钻牛角尖了。

　　"你说的是真的？"沈梓歆轻声地问，脸色越来越白。

　　"歆儿，我们姐妹一场，我究竟是个什么样的人，你不清楚吗？"沈梓乔问。

　　沈梓歆一怔，她以前很喜欢沈梓乔，是因为沈梓乔不像别人一样，见面只说三分话，不会说一套做一套，而且同情她自幼没有母亲，老夫人又不喜欢她，在沈家的生活过得并不如意。

　　是不是因为这样，所以她觉得沈梓乔理所当然的就应该过得比自己差？见她能够得到皇上的赐婚，所以就觉得心里不平衡了？

　　原来她的心思是这样阴暗恶毒。

　　沈梓歆因为自己的想法感到羞愧起来。

　　"我不是想阻止你进宫，嫁给太子固然能够得到荣华富贵。可是，太子妃早已经内定，你最多也就是个良娣，说得难听一点，只是个妾室而已。你喜欢跟别的女子分享一个丈夫吗？执子之手与子偕老，你觉得进宫之后能够有这样的日子吗？就算你不跟别人争，别人也会跟你争，歆儿，嫁给一个能够真心真意对待你，一心一意跟你过日子的人，比什么荣华富贵都重要。"沈梓乔不想沈梓歆进宫，太子为人是不错，但他绝对不会是一个好丈夫。

"哪个……哪个男人不是三妻四妾，难道你还不许齐铮以后纳妾不成？"沈梓歆的心已经没有刚开始那么坚决，只是听到沈梓乔这种不被容许的想法，她忍不住质问了一句。

沈梓乔坚定地回道："没错！我爱齐铮，所以不会允许他除了我之外再去碰另外一个女人。"

"如果有那么一天呢？"沈梓歆心头震撼，发现她似乎从来没真正了解过沈梓乔。

"如果真的有那么一天，那我跟他的婚姻也就到头了。"沈梓乔轻笑，"不过，我相信不会有那样的一天。"

沈梓歆撇了撇嘴，"用不着在我面前得意。"

见沈梓歆好像已经没有前几天的冷漠和敌视，沈梓乔心里终于松了口气，"那你还要不要去赏梅宴啊？"

"我……我再想想。"沈梓歆挥了挥手，已经不那么热切想要去赏梅宴了。

沈梓乔看着她笑了起来。

"我要回去了，过几天再来找你吧。"沈梓歆嗔了她一眼，轻咳了几声，努力地忽略了刚刚和好时的尴尬。

"我送你。"沈梓乔走过去搀着她的胳膊，笑嘻嘻地说道。

送走了沈梓歆，沈梓乔感觉自己心头上的大石头好像放了下来，她相信沈梓歆肯定不会再钻牛角尖，也不会想着要进宫去参加那个赏梅宴了。

齐铮看着眉开眼笑的沈梓乔，不由轻笑了一声，"心情这么好，你妹妹给你带来什么好消息？"

沈梓乔嗔了他一眼，笑嘻嘻地过去搂住他，"齐铮，我心里真高兴。"

"嗯？什么事这么高兴？"齐铮顺势将她抱在怀里，低声笑着问。

沈梓乔黑溜溜的眼珠子一转，"不告诉你，走走走，我们快去庄子里吧。"

"先去老夫人那里说一声，然后就出发。"齐铮望着她的眼神充满了溺爱，她是他阴霾世界里的阳光，只要看到她的笑容，他就觉得对未来充满了向往。

夫妻二人到齐老夫人那里请安，老夫人听说他们要去庄子里小住，连忙点头，直说让他们两个在那儿多住几天。

最后还赶着他们快点启程，免得到了庄子里都天黑了。

齐铮带着沈梓乔出门去了城外的庄子。

"老夫人，您这是急着想要抱曾孙呢。"齐老夫人身边的妈妈笑着打趣道。

"你什么时候见过大少爷像这两天一样开心？自从他母亲走了之后，他就没过上一天舒心的日子，都是我这个老太婆造孽，如今好不容易有了自己心爱的姑娘，我只希望他们小两口好好地过日子。"齐老夫人感叹地说道。

田妈妈替齐老夫人捶着肩膀，"老夫人，您这些年的心结也该解开了，先夫人的事与您并没有关系，说起来，如果先夫人能够坚强一些，也不至于……都是外头那个贱婢的错，如果不是她勾引了国公爷，国公爷又何至于做错事。"

"一个巴掌拍不响，陆氏若是懂得服软，知道女子要让丈夫服帖不是手段强硬……也不至于让那个贱婢有机会。"想到那个长得跟白莲花一样的贱婢，齐老夫人就恨当时自己太心软。

"奴婢瞧着少夫人就很好，您看咱们大少爷一颗心都在她身上了。"田妈妈笑着道。

齐老夫人露出一丝微笑，"国公爷当初何尝不是一颗心都在陆氏身上？想要日子过得长远，还要看皎皎怎么面对那些牛鬼蛇神的陷害。"

"大少爷和大少夫人一定会过得和和美美的。"田妈妈说。

"但愿吧。"齐老夫人笑了起来。

齐铮和沈梓乔要出城的消息很快就传到小顾氏耳中，小顾氏正高兴自己的一对子女就要回来了，没想到会听到这个事。

"什么？出城？"小顾氏脸色阴翳，"她这个刚进门的新妇真是与众不同，日子过得好不舒心啊。"

她正想让人传开沈梓乔不事长辈，在婆家行为不端的消息，没想到齐铮居然就带着她出城了。

"夫人，怎么办？"苏妈妈问道。

小顾氏沉着脸说："哼，就让他们先得意几天，等我进宫了再说。"

第一百五十九章　亲事

沈梓歆回到沈家的时候，眼中的阴翳早已经消散了，恢复了以前的清亮，她一下马车就去了周氏的屋里。

"娘，我不去赏梅宴了。"沈梓歆笑着对周氏说，见周氏还在烦恼那天该让她穿什么衣裳，忙上前阻止了。

听到女儿的话，周氏明显是愣了一下，她脸色一沉，让旁边的绣娘先下去，不悦地看着沈梓歆，"怎么回事？是不是怕没办法参加赏梅宴？我说了，你爹不同意，我也是有办法的。"

沈梓歆笑着摇头，"不是的，娘，我想通了，我不想嫁给太子了。"

周氏好像听到了什么笑话，瞪着沈梓歆，"你说什么？"

"娘，我是说真的，父亲说得对，宫里的生活没有我想的容易，我不想进宫了。"沈梓歆语气坚定地说，"娘，您别为了这件事跟爹吵架。"

"你爹不想你过荣华富贵的生活，我却不能让我的女儿受委屈。"周氏气呼呼地说，"你看沈梓乔如今多少人奉承着，她以前还是个草包，全京城的笑话。"

沈梓歆皱眉道，"娘，你怎么就这么见不得皎皎嫁得好呢，她也是您的侄女啊。"

"要不是她，就是你嫁给齐铮了。"这才是周氏的心结。

"娘，你知不知道三年前在齐铮还是傻子的时候，皎皎就跟他议亲的事？你知不知道皎皎和齐铮早就相识，并且大伯也有意要将皎皎嫁给他的事？"沈梓歆看着周氏，认真地问道。

周氏眼神闪烁，撇开脸，"这事我怎么知道，这事谁告诉你的？"

"您早就知道了！"沈梓歆叹了一声，"娘，不是皎皎抢了我的姻缘，是你觉得齐铮成了英雄、将来的大将军，所以才想趁皎皎没有回来之前，跟齐家定下亲事。结果齐夫人却没有这个意思，是不是这样？"

"小顾氏是齐铮的继母，自然不会想要齐铮有个家世显赫的妻子。"周氏不屑地说，"总之，你的亲事我自有主张，你不用再说了。"

沈梓歆说："娘，您是知道父亲的脾气，他不同意的事，谁能改变呢？"

周氏撇了撇嘴，哼了一声，却心虚地没有再坚持了。

"娘，我去看看祖母。"沈梓歆笑着说道。

沈老夫人这两天精神总算好了一点，已经能够下床行走几步了。

来到德安院的时候，沈萧已经在陪着老夫人说话了。

是在说沈子恺的亲事。

因沈梓歆尚未出阁，她给沈老夫人行礼之后，就退下了。周氏主持着家里中馈，如今长房的长子要成亲，她自是要留下来的。

"要给恺哥儿说亲吗？"周氏眼睛亮了起来，笑着道，"大伯，我娘家有个侄女，年纪与恺哥儿正好相当，琴棋书画无不精通，老夫人也是见过那姑娘了，喜欢得紧，我看，咱们赶紧去提亲较好。"

沈萧神色不动地微笑，"弟妹，你有所不知，恺哥儿早就已经定亲了，这门亲事还是他母亲定下的。"

"不许！"沈老夫人沉下脸说道，苍老蜡黄的脸色透着不悦，她坚决地说，"朱家那姑娘不好。"

"娘，您没见过朱家的姑娘，又如何知道她不好？我已经托了潘家舅母去提亲了，这个月就让恺哥儿跟朱姑娘完婚吧。"沈萧难得一次在沈老夫人面前强硬地说道。

沈老夫人气得胸膛起伏，却只说得出几个字，"不许，我不许！朱家……不行！"

"娘，我知道您不喜欢丽华，可朱家是百年书香世家，朱姑娘知书达理，温良恭顺，跟恺哥儿正好是良配，您还有什么不满的？"沈萧沉声问道。

因为这门亲事是潘氏那个贱人定下的，所以她不满！

"大伯，既然娘不喜，不如……"周氏还想为自己的侄女说话，却被沈萧厉眼一扫，吓得说不出话了。

"娘，潘氏已经死了那么多年，您何必还耿耿于怀？恺哥儿是您的亲孙子，是我们沈家的长子嫡孙，难道您不想看着他好吗？如果我们毁了跟朱家这门亲事，那就是背信弃义，以后恺哥儿在军营中如何自处，将来如何服众？您也不想……我们沈家的男儿在外头落下个没有信用的骂名吧。"沈萧说得非常诚恳，语气沉重。

沈老夫人哼了一声，"借口。"

"娘，您最近身子才好了一些，就好好休息，等着喝孙媳妇的茶吧。"沈萧没有在意沈老夫人的不悦，反正他早料到她是不会同意的。

周氏忙说道："娘，歆儿的年纪也不小了，是不是也该……"

"你不是要……让……歆儿去……赏梅宴吗？"沈老夫人艰难地问道。

"是啊，只是，二老爷却不同意。"说着，周氏小心翼翼地看了沈萧一眼。

沈萧淡淡地说："镇国公的次子已到了适婚的年纪，跟歆儿正好相配，昨日我遇到镇国公，他也有意与我们家结为亲家。"

镇国公的次子哪里能跟太子相比！

周氏想的就是要让老夫人开口让沈萧将歆儿送去赏梅宴，哪里知道还没开口，沈老夫人就昏昏欲睡，精神不振了。

"娘累了，李妈妈，赶紧服侍老夫人休息。"沈萧打断了周氏的话，让李妈妈搀扶着沈老夫人在床榻上躺下来。

"弟妹，老夫人身子不爽利，这些小事就不要让她费神了。"沈萧皱眉对周氏说道。

周氏咬了咬牙，只好低头应了一声"是"。

彼时，沈梓乔已经和齐铮来到城郊的庄子里。庄子就在山脚下，森林里一片素白。庄子很大，有一大片草地，此时草地上已经被厚厚的雪花铺盖着。

"我们堆雪人吧，齐铮。"沈梓乔长这么大第一次能够尽情地玩雪，高兴得都忘记寒冷了。

"你能堆什么雪人？"齐铮笑着问，伸手扶着沈梓乔的腰，怕她不小心滑倒了。

沈梓乔捧着雪，"你小时候都不玩雪的吗？"

他小时候经常被砸雪球倒是有，齐铮笑了笑，看着沈梓乔欢天喜地地堆着雪人，指挥着两个丫环一会儿给她找树枝，一会儿给她拿绢帕，玩得不亦乐乎。

"去让人先煮了姜水，等下给大少夫人喝的。"齐铮交代着墨竹，笑着向沈梓乔走了过去。

第一百六十章　赏梅宴

沈梓乔的雪人没有堆出来，最后跟红玉几个打起雪仗，等回了屋里，她冻得满脸通红，连打了几个喷嚏。

墨竹端了冒着热烟的姜茶进来，"大少夫人，您赶紧喝点姜茶去去寒吧。"

"阿切——"沈梓乔打了个喷嚏，鼻子痒痒的。

齐铮从墨竹手里接过姜茶，示意屋里的丫环都退了出去，沉着脸让沈梓乔坐到他身边。

沈梓乔心虚地蹭了过去，"其实就打几个喷嚏而已，又没什么大不了的。"

"这么大个人，还跟个孩子一样。"齐铮瞪着她，让她将姜茶喝下去，他才走开了一会儿，她就能在雪地里摔倒几次，这样还不算，居然还打起雪仗，玩得满身大汗，身上又都是雪水，要不是他拎着她回来泡个热水澡，她肯定还要继续玩下去。

"好玩啊。"沈梓乔拿过他手上的姜茶，小口地啜了起来。

"你是想着以后都别想出去了是吧。"齐铮笑了笑，凉凉地问道。

沈梓乔干笑几声，"你别这样啊，太小气了。"

"你还好意思说话！"齐铮又一个凌厉的眼神瞪过去。

只可惜，沈梓乔压根就不怕他这纸老虎，她将姜茶一口喝了下去，然后耍赖似的趴到齐铮身上，"哎呀，我头晕了，我都这样了你还骂我，太过分了太过分了。"

真是……齐铮哭笑不得，又舍不得将她拉开，难得她主动投怀送抱，他当然不会客气，不过，这小丫头浑水摸鱼的本事是越来越见长了。

"我没揍你就算不错了。"齐铮抬手在她的娇臀打了一下，真是好奇又好笑。

"你打我，你还打我！"沈梓乔往他怀里蹭着。

齐铮将她抱着压在身下，眼角含笑，"你还敢耍赖！"

"就要赖怎么了？"沈梓乔哼了哼。

"小坏蛋！"齐铮亲了她的面颊几下，"以前怎么没发现你还这么爱撒娇。"

"对着自己喜欢的人才撒娇。"沈梓乔扯着他的俊脸，如果不是自己喜欢的，又怎么会露出这样的小女儿姿态呢。

齐铮的心怦怦跳了几下，他眉梢带笑，眼眸明亮地看着她，"皎皎，再说一次。"

"再说一次，什么？"沈梓乔明知故问，侧过头不去看他。

"快！再说一次。"齐铮咬着她的耳垂，舌尖轻轻地弹动着。

沈梓乔咬了咬下唇，羞赧地瞋了他一眼，抬手紧紧搂着他的脖子，在他耳边小声地说着，"我爱你，所以才跟你撒娇啊。"

齐铮蕴满柔光的眼眸瞬也不瞬地凝视着她，近在咫尺的俊脸毫不掩饰地释开一抹欢喜的笑容。

我爱你！其实是很简单的三个字，但对于真正相爱的两个人，却又是显得那么神圣。

"皎皎……"他心动不已，忍不住低头吻住她的唇。

从一开始的吮吸摩擦，到慢慢地长驱直入，侵城掠地，沈梓乔只觉得周围都是他男性醇厚的气息。她眩然之间，感觉到自己的裙带一松，接着就是他温热的大掌贴着她的肌肤一寸一寸地往上抚摸着。

沈梓乔开始还抗拒地推了他几下，最后连声音都只剩下娇吟了。

春光无限好。

醒来的时候，已经是第二天早上了，沈梓乔觉得全身发软，鼻子塞住不说，喉咙又痒又痛，难受得她不想动一下。

"小姐，您怎么了？"红玉打水进来给沈梓乔梳洗，见她脸色透着不正常的潮红，连忙上前问道。

沈梓乔揉了揉鼻子，"给我倒杯水。"

"小姐，您这是受了风寒，奴婢让人去请大夫。"红玉给沈梓乔倒了一杯热水，将在门外的红缨打发去请大夫了，沈梓乔想阻止都来不及了。

沈梓乔看了看窗外，"如今什么时辰？大少爷呢？"

"在书房里，城里群叔来了消息。"红玉说道。

自从齐铮成亲之后，群叔自然就不能整天跟随在齐铮身边，沈梓乔住在内院，见到群叔的机会更少，她听齐铮说过，群叔现在在帮他处理外面一些琐事。

也不知道是什么事。

沈梓乔喝了水，感觉全身都酸痛无力，靠着大迎枕又眯眼睡了一会儿。

红缨很快就将大夫请来了。

迷迷糊糊间，沈梓乔好像听到齐铮的声音，没多久，就被喂着吃下了又苦又涩的药。

"太难喝了！"沈梓乔痛苦地抱怨，睁开眼睛见到坐在床沿的齐铮。

齐铮将她抱着靠在自己怀里，"你受了风寒，不吃药怎么会好，乖，把剩下的都喝了。"

"感冒而已嘛，不吃药也能好的，我多喝水就好了。"沈梓乔撒娇，不愿意吃药。

"乖，等你好了，我带你上山去。"齐铮耐心地哄着，"在山上能看到整个京城的景色，你一定会喜欢的。"

沈梓乔被半哄半诱惑地将半碗药汁都喝了下去。

生病的人最脆弱，也最容易生小性子了，齐铮看着她皱成一团的小脸，怜爱地抱在怀里亲了几下，又喂她吃了糖莲子。

"群叔找你做什么？"沈梓乔在他怀里找了个舒适的位置，想起昨天他的属下似乎也来找过他，"是不是城里发生什么事了？"

齐铮说："赏梅宴上，发生了些事。"

赏梅宴？对啊，今天就是赏梅宴了，不知道沈梓歆有没有进宫去呢，"发生什么事了？"

"才艺表演的时候，北堂姑娘表演的是作画，她画的梅花栩栩如生，就是放在真的梅花树上也分辨不出真假。皇后娘娘赐她梅花酿，却不知怎么回事，她喝下梅花酿后忽然说身子不适，便告罪下去歇息。后来在她歇息的地方有宫女尖叫，众人赶去的时候，见到一对男女在帐中……皇后娘娘大怒。"齐铮低声地将赏梅宴上发生的事情告诉沈梓乔。

沈梓乔震惊地打断他的话，"那女子不会是北堂贞景吧？"

不会吧，北堂贞景的战斗力不应该这么差，如今没了盛佩音，她应该没有对手能够成功上位才是啊。

不对，盛佩音！

难道又是她搞的鬼？这女人真有通天的本事，这样了都能混进宫里吗？

"那女子自然不是北堂贞景，只是孙贵妃身边的一个宫女，男子是个太监……"齐铮脸色森寒，"皇后娘娘震怒，下令打死了他们二人。在另一边的宫殿找到昏迷不醒的北堂贞景，当时太子就在那里，旁边还有一个宫人，被太子命人给绑住了。"

沈梓乔更加吃惊了，"太子？到底发生了什么事？"

"赏梅宴上，太子的酒菜被下了催情药，不过被九王爷暗中换了。太子却早就知情，并且将计就计，由着一个宫人带着去了偏殿，半路遇到已经药性发作的北堂姑娘……原本那人想陷害的是北堂姑娘跟那个太监。这北堂姑娘也真不简单，居然能让为她带路的宫女替代了她。"齐铮感叹道，这样的女子才适合成为太子妃吧。

"不对不对，你越说越乱了。我怎么听不懂，太子怎么会跟北堂贞景在一起？九王爷又是怎么回事？究竟是谁下的药？"沈梓乔想事情本来就简单，她一听齐铮这曲折离奇的内容，顿时觉得自己的脑子变成浆糊了。

"是盛佩音……也不知她是怎么收买了宫里的宫女和内侍，这件事恐怕跟孙贵妃脱不了关系，只是至今还没有证据。盛佩音原是想算计北堂贞景毁她清白名声，然后自己再勾引太子，到时候就算她成不了太子妃，也会是个侍妾。"

"她是通缉犯，就算成功勾引了太子，还是个通缉犯啊。"盛家的罪又不是小罪，是通番卖国啊。

齐铮摸了摸沈梓乔的头，示意她冷静，"上次我已经让人将盛佩音赶出京城，并且断了她的后路，只是没想到……她居然还能换了一张脸，要不是九王爷指认她，恐怕没人知道她是盛佩音了。对了，她居然认了礼部尚书何大人为义父，这才有机会进宫的。"

"九王爷还会指认她？"那九王爷不是连命都不要地保护盛佩音吗？

"是啊，还真出乎意料。"齐铮也是知道九王爷跟盛佩音之间的纠缠，"今天皇后处死了不少人，并直接下旨赐婚了。太子殿下不久就要迎娶北堂家的姑娘，还有……九王爷他……"

太子殿下真的要娶北堂贞景了！没有盛佩音，也不知道他们之间的关系是不是能够更加和美。

"那盛佩音怎么样了？"齐铮在犹豫着要不要将另外一件事告诉她，听到她发问，低声回道，"已经关进暗牢，恐怕这辈子都不用出来了。"

这赏梅宴本来是高高兴兴的，没想到被盛佩音这么算计，大概每个人都心里戚戚焉了。

最不可思议的是九王爷居然能看开指认盛佩音。

是已经绝望了吗？任何一个男人，被心爱的女人一次又一次地利用，恐怕都不会像个傻子一样一而再地付出吧。

撇开别的不说，九王爷在感情方面还算是个好男人。

"还有一件事……"齐铮小心翼翼地说，"九王爷跟皇上求旨，想娶沈家的四小姐。"

沈梓乔眨了眨眼，"哎呀，难得他总算想要娶别的女……人……"

沈家四小姐？

"九王爷要娶歆儿？"沈梓乔哑声尖叫。

第一百六十一章　祭奠

赏梅宴的事说起来简单轻巧，但实际上，当时的情况却暗藏着凶险。如今就算是回想起来，皇后和北堂贞景他们都感到心悸。

什么时候守卫森严的内宫这么容易被外面的人收买宫女了？这是她堂堂皇后的赏梅宴，居然被一个通缉犯的贱婢这么轻易就搅得一团糟。

仔细想想，要是太子真的被下药，最后跟盛佩音那贱婢在一起的画面被众人看到，这传出去……皇上会怎么想？

说不定盛家通番卖国的事就会怀疑到太子头上。

皇后心有余悸，只要想到有那种可能，她就觉得一阵后怕。

好在北堂贞景足够机警，看出带路的宫女有异，也幸好有九王爷替太子换了那些酒，否则今日的赏梅宴真是……她堂堂皇后必定会成为整个皇家的笑话。

那个盛佩音太该死了！居然妄想勾引太子，如果没有孙贵妃那个贱人帮忙，盛佩音怎么可能进入内宫，并且还收买了宫女和太监。

这次无论如何，也要借着这件事将孙贵妃一系彻底一网打尽。

盛佩音如今还是通缉犯的身份，孙贵妃这么不避嫌，难不成她跟盛家有什么不可告人的秘密？

皇后满意地笑了起来，"让人好好看着暗牢里的盛佩音，别让她死得莫名其妙。"

以孙贵妃的阴险毒辣，说不定会悄悄地斩草除根。

"母后。"太子从殿门外走了进来，俊脸沉凝，显然还在为刚才的事感到不快。

"审出来了吗？"皇后见到自己的儿子，脸色缓和。

今日的赏梅宴早已经不欢而散，皇后命人将那几个宫人和宫女都抓了起来，由太子亲自审问。

太子沉着脸，"无论我怎么逼问，都不肯说，那个在我酒中下药的宫女已经咬舌自尽了。"

皇后冷下脸，"那其他人呢？"

"都看管起来，喂了药，不让他们自尽。"太子说道，他也没想到这些宫人居然这么嘴硬，都差点脱去一层皮了还什么都不肯说。

"必是孙贵妃指使的，这个贱人，她想方设法想要你父皇废了你。哼，她以为单凭一个盛佩音就能改变什么！"皇后怒火填胸，恨不得立刻将孙贵妃挫骨扬灰。

"母后，您放心，我一定会审出来的。"太子英俊的脸庞透着几分冷冽的端肃，那个盛佩音居然还不死心！

就算当初他对这个女人还有什么心思，如今也只剩下厌恶了。

"你九皇叔呢？"皇后问道，她还没亲自谢过他呢。

太子本来就是想来找九王爷的，"不知道出宫了没，我也正有要事想找他。"

"可是他请旨赐婚的事？"皇后笑着问，"九王爷浪荡多年，如今终于愿意娶王妃了，真是不容易。"

皇后并不知道九王爷曾经为了盛佩音拒婚的事。

太子也没想要将这件事告诉皇后，"是啊，只是没想到九王爷想娶的人居然是沈家的四小姐。"

不知道为何，太子有一种想法，如果沈梓乔不是已经赐婚给齐铮，九王爷是不是求旨想娶的人就是沈梓乔？

"我是想亲自多谢九皇叔。"太子说着，峻眉微拧了起来。

九王爷在跟皇上求旨之后就离开皇宫了，他来到专门关押重犯的暗牢。没多久，就被狱卒引着来到最深入最阴暗的牢房，九王爷面色微白地看着那个蜷缩在角落的女子。

这个女子的面貌很陌生，但他知道她是谁。

他爱了这个女子很多年，对她已经熟悉到就算不用睁开眼睛，只凭脚步声都知道她在哪里。

为了这个女子，他抗旨不肯娶妻，为了她，他几乎抛弃了王爷的身份，随着她离开京城，在东越成了一个以前自己看不起的商贾。

几乎……他能为她做的都做了，连命都不要地保护她。

可她从来没领情，她将他的付出当成理所当然，心安理得地接受着，不曾想过回报。

听到脚步声，盛佩音慢慢地抬起头，闪着幽光的眼眸看向九王爷。她的面色顿时狰狞起来，她怨毒地瞪着九王爷，"你还来做什么？你还来做什么？"

他来祭奠过去。

"为什么要这样做？你明知道就算得逞了，最后结果也是一样的。太子不可能娶你，你为什么还要这样做？"九王爷不明白她究竟是怎样想的，她难道没有一点自知之明吗？

她已非完璧之身，身份又见不得光，她以为真的能瞒天过海吗？

"不，他会爱上我的，会让我成为太子妃的，我是被陷害的！"盛佩音摇头，她看见自己的未来，她的未来是成为皇后，并且一统天下，而不是像现在这样，成了通缉犯。

是沈梓乔……是沈梓乔害了她。

"你已经走火入魔了。"九王爷惋惜地看着她。第一次见到她的时候，他就被她深深吸引：她明媚娇艳，贤淑聪慧，跟一般的女子完全不同，一举一动之间仿佛带着令人无法忽视的魅力。

他被她吸引，并为她着迷，他是真心真意想要娶她当王妃的。

可她却有更高的目标。

她如今已经变得不再是他曾经深爱过的盛佩音了。

"你救我出去，阿九，你救我出去吧。"盛佩音伸手抓住九王爷的衣袖，可怜兮兮地求道。

九王爷摇了摇头，"我已经跟皇上求旨赐婚了，以后……我只会一心一意对待我的王妃，不会再任由你糟蹋我的真心。"

他要成亲？盛佩音好像听到什么天方夜谭。

这个男人根本就离不开她，他怎么会去娶别的女人。

耐心是会用完的。

爱，也是会被挥霍完的。

九王爷对盛佩音已经没有耐心，也没有多余的爱了。

他爱她胜过自己，可他已经为她差点死过一次，不会再有第二次。

"希望……"九王爷哑声开口，目光幽幽地看着盛佩音，"你以后好自为之。"

"九王爷！"盛佩音这才惊觉他真的要放弃她了，她害怕地叫住他。

"以后不要再见了。"九王爷将衣袖从她手心抽了出去，转身，一步一步地走了出去。

盛佩音大声地尖叫起来。

爱你的时候，你说什么就是什么；可如果你将爱都挥霍了，不爱了，你还能是什么呢？

第一百六十二章　好笑

沈梓乔在听到齐铮将赏梅宴上发生的事简单说了一遍，又说起九王爷跟皇上请旨赐婚的事之后，她差点跳了起来：九王爷对盛佩音多痴心深情，没有人比她更清楚，他现在要娶沈梓歆是什么意思？随便找个人当替代品吗？

"皇上答应了吗？"沈梓乔着急地问道，皇上不会同意九王爷的请旨将沈梓歆许配给他吧？

齐铮自然是明白沈梓乔在顾虑什么，他轻轻地点了点头，"皇上已经答应了，这会儿……圣旨应该已经到沈家了。"

"我要去揍死那个王八蛋！"沈梓乔气呼呼地想要冲出门，被齐铮一把给捞了回来，将她按在自己怀里。

"你想揍谁？揍九王爷？皇上赐婚的，你能怎么办？"齐铮好笑地看着她，怀里的她就像一只愤怒的小兽一样。

沈梓乔哼了哼，就是不甘心九王爷这么欺负人，她认为这是九王爷在报复沈家，他还是在为盛佩音出头，"你不是不知道他连命都可以不要地救盛佩音，谁知道他这次是不是想要趁机报复啊，我不能让歆儿嫁给他！"

"如果他真的是为了盛佩音，那为什么还要在赏梅宴上揭穿她？怎么不暗中帮盛佩音呢？"齐铮反问道，他也是男人，他觉得一个男人就算再怎么爱一个女人也是有尊严的，九王爷应该是已经醒悟了。

沈梓乔却不这么认为，她不认为九王爷已经忘记盛佩音，说不定赏梅宴上的一切，九王爷也有份参加。

"肯定另有阴谋！"沈梓乔无比肯定地说。

"娶你妹妹能有什么阴谋？"齐铮问，如果真的要对付沈家，九王爷肯定不会用求旨赐婚这一招的。

沈梓乔想了想，忽然疑惑地问，"对啊，为什么他要求旨赐婚呢？我们沈家有什么错啊？叛国的明明是盛家，就算九王爷要报仇……他报什么仇啊，关他屁事啊！"

齐铮大笑出声，"纠结什么，圣旨已下，就算想反对也不行了，还不如问问四姨她自己是怎么想的。"

"她还能怎么想？"沈梓乔嘀咕着，就算沈梓歆不愿意，周氏也不会答应的，"盛佩音是不是脑子有问题，明知道自己是什么身份，居然还进宫去，这下她想活命都难了。"

"她还觉得盛家是被冤枉的吧。"齐铮说，他听说这个女人在暗牢里一直喊冤枉，要皇上给他们盛家申冤，说是沈萧陷害他们盛家的。

沈梓乔咳嗽了几声，哑着声音说，"这女人的思想也是逆天的。"

算了，不去想盛佩音的事了，她还是明天回城里找沈梓歆谈一谈吧。

"我们明天回去！"沈梓乔躺了下来，打算好好休息一下，明天才有精神回城。

"不行，起码要你身子好得差不多了，不然出去又受了风怎么办？不要瞪眼睛，我是不会同意的，好好养病。"齐铮坚决地拒绝她的要求，反正明天去沈家跟过几天去沈家都是一样的。

沈家不可能抗旨，何况九王爷跟盛佩音的事只有他们知道，就算沈家的人知道九王爷曾经跟盛佩音纠缠过，他们也只会当是九王爷的风流韵事，不会当一回事的。

"我明天就会好起来的。"沈梓乔的脸埋在杯子上，闷声说着。

齐铮失笑，"等你明天好了再说，等一下还得吃药。"

那么苦！沈梓乔转过脸想要拒绝，齐铮立刻又说，"不然你明天怎么好得了？"

好吧，她姐妹情深，为了赶紧好起来，只能义无反顾地痛苦地喝那种苦得掉渣的中药。

沈梓乔终于在郁闷中睡了过去。

齐铮望着她沉睡的样子，笑着在她面颊亲了一下，而后悄然出了屋子，往西厢的书房走去。

群叔已经在那里等着了。

"大少爷。"群叔行了一礼，低声说道，"舅老爷传来消息，孙家那边似乎蠢蠢欲动。"

齐铮神色端凝地走到书案后面，看着陆家大舅父给他的信，说的是最近孙家在背地里的频频动作。

他嘴角抿出一丝冷硬的笑，"孙家这是想做什么？太子克妻？这种传言也想得出来，不知所谓。"

"以为这样，太子就不能娶北堂家的大小姐了。"群叔说。

"未必会这么简单，盯紧孙家。"齐铮淡淡地说，孙贵妃能够有今天的地位，孙家的老太爷和她的兄长肯定替她做过不少事，"太子克妻"这样的传言根本不足为惧。如果他们的目的是要太子不能娶北堂贞景，那就更不可能。

君无戏言，北堂贞景早已经是太子的未婚妻了，这件事天下皆知，不可能会再改变的。

"大少爷，您和九王爷……不久后就是连襟了。九王爷对太子的支持，或许会更坚定。"群叔说道。

和九王爷成为连襟……这句话听起来真是有些玄妙。

"大少爷！"书房门外传来敲门声，是齐铮的另外一个暗卫的声音。

群叔过去开门。

"出什么事了？"齐铮皱眉问道，这个暗卫叫唐天，被他安排在京城盯着小顾氏的，他既然出现在这里，那就证明小顾氏不知做了什么事。

唐天说："小顾氏今日一大早就进宫了，回来的时候满面笑容，怕是去见了孙贵妃。"

齐铮眸色微沉，"进宫去了？"

"是的，回来之后，立刻叫了齐锋去说话，说的是齐锋的亲事。"唐天低声地回着。

小顾氏不会是想让孙贵妃向皇上求旨，给齐锋赐婚吧？

真是可笑，以为皇上随便哪个人都会赐婚吗？

"群叔，你给太子递个话，让他回了皇后娘娘，要是让孙贵妃往我们齐家插了他们孙家的人，那就更麻烦了。"齐铮沉声地说着，想到小顾氏至今还不死心，他觉得是不是该正式跟她撕破脸，警告她不要再背着父亲做伤害齐家的事？

"是，大少爷。"群叔马上应下，之后又露出踌躇的表情。

"怎么了？"齐铮问道。

群叔皱了皱眉，担心地看着齐铮，"有人看到胡氏母女……在汴州城出现。"

齐铮脸色顿时阴沉得像即将来临暴风雨的天空，汴州城跟京城相隔不过数里，半天就能走一个来回，胡氏这是想做什么？

"国公爷知道了吗？"齐铮的声音依旧冷静，但熟知他的群叔却知道他此时心情很不好。

"这个……应该尚未知晓。"群叔说。

"那就让他知道。"齐铮淡淡地道。

群叔一愣，这不是要让国公爷去接这个女人回来吗？他不赞同地看着齐铮，"大少爷，这恐怕……不好吧。"

还不如趁国公爷不知道，赶紧将人给弄走，一辈子都不要出现在京城。

"有什么不好的，为了胡氏，他连我娘病重都可以不在乎了，难道不能再为了这个女子做出让我期待的事？"齐铮冷冷一笑，小顾氏曾经利用胡氏害死他的母亲，他如今也能利用胡氏，让小顾氏彻底失去一切。

群叔沉默下来。

京城，安国公府。

小顾氏从宫里出来之后，心情畅快愉悦，仿佛积压在胸口的怨气瞬间烟消云散，脸上的笑容也灿烂了不少。就是去给老夫人请安的时候，面对老夫人的冷漠态度，她也说笑自如，丝毫不受影响。

"看着吧，等锋哥儿娶亲再立为世子，我看那老太婆还要怎么偏心那个孽种，当年陆氏斗不过我，她的儿子一样斗不过我！"小顾氏歪在长榻上，手里拿着鎏银百花掐丝珐琅手炉，眼睛含笑地望着窗外。

"夫人一定能心想事成的。"苏妈妈笑着说道。

"就是没想到九王爷居然要娶沈家的四小姐，这样一来……"小顾氏皱了眉，"沈家的姑娘难不成都是天仙不成！"

苏妈妈附和，"可不就是，这九王爷真真是个怪人，以前沈梓乔追着他跑的时候，他还当着所有人的面说绝对不会娶姓沈的女子，这会儿却自个儿打自个儿的脸了。"

"你说什么？"小顾氏眼睛一亮，以为自己听错了苏妈妈的话，"我们这位大少夫人以前跟九王爷还认识。"

"哎哟，夫人，您是以前没听外面的人怎么传，这沈梓乔简直是什么脸面都不要了，说什么非九王爷不嫁，整天缠着九王爷，丢尽了女子的脸面，也不知大少爷怎么看上这样的女子。"还恩爱得让人眼红。

小顾氏哈哈一笑，"还真是没想到啊，沈梓乔这小贱人干得出这样的事，这么说，她心里喜欢的人是九王爷？"

苏妈妈说："这个，奴婢就不晓得了。"

"不管是不是，只要大家都认为是，那就一定是了。"小顾氏的眼睛发光，要是人人都知道齐铮娶了个心有所属的女子，不知道会怎样？

要是这个女子还给他戴绿帽子呢？

真是太好笑了！小顾氏心情是前所未有的好。

"……又不能休了这个女人，国公爷肯定对大少爷失望，到时候，世子之位必然就是二少爷了。"苏妈妈忙奉承地说道。

第一百六十三章　想念

翌日，沈梓乔病得更加难受了，不但全身酸痛，鼻塞咳嗽，连坐起来的力气都没有，只想躺着不想动。

齐铮心疼地看着她病怏怏的样子，决定以后再也不能由着她任性，真是一刻都不能放松，玩起来跟个小孩子一样。

沈梓乔吸了吸鼻子，用嘴呼吸着，泪眼汪汪地看着在训话的齐铮，"我都已经病成这样了，你还教训我，你是不是想让我的病好不了。"

"胡说什么！"齐铮沉下脸，"什么话都能乱说的吗？"

"哎呀，我难受死了。"沈梓乔抱着被子打滚，嘤嘤声地叫着。

齐铮眼角一阵抽搐，没好气地连人带被子搂在怀里，"哪里不舒服？要不，我再让人去请大夫？"

沈梓乔心一颤，望着他俊美的脸庞，将脸埋在他胸膛，忽然就觉得很想哭。除了家人，能这么关心她的也只有齐铮了！

齐铮温柔地环抱着她，"好了，是时候吃药了，吃完药再好好地睡一睡。"

听到要吃药，沈梓乔身子一僵，更加用力地抱住齐铮，怎么都不肯抬起头，吃药什么的最讨厌了。

沈家这边也热闹起来，周氏觉得自己从来没这么扬眉吐气的时候，她正想方设法要女儿嫁得好，女儿要高嫁，如今总算得偿所愿了。

真是太好了！

以后歆儿就是九王妃了，沈梓乔见了她，也要行礼的吧。

周氏真想大笑几声，不过，她还是很努力地保持镇定，"大伯，歆儿嫁的是九王爷，是王爷，可不能跟皎皎一样，无论如何，也该隆重一些。"

沈萧端坐在首座上，旁边是沈老夫人，沈二老爷就坐在沈萧的下首，其他晚辈都站在一旁。

"九王爷和歆儿的亲事定在什么时候？"沈萧端着茶碗，慢慢地问道。

周氏立刻说："三月初八，正是个好天时。"

"恺哥儿的亲事定在了下个月十九，成亲后三个月不能动工修葺，弟妹打算怎么修正沈家大宅？"沈萧淡淡地问，对于周氏提出因为歆姐儿成亲而修葺油漆刷新整个大宅的要求，他只有呵呵一笑。

"恺哥儿的亲事怎么能跟歆姐儿的比，歆姐儿嫁的是九王爷，恺哥儿不就是娶朱家的姑娘么？"周氏撇了撇嘴，她觉得如今歆姐儿身份不同了，家里什么事都应该让着才是。

沈老夫人皱眉问道："你的意思，是要恺哥儿将亲事押后，一切以歆姐儿的为主？"

周氏笑着说："还是娘想得周到。"

一下子就将自己的想法变成老夫人的要求。

沈二老爷越听越气愤，"你闭嘴！歆姐儿不就是嫁给九王爷吗？你以为嫁的是神仙啊？连恺哥儿的亲事都敢打主意，你究竟是怎么当人家二婶的！"

周氏被沈二老爷当众这么斥骂着，脸色窘迫，怨恨地骂道，"我怎么了？又不是让恺哥儿不娶妻，毕竟歆儿是皇上赐婚……"

"皎皎也是皇上赐婚，怎么没你这么多事！"沈二老爷怒道。

"她怎么跟歆儿比，歆儿嫁的是九王爷！"周氏没好气地叫着。

沈老夫人看向一旁沉默不语的沈子恺，忽然嘶哑着声音说，"恺哥儿是我们沈家的长子嫡孙，本来就成亲得晚了些，亲事不能再拖了。"

周氏不满地站了起来，"娘，那岂不是委屈了歆儿？"

"怎么算是委屈了歆儿？"沈萧沉声问，"沈家的姑娘从来就不曾嫁入天家，九王爷这些年也不喜张扬，何况，这时候是我们沈家韬光养晦的时候，怎能铺张浪费，让皇上知道了，会如何想？"

"没错，与其在表面上奢侈浪费，不如暗地里给歆儿多些体己。"沈老夫人也知道沈家能够长久屹立不倒的原因，就算她平时做事糊涂，在这方面还是挺清醒的。

说来说去，都是偏心他们大房的话。

周氏愤愤不平，见丈夫一副赞同沈萧的样子，又觉得心间气闷。

如此过了两日，沈梓乔总算治好了风寒，退烧之后，她立刻拉着齐铮返回京城。

"还有些咳嗽，不如再住两天？"齐铮拿着自己的大氅将她包着，觉得不如再住些天再回城。

沈梓乔坚决地用力摇头，"不行，我要回去！"

齐铮叹了一声，他是不想皎皎那么快回齐家，回去了肯定没有在这里这么舒心。

"怎么了？你不让我回去，是不是在家里收了什么貌美如花的小丫环？"沈梓乔故意吃醋地问道。

"谁能比你貌美如花？"齐铮大笑，抱着她上了马车。

"对了，盛佩音怎么样了？"沈梓乔差点忘记这个傲娇女主的存在了，不知道还能不能从暗牢里出来。

齐铮粗粝的手指在她柔嫩的脸颊摩挲着，声音悠悠地说，"宫里传来消息，盛佩音好像疯了。"

"啊？疯了？真疯还是假疯？"不能怪她这么怀疑盛佩音，毕竟这个女人什么法子都想得出来，说不定为了自保，还真的会装疯。

"真假有什么区别？有人想要她死，不论她变成什么都活不了。"齐铮淡淡地说。

沈梓乔忙问："死了？"

"还没有，也差不多了。"齐铮语气含糊，似乎并不想告诉沈梓乔实情。

反正只要不出来害她就行了，沈梓乔不关心盛佩音的死活，不是她冷血无情，是她太清楚盛佩音要是活着逃出来，以她的战斗力，说不定还会继续找自己算账，或是找什么沈家报仇。

沈梓乔忽然想起贺琛。

如果不是自己先遇到贺琛，贺琛是不是会按照原来的计划喜欢盛佩音，然后为了盛佩音几乎倾尽整个贺家的财力去帮她走向权力的最顶端？

第一百六十四章　丫环

马车比往常慢了一个时辰的时间才回到齐家，齐铮抱着沈梓乔下了马车，管家和其他下人见了，都诧异地低下头。

从来没见过大少爷对哪个人这么……这么体贴温柔的。

看来外面流传的大少爷是被迫娶了沈三小姐这件事根本不可信，大少爷看起来哪里有半点是被强迫的？心甘情愿得不行了啊。

"你有没有觉得好像怪怪的？"沈梓乔小声地问着齐铮，之前家里这些下人见到齐铮都前仆后继地过来拍马屁，竭尽所能地想要讨好这位大少爷，今天好像收敛了不少。

齐铮嘴角微挑，俊美的脸庞似带着嘲谑的笑，"孙贵妃将她的侄女许配给了齐锋，大概……家里的下人觉着世子之位又有了变化。"

之前他们以为齐铮必然是将来的世子，所以才那么努力地讨好他。

沈梓乔嗤笑一声，"那齐锋怎么跟你比，一个天上一个地下！"

齐铮眼睛一亮，嘴角的笑容扩大，"为夫在夫人心目中……原来这么优秀？"

"无人能比！"沈梓乔笑眯眯地说。

走在他们身后的红缨和红玉忍着笑，她们从来不知道自家小姐原来这么能哄人的，把大少爷都哄得眉开眼笑了。

两人回了千林院拾掇自身，沈梓乔去了净房，绿竹急步走了进来，拉着在外面的红玉耳语。

红玉听完，脸上浮起怒色，"那两个小妖精呢？"

"去了隔壁，放心，墨竹在那边看着。"绿竹说道。

"你也去看着，我去跟大少夫人说一说。"红玉拍了拍绿竹的肩膀，转身进了净房。

沈梓乔已经换了一身衣裳，正要准备出来的时候，红玉闪身进来，"三小姐，夫人趁您和大少爷不在，送了两个丫环过来，说是怕外面这边人手不足，让那两个丫环服侍大少爷……"

服侍齐铮还是勾引齐铮啊？沈梓乔笑了笑，"让哪两个丫环过来？"

"樱桃和樱梅。"红玉说道。

"哎哟，是那两个丫环啊。"沈梓乔记起来的，是小顾氏那边的二等丫环，长得妖媚娇俏，她之前见过一次，田妈妈还悄悄提醒过她，千万别让小顾氏那边的丫环接近了大少爷。

特别强调了这两个不安分的丫环。

"小姐啊，怎么办？不如找个借口将人给打发出去？"红玉紧张地问道，三小姐和齐铮才刚刚成亲，怎么能让别的女子插一只脚进来。

"找什么借口？"沈梓乔反问道，送走了这两个，说不定小顾氏又送了四个丫环过来。

沈梓乔从净房出来，正想着要不要叫那两个丫环过来瞧一瞧，便听见隔壁次间传来一阵巨响，接着是女子低泣求饶的声音。

"怎么回事？"沈梓乔一惊，忙站了起来。

红玉忙道："大少爷在隔壁梳洗呢。"

沈梓乔脸色一沉，撩起帘子去了次间，站在门外看进去。里面狼藉一片，有一张圆鼓凳子被摔得椅角都断了，茶碗茶壶碎了一地。

齐铮满脸怒色和厌恶地站在中间，那样子看起来仿佛狂风暴雨即将来临，吓得所有丫环都下跪了。

"怎么了？"沈梓乔走了进来，仿佛没有看到跪在地上瑟瑟发抖的那个身穿桃红色比甲的丫环，"身上怎么会有茶水？"

见到沈梓乔，齐铮暴怒狂躁的心情才稍微好转，脸色看起来也缓和了一些，他握住沈梓乔的手，低声说，"没事，我换件衣裳再一起去老夫人那里。"

"我陪你去屋里换。"沈梓乔说，挽着齐铮的手走回了内屋净房，替他解开腰带，"那丫环是小顾氏那边的人，长得很娇俏呢。"

齐铮捏了捏她的鼻子，没好气地说，"你倒是看得清楚。"

沈梓乔笑着拍开他的手，"敢背着我勾引我的丈夫，我怎么能不看清楚？"

"你找个借口，把小顾氏的人都撵走。"齐铮厌恶地说，刚刚他在次间梳洗，那个叫樱桃的贱婢居然端着茶水就往他身上倒，接着一脸惶恐地拿着绢帕替他擦拭，身子只差没紧紧贴着他的手臂了。

齐铮正觉得狐疑，觉着沈梓乔的丫环做事肯定不会这么粗心，盯着那个丫环看了一会儿，却令那丫环以为他是被她勾引，身子一软就倒在他怀里。

看清那丫环妆点得娇艳俏媚的脸庞，齐铮哪里会看不出这丫环是怎么回事，当场一把将她甩了出去。怒问之下知道是小顾氏派来的丫环，气得他摔烂了一张凳子。

"撵走做什么？撵走这两个，她还会继续送来，要想个让她再也不敢送丫环来的法子。"沈梓乔笑着说，小顾氏敢往齐铮身边送女人破坏他们夫妻之间的关系，她一定要让那老女人受到教训。

齐铮皱眉问："难不成将这两个贱婢送给我父亲？"

"啊？"沈梓乔一愣，"这是好办法，不过……未必能够让小顾氏以后不敢再送女人过来。"

"那你有什么好法子？"齐铮笑着问。

沈梓乔皱了皱鼻子，"我不是在想吗？哎呀，先去给老夫人请安，回来我再继续想。"

"让那两个丫环不要出现在我们面前。"齐铮沉声道。

"让孟娘子将她们先看管起来了。"沈梓乔说。

沈梓乔没有立刻处置勾引齐铮的樱桃，而是帮着齐铮换了衣裳后，两人去了齐老夫人那里请安。

没想到老夫人这里正热闹着。

齐家的二少爷和唯一的小姐从外家回来，回来的第一件事便被小顾氏带来给齐老夫人请安了。

沈梓乔和齐铮的到来，让齐老夫人的心情更加畅快了。

她在小顾氏进门的时候，就对小顾氏厌恶非常，连带着对她的子女也是态度淡漠，齐锋三兄妹跟这个祖母感情不深，只是如今却不同以往了，国公爷的年纪越来越大，世子之位迟早都要确立下来，若是齐锋能够得到老夫人的喜欢，想来也是能左右国公爷的想法。

所以小顾氏才要自己的子女尽力地讨好老夫人，老夫人不喜欢她，可她的子女都是国公爷的亲生子女，是她老夫人的亲孙子，总不能也摆着脸色吧？

"祖母，几天不见，您年轻了又漂亮了。"沈梓乔行礼之后，笑着蹭到齐老夫人身边，笑眯眯地恭维着。

齐老夫人"哎哟"了一声，抬手在沈梓乔的手背拍了一下，"你这个坏家伙！竟然敢拿我开玩笑了。"

田妈妈在一旁笑着说道："大少夫人说的是实话，您最近心情愉快，看起来真真是年轻了不少，若是大少夫人再生个大胖小子，您肯定更年轻了。"

"贫嘴吧你。"齐老夫人嘴角笑出一朵花，佯嗔地瞪了田妈妈一眼。

站在小顾氏身后的齐锋兄妹三人都将目光落在沈梓乔身上。

穿着浅绿色银纹绣百蝶度花上衣，外面是鹅黄色绣草绿色如意纹的小袄，梳着一个倭堕髻，只是简单地插着一根八宝簇珠白玉钗，耳边簪着一朵粉红堆纱绢花，坠着蓝雨耳坠，装扮怎么看怎么简单，却就是给人一种艳丽鲜艳的感觉。

这就是他们的大嫂了？

齐云挑剔地看着沈梓乔，她记得以前见过这个女子的，但今日看起来，却好像跟记忆中的那人完全不一样。

这女子怎么能跟虎面婆的关系这么好？

她每次跟这老太婆请安，可从来没一次得到好脸色的。

齐云不由觉得愤愤不平。

"这两个就是你三弟跟妹妹，今天才回来。"齐老夫人跟沈梓乔已经说完话，眼睛淡淡地扫向一旁的齐锐和齐云。

齐锐忙朝着沈梓乔作揖一礼，"大嫂。"

沈梓乔笑着应声，"却不知三弟和妹妹回来，一会儿让人将见面礼给你们送去。"

齐云哧了一声，"怎敢劳大嫂破费。"

"云姐儿！"小顾氏不悦地喝了一声，"你大哥如今不同往日，你可不许对大嫂无礼！"

这话明着是教训齐云，实际上却是在讽刺齐铮曾经是傻子的过去。

傻子怎么能当世子！

齐老夫人微微一笑，"是啊，你大哥的确不同以往，我们齐家以后还要指望铮哥儿给我们光宗耀祖，振兴门楣。"

小顾氏嘴角的笑一僵，"有铮哥儿跟锋哥儿，自然能让齐家门楣兴旺。"

"你之前不是说家里的庶事繁忙，经常累得身子不爽利吗？如今铮哥儿的媳妇也娶进门了，你不若好好地休息调养身子，将家里的事情都交给皎皎去打点吧。"齐老夫人借着小顾氏不愿过来晨昏定省的借口让她交出管家大权。

"娘，我已经是大好了，再说了，大媳妇这不是还什么都不懂吗？而且才刚进门，总不好……"小顾氏干笑几声，心里却将齐老夫人咒骂了千万遍，死老太婆，没想到这才没几天，就要她交出家里的大权，真要是交出来，她以后还怎么在齐家站得住脚！

齐老夫人不耐烦地摆手，"不懂就学，有谁不学天生就知道管家的。"

沈梓乔原是想拒绝，不过想到如今千林院里的两个丫环，她又乖乖地闭嘴了。

第一百六十五章　怜香惜玉

小顾氏差点一口血喷了出来。

她就知道老太婆要她每天晨昏定省肯定不是忽然原谅她，承认她这个儿媳妇这么简单，原来是为了有机会从她手上夺走管家大权。

真是看不出来，沈梓乔居然有这样的能耐，才进门没几天就把这个向来不近人情的老太婆哄得这么服帖，居然这么帮她！

小顾氏还想再说什么，却听齐老夫人说道，"皎皎，明日起你便随着你婆婆听着那些管事来回事听派，若是有什么不懂……你婆婆太忙没空告诉你，你便来找我，我告诉你该怎么做。"

沈梓乔眼观鼻，鼻观心地应了一声"是"。

"好了，你不是风寒才好么，赶紧回去歇息。"齐老夫人笑着说道。

齐铮见沈梓乔脸上似乎有倦意，便顺势拉着沈梓乔跟齐老夫人告辞回了千林院，完全没理会脸色一阵青一阵白的小顾氏。

回到千林院，齐铮让屋里的人都下去，搂着已经卸了头面的沈梓乔，"家里的人口虽不多，但管起事却不容易，你就不担心累着自己？"

他一点都舍不得让她去管齐家那些事，反正迟早都是要离开的，齐家的事以后跟他们没有关系。

"谁让小顾氏让我添堵了，我也要让她添堵。"沈梓乔哼了哼，"而且，这样一来我才好安排那两个红袖添香啊。"

齐铮来了兴趣，"你想怎么安排？"

"不告诉你！"沈梓乔笑嘻嘻地说，"我明天要回一趟沈家，你要不要跟我回去？"

"我正好找你哥有些事，一起去吧。"齐铮笑着说。

夫妻二人说了些趣话，安国公便派人过来将齐铮叫了过去，沈梓乔则想着接下来小顾氏会怎么让她不敢插手她的管家大权。

肯定不会就这么算了的。

"三小姐。"红玉和红缨走了进来，她们还是习惯叫三小姐，暂时没适应沈梓乔在齐家的新身份。

"樱桃呢？"沈梓乔拿起齐铮平时翻阅的书在看着，都是些《孙子兵法》之类的书，看得她眼昏。

红玉道："关在后罩房，孟娘子差人看着。"

"放了吧，今日这件事，谁也别说出去。"沈梓乔悠闲悠哉地说着。

"三小姐，为什么啊？留着那两个跟小妖精似的丫环，迟早会出事的。"红缨急忙说道。

沈梓乔笑了一声，"能出什么事？担心她们会勾引大少爷吗？这种事情啊，一个巴掌拍不响，你们大少爷要是想要纳妾收房，就算我把所有丫环都撵走了，他还是一样会有自己的办法，当然，你们大少爷不会那么做的。"

"三小姐，那……那到底该拿她们怎么办？那樱桃早些时候才去勾引大少爷，樱梅这会儿就在打听大少爷的行踪了。"真是骚狐狸一样。

"哦，就让她们去打听。"沈梓乔笑着说，"哦，对了，三少爷和大小姐回来了，也不知他们平日的喜好，你们仔细打听打听。"

红玉和红缨低声应下。

"你们先下去吧，我阖眼寐一会儿，大少爷回来了再叫我起来。"沈梓乔说。

她坐了半天的马车，本来就刚刚病愈，精神还不是很爽利，才刚躺下，就沉沉地睡了过去。

小顾氏带着三个子女回到上房的时候，压抑在心头的愤怒宣泄而出，靠东面墙大炕上的炕桌被她掀下地面，上面的手炉瓷器碎了一地。

齐锋等人吓了一跳。

"娘，您别生气，老夫人就算怎么帮沈梓乔，也无济于事。那草包能做什么呢？说不定到时候乱成一团还要你收拾。"齐云忙上前安抚小顾氏，示意苏妈妈赶紧将地上的东西都收拾干净了。

小顾氏气得手指都在颤抖，"我不生气？我如何能不生气，那老太婆是怎么对待我的？这些年连见我一面都不肯，这沈梓乔才进门，就要我去晨昏定省，还要她帮着管家，她哪里是要沈梓乔帮我，分明是想逼着我将管家的大权交出来给沈梓乔！"

"就算交给沈梓乔，她也做不了什么。"齐云哼道，"娘，您放心吧，二哥以后一定是世子，到时候，齐铮他们分府出去，您就用不着见到他们了。"

"世子之位……还有大哥在，怎么轮得到我。"齐锋泄气地说。

小顾氏不悦地道："怎么不是你？齐铮他能做什么？就算他现在不是傻子了，他如何比得上你的才华横溢？"

齐锋低声说："父亲找过我了……"

"找你说什么？"小顾氏急忙问道，她竟不知道齐思霖找过锋哥儿说话。

"让我以后不要跟大哥产生间隙。"这话的意思很明显啊，父亲就是要将世子之位给齐铮。

小顾氏气得说不出话。

"我不会让齐铮得逞的！"她既然能让陆氏让出正妻的位置，一样能让齐铮不能跟锋哥儿争夺世子之位。

一直默不做声的齐锐忽然说道："娘，怎么没看到樱桃和樱梅两个人呢？"

小顾氏狠狠地瞪了他一眼，"你就只惦记着那两个贱婢，你是国公府的三少爷，跟那样低三下四的丫环整天混在一起像什么话？"

齐锐连忙说道："娘，她们两个识得几个字，不如您就将她们给了孩儿吧，我在书房看书的时候，她们正好在一旁伺候。"

"你闭嘴！"小顾氏没好气地叫道，"她们如今在千林院服侍你大哥，你不许再惦记着她们。"

就是因为樱桃和樱梅两个贱婢整天想着勾引齐锐，这才被小顾氏趁机送到了千林院。

最好能够让齐铮他们夫妻心生间隙，如此一来，她便能一箭双雕了。

"什么？"齐锐叫了起来，"娘，您怎么能将她们送走呢。"

"住嘴！你是不是想为了两个贱婢气死我！"小顾氏没好气地问道，"你既然回来了，从明天起，好好地跟先生上课，跟你二哥学学，考个进士回来。"

齐锐低落地点了点头，不敢再跟小顾氏开口要樱桃和樱梅两个丫环了。

从这里散开之后，齐锐却不死心，派了他院子里的一个小丫环到千林院这里打听樱桃和樱梅过得如何，生怕她们两个长得娇媚动人，令沈梓乔见了心生嫉妒，刻意打压了她们。

在齐锐看来，齐铮跟当年那个傻子还是没什么区别，在齐家没什么存在感不说，就算如今娶妻了，也是要看他们的脸色做人，所以他一点也不觉得让丫环来关心樱桃和樱梅有什么问题。

他觉得千林院就跟家里其他地方一样，都是他想怎么样就怎么样的。

沈梓乔睡醒的时候，齐铮还没回来，却听墨竹说了齐锐那边的丫环来打听樱桃和樱梅的事。

"哦？没想到三少爷还是个怜香惜玉的。"沈梓乔大感兴趣，"怎么回答那丫环的？"

墨竹笑着说："是绿竹去回话的，说樱桃和樱梅在这里不受您待见，差点就被罚了杖毙，有多可怜便说得多可怜。"

沈梓乔听完，挑了挑眉。

"大少夫人，可是奴婢们做错了？"墨竹见了沈梓乔的反应，心中一顿，以为是沈梓乔责怪她们自作主张，如此抹黑了她的名声。

"没，你们做得好。"沈梓乔摆了摆手，"我看，齐锐明天指不定还会自己过来看望樱桃她们，别让人跟着她们，让她们去跟齐锐诉苦。"

"如此，岂不是让大少夫人坏了名声？"万一外面的人都以为大少夫人心胸狭隘容不得比她貌美的人怎么办？

虽然樱桃樱梅还没大少夫人好看。

沈梓乔笑眯眯地说："到时候是谁坏了名声还不知道呢。"

齐铮回来的时候，便见到她心情愉悦的样子，不由得也跟着笑了起来，"发生了什么好事？"

"当然是好事。"沈梓乔笑着说，不过她没打算将这件事告诉齐铮，等明天齐锐真的过来了再说，"我大哥要成亲了，也不知道我未来的嫂子为人如何。"

"朱家是书香世家，你未来的嫂子想必是个温和柔婉的。"齐铮说道，知道她是担心朱家姑娘不是沈子恺的良配。

沈梓乔点了点头，"我大哥是好人，所以肯定会有个好妻子的。"

齐铮暧昧地咬住她的耳垂，"那我是好人还是坏人？"

"你是混蛋！"沈梓乔没好气地说，用力地以双手撑开他，"爹找你去说什么？怎么说了这么久？"

"说太子成亲的事。"齐铮在外面的事从来没想着要瞒着沈梓乔，"太子不肯娶良娣，说成亲一年后再说，本来皇后见着他子嗣单薄，想娶了太子妃的同时，也立两个良娣的。"

沈梓乔似笑非笑地说："如此一来，太子重情重义的美名就要传遍天下了。"

皇后一定是故意的吧，她是知道太子不会同时立良娣，所以才制造了这样的机会让太子得了美名。

"尊重明媒正娶的妻子，是必须的。"齐铮一本正经地说。

第一百六十六章　解释过往

　　翌日，沈梓乔和齐铮出门准备去沈家。

　　齐铮大约能猜到沈梓乔去沈家是为了什么，是想劝沈梓歆慎重考虑跟九王爷的亲事，其实就算劝了又如何？根本改变不了什么。

　　"皎皎，是不是打算将九王爷跟盛佩音的事告诉四姨？"齐铮将她微凉的双手捂在自己的大掌中，目光灼灼地看着她洁白如玉的脸庞。

　　沈梓乔撅了撅嘴，不甘心地说，"我觉得歆儿有权利知道九王爷曾经是个什么样的人。就算不能选择婚姻，至少也能了解未来的丈夫。可是，我也知道，如果我说了，歆儿可能会有心结，在他们未成亲之前有了心结……这对歆儿将来的日子更加不好。"

　　还好懂得这么想！齐铮含笑望着她，"皎皎真是个体贴的姑娘。"

　　"我知道你也不想我说的，哼！"沈梓乔撇过脸，看着窗外的景色，那还是不要说吧，有心结的话，两夫妻是不可能一条心的。

　　齐铮哈哈大笑，搂着她讨好地哄了起来。

　　到了沈家，齐铮和沈梓乔先去了德安院给沈老夫人请安。

　　沈老夫人虽然不喜欢沈梓乔，但齐铮是国公府的大少爷，有可能是未来的世子，她就算年纪再大，也不会端个脸色给齐铮看。

　　周氏一见到沈梓乔，就迫不及待地说起皇上赐婚九王爷跟沈梓歆的事，她想要在沈梓乔面上看到羡慕嫉妒的神色，九王爷啊，真正的皇族王爷，身份比齐铮高贵了不知多少，以后沈梓乔见到歆儿还要行礼低头，一想到这点，周氏的心情真是从未有过的舒畅愉快。

　　他们二房总算有一天能够压在大房头上了，等将来歆儿成了九王妃，还怕没有机会提携两个兄长么？

沈萧如今已经没有兵权了，差不多就是赋闲在家里，沈家以后恐怕还需要他们二房撑脸面。

周氏想着想着，都忍不住笑出声了。

"笑什么？"沈老夫人正在跟齐铮说着齐老夫人，忽然听到周氏突兀地笑出声，不由皱起了眉头。

沈梓乔面色如常地静坐在一旁，眼角余光打量了沈老夫人一眼，上次见到她的时候，已经是快油尽灯枯了，没想到这两天看起来又好了一些。

脸色至少已经没那么灰白了。

周氏轻咳了一声，端正身子，"娘，我是想到恺哥儿就要成亲了，心里觉着高兴呢。"

沈老夫人懒得理她，转头跟齐铮说，"好些年没有见过你祖母了，待我身子爽利了，再去找她讨杯茶喝。"

齐铮微笑地应道："老夫人千万要早点好起来。"

又说了几句不咸不淡的话后，齐铮就被沈子恺给拉走了，好像是有什么紧要的事要跟齐铮说。

沈老夫人没了说话的人，顿时没什么兴致。她对着沈梓乔不会有什么话说，周氏如今每天只会说歆姐儿的亲事，她早就听腻了，见周氏又蠢蠢欲动想要在沈梓乔面前炫耀，沈老夫人不耐烦地摆手，"我乏了，你们先回去吧。"

就等这句话呢！沈梓乔嘴角微翘，站起来笑盈盈地说，"祖母，那我先下去了。"

沈梓乔从德安院出来，就去了沈梓歆的院子。

这丫头正在给自己绣嫁衣呢，正红的嫁衣颜色鲜艳，映衬得她的脸色红润，眼角带娇，沈梓乔看着，心里暗暗地叹了一口气。

"歆儿！"她站在门边叫了一声。

沈梓歆这才发现门边站着沈梓乔，立刻露出个欢喜的笑容，"什么时候来的？"

"来了一会儿，见你这么专心绣着嫁衣，都不敢喊你了。"沈梓乔笑着说，两人好像恢复了以前的情谊，仿佛中间那段不愉快的冷脸不曾发生过一样。

"别笑我，我倒是不想绣这个，我娘不放过我。"沈梓歆说，眉眼神色飞扬，跟半个月前的她完全是判若两人。

沈梓乔握着她的手，"我在庄子里就听说了，皇上给你和九王爷赐婚了，恭喜你，以后就是九王妃。看来再过不久，见着你都不能这样放肆了。"

"胡说什么，再说这话就不理你了。"沈梓歆羞红了脸，眼角含笑，语气嗔怒。

"诶，我不说了不说了！"沈梓乔笑着说，她拉着沈梓歆坐下，"对了，你见过九王爷了吗？"

沈梓歆羞赧地点头，"前些天在护国寺的时候见到过，是听了别人说，才知道他是九王爷。"

说完，沈梓歆脸色微微一变，她是和闺蜜一起去了护国寺，当时恰好在后面的园子见到在跟方丈说话的九王爷，她听着其他几个闺蜜议论才知道那个儒雅卓然的男子就是九王爷。

果然是以前京城有名的第一美男子。

"听说以前沈三小姐对九王爷还如痴如狂呢……"

后来不知谁说了这句话，似乎是意识到沈梓歆的身份，便都不敢说了。

难道皎皎以前跟九王爷也认识吗？沈梓歆狐疑起来。

沈梓乔观察着沈梓歆的脸色，便知她在怀疑什么了。以前喜欢九王爷，对九王爷痴缠烂打的事根本不是秘密，只不过年月一久，别人失去了议论的兴头，但一旦有人再刻意渲染提起，多难听的话都会传出来。

与其让别人胡说八道令沈梓歆有心结，不如她自己说。

"听说九王爷跟皇上求旨赐婚的时候，我着实是吓了一跳。以前我年少轻狂，见着九王爷的样子长得好，便觉得世间只有他最好了，闹出了不少笑话。当时你是不在京城，若你在京城就好了，肯定会劝我不要冲动，平白招惹了外面的闲言闲语，还令九王爷对我厌恶不已……"说着，沈梓乔苦笑一声。

"后来认识齐铮，才知道当年那种对九王爷的恋慕根本不是真正的喜欢，就是……一种对美好事物的追求，如果我有母亲，或许就不会那样了。"沈梓乔说着，低头抹着眼角。

看起来很后悔当初的幼稚行为。

沈梓歆见了心生同情，她是知道以前的皎皎多么任性的，可能便是因为九王爷这件事，才让皎皎意识到了以前的行为是多么刁蛮。

"这哪里能怨你，祖母……祖母心里比较偏颇，对你忽略了教导，大伯娘又去得早，我这个做妹妹的只顾着自己从来没关心过你，都是我不好。"沈梓歆说。

"我只担心你介意以前……"沈梓乔忧愁地说。

"说什么话，我还不知道你吗？你要是不喜欢齐铮，又怎么会嫁给他？"沈梓歆嗔了她一眼，语气期待地说，"不管九王爷以前是什么样的人，只要成亲后我们能够相敬如宾，彼此尊重，那就足够了。"

她相信自己一定能够跟九王爷琴瑟和谐的。

沈梓乔深深地看了她一眼，将嘴里其他话都咽了回去。

或许，不说盛佩音的事对沈梓歆而言才是最好的。

"歆儿，你不介意就好了……"

沈子恺跟齐铮来到书房，沈萧已经在这里等着他们了。

"来了。"沈萧脸色沉重地看了齐铮一眼，"那件事你知道了吗？"

齐铮沉声说："先前听说过了，以为皇上不过戏言，没想到居然会当真了，我下去便去找太子殿下，请他劝劝陛下。"

"皇后娘娘在乾清宫外面跪了一天一夜，皇上都没有改变主意。"沈子恺摇头叹道，"太子殿下未必能劝得住皇上。"

半个月前，孙丞相不知从哪里找来一个什么天玄门的掌门人，引见给了皇上，皇上从此就迷上炼丹修仙。两天前，那道士说在东方的玄武山有个仙人洞府，若是能够在洞府里吸收灵气，对筑基修炼很有帮助。皇上一听，就立刻要去那什么洞府，连朝政都不管不顾了。

齐铮因为才刚刚成亲，已经好些天没有进宫了，只听说了皇上这个月以来沉迷修仙炼丹，却不知已经严重到这种程度。

"朝里的大臣们没有劝皇上吗？"齐铮问。

"皇上已经两天没有上朝了，之前陆尚书上折劝说，被皇上罚了在御书房外跪了两个时辰。"沈萧无奈地说着，如果能够劝服皇上，早就劝了，偏偏皇上如今除了那个道士，谁的话都听不进去。

这就不仅仅是荒废朝政了……

"岳丈大人找我来，是有什么主意？"齐铮压低声音，面色沉重地问。

"太子下个月成亲，如今太子已经能够独当一面，且做事沉稳，不如……"下面的话过于诛心，沈萧没有说出口。

齐铮眉目一动，这话的意思他听明白了。

恐怕不是只有沈萧一个人有这种想法，如今朝中不少大臣都这么想的吧，太子当储君多年，无论是为人还是办事都在其他皇子之上，绝对已经能够成为一国之君。

是要皇上将皇位让给太子，然后再去找什么洞府吧。

这事若是安排得不好，那就是逼宫了啊。

第一百六十七章 责罚

齐铮沉吟了片刻，才拧眉问道，"太子殿下可否同意？"

沈子恺一手搭在齐铮的肩膀上，面色犹豫，"这件事，只是几位大人的意思，还没跟皇后娘娘和太子殿下说。"

所以，是想要他去说服皇后和太子殿下吗？

齐铮说："我明日进宫见见皇后，如果皇后娘娘不同意，就算我们真的……也无济于事，说不定还惹祸上身，反而被人利用了。"

那个道士是孙丞相引见的，肯定已经是孙家的人了，到时候被有机可乘，那受到牵连的就不仅仅是他们，连皇后和太子都会被陷害。

"那个道士是什么人？可有让人去调查过？"齐铮沉声问道。

沈萧眼底滑过一丝厌恶，"那臭道士姓周，是天玄山附近一个门派的掌门人，在当地名望甚高，那里的人都喊他周真人，还说他迟早会是上仙。"

一般道观里的道士都会花钱将自己的名望提高，如此才能为道观招来更多的信徒和香客，齐铮对什么周真人的本事不置可否。

"皇上如今对周真人简直是言听计从！"沈子恺没好气地说。

齐铮没想到事情已经这么严重了，不管怎样，他明天一定要先进宫去见皇后，才能决定接下来应该怎么做。

翁婿舅兄三人又议论了一会儿，沈梓乔让人给他们送来了酒菜，才知道不知不觉已经到了晌午。

过了晌午，吕家胜就来了。

吕家胜以前是杜吉的军师，杜吉被害战死之后，杜家军也就名存实亡了，为了替杜吉报仇，他投身了沈萧，后来，沈萧解甲归田，齐铮亲自去请吕家胜加入太子殿下的幕僚阵营。

"这件事宜速战速决，不能拖泥带水，否则就会失去机会……"吕家胜早已经跟沈萧达成共识，他们都认为孙丞相忽然将周真人带到皇上身边绝对不是好事，说不定是在密谋什么。

他们既然无从知道，那就速战速决，达成自己的目标。

"我即刻去见太子。"齐铮说。

吕家胜道："我与你一道去。"

之前因为不知齐铮是怎么想的，吕家胜一直不敢跟太子殿下提起这件事，如今齐铮既然同意了，想来说服太子殿下就不是难事了。

齐铮让人去跟沈梓乔说了一声有急事要办，便跟吕家胜先行离开了。

沈梓乔有些诧异，齐铮不是还在沐休吗？有什么事那么急？她去找了沈子恺，沈子恺说话却含糊不清，根本不肯跟她说明白，看来事情不简单啊。

她不再追问下去，想着今晚回去再仔细地问问齐铮。

不久，她跟沈萧辞别回了齐家。

冬日的午后，阳光温煦暖和，照得人昏昏欲睡，沈梓乔歪在长榻上，兴致勃勃地叫来了墨竹和绿竹，让她们说说今日有没有人来千林院怜香惜玉一下。

"大少夫人果真是神了。"墨竹笑道，"您前脚刚走，三少爷后脚就到了，不但光明正大地要樱桃和樱梅跟着他走了，还命令奴婢们不许跟您说，好像他才是一家之主似的。约莫两个时辰，樱桃和樱梅才满面春风地回来，和之前那考妣一样的神情完全不同了……"

绿竹跟着说道："这还不说，那两个小蹄子跟孟娘子要求换房间，想要住单间的，说她们身份不比三等丫环，要按照一等的对待她们，那样子，好像过几天就能当主人了。"

沈梓乔哈哈大笑，真遗憾没能看到那两个小丫环被齐锐哄完那个得意的表情。

"大少夫人，您还笑得出，这三少爷也太不像话了，居然……居然将主意打到自己大嫂院子里的丫环身上，传出去也不怕被笑话。"红玉没好气地说。

"齐家除了老夫人和国公爷，谁都没有将齐铮当是真正的嫡出大少爷，以前大少爷……家里那些不长眼的奴才，还都只当二少爷才是嫡子长孙，大少爷受了多少委屈。"墨竹想到齐锐这样一点规矩都没有地欺负千林院，她就气得恨不得找他理论。

沈梓乔连忙安抚着墨竹，"别恼别生气，你们大少爷谁能欺负啊，既然三少爷将樱梅和樱桃叫去了那么久，这两个丫环将我的话当耳边风，那就让她们长长记性，让她们跪到庭院里，院门打开。"

"大少夫人，她们毕竟是夫人送来的……"红玉担心这样惩罚她们，会打了小顾氏的脸。

可沈梓乔为的就是打小顾氏的脸，"没事，不这么做，夫人还会继续往我们这边送人呢。"

墨竹和绿竹对视一眼，都没想到沈梓乔居然敢光明正大地跟小顾氏作对。

就算是得罪了夫人……啊，不，反正夫人从来就看她们千林院的人不顺眼，干脆再不顺眼一点好了。

"奴婢这就去让她们领罚。"墨竹脆声地说着，总算是明白大少夫人昨日交代她要叮嘱千林院的丫环，别随意离开院子，要守着规矩，有什么事要离开，得跟孟娘子说一声。

这樱桃和樱梅将自己当是宝，看不起同是当下人的她们，又怎么会去跟孟娘子低头呢。

"小姐……"红玉担忧地看着她。

红缨却满脸兴奋，"小姐，奴婢去看着。"

沈梓乔低头啜了一口铁观音冲泡的清茶，口齿留香，真是好茶。

不一会儿，外面传来樱桃和樱梅气急败坏的声音，声音听起来有几分尖利，"墨竹你这个贱婢，竟然敢这样对我们！放开，你们知不知道我们是从哪里来的？我们可是三少爷的人！"

"这里是千林院，是大少爷和大少夫人的地方，你扯上三少爷做什么？"墨竹冷笑地问，"还不跪下领罚！"

樱梅挺着胸膛不肯跪下，脸带讥诮鄙夷地看着墨竹，"可别忘了这个家是谁在当家作主，三少爷身份尊贵，哪里是他人能相比的，我劝你们识相点，别到时候自找苦吃！"

说话的声音完全不知收敛，根本不将屋里的沈梓乔当一回事。

不怪这些丫环将齐铮这位大少爷不放在眼里，齐铮在齐家这么多年来从来没真正立威过，当了二十几年的傻子，地位也就比一般管事好些，后来不傻了，没多久又去了西北，家里的下人至今还没意识到齐铮跟以前不一样了，仍然觉得他是不敢跟其他两位少爷作对，更不敢得罪夫人。

她们是夫人派来的丫环，打她们就是打夫人的脸。

樱桃跟着哼了一声，娇贵地拿着绢帕摁着额头根本没有的汗水，"太阳这么猛，万一把我们的肌肤晒黑了，三少爷可饶不了你们！"

墨竹气极反笑，"你们还愣着做什么，还不将这两个贱婢给摁下去！"

"啧啧，真是身娇肉贵，晒一晒都怕给融了，你们两个当奴婢的好像比主人还娇。别忘了，大少夫人昨日交代过什么？你们今日自己做了什么事心里有数。别以为抬出夫人，我们就得将你们当神供着。"

樱梅呸道："大少夫人要罚我们，可问过大少爷了？别到时候……"

"啪！"樱梅白皙娇嫩的脸颊多了一道掌印，将她直接给打懵了。

"怎么着，大少夫人要处置你们，还得先掂量你们的身份不成？你们是什么身份？家里的主人？哪里来的贵人？叫叫嚷嚷的，成什么体统！"打人的是想出来看热闹的红缨，听着这两个贱婢对沈梓乔一脸鄙夷，根本没当三小姐是大少夫人，红缨哪里还听得进去，直接就打过去了。

墨竹在心里暗暗地鼓掌，她早想这么做了！

"你这个贱人，竟然敢打我！"樱梅尖叫起来，想扑过来跟红缨拼命。

她和樱桃两人因为长得好看，三少爷对她们向来怜惜，就是夫人也没重声责骂过她们，今天居然被一个人人都瞧不起的草包给羞辱了。

这千林院早在齐铮成亲之前，一些小顾氏安插进来的眼线早就被撵走了，如今除了樱桃和樱梅，都是齐铮信得过的人，眼见大少夫人终于出手，便再也不用顾及，将那两个丫环用力地摁在地上，手上也不留情地在她们身上看不见的地方招呼着。

樱梅和樱桃吃痛地尖叫起来。

墨竹回头看了屋里一眼，她以为沈梓乔是个会惧怕小顾氏的人呢，如今看来，这位大少夫人真的是不一般。

难怪大少爷会将她当心尖上的人。

绿竹看向她，两人都微微笑了起来，心里都有一种为大少爷终于不再是一个人而开心的感觉。

"沈氏，你是什么东西，竟然敢这样对我们，三少爷不会放过你的！"樱桃叫道。

墨竹沉下脸，对旁边的粗使婆子命令道，"掌嘴！"

那婆子立刻抽了过去，没两下就将樱桃打得脸颊肿痛！

"住手！住手！你们这是做什么，怎么能随便打人！"一道身穿象牙白工笔山水楼台圆领袍子的男子大步走了进来，厉喝着打人的婆子，走过来抬脚就踹了过去。

那婆子被踢中大腿，猛地往后跌倒在地上。

第一百六十八章　婆媳交手

"三少爷！"樱梅和樱桃在听到声音的时候，脸上已经闪过一抹狂喜，再看到齐锐居然一进门就将那婆子给踹开了，她们更是欣喜，觉得果然千林院这边的人都是纸老虎，就算是大少爷在这里，肯定也不敢怎么样。

一定还会跟以前一样，忍气吞声不敢反抗。

"三少爷，奴婢们是奉大少夫人的命令教训不听话的丫环，不知道您这是什么意思？"墨竹脸色铁青地看着齐锐，真是太过分了！这个三少爷将千林院当什么地方了，居然想打人就打人。

齐锐自诩为翩翩佳公子，从小对书中风流潇洒才俊向往不已，所以他对貌美的丫环总是怜惜爱护，觉得他将来必然也会成为书中那样令所有女子喜欢的才俊。

"樱梅和樱桃哪里不听话了？就算是犯了一点小错，只管说几句就好了，用得着罚跪掌嘴吗？"齐锐沉声说道，亲手将樱桃和樱梅扶了起来。

"哎哟，三少爷这是要替我管教丫环吗？"沈梓乔终于慢悠悠地从屋里走了出来，眼睛似笑非笑地看着齐锐。

齐锐脸上的不悦稍微收敛了一些，却仍然不觉得自己做错什么，他皱眉说道，"大嫂，你来得正好，樱桃和樱梅跟别的丫环不同，你可不能随意打骂。"

沈梓乔轻笑一声，"她们跟别的丫环哪里不同了？我看着还是两只眼睛一个鼻子一张嘴，也没缺胳膊断腿的，还真没看出什么不一样的。"

"大嫂，就算是大哥也没对下人这么苛刻，樱梅和樱桃究竟做错什么事你要这么对待她们？"齐锐问道。

真是……博爱又善良的好主人啊。

"回三少爷，这两个丫环不但将我们大少夫人的话当耳边风，还出口辱骂大少夫人，不知道这样的狗奴才，三少爷觉着我们大少夫人不能教训吗？"红玉声音清脆严肃地问道。

"三少爷，我们哪里敢辱骂大少夫人，是大少夫人不分青红皂白地责罚奴婢们，奴婢们想要问个清楚明白，这才顶了两句嘴，三少爷，您一定要替我们做主。"樱梅楚楚可怜地看向齐锐。

齐锐望着两个娇俏可人的丫环，想到不久前两个人才伺候得他全身舒畅，他心中一动，将两人护在自己的身后，直视着沈梓乔，"大嫂，樱梅和樱桃是夫人派来服侍大哥的，你要教训他们，也得问问大哥的意思，免得被人说容不下人！"

"我教训两个下人，还得你大哥同意才行？"沈梓乔闻言，嘴角上翘的弧度更明显了。

这齐家的人究竟是多看不起她？还有这齐锐究竟当齐铮是什么人？别说齐铮是他的大哥，如今她这个大嫂就站在他面前，他还光明正大理直气壮地插手她院子里的事，他不怕传出去被人笑话，她还怕丢人呢。

齐锐心想：就算是齐铮，也不敢得罪母亲，哪里敢这样教训樱梅樱桃她们！

要不是母亲仁慈，齐铮怎么还能在齐家吃好穿好，这沈梓乔不对他们感恩戴德就算了，还这样一副野蛮的样子，果然不是什么礼仪世家出身的，武夫的女儿就是不懂规矩。

"大嫂，我是不想你难做。"齐锐还是一副为了她好的样子。

"这么说，今日我是不能处置这两个丫环了？"沈梓乔似笑非笑地问。

齐锐扬起下巴，倨傲地点头，"没错，她们是我的人。"

"既然如此，樱桃樱梅，你们就跟着三少爷回去吧，以后不许再踏入我千林院一步。"沈梓乔冷声地命令。

樱桃和樱梅两人脸上都是一喜，但随即想到夫人不是让她们去服侍三少爷，而是要想办法让大少爷注意到她们，她们脸色一白，都紧张地看着齐锐。

齐锐大喜，暗想这沈氏还是懂得做人的，"那好，今日我便将她们带走……"

"锐哥儿！"小顾氏气怒的声音在身后传来，众人看了过去，却见小顾氏带着苏妈妈急步走来，眼底仿佛快要冒出火了。

她冷冷地看了站在齐锐身后的樱梅和樱桃一眼，不悦地看向沈梓乔，"你这是怎么回事？有你这样当大嫂的吗？随随便便就往小叔屋里塞人！"

沈梓乔缓缓地行了一礼，这才抬眼直视满脸怒容的小顾氏，不急不躁地说，"母亲，这两个小丫环不服管教，我正想处置她们，三叔忽然闯进我院子里阻挡，直言这两个小丫环是他的人，我管教不得……母亲，我这个当大嫂不能往小叔屋里塞人，难道当小叔的，就能随随便便插手嫂子院子里的事？"

小顾氏的脸色一阵青一阵白的，她狠狠地瞪了齐锐一眼，"锐哥儿向来是个心软的，樱桃和樱梅以前服侍过他，他护着也正常。"

这明摆着祖护自己儿子的话简直是太不要脸了！既然那么主仆情深，小顾氏还将她们往千林院送做什么！

"原来如此，我倒是没听说过，小叔跟丫环主仆情深就能够管教自己的大嫂怎么教导丫环。母亲，我记下了，以后会注意的。"沈梓乔笑眯眯地说。

小顾氏却气得快内伤了，只恨这千林院没有自己的眼线，否则她也不会拖到现在才出现，这个锐哥儿！真是气死她了！

什么不好插手，居然插手沈梓乔的事，这要是传出去，别人会怎么笑话她？要是让国公爷知道……肯定是免不了一顿责罚。

想到国公爷可能因此对她失望，还会连累了锋哥儿……小顾氏真是恨不得将齐锐给狠狠地塞回肚子里！只当没生过这样一个不长脑袋的儿子。

"这件事就这么算了，你三叔年纪小不懂事，你做大嫂的就不要跟他计较了。"小顾氏脸色僵硬地放缓了脸色，这件事是齐锐不对，她怎么也没想到这混账东西居然插手到沈梓乔院子里的事。

简直是成事不足败事有余！

沈梓乔真是忍不住要为小顾氏拍掌了。

刚进门就色厉内荏地呵斥她送丫环给齐锐没有规矩，知道是齐锐不分尊卑不懂避嫌地插手她管教下人，立刻又变了一副嘴脸。如今倒好，直接就说是齐锐年纪小不懂事，一句话就将齐锐的错处抹得干干净净。

"这件事不知道要怎么算了，母亲，不如您教教我？三叔说这两个丫环是您送给大少爷的，我要打要骂还得问过大少爷的意思，这便也罢了，这两个丫环都已经是三叔的人了，母亲将人送给大少爷，是什么意思？"开玩笑！她等着齐锐自己跳坑可不是为了让小顾氏有教导儿子的机会。

小顾氏听了，瞪着齐锐的眼神快要冒火了，她冷冷地逼视着沈梓乔，"那你想怎么样？"

沈梓乔笑了笑，"既然三叔说了这两个丫环是他的人，那就请三叔带回去自己好好管教，我可不敢随便责罚三叔的心上人。还请三叔以后别随随便便就闯入我的院子，这要是传了出去……我的名声不要了，母亲和三叔恐怕也没什么好处。"

齐锐立刻就说："樱梅和樱桃我自然会带走！"

小顾氏听到沈梓乔这带着威胁的话，只觉得眼前直冒黑雾，又听到齐锐这么说，克制不住地抬头打了过去，"你闭嘴！"

"娘……"齐锐捂着脸，错愕地看着小顾氏。

小顾氏咬牙切齿地说："还不带着这两个贱婢给我滚！"

　　樱梅和樱桃的脸色发白，她们没想到事情最后居然变成这样，还惊动了夫人。她们服侍过夫人好些时日，知道她是个什么样的人，只怕……只怕她们两个今日之后就不会有好日子过了。

　　看了看被小顾氏打了一巴掌后瑟缩不敢说什么的齐锐，两人更觉得寒心。

　　她们似乎做错了……

　　"母亲，我们千林院人手充足，其实真的不劳您送自己的丫环过来，儿媳心里会过意不去的。"她要是觉得过意不去了，就会将小顾氏送的丫环送到她的儿子屋里去。

　　看看到时候谁能忍到最后。

　　小顾氏对两个儿子期望很高，绝对不允许他们行差踏错，更不会让他们在这时候被安国公厌弃，所以怎么会容许他们沉迷女色，将两个贱婢当心头宝一样疼惜，传了出去，别人或许会当是风流韵事，但想娶个高门女子就困难了。

　　"我小看你了！"小顾氏压低声音，憋气地对沈梓乔说道。

　　"母亲言重了。"沈梓乔恭恭敬敬地说。

　　小顾氏眼中闪过一抹狠厉的光芒，"今日的事要是传出去……"

　　"家里的下人这么多，方才又一直没将院门关上，母亲，悠悠之口，如何能制止得住？"沈梓乔叹道，"只怕儿媳会多看个骂名。"

　　她能有什么骂名！传了出去，齐锐才是真正地要被人看不起了。

　　沈梓乔却仿佛没看到小顾氏铁青的脸色，"也不知道相公回来后，会不会责怪我送走樱梅和樱桃……"

　　一脸忧心的模样，看得小顾氏差点气血逆行。她哼了一声，扯着齐锐的手就走了出去。

第一百六十九章　羞恼

看着小顾氏气呼呼地走了，墨竹等人都忍不住笑了起来，真是从来没这么爽快过，还担心大少夫人一见到小顾氏会胆怯呢。

"大少夫人，看来夫人再也不会送丫环过来了。"墨竹笑着说道。

沈梓乔示意小丫环将院门给关上，这才笑眯眯地说道，"我倒是想她再送几个过来，二少爷那儿不是还缺人呢嘛。"

红玉却没墨竹她们看起来那么舒心，她说，"只怕这次夫人是将您记恨上了。"

绿竹挽着红玉的胳膊说道，"红玉姐姐您不知道，就算今日咱们不这么做，夫人也不会给大少爷和大少夫人好脸色。这些年来，夫人明里暗里的都不知道给大少爷多少苦头，奈何之前大少爷……如今可好了，大少爷是大英雄了，所以，咱们才不需要害怕。"

沈梓乔点了点头，"你家大少爷威风霸气一统江湖。"

墨竹说："大少爷一统齐家。"

沈梓乔开心地笑了出来。

且说小顾氏回到上房后，心里的火气还蹭蹭地往上冒，特别是在看到齐锐还在跟她屋里的另外一个丫环眉来眼去，更是气得想一口血喷死他。

"把这两个贱婢给我卖出去！"小顾氏将气都出在樱梅和樱桃身上，要不是这两个贱婢勾引锐哥儿，怎么会闹出这样的事情！

小叔居然插手嫂子院子里的事，居然教训嫂子不能管教下人，这话传出去，她什么脸皮都不要了。

"娘，怎么可以，樱梅和樱桃已经是我的人了！"齐锐一听要送走这两个丫环，急忙回过神，阻止苏妈妈去叫人进来。

小顾氏手里的茶碗用力地砸向齐锐，"你这个孽障！你到底有没有脑子？谁让你去插手千林院的事情，你以为齐铮还是以前的傻子吗？你以为沈氏是谁？是你想说怎样他们就得听你的吗？"

齐锐不以为然，"她依仗的不就是齐铮吗？娘，那齐铮就是个傻子。"

"你觉得一个傻子能够将金贼的大汗杀死，你以为一个傻子能够像他这样不声不响成为总兵？他是傻子！他是傻子！我看你才是傻子！"小顾氏手指气怒地直戳着齐锐的脑门。

"那傻子居然装傻！"齐锐愤怒地叫了起来。

小顾氏说："你最好少去招惹齐铮，否则，我饶不了你！"

齐锐却觉得自己这些年来被齐铮欺骗了感到很生气，从小到大，他知道自己比不上二哥的才华横溢，但他起码比齐铮强啊。

如果齐铮是装傻……

真正傻的人就变成是他了！

"还不滚回自己院子里去，今日这件事要是被你父亲知道，你等着被他责骂吧。"小顾氏没好气地说。

齐锐心情低落，转头见到瑟缩在角落的两个丫环，可怜兮兮地拉住小顾氏的衣袖，"娘，这两个丫环都是我的人了，您就放过她们吧。"

这话不说还好，这一说更是差点把小顾氏气死了。

"苏妈妈，还不将这两个勾引主人的贱蹄子给带下去，杖打二十大板后给我卖了！"小顾氏叫道。

"是，夫人。"苏妈妈知道小顾氏是真的动怒了，不顾齐锐的眼色，让人进来将樱桃与樱梅两人押了下去。

到了晚上，齐铮才满身酒气地回来。沈梓乔穿着杨桃色蝶纹寝衣，披着佛头青的素面杭绸鹤氅坐在床头，只露出一张鲜妍明亮的小脸。一见到他回来，她立刻溜下床，张开手就抱住他，随即嫌恶地皱眉，"好大的酒味，臭死了。"

齐铮目光灼灼地看着她，她身上的鹤氅看起来……很熟悉。

"快去洗澡快去洗澡。"沈梓乔推着他，让红缨她们去准备热水。

"我没喝酒，是殿下不小心将酒倒我身上了。"齐铮解释着，拥着她一起走进净房，示意她替自己解开腰带。

沈梓乔踮起脚，嗅了嗅他的嘴，还真的没喝酒。齐铮笑着，在她唇上轻啄了一下。

"是不是发生什么事了？"沈梓乔解开他的腰带。今天从沈家回来的时候，她就感觉到他和沈子恺之间的气氛有些怪异，这两个人不知道在谋划什么。

红缨她们很快将热水都准备好了，被齐铮挥手打发了出去。

"嗯，皇上沉迷炼丹修仙，殿下……心情不太好。"齐铮低声说道，三两下将自己身上的衣裳都脱下，毫不介意在沈梓乔面前展现精壮结实的身躯。

沈梓乔瞪着他肌肉匀称漂亮的胸膛，脸色渐渐地红了。

齐铮看着她面颊泛着潮红，笑着跨进浴桶，"皎皎，帮我擦背。"

"皇上炼丹修仙，殿下有什么好伤心的？"沈梓乔走了过去，眼观鼻地拿过绫巾替他擦背。

"皇上荒废朝政，跟以前判若两人，明天我进宫去见皇后。"他今天见了太子殿下，将那个提议跟他说了，太子听完之后，就只是不停地喝酒。

真要下定决心，还是要找皇后做主。

沈梓乔侧头和他四目相对，"你们是不是在谋划什么事？"

心思这么敏感，这就听出来了？

齐铮笑着伸手按住她的后脑勺，用力地吻住她的唇，舌头灵活地钻入她口内，侵城掠地，在每个位置汲取她的甜蜜。

沈梓乔用力地推开他，羞恼地瞪了他一眼，摔下绫巾，"自己擦去！"

"皎皎，皎皎……"齐铮忍着笑叫她。

哼，不说就不说，谁稀罕！沈梓乔气呼呼地脱下鹤氅，裹着被子面向里头睡下，不再理会还在里面喊着她的男人。

齐铮从净房出来的时候，就见到这小丫头已经背对着他睡下了，他贴着她的背部躺下，滚烫宽厚的手滑入被子里，从她的衣摆探入，熟悉地握住一团软绵绵的嫩肉。

"皎皎，跟我说说话。"他的手指捏住花蕊，细密的吻落在她的后颈。

沈梓乔全身一阵酥麻，想要推开他却反被他制压住，没一会儿，她就已经丢盔弃甲，任由他为所欲为了。

外面还想给齐铮送夜宵来的墨竹尴尬地站在门外，里面细碎的呻吟声和粗喘声直令她们面红耳赤。

"这……怎么办？"墨竹看向红玉，这夜宵是大少夫人交代了要给大少爷准备的。

红玉也是脸红一片，"一会儿……再说吧，我们先下去。"

第一百七十章　贵人的信

欢爱过后，沈梓乔被齐铮抱着一起吃夜宵。红玉和墨竹低着头进来布菜，目不斜视，努力忽略屋里暧昧的奢靡味道。

"你们下去吧。"沈梓乔尴尬地说，她身上还是包着那件鹤氅，可是里面除了肚兜什么都没有，她可不要在丫环面前露出光溜溜的胳膊。

红玉和墨竹忙退了下去。

"都是你啦！"沈梓乔立刻瞪向一脸笑得阳光灿烂的齐铮。要不是他一点节制都没有，哪里需要到大半夜才让丫环去将夜宵送来。

齐铮哈哈笑着亲了她一下，眼睛落在她微敞开的领口，鹤氅的黑色毛领衬着她嫩白如玉的肌肤，一想到里面什么都没有，齐铮觉得全身的血液都要沸腾起来。

进门的时候，见她穿着他的鹤氅，他就觉得如果这样……肯定很好看。

"齐铮！你想干什么！"沈梓乔感觉到胸口一暖，才知道他居然舔吻着她的胸前，没好气地用力推开他。

齐铮低低声笑着，终于克制住冲动，"吃点东西？"

"你今天究竟去做什么了？"沈梓乔喝着红枣雪蛤汤，好奇齐铮下午从沈家离开怎么到夜晚才回来。

"皇上要离开京城去什么天玄山的洞府修仙，其实皇上已经无心朝政了。"齐铮脸上的笑容一敛，没有任何隐瞒地跟沈梓乔说起来。

沈梓乔说："皇上既然沉迷炼丹修仙，那就将朝政的事都交给太子好了，反正太子殿下年轻有为，办事又稳重成熟，肯定会是个很好的一国之君。"

齐铮捏了捏她的耳垂，"原来殿下在你心目中是这么优秀，嗯？"

"我心里最好的男人是齐铮。"沈梓乔绝对是推崇见风使舵这种识相做法的。

"娘子真有眼光。"齐铮满意地笑了。

沈梓乔嗔了他一眼，"那如今是……皇上还不肯退位？"

齐铮点了点头，"好了，不说这件事了，快把汤喝了早点休息。"

看来事情并不简单啊！沈梓乔心想着，有些担心地看了齐铮一眼，今天家里发生的事就暂时不要说了，免得增添他的不悦。

夫妻二人吃过夜宵，没多久就睡下不提。

翌日，齐铮一大早就进宫了，沈梓乔起来陪他吃过早膳后，又回去睡了回笼觉，醒来的时候，已经是日上三竿。

"大少夫人，您醒啦？"墨竹走了进来，手里拿着一封蜡封的信，"是外面的小厮送来的，说是一位贵人指名要送给您。"

替沈梓乔梳头的绿竹将最后的珍珠耳坠坠上，沈梓乔转身拿过墨竹手里的信，"贵人？可有说是谁？"

墨竹摇头，"送信的人什么都没说。"

还没打开信，就见红缨气呼呼地走了进来，"大少夫人，夫人也欺人太甚了！"

"怎么了？又给咱们千林院送人了？"沈梓乔笑着问，小顾氏要是哪天看她顺眼，她还觉得别扭呢。

红缨生气地说道："家里正在给下人们分派新衣，颜色好看尺寸标准的都给领了。我们千林院领回来的全都是压箱底的布料，大少夫人，夫人分明就是故意要为难我们。"

"住口！"红玉呵斥她，"你难道要大少夫人为我们几个下人的衣裳去跟夫人争辩不成？"

小顾氏这么做，自然有她的道理，说不定到时候错处全在大少夫人这里了。

"这跟夫人有什么关系？是那些管事婆子做事。"沈梓乔瞥了红缨一眼，"这种话在这里说说就算了，在外头谁也不许说夫人一句不是。"

不能让小顾氏找到机会发作。

红缨忙红着脸应"是"。

沈梓乔拆开手里的信，看到内容的时候，眉头蹙了起来，眼睛落在最后的写信人名字上，更想将这封信直接扔到炭盆里。

这么想着的时候，她已经将信连同信封扔到炭盆了，"交代外面的人，以后不要将这个人的信拿进来给我。"

墨竹愣了愣，"是，大少夫人。"

接着，沈梓乔就去了陪齐老夫人打叶子牌。

半个时辰后，沈梓乔已经输得一脸血了。

"老婆子活了这么久，没见过一个人打叶子牌能打得跟你一样烂的。"齐老夫人拿过沈梓乔递过来的碎银，对红玉和墨竹说道，"今天你们大少夫人给我添伙食费了。"

两个丫环掩嘴偷笑着，她们也没想到沈梓乔居然能把一副好牌打出烂牌的架势。

沈梓乔哼了哼，摆出一副生死大战的严肃模样，"接下来我要真正发力了，你们小心点，别输得哭哦。"

齐老夫人大笑，"尽管放马过来！"

田妈妈在一旁给她们添水，听到老夫人这中气十足的笑声，忍不住也笑了起来。

老夫人……已经很久没这么开心了。

大少夫人看似没大没小地跟老夫人瞎闹，其实是想逗老夫人高兴吧。

又过了半个时辰，沈梓乔再次战得一脸血。

齐老夫人得意地跟两个小丫环各自数着一共赢了多少钱。

沈梓乔气馁地趴在桌子上，"你们让我蠢死算了！"

她从小到大都没什么赌运，赌钱经常是逢赌必输的，没想到换了个地方还是这样。

齐老夫人笑得不行，"输了不许哭啊。"

"这话是刚刚大少夫人说的。"墨竹笑声地提醒齐老夫人，"您别把我们大少夫人说哭了。"

"墨竹！"沈梓乔红着脸叫道，"我不管啊，你们要请客请客！"

"行，你想吃什么？"齐老夫人大大方方地说。

沈梓乔认真想了起来，"这种天气吃边炉最好了，让人去买几斤羊肉，用羊骨头做汤底，大家围着炉热呵呵地吃着，祖母，那多热闹多好玩。"

齐老夫人现在就喜欢热闹，"就听你的。"

田妈妈笑着道："奴婢这就让人去买羊肉回来。"

沈梓乔扶着齐老夫人到炕上坐下，红玉和墨竹两人收拾着叶子牌。

这时，守在外面的丫环犹豫着走了进来，"老夫人，大少夫人，外头有个小丫环要见大少夫人。"

"有什么事晚点再说。"沈梓乔想起早上收到的信，一点都不想见这个小丫环。

不一会儿，又有下人来回禀，说是罗家的大小姐来了。

罗昭花？她找自己有什么事？

"你去忙你的吧，晚上可别忘了打边炉。"齐老夫人含笑说道。

沈梓乔只好行了一礼，出去迎见罗昭花。

"……你不在家里待嫁，怎么跑出来了？"沈梓乔挽着她的胳膊坐下，罗昭花的亲事就在开春后的二月里。

罗昭花瞪了瞪眼，"你以为我想出来呢，这天寒地冻的，我还不如在家里暖和，出来你这里一趟，还要遭你编排，你要是不想见到我，那我以后可就不来了。"

"我哪里敢编排你，这不是开玩笑吗？"沈梓乔连忙讨好地说，"是不是来看我有没被欺负？放心放心，我上面有人，齐铮不敢欺负我。"

"谁跟你说这个！"罗昭花没好气地说，这女人真是什么都敢说，"其实……是有人特意去让我来找你的。"

沈梓乔的眼睛缩成一根针，仿佛有寒芒乍现，面上却笑得风轻云淡地问，"谁啊？"

罗昭花撇了撇嘴，没好气地说，"九王爷！他说想见你一面。"

"昭花，你知道你在做什么吗？"沈梓乔脸色微沉，严厉地看着她。

"我知道这不合规矩，他就是想让你去见见盛佩音……"罗昭花愧疚地低下头，她知道让沈梓乔出去私会九王爷很不好，要是让别人知道的话，肯定不知要被骂成什么样。

可……可皎皎以前对九王爷情有独钟，什么都不在乎的……

沈梓乔冷笑一声，"我为什么要去见盛佩音？她和我有什么关系？昭花，九王爷不怕被人议论，难道你不为我想想？你以为我还是以前的沈梓乔？"

罗昭花连忙说："我当然不会这么想，只是……"

"只是你未来婆家跟九王爷关系很好，所以你觉得就要帮他这个忙？"沈梓乔冷声问道。

罗昭花的脸色一阵白一阵红的，小声地道歉，"我错了，你别生气了行不？"

其实她是觉得去见见盛佩音没什么不好，反而能够让九王爷觉得欠自己个人情，再说，以前沈梓乔不是对九王爷……还以为这点小事她一定会答应的。

沈梓乔嗔了她一眼，低声说道，"昭花，你一定要记住，我已经不是以前的沈梓乔了。"

她已经不再是那个会为了九王爷奋不顾身，不再是为了九王爷能够愿意牺牲自己的那个蠢原主了。

罗昭花已经羞愧得涨红了脸，"我知道了。"

沈梓乔摇了摇头，"别这欠了我五百两的样子，我没生气了。"

"皎皎你最好了。"罗昭花总算松了一口气，"你说盛佩音要见你做什么？你以前跟她那么好，她对你可不算真心。"

"大概……临死之前想见一见我这个老朋友。"沈梓乔嘲讽地说道。

罗昭花不以为然，不过她听见沈梓乔说盛佩音快要死了却觉得奇怪，"你还不知道吗？皇上去见了盛佩音，将她放出来了……"

第一百七十一章　什么东西

盛佩音被放了出来？

沈梓乔以为自己听错了，惊愕地看着罗昭花，"你说什么？盛佩音被放了出来，为什么，她不是朝廷钦犯吗？"

罗昭花同样是觉得莫名其妙，"这件事我也是早上从母亲那里听来的，皇上如今沉迷炼丹修仙，那周真人不知如何让皇上对他言听计从，好像说皇上五行属水，需要找一个五行属金的女子什么的……才能完成他吃了仙丹后的效果，皇上便让人去寻找五行属金的女子，找了好几个，周真人都说命格与皇上的不相衬，后来周真人自己出宫去寻找，还真让他找到了一个据说很合适的。"

"那人就是盛佩音？"沈梓乔嘲谑地问道。

真是太好笑了，这种狗血到天雷的说法那个皇帝也相信吗？

"那倒不是，那个女子叫马蓓容，是恒汇银号老板马俊峰的妹妹，这个马蓓容赏花宴那天进宫不知犯了什么错，被关在暗牢。"罗昭花说到这里，也是满脸啼笑皆非。

"被关在暗牢那个人不是盛佩音，而是马蓓容！"沈梓乔冷冷地说。

罗昭花说："当日除了九王爷，没人知道她就是盛佩音，说不定九王爷是真的认错人了……"

不可能会认错人！马蓓容就是盛佩音！之前齐铮说过，盛佩音不知利用了什么方法令自己改变了容貌，若非九王爷对她实在太熟悉了，根本不可能认出她。

"皇上将她放出来，然后呢？"沈梓乔就知道盛佩音不会那么快就成为炮灰的，女主都有小强的生命力。

罗昭花摇头，她也想知道，但毕竟是早上才发生的事情，她能够知道这么多已经很不容易了，"我也不知道。"

应该有很好的待遇吧，否则怎么会让九王爷过来找她见面。

"昭花，我要见九王爷。"沈梓乔仔细想了想，她觉得九王爷要找她，或许要说的不仅仅是让她去见盛佩音，"你替我安排一下。"

罗昭花愣了一下，点了点头，"好，我知道该怎么做。"

送走了罗昭花，沈梓乔陷入沉思，她真是太低估盛佩音的战斗力了，如今那个将皇帝忽悠得团团转的周真人，说不定就是她安排的了，她到底想要做什么？

应该不会再想着勾引太子殿下了。

难道赏花宴上，盛佩音一开始的目标就不是太子，而是皇上？

她唯一没料到的是，九王爷会揭穿她吧？

沈梓乔什么心情都没了，只想等齐铮快点回来，她好问个明白。

天色渐渐昏暗，红玉走了进来，看着已经在长榻上坐了大半天的沈梓乔，忍不住放轻了脚步，小心翼翼地地问道，"大少夫人，老夫人那边来问您，什么时候过去用膳？"

"差点忘记了！"沈梓乔急忙回过神，她都忘记今天说好了要在齐老夫人那里打边炉的。

"走吧！"沈梓乔将斗篷披上，带着两个丫环一起来到齐老夫人屋里。

大厅灯火明亮，不时传出欢声笑语，沈梓乔略感诧异，进了门才发现齐锋他们三兄妹也在，齐云正坐在齐老夫人身边，娇俏的脸上带着欢喜的笑容，不知说了什么，竟惹得满屋子的人都在笑。

齐老夫人平日对这三个孙子都不太亲热，今日却因为心情好，倒是跟他们说得挺开怀的。

"大嫂，我们听说祖母今晚这里有好吃的，所以就不请自来了，你可千万不要介意啊。"齐云笑着对沈梓乔说，视线直视过来，仿佛带着几分挑衅。

沈梓乔笑了笑，并不以为然，"今日是祖母请客，我可不敢反客为主。"

齐老夫人意味深长地看了齐云一眼，笑着说道，"正等着你一个人呢，这么晚才过来，小心没口福。"

"您老放心，打边炉我从来吃得最多。"沈梓乔笑眯眯地说，过来扶起老夫人，"一会儿您别嫌我吃得多就行。"

"吃不穷我！"齐老夫人大笑。

齐云见沈梓乔才刚一来就将齐老夫人的注意力都拉走了，不由暗暗跺脚，难怪母亲说老夫人偏心，如此看来，果然是这样，这沈梓乔有什么值得老夫人对她那么好！

"老夫人，芹姨娘来了。"丫环进来禀话，眼角悄悄地瞟了齐锋一眼。

不等齐老夫人开口，齐锋脸色难看地说，"她来这里做什么？祖母，我这就让人将她带回去。"

一个妾室怎么能随便到这里来！

沈梓乔将齐锋脸上的厌恶表情看在眼里，心里嘲讽着，既然瞧不起顾黛芹的天真，又怎么放不下她的绝色容颜。

"祖母，是我让芹儿一起来的。"沈梓乔小声地对齐老夫人说道。

齐老夫人怔了怔，眼中有笑意散开，"那就让芹姨娘跟我们一起打边炉。"

"大嫂真是对谁都好得不得了。"齐云语气酸溜溜地说。

"谁对我好，我就对谁好。"沈梓乔笑着说道。

齐锐因为樱梅和樱桃被小顾氏发卖出去，将心底的怨气都归咎到沈梓乔头上，认为要不是她容不下人，就不会发生那样的事情，他斜眼瞪着她，怪声怪气地说，"大嫂对别人的姨娘是好，对自己院子里长得好看点的丫环却不如何，不打死卖出去就算不错了。"

"三叔这是还在责怪我将樱梅她们送给你？"这个齐锐真是空长了一张俊脸，脑子里都不知道装的是什么东西。

齐老夫人不悦地看着齐锐，"锐哥儿，你是怎么跟你大嫂说话的？"

"祖母，要不是她心胸狭隘容不得人，樱桃和樱梅就不会无辜受牵连了，您别被她骗了，这个女人根本就不是什么好人。"齐锐气呼呼地叫道。

沈梓乔委屈地低下头，眼眶发红，泪水泫然欲滴，似有满腹委屈都说不出来似的。

齐老夫人的脸色沉了下来，看着齐锐冷声问道，"究竟是怎么回事，说清楚！"

齐锐瞥了沈梓乔一眼，哼，现在才知道后悔吗？以后没人不知道她是什么样的女子，像这种心肠恶毒的人，怎么有资格让老夫人这么看重。

"祖母，你有所不知，大哥屋里有两个长得好看些的丫环服侍，大嫂便对她们百般看不顺眼，动不动就惩罚她们，我不过是替她们说了两句话，她便逼得母亲不得不将她们都赶出府去了。"齐锐大声说着，盯着沈梓乔的眼神充满了鄙夷。

顾黛芹一蹦一跳地走了进来，发现屋里的气氛有些奇怪，她困惑地看看这个又看看那个。

齐锋皱着眉将她拉到一旁。

"你的意思是大少夫人教训丫环的时候，你替丫环说好话，你怎么知道大少夫人在教训丫环？你在哪里见到的？"齐老夫人慢悠悠地问道。

齐云拼命地给齐锐挤眼，想让他快点闭嘴，只是齐锐此时脑子都被让老夫人教训沈梓乔的念头占满了，根本没注意到别的。

"在千林院啊。"他回答。

　　齐老夫人笑了起来，随即脸色一沉，眼中透出如刀一般冷冽的光芒，"你娘真是教出个好儿子！都能插手到大嫂的院子里去了，真是不要脸的腌臜东西！"

　　"祖母，那……那是因为大嫂她不能容人……"齐锐从来没见过齐老夫人生气，忽见这从来虽冷漠但还算温和的老太婆变脸，他吓得都结巴了。

　　"大少夫人怎么不能容人了？那两个丫环是谁的人？是你的人还是你大哥的人？堂堂齐家的大少夫人教训两个不听话的丫环，还要你这个当三叔的同意不成？你以为你是什么东西？混账东西！"齐老夫人大怒道。

　　齐锐脸色被吓得发白。

　　"祖母，那是因为那两个丫环小时候服侍过三哥，感情自然不一样，这才冲撞了大嫂……"齐云忙要替齐锐说话。

　　齐老夫人脸色阴沉下来，顿时让人觉得有一股压力迎面罩来，压得人喘不过气，"那两个丫环既然是锐哥儿的人，又怎么去了铮哥儿那边？"

　　"那是因为母亲觉着大哥那边人手欠缺，樱桃樱梅又做事伶俐，便让她们过去服侍大嫂，没想到，大嫂见着她们长得好看，却就……"齐云说完，还怯怯地看了沈梓乔一眼。

　　沈梓乔只是低着头，攥紧手心。

　　墨竹忽然就跪了下来，"老夫人，这件事大少夫人吩咐了奴婢们不许多嘴，怕传了出去三少爷的名声受损，奴婢却不能见着大少夫人受委屈什么都不说，这件事原就是这样的……"

　　"那日大少爷和大少夫人从庄子里回来，大少爷在次间梳洗的时候，樱梅硬是往跟前凑，大少爷原就是不喜欢别人近他身边，便一脚将樱梅踢开。大少夫人知道后，还让奴婢们好些安抚樱梅……没想还没过两天，那两个丫环不顾大少夫人的交代，竟私自出了千林院去找三少爷，大半天才回来。大少夫人说她们几句，她们便顶撞大少夫人，还说大少夫人没有资格管教她们……"墨竹跪在地上，声音不高不低地将整件事都说得一清二楚。

第一百七十二章　禁足

齐老夫人因为墨竹的话，脸色越来越不好看，齐锐仍是一脸不忿，却已经看到齐云对他的暗示。

这时候暗示还有什么用？

小顾氏迅速将樱桃两人发卖出去，就是想将这件事隐瞒下来。她是笃定地认为沈梓乔肯定不会主动拿这件事到老夫人这里来告状的，就是没想到自己的儿子会挑开这个头。

要是她知道了，大概想一板凳砸死齐锐算了。

"好，好，好！"齐老夫人连说了三声好，眼睛凌厉地剜向齐锐，"我们读圣贤书的三少爷居然是这种骄奢淫逸，目中无人，没大没小没脸没皮的东西。"

齐锐脸色发白，"祖母，我做错什么？"

"你连做错什么都不知道，可见你自小到大被你母亲纵放成性，你大哥是什么人？是我们齐家的长子嫡孙，是未来的世子，岂是谁想送不干不净的丫环去他身边就能送的，岂是你想插手管他院子里的事就能管的？你一个单独住在外院的男子，居然还管教自己的大嫂，真是……真是丢脸！"齐老夫人又怒又气，她一直都知道小顾氏是个什么样的人，她就是没想到小顾氏还能将儿子养成这样的纨绔。

"祖母……"齐锐从来没被人这样骂过，他……他以前也是想欺负齐铮就欺负齐铮啊，为什么现在才祖护了两个丫环，就要被骂成这个样子。

他知道自己不应该插手沈氏院子里的事，但他只是替自己的丫环求情，这又怎么了？

怎么在这些人看来，他就那么十恶不赦？

"还不认错！"齐云没好气地瞪了他一眼，这件事她也是知情的，自然是知道母亲全然是为了齐锐好，这又不是什么光彩的好事。偏偏这齐锐是个榆木脑袋，把欺负齐铮当成了习惯，还以为现在的齐铮还是以前的齐铮，更是没将沈梓乔放在眼里。

　　别人看不出来，她却是看出来了，这件事从头到尾分明是沈梓乔故意想要闹得众所周知的。

　　不就是维护两个丫环而已，是沈梓乔非要往小叔插手大嫂管教丫环的问题上带，是她挖了个坑让齐锐跳，才会让齐锐成了笑话。如今府上谁不知道这件事，谁不在背地里嘲笑他？

　　齐锐终于意识到自己似乎做错了，老夫人看着他的眼神根本不是在看自己的孙子，仿佛在看一抹厌恶的陌生人。

　　"祖母，这件事我也是有错的。"沈梓乔见好就收，不再装可怜地走到齐老夫人身旁，低声说道，"原是不想让院子里的丫环随意出去，担心万一做错事惹祸就不好了。"

　　齐云冷笑，"大嫂还真是谨慎。"

　　沈梓乔无奈地说："不得不谨慎，毕竟……我还不是很熟悉。"

　　"去祠堂跪着，待你们父亲回来了，再决定如何处置。"齐老夫人当然明白小顾氏送两个丫环给齐铮是什么意思，哼，连这点耐心都没有，齐铮和沈梓乔才成亲多久，就想着要让他们小夫妻俩不愉快，是已经在心里对齐铮感到害怕了吧！

　　齐锐脸色一白，双脚一软跪了下去，让父亲处置他？

　　"夫人来了。"外面有丫环禀了一句，小顾氏已经风风火火地走了进来。

　　"娘，锐哥儿做错事惹您不高兴了？"小顾氏好像没有看到沈梓乔，笑盈盈地给老夫人行了一礼，转头就骂齐锐，"你这个不省事的，怎么就惹老夫人不高兴了，还不赶紧给老夫人认错？"

　　齐老夫人只是冷冷地看着小顾氏。

　　"祖母，我错了，我再也不敢了，你们别罚我……父亲要是知道了，会打死我的……"齐锐哽咽地求着齐老夫人。

　　齐老夫人也不说话，只是闭目养神。

　　小顾氏见她不为所动，心中暗恨，给齐锋和齐云都打了个眼色。

　　"祖母，三弟年纪尚幼，做事没有思前顾后，您就网开一面，给他一个改过的机会吧。"齐锋在一旁帮忙求情。

　　齐云娇声说："是啊，祖母，如今天寒地冻的，祠堂那边没有地龙，连个炭盆都没有，三哥去了那儿肯定会冻出病来的。"

　　不管齐锋兄妹如何求情，齐老夫人依旧不说话。

　　小顾氏脸色僵硬，她冷冷瞥了眼观鼻、鼻观心的沈梓乔一眼，终于放下了姿态，在老夫人面前跪了下来，"娘，都是我的错，都是我平时太纵容锐哥儿，才让他这样不懂事。"

　　齐老夫人缓缓地睁开眼睛，目光如炬地看着小顾氏，"没错，就是你的错，你没有教他要懂得分尊卑，这个家里，真正嫡出的少爷只有铮哥儿，他是齐家的未来，是以后的世子爷，做人……要懂得审时度势，不要总是将别人当傻瓜！"

"是，娘，我记下了。"小顾氏低着头说道。

"回去吧！"齐老夫人厌烦地挥了挥手，将小顾氏和齐锐都打发下去了，"好好地在屋里反省，不知道自己错在哪里，不许出门。"

不用罚跪，也要禁足。

这已经比让安国公回来再惩罚锐哥儿好许多了。

小顾氏拉着齐锐行礼退下。

齐锋和齐云自然也没了留下来的心情，跟着告退离开，只有顾黛芹依依不舍地看着沈梓乔，却还是被齐锋给硬拉走了。

"祖母……"只剩下沈梓乔的时候，她才心虚地蹭了过去，"都是我不好，是我故意放那两个丫环去找三叔的。"

齐老夫人笑了起来，"哪个女子愿意看到自己的丈夫身边有那种狐媚丫环，再说，又不是你让她们去找锐哥儿，到底不是什么秉性纯良的人，不能怪你。"

沈梓乔说："三叔维护她们，其实是因为她们已经是三叔的人。我当时悄悄将人送给三叔，就不必将这件事闹成这样。"

"是他们作茧自缚！"齐老夫人哼了一声，"皎皎，我能护着你的时间不长，将来你还要面对更多的牛鬼蛇神，你一定要懂得保护自己跟铮哥儿。"

沈梓乔是明显感觉到齐老夫人对齐铮和她的偏袒，却不知究竟是为什么，是因为愧疚吗？

"祖母，我会的。"沈梓乔低眸，她肯定会好好保护她身边的人。

"好了，我们继续打边炉去！"齐老夫人笑着说。

这大概是小顾氏嫁给安国公之后，最堵心憋气烦躁的一个晚上了。

打骂自己的儿子？她舍不得，但恨铁不成钢那种心情真的让她一口郁气憋在胸间。饶是她将屋里的东西都砸烂了，依旧发泄不了一丝半毫的怒火。

最后，齐锐被她勒令回去禁足，她将自己拾掇一番后，等着安国公回来。

沈梓乔吃饱喝足回到千林院，从绿竹那里听说了小顾氏大怒发脾气的事，"……这么多年来，从来没见过夫人吃亏的，不管她做什么，老夫人都睁只眼闭只眼，谁想到这次老夫人竟然一点都不心软。"

以前老夫人睁只眼闭只眼是为了保护齐铮。

要是不这么做，小顾氏哪里会容得下齐铮这个傻子。

话说回来，以齐铮现在的实力，根本不需要再忌惮小顾氏了。

"只怕夫人以后对我们千林院会盯得更紧，你们要小心做事，不能有任何行差踏错。"沈梓乔叮咛着红玉和墨竹她们。

这才刚说完，齐铮就回来了，刚好将她后面的话听了进去。

"发生什么事了？"齐铮走了进来，肩膀上还有残雪，他站在门边将大氅脱下，见几个大丫环都在，以为沈梓乔被欺负了。

"大少爷。"数个丫环矮了矮身子，在沈梓乔的示意下鱼贯出了内屋。

"怎么才回来？吃过了吗？"沈梓乔给齐铮递上热茶。

齐铮粗粝的手指细细摩挲着她滑嫩的脸颊，就着她的手将茶一口饮尽。

"我让人给你打水？"沈梓乔笑眯了眼，脸颊蹭了蹭他的手。

"我们先说说话。"齐铮的嗓音低沉，在这寂静的屋里显得特别有韵味，"这两天家里没发生什么事吧？"

是刚刚听到她的话，所以怀疑了。

沈梓乔拉着他坐下，又给他倒了一杯茶，"其实也没什么事，就是……我把你那两个如花似玉的丫环赶走了，希望爷您千万别气恼。"

齐铮挑高了眉，嘴角翘起，"这么大胆？"

"不过把齐锐得罪了。"沈梓乔笑道。

"嗯？"齐铮感兴趣地看她，"看来不是别人欺负你，是你欺负了别人啊。"

沈梓乔嗔了他一眼，"哪能呢，我善良着呢。"

她将事情始末简单地说了一遍，"……不但得罪了齐锐，恐怕小顾氏对我也恨之入骨了。"

"以后她肯定不敢再往我身边塞人了。"齐铮听完沈梓乔的话，眼底深处闪过一抹寒光。

沈梓乔搂着他的胳膊，小声说道，"祖母对我们真是维护。"

齐铮不置可否，只是含笑摸了摸她的头。

"对了，我还有一件事要问你，盛佩音真的被皇上放出来了？那个周真人是在帮她吧？"沈梓乔想起自己最紧张关心的事情，忙拉着齐铮问道。

"还记得我们上次在树林里见到的那个马俊峰吗？"齐铮眸色微敛，沉声问道。

第一百七十三章　完璧

　　怎么会记不得那个马俊峰！当时这个中年男人还跟盛佩音在树林里上演了一场轰轰烈烈的你上我下的动作片。沈梓乔对出现在盛佩音身边的人都有一种警觉性，她比谁都清楚，盛佩音之所以会成功，靠的就是她身边的男人。

　　"就是他帮了盛佩音吗？"沈梓乔在那次之后找人调查过恒汇银号，马俊峰这个人非常不简单，他并不是出身什么富裕家庭，年轻时候只是个走商，后来做海上生意发达了，就开办了恒汇银号。十年的时间，就几乎将恒汇银号发展成为第一银号了。

　　"这个人在做走商生意之前，在道观当了两年杂役，而最凑巧的，这个道观就是天玄门。"今天他进宫听说盛佩音被皇上亲自接了出来，并且坚决认为她不是盛佩音而是马蓓容的时候，就已经心生疑虑，不由想起之前让人将盛佩音逼出京城时，顺便将马俊峰的老底给挖了出来。

　　他几乎在第一时间就肯定了，这个周真人是马俊峰找来的。

　　孙家跟马俊峰什么时候勾结在一起，居然一点风声都没有，不管是他还是太子殿下的探子都没有查到，这就可以证明，孙家将这件事隐瞒得多深。

　　"皇上这就相信了？"沈梓乔觉得有些不可思议，是不是太草率了？就算盛佩音的容貌改变了，但不可能一点端倪都看不出来啊。

　　还有，当初赏梅宴上的事情是怎么回事？

　　难道赏梅宴上北堂贞景差点被陷害，太子殿下差点被下药的事跟她无关？

　　"皇上相信了，皇后娘娘和太子殿下的话根本改变不了皇上的决定。赏梅宴上被指使的宫人都已经被处死了，没有任何证据可以证明马蓓容就是盛佩音，也没有证据证明她就是下药的人……马蓓容说她是被陷害了。"齐铮将今日在宫里发生的荒谬事告诉沈梓乔。

听说皇上要将马蓓容放出来，并封为仙姑住在宫里的时候，皇后和太子都强烈反对，并将那日赏梅宴上发生的一切都告诉了皇上。皇上一开始是动摇了，可马蓓容不但没有一丝惊慌，反而淡定如常，那姿态看在皇上眼里便多了几分仙风道骨。

马蓓容自己解释，当日她是拿到请帖才进宫参加赏梅宴。她喝了些酒后感到不适，有个宫女领着她去歇息，却不知怎么就遇到了太子殿下，之后发生的事情，就完全让她措手不及。

她完全不知道自己怎么会被关在暗牢。

最后，周真人不知在皇上耳边说了一句什么，皇上立刻不再听皇后娘娘的阻拦，将马蓓容强势留在了宫里，还不许皇后娘娘接近马蓓容的宫殿。

恰好这时九王爷及时出现，他说只有一个办法可以验证马蓓容究竟是不是盛佩音，那就是让宫里的老嬷嬷检查马蓓容的身体，如果还是完璧之身，那就不会是盛佩音。

皇后不等皇上拒绝，立刻让人将马蓓容扭着去检查。

为了怕出现什么差错，皇后命四个老嬷嬷去检查的，这四个嬷嬷都是她的人，她并不担心会被收买。

结果，马蓓容的确是完璧之身。

"怎么可能！"沈梓乔失声叫了起来，她才不相信这时候已经有了再造人工膜的技术，盛佩音怎么可能还是黄花闺女。

"是不是被收买了？"沈梓乔首先怀疑的就是那几个替盛佩音检查身体的人。

齐铮苦笑摇头，九王爷当时的反应跟你也是一样的，"但的确……那几个嬷嬷是皇后的人。"

九王爷是最熟悉盛佩音的人了，既然他都觉得马蓓容就是盛佩音，那肯定就是了，可现在皇上根本就不相信他们的说辞啊。

证据！证据！

要什么样的证据才能证明马蓓容就是盛佩音呢？

"那，那现在怎么办？盛佩音已经在宫里住下了？"沈梓乔问道。

齐铮点点头，"我看皇上的意思……是想将她留在身边了。"

"皇上不是修仙吗？不会还看上盛佩音的美貌了吧。"沈梓乔讽刺地说，修仙的人哪来的七情六欲，难不成将盛佩音当炉鼎修炼不成。

真以为自己能变成神仙吗？

不会吧！沈梓乔忽然犹如醍醐灌顶，一下子就明白之前所谓皇上五行属水需要找个五行属金的女子是为了什么。

真是……沈梓乔已经不知要怎么骂这个皇帝昏庸了。

　　"我知道了，肯定是那臭道士给皇上进谗言，说他需要跟一个五行属金的女子相结合，这样才能发挥丹药的作用，所以皇上才会将盛佩音留在宫里的。"沈梓乔抓着齐铮的袖子说道。

　　这一点，齐铮早就猜到了。

　　"这件事需要从长计议，既然孙丞相将周真人送到皇上身边，想来不会只是将盛佩音弄进宫，我们静观其变。"齐铮低声说道。

　　也只能这样了。

　　她想提防的人只有盛佩音，而太子殿下和齐铮他们想要提防的却是孙家和马俊峰。

　　翌日，齐铮吃过早膳就出门了，说是要去找沈萧商议事情。

　　沈梓乔则被小顾氏叫了过去。

　　小顾氏今日已经完全看不出昨日又大动肝火的迹象，瘦削的脸面神色如常，眉眼之间透着几分精明刻薄。她指着一旁的位置，淡淡地说，"既然老夫人要你帮忙管事，那你就在一旁听着吧。有什么不懂的，等会儿再问。"

　　沈梓乔乖顺地应了一声"是"，走到旁边的太师椅坐下。她心里却狐疑，小顾氏怎么会主动让她管事？这完全不符合她的作风啊。

　　不会是想给她找什么麻烦吧？

　　其实沈梓乔对管家大权一点都没有兴趣，她压根就没想过自己以后要在齐家主持中馈。她只想等着齐铮找到机会分府出去单住，那她就能过自己的小日子，不用整天提高警觉，担心有人要害她和齐铮。

　　只是父母在不分家，何况还有老夫人，恐怕没那么容易能够出去单住吧。

　　大厅里总共有五个管事，有负责内院日常运作的采办，也有各司各房的管事。给小顾氏回话的时候，她们的眼睛却不自觉地瞄了瞄沈梓乔。

　　沈梓乔面含微笑地听着，对这些妈妈们的眼神视若无睹。

　　"……眼见就要过年了，往年该怎么做今年还是怎么做。年关最多宵小，你们多注意些。年货也要开始采办，别临了年尾才匆忙置办。"小顾氏说道，"还有账本，我最近头有些偏疼，今年的账本就交给大少夫人去检查吧。"

　　每年到了年尾，都要将一整年买入支出的账本仔细核算，谨防有人暗中做手脚，小顾氏居然还将这么重要的账本交给大少夫人？

　　难不成是真的……大少爷迟早就是世子爷，这个家将来能够当家作主的是大少夫人？

　　众人脸上惊疑不定。

　　那负责府里丫环四季衣裳交替的妈妈忽然就脸色大变，之前她为了讨好夫人，还刻意刁难了千林院。这……她都已经得罪了大少夫人，以后肯定没好日子过了吧。

"好了，如果没什么事，你们就都下去做事吧。"小顾氏将她们的神色看在眼里，嘴角飞过一抹冷笑。

沈梓乔站了起来，"母亲身子不适，那媳妇就不打搅您休息了。"

小顾氏拿起茶碗，拿着瓷盖一下一下地刮着，笑了笑，"我为什么会头疼，你会不清楚吗？"

"那是母亲太辛苦了。"沈梓乔低敛眼睑，努力做到谦恭乖顺，不让小顾氏找到什么错处。

"是啊，是挺辛苦的，要防着你们伤害我的孩子，怎么能不提高十二万分的警惕？自然是辛苦了一些。"小顾氏冷声说。

这是连客套话都不想应付了吗？"娘，我不明白您的意思。"

"你聪明着呢，怎么会不明白？"小顾氏笑了起来，"咱们明人不说暗话吧，沈梓乔，你到底想要怎样？"

"母亲……"

"别叫得那么亲密！你嘴里叫着母亲，心里骂着老不死吧？"小顾氏瞪着沈梓乔，一想到锐哥儿栽到这个草包手里，她的心就恨得各种憋闷。

"母亲希望我怎么做？"沈梓乔淡淡地问。

"我哪敢指点你啊？只是……大少夫人以后做事可要小心，千万不要行差踏错了。"小顾氏目光阴沉，声音不咸不淡地说着。

沈梓乔欠了欠身，"多谢母亲的提醒，我一定会万事小心，步步妥善。"

小顾氏哼了一声，将茶碗重重地放到桌上，带着苏妈妈就走出了大厅。

"大少夫人？"红玉担心地走近她身边。

"没事，回去吧。"沈梓乔说道，看来因为齐锐这件事，小顾氏对她是彻底恨上了。

回到千林院，墨竹便拿了一张请帖过来，"是罗大小姐使人拿来的。"

罗昭花请沈梓乔明日到罗家去赏梅。

沈梓乔微微眯眼，罗昭花这是替她安排好了吧……明天到底要不要去一趟罗家呢？有些事，她也想问个清楚的。

第一百七十四章　赏梅

沈梓乔还是拿了对牌去了罗家。

罗昭花并没有因为"醉翁之意不在酒"而敷衍这个赏梅宴会，沈梓乔来到的时候，已经有好几个姑娘在梅园里煮酒了。

"齐大少夫人来了。"不知谁开口说了一声，众人将视线都看向沈梓乔。今日她穿了一件银线滚边绣对称忍冬图案淡水红色对襟织锦长裳，披着银白底色翠纹斗篷，下面是一条鹅黄绣白玉兰长裙，衬得她清丽鲜妍。肌肤白皙如玉，就像一朵盛放的绿萼花，高雅秀美，让人眼睛一亮。

原来沈梓乔长得挺好看的啊。

以前只听说沈梓乔做事如何骇世惊俗，没怎么注意她的容貌，今日一见，倒是惊到了不少人。

"皎皎，你总算来了。"罗昭花在主席位上站了起来，亲热地过来挽住沈梓乔的胳膊，"就在等你了。"

沈梓乔有点苦笑，她还以为今天的赏梅宴只是个障眼法，没想到罗昭花还真弄了个赏梅宴出来。

"齐大少夫人如今身份跟以前不一样了，自然跟我们不同了。"坐在罗昭花左手边的一个穿着宝石蓝白霏织丝锦衣的妙龄少女乜斜着沈梓乔淡声说道。

"哪还能跟你们这些未出阁年轻姑娘相比，我都已经成了黄脸婆。你们都体谅一下我，我迟到不是故意的。"沈梓乔不认得那人是谁，但今天她无意跟谁结怨，含笑地在罗昭花身边坐下。

"陶水莲，无端地说这些话做什么？"罗昭花不悦地白了她一眼。

沈梓乔以前从来没听说过陶水莲这个人，更别说见面了，但她却从这个陶水莲的眼中看到敌意。

难道自己在不知什么时候又得罪了人？

罗昭花看出沈梓乔的疑惑，在她耳边低声说，"这陶水莲跟你们家是亲戚，她的母亲是小顾氏的表妹。"

哎哟，难怪了，只是……她也没得罪这个陶水莲啊。

"谁不知道齐大少夫人这媳妇当得比谁都舒服，又不需要伺候姑婆，指不定还要婆婆讨好她才行。"陶水莲语气不忿，都不正眼看沈梓乔。

"陶姑娘，有些话你可说不得。"沈梓乔淡淡地笑道，她终于是明白陶水莲对自己的敌意从何而来了。

敢情是想替小顾氏出头？

陶水莲冷哼一声，"我如何说不得了？难道我说的不是实话？还是齐大少夫人在闺中的时候，没人教过你出嫁了要如何伺候姑婆？"

"行了，陶水莲，这话你还真不能说。齐夫人自从加入齐家就从来没有给齐老夫人晨昏定省，这件事整个京城都知道。你要教训别人，还不如先想想自家的长辈。"在陶水莲对面的一个姑娘声音清脆泼辣地说道。

陶水莲想到小顾氏的确不得齐老夫人喜欢，从来不去给齐老夫人请安，更别说平日里的晨昏定省了。

沈梓乔瞥了那个穿着胡袖水蓝锦衣的姑娘一眼。

"好了好了，今天是来赏梅的，别说这些了。"作为主人，罗昭花不想让大家不欢而散。

好不容易宴席终于结束，沈梓乔离开罗家。马车在出了罗家大门的时候，却被拦了下来。

"大少夫人，是九王爷。"红玉从窗帘看出去，见九王爷站在马车旁边，神情严肃，好像正在生气，不由担心地看向沈梓乔。

这是想做什么？沈梓乔不悦地说，"问他究竟想干什么？"

"齐大少夫人，本王有事请你帮忙。"九王爷温润的声音在外面传了进来，他彬彬有礼的态度倒叫人不好呵斥他，"你能不能去见见盛佩音？"

沈梓乔确定了自己的猜想，"九王爷，你何必呢，既然她已经不是她，就算我去见她，还是一样的结果。"

九王爷低声说："她已经鬼迷心窍，你跟她曾经那么要好，或许你能证明她不是马蓓容。"

"我跟她是仇人，九王爷。"沈梓乔好笑地道。

"所以你才最熟悉她。"九王爷说，"为了皇上……"

沈梓乔打断他的话，"九王爷，你已经是快要成亲的人，这么关心一个跟自己无关的女子，是不是有点不太好？不管现在宫里的那个人是谁，只要皇上认定她，不管别人做什么都是没有关系的。你这么紧张，到底是怕她将来被揭穿，还是见不得她彻底将你抛下？”

这话一针见血，九王爷脸上的血色瞬间全无。

沈梓乔不用看也知道他这时候是什么反应，她摇头轻叹，“九王爷，活在当下，珍惜现在。”

若不是当初在西北见到他不要命地保护盛佩音，沈梓乔也不会同情这个可怜的男配；如果九王爷没有爱上盛佩音，他的人生肯定不会这么失败。

听到沈梓乔的话，九王爷全身一震，又听见她问道，“不管你是因为什么原因要娶我妹妹，九王爷千万记住，被别人辜负了的滋味并不好受。”

她这是在警告他要对沈梓歆好吗？

“你……怎么改变了那么多？”这个疑问存在九王爷心里已经好几年了。当年在盛佩音的酒楼被她嘲讽一番之后，沈梓乔见到他仿佛充满了厌恶，要么就是退避三舍，好像他是什么毒蛇猛兽，这跟以前追着他跑的沈梓乔完全是两个人。

他不知道一个人的改变能够那么快那么彻底。

沈梓乔笑了笑，“置之死地而后生，当初九王爷都要在千佛寺让我成为千夫所指的罪人了，今日何必多此一问。”

她就不相信当初在千佛寺的事他会不知情，他其实就是睁只眼闭只眼，想要让她沈梓乔彻底远离他的视线而已。

九王爷怔住了，原来是从那时候开始……

是了，沈梓乔就是在那时候认识齐铮的。当初他听说皇上有意要赐婚给他，而且那女子就是沈梓乔，所以才想利用盛佩音跟这个女人是闺蜜，让沈梓乔嫁给齐铮那个傻瓜，以此来摆脱她的纠缠。

没想到世事无常，沈梓乔真的嫁给齐铮了，可齐铮并不是傻子。

沈梓乔吩咐小厮，“回府吧。”

回到齐家的时候，才发现齐铮已经回来了，正在书房里看书。

“大少爷回来多久了？”沈梓乔解下斗篷，问着旁边的墨竹。

“回来有小半个时辰了，吩咐了奴婢，您回来了就去告诉他一声。”墨竹回道。

沈梓乔说：“不用了，我去书房找他。”

因为盛佩音变成马蓓容的事后，齐铮取消了休假。他已经连着几天到入夜才回来了，今天难得这么早。

齐铮的书房是不允许他人接近的，沈梓乔过来的时候，书房门外的小厮却轻轻地将门打开了。

　　她第一次过来书房的时候，就被挡着不让进。后来那个小厮被齐铮骂了一顿，从此她到齐铮的书房都是大开绿灯。

　　沈梓乔进门的时候，就看到齐铮在书桌后看书，好像没有察觉到她的到来。

　　看得这么认真？沈梓乔放轻了脚步，蹑手蹑脚地走近。正要开口吓他一下的时候，齐铮忽然伸手将她捞进了怀里，笑着说，"就你这点道行也想吓我？"

　　"你早就知道我进来了！"沈梓乔撅嘴哼了一声，"还以为你真的看书看得那么认真。"

　　齐铮哈哈笑着，"就你这脚步声，谁听不见？"

　　沈梓乔小脸故意沉下来，"你嫌弃我走路不够大家闺秀吗？"

　　"哪敢啊。"齐铮将她抱着坐在自己腿上，"今天去罗家开不开心？"

　　"嗯，挺好的。"沈梓乔靠在他胸前，听着他的心跳声，"在罗家门外遇到了九王爷，说了几句话。"

　　齐铮轻轻地"嗯"了一声，并不怎么在意地问了一声，"说了什么。"

　　"让我进宫去见盛佩音，找到蛛丝马迹证明她就是盛佩音。"沈梓乔说。

　　"你怎么说？"齐铮剑眉微蹙。

　　沈梓乔玩着他的手指，"当然是不干啦，皇上现在那么喜欢盛佩音，我去指证什么，谁还能指证她啊。"

　　齐铮嘴角微微一翘，"读书给我听。"

　　"你自己不会看。"沈梓乔拒绝，那些繁体字看得她头都晕了。

　　"我喜欢听你的声音，特别是在激动的时候……"齐铮压低声音，薄唇贴着她的耳朵暧昧地说着。

　　沈梓乔脸颊一下子好像烧起红晕，她用力地瞪了他一下。

　　齐铮低头吻住她的唇，轻轻地含住她的唇瓣吮吻着，男性阳刚的气息瞬间侵占她所有的感官意识。

　　"皎皎……"齐铮低哑地叫了她一声。

　　"嗯？"

　　他的手放在她的腿心位置，粗喘着问，"走了没，小日子走了没？"

　　沈梓乔前几天小日子，他都已经忍了好些天。

　　"昨天就没了。"沈梓乔小声地说着。她才说完，他的唇已经堵住她的小嘴，温柔的吮吻变得充满了侵略性。

　　"啊！"沈梓乔感觉到自己被他横抱了起来，惊呼了一声，双手紧紧地抱住他的肩膀。

　　"齐铮，要，要干什么？"沈梓乔红着脸，他……他不会想在书房就……

　　齐铮已经抱着她往书房屏风后走去了。

第一百七十五章　正事

　　转眼又过去了数日。

　　改名马蓓容的盛佩音被皇上封为了贤妃，在后宫一时风光无限，就连之前最受宠爱的冯美人都被皇上彻底冷落了。

　　盛佩音忽然变成马蓓容，并且知道周真人就是马俊峰的人之后，沈梓乔已经料到这个结果了。

　　所以她很淡定地接受了。

　　估计接下来盛佩音要忙着对付宫里的那些妃嫔了，祝她威武霸气一统后宫。

　　沈梓乔无暇去关心盛佩音了，她如今所有的心思都在沈子恺三天后就要成亲的喜悦里。

　　朱氏在两天前就已经来到京城，就住在离安国公府不远的青池胡同镇国公府，三天后在镇国公府出嫁。

　　镇国公府的朱老夫人是朱依依的姑婆。

　　"镇国公姓顾？跟小顾氏……没什么关系吧？"沈梓乔在知道镇国公的姓氏后，一颗心提到半空，待齐铮回来，她立刻扒着他问道。

　　齐铮失笑，"怎么想到这个了？"

　　沈梓乔便将她未来的大嫂要在镇国公府出嫁的事告诉了他，她已经担心了大半天。要是小顾氏跟镇国公府真的有什么亲戚关系，那……那她会觉得很纠结。

　　"天下同姓的人多了去，怎么可能都是亲戚，别想太多了。镇国公府跟顾家一点关系都没有。"齐铮笑着说道，有时候，他都觉得这个小妻子的想法实在太有趣了。

　　那就放心了！沈梓乔眼底的忧虑一扫而空，笑眯眯地跟齐铮商量要不要先去见一见这位未来大嫂。

　　"再过两天就能见到了，你如今去见了又有什么意义？"齐铮好笑地问。

沈梓乔撇了撇嘴，这不是想先看看朱依依是不是真的适合大哥么。

不过的确已经没什么意义了，合不合适他都已经是她的大嫂。

"好了，心里的石头搬开了，我们去给老夫人请安吧。"沈梓乔挽着齐铮的胳膊笑眯眯地说道。

齐铮忍不住伸手捏了捏她的鼻子，"有了大嫂，你大哥就是你大嫂的了。"

沈梓乔有些黯然，是啊，沈子恺娶老婆之后，他跟自己就不会像以前那么亲近了吧？也不会像以前那么不顾一切维护自己了吧？

不对，这么想不好，沈梓乔用力地摇头，"大哥对我已经很好了，他也需要别人疼惜他。"

齐铮含笑摸了摸她的头，"我会疼你的。"

小顾氏也在老夫人的屋里，在跟老夫人说齐锋的婚事。

"……左家的姑娘我今天去见过了，眉眼长得极好，跟锋哥儿是天生一对呢。"小顾氏笑得合不拢嘴，孙贵妃答应了要将她的侄女许配给锋哥儿，今天小顾氏就是去千佛寺相看了。

那左家的姑娘很让她喜欢。

齐老夫人淡淡地点了点头，"这样就好，锋哥儿也该成亲了。"

若是顾黛芹好好的……那就好了。

小顾氏笑着说"是"，正准备说另外一件事的时候，齐铮和沈梓乔就进来了。

沈梓乔跟老夫人行礼，微笑着看向小顾氏的时候，便听小顾氏说道："大少夫人来得正好，今天在千佛寺听到一些传言，说得有些不堪。你来了，你自己便说说，究竟是怎么回事？"

"母亲，我不明白您这话是什么意思？"沈梓乔眉尖微挑，完全不知道小顾氏要挑什么刺儿。

"你昨日与谁私会去了？"小顾氏眼睛闪着得意的笑，心想：终于有了沈梓乔的错处可以发作，她就不相信，齐铮会一点都不介意自己的妻子跟别的男人去私会。

第一百七十六章　敲打

私会，不管是对已婚或者未婚的女子而言，都是非常严重的指控。小顾氏连私底下问清来由都没有，就这样在大庭广众之下质问沈梓乔，除了脸色阴沉的齐老夫人和齐铮，齐锐和齐云的脸上都难掩幸灾乐祸的笑。

沈梓乔听到"私会"两个字，就知道小顾氏指的是哪件事了。

她微微一笑，并没有出现小顾氏以为的惊慌和害怕，"母亲，这话我听不明白，什么是私会？"

"你还想狡辩？你昨日去哪里了？"小顾氏只当沈梓乔是在死鸭子嘴硬，她斜眼看了看齐铮，很意外没在他脸上看到愤怒的神色。

听到自己的妻子在外面私会，哪个男人都会愤怒生气的吧。

"昨日我去了罗家参加赏梅宴，这件事不是跟您说过吗？"沈梓乔笑着问，不必说，昨日她在罗家门外跟九王爷说话的事情肯定被人传到小顾氏的耳中了。

"去了罗家参加赏梅宴之后呢？"小顾氏又厉声问道。

"自然是回来了，难不成我还能去了哪里？"沈梓乔面色不改，依旧是笑盈盈的样子。

小顾氏冷哼一声，"你是不见棺材不掉泪！你从罗家离开之后，分明是跟九王爷私会了。"

沈梓乔笑容瞬间一沉，目光清澈冷静地看着小顾氏，"母亲，这些话你说出口就要负责任，是谁看到我跟九王爷私会了？去哪里私会了？"

居然还这么理直气壮？小顾氏冷笑着看向齐铮，"你倒是好胸襟，自己的女人跟别的男人私会，居然还无动于衷。"

齐铮冷冷地瞥了她一眼，"你若是无凭无据，我便将你交给九王爷。九王爷堂堂皇亲贵胄，不是谁都能污蔑的。"

小顾氏只觉得心底一股怒火翻滚涌了上来，"哼，谁不知沈氏以前跟九王爷那点事？如今都已经成亲了，居然还不死心，大庭广众之下便跟九王爷在窃窃私语，这成何体统？传出去了我们齐家的脸面何在？"

"怎么私会变成在大庭广众之下了？"齐老夫人淡淡地问。早上的时候，沈梓乔就跟她说过昨日在罗家门前遇到九王爷，没想到今日到了小顾氏嘴里，却变成了私会。

"一个已婚妇人，跟一个男子有什么好说的，别人看见了，自然……自然就胡思乱想，说成是私会，一传十，十传百，我们齐家一样丢脸。"小顾氏理直气壮地说道。

"如此说来，遇到任何男性的亲戚都不能开口说话，开口说话便是私会？"沈梓乔面无表情地看着小顾氏。她一点都不相信外面有人传她和九王爷私会，昨日罗家大门外虽然不是人来人往，但并不是一个人都没有。何况她当时连九王爷都没见过，只是在马车里面应话。如果这样都会惹人闲话，那干脆她一辈子都待在家里不用出去算了。

"九王爷和你什么时候成了亲戚？"小顾氏嘲讽地问道。沈梓乔在罗家门外遇到九王爷这件事是陶水莲今天跟她说的，外面根本没有传言什么私会，但她就是想要让齐老夫人和齐铮知道，沈梓乔跟九王爷的关系不寻常。

齐铮说："九王爷不久便是皎皎的妹夫。"

居然忘记九王爷再过几个月就要迎娶沈家四小姐的事情了。

小顾氏面色微僵。

齐云叹了一声说道："大嫂，别人若是与九王爷在街上说几句话倒是无所谓，但你怎么一样，你当初……"

"我当初怎么了？"沈梓乔冷声问道，"九王爷才华横溢，当初我仰慕他才华这件事谁都知道，难不成便是因为如此，我与他说了几句话，就是不守妇道，要母亲您这样羞辱我？"

"你敢说你问心无愧？"齐云叫道。

"我问心无愧！只是不知道你们有什么居心？"沈梓乔目光看向齐云，那眼神冷漠凌厉，看得齐云不敢与她对视。

小顾氏说道："我也是从外面听来的……"

"既然是道听途说，母亲为何连听我解释都不曾便责怪我？"沈梓乔咄咄逼人地问道。

"娘，树正不怕影子斜，要是沈氏没有心虚，怎么会怕外面说什么。"小顾氏转向齐老夫人，老夫人最忌讳的就是名声了，如今让她知道了沈梓乔不是什么品行端正的女子，以后肯定不会再相信她喜欢她了。

齐老夫人早在小顾氏开口的时候就看穿她究竟在打什么主意，她慢悠悠地问，"你看皎皎心虚了吗？"

沈梓乔目光清澈冷静，一点都看不出有心虚的样子。

"你是齐家当家夫人，该拿出一点气度来，就算外面真的有人胡说八道，你也要呵斥阻止，怎么帮着外人误会自己的儿媳妇？"齐老夫人教训道。

小顾氏的脸色一阵红一阵白的。

"娘，我知道了，下次我会知道怎么做。"小顾氏咬牙说道。

且不说老夫人一点都没有要训斥沈梓乔的意思，就连齐铮也是一脸冷漠，好像她诬蔑了他的妻子。明明就是沈梓乔不守妇道，一个两个都是疯魔，都被沈梓乔给弄得魔障了！

小顾氏挑拨不成反而被教训，心中不快，干脆就起身告辞了。

没多久，安国公让人将齐铮叫去了书房。

沈梓乔在齐老夫人面前跪了下来，"祖母，都是我以前年幼无知，若是换了别人，即便是跟九王爷面对面说话，也不会有闲言闲语传出，都是我不好。"

虽然齐老夫人今天一直在维护她，但沈梓乔看得出，她其实是不高兴了。

因为她以前为了九王爷败坏了名声，如今就算老夫人不相信她，她觉得也是正常的。

齐老夫人低眸看着沈梓乔，低声说道，"谁都有年幼无知的时候，你自幼丧母，祖母对你疏忽教导，这是情有可原的。如今你已经是齐家的大少夫人，一举一动都跟以前不一样，做事需要思前顾后，免得像今日一样，被无中生有，反而令自己难堪。"

沈梓乔不敢反驳，温驯地说"是"。

"起来吧，地上冷着。"齐老夫人见沈梓乔乖巧听话，便示意田妈妈将她扶了起来。

她敲打沈梓乔，并不是不相信她，而是担心沈梓乔太年轻，不懂得人心算计。昨日她与九王爷碰巧见面，于情于理行个礼，问声好都是再寻常不过，偏偏在某些人眼中，这就成了十恶不赦的罪。

沈梓乔心里明白齐老夫人是想要她以后要更小心，今日小顾氏这样当面挑拨是她始料未及的，看来小顾氏对她真的恨之入骨了。

"祖母，我以后一定会更加谨慎，不让人找到把柄。"沈梓乔低眉顺耳地说，"更不会做出让齐家失去脸面的事。"

齐老夫人见沈梓乔一点就通，心里很欣慰，"你明白就好。"

回到千林院，沈梓乔沉默地坐在炕上，她在想昨天的事究竟谁会去告诉小顾氏，她身边的人……是绝对不可能的，红玉是她的人，赶车的小厮是齐铮的人，看来是有别人看到了。

陶水莲……

但当时陶水莲已经离开罗家了，她又是怎么知道的？

是罗昭花身边的人有问题吧！

沈梓乔将红玉叫了进来，让她明日去一趟罗家，将今日的事情告诉罗昭花，她自然就知道该怎么做了。

红玉为沈梓乔愤愤不平，心里直骂小顾氏，"定要让罗大小姐拔了那嚼舌头的。"

"这件事到底是我疏忽，是我没有做好。"她太想当然了，以为只是在外面说几句话不会有什么问题，但有很多人在盯着她，恨不得她立刻犯错呢。

"那都是过去的事情，只有不怀好意的人才记着。"红玉说道。

"要防的……就是那些不怀好意的。"沈梓乔淡淡地说。

齐铮撩帘走了进来，听到沈梓乔的后半句话，面色端凝，"怎么了？"

红玉低首退了出去。

沈梓乔上前替齐铮拿过大氅挂在一旁，"父亲找你什么事？"

"问了一下宫里的事情。"齐铮说着，将沈梓乔拉着坐到身边，"我走后，老夫人可有说什么？"

"只是叮嘱了我几句话，没什么。"沈梓乔笑着说。

齐铮怜惜地捧着她的脸，"委屈你了。"

沈梓乔笑着摇头，她一点都不委屈，"除了你，谁也不能委屈我。"

只要他没有误会她，别人怎么说，又有什么关系。

齐铮心中一动，低头吻了吻她的唇，"小顾氏太闲了，看来真的要找些事给她忙。"

沈梓乔笑着问："例如什么事？"

例如……那个已经在京城安置下来的外室，要是小顾氏知道那外室又回来了，不知道还能不能整天想着对付皎皎。

齐铮抱着沈梓乔坐在自己的腿上，"我刚刚跟父亲提过了，请他同意我们出去住。"

沈梓乔眼睛一亮，"父亲怎么说？"

第一百七十七章　喜事

如果能够出去单过，那就不用整天对着小顾氏，更不用小心翼翼，生怕做错什么被揪着不放。沈梓乔骨子里还是希望有自由舒适轻松的婚后生活，如今这种大宅门生活让她觉得很累。

齐铮却有些内疚，在没有成亲之前，他就答应过她，待成亲之后就带着她分府出去的。

"父亲不同意，说要请旨封我为世子。"齐铮无奈地说，"我已经拒绝了。"

沈梓乔叹了一声，她早就知道，这事儿肯定没那么容易。安国公和老夫人都想要齐铮成为世子，怎么会同意让齐铮分府出去呢。

"就算你拒绝了，父亲也不会同意的。"她说道，"还是再找机会吧。"

齐铮摸了摸她的头，"委屈你了。"

"不委屈。"沈梓乔抱着他的腰，笑着说道。

齐铮心中微动，将她横抱了起来，走向床榻，一夜春光压冷意。

翌日，红玉带着沈梓乔的话去了罗家。罗昭花听完之后，立刻就明白发生了什么事。她冷着脸对红玉说，"告诉你们大少夫人，这件事我一定给她一个交代。"

红玉福了福身，这才离开了罗家。

沈梓乔将自己的意思传达给罗昭花后，便将这件事放下了，她所有心思都在沈子恺成亲的事上了。

转眼就是十一月十九这天，天才微微亮的时候，她就已经起来了。她还没下床，就被齐铮的长臂捞回怀里，"还早着呢，你再睡会儿，今天你还要跟着忙呢。"

沈梓乔其实有些紧张，"你今天怎么睡懒觉，快起来。"

今天齐铮沐休，他的长腿压住沈梓乔，在她耳边嘟囔着，"好不容易能够睡懒觉，自然是要多睡一会喽。"

"今天我大哥成亲。"沈梓乔嘟着嘴叫道。

齐铮笑了起来，"就算忙也该是新娘子那边忙，你大哥这边有你三舅母呢。"

要不是有潘家的三位舅母帮忙操持，周氏一个人根本顾及不来沈子恺的亲事，她还要忙着歆儿的嫁妆。

沈梓乔在齐铮怀里磨蹭念叨了几下，终于让齐铮放开了她。两人梳洗吃过早膳，就去了沈家。

沈家到处一片喜气洋洋的气氛，张灯结彩，沈萧端肃的面庞都带了微笑。

"大哥，恭喜啊。"沈梓乔笑眯眯地看着沈子恺，喜服穿在他身上，一点怪异的违和感都没有，显得英挺俊朗，高大潇洒，看得沈梓乔都为这个大哥骄傲了，"今天真是帅呆了。"

"尽是胡言！"沈子恺瞪了她一眼，黝黑的脸庞浮起不易察觉的红晕，"还不去后面帮舅母的忙。"

"大哥你不能有了大嫂就不要妹妹啊。"沈梓乔继续笑着打趣。

沈子恺没好气地伸手弹了她一下。

"疼！"沈梓乔痛呼，"以后让大嫂替我报仇。"

把沈子恺又闹了个大红脸。

沈梓乔这才放过她，往内院去找三位舅母了。几天前，二舅母也来了京城，还有大舅父也一起来了。

吉时一到，沈子恺便去迎接新娘子了。沈梓乔和三位舅母都在内院眼巴巴地等着，同样紧张的还有周氏。

在沈梓乔出嫁之后，沈家的管家大权又落在周氏手中。然而，她很清楚在沈子恺的媳妇进门后，她手里的对牌便要交出来，沈家的大少夫人才是真正的主母。

她已经派人去打听过这个朱氏了，听说是个性子柔软，温顺听话的世家千金，想来对庶务应该没什么兴趣。以后只要她将这个大少夫人拿捏在手里，沈家内院还不是一样她说了算？

周氏的打算，是想将家里的大权以后交给自己的儿媳妇。

吉时很快就到了。

朱氏被送入新房。沈子恺在全福人的示意下，揭起朱氏的红盖头，露出一张精致漂亮的脸蛋。

沈梓乔站在后面一看，着实是惊艳了一把。

新娘子是标准的鹅蛋脸，眼睛像黑葡萄一样，水亮晶莹，鼻子秀巧，小嘴如樱桃。

她面颊泛红，羞怯地抬头看了沈子恺一眼，又重新低下头。

沈子恺觉得自己的心忽然扑通跳了几下。

"哎哟，新郎官都看呆了。"不知谁笑着说了一句。

朱氏红着脸，将头埋在胸前。

沈子恺尴尬地咳了一声，和朱氏喝过交杯酒后，就出去给宾客敬酒了。

虽然沈梓乔很想留下来陪朱氏说话，不过，她很清楚朱氏如今应该很累了，便跟着舅母他们一块离开新房，到外面去吃喜酒。

喜宴结束，沈梓乔还沉浸在喜悦中。她今天喝了不少酒，小脑袋晕乎乎地靠在齐铮的胸前，"大嫂长得真漂亮，大哥肯定会喜欢她的，他们两个的日子一定和和美美的。"

齐铮搂着她，笑着说"是"。

"听说太子殿下今天也来了？"沈梓乔捧着自己的脑袋，摇摇晃晃地问道。

"嗯，殿下也来了。"看得出太子殿下心情不是很好。

沈梓乔觉得有些发困，眼睛闭了起来，"他快要成亲了吧？"

"嗯。"齐铮在她脖子后面轻揉着，舒服得沈梓乔越发想要睡过去。

太子殿下娶了北堂贞景，恐怕盛佩音会针对北堂贞景吧。这两个人本来就是天敌，虽然换了一种方式敌对，但肯定过程会很激烈。

北堂贞景千万别让人失望才好。

沈家，新房。

沈子恺紧张地走进新房，今天很多人都敬他酒，但他并没有喝太多，妹妹替他将酒都换成了清水。

朱氏挺直腰板在等着他。

"你怎么不休息一下？"沈子恺见她还带着凤冠，桌子上的东西也没吃一口，不由替她感到心疼。

"相公还没回来。"朱氏小声地说道。

沈子恺心中一动，走了过去替她将凤冠拿了下来，"戴这么一整天，脖子都要断了。"

朱氏眼睛微亮，嘴角噙着一丝浅笑。

"我让人去准备吃的。"沈子恺说，并没有发现朱氏羞怯的表情透着几分欢喜。

第一百七十八章 姑嫂

第二天是新娘子认亲戚，沈梓乔昨天喝了酒，早上起来的时候觉得脑仁涨疼，喝了一杯浓茶下去，才稍微觉得好了些。

齐铮练功回来，见沈梓乔无力地趴在桌面上，无奈地笑着走了进来，"看你以后还敢不敢喝那么多酒。"

见到齐铮回来，沈梓乔抱着他的胳膊蹭了几下，"怎么知道才喝几杯就会头晕？你没看到我舅母她们，一杯又一杯，面不改色的。"

"你没喝过酒，怎么能跟舅母一样？"齐铮笑道，"我们还要去沈家呢。"

"对啊，今天新娘子认亲戚。我们快回去，在等你呢。"沈梓乔立刻来了精神，好像那头疼一下子就好了。

齐铮眼中含着宠溺微笑看着她，性子真是一点都没变，即使已经是嫁给了他，在他面前还像个小孩子一样。

让她一辈子都这样无拘无束像个孩子一样开心，是他最大的愿望了。

两人来到沈家，沈家的亲戚已经在大厅等着了。

沈老夫人坐在上首，看起来心情似乎不错，正在跟另一边的沈萧在说话，沈梓乔跟他们行礼后就坐到自己的位置上去了。

大厅上的其他亲戚沈梓乔并不熟，除了二房沈二老爷一家，还有一些她记忆里没有的，应该是旁系的亲戚。

不一会儿，沈子恺就携着朱氏一起出现了。

沈梓乔仔细观察着这对新人，见沈子恺在朱氏跪下行礼时体贴地搀扶她，对她一副小心翼翼的样子。而朱氏抬眼低头之间，对沈子恺也有一种羞赧的感激。谁都看得出来这对新人之间默默流淌着甜蜜幸福。

真是……太好了！沈梓乔不知为什么忽然感到眼睛酸涩。

看来大哥很喜欢大嫂，而大嫂看起来又是个温柔知礼的人，站在大哥身边如同小鸟依人，真应了那句"天生一对，地造一双"。

沈子恺能够娶到一个适合自己的好妻子，沈梓乔比谁都高兴。终于不用让疼爱自己的大哥毁在盛佩音手里了，这是沈梓乔最有成就的事情。

改变谁的命运，都没有改变沈子恺的让她感到欢喜。

彼此见礼后，沈萧将齐铮和沈子恺叫着去了书房，沈梓乔便亲热地挽了朱氏的手，"他们有他们的事，大嫂，咱们说自己的。"

周氏瞄了瞄她们姑嫂亲密挽在一起的手一眼，淡淡地说："三姑奶奶，大少夫人，我那边还有事，就不陪你们了。"

沈梓歆原是想留下来，却被周氏硬是给拉走了。

"三姑奶奶，那我们……"朱氏见旁系的女眷都随着周氏的离开渐渐地散了，并不怎么将她这个大少夫人放在眼里。她不恼不急，只是含笑望向沈梓乔。

"我们自己人就不要客气了，我去大嫂那边蹭杯茶喝。"沈梓乔对周氏的做法感到不悦，更觉得这些什么亲戚真是墙头草，以为周氏的未来女婿是个王爷，所以都紧赶着去巴结了。

自己人？朱氏眼中带笑，这话形容得好，她知道这是沈梓乔在告诉她，不用理会那些外人怎么想，"姑奶奶喜欢喝什么茶？"

"别叫我姑奶奶，叫我皎皎吧。"沈梓乔笑着道，"我和大哥一样，对茶都没什么讲究，大嫂有什么好茶只管拿出来。"

朱氏轻笑一声，心底的紧张感也没了。

早听说相公跟亲妹妹的感情最深，看来这话并不假，"早上相公也说过这样的话。"

沈梓乔哈哈地笑了起来，"那你给我大哥喝什么茶？"

"给他泡了一壶毛尖，结果他却说这铁观音汤水清澈，香气馥郁。"朱氏掩嘴小声地说道。

走在朱氏身后的妈妈却不住地跟她挤眼。

怎么将姑爷的糗事告诉别人，就算沈梓乔是姑爷的妹妹，那到底隔了一层。万一让姑爷知道了，一定要责怪小姐到处说他的事，万一惹他不高兴了那怎么办？

沈梓乔看到那妈妈的眼色了，不过她没放在心里。她大笑地跟朱氏说："我大哥从小就在兵营里长大，对喝茶赏花赏画什么的雅事并不上心，但不代表什么都不懂。喝茶不敢指望，花花草草什么的，还是能上得了台面的。"

朱氏笑着记下，这是沈梓乔在提醒她，该怎么跟沈子恺找到共同语言呢。

姑嫂二人到了花厅，朱氏让人去沏茶过来。

沈梓乔对品茶真的一点技术都没有，不过朱氏让人送来的茶她还是能喝出清香甘醇的味道。

"这茶我好像喝过。"沈梓乔笑着说，"不过我不知道是什么茶，就不多说献丑了。"

"是铁观音。"朱氏笑着说，"我平时就喜欢喝茶。"

沈梓乔不好意思地说："我平时就喜欢吃，我大哥说我是小吃货。"

朱氏再也忍不住笑了出来，出嫁之前，母亲特意叮嘱过她，千万不要得罪了沈子恺唯一的妹妹，他们兄妹可说是相依为命长大的。不但已过世的婆婆将沈梓乔当宝疼着，沈子恺更是疼爱这个妹妹，就连母亲将所有嫁妆留给她都没有怨言。她作为大嫂，更不能有半点不高兴表露出来。

还说沈梓乔性子刁蛮，连自己的祖母都不放在眼里，更何况她这个大嫂。今日一见，她却觉得打听来的传言似乎有异。

沈梓乔一点都不像传言里说的那样，反倒真诚可爱，对她这个大嫂是真心想要亲近的。

是因为沈子恺，所以才对自己特别亲密吧。

朱氏望着沈梓乔的眸色更是充满了善意和笑容，既是相公疼爱的妹妹，那就是她的妹妹了。不管别人怎么说，眼见为实，自己的感觉才是最真实的。

"等下次我做几样小菜给你尝尝。"朱氏笑着说。

旁边的丫环对沈梓乔道："我们大少夫人做的东西味道可好了。"

沈梓乔眼睛一亮，"那我不客气了，大哥真有口福啊。"

朱氏俏脸微红。

姑嫂二人气氛融洽地聊了起来。

书房里，沈萧脸色沉重地看着儿子和女婿。

"昨天皇上将太子殿下训斥了一顿，这件事我今天才知道。"齐铮面色严峻，最近宫里的形势越来越令人担心了。

"太子殿下平时做事严谨小心，怎么会让皇上训斥了？"沈萧因为已经解甲归田，宫里的事情并不能及时地收到消息。

齐铮说："殿下意图阻止皇上去天玄山。"

就是因为太子殿下阻止陛下的冲动，便被陛下怒斥他不孝，想要阻止他修仙，不让陛下长生不老，是想他早早死去好继承皇位。

太子殿下对皇上向来儒慕敬重，被深爱的父亲这样训斥，殿下是真的伤了心。

"这样下去，只怕……"沈萧眼中浮起忧色，"三皇子最近都在做什么？"

齐铮脸色一沉，"三皇子跟周真人走得很近。"

谁都清楚，继续这样下去，就要变天了。

"皇后还没有下决定吗？"沈萧沉声问道。

之前没有下决心，通过昨日太子被皇上这样训斥，恐怕就不一定了，"我明日再进宫一趟！"

沈萧原本对朝局的变化并不怎么在意，更觉得不管哪个皇子是储君，他衷心的都是皇上，这样肯定不会有任何问题。但自从从西北回来之后，他这个信念就开始有些动摇了，因为皇上已经不是以前的那位明君了。

如果让三皇子成功登位，恐怕这个国家的气数也要尽了。

三皇子是个什么样的人？不学无术，骄奢淫逸，对朝中的大臣随意谩骂，一点尊重都没有，和太子殿下简直是天地之分——这也是为什么朝中大臣都极力想要保住太子的原因，江山社稷不能被三皇子这样的人毁了。

偏偏如今皇上身边不是周真人就是那个马蓓容，这马蓓容被皇后让人关进暗牢里，要不是皇上忽然提出要去天玄山，皇后也不会顾不上她，反而让她有机会出来。孙家和马家如今勾结在一起，为的是什么，司马昭之心路人皆知。

翁婿三人又商议了一遍，沈萧最后沉吟了片刻，说要去找何首辅喝酒，便直接从书房离开了。

沈子恺拉着齐铮去自己的书房说话。

经过花园的时候，听到一阵莺啼燕语从水榭那边传来。沈子恺笑着说，"皎皎或许在那边，我们过去打个招呼。"

"……您以后就是皇亲国戚了，真是羡煞人，难怪沈家都是您说了算。"

"哪里哪里，不是还没成亲吗？"

"圣旨已经下了，难道还能有变？"

"四小姐果然是不同的，天生富贵命啊……"

"……"

沈子恺和齐铮还没走过去，便听到水榭那边传来各种奉承的声音。听来听去，就是没听到朱氏和沈梓乔话语。

两个大男人对视一眼，都停下了脚步。

"以后沈家还得靠你们才能光宗耀祖！"

"可不是……那一房好好的请旨解甲归田，可连累了不少人！"

沈子恺听到这话，眼中燃起了怒火。若不是齐铮将他按住，他怕是克制不住要出去骂人了。

"先回去！"齐铮低声说，不用去看也知道沈梓乔和朱氏没在那里。

第一百七十九章　不忍

　　沈子恺怒火填胸地回到自己院子，吓得一旁的丫环脸色发白。

　　朱氏和沈梓乔正在说到哪天有空在院子里烧烤赏雪，就听到外面的动静，才想让身旁的丫环去看看怎么回事，就见沈子恺大步走了进来。

　　"相公。"

　　"大哥，你干吗，吓死人了。"沈梓乔没见过沈子恺这么生气的样子，忙看向随着一同进来的齐铮。

　　沈子恺见朱氏好像被自己吓到了，忍着气低声说，"你们怎么在这里？那些长舌妇都巴结二婶去了？"

　　"跟她们有什么好说的？还不如我跟大嫂在这里聊天自在。"沈梓乔笑着道，对沈子恺的火气感到莫名其妙，难道是责怪朱氏不懂得招待客人？

　　那些亲戚有什么好招待的。

　　"是啊，有二婶招待她们了，我就和皎皎躲这里偷闲。"朱氏含笑说道，她哪里看不出来，沈子恺这是心疼她受了委屈。

　　朱氏心里很感动。

　　齐铮跟沈梓乔打了个眼色。

　　"大哥，既然你回来了，那我们先回去了。"沈梓乔笑着跟沈子恺告辞，"下次我给你带点铁观音啊。"

　　沈子恺面色一红，抬手又想敲沈梓乔的头。

　　"大嫂，你瞧，我大哥有家暴的倾向，你一定要小心啊。"沈梓乔躲到齐铮身后去，对着沈子恺扮了个鬼脸。

　　把沈子恺给气乐了。

"快把这个丫头带走。"沈子恺对齐铮笑道，刚才心底的那点火气莫名地就笑没了。

齐铮嘴角翘了起来，忽然有点羡慕沈子恺跟沈梓乔的兄妹情谊。

朱氏更是彻底确定了心里的猜想，沈子恺对沈梓乔这个妹妹是真心疼惜的。而沈梓乔也是敬重兄长的，并不像母亲打听来的那样，沈梓乔总是占着沈子恺便宜。

"那我们先走了。"沈梓乔跟齐铮笑着告辞。

待上了马车，沈梓乔才问齐铮是怎么回事，大哥忽然就气成那样了。

齐铮将他们在花园水榭旁边听到的话告诉沈梓乔，"……这些话虽是在奉承周氏，实际是在埋怨岳丈大人，你大哥听了自然生气。"

不止大哥生气，齐铮心里也不好受吧，沈萧为什么请旨解甲归田，齐铮是最清楚不过了。

沈梓乔说："我爹的主意，什么时候轮到她们说三道四了，妇人之见懂个什么东西。"

齐铮低声地笑了起来。

"我大哥生气最主要的原因，其实是那些人让我大嫂受委屈了吧？"沈梓乔沉默了一下，才终于明白，沈子恺怎么会不知道沈萧当初请旨的后果。而且沈家需不需要靠二房才能光宗耀祖，这件事他比谁都清楚。

沈梓歆嫁给九王爷，沈家二房就能够前途无量？周氏那两个扶不起墙的儿子就能够平步青云？别笑死人了。

"看来子恺还挺看重朱氏的。"齐铮笑着道。

"这么娇滴滴的漂亮小妻子谁不喜欢。"和朱氏相处了半天，她觉得朱氏外表看起来虽然柔柔弱弱的，但绝对是个聪明的人。

她挺喜欢朱氏的。

那边在沈梓乔他们离开后，朱氏也安抚着沈子恺。

"……其实也没什么，我和皎皎说话很开心。他们喜欢巴结二婶，那是他们没眼力。"朱氏坐在沈子恺身边，声音柔柔地说着。

"要不是她，舅母她们今天就不会借口有事不来了。"沈子恺气呼呼地说，为了他和皎皎的亲事，真是麻烦了舅母他们不少。没想到周氏不但不感激，还左一句讽刺，右一句挑剔。二舅母是个见不得别人说自己的，和周氏一言不合就吵了起来。

今天大舅母就让人来说了，东越那边有急事，她们得赶紧回去。新娘子的这杯茶，等以后他们夫妻二人去了东越再喝。

他都不敢跟皎皎明说，只说东越那边来信了，家里有急事，所以三位舅母他们才急着回去。

"皎皎说找一天我们在院子里烧烤……"朱氏心里对周氏虽然不怎么喜欢，不过，她没有表现出来。

周氏这种人……并不难对付。

齐铮第二天就进宫求见皇后了。

皇后娘娘知道他是为什么事而来，将两旁的宫人都打发下去，神色疲倦地看着自己的外甥，"太子的事，你听说了？"

"皇后娘娘，三皇子如今跟周真人越走越近，马家更是和孙家合起伙来想要……不能再这样下去了。"齐铮担心哪天孙贵妃的手就伸向皇后，怕她有个什么不测。

皇后娘娘本来白皙红润的脸色经过这些天的忧虑变得有些苍白，听了齐铮的话，更是露出几分苍老之态。

她跟皇上是少年夫妻，两人互相扶持才走到今天。如今皇上被奸人所惑，她真的做不出逼他退位的事。

舍不得……两人的夫妻情谊。

可如果不这样做，她和她的儿子就不一定有活路了。

"再想想办法，若是能够劝服皇上，就……不要……这种事，大逆不道……"皇后眼中含泪地看向齐铮。

"皇后娘娘，微臣明白您的意思。"齐铮心中叹息，一个顾及夫妻情谊，一个念着父子之情，都是狠不下心的。

皇后坐直身子，将齐铮的手紧抓着，"皇上下个月才决定离开京城，我们想想办法，一定有办法的。"

"皇后娘娘，您先要保重自己，孙贵妃和马贤妃对您和太子虎视眈眈。孙贵妃还有三皇子，您如今要做的不是怎么劝皇上放弃炼丹，而是保护自己和太子殿下。"齐铮沉声地说着，他担心皇后只顾着皇上，而忽略了最重要的事情。

"你放心，我晓得。"皇后冷冷地说，"前天皇上训斥太子，我就明白这些人在打算什么了，本宫岂是她们想如何就如何的。"

齐铮听到她这么说，才终于放心下来，只要还有斗志就行了。

"想办法，让马家跟孙家反目。"皇后双手紧握成拳，疲倦的双眸迸射出强烈的斗志。

"齐铮，你去找你外祖父，就说，不要再忍了。"皇后低低声地说。

齐铮腰板一挺，深幽的眸子亮了起来，"是，皇后娘娘。"

第一百八十章 不适

皇后的父亲陆言是两朝元老，虽然表面上已经不理朝中的各事，但他的门生遍布各地。因为女儿无端病死，陆老心底对安国公有怨，已经十几年没有跟安国公说过一句话，对外也称没有齐思霖这个女婿。

陆老对安国公不满，但对自己的外孙却非常喜爱。齐铮身边的护卫就是陆老以前安排的，陆老也是极少数知道齐铮是装傻的人。

齐铮出宫之后，便让群叔去安排出城的事。

陆老不在京城，而是在离京城不远的一个小村庄颐养天年。

"这么晚了要出城？"已经准备就寝的沈梓乔听到刚回来的齐铮这么说，顿时惊讶地坐直了身子，看着他连坐下喝口茶的意思都没有，心中一顿，不是出什么事了吧？

齐铮不想她担心自己，笑着搂着她的肩膀，"有点事找外祖父商量，顺便将他接回京城，说起来，你还没给外祖父敬茶呢。"

尽是挑不着边际的轻松话说，显然齐铮出城要办的不是什么小事，沈梓乔眉眼间染上忧虑，"你别骗我，不管是什么事，你都要跟我说。我不想在别人嘴里知道你的消息。"

"真的没事，就是将外祖父接回来。"齐铮笑着道。

什么时候不能去接，偏偏要在这时候？沈梓乔紧紧揪住齐铮的袖子。

齐铮低声安抚着，"是皇后娘娘有急事想跟外祖父商量，你放心，我明天就回来了。"

看来是宫里出了事，沈梓乔抱住他，"那你小心一点。"

"好。"齐铮含笑在她面颊上亲了一口，这才拿起一旁的大氅匆匆出去了。

沈梓乔不知为何，一颗心却悬了起来。

翌日，京城如往常一样平静。只是如今这种平静看在沈梓乔眼里，就成了暴风雨来临前的平静了。

沈梓乔被小顾氏叫到了上房。

"你究竟懂不懂什么叫尊卑之分，一个姨娘的份例居然比一个嫡出的姑娘还要高，你这是怎么安排的？"小顾氏指着账册，对着沈梓乔一顿呵斥。

这个月家里各房的份例发放是沈梓乔把关安排的。小顾氏今天检查了账册，发现顾黛芹的份例居然比齐云多了一倍，立刻就将沈梓乔叫过来训斥了。

"母亲，云姐儿的份例向来都是这么多的。"沈梓乔对小顾氏的找茬感到无聊。顾黛芹好歹是小顾氏的侄女，平时没有多加照顾就算了，居然还计较这点份例。

如果不是小顾氏，顾黛芹怎么会成为一个小妾？人家好歹是顾家的嫡女，就算不嫁，在家里的日子难道就比在齐家的差了。

"芹姨娘的份例又是怎么回事？"小顾氏冷声问道。她如今见到顾黛芹，就想到自己算计铮铮不成，结果反而连累儿子娶了个傻子，让儿子成了京城的笑话。

她怎么可能喜欢顾黛芹，她恨不得顾黛芹去死。

沈梓乔淡淡地道："芹姨娘最近身子不太好，需要不少补身子的药材，所以我才改了份例。"

"你改了份例？你凭什么改份例，你以为你是谁啊？"齐云在一旁没好气地问道。

对于齐云的斥问，沈梓乔只是漠然地瞥了她一眼。不管她凭的是什么，齐云就没资格质问她。

沈梓乔连回答齐云一声都没有，眼中的冷漠毫不掩饰鄙夷。

小顾氏气结，好啊，居然还一副理直气壮的样子，"好，好啊，看来我这个当家主母是不用再当下去了。大少夫人好大的架子，随便让一个姨娘就比过嫡出的姑娘。这家里真是乱了套，我管不了了，让老夫人做主吧，我说不得这个儿媳妇。"

"母亲，我方才已经说了，芹姨娘身子不适，需要补身子，所以我才让账房多加了些月例。"沈梓乔对小顾氏是彻底无语了，难道找到老夫人那儿，小顾氏能讨得了好吗？

"她今天早上来给我请安还好好的，怎么就身子不适了？"小顾氏哼了一声，认为沈梓乔就是想借着顾黛芹打齐云的脸。

"那就请大夫再为芹姨娘把脉吧。"沈梓乔淡淡地说。

其实是顾黛芹身边的妈妈悄悄来找她，说芹姨娘可能是有了身孕，只不过月份小还不能肯定，请她多帮忙照顾些。沈梓乔看过顾黛芹每个月的份例，那就是比个大丫环好一些而已，根本就是有人见顾黛芹不受小顾氏待见，所以有意刁难。在齐家，一个姨娘每个月的月例是有十两的，可到了顾黛芹手里就剩下五两银子了。沈梓乔便将之前被管事婆子克扣的月例一并还给了顾黛芹。

没想到小顾氏居然还好意思兴师问罪，是怕没人知道她苛待自己的侄女么？

小顾氏被沈梓乔这风轻云淡与己无关的态度气得七窍生烟，还以为自己的质问会令她紧张害怕，没想到她不但不知罪，还理直气壮。

"如今不是芹姨娘身体的问题，是你安排月例不公。姨娘就是个下人，下人还能跟主人一样的待遇？不若大嫂以后就比照下人的月例好了。"齐云冷笑着说道。

沈梓乔冷厉如冰的目光直逼向齐云，那目光如同利剑一般，看得齐云脸上一僵，眼中露出惧意。

"红玉，去请大夫。"沈梓乔不屑地收回视线，冷声交代了身后的红玉。

"是，大少夫人。"红玉应声而去。

沈梓乔淡淡地说："芹姨娘最近胃口不佳，时常作呕，喜欢吃些江南小吃。一直以来，芹姨娘的月例就比正常的要少一半。如今我将以前欠了她的月例发还给她有什么问题？母亲既然觉着我这么做不对，那往后这家中的事……我便不再插手就是了。"

顾黛芹的月例被克扣这件事，齐云是知情的，因为大部分从顾黛芹那里克扣下来的银钱都被齐云私吞了。

小顾氏在听完沈梓乔这番话后，脸色顿时变得铁青。

她的愤怒已经不仅仅是沈梓乔自作主张，而是她话中那句芹姨娘胃口不佳，时常作呕。这句话是什么意思，小顾氏比谁都清楚。

真是……该死的贱人！

"真是好笑了，一个上不了台面的小妾胃口不好就要增加月例，这家里还有没有规矩。"齐云刻意忽略沈梓乔后面的话，想将小顾氏的注意力转到别的地方去。

"那么大小姐贪墨了一个姨娘的月例，不知道又是哪门子的规矩？"沈梓乔笑了笑，乜斜着齐云问道。

齐云脸色一僵，支吾着喝道，"你胡说什么！"

"我是在胡说还是你在心虚？"沈梓乔冷声反问。

"沈氏，你有什么证据！"齐云大怒，逼近沈梓乔瞪着她问道。

小顾氏用力一拍桌面，"够了！"

她狠狠地瞪了齐云一眼，"闹够了没？"

"娘？"齐云错愕地看着小顾氏，今天不是想找个由头警告沈梓乔不要插手齐家的事吗？怎么变成是她在闹了。

小顾氏心里是恨不得咬死沈梓乔。早些时候怎么不说顾黛芹是有身孕，偏要憋到最后才开口，分明就是想闹开了让她下不来台。

云姐儿暗地里偷偷克扣顾黛芹银子的事她并不知情，但女儿是她生的，刚刚云姐儿脸上那表情一看就知道沈梓乔的话没说错。

沈梓乔能将这件事说出来，显然是有十分的把握指证云姐儿的。要是这件事传了出去，云姐儿以后就别想找个好婆家了。

"去看看大夫来了没有，我们过去瞧瞧芹姨娘。"小顾氏努力扬起温和的笑容。她看似有几分欢喜，其实心里暗恨，要是芹姨娘真的有身孕，生下的是个姑娘还好，万一是个男孩……

那就是锋哥儿的庶长子，按照之前她跟顾家私底下的协定，是要将顾黛芹扶为平妻的。

让一个傻子当锋哥儿的平妻，她不如自己先去死了算！

一行人随着小顾氏一起到顾黛芹的院子，红玉也刚好带着大夫从垂花门进来。

顾黛芹正在吃着酸梅汤，忽地见到小顾氏带着一群人过来，吓得躲到贴身妈妈的身后，神情如惊弓之鸟。

这个傻子！这个上不了台面的傻子！

见到顾黛芹这模样，小顾氏气得握紧双拳，脸上却仍带着温和的微笑。

"芹姨娘，母亲过来看望你的。别怕，过来。"沈梓乔朝着顾黛芹招了招手，示意她过去。

顾黛芹眼巴巴地看着桌面山的乌梅，"酸梅……"

小顾氏差点就想骂出口了，就只惦记着吃，像什么话。

"听说你最近胃口不好，让大夫替你号号脉。"小顾氏淡淡地说，心里是希望不要是有了身孕。

听到小顾氏这么说，顾妈妈猛地看向沈梓乔。

沈梓乔朝她点了点头，示意她不要担心。

"芹姨娘，一会儿我再给你送乌梅。你让大夫替你瞧瞧好不？"沈梓乔走了过来牵着顾黛芹的手，柔声地哄着。

顾黛芹看了看沈梓乔，又看向顾妈妈，怯怯地点了点头。

"去把大夫请进来！"小顾氏吩咐道。

不一会儿，大夫就低着头走了进来，顾黛芹一双清澈纯真的眼睛眨了眨，根本不知道发生什么事。

第一百八十一章　没有消息

　　这大夫是小顾氏经常叫来号平安脉的吴大夫，是京城的名医，对妇科非常有一手。沈梓乔不想小顾氏找麻烦，所以让红玉请的是她最相信的。

　　小顾氏在看到吴大夫的时候，心里咯噔了一声。她已经很清楚，顾黛芹八成是有了身孕，否则沈梓乔不会有这么笃定的信心。

　　顾妈妈紧紧地跟在顾黛芹身边，生怕她会出什么意外。

　　吴大夫在看到顾黛芹的时候，有一瞬间的失神。他从来没见过这么倾国倾城的绝色美人，在将手搭在顾黛芹的脉门时，他眼中流露出失望，真是太可惜了！要不是神志不清……这样的美人，还不知道会有什么样的荣华富贵。

　　齐云撇嘴不屑地看着顾黛芹，不就是不舒服么，有什么了不起的，还需要找吴大夫过来给她把脉。一个上不了台面的小妾，装什么尊贵。

　　沈梓乔面含微笑地看着顾黛芹。

　　小顾氏见到她这个样子，心更加往下面沉去。

　　吴大夫的手松开，小顾氏立刻就上前问道："吴大夫，如何？可是肠胃不适？"

　　"恭喜国公夫人，这位少夫人是有喜了。"吴大夫忙拱手道贺，没看到小顾氏的脸色瞬间一变。

　　"什么少夫人，就一个妾室……什么？有身孕？"齐云本来听到吴大夫尊称顾黛芹为少夫人，正想讽刺几句，才缓过神他后面那句话的意思。她瞪向还一脸懵然的顾黛芹。

　　沈梓乔跟着道贺，"恭喜母亲，要当祖母了。"

　　屋里的丫环齐齐矮下身子恭贺。

　　小顾氏已经一脸铁青。

　　吴大夫心中惊讶，这样的美人居然只是个小妾，简直是暴殄天物！难道是因为这女子的神智……所以才只能屈身为姜？

"难道要生下个小傻子吗？还不如一剂堕胎药……"齐云没想到顾黛芹有了身孕，她狠狠地瞪了那个白痴一眼，想让小顾氏直接让顾黛芹将孩子打掉。

"闭嘴！"小顾氏本来就心情阴霾，被齐云这么一说，更是气不打一处来。说这话也不看看场合，吴大夫进出的都是名门世家，要是将齐云这恶毒的话传了出去，她将来还能嫁得出去吗？

沈梓乔冷冷地说："芹姨娘是因为生病才导致智力未开，二叔身智健康，如何会生出小傻子？"

原来是因为生病导致的……真是可惜！吴大夫在心里叹息，"没错，若是后天导致的神志不清，对胎儿是没有影响的，只要多加注意就行了。这位……姨娘月子尚浅，还需休息养胎才好。"

小顾氏脸上没什么喜色，她朝着吴大夫点了点头，"多谢吴大夫了，还请吴大夫开几副安胎药。"

顾妈妈脸上一喜，夫人若是能够因为这个孩子而喜欢芹姐儿，那芹姐儿以后的日子就会好过很多了。

将吴大夫送走之后，小顾氏面色阴晴不定地看着顾黛芹。

她早防夜防，还让自己的大丫环去服侍锋哥儿，就是不想锋哥儿沾染这个白痴。没想到她还这么能耐，怀上了锋哥儿的儿子。

"我让你好好养病，你怎么跑到锋哥儿那里去了？"小顾氏瞪着顾黛芹问道。

顾黛芹吓得缩在顾妈妈怀里，"是……是锋哥哥拿玫瑰花糕给我吃……"

"不要脸的东西，脑子不清醒还学会勾引男人了？"小顾氏只觉得一股怒火从胸口烧了上来，气得她浑身发抖。

"母亲，芹姨娘是二叔的人，这怎么叫勾引呢？"沈梓乔对小顾氏的怒火感到愤怒。明明是她自己的儿子管不住下半身，居然还责怪顾黛芹去勾引齐锋。那齐锋要是看得上小顾氏送去的丫环，也不会往顾黛芹这边跑了。

居然忘记沈梓乔还在场了！小顾氏将心底的怒火压住，冷冷地看着顾黛芹旁边的顾妈妈，"芹姨娘这样子实在不适合生养，就她这样，能不能保住胎还说不准。"

顾妈妈脸色发白地看着小顾氏，这样的话居然从芹姐儿的亲姑母嘴里说出来？真是太过分！太过分了！"夫人，为母则强。您放心，芹姨娘一定能好好养胎，为齐家生个大胖娃子。"

"可不是，芹姨娘是个乖顺听话的。只要身旁的人服侍得好，孩子自然能轻松地生下来。"沈梓乔怎么会不知道小顾氏是什么心思。

"既然如此，以后芹姨娘就交给你照顾了。"小顾氏看着沈梓乔说道。

沈梓乔笑着说："我倒是想，不过……只怕轮不到我，祖母早上已经知道了这些消息，让芹姨娘搬到她那儿去呢。有老夫人看着，芹姨娘一定能平安顺产的。"

小顾氏脸色难看得像锅底。

原来早就安排好了，她今日是被沈梓乔这个小贱人反将一军了。

顾妈妈这才知道沈梓乔刚刚那份笃定是从哪里来的。有老夫人照看着芹姐儿，小顾氏就算想下手，也得掂量自己有几分胆子在老夫人眼皮底下动手。

"田妈妈来了。"不知谁喊了一声。

小顾氏这才将冰冷的眸光从沈梓乔脸上收回，看向已经走进屋里正对着她行礼的田妈妈。

"夫人，老夫人让奴婢来接芹姨娘。知道芹姨娘有了身孕，老夫人心里十分欢喜，想接芹姨娘过去照顾，也好有些事做。"田妈妈笑盈盈地说。

"老夫人年事已高，让她照看芹姨娘，我心里过意不去。不如让芹姨娘到我那儿去……"小顾氏不想让田妈妈将顾黛芹带过去。

田妈妈笑着道："老夫人如今精神好得很，平日里没点事做反而嫌闷，有芹姨娘过去陪她，她才高兴。"

沈梓乔笑眯眯地站在一旁看着，早在顾妈妈找她说了顾黛芹身上的变化，她就跟老夫人提了。老夫人看起来虽然已经不再理会家里的事情，但不代表她什么都不知道。这不，吴大夫才刚走，她立刻就让田妈妈过来。

小顾氏根本没有理由拒绝了，"那好吧，这可要辛苦老夫人了。"

看着田妈妈将顾黛芹接走，小顾氏一颗心好像放在油里面煎着，再也平静不下来了。

沈梓乔微微一笑，"母亲，那克扣了芹姨娘月例的事儿……"

小顾氏猛地瞪向她，咬牙切齿地说，"我自会处置那个管事妈妈，你就不要费心了。"

"如此就好，想来再也不会有人敢克扣芹姨娘的银子了。"沈梓乔笑道。

齐云还想说什么，被小顾氏一个凶狠的眼神制止了。

"跟我回去！"小顾氏瞪了齐云一眼，拂袖离开。

"少夫人，这下夫人要几天睡不好了。"红玉笑着说道。

沈梓乔嘿嘿一笑，"她睡不睡得着跟我们有什么关系，我们睡得着就行了。"

其实沈梓乔也睡不着。

齐铮还没有回来。昨晚离开的时候，明明说了今天会回来的。可是在傍晚的时候，他就差群叔回来跟她说不要等他，其他什么都没说，她怎么可能不担心。

翻来覆去一个晚上，沈梓乔到了快要天亮的时候才眯眼睡了一会儿，结果这一天还是没有齐铮的消息。

这样等下去不是办法！沈梓乔让红缨去沈家给沈子恺送信，让他打听一下这两天宫里都有什么消息。

红缨很快就带回了沈子恺的消息，说这两天宫里跟平常一样，没什么异样。至于齐铮，他让沈梓乔不要担心，再过些天，齐铮就会回来的。

这话哪里能让沈梓乔安心，她又不是白痴，哪里听不出这些是在安抚她的话。

不知道安国公是否知道些什么。

沈梓乔正犹豫着要不要去见一见这位不怎么出现在内院的公公，就听说安国公将她叫去大厅，似是有话要问她。

齐思霖在上房的大厅，小顾氏站在他身边，脸上难得带着温和的表情，正低声笑着跟安国公说话。

安国公看起来心不在焉，不怎么理会小顾氏。

沈梓乔走进大厅，低眉顺耳地行了礼，等着安国公的问话。

"这两天……铮哥儿回来了吗？"安国公见到沈梓乔就忙问道。

"父亲，相公有急事出城，还没回来。"沈梓乔含笑回道，她心里虽然很担心齐铮的下落，但她肯定不会在小顾氏面前表现出来的。

安国公蹙眉沉思，眼中难掩担心。他还想继续问详细些，却见沈梓乔低着头，一副不愿多言的样子，他才想到身后的小顾氏。

"铮哥儿可有说出城做什么？"安国公问道。

沈梓乔微笑说："相公外面的事情，我都极少过问的。"

言下之意，便是什么都不知道了。

小顾氏心里却幸灾乐祸，还以为齐铮跟沈梓乔感情多好，原来也不过如此。

安国公知道这是沈梓乔不愿细说，他便不再问了，"明日，你进宫一趟吧，皇后娘娘要见你。"

沈梓乔心一紧，皇后娘娘找她有什么事？是关于齐铮的吗？

"是，父亲。"沈梓乔屈膝，低声说着。

第一百八十二章　贤妃娘娘

不知道皇后娘娘找自己什么事，但肯定是跟齐铮有关的。沈梓乔心里忐忑不安，努力逼着自己睡了一觉。翌日，天还没亮，她就起来了。

吃过早膳，沈子恺就让人来跟她说，齐铮出城后一直没有回来，显然是在城外出事了。

出事了？沈梓乔将忧心藏在心底，让红玉替她换了一套八成新的衣裳，就进宫去见皇后娘娘了。

她已经不是第一次进宫，距离上次入宫已经好几年了。什么记忆都变淡了，哪里还记得那么多？何况皇宫这种是非之地，她都是能有多远就离多远，谁想到还会再次进宫来。

第一次进宫的时候，可一点好事都没发生。九死一生，差点就得罪了不该得罪的人。

沈梓乔回想起那次冒险开口救了小皇子的事，嘴角浮起一丝苦涩的笑。

没一会儿，就到了皇后的宫殿。

"齐大少夫人？"有宫女见沈梓乔在发怔，皱眉叫了她一声。

沈梓乔回过神，嘴角挑了挑，抬脚进了宫殿。皇后娘娘已经在大殿中等着她，周围的宫女都被打发了出去。

"皇后娘娘。"沈梓乔跪下行礼，心里酸涩。刚刚只是一眼，她都不认得眼前这位只是简单挽着一个发髻的妇人，就是当初那位眉目艳丽、高高在上的皇后娘娘了。

不说皇后娘娘没了往日的光彩，脸色变得苍白蜡黄，圆润的身躯也瘦了很多，简直是瘦骨嶙峋，看得沈梓乔眼睛都发酸了。

"皎皎，起来，到我这边来坐下。"皇后脸上露出淡淡笑意，招手让沈梓乔过去。

沈梓乔没有迟疑，她上前坐在皇后旁边的锦杌上，低声地说，"皇后娘娘，您一定要保重身体。"

　　皇后闻言一怔，随即露出个温和的笑容，眼中多了几分光彩，"你和铮哥儿一样，总是叮嘱这句话。"

　　见皇后提到齐铮还有说有笑，那就证明齐铮应该没什么事。

　　"皇后娘娘，凡事都没有绝对，只有身体才是最重要的。"沈梓乔不知道要怎么鼓励皇后。如今盛佩音他们无法找到皇后的错处，可是却能够有办法让皇后将自己给揣出病，那她们的目的就达到了。

　　皇后明白沈梓乔的意思，她笑着说："你放心，本宫不会那么容易让那些小人得逞的。今天让你进宫，是想看看你。"

　　"你跟铮哥儿成亲这么久，都没进宫给我请安。说起来，你还要跟着铮哥儿叫我一声姨母。"

　　连自称都变了，沈梓乔知道皇后是真心疼惜齐铮，"臣妾一直惦记着皇后娘娘呢。"

　　"这两天惦记着铮哥儿了吧？"皇后含笑看着沈梓乔，明明就很担心齐铮的情况，在她面前却不敢表现出来。

　　沈梓乔不是个能藏心事的人，心里有点什么事都会表现在脸上，她的确很担心齐铮。"皇后娘娘，我确实很担心他，不过，他如今肯定是安然无恙的。"她问道。

　　"你怎么知道？"皇后挑眉问。

　　"皇后娘娘似乎心情不错，若是他有什么事，您怎么会有心情呢。"沈梓乔小声说道。

　　皇后一愣，随即笑了起来，"他是没事，但出城的时候遇到流民盗贼，受了点轻伤。"

　　沈梓乔猛然抬起头，"他受伤了？"

　　"他外祖父让人来回话，说是受了点轻伤，不碍事，明天就回来了。本宫怕你担心，所以才让你进宫一趟。小皇孙也惦记着你呢。"皇后说，让沈梓乔进宫除了告诉她这个消息，同时也是想安抚一下她。

　　齐铮从来报喜不报忧，什么轻伤？要是轻伤的话，早就回来了，怎么会拖到明天。可这样的话她不敢对皇后说，想来陆老太爷也是不想让皇后担心，所以才没有实话实说。

　　"怎么会有流民呢？"如今虽称不上太平盛世，但天下安定，也没有什么天灾人祸。这流民是从哪里来的？

　　皇后脸色一沉，"什么流民，是孙家派去的，他们想要除掉铮哥儿。"

　　如今皇后和太子身边最能用得上的确实就是齐铮了，因为齐铮身后还有安国公府和沈家。

　　沈梓乔对于这次宫里的变化，一直都是一种事不关己高高挂起的心态。孙贵妃和孙家关她什么事，她又不认识。就算盛佩音变成了马蓓容，她也没什么特别强烈的感觉。但今天听说孙家居然对齐铮出手，沈梓乔就觉得怒火在一点一点地放大，烧得她眼睛都发红了。

这姓孙的真是活得不耐烦了！

"如今孙家有马家的恒汇银号相助，孙贵妃跟马蓓容又同时地盯着本宫和太子。皎皎，你最近也要十分小心，本宫怕马蓓容……"皇后眉心蹙了起来。

他们都知道马蓓容就是盛佩音，盛佩音跟沈梓乔是有仇怨的。如今她是冲冠后宫的马贤妃，必然不会放过一直怨恨着的沈梓乔。

沈梓乔的眼眸幽暗，她就等着盛佩音对她出手。

"皇后娘娘，您放心，臣妾一定会小心的。"沈梓乔低声说着，"想要让孙贵妃和盛佩音反目成仇，办法多得是，只要马家不再跟孙家联手……"

皇后何尝不知道，她已经在这么做了，"待铮哥儿回来，你便留他在家中好好养伤。"

沈梓乔心领神会，既然皇后不想跟她谈起孙马两家的事，沈梓乔也乐意装不懂，让皇后自己去对付。

不过，宫里的她可以不理会，外面的她绝不会袖手旁观。

接下来，皇后没有再说这些事，而是问起了沈梓乔在齐家的情况。

"……小顾氏这个人心胸狭隘，又刻薄无情。你遇着什么事不必跟她客气，表面上得恭敬留给她，旁的她也不敢拿你如何。"皇后对小顾氏是有怨恨的，如果不是小顾氏，她的妹妹就不会死。

沈梓乔笑着应诺。

说了一会儿，有宫女在外面禀话，说是有女官求见，是为了太子即将大婚的事而来的。

"皇后娘娘，臣妾先告退了。"沈梓乔识趣地起身。

皇后没有留她，赏了沈梓乔不少东西，才让她离开。

才走到殿门外，沈梓乔远远便看见一个衣着华丽的宫妃在一群宫女的簇拥下浩浩荡荡地走来。

随着她们越走越近，沈梓乔终于看清那宫妃的模样，长得眉目精致，行走有一股天生风流的袅娜绰约。她从来没见过这个妃子，但她心底隐约猜到那人是谁。

她侧开身子站到一旁，看那宫妃的架势，是来见皇后娘娘的。

"前面那人是谁，见了贤妃娘娘为何不下跪？"走在前头的宫女见沈梓乔只是避开站到一旁，便开口喝道。

沈梓乔低下头，不卑不亢地行了一礼，"臣妾拜见贤妃娘娘。"

这人不是别人，便是如今在后宫风光无限的马蓓容。

马蓓容自然就是盛佩音了。

见到自己的仇敌就跪在自己面前，盛佩音身心畅快，扬着下巴倨傲地站到沈梓乔面前，也没让沈梓乔平身，"本宫道是谁，原来是齐大少夫人。"

沈梓乔嘴角微挑，"贤妃娘娘万福。"

"听闻齐大少夫人未出阁时行事张狂大胆，真是闻名不如见面。瞧你如今这卑躬屈膝的模样，倒是比个奴才还做得好啊。"盛佩音的声音跟以前有些不一样，变得有些尖利。说这话的时候，她还刻意提高了音量，那声音听起来刺耳尖锐，一旁的宫女都看着沈梓乔笑了起来。

这是在嘲笑沈梓乔连个奴才都不如了。

沈梓乔淡淡一笑，"远在天玄山，还能够听说了臣妾的事，臣妾真是……佩服。"

那周真人跟皇上说了，马蓓容自幼就在天玄山下长大，是不久前才到京城的。

盛佩音脸色微微一沉，"嘴硬的性子倒是和传闻一模一样。"

"贤妃娘娘亦是让臣妾想起一位故人。"沈梓乔含笑说。

"哦，不知你那故人如今在何处？"盛佩音低眸，神态矜贵地睥睨着沈梓乔。

沈梓乔慢悠悠地说："不过是一个低下的女子，哪能跟您相比。"

"放肆！"盛佩音忽然厉喝，"你敢羞辱我？"

"不知臣妾如何羞辱贤妃娘娘了？"沈梓乔淡淡地问。

盛佩音冷哼一声，"给本宫掌嘴！狠狠地打！"

有个宫女上前就抬手，沈梓乔冷眸一瞪，将她的手给抓着甩开。

"沈梓乔，你敢！"盛佩音没想到沈梓乔居然敢在这里撒野，顿时挥手向她打来。

"贤妃娘娘！"沈梓乔一把抓住她的手，凑近盛佩音低声地叫着，"你我素不相识，你居然第一眼就知道我是谁，你不觉得诡异？我想皇上肯定会很好奇，别以为当了皇后娘娘就真的高高在上了。盛佩音，你不过是一只被别人捏在手里的蚂蚁。"

盛佩音脸色顿变，恶狠狠地瞪着沈梓乔。

沈梓乔冷笑了一下，"你千万别逼我。"

盛佩音被气得说不出话。

沈梓乔笑了笑，松开她的手，在众宫女的注视之下淡淡地说："既然贤妃娘娘没别的吩咐，那我就先告退了。"

第一百八十三章　东越出事了

这个沈梓乔！这个该死的沈梓乔！

她凭什么还这么硬气，凭什么！居然还敢这么跟她说话，居然还敢威胁她！盛佩音气得浑身发抖。她听说沈梓乔今日进宫，所以才特意过来想要见一见这个毁了她人生的小贱妇。

原以为沈梓乔见到她一定会诚惶诚恐，没想到还是这副样子，一点都不惧怕她。她如今已经是皇上最宠爱的妃子，想要弄死沈梓乔易如反掌，她凭什么不害怕？

"皇后娘娘？"旁边的宫女担心地看着她。

盛佩音愤怒地拂袖，"回宫！"

这一幕很快就传到皇后耳中，皇后冷笑了几声，"跳梁小丑！"

沈梓乔知道自己今天肯定把盛佩音气狠了，不过她心中没有一点惧意。要是害怕的话，她刚刚不会顶撞什么贤妃娘娘了。

她就不明白了，盛佩音究竟有什么好得意，当个贤妃娘娘又怎么了？一群女人争得头破血流的，有什么意思啊。

就算现在皇上宠着她又怎么样，帝王的宠爱又能有几年？何况，盛佩音不是什么把柄都没有。

"大少夫人，我们直接回家吗？"红玉问道。

"去沈家。"沈梓乔想了想，她有点事想找沈子恺商量。

马车往沈家的方向飞奔而去。坐在马车里的沈梓乔没有发现与她擦肩而过的马车里就坐着她想念了几天的人。

沈子恺见到沈梓乔的到来有几分诧异，"我正想让人去找你，是不是也收到东越的消息了？"

"东越那边怎么了？"沈梓乔一愣，疑惑地问道。

"你还不知道？"沈子恺诧异起来。

沈梓乔忙说："我刚从宫里出来。"

"官府忽然扣了潘家的货船，所有的货物都被扣留了，又以走私私盐的罪名将怡兴行封了。"沈子恺将刚收到的消息告诉沈梓乔。

"走私？"沈梓乔气得跳了起来，"是谁去封了怡兴行？"

沈子恺说："是东越的黎都督，我查过了，是孙家的爪牙。"

"这么说，是冲着我们来的了。"沈梓乔咬紧了牙关，不必说了，肯定是盛佩音指使的了。当初外祖父为了替她出气，将盛佩音在京城的生意彻底地捣乱了，现在盛佩音是在报复。

"马俊峰在二十四行也开了商行，就在怡兴行对面。有官府的支持，马家的商行很快会站稳脚步，说不定连贺家的都要退让……"沈子恺担心地说。

沈梓乔当然知道马俊峰的实力想要在二十四行成为行首并不难，但马家想要踩着潘家出头就不行。

"外祖父怎么说？"沈梓乔问道。如果马俊峰真的要跟潘家作对，没有孙家在背后支持，他也讨不了好处，如今明显是孙家在给马俊峰撑腰。

沈梓乔想起今天盛佩音见到她时，眼中毫不掩饰的得意。对付潘家这件事显然是盛佩音的主意，她这是想要做什么？

对付潘家，对如今朝廷的局势有什么帮助？难道盛佩音以为扳倒了潘家，她就能稳稳地坐着贤妃的位置，就能让皇后跟太子下台？

"外祖父只是让我们小心，其他的什么都没说。"沈子恺沉重地说。他怎么会不知道，这是外祖父不想要他们为难，不想要他们插手受连累。

沈梓乔怎么会不明白潘老太爷的意思。她压抑着怒火说，"大哥，这件事我们不能袖手旁观，外祖父是因为我们才受了连累。"

"这个我知道，只是远在东越，能有什么办法？不如我去一趟东越。"沈子恺说。

"不行，大哥，我刚刚进宫听皇后娘娘说齐铮受伤了。这时候你不能离开京城，我怕宫里会发生什么事情没人能给齐铮当援手。我去东越！"沈梓乔明亮的眼睛透出坚决的光芒。

沈子恺这才听说齐铮受伤的事，忙问，"齐铮是怎么受伤的？"

"具体我也不清楚，说是今天就会回来。我先回家去看看，有什么消息再让人来告诉你。大哥，你和父亲也要小心，最好让人盯着三皇子。"沈梓乔低声说着，"听说三皇子经常出宫，还有那个周真人……究竟是不是天玄门的掌门人还不一定的。天高皇帝远，谁知道是不是真的。"

"我知道怎么做了。"沈子恺忽然笑了一下，拍了拍沈梓乔的肩膀，"皎皎，你才嫁给齐铮没多久，就学会他的奸诈了啊。"

沈梓乔瞪眼，"什么奸诈？我说什么了！"

沈子恺大笑，摇头说道，"没，什么都没说，快回去吧。"

从沈家出来，沈梓乔脸上的笑意瞬间就沉了下去。想到爱护她的外祖父和舅舅他们如今被马俊峰逼得走投无路，她的心就好像被一只大手紧紧捏着，又痛又怒。她恨不得立刻敢到东越，将那个马俊峰千刀万剐。

"大少夫人？"红玉担心地看着沈梓乔。

从来没见过沈梓乔这么生气的样子，仿佛看到了一股浓郁的杀气。

沈梓乔冷凝的眸色看向车窗外，"我们要去一趟东越。"

红玉微怔，想问原因，见沈梓乔似乎不想多说的样子，又不敢多问了。

回到齐家，红缨急忙迎了上来，"大少夫人，大少爷回来了！"

沈梓乔眸色一动，"在哪里？"

"屋里！"红缨说完，沈梓乔已经掀开帘子进屋了。

红玉拉着红缨悄然地站到外面去。

"齐铮！"沈梓乔紧张地看向歪在窗边长榻上的男人，他身上很随意地穿着一件直裰，一派悠闲地拿着书在看着。见到沈梓乔回来，俊美的脸庞露出温和的微笑。

"回来了？"齐铮问道，招手让沈梓乔坐了过去。

沈梓乔瞪着他脸上的笑容，走了过去二话不说就要解开他的腰带。

齐铮被惊吓得目瞪口呆，"皎皎，这……光天化日的，不太适合吧，不如，等晚上我们再……"

"闭嘴！"沈梓乔喝了一声，该死的腰带怎么都解不开，"自己把衣服脱了！"

"才两天没见，你就这么想我了？"齐铮故意暧昧地说着，"太热情了啊，为夫怕会招架不住啊。"

"齐铮！"沈梓乔真的动怒了，冷冷地瞪着还在笑呵呵的齐铮，"是不是如果别人没有告诉我，你就永远都不会跟我说你受伤的事？你的事情，我是不是都只能从别人的嘴里才能知道？你到底把我当什么，当什么！"

"皎皎……"齐铮愕然地看着眼睛蓄满泪水的沈梓乔，慌张地站了起来，"我……我没受伤，那只是小伤，真的，不碍事的。你别哭，皎皎，别哭，你先坐下。"

沈梓乔打开他想要抱住自己的手，"小伤？小伤就不用告诉我，那什么样的伤才需要告诉我？齐铮，你究竟把我当什么人！"

齐铮着急地说："我不是不告诉你，是、是不想让你担心，你想看我的伤，我给你看，我马上就给你看。"

说完，已经迅速将身上的直裰脱了下来，一扯将中衣拉开，露出自己赤裸的胸膛。

结实精壮的胸膛上缠着一圈白布，齐铮动手就要揭开白布。

"你干什么！"沈梓乔瞪着他问。

齐铮笑着说："你不是说想看看我的伤口吗？我给你看啊。"

"混蛋！"沈梓乔气得拿起长榻上的大迎枕砸向他，"你受伤了关我什么事，谁要看你的伤势？你给我滚，滚！"

"皎皎……"齐铮无奈地看着她，"那天让群叔来告诉你，我怕你胡思乱想，所以才没有跟你说。"

"我现在什么都不听，你出去。"沈梓乔扭过脸，他根本就不知道她在意的究竟是什么。

齐铮峻眉紧锁，将她紧紧搂着，"皎皎，不要生气了。你告诉我，我到底哪里做错了？"

"你怎么会做错，你都是为了我好。"沈梓乔冷笑着说。

"你不要这样。"齐铮心痛地说。

沈梓乔一把抹去脸上的泪水，"你根本就不懂，不管你发生什么事，我都想第一个知道，不想被你瞒着，你的事就是我最关心的。我是你的妻子，不但想跟你同甘，也想跟你共苦。如果你什么都不告诉我，我算什么啊。"

"皎皎，对不起……"齐铮哑声道歉，"我以后一定不瞒着你，什么都不瞒着你。"

他其实并没有想要瞒着她，只是想要回来后再亲口告诉她，如今说什么都没用了。

沈梓乔心里很想去看一看他的伤势。上次在西北的时候，他就已经受过伤了，不知道对旧伤有没影响。

"皎皎，不是我不告诉你，这两天我根本不能回城。出城的时候受了伏击，为了将幕后的人揪出来，我让群叔来跟你说我没事，是不想你出城。要是你知道我受伤了，你肯定会出城的。到时候你要是有什么事，我……"齐铮低声地解释着，见她的脸色好了一些，便将她搂着坐下，"以后不管发生什么事，我一定第一个告诉你，好不好？"

沈梓乔吸了吸鼻子，哭了一下，心里总算没那么难受了。

第一百八十四章　重伤

齐铮小心翼翼地观察着沈梓乔的脸色，一颗心悬在半空。看到她生气了，他感觉半边天塌了；看到她落泪了，他比天塌了还难受。

"皎皎……"他轻轻地叫了一声。

沈梓乔听了他的解释其实已经消气了，毕竟当时他在城外，身边还有陆老太爷。要是跟她说了真相，她的确会不顾一切出城去，说不定反而坏了他们的大事。

"哎，我后面的伤口好像裂开了。"齐铮惊叫了一声。

"我看看！"沈梓乔一惊，忙转身去看他的伤口，什么裂开，一点血都没有！她瞪向他，"你骗我！"

齐铮顺势将她抱进怀里，"不这样你会理我吗？"

沈梓乔用力拧他的胳膊，"混蛋混蛋！"

"好痛，痛。"齐铮急忙求饶，却没有放开她，将她搂得更紧了，"不要生气了，嗯？"

"以后不许再这样了！"沈梓乔戳了戳他的胸，没好气地说道。

齐铮一本正经地说："再也不敢了。"

沈梓乔软软地偎依着他，小声问道，"那你背后的伤究竟怎么样了？"

"真的只是小伤。不过，若是别人问起，你便说是重伤，有多重便说得多重。"齐铮在她耳边低声地说道。

这是……打算做什么？沈梓乔挑眉看他，"装病？"

齐铮笑着道："这样比较方便做事。"

这话沈梓乔一听就明白是怎么回事了，她想起东越那边发生的事情，忙在齐铮怀里站了起来，"齐铮，东越那边出事了。"

"怎么了？"齐铮眸色一沉。

沈梓乔将从沈子恺听说来的告诉了齐铮，"……如今东越那边的情况肯定很紧急，只是我外祖父怕连累我们，所以才没有怎么说。我不放心，所以我想亲自去一趟东越。"

"不行！"齐铮想都不想地立刻否决，"既然马俊峰已经在东越，那孙家肯定已经在东越安排了人，你不能去。"

国库几乎是靠东越那边的税赋填充，一直以来，孙丞相都想将自己的人安插到东越。只是东越那边都是太子的人，孙丞相根本找不到缝隙安插人。没想到这次居然趁着太子殿下因为皇上的事有所疏忽，立刻就将手伸向东越。

沈梓乔说："你们现在还怎么分心去管东越那边的事。你放心，我会保护我自己的，东越那边我一定要去的。"

"皎皎！"齐铮严肃地看着她。

"我一定要去！如果你不放心，你让护卫跟着我，这样不就行了？而且……我不说是去东越，就说回了娘家，或是去帮你寻医问药，你不是要装病吗？"沈梓乔急忙说道。她就知道去东越不容易，齐铮肯定不会答应的。

齐铮沉着一张脸不肯点头。

沈梓乔撒娇地搂着他的脖子，"我明天就启程去东越。"

齐铮无奈地看着她，他真的不放心让她离开自己的身边，"我让群叔去，好不好？"

"群叔跟我去。"沈梓乔毫不退步。

他从来没能够改变她的主意，也不会拒绝她的任何事。齐铮叹了一声，"我明天会去庄子里养病，你跟我一起出城吧。"

这就是他答应了的意思！

沈梓乔高兴地用力亲了亲他的脸颊。

齐铮哭笑不得，抱着她压在身下，"我让群叔跟着你去，有什么事让群叔去做，不许自己出头。有任何危险的事都不准去碰，还有……"

她去东越只有一个目标，就是将马俊峰给拍死了！

沈梓乔笑眯眯地听着齐铮的叮嘱，抬头吻住他的唇。不知道要分开多久才能见面，但她一定不会让自己失望。

她从来没这么认真想要去做一件事，绝对不会失败的。

有美色主动送上前，齐铮又怎么会错过？他立刻就按住她的后脑勺，加深了这个吻，双手熟练地解开她的衣带。

"你后面的伤……"沈梓乔心软身热，嗡声地提醒他的伤势。

齐铮低哑地笑，"没关系，我会小心的。"

"……"

第二天，沈梓乔醒来的时候只觉得全身酸痛。她是彻底相信齐铮只是受了轻伤，说不定对他来说就是蚊子叮了一下，不然哪来那么好的精力，她都求饶了几次才放过她。

"醒了？"齐铮一手撑着头，正含笑看着她。

沈梓乔嗔了他一眼，见他已经穿戴整齐却没有要出去的打算，才想起他准备在家里装病的事。

"快起来，我要去将你重伤的事告诉老夫人和父亲他们。"沈梓乔催促着。

齐铮想起今日有正事，便不再逗她。

沈梓乔梳洗之后，带着一张明显睡眠不足，在外人看来却是心力交瘁、忧虑过度的样子来到齐老夫人这里。

安国公和小顾氏等人都已经在陪着齐老夫人说话了，见沈梓乔只有一个人过来，便都讶异起来。

"铮哥儿呢？昨夜里不是回来了吗？"齐老夫人忙问道，昨天齐铮回来的时候没有让别人知道，是到了半夜才让人传话他回来的消息。

沈梓乔跪在地上低声啜泣着，"……才出城了一趟，回来就受了伤。那些贼人也不知如何知道相公的行踪，明摆着是冲着他去的，差点就没命了。祖母，父亲，我都不知该如何是好了。"

齐老夫人和安国公都吓了一跳，急忙站了起来，"铮哥儿伤得如何？走走，快去瞧瞧。"

小顾氏心中狂喜，高兴得指尖都在发抖了。

看沈梓乔这伤痛绝望的样子，想来那齐铮的伤势是救不了的，最好是一死了之，省得在她眼前碍眼。

沈梓乔在齐老夫人的催促下，跟着她一起往千林院而去。

小顾氏拉住齐云的手急忙跟了上去。

齐铮脸色苍白地躺在床上，胸口的白布血迹斑斑。齐老夫人进来一看，差点晕了过去。

"铮哥儿，铮哥儿……"齐老夫人惊慌地叫了起来。

第一百八十五章　买入

沈梓乔在齐老夫人身后看到齐铮那灰白如死的脸色，虽然知道他的伤不重还是被吓了一跳。这都怎么办到的？太神奇了吧！她才出去一下回来，他就能把自己变成这样。刚刚她出门的时候，他还满脸笑意，笑容灿烂，一点都看不出有受伤的样子。

齐老夫人抹着眼泪，想要搂住齐铮又怕碰到他的伤口，一颗心被狠狠地揪住，"这到底是怎么回事？"

齐铮虚弱地握住齐老夫人的手，声音气若游丝，"祖母，您别担心，我没事的。"

"都这样了怎么会没事！"安国公心疼地看着长子，"是谁？是谁将你伤成这样？把我们安国公府当什么了！"

"我……我奉皇后娘娘之命去接外祖父回来的。"齐铮低声说道。

去请陆老太爷回来就能被追杀！这其间是什么意思，在场的人没有听不出来的。如今跟皇后作对，跟陆家作对的人是谁？是谁最不想陆老太爷回京城？答案呼之欲出。

小顾氏跟孙贵妃是表姐妹，听到齐铮的话，撇嘴说道，"该不是你在哪里惹了不该惹的人……"

"孙家我们还惹不起吗？"齐老夫人怒喝了一声，"告诉孙家，这件事没这么容易完！"

"娘……"她说错什么了，齐铮受伤怎么就一定是孙家的事。

"闭嘴！"安国公回头瞪了她一眼。

小顾氏只好撇了撇嘴，不再发表意见。

齐铮仿佛眼中没有小顾氏的样子。小顾氏能够乱蹦乱跳的日子不多了，他根本无需在这时候跟她多说。

安国公拍了拍齐铮的手，沉声说道，"你好好养伤，外面的事情你不必担心。"

齐铮好像连开口说一句话的力气都没有。

沈梓乔在一旁低声哭泣，"祖母，父亲，我想陪相公到庄子里去养伤。"

"去什么庄子里，在家里不能养伤吗？"齐老夫人不悦地问道，庄子里难道比家里更好吗？

齐铮虚弱地说："祖母，是我想要去庄子里的，那里比较安全……"

换句话说，就是家里不安全了？小顾氏登时气得脸色都铁青了。

这不是明摆着说她吗？难道他齐铮在家里养伤，她还会害死他不成？

齐老夫人和安国公也听明白了齐铮的意思，他们想起当年齐铮差点中毒的事，脸色比小顾氏更难看。

沈梓乔惊惧地上前握住齐铮的手，脸上的表情却很坚决。

"皎皎，铮哥儿受了这么重的伤，理应好好休息，要是移动扯开了伤口……"齐老夫人知道自己说服不了齐铮，便想让沈梓乔改变主意。

"相公？"沈梓乔紧张地看向齐铮，"祖母说得对，不如……"

"祖母，我要到庄子里养伤。"齐铮闭上眼睛，依旧不肯改变主意。那神情仿佛对家里的安全已经绝望了，他不想给人任何机会伤害他和妻子。

齐老夫人着急得说不出话，"你……好，好，我跟你一起去庄子里！"

"祖母，有皎皎陪我去就行了。"齐铮心里一顿，要是让老夫人陪着去还能做什么啊？他握住齐老夫人的手，用力地捏了一下，"祖母，大夫说过的，只要小心一点，是不会有事的。"

"可是……"齐老夫人看着齐铮的手，一脸犹豫。

安国公微微眯眼看了齐铮和沈梓乔一眼，"好，我让人送你们去庄子里。"

小顾氏心中难掩失望，难得有这么个机会，居然白白地浪费了。

有了安国公和齐老夫人的支持，齐铮和沈梓乔很快就出城了。上了马车，齐铮这名重伤人员就自动恢复活力了。

沈梓乔跟齐铮在城外的官道上分别，虽然很不舍，但如今的形势已经容不得他们犹豫了。

"凡事小心，遇到什么事都要冷静，任何有危险的事都不许去做。"齐铮亲了亲她的面颊，低声叮嘱着她。

"我一定会保护自己的。"沈梓乔抱住他，讨好地吻了他的唇。

齐铮加重了力道，吻得她差点喘不过气才松开她，"路上小心。"

沈梓乔轻抚着他的俊脸，"你也是，不要再受伤了。"

"去吧！"齐铮笑着说。

跟着沈梓乔去东越的，除了群叔还有另外四个护卫。除了红玉和红缨之外，沈梓乔还将梁建海也带着去了东越。

"少夫人，如果想要走水路的话，只能到北津才行。如今这天气，走水路未必能快多少。"走了半天的官道后，在半路停下休息时，群叔面无表情地来跟沈梓乔回话。

"那就不要走水路了。"沈梓乔说，"只要能尽快赶到东越就行了。"

群叔拱手一揖，就去安排接下来的路程了。

红缨嘀咕道："少夫人，这个群叔分明是倚老卖老，对您一点都不尊重。"

沈梓乔笑了笑，想起以前这个群叔还威胁她不许接近齐铮的事。他之所以不悦，是因为更想去保护齐铮，而不是陪着她去东越。

恐怕在群叔眼里，她不留在齐铮身边照顾他，反而在这时候跑去东越，是很任性的行为吧。

她尊重群叔，如果没有他，齐铮也不可能平平安安地长大。

接下来的几天，沈梓乔他们一直都在赶路，晚上便在客栈打尖。这些天，沈梓乔不但让群叔打听东越那边的消息，京城那边的更是不放过。

听说三皇子越来越受皇上重用了，更听说孙贵妃养在身边的猫差点将小皇孙咬伤了，皇上大怒……

应该是皇后开始收拾孙贵妃和盛佩音了吧。

之前皇后一直沉浸在皇上性情大变的伤感中，所以才没腾出手对付孙贵妃她们，如今……怕是对皇上已经死心。她要开始保护自己的儿子和孙子，自然不会再容忍孙贵妃和盛佩音继续蹦跶。

"少夫人，梁掌柜有事求见。"红玉进来道。

带梁建海去东越，是想让他帮忙对付马俊峰。听说他来找自己，应该是有什么事要做，沈梓乔忙让他进来。

"三小姐。"梁建海低头给沈梓乔作揖。

"梁掌柜，你有什么事？"沈梓乔问，还有几天才能到东越，她越来越担心外祖父他们了。

听说怡兴行到现在还是贴着封条。

"三小姐，我发现最近路上赶往东越的走商有点太多了，比往年都有些不寻常。"梁建海浓眉微紧，这些天他仔细观察了官道上的走商，才发现这些走商都是往东越那边去的。

如今已是近年关，按照正常来说，东越那边如今应该是生意的淡季才对啊。

"怎么回事？"沈梓乔在东越住过两年，自然明白梁建海说的不寻常是什么意思。走商这时候不回家，过年还去东越是为了什么？

梁建海说：“我今日仔细打听了一下，这些走商都是运送棉花去东越。听说恒汇行在大规模地买入棉花。”

“恒汇行不就是马俊峰的商行吗？”沈梓乔吃惊地问道，这时候要买入棉花做什么？屯着吗？

“听说是戈尔那边今年的棉花受灾，需要从别的地方大量购入。本来怡兴行就在收购棉花了，没想到怡兴行会……”梁建海说道。

这就是梁建海的优点了，一点点风头火势，就会将整件事打听得一清二楚。

“现在棉花是什么价格？”沈梓乔问道。

“原本价格十分低，一包棉花大约五十两。如今被恒汇行这样大规模买入，价格已经到了一百五十两一包了。”梁建海已经将棉花的价格调查得一清二楚了。

“所以现在这些走商就将棉花都运送到东越卖给恒汇行？”沈梓乔笑了笑问道。

梁建海点了点头，低声说，“如果恒汇行这次的棉花囤货成功，那……”

那恒汇行就极有可能会取代怡兴行了。

“戈尔在哪里？有没有舆图？”沈梓乔沉吟了片刻，对这个戈尔的地方好奇起来。

梁建海说：“明日我去找一找。”

他们如今还在路上，想要找到一张境外的舆图并不容易。

翌日，梁建海请群叔帮忙找来一张境外的舆图，还有境外各国的风情地域介绍。

沈梓乔花了整整一天一夜的时间仔细琢磨，然后吩咐梁建海将路上遇到的走商手里的棉花都收购，并快马加鞭吩咐东越的范掌柜高调购入棉花。

她还写了一封信给贺琛，请他帮忙收购棉花。

“三小姐，您这是……刻意要抬高价格？”梁建海看不明白沈梓乔这样做是为了什么。棉花的价格要是抬得太高，只怕到时候会不可收拾。

“没错，怡兴行之前收购的棉花没有一千也有五百包，加上我们在京城仓库的存货，至少也有两千包了。马俊峰想要收购棉花，那我们就赚他一笔好了。”沈梓乔笑眯眯地说。

梁建海觉得沈梓乔这么做不仅仅是想要赚马俊峰一笔钱。

他的目光落在沈梓乔手边的舆图上。

沈梓乔笑着将舆图拿给他看，梁建海看了一会儿，眉眼露出喜色，“三小姐？”

“一定要将棉花的价格给狠狠地抬高了。”沈梓乔嘴角挑起一丝冷笑。

“价格也要适可而止，否则马俊峰未必会继续购入。”梁建海说道。

“三百两之内。”沈梓乔说。

梁建海笑着说：“我知道该怎么做了。”

第一百八十六章　卖出

梁建海开始大规模地买入棉花，本来只有两辆马车的队伍不到两天就变成数十人的商队。群叔和四个护卫骑着马走在沈梓乔的马车周围，看着梁建海不知从哪里找来的运送棉花的队伍，脸色比锅底还黑。

本来就是不想引起注意地到达东越，怎知这沈氏不知如何想的，居然在半路就开始大摇大摆地买入什么棉花。终归是缺少了些教养，要是那些自幼养在深闺中的名门贵女，怎么会做出这种事情。

沈梓乔知道群叔对她购买棉花的举动有意见，不过她没必要跟其他人解释。了解她的，自然知道她这么做的目的。

而棉花的价格因为沈梓乔这两天的大量买入又提高到两百两一包，她又放出风声，天宝行要不惜代价买入棉花，消息很快就传到了东越。

贺琛听到天宝行传出这样的风声，一开始便觉得沈梓乔有些冲动，竟然跟马俊峰硬碰硬。后来看到戈尔的舆图，立刻就明白沈梓乔要做什么了。

"我们也开始收棉花吧。"贺琛交代自己的掌柜。

"爷，这棉花的价格已经抬得太高了，只怕会乱市。"那掌柜听到贺琛的吩咐感到诧异，这时候抢购棉花无疑是拿银子去堵运气。

贺琛笑了笑，"我自有分寸。"

应该很快就能跟她见面了吧……

想到那个从来不在乎别人眼光活得逍遥自在的女子，他沉寂许久的心忽然感到一阵钝痛。

她已经是齐家的大少夫人了。

贺琛眼神一暗，叫来自己的小厮，"去请潘家的大爷到茶楼一聚。"

沈梓乔来到东越的时候，一包棉花的价格已经上升到三百两了。如今整个二十四行除了贺家大规模买入，连潘家也在暗中买入，而本来就在全国收购棉花的恒汇行更是不顾一切地在抢购棉花。

"我们现在有多少包棉花了？"沈梓乔问着梁建海。

"一千五百包。"梁建海说，"如今外面所有商行都知道了。不但戈尔需要棉花，周边的小国受了戈尔影响，棉花收成极差，都需要从外面进口。"

"不知道大舅父这边有多少呢。"沈梓乔笑了笑，抬脚迈进潘家的大门。

潘老夫人知道沈梓乔来了，高兴地从床榻上坐了起来。她无精打采了半个多月，今日看起来气色才好了一些。

"外祖母。"沈梓乔人还没看见，声音已经传了进来。

"我的皎皎！"潘老夫人挣扎着要下床，被大舅母等人给拦住了。

自从怡兴行被封了之后，潘老夫人就时常感到头疼，这两天更是全身无力，只能歪在床榻上休养。请了大夫过来诊脉又看不出什么毛病，把三个儿媳妇都给急得上火了。

沈梓乔急步走了进来，顾不上行礼就来到床沿坐下，一头扑进潘老夫人的怀里，"外祖母，我可想您了。"

潘老夫人作势打着她的手，"你哪里想我了，去了京城就不回来了。"

"我这不是来了吗？"沈梓乔笑嘻嘻地说，"大舅母，二舅母，三舅母，才几天没见，你们又年轻漂亮了啊。"

大舅母忍不住笑出声，"就你会说话。"

气氛一下子轻快起来，没人主动提起怡兴行的事情。好像沈梓乔的到来并不是因为怡兴行，而仅仅是来看望潘老夫人。

"皎皎来了？"正陪着潘老夫人说话，外面就传来一道沉稳威严的声音。

沈梓乔听了眯眼一笑，"外祖父。"

潘老太爷走了进来，一挥手让给他行礼的三个媳妇起身，"你们都下去吧。"

大舅母等人一愣，怎么一来就将她们都打发了？难道是有什么事要跟皎皎说吗？想到如今潘家面临的难处，三个舅母不敢迟疑，低着头鱼贯而出。

"皎皎，你如今那些棉花打算怎么做？"潘老太爷一坐下就开口问道。

潘老夫人诧异地看着老伴，这究竟是怎么回事？难道这几天囤棉花跟皎皎有关吗？难道不是为了给怡兴行囤货，将来卖给戈尔吗？

"外祖父，您如今有多少棉花？"沈梓乔知道外祖父已经明白她要做什么了，便笑着问潘家最近买了多少棉花。

"两千包，最近棉花越来越少了。我这两千包还有一千五是以前囤下的。"潘老太爷皱眉说。

恒汇行囤的棉花才是真正的多。

"那差不多了，这两天就让人将这些棉花转手卖给恒汇行。"沈梓乔说，"必须找个生脸，别让马俊峰知道这棉花是我们放出来的。"

潘老太爷这下就真的不懂了，"你……你不是想将这些棉花卖到戈尔？怎么要卖给马俊峰？"

戈尔如今紧缺棉花，怡兴行虽然被封了，可天宝行没有啊。要是能通过天宝行跟出船去戈尔，那肯定能狠赚一笔。

"外祖父，你放心吧！听我的，让人将棉花卖给马俊峰。"沈梓乔说。

潘老太爷没想到沈梓乔买入棉花并不是想从马俊峰那里狠赚一笔，那要做什么？

"皎皎，你这样不是便宜了那姓马的？"潘老夫人急忙问道，担心沈梓乔太年轻做事会不够沉稳。

沈梓乔拍了拍潘老夫人的手，安抚地说："外祖母，您放心，不用几天您就知道到底是便宜了那姓马的，还是姓马的便宜了我们。"

潘老太爷见沈梓乔胸有成竹的样子，点了点头，"你需要做什么跟你大舅父说一声。"

"好！"沈梓乔笑着点头。

不到半天，沈梓乔回来的消息就传开了。跟几位舅舅见过面之后，她就去了天宝行，连坐下休息的时间都没有。

范掌柜和张掌柜已经在天宝行等着沈梓乔。

"三小姐，两千包棉花都卸在城外，接下来该怎么做？"范掌柜已经从梁建海那里知道沈梓乔对这些棉花的安排。

"找人跟马俊峰碰头，三百二十两一包，将所有棉花卖给马俊峰。"沈梓乔吩咐道，"别让他看出端倪了。"

"三小姐，这事交给我去办。"张掌柜笑着说。

沈梓乔笑着点了点头，没有在天宝行停留太久，就去了怡兴行。

怡兴行的大门仍然贴着封条，本来人来人往的铺面显得寂寥惨淡。对面的恒汇行就像以前的怡兴行，商人进进出出，好不热闹。

"少夫人，这马俊峰要是成了行首怎么办？"红玉在沈梓乔身后恨恨地说。

"凭他？"沈梓乔笑笑不语，"走吧，去见见贺大少爷。"

沈梓乔已经让人约了贺琛在上次遇到的茶楼相见了。

茶楼并不远，马车从二十四行街穿过，没多久就到了。沈梓乔头上戴着帷帽进去，随着小二来到楼上的厢房。

进了房间，她便将帷帽拿了下来，笑盈盈地看着那个伫立在窗边的男子。

贺琛还是挺拔俊美的样子，棱角分明的脸庞没什么表情，望着沈梓乔的目光平静淡漠。只有他自己清楚，他的心跳得有多快。

"贺大哥。"沈梓乔福了福身，笑着走了上前。

望着她笑靥如花的俏脸，贺琛的眸色暗沉了几分，"别来无恙。"

"谢谢你仗义相助，以茶代酒。"沈梓乔知道贺琛也在买入棉花，她知道他这是在帮她。

贺琛嘴角微挑出一丝笑，"何以见得我是在帮你？"

他走了过来坐下，拿起一杯茶，目光熠熠地看着她。她就那么肯定，他就是在帮她吗？

沈梓乔笑道："当然啦，如果没有你在暗中帮忙，马俊峰就不会只是封了怡兴行。"

贺琛低头喝着茶，"接下来准备怎么做？"

"将棉花卖给马俊峰。"沈梓乔说，"他不是放出风声不惜代价地要棉花吗？那就给他吧。"

"你好像……跟以前不太一样。"贺琛深深看了她一眼，察觉到她跟以前有些不同。

以前不管遇到什么事，她虽然紧张害怕，但不会那么认真地想要去回敬对方。她就像一个看戏的人，如今却已经变成了戏中人。

是因为齐铮吗？

沈梓乔以为他说的是样子，捂着脸笑道："变成黄脸婆了吗？"

贺琛失笑，"还是很好看。"

"我们说回正事吧。"沈梓乔笑着说，"你有多少棉花？"

"一千包。"贺琛说，这还是跟马俊峰抢着买下的。

"那都卖给我吧。"沈梓乔说。

贺琛摇了摇头，"已经来不及了。"在沈梓乔的困惑下，他继续笑着说，"刚刚已经让人卖给了恒汇行。"

沈梓乔的眼睛一亮，哈哈笑着伸手拍了拍贺琛的胳膊，"谢谢你啊，贺大哥，你真是太厉害了，只有你猜得到我想做什么。"

贺琛低头看了看她的手，心中微荡。

不到两天，沈梓乔的几千包棉花就被恒汇号都买了。赚的银子虽然不多，但已经达到了目的。加上贺琛的一千包，恒汇号现在囤了至少有一万包的棉花了吧。

沈梓乔心情大好，每天陪着潘老夫人打叶子牌。

潘家的三个舅父仍然在为怡兴行奔走。

恒汇行已经准备将棉花装上大船，准备运往戈尔。

这时，戈尔那边却传来了消息，他们的棉花全部都在印撒购入，一包才一百两。

印撒就在戈尔的隔壁，全国几乎有三分之一的百姓种植棉花。

之前传出戈尔附近小国的棉花全都受灾的消息并不真实。

第一百八十七章　落败

　　随着戈尔在印撒大规模买入棉花，东越这边的棉花价格快速下跌。

　　恒汇行积压的一万多包棉花从船上卸下后，就一直囤积在仓库中。同一时间，贺家的大少爷让人去恒汇银号要取出存银十万两。顿时，其他商行都纷纷跟恒汇银号兑换存银。

　　虽然恒汇行的实力雄厚，但囤了这么多的棉花卖不出去，恒汇银号必然会受到影响。万一自己的银子拿不出来，那不是要给马俊峰陪葬？

　　恒汇银号陷入了困境，而恒汇行也因为拖延了出船，被各地的走商围着讨要赔偿。

　　"啧啧，这才几天啊？恒汇行就落得如此境地。皎皎，你到底是怎么想到这法子的？我们都没想到用这一招骗他上当。"潘家终于一扫阴霾，每个人都心情大好地在老夫人屋里品茶吃点心，三舅父更是畅快地追问沈梓乔怎么会想到利用买入棉花让马俊峰上当。

　　沈梓乔在给潘老夫人剥着橘皮，听到三舅父的问话，她笑着说，"本来只是想看一看戈尔是在什么地方，了解一下当地的情况，没想到在舆图上看到印撒，查了一下地理志，才知道印撒的棉花向来都收成很好。所以我便让人买入大量棉花，顺便传出戈尔周边小国的棉花也受灾的消息。这种谣言其实对于您几位或是贺琛来说根本不值得相信。但马俊峰不同，他是入行新手，哪里知道戈尔旁边有个印撒，要一个什么都不懂就想当第一的人上当，再容易不过的事了。"

　　马俊峰不是笨蛋，他比谁都精明，但他这次绝对是被沈梓乔和贺琛联手陷害了。二十四行不是谁想做大就能做大的，何况马俊峰依靠的是打压潘家来强大自己的恒汇行。贺琛选择跟沈梓乔一起对付他，除了想卖个人情给潘家，更是不想让马俊峰将来有机会用同样的手段对付贺家。

　　这么多年来，贺家跟潘家已经有了默契，他们不想打破这个安定的局面。

潘老太爷道："你这完全是取巧，险胜啊。"

沈梓乔嘿嘿笑了笑，"就算骗不到他，我也亏得不多。而且，马俊峰就算再怎么精明，难道还能有分身术？除了恒汇银号，还有宫里那边的事要他去费神。恒汇行他已经是胸有成竹，怎么还会再多做调查。"

大舅父笑着点了点头，"马俊峰是精明，但他身边的人未必就有他那么精明。"

"反正我们这次是多亏了皎皎才能沉冤得雪。黎都督都亲自上门，请我们重开怡兴行，替那些在商会大闹的商家将货物送出海去。"

每个商行的船期都是限定的，如今还能出海的只有怡兴行了。

"我们皎皎是福将。"潘老夫人高兴地说，将沈梓乔搂在怀里舍不得放开。

大舅母笑说："是啊，这次多亏了皎皎想的好办法。是了，皎皎，你这次到东越来，你夫家那边……可有怎么说？"

沈梓乔自然是不会说实话，齐家根本没人知道她到东越来，都当她是在庄子里照顾齐铮。

"没怎么说啊，相公知道我来东越的。"沈梓乔说，如果齐老夫人问起她，齐铮应该会替她圆过去的。

"那就好，出嫁从夫，跟以前可不一样了。"大舅母说道。

潘老夫人忙问沈梓乔要在东越留多久。

如今怡兴行的问题已经解决了，想来马俊峰是腾不出手来搞鬼，他现在已经是泥菩萨过江自身难保。沈梓乔是想在东越留多些时日，但京城那边不好交代，"外祖母，我这两天就要回去了。等开春了，我再来看您。"

"带着齐铮一起回来。"潘老夫人说道。

"好！"

这几天将精力都放在东越，沈梓乔难免疏忽了京城那边的消息。从潘老夫人那里回到自己的院子，她便将群叔找了过来，询问如今京城的局势。

群叔站在沈梓乔面前，他第一次感觉眼前这个大少夫人跟他想象的不一样。恒汇行发生的事情他是知道的，事情的始末他都一清二楚。他只是没有想到，眼前看起来玩世不恭的小女子竟不费吹灰之力，就让堂堂恒汇银号的老板陷入困境。

他之前还觉得沈梓乔是在胡闹，更觉得凭沈梓乔这样的人，根本配不上齐铮，他不明白大少爷究竟看上这个女人什么了。

原来不是大少爷没眼光，是他看漏了眼。

"群叔？"沈梓乔见他在分神，开口叫了他一声。

群叔忙回过神，以从未有过的恭敬态度回答了沈梓乔的问题。

自上次小皇孙差点出事，皇上似乎清醒了一些，没有在不分昼夜地沉浸在修仙炼丹的美梦中。孙贵妃跟马贤妃也因为这件事反目成仇。三皇子在京城东大街纵马伤人，被一位路见不平的游侠一箭从马背上射了下来，摔断了一条腿，如今还躺在床上……

沈梓乔听得津津有味，看来她离开京城后，京城发生了不少精彩的好戏啊。

可惜，她错过了。

不过，最重要的还是劝皇上不要去天玄山吧。那周真人什么的，要真的能修仙，就不会出现在宫里了。

"看来马俊峰真的是没什么精力对付怡兴行了。"沈梓乔总算能放心回京城了。

就在沈梓乔吩咐群叔去准备回京城的事宜后，东越的黎都督被问罪，原来被陷害入狱的李都督官复原职。

李都督复职的第一件事便是打开恒汇行的仓库，让那些被恒汇行拖欠货款的走商将棉花搬走抵押，第二件事是将恒汇行的资产变卖抵偿债务。

开业不到三个月的恒汇行被强行宣告破产。

马俊峰不知所踪。

沈梓乔终于能安心地离开东越了。

临走前，她想设宴多谢贺琛，不过贺琛却婉拒了。

贺琛在给沈梓乔的回帖上写了一句话："相见只如不见"，下一句是"有情何似无情"……

沈梓乔心中微涩，还以为他放下了，后面这句说的是他自己吧。因为有情，见面了却要装作无情，所以还不如不见。

那就算了，不要见了。

沈梓乔在心里叹了一声，她根本无法回应贺琛的感情。因为在遇到贺琛之前，她已经遇到齐铮了。

虽然觉得遗憾，但沈梓乔的行程并没有受影响，她启程回了京城。

跟来时的心情不一样，回京城的路上，她的心情轻松畅快。虽然京城没有什么好消息传来，但皇上已经将去天玄山的时间往后拖延了。

虽然只是拖延，但已经是很好的效果了。

回到京城的时候，离除夕夜只剩下两天。齐铮还在庄子里养伤，沈梓乔没有进城，直接就来到了庄子。

齐铮并不在屋里，沈梓乔舟车劳顿，梳洗了一番后就在床榻躺下休息，等着齐铮回来再安排下一步该怎么做。

不知睡了多久，沈梓乔迷迷糊糊之间感觉自己被抱入一个宽厚温暖的怀抱。

"齐铮……"沈梓乔闻着熟悉的气息，小声地嘤咛了一声，转身抱住他的肩膀。

"想我了吗？"齐铮咬着她的耳垂哑声问道。

沈梓乔轻轻一颤，全身酥软起来。

炙热湿润的吻落在她颈侧，吮出一朵一朵艳丽的花儿。

"皎皎，我很想你。"他的薄唇贴着她的耳朵低语着。

沈梓乔咬了咬唇，"我也好想你啊。"

第一百八十八章　仙人是不会死的

月光柔和地从窗棂外洒了进来，在地面铺上一层银色。屋里角落只燃着一盏地灯，光芒微闪。沈梓乔从屏风后面出来，她只穿着玉白色中衣，乌黑如绸缎般的秀发披散在背后，眼眸如水，面颊微红，看着如一朵染上清晨露水的玉兰花。她轻轻抬眼，看到已经梳洗干净躺在床榻上的男人正眸中含笑地望着她。

"看什么？"沈梓乔在妆台前坐下，拿起一个白瓷描葫芦的香盒，挖了一点茉莉膏在手心抹开，轻轻地拍在脸上。

望着沈梓乔熟练地在自己脸上抹着茉莉膏，接着又轻揉着每根手指……

身边有她在的感觉真的很好。

"皎皎。"齐铮低声叫了一句，目光熠熠地看着她。

沈梓乔回头看了他一眼，"干吗？哦，对了，太子成亲了吧？"

"你过来。"低沉的嗓音仿佛带着眸中不可抵抗的魔力，"过来我就告诉你。"

这话太不可信了！沈梓乔没有走向他，反而走到离他更远的临窗的长榻斜倚着，"你就在那里说，我听得到。"

随着她斜倚下去的姿势，中衣的领口微敞，露出润白如玉的肌肤和纤细的锁骨，鹅黄色的肚兜更是若隐若现。齐铮眸色一暗，嗓音更是低沉了几分，"乖，过来，让我抱一抱，再告诉你宫里的事。"

"抱什么抱，等下你就不止是抱抱了。"沈梓乔哼了一声，果断地拒绝。之前已经试过几次了，每次都说只是抱抱，结果抱着抱着就得寸进尺了。

齐铮轻轻一笑，"皎皎，去了一趟东越，你的胆子都长肥了不少。"

竟然敢拒绝他了！之前从来没试过的。这小家伙向来很识时务，很清楚不会是他的对手，所以对他一直都很乖顺，今天居然敢拒绝他！

沈梓乔想起第一次她不肯让他得逞的时候，被他收拾得更厉害的事，她脸色微微一变，委屈地撅嘴，"我刚从东越回来你就欺负我！"

齐铮长腿一跨，在沈梓乔要准备溜走之前将她给揪了回来，"我怎么欺负你了，我就是想抱抱你而已。"

骗人呢吧！沈梓乔怎么都不信他会只是抱抱，结果他真的只是抱着她在床上说话。

将她搂在怀里，齐铮在逗小白兔一样卷着她的发丝在她手臂上轻轻地扫着，"殿下在半个月前就成亲了，如今好着呢。"

沈梓乔关心的并不是北堂贞景嫁给太子没有，"盛佩音没找太子妃麻烦吗？"

怎么会没有！齐铮是知道盛佩音以前在东宫当女官的，更知道她勾引过太子，"太子妃也不简单。"

"怎么个不简单？"沈梓乔眼睛一亮，翻过身子趴在他身上感兴趣地问道，难道有什么精彩的宫斗被她错过了？

齐铮低眸，视线正好落在她敞开的领口，他慢慢地说："盛佩音跟孙贵妃已经面和心不合。她让人去找了太子，想要跟太子联手……"

"太子去见她了？"沈梓乔忙问。

"嗯。"齐铮松开她的头发，大手在她肩膀轻轻拍着，"盛佩音的条件就是太子登基后必须立她为妃。"

沈梓乔无语地沉默了，这么狗血喜感的话从盛佩音嘴里说出来真是一点违和感都没有啊！

"今天盛佩音和周真人又怂恿皇上去天玄山，恰逢皇后带着小皇孙去给皇上请安。皇上见到小皇孙，便开玩笑说要带着小皇孙一起修仙。你猜小皇孙怎么回答？"齐铮的语气轻快，俊脸的笑容如同风和日丽的晴朗天空，让人看了都心情愉悦起来。

"怎么说？"沈梓乔问，却看着齐铮的笑容移不开眼。

男人长得太好看真是祸害啊祸害！

"去给皇上请安时，周真人和盛佩音都在场。周真人拿出一颗仙丹，道是到了天玄山吃了这颗仙丹后，就能够坐化成仙。小皇孙童言童语地问：世上真的有神仙么，周真人忙说有。"

"周真人见过神仙吗？"小皇孙惊讶地问着周真人，眼中充满了敬畏。

周真人拂尘一挥，高深莫测地说："有缘自是能见到。"

皇上在一旁说："周真人便是仙人了，朕见识过。"

"皇爷爷，孙儿听说仙人都是不会死的？"小皇孙继续问道。

"仙人都是长生不老的。"这就是皇上这么沉迷炼丹修仙的原因。

小皇孙看向周真人的眼神除了敬畏还有好奇，"那周真人能够长生不老吗？要是周真人不能长生不老，怎么教皇爷爷成为仙人？"

皇上立刻就说："周真人自然是长生不老的，他都已经两百岁了。"

"皇爷爷骗人。"小皇孙用力地摇头，一副你骗不了我的样子。

"你不信？不信你试试。"在最疼爱的小皇孙面前没有了面子，皇帝哪里会甘心。

小皇孙想了想，"皇爷爷，你让周真人跳到井里。一个时辰后，他要是没有死，我以后就陪着皇爷爷一起炼丹，还让爹爹和娘也炼丹。"

皇上大笑，要是能够证明的话，太子和皇后以后就不会来烦自己了。

"好！"他心情畅快，没发现周真人的脸色已经发白，一旁的盛佩音正要开口阻止。

皇后已经开口，"还不让人请周真人到井里去。"

外面的太监好像早就在等着这一刻，没等盛佩音和周真人开口，已经将人拉下去了。

"……"沈梓乔听完，表情已经是目瞪口呆，不知道要说什么好了。

齐铮的手已经不知什么时候滑进她的衣内，掌心滚烫如火地贴着她的后背，"周真人如今还在井里。"

沈梓乔终于忍不住笑了出来，"看来真的成仙了，是谁教小皇孙说这一番话的？"

"谁知道呢。"齐铮低缓浅笑。

"是你！"沈梓乔笑眯了眼，"周真人成仙了，那盛佩音在宫里的日子怕是要不好过了。"

皇后和北堂贞景都不会容许她继续蹦跶的。

估计也要随着周真人一块成仙了吧。

没了马俊峰和周真人，又跟孙贵妃离心，还有谁能帮她？

"皇上或许会清醒一些。"齐铮低叹，今日等了一个时辰都不见周真人浮上来，皇上脸色不太好地走了。没多久，就让人将那炼丹的炉鼎搬出了宫殿。

沈梓乔问："那三皇子呢？"

"腿瘸了。"齐铮简单地说，并不想多谈这个事的样子。

"哎呀，真是太好了，雨过天晴了。"沈梓乔笑眯眯地说，顿时觉得明天真美好。

齐铮搂着她压在身下，吮吸舔吻着她的颈侧，"是啊，雨过天晴了，我们来庆贺一下。"

沈梓乔浑身酥痒，"庆贺……什么……不要……"

没多久，她的抗议就变成了呻吟声。

翌日，齐铮终于伤愈回府。沈梓乔眼底发青，懒懒地靠在精神抖擞的某人怀里，"我这一个多月都没回过城，祖母和父亲会不会怀疑呢？"

齐铮沉吟了一会儿，才慢悠悠地说："在你离开京城的第三天，祖母跟父亲就来看我了。"

嗯？沈梓乔眨了眨眼，顿时什么睡意都没了。

"你说什么？"沈梓乔坐直身子，瞪圆了眼睛看着他，"你再说一次！"

齐铮看到她眼下的那一圈青色，心中一疼，暗暗责怪自己，"别担心，祖母和父亲没说什么。"

他们既然知道他是装伤的，自然什么都清楚了。

"你就当自己一直在庄子里照顾我就行了。"他们是做给外人看的，只要外人相信他养伤一个月就行了。

沈梓乔松了一口气，吓了一跳啊！

回到安国公府，沈梓乔顿时发现家里的气氛不太正常。虽然到处都张灯结彩，有焕然一新的喜庆感，但每个下人脸上的神情都拘谨紧张，一点喜庆的气色都没有。

"发生什么事了？"沈梓乔疑惑地问。

"先去给祖母请安。"齐铮挑了挑眉。他自是知道小顾氏最近在忙什么，但家里如今这气氛倒是让他有些想不通。

到了齐老夫人那里，他们才终于明白家里的下人们小心翼翼是因为什么。

以前安国公养在外面的外室带着女儿来求见齐老夫人了。

就在这胡氏出现在齐家的第一天，顾黛芹不知怎么竟然在庭院摔了一跤。如今她动了胎气，正在静养。

看到跪在齐老夫人面前的母女，齐铮眸色一沉，毫不掩饰的杀意如同尖刀一般，压得那母女二人脸色发白，但她们仍倔强地抬起头直视齐铮。

"你们回来了。"齐老夫人冷凝的脸色在看到沈梓乔和齐铮的时候终于如同冰雪初融，扬起淡淡的笑。

"祖母。"沈梓乔笑着行礼。

小顾氏坐在一旁气得心肝肺俱疼，她没想到这胡氏还敢出现在齐家。一个月前她就听说她们在京城了，她用尽方法要将她们赶走。结果她们倒好，直接来找老夫人求情了。

最可恨的是，齐铮居然什么事都没有！

"铮哥儿的伤都好了吗？"齐老夫人当胡氏母女不存在似的，笑眯眯地看向齐铮。

第一百八十九章　　无情

　　齐老夫人早就知道齐铮的伤势并不严重，但她此时眼中流露出来的担忧却是真真切切的。齐铮坐在她身边，反手拍了拍自己的背部，让老夫人知道他什么伤都没有了。

　　"都好了就好。"齐老夫人的眼睛看向沈梓乔，"多亏了皎皎悉心照顾你。"

　　沈梓乔小脸一红，她听出了老夫人话里的调侃，不好意思地低着头，"都是相公的恢复能力好。"

　　齐铮差点忍不住笑了出来。

　　小顾氏看着他们其乐融融地说话，一点都没去理会依旧跪着的胡氏母女，心底一阵畅快。

　　当初安国公将这对母女赶出京城的时候，就已经下了死令，不许他们踏入京城一步。没想到十多年过去了，这胡氏就将当初的话忘得一干二净。进城就算了，她们居然还妄想求见安国公。被她阻挡了几次，那母女就想办法求到老夫人这里来了。

　　好啊，我让你进门来。看你能不能将老夫人说服让你们进门，让你们留在京城。

　　当年陆氏的死一直是老夫人和齐铮的心结。这些年来，老夫人对自己如同陌生人，难道还会对你这个罪魁祸首和颜悦色？做你的春秋大梦吧！

　　小顾氏虽然对齐铮的痊愈感到不高兴，但看到胡氏被忽视，她觉得心情还是很畅快的。

　　沈梓乔在跟老夫人说话的时候，眼角偷偷打量着胡氏母女。

　　这胡氏长得可真是……娇媚柔弱，简直就是一朵我见犹怜的老白花。都已经不年轻了，可这身段这样貌，仍然是风韵犹存，可见她年轻的时候是如何漂亮。

　　大概就跟她身边的女儿差不多吧，细长的柳叶眉，秀巧的鼻子，肌肤莹润如脂。和胡氏表现出来的娇弱不同，这年轻女子眼中尽是倔强，对老夫人的漠视似乎很有意见。

　　如果不是这个胡氏，齐铮就不需要装傻十多年，更不会对自己的亲生父亲怀着怨恨，小顾氏也不会成为他的继母。究竟这个胡氏依仗什么，居然敢求到老夫人跟前来。

胡氏同样在打量着齐铮。

她脸上虽然带着怯怯的神情，但眼中并没有惧意，只有对齐铮的好奇和……嫉恨？

齐铮居然不是傻子……她之前打听的时候，都说安国公的大少爷是个傻子，没想到不但不是傻子，还这般器宇轩昂，跟安国公年轻的时候那么相似！如果她的儿子没死，如今也该这么大了，肯定比这个齐铮更加英俊，更加像安国公吧。

想到惨死的儿子，胡氏心中的恨意膨胀到了最高点。

当初她想要弄死的人是齐铮啊，而不是她的儿子……

小顾氏见齐老夫人依旧只顾着跟齐铮说话，便对一旁的苏妈妈说："还不让人去将这两人带走，免得让人恶心。"

苏妈妈看了齐老夫人一眼，"是，夫人。"

胡氏神情一紧，如果她被赶出去，小顾氏肯定不会放过她的。之前就想将她赶出京城了，这下恐怕会将她们母女逼入绝路。

"老夫人，求您看在姐儿是国公爷的亲骨肉份上，留给我们母女一条活路吧。"胡氏用力地磕头，声音怯弱，却十分好听了。

这胡氏听说以前是戏子，声音果然是性感十足。这些话若是换了个人说出来，并不能有多少效果，但从胡氏嘴里说出来，便是凄哀婉转，让人听了忍不住动容。

齐老夫人眼睑微抬，眸色冷漠地看向胡氏，毫不掩饰对这个女人的厌恶，"当初已经给你留了活路，何必再自寻死路。"

胡氏恶狠狠地看了小顾氏一眼，"老夫人，当初要不是这个女人来教唆，奴婢也不会做出那样诛心的事情。奴婢这些年来日日受良心谴责，都是奴婢害死了国公夫人……"

小顾氏眸色一闪，面色大怒，"胡氏，休得胡言乱语，我何曾见过你了？"

"你不曾见过我，但你身边的妈妈却是见过我。当日国公爷要将我们母子三人送出京城，便是你身边的这个奴才找了我，让我去求夫人将我们母子三人留下。他还说什么夫人宅心仁厚，早就想见一见我，只要我服软了，夫人自然是答应我留下的，结果……"

"结果你见夫人并不想让你们进府，便抱着儿子要撞墙威胁夫人。夫人不理会你的威胁，你索性就撞了墙，却没想撞死了自己的儿子，也将夫人给吓得一病不起，是不是？"齐老夫人目光陡然一厉，她早就觉得奇怪了，胡氏甘心当外室那么多年，怎么会忽然就求见陆氏，原来是受了小顾氏的挑唆。

虽然她早就怀疑是小顾氏搞鬼，但当时小顾氏几乎天天都在她跟前，根本没有见胡氏的机会，原来是她忽略了小顾氏身边的人。

小顾氏心中一惊，胡氏怎么会认出苏妈妈的？"胡氏，口说无凭，我当时又不认识你……"

"你怎么会不认识我！我还记得你陪着夫人去护国寺的时候，明明我已经避开了夫人，你偏要拉着夫人与我相遇。你居心叵测，夫人根本就是你害死的。"

"你……"小顾氏气结，不对，这不对！胡氏怎么什么都知道了？这些事情她明明做得很隐秘的，就连老夫人都没看出来，胡氏是从哪里知道的？

齐老夫人冷冷地看了小顾氏一眼。

"老爷回来了！"外面有丫环急急地禀告。

安国公大步迈了进来，斯文儒雅的脸庞阴沉沉的，眼角连瞄向胡氏一眼都没有。

胡氏在见到安国公的时候，眼眶一红，跟刚刚对峙小顾氏的尖利完全不同。而胡氏的女儿则是目光冷冷地注视着安国公，眼中的期待慢慢地湮灭，变得沉寂安静了。

说什么安国公想念亲生骨肉，有意要接回她们母女这些话都是别人故意传出来的吧。

"父亲！"齐铮和沈梓乔双双行礼。

沈梓乔更是在心里想着，胡氏要等的人就是安国公吧。

安国公在齐老夫人另一边的太师椅坐下，目光冷厉地扫向正楚楚可怜含情脉脉地看着他的胡氏。

"国公爷……"胡氏跪着往前走了两步，雪白的面颊滑下两行泪水。

小顾氏紧张地绞紧手里的绢帕，齐思霖看到胡氏这老妖精不会又起了怜惜之心吧？当初要不是陆氏的死，只怕齐思霖都舍不得离开这个女人。陆氏已经去逝那么多年了，齐思霖心里的愧疚也没当年那么深刻，说不定还真的会对胡氏旧情复炽。

"是谁让你们出现在京城的？"看到胡氏，安国公又想起发妻泪流满面眸中含怨看着他的神情，她到死都没跟他说一句话。

陆氏在世的时候，他自以为风流倜傥到处留情，从来不认为失去哪个女子会心疼。直到陆氏闭上眼睛，只留给他一块用血写着"悔不当初"的绢帕，他才知道不是不心疼，是因为他从来没失去。

就在那一天，他失去了少年发妻，失去了最疼爱的儿子。

胡氏泪眼婆娑地看着安国公，"国公爷，奴婢……奴婢不忍您的骨肉流落在外，才……才回了京城的。"

她这么说的时候，微微低头露出依旧白皙的颈项，作出十二分凄楚的样子。她手里紧紧攥住腰间的一块玉佩，那是安国公当年送给她定情的玉佩。

这个女子在他身边数年，安国公又怎么会不了解她是什么意思！说是要将女儿送回齐家，实则是想告诉他，她很思念他。

若是以前，他或许会心动；但如今，他恨不得胡氏去换回陆氏，又怎么还会对她心软？怎么还会对她有情？

安国公抬眼看了看齐铮，却见他面无表情神色漠然，仿佛眼前的事跟他无关似的。这孩子……还是在怨他吧。

今日如果他对胡氏心软，他绝对相信铮哥儿明日就会搬出齐家。

"谁允许的？"安国公的眸色更加森冷。

胡氏从来没有见过这么冷漠的齐思霖，她顿时有些哭不下去地抬起头，"奴婢明明听说……听说您想要找回碧姐儿的。"

安国公已经懒得问她究竟是听谁说的，他转头看向齐老夫人，"娘，您做主吧。"

胡氏旁边的齐碧听到安国公这话，便知她们母女今日无论如何也讨不了多少好处。她忽地站了起来，用力地拉起胡氏，"我们本来也没打算来求你们什么。这些年来我们母女过得好好的，忽然就有人到我们家说国公爷要见我们。如今看来却是我们被利用了，既然如此，我们母女从今往后都不会出现在京城，我们的死活也跟齐家没有任何关系。"

齐老夫人将手中的茶碗重重地磕在桌面，"好大的气性，好硬的骨气！"

小顾氏皱了皱眉，瞧这小娘子说的似乎是实话，但谁会去说这番话？她自是恨不得她们别出现在齐思霖面前，齐铮……不，不可能，齐铮是将胡氏恨之入骨的，又怎么会让她踏进齐家呢。

难道连她也是被利用了吗？

齐碧身姿如松地望着齐老夫人，如今她只能一搏了，只要能够离开京城就好，若是真的留了下来……

能不能活下去还是两说。

第一百九十章　心软

厅堂上安静得仿佛能听到针落的声音，小顾氏的指关节绞得发白，生怕齐老夫人忽然脑子不对劲让胡氏母女进门。她不怕老夫人对胡氏心软，却怕老夫人对那齐碧心软。

沈梓乔将众人的反应看在眼里，她并不在乎齐老夫人会不会将胡氏母女留下。她担心的只有齐铮的想法，看到害死母亲的仇人在眼前，他肯定心里很愤怒，很想报仇吧。

可是胡氏母女如今看似孤苦伶仃，就算不报仇，只要将她们赶出京城，就已经能够惩罚她们了。

她比较警惕的是这个碧姐儿。

这姑娘看起来不像是那么容易妥协的。

齐老夫人这时候已经缓缓地开口了，"你说得对，我们齐家的骨肉不能流落在外，碧姐儿年纪也不小了……"

胡氏心中一喜，面上却不敢表露出来，只是低头啜泣，仿佛有无处可诉的委屈。她这些年来一个孤身女子养活女儿并不容易，若不是盼着有一天能够跟安国公重新相见，她如何能支撑得下去。

小顾氏的脸色越来越难看，听着齐老夫人的话，她心中更是恨极了胡氏这惺惺作态的模样。

"以前的事，看在你为齐家开枝散叶的份上，我可以不计较。但在碧姐儿出嫁前，你只能住在庄子里。"齐老夫人继续说道。

胡氏忙说："奴婢任凭老夫人处置。"

只要能够让她们母女进门，让她做什么都可以。

齐碧眼中虽有喜色，没想到老夫人会同意她们回来。她狐疑地抬起头，"老夫人，您真的会让我母亲进门吗？"

"如果你有资格成为齐家的女儿，我便网开一面。"齐老夫人淡淡地说。

安国公皱眉，他疑惑地看向自己的老母亲，这么多年来，老夫人对胡氏一直都是恨之入骨的，今日怎么这么轻易就答应了。"母亲，这件事是不是再商议？"他问道。

胡氏一怔，难道国公爷不想要她回来吗？

齐老夫人说："这件事我主意已定，就这样吧。田妈妈，让人将胡氏送去庄子里，安置碧姐儿在西厢阁住下。"

"等等！"齐碧叫了一声，"你们要将我娘送到哪里去？"

"送去庄子里住些天，待你出嫁了，她才能回来。"齐老夫人耐心地解释。

齐碧说："我不要住在这里，我也要跟我娘一起去。"

她才不放心让胡氏一个人去什么庄子里，谁知道这是不是故意分开他们母女，然后找机会害死她们。

胡氏急得直跺脚，"碧姐儿，你是金枝玉叶，自然是要住在国公府。将来我能不能回来，还要指望你。"

齐碧坚决地摇头，"我要和娘在一起！"

"那就一起去吧！"齐老夫人嘴角微扬，"就去吴山的庄子。"

安国公和小顾氏同时震惊地看向老夫人，吴山？那……那庄子不是陆氏的陪嫁吗？当初陆氏最喜欢的就是去那里小住度假了。

齐铮低垂着眼睑，依旧是不为所动，非常冷漠的样子。

送走了胡氏母女之后，安国公和小顾氏也被老夫人给打发出去了，沈梓乔扶着老夫人的手回了屋里。

"铮哥儿……"齐老夫人歪在炕上，眼睛慈爱地看向齐铮，"祖母今日这个安排，你可心中有怨。"

"孙儿无怨。"齐铮低声说，他知道老夫人想做什么。

齐老夫人握着他的手，面色闪过一抹狠厉，"你和你父亲不能做的，就让我这个老家伙来。你这双手是替国杀敌保护老百姓的，不是什么人都能脏了你的手。"

沈梓乔在一旁听得胆战心惊，她要是再不明白就真的笨死了。

老夫人让胡氏去住在庄子里不是要给她机会进门，是不想留着她在这世上了。

"你们也回去吧，就要过年了，该有好多事要准备呢。"齐老夫人挥了挥手，让齐铮和沈梓乔都退下。

从齐老夫人的院子里出来，沈梓乔感觉有些冷。她往齐铮身边蹭了过去，小手滑进他温暖的掌心里，"看样子还要下雪啊，真讨厌。"

齐铮将她软乎乎的小手抓在掌心里，冰冷的眸色仿佛遇到暖阳，渐渐地化开漾出浅浅的笑，"皎皎，是不是很喜欢东越？"

沈梓乔扬起头，"为什么这样问？"

"我想，我们以后或许能在东越长住……"齐铮低声笑道。

"嗯？啊！"沈梓乔惊叫，差点就要扑进他怀里，"你说真的吗？你能到东越去任职吗？"

齐铮淡淡地说："在努力……"

"我会替你加油的！"沈梓乔开心地叫道。

"嗯，今晚看你如何为我……"

男子低沉愉悦的嗓音伴随着女子清脆悦耳的笑声渐渐地走远了。

小顾氏回到上房，屋里的光线有点暗。她坐在临窗的炕上，窗外微弱的光芒透了进来。背着光的她，看起来脸色阴晴不定，有几分狰狞。

"夫人，不能让那胡氏进门！"苏妈妈给小顾氏倒了一杯茶润喉压惊，心道：若是让胡氏进了门，只怕没几天国公爷就会被迷得团团转，连老夫人都被她哭得心软了，更何况是国公爷。

"她进不来的。"小顾氏的声音有些轻颤。她深吸了一口气，"你以为胡氏这一去还有机会进来吗？"

苏妈妈吃了一惊，"夫人的意思……"

小顾氏呵呵地笑了几声，脸色依旧白得惊人，"你以为老夫人当真那么容易心软，她这是在替陆氏报仇，在警告我。"

"怎么会……老夫人可是您的亲姑母啊！"苏妈妈震惊不已，难道老夫人当真要为了外人对付自己的侄女不成。

"再亲也亲不过她的亲孙子。"小顾氏咬牙地说道，"这些天，不要再去动芹姐儿了。要是让老夫人找到了一点由头，只怕我也不用留在这儿了。"

苏妈妈低声说："难道任由芹姐儿将孩子生下来？左家那边听说芹姐儿有了身孕，都不愿意将闺女嫁给二少爷了。孙贵妃如今又是自身难保……"

一提到这个，小顾氏又是满腹的怨气，明明都已经快要交换庚帖了，偏偏出了顾黛芹有身孕的事。原先左家顾忌是孙贵妃保媒不敢说什么，可如今孙家连连遭到御史的参奏，孙贵妃在宫中又失宠，就连三皇子也变成了瘸子，再没有机会成为储君。如今朝中谁还怕他们孙家，谁还看着孙贵妃的脸色做事啊。

左家随便一个借口就将这门亲事给拒了，这是什么意思，小顾氏能不明白吗？

"她还不知道生的是女儿还是儿子，只要不是沈梓乔生下嫡长子就行了……"小顾氏冷冷地说。

第一百九十一章　麝香

屋里还弥漫着欢爱过后的暧昧味道，落地灯淡黄微暖的光芒洒在床榻上相互偎依的两个人身上，将沈梓乔裸露在被子外面的肌肤映衬得更加莹润如玉。她白皙纤细的脖子还有明显的吻痕，就像一朵朵绽放的花儿，齐铮粗粝的手指在她平坦的小腹轻轻打着圈。

沈梓乔因为他的动作轻轻打了个颤儿，"把手拿开！"

"皎皎，我想要个女儿。"齐铮咬住她的耳垂，低哑地说着。

"怎么忽然这样说？"沈梓乔愣了一下，面颊酡红地瞪着他，敢情他刚刚那么激烈地要她……是为了想要个女儿？

齐铮轻笑，"要生个像你的女儿，我一定会好好宠她，宠得她无法无天。"

他的女儿必须要肆无忌惮地活着，无忧无虑，像皎皎一样恣意开心。他一定不会像他的父亲一样，辜负了自己的妻子，又舍弃了子女。他并不恨那个齐碧，只是看到她为了活得更好而展现出来的倔强和不甘，他有些微感慨。

所以，他的女儿一定要被宠着长大。

餍足后，齐铮怜爱地看着沉沉睡去的沈梓乔，亲自去绞了湿布过来替她清洗身体。两人都清洗干净睡下时，外面东边的天空已经出现一丝鱼肚白。

沈梓乔这一睡就睡到中午，起身的时候，齐铮已经不在身边了。

红玉端着水进来给沈梓乔洗漱，屋里弥漫的奢靡味道还没完全散去，沈梓乔红着脸让红缨去将窗户打开。

真是……这下所有人都知道她晚起的原因了。

"大少爷呢？"沈梓乔将羞赧压在心里，故作自然地问着身边的丫环。

红玉回道："大少爷一早就进宫了，吩咐了奴婢们不能打搅您。"

沈梓乔无语，"你去准备些燕窝和花胶，我去芹姨娘那儿坐坐。"

"大少夫人，这……芹姨娘刚见了红，不如，过些天再去可好？"墨竹听说沈梓乔要去看望顾黛芹，忍不住逾矩地开口劝道。

"她见了红我才要去看她啊。"沈梓乔说，整个家里最单纯可爱的就是顾黛芹了，沈梓乔很喜欢她呢。

墨竹跟红玉对视一眼，低声说，"大少夫人，芹姨娘是夫人侄女。"

"什么意思？"她当然知道顾黛芹是小顾氏的侄女，这跟她去看望她有什么关系吗？

电光火石之间，沈梓乔明白了墨竹话里的意思。

"芹姨娘是因为什么见了红？"沈梓乔神色一肃，心道：顾黛芹明明是住在老夫人那儿的，吃食都有老夫人的人在看着。家里如今都是小顾氏在打理，若她有心要护着顾黛芹，其他人不会有机会，也没那个胆量。

除非是小顾氏自己！

"本来好好的，出去花园走了一圈回来，忽然就喊着肚子疼。听那边的小丫环说，芹姨娘在花园遇到了二少爷。二少爷给他送了一袋酸梅干。"墨竹说道。

齐锋？沈梓乔有些愕然，她想起有一次在老夫人那里遇到齐锋和顾黛芹。齐锋虽然嫌弃顾黛芹是个傻子，但并不是真心厌恶她，他更像是刻意做出来给小顾氏看的。

他会伤害顾黛芹和自己的骨肉，沈梓乔不太相信。

"芹姨娘见红之后，夫人怎么说的？"沈梓乔问道。

墨竹说："责怪了芹姨娘不该到处乱走，将芹姨娘身边的丫环都处置了，就连顾妈妈都差点被撵出去，还是老夫人开口了才能留下来。"

沈梓乔听完笑了笑，"走吧，我们去芹姨娘那儿坐坐。"

"大少夫人！"墨竹忙跟了上去，她说了这么多，就是想大少夫人离芹姨娘远一些，毕竟夫人那里还紧盯着，就算是为了避嫌，也不该这时候去芹姨娘那儿的。

"没事的。"沈梓乔说道，小顾氏要是聪明的话，就不会再出手了。

顾黛芹就住在老夫人的西厢房，沈梓乔先去给老夫人请安，这才去了顾黛芹屋里。

因为见了红，这几天她都在喝保胎药，屋里弥漫着一阵苦涩浓郁的药味。窗户都关得紧紧的，不漏一点风出来。

"怎么能将窗口都关了？快去打开一个窗口。"沈梓乔一进门就皱眉，屋里燃着炭盆，再将窗户都关了，就算是好好的一个人都要闷出病来。

顾妈妈忙说："万一受了凉……"

"又不是站到窗边去吹风，怎么会那么容易受凉？"沈梓乔说着，在床榻旁边的锦杌坐下。看到顾黛芹一张倾城绝色的面庞毫无血色，本来天真清澈的眸子不知什么时候染上了郁色，看得沈梓乔心里一阵叹息。

"芹儿，再过些天，等你好好的，就能出去了。"沈梓乔柔声说着。

顾黛芹怯怯地看了顾妈妈一眼，小声说道，"母亲说不能出去。"

"到时候我带你出去。"沈梓乔抚了抚她的头。

顾妈妈在一旁抹泪，"大少夫人，我们芹姨娘不是因为出去才见了红，是……是吃了二少爷……"

这话顾妈妈如何也不敢说出来，因为她也不相信齐锋会伤害顾黛芹。

"二少爷经常给芹儿买酸梅干吗？"沈梓乔问道。

"是啊，芹姨娘自从有了身孕后，一直就想吃酸的东西。二少爷每次回来都会给芹姨娘带一包回来。"顾妈妈说道。

沈梓乔深深地看了她一眼，"那就不是了，怎么之前吃着没事，就偏偏那天吃了出事？顾妈妈，你可是忽略了其他什么东西？"

是啊，以前二少爷的酸梅干从来没吃出问题的，怎么就偏偏那天……

顾妈妈脸色一变，眼睛看向沈梓乔拿来的花胶和燕窝上面。

"顾妈妈？"沈梓乔喊了她一声。

"夫人……芹姨娘的母亲让人送了好些燕窝和花胶，是夫人拿来给芹姨娘的。"顾妈妈脸色发白地说，她嘴里的两个夫人并不是同一个人，前面说的是顾夫人，后面说的是小顾氏。

这就不是沈梓乔能说什么的了，能说是那燕窝有问题吗？燕窝是顾夫人送来的，经过小顾氏的手才到了顾黛芹这里。如果有问题，那是谁的问题？是顾夫人吗？谁相信顾夫人会对自己的女儿下毒，那就是小顾氏了。

顾黛芹肚子里的孩子是小顾氏的孙子，谁又相信小顾氏会对自己的侄女和孙子下毒手？

即使沈梓乔和顾妈妈都知道小顾氏肯定下得了手，但他们什么都不能说。

"这件事，你还是要跟老夫人说一声的。"沈梓乔低声交代，"就算什么都不能做，也要提高警惕才行。"

顾妈妈眼中含着泪，都怨她太粗心了，以为是顾夫人送来的东西绝对安全，却忘记这东西是经过小顾氏的手。

沈梓乔跟顾黛芹又聊了一会儿，这才告辞回了千林院。

顾妈妈让小丫环将顾黛芹之前吃剩的燕窝和花胶都找了出来，当晚就去跪在齐老夫人面前。

　　翌日，已经是除夕了，老夫人借着过年府中厨房忙不过来的借口，将服侍顾黛芹的厨娘给撵走了，让田妈妈的媳妇儿管着顾黛芹的一日三餐。另一边，她将顾妈妈拿来的燕窝和花胶悄悄带出府，找了大夫验一验。

　　全家看似和谐欢喜地吃过团圆饭，齐老夫人让大家都回自己屋里去守岁，她老人家则歪在热炕上听着田妈妈说话。

　　"找了三个大夫验过，这些燕窝和花胶都被加了麝香，只是量非常少，一般人几乎察觉不出来，但吃久了总会出事。"田妈妈的声音压得低低的，屋里的气氛因为她的话忽然凝滞了起来。

　　齐老夫人面上一阵阴沉的神色。

第一百九十二章　小产

顾妈妈将燕窝和花胶交给齐老夫人，她一直等着齐老夫人的雷霆之怒。眼见年节将过，老夫人那边依旧什么动静都没有。

"难道那些燕窝和花胶并没有问题？"顾妈妈将这事跟前来看望顾黛芹的沈梓乔商量。如今整个齐家她最相信的就是沈梓乔了，因为只有沈梓乔对顾黛芹才是真正的关心。

如果真的没有问题，齐老夫人就不会保持沉默了。想来是很有问题，所以才一直没说什么做什么。毕竟小顾氏是国公夫人，在没有实证的情况下，老夫人根本不能对她做什么。

"如果老夫人真的什么都不做，就不会将夫人派来的厨娘换走了，顾妈妈，如今你什么都不要想，只要将芹姨娘照顾好就行了。"沈梓乔说道。

顾妈妈心想：自己跟小顾氏是斗不了的，就连大少夫人都在避开她，更何况是自己。反正只要芹姨娘顺顺利利地生下一儿半女，以后在齐家的日子便好过了些。

小顾氏并不知顾黛芹这边的情况，她在过完年之后，便开始为齐锋的亲事烦恼起来。如今袭世子衔的人选未定，许多高门大族并不愿意将闺女嫁给有可能什么都不是的齐锋。家世稍微逊色些的，小顾氏又看不上，她还指望对方能够帮齐锋得到世子的袭位呢。

如此便到了元宵佳节。

经过这段时间的休养，顾黛芹的身子已经大好。大夫看过后，也说她能下地多走走，如此对她将来生产更好。

京城每年到了元宵节都会有花灯会，沈梓乔早就跟齐铮说好了，让他一定要带着她去玩。

她至今都没去看过京城的花灯会。

顾黛芹也想跟着一起去，沈梓乔想都不想地拒绝了。别说她之前见红了，就是什么事都没有，沈梓乔也不敢带着一个孕妇去那么热闹的地方，万一磕着碰着了怎么办？

还好后面有老夫人出马，才终于让顾黛芹打消了要跟着一起出去玩的念头。

"大嫂说，我大哥给她做了一个花灯。"沈梓乔被齐铮牵在手里，走在两边都是花灯的街上。每个花灯都是栩栩如生，看得沈梓乔眼花缭乱。她另一只手拿着齐铮刚刚给她买的花灯，是一只小老虎。虽然很好看，但想到朱氏说沈子恺亲手做了花灯给她，她又觉得十分羡慕。

大概每个女孩子都喜欢拿到最特别的礼物。

齐铮捏了捏她的手心，低声笑着说，"你大哥的手艺如何？"

"好像不怎么样。"沈梓乔回想了一下，沈子恺也做过花灯给她，样子真是不敢恭维，可那是心意！心意！"就算不好看，那也是他对我大嫂的心意，你呢？"

"乖，我明年亲手做一个给你，一定比你哥做的好看。"齐铮柔声地哄着，心里却腹诽着沈子恺，明知道自己手艺不好就别献丑了，结果让沈梓乔对他挑剔起来。

他从"伤愈"后一直忙到现在，哪里抽得出时间去做什么花灯。

沈梓乔哼了哼，强烈地表示了自己的不满。

齐铮苦笑，更加温柔地哄着她。

顾黛芹满脸哀怨地坐在老夫人身边，看着丫环在一旁给她做花灯，她一点都不觉得好玩，她觉得外面更好玩。

为什么不让她出去？她以前每年都可以跟着哥哥们出去玩的，娘亲从来不会拦着她。她一点都不喜欢这里，还是娘和哥哥最好了。

"姑婆，我的病好了。"顾黛芹睁着一双黑黝黝的眼睛看着老夫人，提醒她自己的病好了，可以出去玩了，不需要再整天都躺在床上了。

齐老夫人将她的表情看在眼里，笑着摇了摇头，还是个孩子啊，根本不知道自己如今已经有了身孕需要凡事小心，还当自己是生病了。

"好了也不能出去，等以后好利索了才行。"老夫人笑着说。

顾黛芹委屈地扁嘴，什么时候才算是好啊。

"二少爷来了。"外面有人禀话。

齐老夫人想了想，还是让齐锋进来。

"祖母。"齐锋恭恭敬敬地给齐老夫人行礼，眼睛却看向顾黛芹，见到她委屈扁嘴的样子，不由得一愣。

"有事？"齐老夫人淡淡地问着。

齐锋看了看顾黛芹，低下头躬身说道，"祖母，今日是元宵节，孙儿……孙儿想带芹姨娘一起去赏花灯。"

"你明知道她有身孕还要带她出去？"齐老夫人皱眉，不悦地看着齐锋。她自是知道齐锋其实很关心顾黛芹，但这种不知轻重的性子却让她很失望。

"不是……不是，是在院子里赏灯，不用去外面。"齐锋连忙说道。

齐老夫人犹豫了一下，终于点了点头，"顾妈妈，仔细看着芹姨娘。"

"谢谢祖母。"齐锋脸上一喜，目光熠熠地看向顾黛芹。

顾黛芹绝美的脸盘还一脸懵懂。

"芹儿，来，我带你去看花灯。"齐锋早已经习惯顾黛芹倾国倾城外表下的单纯，他朝她伸出手。

"好啊好啊。"顾黛芹听说要去看花灯，立刻将手放在齐锋的掌心里。

顾妈妈会心一笑，连忙跟着出去。

齐锋在他住的院子里挂满了花灯，花样百出，形状可爱，顾黛芹一下子就被这些花灯吸引了。

"别乱跑！"齐锋搂住她，让她到抱厦里坐着，"你喜欢哪一盏，我拿给你就行了。"

"那个！那个！"顾黛芹指着小白兔样子的花灯叫着。

齐锋忙将花灯从树上拿下来，拿了过来给她，"你就要当娘了，以后不能这样乱蹦乱跳的。"

顾黛芹拿着花灯笑眯眯地点头。

"过来，我让人做了梅子糕给你吃。"齐锋笑着说。

其实他一开始对顾黛芹真的很厌恶，他从来没想过会纳一个傻子当妾室。他所向往的是相爱相知琴瑟和谐的生活，但这个傻姑娘的美貌绝对是令所有男人都无法拒绝的。他从远离到认为反正已经是妾室、不睡太可惜的想法，渐渐觉得其实这个傻姑娘比那些心思深沉的女子可爱多了。

每天他都要听着母亲告诉他该怎么讨好父亲，该怎么做才能赢了齐铮，要做什么不能做什么。他就像母亲的扯线木偶，完全失去了自己的想法。只有在顾黛芹面前，他才觉得自在轻松。因为她不会要求自己去做什么不能去做什么，她只要他陪着就觉得很高兴了。

他从来没有这样纯粹地被需要过。

知道顾黛芹怀了他的孩子，他欣喜若狂。但他深知母亲不会高兴，所以他只能将欢喜悄悄地藏在心里，对她远离。他深知，对顾黛芹表现得越漠然，其实是对她的保护。每次见到她委屈的眼神，他觉得自己的心就像被剜了一块。

那天，听到她见红的消息，他整个人都动不了，心痛得几乎痉挛。那时候他才知道，原来他这么在乎这个傻瓜。

如果……如果这个傻瓜不是因为一场病变成这样，以她的美貌，是绝对不会嫁给他的吧。

他不想再经历一次那样的痛了。

"别噎着，喝水。"齐锋听到一阵咳嗽声，回过神才发现这傻姑娘塞了满嘴的梅子糕，忙递了水让她喝下。

站在不远处的顾妈妈看着他们，眼中浮起泪花。她悄然地退开几步，不忍心去打搅这难得的温馨。

"好吃！"顾黛芹喝了水，顺了气，笑眯眯地看着齐锋。

笑容灿若桃花，仿若珠玉生晕，看得齐锋一阵失神，"看你，吃得满嘴都是了。"顾黛芹伸手抹了抹嘴。

齐锋神差鬼使地将她搂住，低头吻住她的唇。

顾黛芹眨巴着眼，伸出舌头舔了他一下。

"呜呜！"顾黛芹觉得吃疼，眼睛眨出水汽。

齐锋见她脸色不对，忙问道："怎么了？"

"肚子疼……"顾黛芹一脸苍白。

齐锋诧异地低头，发现殷红的血染满了顾黛芹的裙角。他脸色一白，"芹儿！"

顾黛芹脸上血色全无，五官皱在一起，痛苦地呻吟着。

"来人！快来人！"齐锋大叫出声。

沈梓乔和齐铮回到家中，才知道顾黛芹出事了。安国公大怒，正在教训二少爷。两人听了，忙赶到齐老夫人这边。

花厅里，安国公气得来回踱步。齐铮皱了皱眉，跟沈梓乔对视一眼，沈梓乔二话不说就去了西厢房。

才跨进屋里，沈梓乔就闻到一股血腥味。这味道令她顿时觉得恶心不已，差点吐了出来。

齐老夫人端坐在外间的太师椅上，小顾氏脸色难看地站在一边，屋里有丫环往外送着血水。沈梓乔见了，立刻明白发生了什么事。

怎么会……

"祖母！"她走了过去，对小顾氏视而不见，"芹儿她……"

"孩子没了。"齐老夫人的声音低沉，听不出什么情绪，但却让人感到背脊爬起一阵寒意。

沈梓乔心里难受起来，"怎么会这样？"

齐老夫人眼中闪过一抹寒意，厉声骂道："那不知轻重行为孟浪的畜生！"

小顾氏的脸色又难看了几分，"娘，锋哥儿什么都没做。"

"什么都没做？什么都没做会让芹儿的孩子没了吗？"齐老夫人怒声问道。

沈梓乔听出了老夫人话里的意思，惊讶得不知说些什么，齐锋……齐锋居然做出这种事情！

她跟齐老夫人说了一声后，撩帘走进了屋里。

有大夫正在为顾黛芹施针，顾妈妈哭得眼睛红肿地跪在一旁。齐锋坐在床沿，紧紧地握着顾黛芹的手。

沈梓乔看着顾黛芹的脸色白得几乎透明，又想起刚刚见到的一盆血水，怒火涌上心头。她走了过去，抬手就打了齐锋一巴掌，"你这个混账！"

"大少夫人！"一直在屋里守着的苏妈妈愤怒地叫出了声。

这女人凭什么打二少爷！

齐锋不为所动，怔怔地看着顾黛芹。

一旁施针的大夫抬起头看了沈梓乔一眼，继续专注地在顾黛芹的手上行针。

听到动静的小顾氏冲了进来，一见齐锋脸上的掌印，怒视着沈梓乔，"你这个贱人，竟然敢打我儿子！"

沈梓乔冷冷瞥了他一眼，"我打的就是这个畜生，如何？"

"你……"小顾氏大怒，她在外面已经受尽那个老太婆的脸色了，如今居然还要被沈梓乔顶撞，气得恨不得上前将她给撕了。

"出去！"施针的大夫不悦地喝了一声。

小顾氏眼中闪过恨意，但居然不敢对那大夫无礼，狠狠地瞪了沈梓乔后，想去拉着齐锋离开。

无奈齐锋动都不动一下，不肯离开顾黛芹半步。

"你……你这个逆子！"小顾氏跺脚，愤怒地走了出去。

沈梓乔怕继续待下去她会忍不住继续揍齐锋，看了顾妈妈一眼后也出去了。

约莫过了半个时辰，那大夫才慢悠悠地走了出来。

顾妈妈和苏妈妈尾随其后，齐锋仍在里面陪着顾黛芹。

"窦御医，如何？"齐老夫人忙问道。

原来是御医！沈梓乔吃惊地看向那位穿着朴素的老翁，原来他就是大名鼎鼎的窦御医。听说这位窦御医最是擅长妇科，宫里的妃嫔几乎都抢着要他去看诊。

老夫人居然请动了他来为顾黛芹医治。

有窦御医出马，顾黛芹就算失去了孩子，也不会有生命危险了。

"怎么这么糊涂！"窦御医摇头叹了一声，"已经没事了，不过身体亏损，之前又沾了不该沾的麝香，怕要休养好些年月才能再孕。"

哎哟，那么漂亮的一个女子，居然要遭这样的罪，想想都觉得心疼。

听到窦御医说到麝香，小顾氏神情一紧。

顾妈妈号哭了出来，"都是奴婢的错，要是奴婢看着，二少爷就不会不知轻重……老夫人，您打死奴婢吧。"

窦御医疑惑地看着这个老奴，怎么每个人都朝着那小伙子撒气啊，"难不成是你们二少爷喂了他的女人吃红花？不能吧，这可不是人干的事。"

红花？沈梓乔一怔，"窦御医，您说芹儿是吃了红花才导致孩子没了？"

"可不就是，哎哟，究竟是谁照顾的啊？又是麝香又是红花，要人命啊！那么美的姑娘，你们也不好好珍惜。"窦御医摇头轻哼。

这都什么跟什么，沈梓乔发现这窦御医说的话真是不着调，但这不是重点，重点是红花！

"芹儿怎么会吃了红花？"沈梓乔看向顾妈妈，不是已经让她注意吃食了吗？

"今天芹姨娘吃的都是奴婢亲手验过的……"顾妈妈声音颤抖着说，她已经很小心了，怎么会……"梅子糕！二少爷给芹姨娘吃了梅子糕！"

齐老夫人厉声问道："那梅子糕呢？"

小顾氏藏在袖子里的双手紧握成拳，心想：幸好已经将那梅子糕都埋到土里去了。

顾妈妈道："二少爷赏了奴婢两块，奴婢还没碰过。奴婢这就去取来。"

沈梓乔注意到顾妈妈说完这话，小顾氏的脸色就变了。

不多时，顾妈妈便取来梅子糕，交给窦御医查看。梅子糕里面果然掺了红花，而且还不少。

齐锋身体摇摇欲坠地出现在门边，他的眼睛发红，目光死死地盯着那两块梅子糕。

"你这梅子糕是从哪里来的？"齐老夫人问道，她自是不会怀疑齐锋想要害了顾黛芹。看他这失魂落魄的样子，便知他对顾黛芹是什么样的心思。

"娘……"齐锋不解地看向小顾氏。

他这些梅子糕是从上房的小厨房拿来的，厨娘说这是夫人让人给顾黛芹做的。

齐老夫人如寒剑般的目光扫向小顾氏。

窦御医呵呵笑了两声，道是时候不早，要回去休息。他将药方给了顾妈妈，交代了如何煎药后，就要告辞离开。

老夫人亲自送了窦御医到院门，沈梓乔跟在老夫人后面。

"齐老夫人请留步。"窦御医笑着说，眼睛看向沈梓乔，眯眼道，"这位少夫人也该请个平安脉了。"

沈梓乔一头雾水，齐老夫人则是眼中闪过一抹光彩，若有所思。

留下顾妈妈和两个丫环在西厢房照顾顾黛芹，齐老夫人扶着沈梓乔的手回到正厅。

安国公和齐铮听说了顾黛芹小产是因为吃了有红花的梅子糕，都觉得不可思议。究竟是谁这么胆大包天，居然敢害齐家的骨肉。

就算顾黛芹只是个妾室，但她肚子里的孩子却是个主人啊。

"锋哥儿，我问你，你这梅子糕是从哪里拿来的？"齐老夫人冷冷地看着跪在大厅中间的齐锋。

"上房……的小厨房。"他怔怔地说着，魂不守舍的样子。

小顾氏忙说："我是让人做了梅子糕，可没有下什么红花。老夫人，老爷，你们一定要相信我，定是有人动了手脚要陷害我！"

第一百九十三章　怀孕

小顾氏其实是没有想到那做好的梅子糕会被齐锋给拿了。本来，她已经打算收手，想着反正顾黛芹之前的身子已经受损。即便是生下孩子，恐怕也活不了多久。但没想到齐锋会对顾黛芹那么上心，想着如今外面都知道齐锋有个长得倾国倾城的妾室，且这妾室有了身孕，有哪家的闺女肯嫁进门来？

所以她才想着悄悄地将顾黛芹的孩子弄没了，就是没料到会通过齐锋的手而已……

只恨她今晚不该出去看什么花灯会！

否则怎么会让齐锋拿到那盘梅子糕！

早就料到小顾氏会辩解，齐老夫人将之前顾妈妈拿来的花胶和燕窝拿了出来，并说出上次导致顾黛芹见红的原因。

"这些东西是大嫂拿来的，我碰都没碰过！"小顾氏立刻说。

安国公像看一个陌生人般看着小顾氏，这话亏她说得出口！难道顾夫人会狠毒到要害死自己的女儿吗？

"从今日开始，不许你踏出院门一步，究竟是谁给芹姨娘下的药，我一定会查清楚！"齐老夫人不想听小顾氏辩解，今天将燕窝和花胶拿出来，就没想过要什么证据。

小顾氏到底有没有做过，相信大家都心知肚明。

"锋哥儿，你相信娘，娘怎么会做这种事情！"小顾氏见齐锋一直低着头，连看她一眼都没有，心里顿时觉得慌张，急切地想要解释。

"娘，你真的没有做过吗？"齐锋自嘲一笑，觉得自己之前一直想要跟齐铮争什么世子之位简直是个笑话。

他连自己的女人都保护不好，将来如何保护整个齐家。

直到众人回到自己的院子，已经是大半夜的时候了。沈梓乔沉默地靠在齐铮怀里，想着今晚发生的事情。

"齐铮，你说小顾氏究竟是怎么想的，那好歹是她的孙子。"沈梓乔觉得自己无法明白小顾氏的心理，太变态了。

"你永远无法猜到一个人能有多恶毒。"齐铮却不觉得意外，小顾氏从来就是只想到自己的人。

沈梓乔叹了一声，"可怜了芹姨娘……"

齐铮拍了拍她的肩膀，"快睡吧。"

本来是欢欢喜喜的一个佳节，谁知道竟然会出现这种事情呢。

这夫妻二人睡下，另一边的上房却注定了一夜无眠。

小顾氏并没有因为只是被禁足就觉得松一口气，她太了解齐老夫人了，越是平静宽容的处罚，越是让人胆战心惊。

"怎么会把梅子糕给了二少爷，你究竟怎么办事的？"小顾氏的火气蹭蹭地往上冒着，要不是那该死的梅子糕，怎么会发生今晚的事情。

苏妈妈也是脸色发白，她怎么想得到二少爷会将梅子糕拿走。

"夫人，如今我们该如何是好？"苏妈妈只担心齐老夫人不会就这样放过她们，那些花胶和燕窝如何逃得过去？发生了今晚的事后，谁还会相信夫人是无辜的。

虽然小顾氏的确不是无辜的。

"只能见一步走一步，那老太婆估计还腾不出手来对付我。我正好趁着这段时间想想法子。"小顾氏咬了咬牙，她好不容易才有今天，绝对不会那么容易就被打倒的。

过了几天，顾黛芹的身子渐渐地恢复了力气。这些天，都是齐锋衣不解带地照顾她，整个人都瘦了一大圈。齐老夫人即便对他不满，见到他这个样子，都忍不住心软了。

就在这时，庄子里那边传来胡氏受了风寒的消息，想求老夫人给请个大夫。胡氏已经吃了好些天的药，但一直都没见好。

齐老夫人二话不说就让田妈妈请了京城的名医去给胡氏看病，顺便告诉了齐碧，她的亲事已经定下来，是潞城的钱家。

虽然不是高门大户，但以齐碧外室女的身份，已经是很不错的亲事了。

胡氏十分高兴，觉得这次回京城果然是没有错，不但女儿嫁了好人家，连她也终于能进齐家的门。

齐碧却总觉得事情不会这么简单，甚至还怀疑了胡氏的病有异样。奈何吃了田妈妈带来的名医开的药后，胡氏的伤寒就好了不少。

齐老夫人将齐碧接回齐府，让人准备她出嫁的事。

当然，齐碧不能算是齐家的姑娘，所以形式简单，只是相对于寻常百姓家，已经是非常体面的了。

最让齐老夫人挂心的并不是齐碧的亲事，而是那天窦御医临走前说的话。

她让田妈妈去请了吴大夫过来，亲自陪着去给沈梓乔诊平安脉。

沈梓乔这两天正觉得有几分不舒服，本来没有多想，见到吴大夫的时候，她猛然想起一件事……她好像很久没有来月事了。

吴大夫笑眯眯地将手从沈梓乔的手腕离开，"恭喜老夫人就要当曾祖母了，恭喜少夫人。"

真的是有了……那窦御医医术果然厉害，没诊脉都能看出她有孕。

齐老夫人高兴得笑不拢嘴，"吴大夫，你可确定？"

"老夫人您放心，老夫不会轻易断错。只是月份尚早，还不足三个月，凡事要多注意。"吴大夫说。

"那是自然。"齐老夫人让田妈妈准备了个厚厚的荷包给吴大夫当诊金。

送走了吴大夫，齐老夫人回头见沈梓乔还怔怔坐着发呆，神情顿时一肃，沉下脸对着满屋子欢天喜地的丫环说道，"大少夫人有孕这件事不许张扬出去，月份小的孩子小气，你们都记住了没？"

"是，老夫人。"想到顾黛芹不久前才失去了孩子，屋里的丫环心头一凛，明白齐老夫人真正的意思是想防着某些心怀不轨的人。

"皎皎，你可是要当娘的人了。"齐老夫人语气深沉地对着沈梓乔说道。

沈梓乔的心情有些微妙，她双手轻轻捂着小腹，这里面……有了她和齐铮的孩子？这一切来得太快，她一点准备都没有。

"祖母，我……我该做什么？"她没有当娘的经验，好像孕妇还有要避忌的吧。

"我让田妈妈挑两个有经验的妈妈过来服侍你。平时啊，你该吃吃该睡睡，开开心心的就好。"齐老夫人笑着道。

沈梓乔轻轻地点头，忽然有一种想要快点见到齐铮的迫切。

但世事总是无常，沈梓乔还没等来齐铮，沈家那边却派人来报丧，沈老夫人在昨晚半夜里就去了。

听到这个消息，沈梓乔并没有感到有多深的悲伤。不过，她还是在来报丧的人面前假装拭了拭眼角，表示了一下她作为孙女的悲伤。

这几天，齐铮每天几乎忙得见不到人。从宫里出来，齐家派来的人告诉他沈老夫人去世的事，让他代替大少夫人去沈家一趟。

齐铮一时也没想那么多，就去了沈家给沈老夫人上香。

回到千林院，他发现红玉等人神情喜悦，仿佛有什么喜事发生。他感到纳闷，虽然沈老夫人跟沈梓乔感情疏远，但沈梓乔应该不至于会因为她的死感到高兴啊。

他大步走进了屋里，沈梓乔正在喝齐老夫人让人送来的保胎药。

"你怎么了？"齐铮闻到药味，大吃一惊，以为沈梓乔哪里不舒服。

沈梓乔穿着一身素白的衣裙，头发简单地挽起来，只插了一根银钗，素淡清雅，如一朵白兰花。

"真难喝。"沈梓乔苦着脸，"你跟祖母说一声，我身子倍儿棒的，不需要喝保胎药啦。"

"苦口良药，不喝的话，病怎么会好……"齐铮习惯性地哄着她。然后他神情一僵，他好像听到什么了，保胎药？

沈梓乔笑盈盈地看着他，眸中闪烁着如辰星般的光彩。

"保……保胎药？"齐铮不确定地再问一次，声音已经暗哑。

"是啊，大夫说有了快三个月了。祖母担心我之前在东越来回颠簸，所以就让田妈妈亲自给我煎了保胎药。"

这孩子是她在去东越之前就有的。

齐铮的眼睛直直地盯着沈梓乔的小腹。

皎皎！孩子！

"喂，你这是什么反应！"沈梓乔不悦地戳了戳他的胳膊，"怎么一点都不高兴？"

"我……"齐铮开口，声音哽咽，不知要说什么。

"傻瓜！"沈梓乔轻笑，蹭到他怀里，在他腿上抱着他的脖子，在他耳边低声笑着，"齐铮，我好欢喜，这是我和你的孩子，我要当娘，你要当爹了。"

齐铮手足无措，他想紧紧抱住她，却又怕控制不住力道伤到了她。

她有了他的孩子啊！

"皎皎……"齐铮再一次哽咽。他以为这辈子都不可能对哪个女子上心，更不可能因为哪个女子有了他的孩子这么欣喜若狂。如果不是认识她……他的人生或许走的是另外一条路。

感谢上天，让她来到他的身边。

沈梓乔笑着亲了他一下。

第一百九十四章　圆满

沈梓乔不能去沈家吊丧，所以怀孕的消息很快就传开了。

安国公高兴得合不拢嘴，跟齐老夫人商量要上奏定下世子的人选。

小顾氏听说沈梓乔有了身孕，失手将一套价值不菲的白玉瓷杯给摔了出去。她至今还在禁足，什么事都不能做。她想着，得赶快给锋哥儿定下一门亲事了。

齐锋却在顾黛芹的身子休养得差不多后，去找了齐铮。

"大哥，你能不能帮我一件事。"齐锋面色憔悴地看着齐铮。如今的他，已经失去了往日的傲气和棱角，因为顾黛芹这件事，他明白了很多之前看不清的事实。那些傲气和棱角都被狠狠地打磨得一干二净，令他变得内敛成熟了不少。

"什么事？"齐铮没有答应，大概是看在齐锋对顾黛芹不离不弃的份上，齐铮对这个同父异母的弟弟才稍微有些好脸色。

齐锋低声说："我想外放……"

如今齐锋在翰林院任职，这职位虽然如今看来不如何，但前景极好。小顾氏还指望齐锋将来能够封爵拜相的。

"你确定？"齐铮眼中闪过一抹诧异。他审视着齐锋，想知道他说这话的真实性究竟有多少。

齐锋淡淡一笑，"请大哥帮忙。"

他曾经看不起齐铮，以为齐铮就是个让人笑话的傻子。他从来没有想过这个傻子有一天会成为百姓心目中的英雄，更没想到齐铮如今会成为太子殿下最信任的心腹。

孙家和马贤妃是怎么一败涂地的，齐锋还算看得明白，这里面必然有齐铮的手笔。这个人，连孙丞相那么厉害的人物都能算计，更别说区区一个世子之位，齐铮根本就不屑要当什么世子。

齐锋也不会天真到以为齐铮是被沈梓乔揍了一拳后才变得正常。

一个人能够装傻装了那么多年，这就不是他齐锋能办得到的，他根本比不上齐铮，这是事实。

如今他已经认清事实，至于母亲认不认得清，他已经不想知道了。

他要带着顾黛芹离开齐家，离开京城，随便在什么地方当个县令也好。只有他和芹儿的日子，怎么也比在齐家强得多。

"我知道了。"齐铮点了点头，算是答应了下来。

齐锋离开后，齐铮也回了屋里，将这件事告诉了沈梓乔。

"他不去找父亲反而来找你？"沈梓乔讶异，"他这样算不算是对你一种示好？"

"我还需要谁的示好！"齐铮哼了一声，心里却想着正好临江城有个县令的缺，就让齐锋去那儿好了。

沈梓乔扑到他怀里，开玩笑地说，"我跟你示好。"

"你小心点！多大的人了，还这么爱玩！"齐铮呵斥着，双手却温柔地将她抱在怀里。

自从沈梓乔怀孕后，越来越喜欢粘着他开玩笑，当然，他很享受两人之间的这种亲昵。

过了两天，齐锋外放的事确定了下来，消息很快就传到小顾氏耳中。

小顾氏只觉得整个人都被抽空了，她所有的希望都在齐锋身上。她已经打点好准备让娘家的长辈来逼着齐思霖立齐锋为世子，结果齐锋却被外放了，没有三五年是不可能回来的了。

"……听说是大少爷在外面斡旋。"小顾氏只听到这句话，她疯了一样尖叫出声，齐铮一定是故意的！一定是他故意要将齐锋赶出京城。

"我要去找老夫人评理！"小顾氏怒道，齐铮凭什么将她的儿子赶走。

小顾氏怒气冲冲地跑出上房，却被院门的两个婆子给拦住了，警告她如今被禁足，哪里都不能去。

"贱奴才，敢拦我！"小顾氏一人一个巴掌打了过去。她在齐家的威信从来没人敢逾越，今日却被两个低贱的奴才拦着不放，她怎么可能沉得住气。

被打的婆子是齐老夫人的人，她们比谁都清楚如今齐家已经变天，小顾氏不可能再跟以前一样一手遮天，以后齐家真正掌权的人是大少夫人！

苏妈妈为了护着小顾氏跟那两个婆子扭打起来。

院子里响起丫环们的尖叫声。

正在花园里赏花的老夫人和沈梓乔听到动静，忙一道过来查看。

小顾氏满头散发，高贵端庄的形象不再，看起来就如同一个疯婆子。她怒红了眼，看见走在齐老夫人身侧的沈梓乔，新仇旧恨在心间涌起，尖叫着朝沈梓乔撞了过去。

沈梓乔眸色一沉，往后退了几步。

说时迟那时快，在沈梓乔身后的红缨飞快地跑过去跟小顾氏撞在一起。

"把这疯婆子给我抓住！"齐老夫人震怒地喝着一旁的粗使婆子。

沈梓乔被红玉和墨竹护在身后，所有人都松了口气，小顾氏刚刚分明就是想撞向大少夫人的肚子。

"放开我，你们这些贱婢，竟然敢这样对我！"小顾氏尖声地大叫着。

"把她关到后面的佛堂去！"齐老夫人脸色阴沉地命令，"夫人疯魔了，只怕再也医不好……"

一旁的苏妈妈瞬间吓白了脸，老夫人这是什么意思？

"老不死的，你为什么这样对我？我是你侄女，是你的侄女！"小顾氏哭着叫道。

齐老夫人冷漠地看着她，"就因为你是我的侄女，我才容忍了你这么多年。"

"带下去！"

在小顾氏的号叫声中，安国公回来了。

他听说了小顾氏要伤害沈梓乔的事，震怒不已，更后悔当年自己不该被这样的女子诱惑，娶了这样的女子。连累了他的子女不说，还差点伤害了沈梓乔。

小顾氏被当是魔怔关在佛堂，安国公下令不许齐锋等人去探望。

不出两个月，齐家就传出小顾氏带发修行的消息。

齐锋带着顾黛芹启程去了临江城。

齐锐和齐云虽然觉得小顾氏带发修行的事有蹊跷，但他们哪里还敢提出质疑，服服帖帖的，由齐老夫人替他们定下亲事。

庄子里那边也传来胡氏病逝的消息。

感觉家里一下子清静了不少，沈梓乔懒懒地靠在齐铮怀里，吃着他喂到嘴边的桃子，"好像……我们不能搬出去住了吧。"

"你要是不喜欢这里，我们还是搬出去。"齐铮说。

"别，我觉得这里挺好的。不过，不能去东越了，哎……"小顾氏这辈子恐怕都出不来了，没有小顾氏在一旁虎视眈眈，沈梓乔觉得这才是她和齐铮的家。

"等女儿出世了，我们就去东越。"齐铮亲了亲她撅起的唇瓣，含笑说道。

沈梓乔哼了一声，"你怎么知道就是女儿，我觉得是儿子。"

"都好！"齐铮舔吻着她带着桃子鲜甜味的嫩唇，只要是他和她的孩子，他都会视若珍宝。

翌日，沈梓乔在齐铮的怀里醒来，抬眼就落入一双灼亮的眸里。

"不再多睡会儿吗？"齐铮的神色有一丝紧张，昨晚他好像太放纵了点，也不知道她有没有哪里不舒服。

"不睡了，出去散步。"沈梓乔笑着说，"你快出去，我要穿衣裳。"

被子下的身体不着寸缕，沈梓乔脸颊微微泛红，不愿意当着齐铮的面穿衣裳。

齐铮闻言笑了出来，"你还有哪里我没看过的？"

沈梓乔推着他，"我不管，出去出去！"

"我帮你把肚兜穿上。"齐铮哪里肯出去，搂着沈梓乔低声地笑着。

"不要！"沈梓乔坚决地摇头，推开他将床尾的肚兜紧抓在手里。虽然他们已经很亲密了，但她也会害羞会不好意思的啊。

齐铮大笑出声，"皎皎……"

"咚——咚——"

忽地，一阵深远恢弘的钟声闷闷地传开。这钟声来自皇宫，在整个京城彻响。肃穆的钟声敲响了七下，尾音久久不散，透出一股无法言喻的悲伤。

沈梓乔察觉到齐铮的情绪瞬间低沉下来，便知这个钟声代表的不会是什么好事，"怎么了？"

齐铮低眸看她，"皇上驾崩了。"

皇上驾崩，盛佩音的宠爱也就跟着到头了，皇后以皇上生平最喜欢马贤妃为名，将盛佩音赐了与先帝陪葬。

皇后对盛佩音的恨已然到了极处，她亲眼看着盛佩音被关进先帝的陵墓中，确认她这辈子都不可能再出现于世上才真正安心。

太子殿下登基为帝，封了齐铮为靖国侯，沈梓乔为二品诰命夫人。

拿着圣旨，沈梓乔才有一种脚踏实地的感觉。

盛佩音死了……

真是……好像在做梦。

齐老夫人吩咐田妈妈去交代厨房，今晚要设宴庆祝。

沈梓乔回了千林院。此时，她的心里汹涌澎湃，有一种彻底解脱，彻底自由的轻松感，那种幸福的小水泡蹭蹭地在她心底冒出来。

傍晚的时候，齐铮就回来了。沈梓乔站在庭院中，看着那个背着夕阳向她走来的男人。落霞的余晖洒在他身上，在他身上染上一层耀眼的光彩。她从来没有像这一刻觉得他是这么好看，这么爱他。

齐铮一步一步地走近她，丰神俊逸的脸庞带着浅浅的笑，"皎皎，我回来了。"

沈梓乔偎进他怀里，"齐铮，我有没有告诉你，我很爱你。"

"嗯，我知道的。"齐铮眸色温柔，感到从未有过的心满意足。

数月后，沈梓乔诞下一名男孩。

齐铮抱着和他长得十分相似的儿子，在沈梓乔身边含笑感慨道："看来还需要再努力一点，下次就能生个女儿了……"

沈梓乔累得不想说话，她含笑闭眼睡觉，她一定会儿女双全的！

真正属于她的幸福才刚刚开始呢。